KNAUR

Im Knaur Taschenbuch Verlag sind bereits folgende Bücher der Autorin erschienen:

Die Wanderhure
Die Kastellanin
Das Vermächtnis der Wanderhure
Die Tochter der Wanderhure
Töchter der Sünde
Die List der Wanderhure
Die Rache der Wanderhure

Die Goldhändlerin
Die Kastratin
Die Tatarin
Die Löwin
Die Pilgerin
Die Feuerbraut
Die Rose von Asturien
Die Ketzerbraut
Feuertochter
Die Fürstin
Die Rebellinnen
Die Flammen des Himmels

Die steinerne Schlange

Dezembersturm
Aprilgewitter
Juliregen

Das goldene Ufer
Der weiße Stern
Das wilde Land
Der rote Himmel

Die Wanderapothekerin
Die Liebe der
Wanderapothekerin
Die Tochter der Wanderapothekerin

Die Widerspenstige
Tage des Sturms
Licht in den Wolken

Im Knaur HC ist erschienen:
Die Wanderhure und die Nonne
Der Fluch der Rose

Über die Autorin:
Hinter dem Namen Iny Lorentz verbirgt sich ein Münchner Autorenpaar, das mit »Die Wanderhure« seinen Durchbruch feierte. Seither folgt Bestseller auf Bestseller, die auch in zahlreiche Länder verkauft wurden. »Die Wanderhure« und fünf weitere Romane sind verfilmt worden. Dazu wurde »Die Wanderhure« für das Theater adaptiert und auf vielen Bühnen in Deutschland, Österreich und der Schweiz aufgeführt. Für die Verdienste um den historischen Roman wurde Iny Lorentz 2017 mit dem »Wandernden Heilkräuterpreis« der Stadt Königsee geehrt und in die »Signs of Fame« des Fernwehparks Oberkotzau aufgenommen.
Besuchen Sie auch die Homepage der Autoren: www.inys-und-elmars-romane.de

INY LORENTZ

Die Widerspenstige

Roman

Besuchen Sie uns im Internet:
www.knaur.de

Vollständige Taschenbuchausgabe Dezember 2019
© 2017 Knaur Verlag
Ein Imprint der Verlagsgruppe
Droemer Knaur GmbH & Co. KG, München
Alle Rechte vorbehalten. Das Werk darf – auch teilweise – nur mit
Genehmigung des Verlags wiedergegeben werden.
Redaktion: Regine Weisbrod
Covergestaltung: ZERO Werbeagentur, München
Coverabbildung: Bridgeman Art Library / Vrancx, Sebastian
(1573-1647); Richard Jenkins
Karte: Computerkartographie Carrle
Satz: Adobe InDesign im Verlag
Druck und Bindung: CPI books GmbH, Leck
ISBN 978-3-426-50412-3

Die Widerspenstige

Danksagung

Wir bedanken uns herzlich bei unserer polnischen Freundin Urszula Pawlik, die uns auf unserer Recherchereise durch Polen begleitet und es uns ermöglicht hat, mit Historikern zu sprechen und Museen und Orte zu besuchen, die wir allein nie entdeckt hätten.

Ein weiterer Dank gebührt unserer Freundin Ingeborg, die uns schon oft auf Recherchereisen begleitet hat und mit Urszula und uns zusammen mit durch Polen gefahren ist.

Prolog

Jan III. spürte die Verzweiflung des jungen Mannes und legte ihm die Hand auf die Schulter. »Tut nichts Unbesonnenes, Osmański! Es bringt weder Euch noch mir etwas, wenn Ihr wie ein zorniger Bär in Azad Jimals Lager oder in das eines anderen Tatarenkhans hineinreitet und diese Kerle zum Zweikampf herausfordert. Deren Krieger würden Euch mit Pfeilen spicken, bevor Ihr auch nur den Säbel ziehen könnt.«

»Aber ich kann doch nicht die Hände in den Schoß legen!«, rief Adam Osmański erregt. »Die Tataren haben den braven Ziemowit Wyborski, seinen Sohn Gregorz und alle anderen Verteidiger von Wyborowo niedergemacht! Ich bin nur deshalb am Leben, weil Pan Ziemowit mich als Boten zu Euch geschickt hat. Bliebe mein verehrter Großonkel ungerächt, müsste ich mich zu Tode schämen. Ich habe ihm so viel zu verdanken!«

Da der König die Geschichte des jungen Mannes kannte, nickte er unwillkürlich. Dennoch musste er ihn bremsen. »Ihr dürft Euer Leben nicht durch eine sinnlose Tat wegwerfen, Osmański. Ziemowit Wyborski würde Euch das als Erster sagen.«

Adam ballte in hilfloser Wut die Fäuste. »Er hätte statt meiner überleben sollen – oder wenigstens sein Sohn! Nun gibt es keinen Wyborski mehr. Dabei waren sie ein so tapferes Geschlecht. Was bin ich dagegen wert?«

Jan III. sah ihn fragend an. »Es gibt doch noch Nachkommen von Pan Ziemowit!«

Adam winkte ab. »Ja, irgendwo im Heiligen Römischen Reich. Seine Tochter Sonia hat einen Deutschen geheiratet anstatt eines Polen.«

»Man muss ihr schreiben, dass ihr Vater und ihr Bruder im Kampf gegen die Tataren gefallen sind.«

»Sonia Wyborska ist vor ein paar Jahren gestorben«, berichtete Adam mit Trauer in der Stimme.

Der König klopfte ihm tröstend auf die Schulter. »Wyborskis Besitz ist mit ihm verlorengegangen. Wie steht es mit Euch?«

»Die Familie meines Vaters hat mir auf Pan Ziemowits Betreiben hin ein Dorf überlassen. Dort lebt jetzt meine Mutter.«

»Was wollt Ihr nun tun, da Pan Ziemowit tot ist?«

»Es gibt nur einen, dem ein Mann dienen kann, den ein Wyborski erzogen hat, nämlich Euch, mein König!«

Jan III. nickte nachdenklich. »Ich brauche tapfere Männer.«

Kaum hatte er es gesagt, kniete Adam vor ihm nieder. »Verfügt über mich!«

»So gefallt Ihr mir schon besser!« Der König hob Adam auf, schloss ihn in die Arme und küsste ihn auf beide Wangen. »Ich benötige Eure Dienste! Dabei könnt Ihr sogar etwas gegen die Tataren unternehmen. Bewacht für mich die Grenze in jenem Bereich, in dem Azad Jimal Khans Horden polnische Erde plündern. Ihr werdet aber nicht von L'wow aus versorgt, sondern von Żółkiew aus. Ihr seid mein Mann, Osmański, und keinem Magnaten und keinem Hetman untergeordnet.«

»Ich danke Euch, Euer Majestät!« Adam klopfte gegen den Griff seines Säbels und lächelte zum ersten Mal, seit er vom Tod seines väterlichen Freundes erfahren hatte. »Azad Jimal Khan wird seinen verräterischen Angriff auf Wyborowo bald bereuen, das schwöre ich Euch!«

»Entfacht aber nicht gleich einen Krieg gegen die Türken!«, ermahnte Jan Sobieski ihn.

»Ich werde achtgeben«, versprach Adam ihm mit glitzernden Augen.

»Dann ist es gut.« Die Miene des Königs wurde hart. »Polen

hat nicht nur Wyborskis Besitz an Türken, Tataren und Kosaken verloren, sondern weit mehr Land. So die Heilige Jungfrau von Tschenstochau es will, werden wir es uns zurückholen. Doch dafür muss Polen stark sein, Osmański, und kein zerstrittener Haufen, bei dem das Nein eines einzigen Schlachtschitzen genügt, um alle Pläne platzenzulassen. Um Polen stark zu machen, brauche ich Männer wie Euch. Sammelt wackere Kerle! Ich besolde sie, und Ihr führt sie gegen jeden Feind, den ich Euch nenne, seien es Türken und Tataren, der Kurfürst von Brandenburg, Moskowien oder Österreich!«

»Ich werde bereit sein«, versprach Adam und zog seinen Säbel. »Für den König, für Polen und für die Heilige Jungfrau!«

»Nennt die Muttergottes bitte zuerst, dann Polen und zuletzt mich!«, korrigierte Jan III. ihn. »Die Heilige Jungfrau und Polen sind ewig, doch ich bin nur ein sterblicher Mensch.«

Erster Teil

Das Testament

I.

Etliche hundert Meilen weiter westlich trat Johanna mit zornig funkelnden Augen vom Fenster zurück.

»Da kommt der böse Mönch«, erklärte sie ihrem Bruder.

»Meinst du etwa Frater Amandus? Vater hat ihm doch verboten, jemals wieder unseren Besitz zu betreten, und sein Wort muss auch nach seinem Tod noch gelten.«

Karl von Allersheim wollte seiner Schwester nicht glauben und trat daher ebenfalls ans Fenster. Als er hinausschaute, sah er einen Mann mit im Wind wehender Kutte, der eben von einem Maultier stieg und sich mit einem zufriedenen Grinsen umschaute.

»Es ist tatsächlich Frater Amandus! Matthias hätte das nicht erlauben dürfen.«

Karl klang nicht ganz so aufgebracht wie seine Schwester, doch ihm gefiel dieser Besucher ebenso wenig wie ihr.

»Matthias tut, was Genoveva will, und die ist Amandus' Base«, erwiderte Johanna mit einem bitteren Auflachen. »Sie hat Vater niemals verziehen, dass er ihn aus dem Schloss weisen ließ.«

»Vater würde sich im Grab umdrehen, wenn er wüsste, dass der Geschorene es wieder betritt«, erwiderte Karl bedrückt.

»Er holt eine lederne Mappe aus seiner Satteltasche«, rief seine Schwester aufgeregt.

»Tatsächlich! Aber was ...«

»Das Testament!«, rief Johanna aus. »Amandus ist doch Mönch im Kloster von Sankt Matthäus, und Vater hat dessen Abt zu seinem Testamentsvollstrecker ernannt.«

»Aber wollte der ehrwürdige Vater Severinus das Testament nicht selbst überbringen? Ich dachte, so hätte unser Vater es mit ihm vereinbart.«

»Vater Severinus ist alt und hat diese Aufgabe Frater Amandus gewiss gerne überlassen. Vielleicht hat dieser es auch gestohlen«, erklärte Johanna.

Ihr Bruder schüttelte den Kopf. »Das glaube ich nicht! Amandus weiß, dass ein gestohlenes Testament seine Gültigkeit verlieren kann.«

»Ich traue ihm nicht! Daher sollten wir herausfinden, ob Matthias tatsächlich den Willen unseres Vaters erfüllen will«, forderte Johanna mit Nachdruck.

»Unser Bruder und unsere Stiefmutter werden uns gewiss nicht hinzuholen, wenn Amandus ihnen das Testament übergibt.«

Johanna hielt ihren Bruder für allzu mutlos. Während er ratlos dreinschaute, war sie nicht gewillt, die Hände in den Schoß zu legen und darauf zu warten, was man ihnen irgendwann einmal mitzuteilen geruhte. »Wenn Amandus das Testament bringt, wird Matthias ihn in der Bibliothek empfangen. Dort können wir sie belauschen.«

»Belauschen?« Karl zögerte, obwohl auch er wusste, dass die dritte Frau ihres verstorbenen Vaters sie beide hasste und Matthias, der Sohn der ersten Gemahlin, wie Wachs in ihren Händen war.

»Wenn Amandus das Testament bringt, geht es auch um unser Schicksal!«, erwiderte Johanna aufgebracht.

»Ein Testament ist ein Testament! Was könnten sie schon damit tun?«, fragte Karl verwirrt.

»Sie könnten es ins Feuer werfen und durch ein anderes ersetzen! Ich traue Genoveva ein solches Schurkenstück zu. Erinnere dich daran, wie sie uns nur einen Tag nach der Beisetzung unseres Vaters gezwungen hat, unsere Zimmer im Schloss zu räumen und in diesen alten Turm im Vorwerk umzuziehen.«

»Sie hat dir auch den Schmuck unserer Mutter weggenommen, obwohl Mama ihn dir hinterlassen hat«, antwortete Karl und sah seine Schwester nachdenklich an. »Du meinst, wir sollen unser altes Versteck aufsuchen? Aber dort war schon zu der Zeit, als wir Kinder waren, kaum Platz für uns beide.«

Damit hatte er zwar recht, doch Johanna brannte darauf zu erfahren, aus welchem Grund der Vetter ihrer Stiefmutter nach den drei Jahren, die er hatte fernbleiben müssen, wieder ins Schloss zurückgekehrt war.

»Kommst du mit? Sonst mache ich es allein!«, fragte sie.

Als Karl zögernd nickte, huschte ein Lächeln über ihr Gesicht. »Es ist doch gut, dass Genoveva uns Bedienstete versagt hat! An ihrer Stelle hätte ich es nicht getan. So können wir uns jederzeit ins Schloss schleichen, ohne dass es jemand merkt.«

»So einfach ist das auch wieder nicht«, wandte Karl ein. Dennoch war nun auch er bereit, das Wagnis einzugehen.

Die beiden verließen den verwitterten Turm, der von der einstigen Burganlage geblieben war, und schlichen auf das Schloss zu. Es stammte aus einer weitaus späteren Zeit, und sie mussten zuerst ungesehen den Park durchqueren. Wenig später erreichten sie eine kleine, unverschlossene Nebenpforte und konnten eintreten.

Zu ihrem Glück lag die Bibliothek nicht weit von dieser entfernt. Der reichverzierten Eingangstür zu dem Raum schenkten sie nur einen kurzen Blick und bogen kurz vor ihr in einen anderen Gang ein. Dort öffnete Johanna eine von außen kaum sichtbare Tapetentür und schlüpfte hinein. Einer ihrer Allersheimer Vorfahren hatte sich bei der Einrichtung der Bibliothek vermessen, und daher war eines der schweren Regale um eine gute Elle schmaler geraten als der Platz, für den es bestimmt war. So war hinter dem Regal ein Hohlraum entstanden, den der damalige Schlossherr benutzt hatte, um Bücher darin zu stapeln, die er nicht jeden hatte sehen lassen wollen. Später war dieser Ort in Vergessenheit geraten, bis Johanna ihn durch Zufall wiederentdeckte. Sie und ihr Bruder waren manchmal hineingeschlüpft, um sich vor ihren Erziehern zu verbergen oder um Besucher zu belauschen. In jener Zeit hätten sie sich jedoch keinesfalls vorstellen können, wie wichtig dieser Ort einmal für sie werden könnte.

Der Hohlraum zwischen Wand und Regal war lang, aber sehr schmal, und die Zwillinge hatten Mühe, an jene Stelle zu gelangen, an der ein Astloch und einige Spalten zwischen den Brettern der Rückwand den Blick in die Bibliothek freigaben, zumindest, solange keine der schweren, in Leder gebundenen Bücher davorstanden. Zu ihrem Glück war es nicht der Fall. Allerdings war auch niemand im Raum.

»Wenn Matthias und Genoveva den Mönch woanders empfangen, sind wir umsonst hergekommen«, maulte Karl.

Da kniff ihn seine Schwester in den Arm und zischte leise: »Sei still!«

In dem Augenblick vernahm auch er Stimmen vor der Bibliothek. Gleich darauf wurde deren Tür geöffnet, und Matthias von Allersheim trat ein. Ihre Stiefmutter folgte ihm, und nach ihr erschien der Mönch. Genoveva war nur ein Jahr älter als ihr älterer Stiefsohn, dessen Vater sie vier Jahre zuvor nach dem Tod von Johannas und Karls Mutter geheiratet hatte. Besonders glücklich war ihre Ehe nicht gewesen, doch nun schien die Frau vor Zufriedenheit zu strotzen.

»Ihr habt das Testament also an Euch bringen können?«, fragte sie Amandus, während Matthias die Tür hinter ihnen schloss.

»Seid doch leise!«, mahnte er Genoveva. »Wenn draußen jemand vorbeiläuft, so darf er nicht hören, was hier besprochen wird.«

»Dann lasst uns in jene Ecke gehen! Durch das Bücherregal und die Wand hindurch kann uns niemand belauschen«, schlug Genoveva vor und zeigte auf die Stelle, hinter der die Zwillinge eng aneinandergedrängt lauschten.

Johanna und Karl wagten kaum noch zu atmen, als ihre Stiefmutter sich in einem der Sessel niederließ und Frater Amandus auffordernd anblickte.

»Zeigt es uns!«

»Selbstverständlich, liebste Base!« Der Mönch lächelte auf eine Weise, die Johanna anwiderte. Umständlich zog er ein in Leinen gewickeltes Bündel aus seiner Tasche und entfernte die Umhüllung.

»Leicht war es nicht, es in die Hand zu bekommen, denn der Abt wollte das Testament tatsächlich persönlich überbringen und vorlesen«, sagte er.

»Ich will wissen, was in dem Testament steht!«, erwiderte Matthias ungeduldig. »Mein Vater hat sich nur in Andeutungen ergangen und erklärt, dass die polnische Brut wegen der hohen Mitgift ihrer Mutter gut bedacht werden müsse.«

Die polnische Brut, das waren sie und Karl, dachte Johanna. Ihre Mutter war eine geborene Wyborska gewesen, Tochter des Starosts Ziemowit Wyborski von Wyborowo, der ein enger Freund des früheren polnischen Königs Jan Kazimierz gewesen war. Die Gründe, weshalb ein fränkischer Reichsritter eine Dame aus Polen als zweite Gemahlin heimgeführt hatte, waren Johanna unbekannt. Sie wusste jedoch, dass ihr Vater seine Gemahlin geachtet und diese ihn geliebt hatte.

»Mama hätte nicht sterben dürfen«, murmelte sie und hatte Glück, dass Matthias' Stimme die ihre übertönte.

»Öffnet endlich das Testament, damit wir wissen, woran wir sind!«

»Das muss mit Vorsicht geschehen«, wandte der Frater ein.

»Ihr müsst es unter Umständen anderen Herren zeigen, ohne dass diese Verdacht schöpfen.«

Verdacht? Weshalb? Johannas Gedanken rasten.

Der Mönch zog ein schmales, scharfes Messer aus der Tasche, erhitzte die Klinge leicht an der Lampe, die Genoveva mitgebracht hatte, und öffnete behutsam das versiegelte Pergament.

»Ich muss das Wachs anschließend nur noch ein wenig erhitzen, und das Testament ist wieder so, wie es vorher war«, sagte er selbstzufrieden.

Warum tut er das?, fragte Johanna sich.

Unterdessen schlug Frater Amandus das Testament auf und begann, es vorzulesen. »Geschrieben im Jahre unseres Herrn Jesu Christi 1679 zu Allersheim von Johannes Matthäus Karl, Reichsgraf zu Allersheim und Herr auf Eringshausen. Gott ist mein Zeuge, dass ich nach meinem Heimgang zu unserem Herrn im Himmel meine irdischen Besitztümer wie folgt an meine Erben übergebe:

Mein ältester Sohn Matthias erhält die Reichsgrafschaft Allersheim mit allen dazugehörigen Liegenschaften.

Die Herrschaft Eringshausen, die ich mit der Mitgift meiner zweiten Gemahlin Sonia Wyborska erworben habe, fällt zur Gänze an unseren gemeinsamen Sohn Karl, der dafür gehalten ist, seine Schwester Johanna mit einer Mitgift von zehntausend Gulden auszustatten. Dazu erhält meine Tochter Johanna den gesamten Schmuck ihrer Mutter sowie die Juwelen, die meine Mutter in die Ehe mitgebracht hat.«

Frater Amandus schwieg einen Augenblick, betrachtete seine Cousine mit einem belustigten Blick und fuhr dann fort:

»Bezüglich meiner Gemahlin Genoveva hege ich seit geraumer Zeit berechtigte Zweifel an ihrer ehelichen Treue. Daher bestimme ich über sie Folgendes: Sie erhält nicht das Recht, auf dem Witwensitz der von Allersheim zu wohnen, sondern hat in das als streng geltende Kloster von Sankt Marien im Stein einzutreten und dort Nonne zu werden. Gebiert sie ein Kind, so ist dieses ebenfalls für den geistlichen Stand vorgesehen.

Gezeichnet, Johannes Matthäus Karl, Reichsgraf zu Allersheim und Herr auf Eringshausen.«

Als der Frater mit der Verlesung fertig war, zischte Genoveva wie eine Schlange, der man auf den Schwanz getreten hatte.

»Was für eine Unverschämtheit! Die polnische Brut wird reich bedacht, Matthias erhält nur die alte Reichsgrafschaft, und ich soll ins Kloster gehen. Dieses Testament erkenne ich nicht an! Ich bin schwanger und werde in wenigen Monaten gebären. Daher fordere ich mein Recht und ein Erbe für mein Kind!«

Matthias stand wie das leibhaftige schlechte Gewissen neben ihr und wagte es nicht, sie anzusehen. Erst, als sie ihm einen Rippenstoß versetzte, äußerte er sich: »Als Erbe der Hauptlinie soll ich nur Allersheim erhalten, während Karl das reiche Eringshausen zufällt? Vater hätte klüger sein und mir das meiste vermachen sollen. Für Karl hätte weitaus weniger gereicht, und eine Mitgift, wie Johanna sie erhalten soll, bekommt vielleicht eine geborene Markgräfin von Bayreuth, aber doch nicht die Tochter eines kleinen Reichsgrafen!«

Der Frater lächelte und schwenkte das Testament wie eine Fahne. »Zwei der vier Zeugen, die unterschrieben haben, sind im letzten Winter von einer Seuche dahingerafft worden, und die beiden anderen, Abt Severinus und Herr Günther auf Kamberg, sind so alt, dass sie schon beim Erstellen des Testaments nur mühsam nach Allersheim gelangt sind. Mittlerweile verlassen sie kaum mehr ihre Stuben und werden gewiss nicht nachforschen, was wirklich in dem Testament steht.«

»Wie meint Ihr das, Frater?«, fragte Matthias verwirrt.

»Mein Messer eignet sich nicht nur dazu, Siegel zu lösen. Es vermag auch Geschriebenes so zu beseitigen, dass ein neuer Text verfasst werden kann.«

Johanna lauschte ungläubig und hoffte, ihr Stiefbruder würde entrüstet ablehnen.

Da zupfte Genoveva Matthias am Ärmel. »Frater Amandus will damit sagen, dass er das Testament so umschreiben kann, dass du das bekommst, was dir zusteht, und ich das, was mir und meinem ungeborenen Sohn gebührt!« Ihre Stimme hallte so stark in dem großen Raum, dass der Mönch sie hastig mahnte: »Seid leiser, sonst schöpft noch jemand Verdacht.«

»Was gilt schon das Wort eines Domestiken?«, antwortete Genoveva verächtlich.

»Ein Lakai oder eine Magd kann es den Zwillingen mitteilen und diese von Abt Severinus eine Prüfung des Testaments fordern. Auch wenn er alt und gebrechlich ist, so wird er erkennen, wenn man ihm eine Fälschung vorlegt. Mit Sicherheit weiß er noch, was er unterschrieben hat!«, antwortete der Mönch und machte sich daran, die Schrift vorsichtig abzuschaben.

Matthias sah ihm zu, schüttelte aber schließlich den Kopf. »Das abgeschabte Pergament sieht zu neu aus! Man wird uns nicht glauben, dass mein Vater es vor zwei Jahren geschrieben hat.«

»Auch dagegen gibt es ein Mittel«, erklärte der Frater mit überheblicher Miene. »Sobald ich den alten Text abgeschabt habe, werde ich das Pergament mit dem Urin eines Weibes abreiben. Dadurch erhält es wieder das Aussehen alten Pergaments. Darum bitte ich Euch, Base, ein wenig Wasser in ein Gefäß zu lassen.«

Genoveva nickte und wollte die Bibliothek verlassen, doch ihr Vetter hielt sie zurück. »Wollt Ihr etwa mit einem Pot de Chambre durch das ganze Schloss laufen? Die abergläubischen

Bediensteten würden gewiss glauben, dass Ihr jemanden verhexen wollt.«

»Ihr meint, ich soll hier ...«, begann Genoveva.

Statt einer Antwort wies der Pater auf einen Trinkbecher, der vergessen im Regal stand, und lächelte süffisant: »Wollt Ihr ein neues Testament oder nicht?«

Genoveva kehrte den beiden Männern den Rücken zu und stellte sich direkt vor das Astloch, durch das Johanna schaute. Das Mädchen schloss angeekelt die Augen.

Was für ein schamloses Weib!, dachte sie.

Als die Frau fertig war, ließ sie ihren Rock fallen und stellte den fast vollen Becher vor ihrem Verwandten auf den Tisch.

»Seid Ihr nun zufrieden, ehrwürdiger Bruder?«, fragte sie herb.

Frater Amandus nickte freundlich lächelnd. »Das bin ich, Base. Doch sagt, was soll ich jetzt schreiben?«

»Ich will auf jeden Fall Eringshausen behalten«, erwiderte Matthias fordernd.

»Soll ich etwa nichts bekommen?«, fuhr Genoveva ihn an. »Ich bin schwanger! Hast du das vergessen?«

Ihr Stiefsohn lief rot an. »Wenn ich Eringshausen hergeben soll, kann auch das alte Testament gelten!«

»Das mich wegen angeblicher Untreue ins Kloster sperren will!« Genovevas Stimme klang schneidend, und es lag eine Drohung darin, die Johanna nicht begriff.

»Jetzt streitet Euch nicht!«, rief Frater Amandus, um die beiden zu beruhigen. »Wenn die Zwillinge ausgeschlossen werden, bleibt genug für Euch übrig. Wie wäre es denn so: Eringshausen bleibt bei Allersheim und damit bei Herrn Matthias, und Ihr, meine liebe Base, erhaltet die Hälfte der Einnahmen. Dies würde auch für einen Sohn gelten, so Ihr ihn gebären werdet. Bringt Ihr hingegen eine Tochter zur Welt, soll Herr Matthias diese mit einer Mitgift von zehntausend Gulden versehen. Seid Ihr damit zufrieden?«

»Wir können Karl und Johanna nicht völlig ausschließen. Das würde auffallen«, gab Matthias zu bedenken.

»Lasst mich nur schreiben«, erwiderte der Frater abwinkend und tauchte einen Lappen in den Urin. Mit diesem rieb er die abgeschabte Fläche des Pergaments ein und hielt es über eine Kerzenflamme, bis es wieder trocken war. Dann zog er eine Feder und ein Tintenfässchen unter seiner Kutte hervor.

»Es ist die Tinte aus dem Kloster, die auch Graf Johannes für sein Testament benutzt hat«, erklärte er, während er die ersten Buchstaben schrieb. »Zum Glück hat Graf Johannes genug Geschriebenes im Kloster hinterlassen, so dass ich üben konnte, seine Schrift nachzuahmen.«

Danach war es etliche Zeit so still, dass man nur noch das Kratzen der Feder auf dem Pergament vernahm. Die Zwillinge erstarrten schier zu Stein, aus Angst, bemerkt zu werden. Für sie war es kaum fassbar, was vor ihren Augen geschah. Unterstützt von dem durchtriebenen Mönch, wollten ihre Stiefmutter und ihr Halbbruder sie um ihr Erbe bringen. Am liebsten hätte Johanna die drei angeschrien, dass sie gefälligst das Testament des Vaters anerkennen sollten. Doch wenn man sie hier als Lauscher erwischte, würde Genoveva sie in den tiefsten Keller sperren lassen. Was dann geschehen würde, wagte sie sich nicht vorzustellen. Nach dem, was sie eben gesehen und gehört hatte, traute sie ihrer Stiefmutter alles Schlechte zu.

Frater Amandus füllte unterdessen Zeile um Zeile mit den steilen Buchstaben, für die Reichsgraf Johannes bekannt gewesen war, ließ aber die Unterschriften der Zeugen und deren Siegel unangetastet.

Schließlich musterte er Matthias und Genoveva mit einem überlegenen Blick. »Das neue Testament liest sich nun wie folgt: Geschrieben im Jahre unseres Herrn Jesu Christi 1679 zu Allersheim von Johannes Matthäus Karl, Reichsgraf zu Allersheim und Herr auf Eringshausen. Gott ist mein Zeuge, dass ich nach meinem Heimgang zu unserem Herrn im Himmel meine irdischen Besitztümer wie folgt an meine Erben übergebe:

Mein ältester Sohn Matthias erhält die Reichsgrafschaft Allersheim sowie die Herrschaft Eringshausen mit allen dazugehörigen Liegenschaften. Er hat jedoch die Hälfte der Einnahmen der Herrschaft Eringshausen meiner dritten Gemahlin Genoveva als Unterhalt zu überlassen. Sollte mir von Genoveva noch ein Sohn geboren werden, erhält dieser die Hälfte der Herrschaft Eringshausen als Erbe. Gebiert meine Gemahlin stattdessen eine Tochter, hat mein Sohn Matthias diese mit einer Mitgift von zehntausend Gulden auszustatten.« Der Frater musterte die beiden mit überheblichem Blick. »Seid Ihr nun zufrieden?«

»Alles in allem bin ich einverstanden«, antwortete Matthias zögerlich. »Doch was ist mit den Zwillingen?«

»Ich bin gleich so weit«, erklärte der Frater mit spöttischem Unterton. »Es geht nämlich noch weiter: Meiner Gemahlin Genoveva überlasse ich für ihre Lebzeiten den Schmuck meines Hauses. Nach ihrem Tod fällt dieser an meinen Sohn Matthias zurück, es sei denn, sie gebiert mir eine Tochter. Diese hat ein Drittel der Juwelen als Erbe zu erhalten.

Was die Zwillinge Karl und Johanna betrifft, so hege ich berechtigte Zweifel an deren ehelicher Geburt. Um jedoch die Ehre der Familie nicht zu beschmutzen, sollen sie trotzdem als meine Kinder gelten. Karl hat als Mönch in ein strenges Kloster einzutreten und dort für die Sünden seiner Mutter zu beten. Johanna hingegen soll mit einer Mitgift von dreitausend Gulden ausgestattet und an einen Edelmann verheiratet werden, den mein Sohn und Erbe Matthias für sie bestimmt.

Gezeichnet, Johannes Matthäus Karl, Reichsgraf zu Allersheim und Herr auf Eringshausen.«

Während Genoveva einen leisen Jubelruf ausstieß, biss Johanna sich ins Handgelenk, um nicht vor Zorn zu schreien. Ihr Bruder kniete so regungslos neben ihr, als wäre kein Leben mehr in ihm.

»Wisst Ihr schon, an wen Ihr Johanna verheiraten wollt?«, fragte der Pater.

»Wie sollte ich, da Ihr diesen Passus eben erst ins Testament geschrieben habt«, erwiderte Matthias unwirsch.

»Ist nicht letztens das vierte Weib des Gunzbergers verstorben?«, warf Genoveva lächelnd ein. »Herr Kunz wird wohl kaum lange Witwer bleiben wollen und dürfte eine Jungfrau wie Johanna gewiss nicht ausschlagen.«

»Aber der Mann ist bald sechzig und hat schon elf Kinder aus seinen ersten vier Ehen. Die meisten sind bereits älter als Johanna«, rief Matthias aus.

»Kümmert es dich?«, fragte seine Stiefmutter. »Das Mädchen muss so rasch wie möglich verschwinden! Mit Karl werden wir fertig. Doch Johanna ist vom Teufel besessen.«

Johanna konnte gerade noch ein wütendes Fauchen unterdrücken, denn für sie steckte der Teufel in ihrer Stiefmutter. Außerdem ärgerte sie sich darüber, wie verächtlich diese über Karl sprach. Auch wenn ihr Zwillingsbruder im Vergleich zu ihr bedächtig wirkte, so verfügte er über einen festen Willen und würde sich gewiss nicht so einfach auf die Seite schieben lassen.

Unterdessen hatte Frater Amandus das Testament wieder versiegelt und reichte es Matthias. Dieser nahm es mit einer Miene entgegen, als wäre es in seiner Gesamtheit in Urin getaucht worden.

»Wenn ich Euch etwas raten darf«, sagte der Mönch, »so

lasst dieses Testament nur wenige Auserwählte sehen! Sonst könnte die Nachricht davon bis nach Polen zu den Verwandten Eurer Stiefgeschwister gelangen. Die Polen sind ein wildes Volk, wie Ihr wisst. Sollte einer argwöhnen, die Ehre seiner Verwandten wäre gekränkt worden, so traue ich ihm zu, Euch mit dem Säbel in der Hand aufzusuchen.«

Johanna empfand die Worte des Fraters als unverschämt und wartete auf Matthias' Reaktion. Wenn ihr Halbbruder auch nur einen Funken Ehre besaß, müsste er Amandus aus dem Haus weisen und das falsche Testament ins Feuer werfen. Matthias stand jedoch nur da und sah sich zu seiner Stiefmutter um.

»Was meinst du?«

»Mein Vetter hat recht! Du musst rasch und entschlossen handeln. Sonst verlierst du alles, was du durch Bruder Amandus' Schreibkunst gewonnen hast.«

Matthias nickte wie unter einem Zwang. »Ich werde das Testament gut verwahren. Ihr seid meine Zeugen, dass ich nach dem Willen meines Vaters handeln werde.«

»Das sind wir gewiss«, versprach der Frater mit einem boshaften Grinsen.

Genoveva hingegen sah zur Tür. »Matthias, du solltest noch heute einen Boten zu Ritter Kunz von Gunzberg senden und ihm mitteilen, dass du bereit bist, deine Schwester mit ihm zu verheiraten. Er wird sofort zugreifen, denn für einen Mann in seinem Alter ist eine Jungfrau von siebzehn Jahren unwiderstehlich. Außerdem bekommt er, nachdem er bereits vier Ehefrauen ins Grab gebracht hat, so leicht keine andere Braut mehr.«

»Ich möchte den Gunzberger eigentlich nicht als Verwandten haben«, wandte Matthias ein. »Er ist ein äußerst unangenehmer Mensch.«

»Du musst ihn ja nicht heiraten!«, spottete Genoveva. »Was ist dir lieber – Eringshausen zu verlieren oder Johanna mit Ritter Kunz zu vermählen?«

Johanna wünschte sich, Matthias würde sich wenigstens ein Mal gegen ihre Stiefmutter durchsetzen. Seit dem Tod des Vaters hatte jedoch Genoveva das Sagen auf Allersheim, und ihr Halbbruder folgte dieser Frau aufs Wort. Nun verließ er die Bibliothek, um deren Willen auszuführen, während Genoveva und der Mönch sichtlich vergnügt zurückblieben.

Frater Amandus wartete gerade so lange, bis die Tür geschlossen war, dann trat er neben Genoveva und legte ihr den Arm um die Schulter. »Bist du wirklich schwanger, Base?«, fragte er belustigt.

»Ich bin im vierten Monat«, antwortete Genoveva zufrieden.

Der Mönch lachte leise auf. »Just zu der richtigen Zeit hast du deine Wallfahrt nach Vierzehnheiligen gemacht, um am Schrein der heiligen Nothelfer zu beten. Welch glücklicher Zufall, dass ich damals ebenfalls dort weilte und wir einen verborgenen, ruhigen Ort für uns gefunden haben. Bei Gott, wüsste der alte Reichsgraf, dass du meinen Samen austrägst, er würde vor Wut aus dem Grab steigen!«

Auch Genoveva lachte jetzt und wies zur Tür. »Wir sollten Matthias folgen. Nicht, dass er eine Dummheit begeht, die uns zum Schaden ausschlägt.«

Mit einer höflichen Geste öffnete der Mönch die Tür und wartete, bis Genoveva die Bibliothek verlassen hatte. Danach folgte er ihr in gebührendem Abstand, damit draußen niemand merken sollte, wie nahe sie sich in Wirklichkeit standen.

2.

Als niemand mehr in der Bibliothek war, ballte Karl empört die Fäuste. »Der Teufel soll Genoveva holen! Welch eine Verworfenheit! Zunächst betrügt sie unseren armen Vater mit diesem dahergelaufenen Mönch – und dann lässt sie auch noch sein Testament fälschen!«

»Ich werde auf keinen Fall Kunz von Gunzberg heiraten – und wenn ich bis ans Ende der Welt fliehen muss«, antwortete Johanna vor Zorn kochend.

»Und ich will kein Mönch werden«, erwiderte ihr Bruder niedergeschlagen. »Wie konnte Matthias das nur zulassen? Es war seit Jahren bekannt, dass er Allersheim und ich Eringshausen erben soll. Doch die Gier nach mehr Besitz hat ihn vergiftet.«

»Vergiftet haben ihn Genovevas Reden! Erinnere dich, wie sie ihm immer um den Bart gegangen ist. Selbst Vater war es zu viel, und er hat beide mehrfach arg gescholten. Genoveva ist die Quelle alles Bösen! Wahrscheinlich hat sie schon von Anfang an üble Dinge mit ihrem Vetter getrieben. Ich vermute, deswegen hat Vater Frater Amandus damals verboten, seine Besitztümer zu betreten. Vielleicht hat sie sogar mit Matthias das Bett geteilt!«

»Mit dem eigenen Stiefsohn?«, rief Karl entsetzt. »Das wäre Blutschande!«

In mancher Hinsicht war ihr Bruder noch ein Knabe, fand Johanna. Sie beobachtete ihre Stiefmutter schon geraume Zeit, und es war ihr nicht entgangen, dass sie sich länger, als es schicklich war, mit Matthias an verborgenen Stellen aufgehalten hatte. Auch war das Verhältnis zwischen Vater und Sohn mit der Zeit immer schlechter geworden. Ihr Vater hatte schließlich sogar damit gedroht, er würde Karl die Reichsgrafschaft hinterlassen, wenn Matthias ihm nicht so gehorchen würde, wie es ihm als erstgeborenem Sohn zukäme.

»Was sollen wir tun?«, wiederholte Karl seine Frage.

»Als Erstes schauen wir, dass wir ungesehen hier herauskommen. Genoveva würde toben, wenn sie erfährt, dass wir sie belauscht haben.«

»Sie würde uns umbringen oder Matthias dazu drängen, es für sie zu tun«, antwortete Karl leise.

Er litt schon lange unter der Entfremdung zu seinem Bruder. Bis zur dritten Heirat ihres Vaters hatte Matthias viel mit ihm unternommen und ihn das meiste gelehrt, was ein Edelmann können musste. Seit Genoveva ins Haus gekommen war, hatte sich ihr Verhältnis jedoch drastisch verschlechtert.

Johanna schob sich auf die Geheimtür zu und wollte sie schon öffnen, als ihr einfiel, dass sie ja nicht sehen konnte, ob draußen jemand stand oder ging. Als sie lauschte, vernahm sie tatsächlich Stimmen. Statt leiser zu werden, kamen sie näher. Wer es war, konnte sie nicht herausfinden, doch Karl und sie mussten auf jeden Fall warten, bis diese Leute verschwunden waren. Da fühlte sie die Hand ihres Bruders um ihren Fußknöchel.

»Ich muss dringend zum Abtritt«, sagte er für ihr Gefühl fast zu laut.

»Sei still und beherrsche dich!«, raunte sie ihm zu. »Wir können noch nicht hinaus. Es ist jemand im Flur.«

»Ich muss wirklich dringend«, erwiderte Karl stöhnend.

»Beherrsche dich!«, flehte Johanna ihren Bruder an. »Es geht um unser Leben!«

Karl nickte und biss die Zähne so fest zusammen, dass es knirschte. Kurz darauf war nichts mehr zu vernehmen. Johanna wartete trotzdem noch ein paar Augenblicke, um sicher zu sein, dass die Leute weitergegangen waren und nicht nur für einen Augenblick schwiegen. Dann öffnete sie die Tür einen winzigen

Spalt und stellte fest, dass der Flur verlassen dalag. Sie schlüpfte rasch hinaus, um ihrem Bruder den Weg freizugeben, und sah diesen dann rennen.

Sie selbst stieg die Treppe zur Küche hinab, betrat diese aber nicht, sondern verließ das Schloss durch die Pforte, die in den Gemüsegarten führte. Wenig später befand sie sich wieder in dem alten Turm und wartete dort auf ihren Bruder.

3.

Genoveva von Allersheim war sehr zufrieden, denn Gott hatte sie endlich von ihrer Ehe mit dem misstrauischen alten Mann erlöst. Dessen Drohung, sie wegen ihres Lebenswandels in ein Kloster einweisen und streng bewachen zu lassen, war mit Hilfe ihres Vetters glücklich abgewendet worden. Überdies sorgte das gefälschte Testament dafür, dass sie schon bald über so viele Einkünfte verfügen würde, dass sie ihr Leben so gestalten konnte, wie sie es sich vorstellte. Dabei freute es sie doppelt, dass ihre Stieftochter einen noch älteren Mann heiraten musste als sie damals. Was Karl betraf, so vergönnte sie ihm die strenge Klosterhaft, die sein Vater in dem ursprünglichen Testament für sie selbst vorgesehen hatte.

Damit alles in ihrem Sinne vonstattenging, musste Matthias jedoch ihre Befehle befolgen. Sie trennte sich daher von ihrem Vetter und schlug den Weg zu den Gemächern ihres Stiefsohns ein. Eine Magd kam aus einem der Räume, knickste und verschwand. Genoveva beachtete sie nicht, sondern trat in Matthias' Schreibzimmer.

Er saß am Tisch, hatte das gefälschte Testament vor sich liegen und bewegte die Lippen, als würde er mit sich selbst reden. Aber es kam kein Laut aus seinem Mund. Genoveva schloss geräuschlos die Tür und schob den Riegel vor. An diesem Ort würde niemand sie stören.

»Bist du nicht zufrieden, Matthias? Du hast doch alles erreicht, was du dir gewünscht hast«, sagte sie.

Der junge Mann zuckte zusammen und stieß sein Glas um. Mit einem raschen Schritt war Genoveva am Tisch und rettete das Testament, bevor der Wein darüberfließen konnte.

»Du solltest dieses Pergament sorgfältiger behandeln!«, tadelte sie ihren Stiefsohn. »Immerhin verschafft es dir großen Reichtum.«

»Aber auf Kosten meiner Geschwister! Ich weiß nicht, ob ich es wirklich tun soll«, wandte Matthias ein.

Genoveva bedachte ihn mit einem warnenden Blick. Am liebsten hätte sie ihm mit harschen Worten die Meinung gesagt, doch sie musste ihn für ihre Pläne gewinnen. Da wären Vorwürfe der falsche Weg.

»Liegen dir die Kinder der Polin so am Herzen?«, fragte sie mit verwundert klingender Stimme. »Nach dem Tod eures Vaters hast du anders gesprochen. Du wollest die Ungerechtigkeiten, die er dir zugefügt hat, rächen und dafür sorgen, dass sein Letzter Wille zu einem Nichts wird. Mein Vetter und ich haben dir dabei geholfen. Jetzt existiert das alte Testament nicht mehr, und es gibt nur noch das, welches Amandus nach deinen Vorgaben aufgesetzt hat.«

»Ich weiß«, stöhnte Matthias. »Ich war zornig auf meinen Vater, aber hatte er nicht recht, mich zu schelten?«

»Er war ein zitternder Greis, der dir die Herrschaft längst hätte übergeben müssen.«

»Aber du warst sein Weib!«

»Gegen meinen Willen! Mein Vater zwang mich, diesen alten Mann zu heiraten. Doch das ist jetzt vorbei. Wir müssen an die Zukunft denken.«

»Das tue ich doch die ganze Zeit! Wenn ich nur einen anderen Bräutigam für Johanna wüsste als Kunz von Gunzberg. Du hast doch eben selbst gesagt, wie schwer es dir gefallen ist, das Weib eines alten Mannes zu werden.«

»Ist die Tochter der Polin vielleicht etwas Besseres als ich?«, fuhr Genoveva ihn an. »Da ich deinen Vater heiraten musste, kann sie auch Kunz von Gunzberg heiraten. Außerdem hast du etwas vergessen: Ich bin schwanger! Und du bist der Vater des Kindes, denn mein Ehemann war zum Zeitpunkt der Empfängnis bereits krank und hat in jener Zeit nicht mehr nach mir verlangt!«

Sie wartete einen Augenblick, doch da Matthias nichts sagte, sprach sie in drängendem Tonfall weiter. »Willst du dein eigenes Fleisch und Blut aus übertriebener Rücksicht auf deine Geschwister um sein Erbe bringen? Was hätte mein Kind, wäre das alte Testament gültig geworden? Nichts! Und das werde ich nicht hinnehmen!«

»Du hast ja recht«, antwortete Matthias leise. »Es ist nur ...«

Er brach ab, als er sah, wie seine Stiefmutter ihr Mieder aufschnürte und ihre Brüste entblößte.

»Da ich deinen Samen in mir trage, ist es nur recht und billig, wenn du mir auch jetzt beiwohnst, so wie du es schon früher getan hast.«

Bei dem Hinweis auf das, was die heilige Kirche als Blutschande bezeichnete, verfärbte Matthias' Kopf sich dunkelrot. Dennoch konnte er den Blick nicht von den vollen Brüsten der jungen Frau lösen. Als sie ihr Kleid ablegte und zuletzt auch noch die Unterröcke fallen ließ, war es mit seiner Beherrschung vorbei. Er stand auf, packte sie mit einem rauhen Griff und schob sie auf sein Schlafgemach zu.

»Du bist eine Versuchung für mich, der ich nicht widerstehen kann«, keuchte er, während er an seinen Hosen zerrte.

»Lass mich dir helfen«, erwiderte Genoveva lächelnd und löste seinen Gürtel.

Sie zog seine Hosen nach unten und fasste nach seinem Glied. Es ragte straff nach vorne und pulsierte unter ihren Fingern. Während sie sich auf sein Bett legte und die Beine spreizte, verriet sein Blick ihr, dass sie gewonnen hatte. Für ihn war es ein Sieg über seinen Vater, sie zu besitzen. Obwohl er als Liebhaber weniger rücksichtsvoll war als ihr Vetter Amandus, gelang es ihm innerhalb weniger Augenblicke, ihre Lust bis an die Grenzen des Erträglichen zu steigern.

»Es ist bedauerlich, dass die heilige Kirche die Ehe eines Stiefsohns mit seiner Stiefmutter verbietet«, sagte sie, als sie beide nach einer Weile erschöpft nebeneinanderlagen. »So muss dein Sohn als dein Bruder gelten.«

»Es ist ein Kind der Sünde«, murmelte Matthias, doch er wusste, dass er nicht mehr zurückkonnte. Er hatte diesen Weg eingeschlagen und musste ihn bis zum Ende gehen.

4.

Es dauerte einige Zeit, bis Karl wieder in den Turm zurückkehrte. Johanna schalt ihn deswegen, doch er hob in einer verzweifelten Geste die Hände.

»Ich bin auf dem Rückweg Frater Amandus vor die Füße gelaufen. Er winkte mich zu sich, und da konnte ich nicht nein sagen!«

»Das verstehe ich«, gab Johanna zu. »Was wollte er von dir?«

»Er hat angedeutet, dass Abt Severinus ihn in das Testament unseres Vaters eingeweiht habe«, antwortete Karl. »So hätte Vater verfügt, dass du eine passende Ehe eingehen sollst.«

»Eine Ehe mit Kunz von Gunzberg ist keine passende Ehe«, unterbrach Johanna ihn aufgebracht.

Karl nickte verzweifelt. »Damit hast du recht! Zu mir sagte Amandus, um Matthias' Stand nicht zu schwächen, hätte Vater beschlossen, mich dem Dienst der Kirche zu weihen!«

»Wenn Amandus nur den Mund aufmacht, träufelt Gift von seinen Lippen! Ich wünschte, er würde daran zugrunde gehen.«

Da solche Wünsche jedoch selten in Erfüllung gingen, forderte Johanna ihren Bruder auf, sich an den Tisch zu setzen, und nahm ihm gegenüber Platz.

»Wir müssen jetzt genau überlegen, was wir tun können. Schließlich willst du ebenso wenig ins Kloster gehen, wie ich bereit bin, den Gunzberger zu heiraten.«

»Wir könnten zu einem unserer Nachbarn gehen und ihn bitten, uns zu helfen«, schlug Karl vor.

Johanna schüttelte den Kopf. »Keiner unserer Nachbarn würde es sich unseretwegen mit Matthias verderben wollen.«

»Aber Vater Severinus wird uns gewiss zur Seite stehen! Immerhin hat er als einer der Zeugen Vaters Testament unterschrieben. Wenn wir ihm sagen, dass Amandus, Genoveva und Matthias es gefälscht haben ...«

Johanna schüttelte den Kopf. »Vater Severinus ist alt und, wie es heißt, sehr krank. Ich bezweifle, dass er die Kraft aufbringen würde, sich gegen Amandus und Matthias zu behaupten.«

»Es gibt noch einen weiteren Grund, der dagegenspricht«, fiel Karl ein. »Ich könnte vielleicht im Kloster Zuflucht finden, aber dir als Mädchen würde der Zutritt verwehrt.« Er strich sich nachdenklich über die Stirn. »Der Fürstbischof von Bamberg war doch auch ein guter Freund unseres Vaters! Er wäre mächtig genug, um sich gegen Matthias durchzusetzen.«

»Matthias wird darauf hinweisen, dass Allersheim eine freie Reichsgrafschaft ist und nicht der Gerichtsbarkeit des Hochstifts Bamberg untersteht. Auch hat Amandus als Mönch dort gewiss mehr Einfluss als wir«, kommentierte Johanna auch diesen Vorschlag ablehnend.

»Dann fliehen wir nach Bamberg zu Markgraf Christian Ernst. Er ist Protestant und wird sich von Mönchen und Pfaffen nichts sagen lassen!« Karl sah seine Schwester so hoffnungsvoll an, dass es ihr leidtat, ihn erneut enttäuschen zu müssen.

»Du vergisst das gefälschte Testament! Es soll zwar so geheim wie möglich bleiben, doch wenn Genoveva und Matthias es für nötig halten, werden sie es vor Gericht präsentieren. Dann gelten wir beide als Bastarde, und niemand wird eine Hand für uns rühren.«

»Aber wenn uns niemand hilft, bleibt uns nichts anderes übrig, als uns in unser Schicksal zu fügen«, rief Karl entsetzt.

»Ich denke nicht daran, aufzugeben!«, antwortete Johanna mit blitzenden Augen. »So ganz ohne Schutz, wie Genoveva und Matthias annehmen, sind wir beide nicht.«

»Wer sollte uns helfen, wenn keiner der Nachbarn es vermag?«, fragte Karl verständnislos.

»Du hast vergessen, dass wir halbe Polen sind! Unser Großvater ist ein mächtiger Mann im Polnischen Reich, und er wird nicht dulden, dass unsere Rechte mit Füßen getreten werden.«

Ihr Bruder winkte mutlos ab. »Kannst du dir überhaupt vorstellen, wie viele Meilen wir bis nach Polen zurücklegen müssten? Wir haben nicht genug Geld für diese Reise und auch niemanden, der uns etwas leihen würde. Hättest du Mamas Juwelen noch, könnten wir das eine oder andere davon verkaufen. Doch die hat Genoveva dir weggenommen.«

»Nicht ganz!«, trumpfte Johanna auf. »Ein Armband und zwei Broschen sind noch in meinem Besitz. Ich hatte sie mir kurz vor Vaters Tod angesehen, da sie mich an Mama erinnerten, und wurde dann gerufen. Aus Eile habe ich sie nicht mehr in die Schatulle getan, sondern unter meine Winterdecke in die Truhe gesteckt. Vor ein paar Tagen habe ich sie dort wiedergefunden.«

»Es ist besser als nichts«, erklärte ihr Bruder. »Aber es wird nicht leicht werden, von hier zu entkommen, denn Matthias wird uns verfolgen lassen.«

»Er dürfte im Gegenteil froh sein, uns losgeworden zu sein.« Noch während sie es sagte, schlug Johanna mit der Faust in die offene Hand. »Nein, das wird er nicht, du hast recht. Leider! Um seines Ansehens willen muss er uns einfangen. Die Leute würden ihm sonst vorwerfen, er hätte uns so schlecht behandelt, dass wir ausgerissen sind.«

»Außerdem wirst du den Weg nach Polen im Damensattel niemals durchhalten!«

»Ich werde nicht im Damensattel reiten, sondern einen für Männer nehmen«, antwortete Johanna entschlossen.

»Das kannst du nicht tun! Nur Weiber vom fahrenden Volk und Schlampen sitzen so zu Pferd«, rief Karl entsetzt.

Obwohl es stimmte, war Johanna nicht bereit, ihren Plan aufzugeben. Sie dachte kurz nach und grinste dann spitzbübisch.

»Wen wird Matthias verfolgen lassen?«, fragte sie.

»Na, uns natürlich!«, antwortete Karl verständnislos.

»Das heißt einen Jüngling und ein junges Mädchen!«

»Ich verstehe nicht, worauf du hinauswillst!« Karl ärgerte sich langsam, denn während er sich den Kopf zerbrach, wie seine Schwester und er der üblen Situation entkommen könnten, stellte Johanna alberne Fragen.

»Das kann ich dir sagen, Bruderherz«, erklärte sie. »Wir werden nicht als Bruder und Schwester fliehen. So viel kleiner als du bin ich nicht, daher müssten mir die Kleider passen, die du im letzten Jahr getragen hast. Wie gut, dass Genoveva unsere Sachen nicht im Schloss dulden wollte und sie hierherbringen ließ. Daher können wir uns für die Reise rüsten. Wie du selbst sagtest, ist es ein weiter Weg, und den sollten wir mit mehr als nur einem Sacktuch in der Tasche antreten.«

»Du willst dich als Junge verkleiden?«

Karl konnte es nicht fassen, doch das entschlossene Blitzen in Johannas Augen verriet ihm, dass sie genau das vorhatte. Kopfschüttelnd musterte er sie. Zwar war ihre Gestalt noch schlank und knabenhaft, doch mit ihrem fein gezeichneten Gesicht, den großen, blauen Augen und den langen, goldenen Wimpern würde ihr niemand den Jungen abnehmen.

»Außerdem vergisst du deine Haare«, setzte er mit einem Blick auf die bis zur Taille fallende goldene Flut hinzu.

»Die Haare sind das wenigste! Eine Schere beseitigt dieses Hindernis rasch«, rief Johanna lachend.

»Du willst dir die Haare abschneiden?«, fragte er entgeistert.

»Wenn es der Preis ist, einem Kunz von Gunzberg zu entgehen, zahle ich ihn gerne! Du wirst mein Coiffeur sein müssen.«

Karl wünschte sich, eine andere Lösung zu finden. Doch da Kunz von Gunzberg schon am nächsten Tag in Allersheim erscheinen konnte, um die Hochzeit zu feiern, blieb ihm nichts anderes übrig, als seiner Schwester den Willen zu lassen.

»Also gut! Wir bereiten alles vor. Deine Haare schneiden wir aber ganz zuletzt ab.« Noch hoffte er auf eine Möglichkeit, es nicht tun zu müssen. Vorerst half er Johanna, ihre Kisten und Truhen zu durchsuchen.

Sie entdeckten nicht nur die Kleider, die sie in den letzten Jahren getragen hatten, sondern auch vieles von dem, was ihrer Mutter gehört hatte. Einige Kleidungsstücke waren so schön, dass es Johanna weh tat, sie zurücklassen zu müssen. Mit Tränen in den Augen strich sie über den weichen Samt, der nach den milden Kräutern duftete, die Motten und andere Schädlinge fernhalten sollten, und traf dabei auf etwas Hartes. Sie griff unter das Kleid und brachte einen kleinen Beutel zum Vorschein, der mit Gold- und Silbermünzen gefüllt war.

»Sieh her, Karl! Als wenn Mama gewusst hätte, dass wir einmal Geld brauchen würden«, rief Johanna ihrem Bruder zu.

Karl betrachtete die Münzen und zuckte mit den Achseln. »Es ist polnisches Geld. Hier hilft uns das gar nichts. Wir wissen nicht einmal, was es wert ist, und wenn wir es umtauschen wollen, wird man uns übers Ohr hauen.«

»Aber in Polen werden wir die Münzen brauchen können«, stellte Johanna zufrieden fest und wandte sich der letzten Kiste zu. Diese unterschied sich deutlich von den anderen und war mit längst verblassten Farben bemalt. Da die Scharniere eingerostet waren, musste Karl ihr helfen, sie zu öffnen. Innen wirkte die Kiste jedoch wie neu. Sogar die Kräuterbündel, die vor Jahren hineingelegt worden waren, dufteten noch.

»Die Truhe muss noch von Mamas Aussteuer stammen«, rief Johanna aufgeregt und zog einen mit Pelz besetzten Mantel heraus. Einst für ihre Mutter gedacht, konnten auch Karl oder sie ihn tragen.

»Da ist noch so ein Mantel!« Karl griff in die Kiste und zog noch einen zweiten, etwas größeren hervor.

»Das sind Kontusze, wie die Polen dazu sagen. Die kommen uns sehr zupass, denn in denen werden wir fremdländisch wirken! Niemand wird darauf kommen, wer wir wirklich sind«, erklärte sie.

»Wir können die Mäntel dann aber erst nach einigen Tagen anziehen, sonst erfahren Matthias und Genoveva davon und können uns leicht verfolgen lassen.«

Johanna nickte anerkennend. »Gut, dass du daran gedacht hast! Wir werden die Mäntel hinter unsere Sättel schnallen und in den ersten Tagen heimlich reiten. Haben wir einen gewissen Abstand zu Allersheim erreicht, verwandeln wir uns in Pan Karol und Pan Jan Wyborski, zwei junge Polen, die auf dem Weg in die Heimat sind. Darauf werden Genoveva und Matthias niemals kommen.«

»Hoffen wir's«, meinte Karl und griff erneut in die Kiste.

Als Nächstes brachte er zwei Mützen mit Pelzbesatz und jeweils einer kleinen, silbernen Agraffe zum Vorschein, die seine Schwester Kołpak nannte. Da sie mehr Zeit mit ihrer Mutter verbracht hatte als Karl, wusste sie von dieser viel über deren Heimat und die dortigen Sitten.

In der Kiste lagen noch zwei kuttenartige Kleider und zwei breite Seidengürtel von aufwendiger Webart.

»Anscheinend hat Großvater gedacht, Mama würde zwei Knaben zur Welt bringen«, sagte Johanna lächelnd. »Kontusz, Kołpak, Żupan und die Seidengürtel gehören zur Tracht eines polnischen Edelmanns. Ebenso die beiden Säbel, die noch in der Kiste liegen.«

Da sein Vater ihm an seinem vierzehnten Geburtstag einen Degen geschenkt hatte, wollte Karl die Säbel in der Kiste lassen. Doch da hielt Johanna ihn auf.

»Wir sollten diese Säbel auf der Reise tragen!«

»Aber ...«

Karl verstummte mitten im Wort. Wenn Johanna als junger Bursche reisen wollte, musste sie ebenfalls bewaffnet sein. Gleichzeitig machte er sich Sorgen. Vor ihnen lag ein weiter Weg voller Gefahren, die seine Schwester alle zu unterschätzen schien.

»Es ist gut, dass du mir das Fechten beigebracht hast«, erklärte Johanna zufrieden.

»Es war die einzige Möglichkeit für mich, mit dem Degen zu üben, nachdem Matthias es nicht mehr tun wollte und Vater zu krank wurde, um einen Fechtlehrer für mich rufen zu lassen«, antwortete Karl mit einer gewissen Erleichterung. Johanna verfügte zwar nicht über die gleiche Kraft wie er, war aber flink und wusste einen Vorteil zu erkennen und zu nutzen.

»Wir können unserem Schicksal dankbar sein, dass es uns auf diese Reise vorbereitet hat«, fand Johanna und umarmte ihren Bruder. »Sobald wir unsere Mantelsäcke gepackt haben, sollten wir zum Stall gehen und unsere Pferde holen. Die Stallknechte werden bald in die Küche gehen und zu Abend essen. Es wird eine Zeit dauern, bis sie zurückkommen.«

»Einer wird jedoch zurückbleiben. Wenn er uns verrät …«, sagte Karl besorgt.

»Es wird wohl Wojsław sein – und der verrät uns nicht«, erklärte Johanna mit unerschütterlichem Optimismus und ging daran, die Sachen herauszusuchen, die sie mitnehmen wollte.

5.

Nachdem ihr Gepäck verschnürt war, saßen Johanna und Karl am Fenster und beobachteten, wie die Stallknechte beim Klang der Küchenglocke zum Essen eilten. Wie Johanna es erwartet hatte, blieb keiner der einheimischen Knechte zurück. Es war also wieder einmal an Wojsław, auf die Pferde achtzugeben.

»Wir sollten uns auf den Weg machen, damit wir die paar Stunden, die es noch hell ist, ausnützen können«, erklärte Johanna. »Für die Nacht brauchen wir Fackeln. Außerdem wäre eine Pistole hilfreich, wenn wir unterwegs auf Räuber treffen.«

»Die Pistolen und Flinten hat Matthias im Jagdzimmer eingeschlossen!«, sagte Karl.

»Ich weiß, wo ein Schlüssel dazu ist. Da die Bediensteten beim Essen sitzen und unsere Stiefmutter und unser Bruder in ihren Gemächern sein dürften, kann ich die Waffen besorgen.

Mundvorrat werden wir außerdem brauchen, denn in den ersten Tagen werden wir kaum einkehren können. Den hole ich ebenfalls.«

»Dazu musst du aber an der Küche vorbei!« Karl ärgerte sich selbst, weil er andauernd Einwände vorbrachte. Dabei war Johanna gewiss nicht unvorsichtig. Manchmal aber wagte sie seiner Meinung nach zu viel. Er erinnerte sich daran, wie sie vor Jahren in den Teich gestiegen war, ohne schwimmen zu können, und Matthias sie im letzten Augenblick aus dem Wasser gezogen hatte.

»Es wird Zeit«, forderte Johanna ihn auf.

Im selben Augenblick klopfte es unten an der Tür. Die beiden zuckten erschrocken zusammen.

»Wer mag das sein?«, fragte Karl.

Johanna eilte die Treppe hinab. Beim Anblick der prall gefüllten Mantelsäcke, die bereits dort standen, bekam sie Angst. Wenn jemand ihr Gepäck sah, würde er erraten, was sie und ihr Bruder vorhatten, und es Genoveva und Matthias mitteilen.

»Ich gehe zur Tür. Stell du dich so, dass du die Mantelsäcke verdeckst«, bat sie Karl und öffnete die Tür. Gleichzeitig machte sie einen Schritt nach vorne und füllte den Türrahmen zu einem großen Teil aus.

Vor ihr stand Gretel, eine der jüngeren Mägde im Schloss. »Ich habe Euch das Essen gebracht, gnädiges Fräulein, damit Ihr es nicht holen müsst wie in den letzten beiden Tagen. Sagt aber niemandem etwas, sonst würde Frau Genoveva mich schelten«, flüsterte die junge Frau und drückte Johanna einen Korb in die Hand.

»Ich muss mich sputen, damit ich noch rechtzeitig in die Küche komme«, setzte sie nach einem ängstlichen Seitenblick hinzu.

»Ich danke dir!« Johanna atmete erleichtert auf, als Gretel

sich nach einem angedeuteten Knicks umdrehte und zum Schloss zurücklief. Zufrieden nickend kehrte sie in den Turm zurück, zog die Tür ins Schloss und stellte den Korb oben auf den Tisch.

»Wir werden es unterwegs essen! Was für ein Glück, dass Gretel uns die Sachen gebracht hat. Ich hatte die Mahlzeit ganz vergessen. Würde der Korb später am Abend noch in der Küche stehen, fiele es auf.«

»Solche Fehler müssen wir unbedingt vermeiden.« Karl verließ mit entschlossener Miene den Turm und ging auf den Stall zu. Johanna folgte ihm und überlegte dabei ihre nächsten Schritte.

Als sie das weitläufige Gebäude erreichten, schien niemand darin zu sein. Aber aus der Sattelkammer drang ein gequältes Stöhnen. Johanna öffnete die Tür und blickte hinein. In einer Ecke hockte Wojsław auf einem alten Sattel und weinte.

»Was ist geschehen?«, fragte sie den vierzehnjährigen Jungen, der ihre letzte Verbindung zur Heimat ihrer Mutter darstellte. Sonia Wyborska hatte sechs Bedienstete in ihre Ehe mitgebracht, doch vier von ihnen waren mittlerweile verstorben, darunter auch Wojsławs Eltern, und die restlichen vor ein paar Jahren nach Polen zurückgekehrt.

Wojsław stand auf und verbeugte sich vor Johanna. »Der Stallmeister hat mich geschlagen! Dabei konnte ich gar nichts dafür. Max hat Graf Matthias' Hengst zu viel Hafer gegeben, so dass das Tier eine Kolik bekommen hat. Die anderen Stallknechte haben dem Stallmeister jedoch gesagt, ich wäre es gewesen. Ich wünschte, ich wäre damals mit Janek und Mariusz in die Heimat zurückgekehrt! Hier habe ich kein gutes Leben.«

»Nein, das hast du nicht!« Johanna ärgerte sich über die Knechte, die dem Jungen ihre eigenen Fehler unterschoben. Da kam ihr ein Gedanke.

»Du solltest mit uns kommen, Wojsław. Wir reisen nach Polen!«

»Wirklich?« Die Tränen des Jungen versiegten, und er wischte sich die nassen Wangen mit den Handrücken trocken. »Ihr wollt von hier fort?«

»Wir müssen.« Johanna klopfte Wojsław auf die Schulter. »Sattle du mit meinem Bruder zusammen drei Pferde!«

»Ich werde Eure Stute satteln, die Euch die böse Gräfin Genoveva weggenommen hat«, rief Wojsław eilfertig.

Obwohl es Johanna in der Seele weh tat, auf das Tier verzichten zu müssen, schüttelte sie den Kopf.

»Nein, das ist zu riskant! Wähle drei ausdauernde Pferde, deren Fehlen nicht so rasch auffällt. Sie dürfen keine besonderen Zeichen tragen. Wir sind auf der Flucht, verstehst du?«

Wojsław nickte. »Das begreife ich! Ich weiß auch schon, welche Pferde ich nehmen werde. Aber was ist mit Eurem Sattel? Er wird nicht passen!«

»Ich will keinen Damensattel! Doch nun muss ich los, sonst sind sie im Schloss mit dem Essen fertig!« Johanna nahm einen Sack mit, der ihr sauber genug erschien, und zwinkerte im Hinausgehen ihrem Bruder zu.

»Wir werden es schaffen!«

»Aber ist es nicht auffällig, wenn wir Wojsław mitnehmen?«, fragte Karl.

»Ganz im Gegenteil! Kein Herr von Stand reitet ohne einen Reitknecht durch die Lande. Wir werden mit Wojsław weniger auffallen als ohne ihn.«

6.

Johannas nächstes Ziel war das Schloss. Sie nahm wieder den Nebeneingang und huschte den Flur entlang. Sollte jemand sie entdecken, würde sie behaupten, für sich und ihren Bruder eine Flasche Wein zu holen.

An der Tür zur Küche lauschte sie kurz. Die Bediensteten waren noch beim Essen. Kurzentschlossen wandte Johanna sich der Treppe in den Keller zu und atmete auf, als sie unten stand. Rasch wanderten ein großer Laib Brot, mehrere Würste, ein Schinken und ein Stück harten Käses in ihren Sack. Im Keller nebenan nahm sie drei Flaschen Wein mit.

Der Sack hatte, als sie ihn schulterte, sein Gewicht, trotzdem lächelte sie zufrieden. Mit diesen Vorräten kamen sie auch zu dritt mehrere Tage aus. Um den Sack nicht im Schloss herumschleppen zu müssen, versteckte sie ihn hinter dem Regal der Bibliothek, von dem aus Karl und sie die Fälschung des Testaments belauscht hatten. Kurz darauf betrat sie das Jagdzimmer. Die Herren auf Allersheim waren stets gute Jäger gewesen, und so barg dieser kleine Saal eine Unmenge an Trophäen. Johanna nahm ein altes Rehgehörn von der Wand und fand dahinter einen der Schlüssel zur Waffenkammer. Ihr Vater hatte ihn dort versteckt, weil er den eigenen Schlüssel oft in seinen Gemächern vergessen hatte und nicht zurücklaufen mochte.

Johanna bezweifelte, dass Matthias etwas von diesem Schlüssel wusste. Ihr half er, den großen Waffenschrank zu öffnen. Mehr als ein Dutzend Büchsen, Flinten und Pistolen hingen dort fein säuberlich aufgereiht. Darunter waren herrliche Waffen mit feinen Ziselierungen und präzise gezogenen Läufen. Mit einigen Pistolen konnte man das Symbol einer Spielkarte auf zehn Schritt herausschießen. Auch wenn Matthias den Raum nur selten betrat, hielt Johanna es für zu auffällig, diese

Pistolen zu stehlen. Sie wählte daher drei, die ganz unten im Schrank lagen. Von türkischen Waffenschmieden gefertigt, hatte ihr Vater sie vor Jahren als Beute von einem Feldzug im Namen Kaiser Leopolds mitgebracht.

Da sie nichts hatte, um die Pistolen zu verstauen, klemmte sie sie sich unter den Arm, nahm noch zwei Pulverflaschen sowie einen Beutel mit Bleikugeln an sich und verließ das Jagdzimmer. Noch waren keine Bediensteten in den Fluren zu sehen, doch sie vernahm, dass Genoveva gebieterisch nach ihrer Zofe rief.

Johanna eilte rasch zur Bibliothek, verschwand in ihrem Versteck und wartete dort, bis die eiligen Schritte der Zofe verhallt waren. Dann öffnete sie die Tür und spähte vorsichtig hinaus. Es war niemand in der Nähe. Rasch stopfte sie die Pistolen und den Schießbedarf zu den Lebensmitteln im Sack, wuchtete sich diesen auf den Rücken und verließ das Schloss durch die gleiche Tür, durch die sie es betreten hatte. Kurz darauf erreichte sie den Stall und sah ihren Bruder, Wojsław und drei gesattelte Pferde vor sich.

»Sehr gut!«, rief sie, noch ganz außer Atem. »Hier sind Waffen und Vorräte. Wojsław soll seinem Gaul noch Satteltaschen auflegen. Ich eile unterdessen zum Turm und ziehe mein Kleid aus. Außerdem brauchen wir Fackeln!«

»Die haben wir uns schon besorgt«, erklärte ihr Bruder und hielt sie fest, als sie wieder losrennen wollte. »Du solltest dich erst unterwegs verkleiden. Wenn dich irgendjemand vom Schloss aus sieht, ist unser Täuschungsspiel vorbei, noch ehe es begonnen hat.«

Johanna nickte nachdenklich. »Du hast recht. Wir dürfen nichts riskieren. Dann musst du mir eben unterwegs die Haare abschneiden!«

»Das mache ich nicht. Wenn es wirklich nötig ist, soll Wojsław es tun«, antwortete Karl mit abweisender Miene.

»Was soll ich tun?«, fragte der Junge.

»Meine Haare abschneiden! Um der Hexe Genoveva zu entkommen, muss ich mich eine Weile als Jüngling verkleiden«, erklärte ihm Johanna und sah zum Stalltor hinaus. »Wir sollten die Pferde zum Turm bringen und hinter die alte Mauer stellen. Dort können sie vom Schloss aus nicht gesehen werden.«

»Ich hole nur noch schnell einen Mantelsack für die Vorräte«, rief Wojsław und rannte in die Sattelkammer. Nur wenige Herzschläge später kam er mit einem bereits mehrfach geflickten Sack zurück und warf ihn über den Rücken seines Wallachs.

»Ich will ihn erst an den Sattel schnallen, wenn wir die Tiere versteckt haben. Nicht, dass einer der Stallknechte zurückkommt«, sagte er und verließ mit dem Pferd am Zügel den Stall. Karl folgte ihm, während Johanna noch einen forschenden Blick zum Schloss warf. Dort war zum Glück alles ruhig.

Eine halbe Stunde später waren sie unterwegs. Johanna hatte bereits Hosen und ein Hemd angezogen, die ihrem Bruder vor einem Jahr noch gepasst hatten, ihm aber zu klein geworden waren, und trug darüber ihr Kleid. Hinter dem Sattel hatte jeder von ihnen einen großen Mantelsack befestigt. Um vom Schloss aus nicht entdeckt zu werden, führten sie zunächst die Pferde und schwangen sich erst in einem respektablen Abstand in die Sättel.

Für Johanna war es das erste Mal, dass sie wie ein Mann zu Pferd saß, und sie fühlte sich entsprechend unsicher. Sie merkte jedoch rasch, dass sie den Wallach, den Wojsław ihr ausgesucht hatte, auf diese Art weitaus besser beherrschen konnte als im Damensattel.

Als sie das Schloss eine gute Meile hinter sich wussten, atmete Johanna auf. »Mit Gottes Hilfe werden wir die Heimat erreichen«, sagte sie zu Karl.

Er zog eine betrübte Miene. »Für mich war Allersheim meine Heimat. Es schmerzt mich, diesen Ort verlassen zu müssen.«

»Es mag einmal Heimat gewesen sein! Doch seit Vater den Drachen Genoveva geheiratet hat, ist sie es für mich nicht mehr.« Johannas Augen blitzten vor Zorn, denn als Mädchen hatte sie unter den Gemeinheiten ihrer Stiefmutter weitaus mehr gelitten als ihr Bruder.

»Wie weit ist es bis Polen?«, fragte Wojsław. Zwar waren seine Eltern polnischer Abkunft gewesen, dennoch wusste er weniger über das Land als die Zwillinge.

»Wir müssten zehn Tage lang jeden Tag etliche Meilen reisen, um es zu erreichen. Doch das würde unsere Pferde zu sehr erschöpfen. Ich bin dafür, dass wir uns die doppelte Zeit nehmen«, erklärte ihm Karl.

»Es wird allmählich dunkel. Wir sollten die erste Fackel entzünden«, schlug Johanna vor.

Ihr Bruder nickte. »Ich muss dafür anhalten und absteigen. Im Sattel kann ich das nicht.«

Alle drei hielten ihre Pferde an. Karl reichte Wojsław seine Zügel und schwang sich vom Pferd. Mangels eines Feuerzeugs sammelte er trockenes Gras und setzte es mit einem Schuss aus seiner Pistole in Brand.

Johanna zuckte erschrocken zusammen. »Hoffentlich hat das niemand gehört!«

»Und wenn schon! Bis jemand kommen und nachsehen kann, sind wir über alle Berge«, beruhigte Karl sie und entzündete die Fackel an dem brennenden Gras. Danach trat er es aus, stieg wieder in den Sattel und nahm die Zügel an sich. Die Fackel reichte er Wojsław, der nun vor ihnen herritt und den Weg ausleuchtete.

7.

Mitternacht war längst vorüber, als die drei endlich eine Pause einlegten. Nachdem Karl und Wojsław ein kleines Lagerfeuer entfacht hatten, teilten sie sich zu dritt das Abendessen, das Gretel zum Turm gebracht hatte. Johanna sah die Rast als Gelegenheit an, ihre Kleidung zu wechseln. Als Erstes streifte sie das Kleid ab und warf es ins Feuer.

»Was tust du da?«, fragte ihr Bruder verwundert.

»Junge Herren reiten nur selten mit einem Kleid im Gepäck«, antwortete Johanna und griff nach ihren Haaren. »Sie müssen gestutzt werden! Dafür ist das Lagerfeuer hell genug.«

»Ich weiß nicht«, antwortete Karl zweifelnd. Die Gefahr, dass Johanna ihre Mütze vor einem hohen Herrn ziehen musste und sich durch ihre langen Haare verriet, war jedoch zu groß.

Unentschlossen wandte er sich an Wojsław. »Ich trau mich nicht. Kannst du das machen?«

»Ich musste immer den Schweif und die Mähne der Stute stutzen, die Gräfin Genoveva geritten hat. Der Stallmeister meinte, ich könnte das am besten«, erklärte Wojsław und nahm die Schere entgegen, die Johanna ihm reichte.

Das Mädchen setzte sich so, dass der Schein des Lagerfeuers ihren Hinterkopf beleuchtete, und hielt still, als das Klappern der Schere erklang.

Wojsław war nicht gerade wohl dabei, die langen, blonden Flechten seiner Herrin abzuschneiden. Als er aufatmend zurücktrat, zeigte Johannas Schopf nicht gerade eine modische Frisur. Ihr fielen die Haare noch leicht über die Schulter und verliehen ihrem Antlitz einen kühneren Ausdruck. Als sie die Weste über das Hemd zog und den Säbel umschnallte, schüttelte Karl verwundert den Kopf. Johanna wirkte in Männerkleidung nur unwesentlich jünger als er und sah wirklich so aus, als sei sie sein Bruder. Hübsch war sie auch als Junge, doch weder ihre sanft geschwungenen Lippen noch die großen Augen verrieten ihr wahres Geschlecht. Ihre Miene wirkte entschlossen, und in ihren Augen tanzten kleine Teufelchen, die zu fragen schienen, welche Abenteuer es noch zu bestehen galt.

»Wir sollten uns etwas hinlegen und schlafen«, schlug sie vor.

Karl hob abwehrend die Hand. »Das halte ich für falsch. Wir haben hier ein Feuer entzündet. Wenn das jemand sieht, kann er uns entdecken.«

Johanna antwortete mit einem leisen Lachen. »Wenn jemand kommt, trifft er auf drei fremdländische Reisende, die sich in der Nacht verirrt und daher im Wald übernachtet haben. Übrigens sollten wir in Zukunft Polnisch sprechen. Mama hat zum Glück darauf bestanden, dass wir es gelernt haben. Gute Nacht, Bruder! Gute Nacht, Wojsław!«

Beim letzten Wort hüllte Johanna sich in den Kontusz, der ihr für die Nacht Wärme versprach, und legte sich ins Gras.

»Lange werden wir nicht schlafen können«, sagte Karl. »Wir wissen nicht, wo wir uns befinden. Schon hundert Schritte weiter kann ein Dorf sein!«

Er sah sich kurz um, entdeckte jedoch nichts, und zog ebenfalls den Mantel an. Da Wojsław kein so warmes Kleidungsstück besaß, wickelte er sich in eine Decke, die er aus dem Stall mitgenommen hatte, und war kurz darauf eingeschlafen.

Karl hingegen gingen die Geschehnisse des Tags nicht aus dem Kopf. Als er feststellte, dass seine Schwester noch wach war, sprach er sie an. »Eines hast du nicht bedacht: Um zu beweisen, dass wir tatsächlich Ziemowit Wyborskis Enkel sind, müssen wir entsprechende Dokumente vorlegen können.«

»Oh Gott, du hast recht. Das habe ich vergessen!«, rief Johanna entsetzt.

»Ich aber nicht. Vater hat mir kurz vor seinem Tod einen

Pass ausgestellt und mit seinem Wappenring gesiegelt. Ich habe Pergament und Siegelwachs mitgenommen. Sobald wir die Gelegenheit dazu haben, nehme ich mir diesen Pass zum Vorbild und schreibe zwei für uns!«

»Aber wie willst du sie unterschreiben? Mit dem Namen unseres Vaters?«, fragte Johanna angespannt.

Karl schüttelte den Kopf, auch wenn seine Schwester dies im Schein des niederbrennenden Lagerfeuers kaum noch sehen konnte. »Ich nehme den Namen unseres Großvaters und zum Siegeln einen der Zierknöpfe mit seinem Wappen, die sich an den Agraffen befinden. Er ist ein hoher Herr in Polen und wird es mir gewiss verzeihen. Für uns ist es die einzige Möglichkeit, diese Lande zu durchqueren, ohne dass wir uns als Söhne des Reichsgrafen von Allersheim zu erkennen geben müssen.«

»Du bist so klug, Bruder!«, lobte Johanna ihn und schloss die Augen. Auch wenn sich immer wieder unerwartete Schwierigkeiten vor ihnen auftürmten, so würden sie nach Polen gelangen und bei ihrem Großvater Aufnahme finden. Ziemowit Wyborski war gewiss mächtig genug, um Genoveva und Matthias für das gefälschte Testament zu bestrafen.

8.

Genoveva von Allersheims kleinlicher Hass auf die Zwillinge verhinderte, dass deren Verschwinden sofort bemerkt wurde. Es gab keinen Bediensteten, der den beiden hätte aufwarten müssen, und Gretel erhielt am nächsten Vormittag keine Möglichkeit, das Frühstück zum Turm zu tragen. Die Köchin stellte zwar einen Korb bereit, kümmerte sich aber nicht weiter darum. Dafür kamen immer wieder Diener zu dem Korb und nahmen ein Stück Wurst oder Brot heraus. Ein Knecht trank sogar die beiden Bierkrüge leer. Als ein Küchenjunge, der mehr Hunger hatte, als die Köchin ihm Essen zuteilte, auch noch den Topf mit der Morgensuppe leerte, sah es ganz so aus, als hätte Johanna den Korb geholt und ihn leer zurückgebracht.

Zu Mittag kam schließlich der Stallmeister ins Schloss. »Hat einer von euch Wojsław gesehen?«, fragte er die Lakaien und Mägde.

»Nein, wieso?«, gab Gretel die Frage zurück.

»Ich war gestern Abend nicht mehr im Stall und musste heute Vormittag zu unserem Nachbarn, um wegen des Hengstes anzufragen, den unser Herr kaufen will. Als ich vorhin zurückkam und den Stall betrat, fehlten drei Pferde und drei Sättel. Diese Narren von Knechten haben sich nicht darum gekümmert.«

»Ich bezweifle, dass sie es überhaupt bemerkt haben«, antwortete Gretel spöttisch. »Wenn Ihr nicht da seid, lassen sie Wojsław die ganze Arbeit allein tun. Ich sage Euch, der Junge ist mehr wert als die anderen Pferdeknechte zusammen.«

Der Stallmeister kniff die Lippen zusammen. Zwar war er nicht besonders zufrieden mit den Knechten, doch hatte er erwartet, diese würden wenigstens ihre Arbeit erledigen. Er erinnerte sich daran, dass er Wojsław gestern ein paar mit dem Stock übergezogen hatte, und fragte sich, ob er nicht voreilig gehandelt hatte.

»Der Junge kann doch kein solcher Narr sein, drei Pferde zu stehlen und zu hoffen, dass er davonkommt?«, murmelte er.

Währenddessen trat Gretel ans Fenster, öffnete es und blickte zum alten Turm hinüber. Ein Verdacht stieg in ihr auf. Auch wenn Frater Amandus, Gräfin Genoveva und Graf Matthias das neue Testament unter sechs Augen besprochen hatten, so ließ sich im Schloss nur wenig geheim halten. Die eine oder andere Andeutung der Herrin oder des Fraters hatte die Gerüchteküche angeheizt. Doch selbst die Bediensteten, die alles taten, um die Gunst der Gräfinwitwe zu erlangen, bedauerten deren Stieftochter, die einen so unangenehmen Patron wie Kunz von Gunzberg heiraten sollte.

Gretel fragte sich, ob die Zwillinge ebenfalls von diesen Plänen erfahren hatten. Falls dem so war, wäre es kein Wunder, wenn Komtesse Johanna und deren Bruder daraufhin die Flucht ergriffen hätten. Die Treue zur Herrschaft, die nicht an Personen, sondern an die Familie gebunden war, wollte sie dazu zwingen, Graf Matthias aufzusuchen und ihm von ihrem Verdacht zu berichten. Damit aber hätte sie Johanna und Karl verraten, und das wollte sie noch weniger.

Mit diesem Gedanken wandte sie sich wieder dem Stallmeister zu. »Also, ich habe den Wojsław nicht gesehen. Wer weiß, wo er sich nach den Schlägen, die Ihr ihm gestern verpasst habt, versteckt hat.«

»Wenn der Bursche wieder auftaucht, erhält er noch ganz andere Prügel!«, drohte der Stallmeister und verließ das Schloss wieder.

Gretel kehrte in die Küche zurück. Als die Köchin sie sah, fuhr sie zornig auf sie los. »Was stehst du hier faul herum? Du musst zum Gutshof gehen und Milch holen! Wir werden welche für das Abendessen brauchen.«

Gretel nickte und lief aus der Küche. Unterwegs nutzte sie die Gelegenheit und suchte den alten Turm auf. Wie erwartet, war niemand dort, und eine gewisse Unordnung verriet, dass die Geschwister Kleidung und andere Dinge zusammengesucht hatten. Wahrscheinlich waren die Zwillinge bereits in der Nacht geflohen. Während sie zum Meierhof weiterging, ärgerte sie sich über Graf Matthias.

»Wie kann der junge Herr nur so grausam sein, seine Schwester dem Gunzberger als Frau anzudienen?«, schimpfte sie vor sich hin.

Dabei wusste sie ebenso wie die anderen Bediensteten, dass der junge Herr ganz unter der Fuchtel seiner Stiefmutter stand. Gretel nahm sogar an, dass die beiden ein unerlaubtes Verhältnis pflegten. Doch das war nichts, was sie oder die anderen etwas anging. Die hohen Herrschaften lebten nun einmal nach anderen Regeln als das einfache Volk, und als freier Reichsgraf war Matthias von Allersheim für Gretel ein ganz hoher Herr.

9.

Am Abend dieses Tages saßen Matthias, Genoveva und Frater Amandus in einem der Salons des Schlosses, tranken Wein und besprachen ihre weiteren Pläne. Matthias rieb sich immer wieder über das Gesicht und trank zu viel. Doch der Alkohol vermochte seine Schuldgefühle nicht zu lindern. Ich habe mich mit Genoveva vor meinem Vater und vor Gott versündigt, dachte er. Ich darf nicht weiter sündigen und muss Genoveva in Zukunft meiden.

Dabei wusste er selbst, dass er es nicht lange ohne eine Frau aushalten würde. Ein Liebesverhältnis mit einer Magd war jedoch ausgeschlossen, denn diese würde unter Genovevas Fuchtel stehen und es büßen müssen, wenn er sich von seiner Stiefmutter abwandte. Es gab nur eine Möglichkeit: Er musste heiraten! Daher neigte er sich Amandus zu und legte eine Hand auf dessen Schulter.

»Ihr seid ein kluger Mann und kennt viele Leute. Daher werdet Ihr mir gewiss raten können. Ich suche eine Braut, mit deren Mitgift ich meinen Besitz vergrößern will!«

Amandus legte die Spitzen seiner Finger gegeneinander und lächelte sanft. »Ihr wollt Euch unter das Joch der Ehe begeben?«

»Warum so eilig?« Genovevas Stimme klang schrill, denn wenn Matthias heiratete, hieß dies für sie, hinter seine Gemahlin zurücktreten zu müssen.

»Was heißt eilig? Ich brauche ein Weib, um die Sippe weiterzuführen!«, rief Matthias, fühlte sich dabei aber bei weitem nicht so mutig, wie er vorgab.

»Du solltest zumindest abwarten, bis mein Kind geboren ist. Ist es ein Sohn, steht die Linie derer von Allersheim auf vier Füßen und nicht mehr auf zweien wie jetzt«, erklärte Genoveva mit einem Blick, der Matthias warnen sollte, gegen ihren Willen zu handeln.

»Die Linie steht bereits auf vieren«, antwortete er. »Auch wenn Karl in ein Kloster eintritt, wird er mit Gewissheit von seinen geistlichen Pflichten entbunden, sobald mir etwas zustößt und ich noch keinen Sohn habe. Dann wird er der neue Herr auf Allersheim sein!« Es war eine Warnung an seine Stiefmutter, es nicht zu übertreiben.

Genoveva wusste jedoch, wie sie ihn behandeln musste, und trat auf ihn zu. »Was sollte dir schon zustoßen? Wir leben hier in Freuden und werden dies, so Gott will, noch viele Jahre tun. Oder willst du mich mit Gewalt aus dem Schloss vertreiben?«

»Weshalb vertreiben?«, fragte Matthias verwundert.

»In dem Augenblick, in dem du dir ein Weib nimmst, bleibt mir nichts anderes übrig, als den Witwensitz zu beziehen. Lass mir wenigstens etwas Zeit, mich an den Gedanken zu gewöhnen, dass ich es einmal tun muss. Du wirst es gewiss nicht bereuen!«

Matthias wusste, dass seine Stiefmutter bereit war, ihm ihren Körper zu schenken, solange er ihr das Recht und den Rang beließ, als Herrin auf Allersheim zu weilen.

»Ich werde es mir überlegen«, antwortete er zögernd.

»Ich empfinde den Wunsch meiner Base als passend, denn

sie war nur wenige Jahre die Gemahlin Eures Vaters«, mischte Frater Amandus sich ein. »Denkt auch daran, dass Ihr die Trauerfrist um Euren Vater einhalten müsst. Erst danach könnt Ihr Euch um ein Weib bemühen. Kommt es Euch denn auf ein paar Wochen an?«

Der Frater lächelte freundlich, dabei hätte er eine Rosskastanie gegen einen Gulden gewettet, dass seine Base und deren Stiefsohn miteinander ins Bett gingen. Auch wenn er Genoveva bei einer günstigen Gelegenheit beiwohnte, so war er nicht eifersüchtig auf die Männer, denen sie darüber hinaus ihre Gunst schenkte. Als Mönch war ihm die Ehe versagt, und so begnügte er sich mit den Freuden, die sich für ihn ergaben. Für diese Nacht hatte er sich mit Genoveva in der Burgkapelle verabredet. Falls sie sich vorher noch Matthias hingab, war dies doppelt erregend für ihn, weil er sich dann als der bessere Liebhaber erweisen konnte.

Matthias verschob die Entscheidung über eine Heirat auf später und blickte durch das Fenster zum Turm hinüber. Während hier im Schloss bereits die Lampen entzündet waren, herrschte drüben biblische Finsternis.

»Wir sollten es ihr sagen«, sagte er gepresst.

»Wem was sagen?«, wollte seine Stiefmutter wissen.

»Nun, Johanna, dass sie Kunz von Gunzberg heiraten soll!«

»Sonst noch was?«, rief Genoveva höhnisch. »Ich traue diesem kleinen Biest zu, die Flucht zu ergreifen. Wenn sie nach Bamberg oder Bayreuth gelangt, wird es uns schwerfallen, ihrer wieder Herr zu werden. Die erfährt von ihrer Heirat erst, wenn sie an Ritter Kunz' Seite vor dem Altar steht – und das wird morgen sein!«

»Wenn Ihr gestattet, werde ich die Trauung vollziehen«, bot Amandus an. »Ich habe letztens die erforderlichen Weihen erhalten.«

»Ich bin dafür«, sagte Genoveva und musterte Matthias mit einem Blick, der ihn davor warnte, sich diesem Wunsch zu verweigern.

Matthias war es gleichgültig, wer seine Schwester traute. Ihm wäre nur ein anderer Schwager als der Gunzberger lieber gewesen. Allerdings würde er jedem anderen mehr Mitgift zahlen müssen. Der Gedanke an das Geld, das er dadurch sparen konnte, versöhnte ihn halbwegs mit dieser Heirat. Er gähnte, trank seinen Wein aus und erhob sich steif.

»Ich ziehe mich in meine Gemächer zurück!«

Um zu verhindern, dass er ihr die Tür versperrte, stand auch Genoveva auf. »Ich komme mit, um nachzusehen, ob die dummen Mägde dir wie befohlen frische Laken aufs Bett gelegt haben.«

»Ich begebe mich in meine Kammer und werde dann in die Kapelle gehen, um für uns alle zu beten«, erklärte Amandus salbungsvoll und erhob sich ebenfalls.

Genoveva zwinkerte ihm zu und verließ mit Matthias zusammen den Salon. Draußen auf dem Flur war es still. Da kein Fest anstand, hatten die Bediensteten Feierabend gemacht und nutzten dies aus, um in der Küche zusammenzusitzen. Selbst Gräfin Genovevas Zofe war dort und würde erst nach ihrer Herrin schauen, wenn deren Ruf erklang.

Im Augenblick konnte Genoveva die Frau ohnehin nicht brauchen. Sie betrat Matthias' Schlafgemach, schob den Riegel vor und raffte ihr Kleid.

Einige Stunden lang hatte Matthias gehofft, der Verlockung, die sie für ihn darstellte, widerstehen zu können. Als er das blondgelockte Dreieck zwischen ihren Schenkeln sah und sie zudem ihre Brüste aus ihrem Ausschnitt holte, war es jedoch um ihn geschehen. Er packte sie und stieß sie auf sein Bett. Ohne die Hose ganz auszuziehen, glitt er auf die Frau und drang mit einem heftigen Ruck in sie ein. Was folgte, glich mehr einer Vergewaltigung als einer zärtlichen Liebesnacht.

Genoveva genoss es trotzdem und wusste gleichzeitig, dass sie ihn dadurch mehr an sich fesselte, als es einer Ehefrau jemals gelingen würde.

Während des Geschlechtsakts wurde Matthias von Allersheim von seiner Gier nach dieser schönen Frau beherrscht. Doch kaum war es vorbei, überkamen ihn wieder Schuldgefühle. Genovevas wegen hatte er sich mit seinem Vater zerstritten und ihn sogar mit ihr betrogen. Jetzt war sie schwanger mit seinem Kind, das aber vor aller Welt als sein Bruder oder seine Schwester zu gelten hatte. Nicht weniger bedrückte ihn die Härte, mit der Genoveva seine jüngeren Geschwister von ihrem Erbe ausschließen wollte.

Während Matthias seinen Gedanken nachhing, erhob Genoveva sich geschmeidig von seinem Bett und richtete ihr Gewand. Sie spürte, dass er zweifelte, beugte sich über ihn und küsste ihn auf den Mund.

»Du bist ein Mann, wie dein Vater nie einer war«, sagte sie mit schmeichelnder Stimme. »Ich bedauere, dass die Gesetze unserer heiligen Kirche es uns untersagen, miteinander den Bund der Ehe einzugehen. Doch unsere Herzen kann niemand trennen!«

Matthias nickte, denn er spürte, dass seine Lust nach ihr niemals nachlassen würde. Daher schob er den Gedanken, sich in absehbarer Zeit eine Ehefrau zu suchen, weit von sich.

»Ich muss jetzt gehen«, sagte Genoveva nach einem weiteren Kuss und prüfte mit einem Blick in den Spiegel, ob ihre Frisur unter der rauhen Begattung gelitten hatte. Ein, zwei Handgriffe reichten jedoch aus, um alle Schäden zu beheben. Sie warf Matthias noch einen Handkuss zu, dann trat sie mit so ernster Miene aus seiner Kammer, als hätte sie eben den Fehler einer Magd entdeckt.

Auf dem Weg in ihre Gemächer traf Genoveva niemanden an. Dort aber wartete ihre Zofe auf sie, um ihr beim Ausziehen zu helfen. Genoveva stellte sich so hin, dass es rasch geschah, ließ sich von ihr das Nachthemd überziehen und nickte dann ihrer Zofe zu: »Du kannst in deine Kammer gehen. Sollte ich dich doch noch benötigen, läute ich nach dir.«

»Wie gnädige Frau belieben.« Die Zofe knickste und verließ die Gemächer ihrer Herrin.

Genoveva trank einen Schluck Wein, der für sie auf einer Anrichte bereitstand, und blickte dabei mehrmals auf die Uhr. Eine Viertelstunde später warf sie ihren Morgenmantel über und begab sich in die Burgkapelle. Sie trat ein, sah ihren Vetter auf dem vordersten Stuhl sitzen und schloss die Tür hinter sich zu.

Frater Amandus drehte sich lächelnd zu ihr um. »Ich hatte bereits befürchtet, du würdest nicht mehr kommen.«

»Ich hatte noch etwas mit Matthias zu besprechen. Es quält ihn, dass seine Schwester diesen unsäglichen Kunz von Gunzberg heiraten soll.«

»Er sollte sich besser freuen, dass die Herrschaft Eringshausen mit der Hälfte der Einnahmen in seinen Besitz übergeht«, spottete Amandus und streckte die Arme nach Genoveva aus. »Ich musste lange darauf warten, dich wieder vor mir zu sehen!«

»Nur sehen?«, fragte sie anzüglich und presste ihren Leib gegen den seinen.

»Du hast dich in all den Monaten um keinen Deut geändert«, erwiderte Amandus mit einem leisen Lachen und begann, Genoveva aus ihrem Morgenmantel zu schälen. Ihr Nachthemd folgte, und schon stand sie nackt vor ihm.

Ihre Brüste waren schwerer, als Amandus sie in Erinnerung hatte. Obwohl ihre Schwangerschaft mehr zu erahnen als zu sehen war, erregte ihn das Gefühl, dass in ihr ein Kind wuchs, das er mit mehr Recht als Matthias als das seine ansehen konnte.

»Wie willst du es haben?«, fragte er mit vor Erregung rauher Stimme.

Genoveva musterte kurz die fünf bequemen Sessel nahe am Altar, die für die gräfliche Familie vorgesehen waren, und wies auf den, den ihr Ehemann bei der heiligen Messe benutzt hatte. »Dort!«

Ohne auf eine Antwort zu warten, setzte sie sich darauf, spreizte die Beine und schob ihr Becken so weit nach vorne, dass Amandus ohne Probleme in sie eindringen konnte. Obwohl ihn die Leidenschaft fast verzehrte, ging er vorsichtiger zu Werke als Matthias. Genoveva wollte ihn schon auffordern, etwas heftiger zu werden, als es wie eine Flutwelle über sie hereinbrach und sie sich auf die Unterlippe beißen musste, um ihre Lust nicht laut hinauszuschreien.

Schließlich sank Amandus nach ein paar heftigeren Stößen keuchend auf sie und liebkoste ihre Ohren, ihre Lippen und ihre Brüste. Genoveva erinnerte sich daran, dass ihr Ehemann sie und Amandus schon wenige Monate nach ihrer Hochzeit in einer ähnlichen Situation überrascht hatte. Damals hatte sie zum Glück ihr Kleid noch getragen und nur eine Brust nackt gezeigt. Um nicht vor aller Welt als betrogener Ehemann dazustehen, hatte Graf Johann sie und Amandus nicht erschlagen, sondern dem Frater für alle Zeit das Betreten des Schlosses verboten und sie fortan mit eisiger Kälte behandelt.

Einmal in der Woche hatte sie ihm zur Verfügung stehen müssen, und er hatte sie dabei genommen wie eine Dienstmagd, deren Pflicht es war, stillzuhalten. Nun in seiner Kapelle auf seinem Sessel sitzend von Amandus geliebt worden zu sein, war ein Triumph über ihren toten Gemahl, genauso, wie auch die

Heirat Johannas mit Kunz von Gunzberg und die Verbannung Karls in ein Kloster ein Triumph über ihn sein würde. Das Schicksal, das er für sie und ihr Kind vorgesehen hatte, würde nun den Sohn und die Tochter der Polin treffen.

10.

Der nächste Tag war erst wenige Stunden alt, als Kunz von Gunzberg gemeldet wurde. Der sechzig Jahre alte Ritter konnte seine Freude, ein noch nicht einmal achtzehnjähriges Mädchen ins Bett gelegt zu bekommen, nicht verbergen. Eigentlich hatte er bereits am Vortag erscheinen wollen, doch das hatte ein heftiger Gichtschub verhindert. An diesem Morgen fühlte er sich besser und wollte die Sache unter Dach und Fach bringen. In seiner Begleitung befand sich daher auch sein Burgkaplan, der die Trauung übernehmen sollte, falls auf Allersheim kein Priester zur Verfügung stand. Noch an diesem Tag, sagte er sich, würde er mit der hübschen Johanna im Bett liegen und ihr zeigen, dass er noch immer etwas mit einem jungen Weib anzufangen wusste.

Kunz von Gunzberg stieg vor der Freitreppe, die zum Schlossportal hochführte, aus dem Sattel, reichte einem herbeieilenden Knecht die Zügel seines Pferdes und stapfte die Stufen hoch. Es war, als hätte man bereits auf ihn gewartet, denn sofort wurde die Tür geöffnet, und einer der Bediensteten, ein Mann namens Firmin, hieß ihn willkommen.

»Bin gekommen, um hier Hochzeit zu halten«, erklärte Ritter Kunz selbstbewusst.

»Sehr wohl! Darf ich den gnädigen Herrn bitten, mir zu folgen«, antwortete Firmin. »Ihr werdet Euch gewiss frisch machen wollen, bevor ich Euch bei Graf Matthias melde.«

Obwohl an seiner ledernen Reithose wie auch an seinem Rock Pferdehaare hingen, hielt Ritter Kunz nichts von solchen Verzögerungen. »Melde mich sofort bei Graf Matthias an«, befahl er.

Firmin verbeugte sich mit angewiderter Miene. »Wie der gnädige Herr befehlen!«

Für sich dachte der Diener, dass der Gunzberger ein arger Stoffel war, und Johanna tat ihm leid. Sie und ihr Bruder waren immer freundlich zu ihm gewesen, während Matthias es manchmal hatte arg heraushängen lassen, dass er als Erstgeborener der kommende Herr auf Allersheim sein würde.

Bis zuletzt hatte Matthias gehofft, Ritter Kunz könnte vor der Vermählung mit einem gut vierzig Jahre jüngeren Mädchen zurückschrecken oder zu krank dafür sein. Doch da der von Genoveva ausgewählte Bräutigam erschienen war, blieb ihm nichts anderes übrig, als seiner Stiefmutter ihren Willen zu lassen.

»Seid mir willkommen, Ritter Kunz«, grüßte er mit belegter Stimme.

»Ich freue mich, hier zu sein, und noch mehr, Euer Schwager zu werden, Graf Matthias!« Der Gunzberger trat auf Johannas Stiefbruder zu und schloss diesen in die Arme. Kurz darauf erschien auch Genoveva und hieß den Besucher willkommen.

»Bin gekommen, um Hochzeit zu halten. Habe auch meinen Kaplan mitgebracht«, erklärte Ritter Kunz großspurig.

»Frater Amandus hat ebenfalls die höheren Weihen und wird diese Ehe schließen«, antwortete Genoveva lächelnd und wies auf ihren soeben eintretenden Vetter.

»Soll mir recht sein«, erklärte Ritter Kunz und sah so an Amandus vorbei, als erwarte er, Johanna würde hinter diesem eintreten.

»Wir sollten die Braut holen«, schlug Genoveva vor und

dachte daran, dass eine Hochzeit zwischen Angehörigen adeliger Familien stets als großes Fest gefeiert wurde. Doch auch um diese Feier würde sie Johanna bringen.

Unterdessen wandte Matthias sich Firmin zu. Früher war dieser ein enger Vertrauter seines Vaters gewesen und sein Lehrer in vielen Dingen. Doch nach dem Tod des alten Grafen war er auf den Stand eines einfachen Knechts herabgesunken.

»Hol Johanna und Karl!«, befahl er.

Firmin verbeugte sich und verließ mit zögerlichen Schritten die Halle.

»Ein Becher Wein gefällig?«, fragte Genoveva.

»Könnte schon einen brauchen«, erwiderte Ritter Kunz und nahm kurz darauf einen großen, fast bis zum Rand gefüllten Pokal entgegen. Er leerte ihn gerade, als Firmin mit besorgter Miene zurückkam.

»Verzeiht, gnädiger Herr, aber ich habe Komtesse Johanna und Graf Karl nicht in ihren Gemächern angetroffen«, meldete er.

»Dann such sie, zum Teufel noch mal!«, entfuhr es Matthias.

»Den Teufel sollte man hier aus dem Spiel lassen. Immerhin geht es um eine Heirat, und die ist ein göttliches Sakrament«, wies Frater Amandus ihn zurecht.

Dem Mönch bereitete es eine diebische Freude, den Sohn ebenso mit Genoveva zu betrügen, wie er es bei dessen Vater getan hatte. Auch gefiel ihm, dass Genoveva Matthias weisgemacht hatte, der Sohn, den sie von ihrem Vetter empfangen hatte, wäre von ihm. Amandus wechselte einen Blick mit Genoveva, nahm sein Brevier zur Hand und wies in die Richtung, in der die Burgkapelle lag.

»Wir sollten uns auf den Weg machen, damit wir bis zum Mittagessen mit der Zeremonie fertig sind. Dann feiern wir Verlobungs- und Hochzeitsmahl in einem!«

»So ist es«, stimmte Genoveva ihm zu und verließ den Raum.

Der Gunzberger folgte ihr, während Matthias zögerte. Erst als Frater Amandus ihn am Ärmel zupfte, setzte auch er sich in Bewegung.

Die Burgkapelle war frisch gefegt und der Altar mit ein paar Blumen geschmückt worden, um wenigstens den Anschein von Festlichkeit vorzugeben. Während die Begleitung des Gunzbergers auf den Bänken Platz nahm, setzte dieser sich neben Matthias auf einen der für die gräfliche Familie bestimmten Sessel und lächelte erwartungsfroh. Genoveva nahm ihnen gegenüber Platz und fragte sich, was ihr Stiefsohn wohl sagen würde, wenn er erführe, dass ihr Amandus just auf dem Sessel, auf dem er saß, in der Nacht die höchsten Wonnen beschert hatte.

Diesmal dauerte es etwas länger, bis Firmin wieder erschien, und er wirkte noch ratloser als zuvor. »Komtesse Johanna ist nicht aufzufinden, gnädiger Herr. Auch Graf Karl wurde heute noch nicht gesehen!«, sagte er mit schwankender Stimme.

»Was soll das heißen?«, fragte Genoveva scharf. »Die beiden können doch nicht einfach verschwunden sein!«

»Ich habe den Turm, in den Ihr, Frau Gräfin, sie umquartiert habt, von oben bis unten durchsucht und zudem Knechte losgeschickt, um in den Vorwerken und Bauernkaten nach ihnen zu fragen. Die Schlossbediensteten durchstöbern das ganze Schloss. Allerdings hege ich die Befürchtung, dass es vergebens sein wird.«

»Und warum?«, fragte Matthias.

Firmin hob in einer scheinbar verzweifelten Geste die Hände. »Ich habe eben mit dem Stallmeister gesprochen. Er sagt, als er vorhin in den Stall kam, waren der Pferdeknecht Wojsław und drei Pferde verschwunden.«

»Doch nicht etwa meine Stute?«, rief Genoveva erschrocken.

Firmin senkte den Kopf, damit sie sein Gesicht nicht sehen

konnte. Die Stute hatte bis zum Ableben des alten Grafen Johanna gehört, dann war sie ihr von ihrer Stiefmutter weggenommen worden.

»Die gnädige Frau Gräfin können unbesorgt sein. Die Stute befindet sich noch im Stall. Es handelt sich um drei Pferde, die nicht zu Euren bevorzugten Reittieren oder denen des Herrn Grafen zählen.«

»Drei Pferde sind weg, ebenso dieser verdammte Wojsław und die Zwillinge? Wieso stehst du noch hier herum? Los, schick Reiter aus, um sie zu suchen!«, schrie Matthias Firmin an.

»Sie müssen gefunden werden«, sagte er etwas ruhiger zu Genoveva.

Diese war überzeugt, dass die Zwillinge und der Pferdeknecht nicht weit kommen würden.

»Setz jeden Mann, der dazu in der Lage ist, auf ein Pferd und schick ihn los«, befahl sie Firmin, der sich jetzt weitaus schneller entfernte als vorhin.

Genoveva drehte sich zu Kunz von Gunzberg um. »In Kürze werden unsere Leute die Zwillinge einholen und hierherbringen. Dann kann die Hochzeit stattfinden. Euer Bett wird in der Nacht gewiss nicht leer bleiben.«

»Ich will es hoffen«, antwortete der Gunzberger verärgert. »Sollte die Hochzeit nicht stattfinden, muss ich annehmen, dass Ihr einen Scherz mit mir getrieben habt. Dies aber würde Euch nicht gut bekommen!«

Matthias fuhr wütend herum. »Wagt es nicht, mir zu drohen! Immerhin bin ich hier der größte Herr im Umkreis.«

»Zeigt erst einmal, dass Ihr in die Stiefel Eures Vaters hineinwachsen könnt! Bislang seid Ihr nur der Handlanger Eurer Stiefmutter«, spottete Ritter Kunz.

Genoveva hätte ihn dafür erwürgen können. Mit solchen Reden brachte der Nachbar Matthias noch dazu, sich gegen seine Leidenschaft zu entscheiden und sie auf den Witwensitz zu verbannen. Daher hoffte sie, dass Johanna bald aufgegriffen und zurückgebracht wurde.

Die Mittagszeit verging, ohne dass die erlösende Nachricht eintraf. Am Nachmittag schwang Matthias sich schließlich selbst aufs Pferd, um seine Geschwister zu suchen. Es war jedoch vergebens. Als er nach Einbruch der Nacht zurückkehrte, musste er zugeben, dass ihnen nur noch ein Zufall helfen konnte, die Zwillinge zu finden. Sein Stallmeister hatte inzwischen von seinen Knechten erfahren, dass Wojsław und die drei Pferde schon länger fehlten als nur die paar Stunden, die seit dem Vormittag vergangen waren. Er wagte dies aber nicht zu sagen, weil er sonst als unzuverlässig oder gar mit den Zwillingen im Bunde angesehen werden konnte. Auch Gretel sah keinen Grund, jemanden darauf hinzuweisen, dass Johanna und Karl schon über einen Tag lang ihr Essen nicht mehr aus der Küche geholt hatten. Stattdessen betete die junge Magd heimlich für die Zwillinge und bat die Jungfrau Maria, ihnen auf allen Wegen beizustehen.

11.

In den ersten Tagen hatten Johanna, Karl und Wojsław die Hauptstraßen gemieden und mehrfach die Richtung gewechselt, um etwaige Verfolger in die Irre zu führen. Auch waren sie unterwegs in keiner Herberge und keinem Gasthaus eingekehrt, sondern hatten von ihren Vorräten gelebt. Irgendwann aber war der letzte Schinken gegessen, und das Brot mussten sie in Wasser einweichen, weil es so hart geworden war wie Stein.

Als sie an diesem Abend ihr Lager auf einer Waldlichtung aufschlugen, sah Karl seine Schwester nachdenklich an. »Morgen müssen wir in einem Gasthaus essen – oder willst du Hühner von einem Bauernhof stehlen und braten?«

»Wenn wir Hühner stehlen, müssen wir damit rechnen, dass die Hunde anschlagen und wir verfolgt werden. Ich glaube, wir sind weit genug von Allersheim entfernt, um es wagen zu können, eine Schenke aufzusuchen«, antwortete Johanna und freute sich darauf, bald wieder in einem Bett schlafen zu können und warmes Wasser zum Waschen zu erhalten.

»Wie weit, Pan Karol, sind wir schon von Allersheim weg?«, fragte Wojsław.

Karl wiegte unschlüssig den Kopf. »Genau weiß ich es nicht, aber es müssten schon um die zehn Meilen sein. Ich will auch deswegen auf die Handelswege zurückkehren, um zu erfahren, wo wir uns befinden. Bis jetzt haben wir uns nur nach der Sonne gerichtet und können daher genauso gut auf dem Weg nach Prag sein wie nach Dresden.«

»Man erreicht Polen über beide Städte«, warf Johanna ein. Für sie war es nicht wichtig, welcher Straße sie folgten, wenn sie nur am Ende ihres Weges die Heimat ihrer Mutter erreichten.

Im Gegensatz zu ihr machte Karl sich Gedanken darüber. Dresden war die Hauptstadt des ketzerischen Sachsen und stieß ihn dadurch ab. Andererseits hatten Pater Amandus und die katholische Kirche dort wenig zu sagen. Dies bedeutete einesteils Gefahr, als Rechtgläubige von den Ketzern in Schwierigkeiten gebracht zu werden, versprach aber Sicherheit vor ihren Verfolgern. Anders war es mit Prag. Dort lebten brave Katholiken, die ihnen gewiss behilflich sein würden, andererseits herrschte dort Leopold I. als König von Böhmen, und der war als Kaiser des Heiligen Römischen Reiches Matthias' oberster Lehnsherr. Dadurch gerieten sie in Gefahr, gefangen genommen zu werden, sobald man sie erkannte.

Als er Johanna seine Bedenken vortrug, lachte sie ihn aus. »Du tust ja so, als wären wir Prinz und Prinzessin aus einem der hohen fürstlichen Häuser. Ich schwöre dir, Seine Majestät, der Kaiser, weiß nicht einmal, dass es Allersheim überhaupt gibt. Selbst wenn unser Bruder einen Boten nach Wien schickt, sind wir längst in Polen und damit in Sicherheit, bevor auch nur ein einziger Büttel Ausschau nach uns halten kann.«

»Matthias muss gar keinen Boten nach Wien schicken. Es reicht, wenn er einen nach Bamberg zum Fürstbischof schickt. Der kann mehrere Kuriere in alle Hauptstädte aussenden«, wandte Karl ein.

Johanna lachte erneut. »Bruder, glaubst du, dass wir Seiner fürstbischöflichen Gnaden, Peter Philipp von Dernbach, wirklich so wichtig sind, dass er uns verfolgen lässt?«

»Ich will Matthias und Genoveva nicht entkommen sein, um durch eigene Unachtsamkeit zu scheitern«, antwortete Karl.

»Das will ich auch nicht«, gab Johanna zu.

Trotzdem hielt sie die Bedenken ihres Bruders für übertrieben. Matthias mochte in seinem Landstrich etwas gelten, doch schon ein paar Meilen jenseits der Allersheimer Grenzpfähle würde ihn kaum noch jemand kennen.

»Suchen wir die nächste Stadt und bürsten uns dort erst einmal den Staub aus den Kleidern«, sagte sie zu Karl und übernahm die Spitze.

Schon bald entdeckten sie von einem Hügel aus einen Kirchturm, der höher aufragte, als es bei einem Dorf üblich war, und hielten darauf zu. Obwohl Johanna ihrem Bruder gegenüber so getan hatte, als fühlte sie sich mittlerweile in Sicherheit, empfand sie doch eine starke Anspannung, als sie sich der Stadt näherten und den Wachen am Tor Rede und Antwort stehen mussten.

»Gott zum Gruße den Herrschaften. Wie heißen wir denn, woher kommen wir, und wohin wollen wir?«, fragte der kommandierende Unteroffizier.

»Mein Name ist Karl v...«, begann Karl aus Gewohnheit, wurde aber von seiner Schwester unterbrochen.

»Mein Bruder ist Karol, und ich bin Jan Wyborski! Wir sind Polen und wollen in die Heimat zurück!«

Der Unteroffizier sah sie und Karl kopfschüttelnd an. »Die Welt ist klein! Die Herrschaften sind schon die zweite Gruppe aus Polen, die heute Einlass in unsere Stadt begehrt.«

»Es sind bereits Polen hier?«, rief Johanna erfreut. »Kannst du mir sagen, wo sie Unterkunft gefunden haben?«

»So genau nicht«, meinte der andere und hob die Rechte, als würde er darin etwas wiegen.

Karl begriff die Geste und reichte dem Mann eine Münze. Während der Unteroffizier sie grinsend einsteckte, wies er mit der freien Hand in die Stadt hinein. »Wenn mich nicht alles täuscht, übernachtet der Herr Kołpacki mit seinen Begleitern im *Adler*.«

»Hab Dank!«, antwortete Karl und ließ sich den Weg zu dem genannten Gasthof beschreiben.

12.

*D*er *Adler* entpuppte sich als ein behäbig wirkendes Gebäude direkt am Markt. Eben fuhr eine Kutsche in den Hof ein und hielt dort so, dass sie die Einfahrt zum größten Teil versperrte. Karl, Johanna und Wojsław mussten aus den Sätteln steigen und die Pferde führen, um an ihr vorbeizukommen. Hinter ihnen stieg eine junge Dame aus der Kutsche, starrte sie an und wandte sich mit einem spöttischen Lachen zu ihrem Begleiter um: »Mein lieber Hauenstein, könnt Ihr mir sagen, was das für Leute sind? Die schauen gar zu komisch aus!«

Dasselbe könnte ich von dir sagen, dachte Johanna. Obwohl die Frau sich auf Reisen befand, trug sie ein Kleid mit einem Oberrock, der vorne gerafft war, damit der spitzenbesetzte Unterrock zur Geltung kam. Dazu waren an den Röcken, aber auch am Kragen und den Ärmeln mehrere Seidenschleifen angenäht. Gegen den Staub der Straße schützte sie sich mit einem Reisemantel, den sie nun ihrer Zofe reichte.

»Meine liebe Base, das dürften Polen sein. Das ist ein wüstes Volk im Osten, fast so schlimm wie die Osmanen, obwohl die mir fast noch lieber sind«, antwortete Hauenstein und reichte ihr den Arm, um sie in den Gasthof zu führen.

»So eine dumme Kuh! Und ihr Begleiter ist auch nicht besser als ein Ochse auf der Weide«, schimpfte Johanna auf Polnisch, da sie nicht wollte, dass jemand anderes als Karl und Wojsław sie verstanden.

Karl ging nicht auf ihre Worte ein, sondern wandte sich an einen der Wirtsknechte. »Kann Er mir sagen, was das für Leute sind?«

»Sehr wohl kann ich das«, meinte der Mann, bequemte sich aber erst zum Reden, als Karl ihm eine Münze reichte.

»Das sind der Freiherr von Hauenstein aus Österreich und seine Base. Die reisen nach Böhmen zu Verwandten!«

»Dann sollten wir Dresden wählen, um nicht erneut auf sie zu treffen«, schlug Johanna vor.

Sie bekam erneut keine Antwort, denn Karl ging hinter Hauenstein und seiner Begleiterin auf den Gasthof zu, während Wojsław sich um die Pferde kümmerte. Johanna überlegte kurz, ob sie dem Jungen helfen sollte, doch da kam ein Wirtsknecht auf sie zu und führte ihr und Karls Reittier in den Stall.

»Sorge dafür, dass sie getränkt und gefüttert werden und genug Hafer bekommen«, rief sie Wojsław noch auf Polnisch zu, dann betrat auch sie den Gasthof. Dort verhandelte Karl gerade mit dem Wirt. Als er sie kommen sah, drehte er sich mit betroffener Miene zu ihr um.

»Der gute Mann sagt, dass seine Herberge voll ist bis unter das Dach. Wir werden uns wohl doch ein anderes Quartier suchen müssen!«

Der Wirt hob beschwichtigend die Hände. »So habe ich es nicht gemeint. Es ist nur so, dass ich für die Herrschaften höchstens noch eine Kammer über dem Stall frei habe. Aber Ihr müsstet sie mit Eurem Knecht teilen!«

»Der Stall ist genau der richtige Platz für derlei Volk«, klang die Stimme des Edelfräuleins auf.

»Da habt Ihr vollkommen recht!«, stimmte ihr Begleiter ihr zu.

Johanna juckte es in den Fingern, den beiden zu sagen, was sie von einem solchen Benehmen hielt, schwieg dann aber in dem Bewusstsein, dass Karl und sie als Kinder eines freien Reichsgrafen über einem simplen Freiherrn und dessen weiblichen Verwandten standen.

Unterdessen überlegte Karl, was er sagen sollte. Auch wenn Wojsław noch ein Junge war und er Johannas Zwillingsbruder, so war es doch ungehörig, in der gleichen Kammer wie sie zu schlafen. Selbst in dem alten Turm auf Allersheim hatte jeder von ihnen eine eigene Kammer gehabt. Da eine Ablehnung jedoch Misstrauen hätte erregen können, nickte er schließlich.

»Wir nehmen die Kammer. Jetzt aber wollen wir etwas zu essen haben. Wir sind hungrig!«

»Allerdings«, stimmte Johanna ihm zu.

In den letzten Tagen hatten sie von ihren schwindenden Vorräten gelebt, und sie wollte endlich wieder etwas anderes essen als hartes Brot und Speck.

»Hat Er eine gute Suppe?«, fragte sie den Wirt.

Dieser nickte eifrig. »Eine sehr gute Bohnensuppe, wenn es recht ist.«

»Es ist uns recht«, befand Johanna und suchte nach einem freien Tisch. Der einzige, den es gab, stand ausgerechnet dicht neben dem, an dem Hauenstein und dessen Base Platz genommen hatten. Sie setzte sich trotzdem hin, bestellte einen Krug Wein und sah sich um. Doch schon bald wurde ihre Aufmerksamkeit wieder auf das Paar am Nebentisch gelenkt.

»Ich hoffe, mein lieber Hauenstein, Ihr esst hier keine Bohnensuppe. Es wäre mir äußerst peinlich, würdet Ihr morgen in der Kutsche unangenehme Töne und noch schlimmere Gerüche von Euch geben.«

Gerade in dem Augenblick stellte eine Wirtsmagd zwei Teller mit Suppe vor Johanna und Karl.

»Wir brauchen noch eine dritte Portion für unseren Knecht«, erklärte ihr Johanna.

»Mir soll's recht sein«, sagte die Magd und verschwand wieder.

»Hauenstein, wohin habt Ihr mich gebracht?«, rief die junge Dame entrüstet. »Ich bleibe doch nicht in einer Gaststube, in der Knechte ihre Suppe schlürfen.«

»He, Wirt, hat Er nicht ein Extrazimmer?«, fragte ihr Begleiter.

»Sehr wohl habe ich das! Wenn die Herrschaften mir folgen wollen.« Der Wirt verneigte sich tief vor Hauenstein und der jungen Dame und führte sie die Treppe nach oben.

Johanna sah ihnen kopfschüttelnd nach, bis ihr Augenmerk auf die anderen Gäste in der Gaststube gelenkt wurde. Es handelte sich um drei junge Männer, von denen keiner über fünfundzwanzig sein konnte. Jeder trug einen knielangen Rock, darunter eine Weste und ein Hemd mit breitem Seidenkragen.

Ihre Lederhosen waren an den Knien gerafft, so dass über ihren wadenhohen Stiefeln noch Strümpfe aus feiner Wolle zu sehen waren. So konnte in diesen Landen nur ein Edelmann auftreten, und Johanna scherte sie bereits mit Hauenstein und dessen Base über einen Kamm, als einer von ihnen seinen Kameraden leise eine Frage auf Polnisch stellte.

»Können das wirklich Landsleute sein?«

»Wenn Ihr Polen seid, sind wir es«, redete Johanna ihn in seiner Sprache an. »Karol und Jan Wyborski, wenn es genehm ist!«

Bis zum Tod ihrer Mutter vor vier Jahren hatte Johanna regelmäßig mit dieser Polnisch gesprochen, und später gelegentlich mit Karl, um es nicht zu verlernen. Trotzdem hatte sie einen Akzent, den die drei jungen Herren nicht einordnen konnten.

»Kazimierz Kołpacki zu Ehren! Und das sind meine Freunde Bartosz und Tobiasz Smułkowski. Wir drei haben in Paris studiert und sind nun auf dem Weg nach Hause, um dort dem Fürsten Lubomirski in entsprechenden Ämtern zu dienen.«

»Wobei unser Freund Kazimierz ein Glückspilz ist, denn er hat bereits den Posten eines Sekretärs der Fürstin sicher, während wir erst hoffen müssen, uns dem Fürsten zu empfehlen«, erklärte Tobiasz Smułkowski und wies auf die freien Plätze an seinem Tisch.

»Setzt Euch doch zu uns! Euer Knecht kann mit den Unseren im Stall essen.«

Eigentlich wollte Johanna Wojsław nicht wie einen x-beliebigen Knecht behandeln, doch der Wunsch, mehr über Polen zu erfahren, ließ sie den Tisch wechseln. Karl kam mit, wies zuvor aber die Wirtsmagd an, ihren Begleiter gut zu versorgen.

»Ihr habt in Paris studiert?«, fragte Johanna, um die drei jungen Polen zum Erzählen anzuregen.

»Allerdings«, erklärte Kołpacki, und Bartosz Smułkowski setzte stolz hinzu, dass sie alle drei das Studium mit Auszeichnung abgeschlossen hätten.

Eine Zeitlang berichteten die drei von Paris, und nicht immer war Johanna sicher, ob das, was sie sagten, auch der Wahrheit entsprach. Sie ließ sich jedoch nichts anmerken, sondern hörte zu und warf nur gelegentlich ein Wort ein.

Kołpacki und seine Freunde wunderten sich, sie in der Tracht ihrer Heimat anzutreffen. Auch schienen ihnen die beiden arg jung zu sein, um allein reisen zu können.

»Wie alt seid Ihr eigentlich?«, fragte Bartosz nach einer Weile.

»Achtzehn«, antwortete Johanna und unterschlug, dass noch zwei Monate daran fehlten.

»Da seid Ihr aber mutig, ohne einen erfahrenen Führer zu reisen«, wandte Kołpacki ein.

»Mein Bruder und ich können sehr gut auf uns selbst achtgeben!« Erneut übernahm Johanna die Antwort, da Karl sich von den Älteren eingeschüchtert fühlte.

Das Essen kam, und das Gespräch erlahmte ein wenig. Da Johanna spürte, dass sie die Neugier der drei Polen halbwegs befriedigen musste, tat sie so, als wären sie bei Verwandten zu Besuch gewesen und würden nun wieder in die Heimat zurückkehren.

»Eure Verwandten haben Euch ohne einen erfahrenen Reisemarschall ziehen lassen?«, wunderte Tobiasz sich.

»Auf dem Hinweg hatten wir natürlich einen«, log Johanna. »Er ist aber während unseres Aufenthalts krank geworden und gestorben. Da es niemanden gab, der seine Stelle hätte einnehmen können, sind mein Bruder und ich allein aufgebrochen.«

»Mutig, mutig!«, meinte Kołpacki.

»Wir haben gehofft, vielleicht auf Landsleute zu treffen.« Karl versuchte zu lächeln, doch es wurde nur eine Grimasse daraus.

»Polen ist groß«, sagte Kołpacki mit einem gewissen Spott. »Wo wollt Ihr denn eigentlich hin? Es hilft auch wenig, wenn Ihr jemanden trefft, der nach Warschau will, Euer Ziel aber bei Krakau oder gar bei L'wow liegt.«

»Wir wollen nach Wyborowo. Unser Großvater ist dort der Herr«, berichtete Johanna.

Kazimierz Kołpacki sah sie erstaunt an. »Gar der alte Ziemowit Wyborski?«

»Ja, das ist er!« Johanna wollte schon aufatmen, weil Kazimierz ihren Großvater kannte.

Doch dieser schüttelte bedauernd den Kopf. »Um zu Pan Ziemowit zu gelangen, müsstet Ihr schon in den Himmel reisen, doch den Weg kann Euch nicht einmal der Papst zeigen.«

»Er ist doch nicht etwa gestorben?«, rief Karl erschrocken.

»Im Kampf gefallen! Die Tataren haben seine Stadt angegriffen und erobert, ohne dass man ihm zu Hilfe kommen konnte. Er starb zusammen mit seinem Sohn. So wenigstens hat es mir mein Vetter Michał geschrieben. Wir haben damals neben Wyborowo ein schönes Stück Podolien an den Sultan verloren.«

»Was machen wir jetzt?«, fragte Karl Johanna erschrocken.

Seine Schwester starrte Kołpacki an und versuchte verzweifelt, ihre rasenden Gedanken zu bändigen. Eines war für sie jedoch sonnenklar: Nach Allersheim konnten sie nicht zurückkehren.

13.

Johanna brauchte eine Weile, um den Schrecken zu überwinden, den die Nachricht vom Tod ihres Großvaters in ihr hervorgerufen hatte, und sie spürte, dass es ihrem Bruder nicht anders erging. Ein paarmal sah Karl sie fragend an, so als wisse er nicht, was sie tun sollten.

Es gibt gewiss andere Verwandte, zu denen wir reisen können, sagte sie sich, um sich Mut zu machen. Dort würde sie sich auch wieder in Johanna verwandeln oder vielmehr in Joanna, wie ihr Name auf Polnisch geschrieben wurde. Daher versuchte sie, Kazimierz und dessen Freunde vorsichtig auszuhorchen, wer wohl dafür in Frage käme. Sie hatte von ihrer Mutter einige Namen gehört, die sie geschickt ins Spiel brachte. Auch wenn die Wyborskis nicht zu Polens großen Magnatenfamilien zählten, so hatten sie doch das eine oder andere Mal eine Braut aus einer der bestimmenden Sippen heimführen können. Die Verwandtschaft zu den Lubomirskis war allerdings geringer als zu den Zamoyskis und den Sieniawskis, so dass sie nicht allzu sehr auf die Hilfe ihrer drei Gesprächspartner rechnen konnten.

Kołpacki wurde des Themas bald überdrüssig und lenkte das Gespräch wieder auf ihren Aufenthalt in Paris. Ihm war anzumerken, dass er Johanna und Karl als Hinterwäldler ansah, die sich nicht, wie es gebildete Polen taten, auf Reisen ins Ausland nach französischer Mode kleideten, sondern mit Kontusz, Schärpe und Kołpak auftraten, wie man sie zu Hause trug. Seine Überheblichkeit ärgerte Johanna, und so stand sie auf, nachdem sie gegessen und ihren Becher ausgetrunken hatte.

»Ich bin müde und werde mich hinlegen«, sagte sie und bat die drei jungen Herren, sich verabschieden zu dürfen. Am liebsten hätte sie ihrem Bruder gesagt, er solle mit ihr kommen. Karl war jedoch in eine Unterhaltung mit Bartosz Smułkowski vertieft und erklärte, er wolle noch ein wenig bleiben.

Johanna verließ das Gasthaus und betrat den Stall. Dort hatten die Wirtsknechte ihre Arbeit bereits erledigt und saßen bei einem Krug Bier zusammen. Wojsław hatte sich zu ihnen gesellt, kam aber sofort auf Johanna zu.

»Ich habe Euch einen Eimer Wasser in die Kammer gestellt, Pani«, sagte er.

Johanna funkelte ihn warnend an, weil er sie auf Polnisch Herrin genannt hatte. Die hiesigen Bewohner würden dieses Wort nicht verstehen, doch Kołpacki und dessen Begleiter hatten vier Knechte bei sich, die durchaus aufmerksam werden konnten.

»Das ist gut! Gib aber acht, dass du mich nicht aus Versehen verrätst«, raunte sie dem Jungen zu und stieg die Leiter nach oben. Dort war der größte Teil des Dachbodens für die Lagerung von Heu und Stroh eingerichtet, allerdings gab es mehrere durch einfache Holzwände getrennte Kammern für die Bediensteten der hier übernachtenden Gäste. Wegen der Brandgefahr war es diesen verboten, Kerzen zu entzünden. Stattdessen fand Johanna in der Kammer eine an der gegenüberliegenden Wand befestigte Lampe vor, die in ihrem Glasgehäuse trübe vor sich hin glomm. Fenster gab es keine, nur zwei Gucklöcher in der Stirnwand.

Von nebenan erklangen Stimmen in polnischer Sprache. Kołpackis Diener und die der beiden Smułkowskis waren also dort untergebracht. Für Johanna hieß dies, dass sie besonders vorsichtig sein musste, damit die anderen nicht herausfanden, dass sie ein Mädchen war. Es war noch ein weiter Weg bis Polen, und sie wollte nicht ergriffen und nach Allersheim zurückgeschleppt werden.

In der Kammer gab es keine Betten, sondern nur drei auf dem Boden liegende Strohsäcke. Stühle und ein Tisch fehlten ebenfalls, und ihre Habseligkeiten musste sie an Holznägeln aufhängen, die in die Wand getrieben waren. Wenigstens hatte Wojsław ihr einen Eimer Wasser hingestellt. Es war kalt, doch Johanna war froh, sich in Ruhe waschen zu können. Da sie nicht wusste, wann ihr Bruder kommen würde, zog sie rasch ihr

Hemd aus und blickte an sich herab. Ihre Brüste waren noch klein und daher leicht zu verbergen. Trotzdem hoffte sie, bald ihre Verkleidung ablegen und wieder als Mädchen auftreten zu können. Mit diesem Gedanken griff sie in den Eimer und wusch sich mangels eines Lappens mit den Händen. Sie beeilte sich, um nicht halbnackt hier zu stehen, wenn Karl kam. Gleichzeitig hoffte sie, dass er nicht zu lange bei Kołpacki und den anderen sitzen bleiben würde. Er hatte bereits während des Essens mehrere Becher getrunken und war so viel Wein nicht gewohnt.

14.

Karl saß unterdessen mit den drei Polen am Tisch und kämpfte gegen seine Verzweiflung an. Anders als Johanna hatte er mit seiner Mutter nur selten über deren polnische Verwandtschaft gesprochen und sah daher ihre Flucht wegen des Todes ihres Großvaters und ihres Onkels als gescheitert an. Zurück nach Allersheim wollte auch er nicht und hoffte daher, Kazimierz Kołpacki und dessen Freunde könnten ihm einen Ausweg nennen. In seine Ängste verstrickt, achtete er nicht darauf, dass Kazimierz und die beiden anderen sich einen Spaß daraus machten, ihm immer wieder nachzuschenken und ihn zum Trinken aufzufordern.

Zu Lebzeiten seines Vaters hatte er nur einen oder zwei Becher Wein am Tag trinken dürfen. Daher spürte Karl schon bald, dass ihm das Getränk zu Kopf stieg. Die Wirkung war zunächst sogar angenehm, denn viele seiner Zweifel und Ängste schienen sich aufzulösen. Allerdings fühlte er sich nach dem siebten Becher so schwindlig, dass er sich an der Tischkante festhalten musste, um nicht vom Stuhl zu fallen, und auf eine

Bemerkung von Tobiasz Smułkowski kam statt einer Antwort nur noch Gestammel aus seinem Mund.

Kołpacki musterte ihn spöttisch. »Viel verträgt er ja nicht!«

»Ist doch noch ein junges Bürschchen«, wandte Bartosz mit schwerer Zunge ein. Auch er hatte kräftig gebechert, war aber ebenso trinkfest wie seine beiden Begleiter.

»Ich ... ich ...«, stöhnte Karl.

Da wurde ihm auf einmal so schlecht, dass der genossene Wein und das Abendessen fast explosionsartig ins Freie drängten. Er erbrach sich bereits, als der Schankknecht ihn packte und ins Freie schleppte.

»Spei gefälligst auf den Misthaufen!«, fuhr der Mann Karl an, begriff aber selbst, dass dieser Gast nicht mehr dazu in der Lage war. Da er keine Lust hatte, sich um einen Betrunkenen zu kümmern, legte er ihn neben dem Misthaufen ab und trat in den Stall.

»He, Bursche! Kümmere dich um deinen Herrn. Er hat zu tief in den Weinbecher geschaut«, herrschte er Wojsław an.

Der Junge sprang auf und eilte ins Freie. Mittlerweile war die Nacht hereingebrochen, und der Hof des Gasthauses wurde nur durch eine einzige Lampe erhellt. Wojsław suchte in der Dunkelheit nach Karl, doch erst dessen verzweifeltes Würgen und Stöhnen wies ihm den Weg.

Als er Karl gefunden hatte, konnte er gerade noch verhindern, dass dieser in den Mist rollte. Eine Zeitlang kniete er neben ihm und hielt ihn so, dass er nicht an seinem Erbrochenen erstickte.

»Warum habt Ihr nur so viel getrunken, wenn Ihr es nicht vertragt, Pan Karol?«, rief er verzweifelt.

Karl war zu betäubt, um irgendetwas zu verstehen. Erst nach einer halben Ewigkeit hörten seine Würgekrämpfe auf, und er schlief gleich darauf ein. Sein Schnarchen klang krank, und er stöhnte immer wieder.

Wojsław wusste sich keinen Rat. Allein konnte er seinen Herrn nicht einmal zum Stall, geschweige denn die Leiter hinauf in die Kammer schleppen. Er wollte ihn aber auch nicht einfach liegen lassen. Daher zerrte er Karl schließlich so weit zur Seite, dass dieser nicht in den Mist rutschte, wenn er sich bewegte, und rannte zum Stall.

»Könnt ihr mir helfen, Pan Karol in seine Kammer zu bringen?«, bat er die versammelten Knechte.

Diese hatten bereits vom Schankknecht erfahren, dass der Jüngling schwer betrunken war, und grinsten schadenfroh.

»Kann wohl nicht mehr stehen, was? Für ein paar Kreuzer bringen wir ihn aber nach oben«, meinte einer.

Wojsław besaß kein Geld und wollte nicht einfach in Karls Börse greifen.

»Ich werde Pan Jan darum bitten«, sagte er und vermied im letzten Augenblick, Johanna als Herrin zu bezeichnen. Flink wie ein Wiesel stieg er die Leiter hoch, trat vor die Kammertür und klopfte.

»Bist du es, Karol?«, hörte er Johanna fragen.

»Nein, ich bin es, Wojsław«, antwortete er. »Pan Karol ist krank und kann nicht allein die Leiter hochkommen. Die Knechte müssen helfen, aber die wollen dafür belohnt werden.«

Johanna hatte sich bereits zum Schlafen ausgezogen, fuhr jetzt aber in Windeseile wieder in ihre Kleider und stürmte aus der Kammer.

»Was sagst du?«, fragte sie erschrocken.

»Pan Karol hat wohl zu viel Wein getrunken, und nun ist ihm fürchterlich übel!« Wojsław klang so kleinlaut, als wäre er und nicht Karl der Zecher gewesen.

»Karol ist betrunken?« Im ersten Augenblick war Johanna verärgert, dann aber überwog die Sorge um ihren Bruder. Sie kletterte die Leiter hinab und sah die Knechte auffordernd an.

»Worauf wartet ihr noch? Bringt gefälligst meinen Bruder hier hinauf!«

Einer der Knechte streckte ihr die Hand entgegen. »Wir tun es ja gerne, aber umsonst ist der Tod!«

»Und selbst der kostet das Leben«, warf ein anderer Knecht ein.

Johanna löste ihren Beutel vom Gürtel, entnahm ihm ein paar Münzen und reichte sie den Knechten. »Das mag genügen«, sagte sie und trat ins Freie.

Ein Schatten erregte ihre Aufmerksamkeit, und sie eilte darauf zu. Im trüben Licht der Hoflaterne sah sie, wie sich eine Gestalt über ihren am Boden liegenden Bruder beugte und diesen abfingerte.

»Das wirst du gefälligst bleibenlassen!«, schrie Johanna und rammte der Person das Knie in den Leib. Ein Schmerzenslaut ertönte, dann ergriff diese die Flucht. Da sie etwas in der Hand hielt, folgte ihr Johanna und packte sie an einem Zipfel des Gewands. Mittlerweile hatten sich ihre Augen an das Dämmerlicht gewöhnt, und sie erkannte an dem Rock und dem langen Haar, dass sie eine Frau vor sich hatte.

»Verfluchte Diebin!«, schimpfte sie und versetzte der Frau einige derbe Ohrfeigen.

Gleichzeitig griff sie mit der Linken nach dem Beutel, den die Frau umklammert hielt. Diese wollte ihn nicht loslassen und schlug nach Johanna. Doch da war Wojsław da und half seiner Herrin, die Diebin niederzuringen.

Ein Knecht brachte eine Laterne und leuchtete die Stelle aus. Jetzt sah Johanna das abgerissene Kleid der Frau und deren verhärmtes Gesicht. Das Weib war nicht mehr jung, doch die Augen funkelten wütend, und sie versuchte, Wojsław zu treten.

»Das lässt du besser sein!«, meinte ein anderer Knecht und packte sie am Genick.

Nun konnte Johanna der anderen den Geldbeutel aus der Hand winden und stellte fest, dass es der ihres Bruders war. Zornig trat sie einen Schritt zurück und sah sich dem Knecht mit der Laterne gegenüber.

»Das sollte Euch schon ein paar Kreuzer wert sein«, meinte er grinsend.

Johanna nickte und reichte ihm noch zwei Münzen. »Hab Dank für deine Hilfe! Die Diebin wäre sonst entkommen.«

»Was machen wir mit ihr?«, fragte ein zweiter Knecht. »Wenn wir sie dem Amtmann übergeben, wird sie die Rute zu spüren bekommen, aber davon haben wir nichts.«

Johanna begriff nicht, worauf er hinauswollte. Anders war es bei der Diebin. Diese wehrte sich jetzt nicht mehr, sondern rutschte auf Knien auf den Mann zu.

»Überlasst mich bitte nicht dem Amtmann und seinen Bütteln. Die schneiden mir vielleicht die Ohren ab und schlagen mich zuschanden.«

»Und was sollen wir mit dir tun?«, fragte der Knecht lauernd.

»Behaltet mich über Nacht und gebt mir am Morgen ein wenig Mundvorrat und vielleicht ein paar Kreuzer, wenn ihr mit mir zufrieden gewesen seid!« Die Frau sah zu dem Mann hoch und schob die Zunge mehrmals zwischen den Lippen heraus.

Johanna empfand diese Geste als unanständig und herrschte die Diebin an. »Der Amtmann soll dich mit Ruten schlagen lassen, bis dir die Rippen krachen, du verdammtes Biest.«

Da fiel die Hand des Laternenträgers schwer auf ihre Schulter. »Ihr habt Euer Geld wieder, Herr! Seid damit zufrieden und seht nach Eurem Bruder. Um dieses Weibsstück kümmern wir uns.«

»Vergelt's Euch Gott, Herr«, rief die Diebin und küsste dem Knecht die Hand.

Johanna wusste nicht so recht, was sie tun sollte. Da die Sorge um ihren Bruder überwog, kehrte sie zu diesem zurück und wies Wojsław und einen Knecht an, ihn in den Stall zu tragen. Dort musste sie mit anpacken, um Karl die Leiter hochzuschaffen, und war schließlich heilfroh, als er auf einem der Strohsäcke lag. Nachdem sie dem hilfreichen Knecht noch eine Münze zugesteckt hatte, sah sie nach ihrem Bruder. Karls Kleidung war völlig verdreckt, und so mussten Wojsław und sie ihn bis aufs Hemd ausziehen. Johanna deckte ihn mit einer Felldecke zu und wies dann auf die verschmutzten Sachen.

»Wojsław, sieh zu, ob du in der Herberge eine Magd findest, die heute Nacht noch Karls Mantel, Rock und Hosen wäscht. Wir müssten es sonst morgen machen lassen und verlieren dadurch einen Tag.«

Der Junge klemmte sich die Kleidungsstücke unter den Arm und kletterte hinab. Aus einer Laune heraus folgte Johanna ihm und sah, wie die Stallknechte mit der Diebin hereinkamen.

»Ihr habt gewiss Bier oder gar Wein für mich übrig und vielleicht auch etwas zu beißen«, sagte diese gerade.

»Glaub schon!«, antwortete der Knecht, der die Laterne gehalten hatte, und schlug ihr kräftig auf den Hintern. Anstatt sich zu beschweren, kicherte die Frau nur und verschwand mit den Knechten in deren Verschlag.

Nun begriff Johanna, dass die Diebin sich ihre Freiheit auf jene Weise verdienen wollte, wie es nur Frauen konnten, und schürzte verächtlich die Lippen. Einer Frau sollte ihre Ehre heilig sein, dachte sie. Wer sich einer Handvoll stinkender Knechte hingab, war dem zufolge, was die Mutter sie gelehrt hatte, nicht besser als ein weibliches Stück Vieh.

Ein Teil von ihr sagte sich jedoch, dass der Frau keine andere Wahl blieb, als den Knechten zu Willen zu sein, wenn sie nicht dem Amtmann übergeben und hart bestraft werden wollte. Das

Weib gehörte zu einer anderen Welt als der, in die sie hineingeboren war, und die hatte ihre eigenen Regeln.

»Was kümmert mich diese Dirne?«, sagte sie zu sich selbst und kehrte in die Kammer zurück.

Karl schlief, schnarchte dabei aber so entsetzlich, dass sie nicht glaubte, in dieser Nacht Ruhe zu finden. »Warum musst du dich auch so betrinken?«, fragte sie leise, begriff aber, dass die Schuld mehr bei den drei jungen Polen lag, die sich einen Spaß daraus gemacht hatten, Karl zu verführen.

15.

Ihren Bedenken zum Trotz schlief Johanna bald ein und erwachte mit dem ersten Hahnenschrei. Wojsław war bereits auf den Beinen, und als er sah, dass Johanna wach geworden war, zog er den Kopf ein.

»Ich habe gestern noch eine Magd gefunden, die bereit war, Pan Karols Kleidung zu waschen. Allerdings musste ich ihr Geld dafür versprechen.«

»Das ist schon in Ordnung«, beruhigte Johanna ihn. »Die Hauptsache ist, dass Karols Kleider früh genug trocken sind, damit wir aufbrechen können.«

»Werden wir zusammen mit den Herren Kołpacki und Smułkowski weiterreisen?«, fragte der Junge.

Obwohl der Gedanke verlockend erschien, trug Johanna es den drei jungen Männern nach, dass sie ihren Bruder bis zur Bewusstlosigkeit betrunken gemacht hatten.

»Ich weiß es nicht«, sagte sie daher und beugte sich über ihren Bruder. Karl schlief noch immer. Zwar schnarchte er nicht mehr, wimmerte aber leise und presste sich im Schlaf die Rechte gegen den Leib.

Johanna fragte sich erneut, wieso er so unvernünftig gewesen war. Zudem kam ihr der erschreckende Gedanke, dass er im Rausch womöglich etwas ausgeplaudert haben könnte. Wenn Kołpacki erfahren würde, dass sie von zu Hause ausgerissen waren, konnte er sie leicht den Bütteln übergeben und einsperren lassen, bis Matthias sie holte.

Geräusche, die von draußen hereindrangen, verrieten ihr, dass sich auf dem Hof etwas tat. Da sie durch die Gucklöcher nichts sehen konnte, verließ sie die Kammer und stieg nach unten. Eben wurden die Pferde der Polen ins Freie geführt. Kołpacki und seine Freunde waren zum Aufbruch bereit. Als dieser Johanna in der Tür stehen sah, deutete er eine leichte Verbeugung an.

»Sagt Eurem Bruder, er soll erst erwachsen werden, bevor er mit Männern um die Wette trinken will!« Mit diesen Worten wandte er sein Pferd und wollte losreiten.

Da trat der Wirt aus dem Haus und hob mahnend die Hand. »Seht Euch vor, meine Herren! In der Gegend wurden Räuber gesehen. Nicht, dass Ihr überfallen werdet!«

Kazimierz Kołpacki winkte lachend ab. »Mit unseren Dienern sind wir sieben Männer und alle in Waffen geübt. Ich will die Räuberbande sehen, die es wagt, sich mit uns anzulegen!«

Immer noch lachend, trieb er sein Pferd an und trabte zum Hoftor hinaus. Tobiasz Smułkowski folgte ihm, während dessen Bruder Bartosz sich Johanna zuwandte.

»Ihr seid klüger als Euer Bruder, Herr Jan. Sagt ihm, er solle sich an Euch ein Beispiel nehmen. Wenn Ihr noch einen Rat von mir annehmen wollt: Ihr solltet nicht allein reisen. Seht zu, dass Ihr Euren Bruder aufs Pferd bringt, und folgt uns. Auch wenn mein Freund Kazimierz gelegentlich ein wenig spottet, so wird er erlauben, dass Ihr Euch uns anschließt.« Er winkte Johanna noch kurz zu und ritt ebenfalls los.

Johanna sah ihm mit verkniffener Miene nach. Auch wenn die Räuber und der weite Weg sie ängstigten, war sie im Zweifel, ob sie sich wirklich Kołpackis Reisegesellschaft anvertrauen sollten. Sie wollte in ihre Kammer zurückkehren, sah dann aber ihren Bruder bleich wie ein Gespenst hinter sich stehen. Er würgte erneut, während er auf die in der Ferne entschwindenden Polen wies.

»Wir müssen ihnen folgen«, brachte er mühsam hervor. »Lass die Pferde satteln! Allein schaffen wir es niemals. Ich ...« Karl brach ab, stolperte zur Stallwand und leerte erneut seinen Magen.

»Du kannst nicht reiten!«, rief Johanna. »Außerdem könnten wir einen Rasttag gut gebrauchen.«

»Wir müssen Kołpacki und den anderen folgen«, keuchte Karl, als sein Würgen nachließ. »Du hast von den Räubern gehört. Wir dürfen nicht alleine weiterreiten.«

Johanna wollte widersprechen, doch sie kannte ihren Bruder allzu gut. Er mochte langmütig sein, wenn er sich allerdings etwas in den Kopf gesetzt hatte, war es nahezu unmöglich, es ihm auszureden. Auch spürte sie seine Angst, die weniger ihn als sie selbst betraf. Welches Schicksal sie erwartete, wenn sie in die Hand von Räubern fiel, hatte sie an der Diebin gesehen. Auch wenn diese sich halb freiwillig den Knechten im Stall hingegeben hatte, konnte sie beim ersten Mal mit Gewalt genommen worden sein. Johanna beschloss, nicht mehr so schlecht über die Frau zu denken, und sah sich nach Wojsław um.

»Kümmere dich um die Pferde! Ich werde zum Wirt gehen und ein wenig Mundvorrat besorgen. Frühstücken werden wir hier wohl nicht mehr!«

»Pan Karol wird gewiss nichts über die Lippen bringen«, meinte der Junge und trat zu seinem Herrn. »Kann ich Euch helfen?«

Karl würgte noch einmal stinkende Luft hervor und schüttelte den Kopf. »Sattle die Pferde und hilf Jo... äh, Jan, unsere Sachen zu packen. Ich wasche mich inzwischen am Brunnentrog!« Nach diesen Worten ging Karl mit staksigen Schritten dorthin, beließ es aber nicht nur beim Waschen, sondern steckte den Kopf ganz ins Wasser. Zwar hatte er immer noch das Gefühl, als würde hinter seiner Stirn eine Gruppe Däumlinge mit Meißeln arbeiten, wollte aber Kołpacki folgen, um seiner Schwester den Schutz einer größeren Gruppe zu verschaffen.

Da Karl nur im Hemd aus dem Stall gekommen war, brachte Wojsław ihm die am Ofen getrocknete Kleidung und half ihm beim Anziehen. Johanna holte die Mantelsäcke aus der Kammer und schnallte sie hinter die Sättel. Dabei sah sie, dass die Diebin aus der Kammer der Knechte herauskam, sich kurz umschaute und, da niemand sonst sie beobachtete, hurtig durch das Tor eilte. Unter den Arm hatte sie ein Bündel geklemmt, das sie gestern noch nicht bei sich getragen hatte. Es mochte nur ein wenig Wegzehrung sein, doch dazu passten die lauernden Blicke nicht, mit denen das Weib sich umgeschaut hatte.

Mit einem gewissen Spott dachte Johanna, dass die Knechte selbst schuld waren, wenn die Frau sie bestohlen hatte, sie hätten sie ja dem Büttel übergeben können. Dann aber zuckte sie mit den Schultern und führte Karls Wallach ins Freie.

Ihr Bruder hatte sich inzwischen angezogen, brauchte aber ihre und Wojsławs Hilfe, um in den Sattel zu gelangen. Gerade noch rechtzeitig erinnerte Johanna sich daran, dass sie etwas zu essen mitnehmen sollte, und eilte in die Gaststube. Für ein paar Münzen erhielt sie von der Schankmaid alles, was sie verlangte, und kehrte zu Karl und Wojsław zurück. Bevor sie aufs Pferd stieg, erinnerte sie sich an den Bericht über die Räuber. Ihr erschien es besser, auf eine Begegnung mit diesem Gesindel vorbereitet zu sein. Daher lud sie trotz Karls Drängen die Pistolen und zog die Radschlösser auf.

16.

Zunächst machte Johanna sich mehr Sorgen wegen ihres Bruders als um mögliche Räuber. Karl hing kraftlos im Sattel und sah so aus, als würde er im nächsten Augenblick vom Pferd rutschen.

»Wir hätten doch in der Herberge bleiben sollen«, tadelte sie ihn, als sie ihn wieder einmal festhalten musste.

Karl zwang sich mühsam ein Lächeln auf. »Es geht schon, Schwesterlein! Du musst mich nicht bedauern. Ich hätte gestern klüger sein und nicht so viel trinken sollen. Dann hätten wir mit Kołpacki und den Smułkowskis zusammen aufbrechen können. So aber müssen wir hinter ihnen herreiten und hoffen, dass wir unterwegs nicht auf Räuber treffen. Hast du heute überhaupt schon etwas gegessen?«

Unwillkürlich schüttelte Johanna den Kopf.

»Dann tu das jetzt und gib auch Wojsław etwas. Ich muss warten, bis sich mein Magen beruhigt hat. Wenn ich nur nicht so viel Durst hätte!«

»Soll ich nach einer Quelle Ausschau halten?«, fragte Wojsław.

»Das dauert zu lange.« Karl wollte eher Schwäche und Durst trotzen, als ihren Ritt weiter zu verlangsamen. Wenn die drei Polen rasch ritten, bestand die Gefahr, dass sie die Gruppe an diesem Tag nicht mehr einholten und vielleicht sogar in einem anderen Gasthof übernachten mussten.

»Wir müssen schneller werden«, sagte er und gab seinem Pferd die Sporen.

Das war kein guter Gedanke, denn der Wallach preschte sofort los. Verzweifelt klammerte Karl sich mit beiden Händen an der Mähne fest, verlor dabei die Zügel und damit auch die Gewalt über das Pferd. Das Tier raste im vollen Galopp dahin, und für entsetzlich lange Augenblicke befürchtete Karl, sich nicht im Sattel halten zu können. Wenn er vom Pferd stürzte, konnte er sich sämtliche Knochen und vielleicht sogar das Genick brechen. Der Gedanke, dass seine Schwester dann hilflos der Welt ausgeliefert wäre, trieb ihm die Tränen in die Augen.

Da sah er einen Schatten neben sich auftauchen. Es war Johanna. Sie beugte sich aus dem Sattel und griff nach den Zügeln seines Pferdes. Kurz danach hatte sie beide Tiere zum Stehen gebracht und funkelte ihren Bruder zornig an.

»Tu etwas so Dummes nie wieder! Hast du verstanden?«

Karl nickte unglücklich. »Es tut mir leid, ich ...«

»Lass mir die Zügel!«, forderte seine Schwester ihn auf.

Karl nahm die Zügel des Wallachs wieder selbst in die Hand und versuchte zu grinsen. »Ich schaff das schon.«

Johanna musterte ihn und fand, dass er nicht mehr ganz so bleich aussah wie am Morgen. »Also gut. Du kannst die Zügel behalten. Aber ich bestimme, wie schnell wir reiten.«

»Wir dürfen nicht zu langsam sein, wenn wir zu Kołpacki und den anderen aufschließen wollen.«

Johanna nickte, schlug aber zunächst ein gemächliches Tempo ein, um ihren Bruder nicht zu überfordern. Als sie sah, dass er mitkam, wechselte sie in einen leichten Trab über, sah sich dabei aber immer wieder nach Karl um.

Plötzlich stieß Wojsław einen Jubelruf aus. »Ich höre einen Bach rauschen!«

Johanna zügelte ihr Pferd und reichte dem Jungen ihre Feldflasche. »Hier, füll sie auf, und komm dann nach!«

»Ja, Herrin! Äh ... ich meine, Pan Jan!« Wojsław sprang aus

dem Sattel und führte sein Pferd am Zügel zu dem Bach. Während er die Flasche füllte, trank das Tier gierig.

»Wir sollten die Pferde ebenfalls tränken«, sagte Johanna, horchte dann aber verwundert auf.

»Hörst du das? Ich glaube, da vorne wird gekämpft!«

In Karls Ohren rauschte es zu sehr, als dass er etwas hören könnte, doch Wojsław nickte mit ängstlicher Miene.

»Ja, Ihr habt recht!«

»Das können nur Kołpacki und die anderen sein! Wir müssen ihnen zu Hilfe eilen.« Noch während sie es sagte, spornte Johanna ihren Wallach an.

»Nein, nicht!«, rief Karl ihr nach, doch sie hörte nicht auf ihn. Mit einem leisen Fluch wandte er sich an Wojsław.

»Komm, wir müssen Johanna beistehen! Weiß der Teufel, in welche Sache sie hineinreitet.«

Er zog seine Pistole, die dank Johannas weiser Voraussicht schussfertig war, und trabte hinter ihr her.

Auch Wojsław schwang sich wieder aufs Pferd und gab ihm die Sporen.

17.

Die Kampfgeräusche wurden rasch lauter, und schon bald vernahm Johanna Stimmen. Ein Entsetzensruf auf Polnisch erklang und brachte sie dazu, noch schneller zu reiten. Um sie herum war Wald, und die Straße machte ein Stück weiter vorne einen Knick. Ohne langsamer zu werden, preschte Johanna darauf zu und sah dahinter Kołpacki und dessen Freunde in einem verzweifelten Kampf. Zwei Diener lagen bereits am Boden, und sie selbst schwebten in höchster Gefahr, von einem guten Dutzend wüst aussehender Kerle überwältigt zu werden.

Mit einem gellenden Wutschrei ließ Johanna die Zügel fahren, packte mit der Linken die Pistole und zog mit der Rechten den Säbel.

Sofort zeigte einer der Räuber in ihre Richtung. »Da kommen noch welche!«

Sein Anführer hatte sich bislang zurückgehalten. Nun warf er Johanna nur einen Blick zu und winkte ab.

»Das sind nur ein paar Bauerntölpel. Mit denen werden wir fertig!« Auf seinen Wink hin eilten drei Kumpane an seine Seite und hoben ihre Waffen.

Johanna fegte wie eine Windsbraut auf sie zu und rammte zwei Räuber mit dem Pferd, so dass diese ins Gebüsch stürzten. Bevor deren Hauptmann zuschlagen konnte, richtete sie die Pistole auf sein Gesicht und drückte ab. Es knallte fürchterlich, dann sank der Räuber mit einem schwarzen Loch über der Nase zu Boden. Den nächsten Räuber hielt sie sich mit dem Säbel vom Leib. Während der Kerl zusammenbrach, rafften die beiden anderen sich wieder auf. Doch als Johanna das Pferd wendete, auf sie zuritt und den Säbel schwang, wandten sie sich zur Flucht.

»Ihr verdammten Hunde, bleibt hier!«, schrie einer ihrer Kumpane ihnen nach und wollte mit einer Kriegskeule auf Johanna losgehen.

In dem Augenblick tauchte Karl auf und feuerte seine Pistole ab. Obwohl er Kopfschmerzen hatte und ihm speiübel war, traf er den Schurken. Da auch noch Wojsław herantrabte und einen Schuss abgab, war es mit dem Mut der restlichen Räuber vorbei, und sie verschwanden im Wald.

Während des Kampfes hatte Johanna kühles Blut bewahrt. Nun aber fiel die Anspannung von ihr ab, und sie begann zu zittern. Habe ich wirklich einen Menschen getötet?, fragte sie sich entsetzt. Selbst der Gedanke, dass die Räuber sonst

Kołpacki und dessen Begleiter umgebracht und auch vor Karl, Wojsław und ihr nicht haltgemacht hätten, brachte keine Linderung.

»Das war Hilfe in höchster Not!«, rief Tobiasz Smułkowski aus.

»Das war es wirklich«, stimmte ihm sein Bruder zu.

»Den armen Lech hat es erwischt, und Mariusz braucht dringend einen Wundarzt«, berichtete einer ihrer Diener traurig.

»Er wird bis zur nächsten Stadt warten müssen«, antwortete Kołpacki. »Wir sollten zusehen, dass wir von hier verschwinden. Es kann sein, dass die Räuber Verstärkung holen und zurückkommen.«

»So viel Zeit, einen Verletzten zu versorgen, werden wir wohl haben!«, fuhr Johanna ihn an.

Sie stieg aus dem Sattel, reichte Wojsław die Zügel und trat auf den verwundeten Diener zu.

»Du hast Glück«, meinte sie nach einer Weile. »Die Platzwunde am Kopf blutet zwar arg, kostet dich aber nicht das Leben, und mit dem verletzten Arm wirst du reiten können. Habt Ihr ein sauberes Hemd, mit dem ich den Mann verbinden kann?«

Der letzte Satz galt Kołpacki. Bevor dieser etwas darauf antwortete, öffnete Bartosz Smułkowski seinen Mantelsack und zog ein Hemd heraus.

»Hier! Das ist frisch gewaschen!«

»Habt Dank!« Froh über eine Aufgabe, die ihre Gedanken beschäftigte, nahm Johanna das Hemd entgegen und schnitt mit dem Messer mehrere Streifen ab. Während sie den Verletzten verband, lenkte Bartosz sein Pferd neben Kołpackis Reittier.

»Ohne die beiden Jünglinge wäre es uns schlecht ergangen.«

Kazimierz Kołpacki nickte mit verkniffener Miene. »Da

kann ich dir nicht widersprechen. Allerdings wären wir mit den Schuften fertiggeworden, wenn wir sie eher bemerkt hätten.«

»Wir haben sie aber nicht eher bemerkt und verdanken daher den beiden Jünglingen unser Leben. Bei der Heiligen Jungfrau von Tschenstochau! So wie Karol Wyborski trotz des schweren Kopfes, den er nach seiner Zecherei gestern haben muss, den Räuber getroffen hat, ist bewundernswert. Und sein Bruder erst! Jan Wyborski ist ein wahrer Sarmate!«

Von ihrer Mutter wusste Johanna, dass es das Ziel aller edlen Polen war, als tapfere Sarmaten zu gelten. Daher war diese Bezeichnung für sie ein hohes Lob, und sie freute sich trotz des Klumpens in ihrem Magen darüber. Eines aber war gewiss: Nach dem heutigen Tag konnten Kołpacki und Bartosz' Bruder Tobiasz es nicht mehr ablehnen, sie nach Polen mitzunehmen. Zwar wusste sie nicht, was sie dort erwartete, doch in ihren Augen war alles besser, als nach Allersheim zurückzukehren und sich dem von Pater Amandus gefälschten Letzten Willen ihres Vaters zu beugen.

Zweiter Teil

Osmański

I.

*E*ndlich lag Polens Hauptstadt Warschau vor ihnen. Johanna hatte beinahe die Hoffnung verloren, sie zu erreichen. Tag um Tag waren sie mit Kazimierz Kołpacki und den beiden Smułkowskis geritten und hatten in guten und schlechten Herbergen übernachtet. Dabei erfuhren sie manches über Polen, seinen König und über die Familie Lubomirski. Während ein Teil der Sippe um Fürst Hironim zu Jan III. Sobieski hielt, zählte Stanisław Lubomirski zu dessen Gegnern, hatte er sich doch selbst Hoffnungen auf die polnische Krone gemacht.

Johanna hatte sich bisher nur wenig um Politik gekümmert, doch nun wurde ihr bewusst, wie wichtig es in Polen war, die Ohren offen zu halten. Die Heimat ihrer Mutter war ein unruhiges Land mit vielen Feinden an seinen Grenzen. Dazu zählten nicht nur das Reich des Sultans und die mit den Türken verbündeten Tataren, sondern auch die Kosaken und sogar Kurfürst Friedrich Wilhelm von Brandenburg, den Kołpacki unverhohlen einen lumpigen Verräter nannte. Mittlerweile wusste sie auch, warum Friedrich Wilhelm so schlecht angesehen war. Obwohl der Kurfürst vom polnischen König mit dem Herzogtum Ostpreußen belehnt worden war, hatte er sich mit König Karl X. gegen Polen verbündet. Als sich das Kriegsglück von diesem abzuwenden begann, hatte der Kurfürst mit König Jan II. Wazy von Polen über einen Seitenwechsel verhandelt und von diesem dafür Ostpreußens Unabhängigkeit verlangt.

»So in Gedanken?«, fragte Bartosz Smułkowski, der es übernommen hatte, sie und Karl nach Warschau zu begleiten. Dort hofften die Zwillinge, Nachrichten über Verwandte zu erhalten, an die sie sich wenden konnten.

»Ich habe an den Kurfürsten von Brandenburg gedacht«, antwortete Johanna.

»Der Teufel soll ihn holen!«, stieß Bartosz verächtlich aus. »Einen größeren Lumpen als ihn hat es in der Geschichte nicht gegeben. Doch er wird die Strafe für seinen Verrat schon noch erhalten.«

»Aber Ostpreußen ist doch erst seit der Niederlage des Deutschen Ritterordens gegen Polen und Litauen polnisches Lehensgebiet geworden. Vorher war es eine unabhängige Herrschaft«, wandte Karl ein, dem Smułkowskis Sichtweise arg einseitig schien.

Bartosz Smułkowski war nicht bereit, auch nur ein gutes Haar am Kurfürsten von Brandenburg zu lassen. »Damals handelte es sich um eine ehrliche Schlacht, die von uns gewonnen wurde. König Władysław Jagiełło hätte den Ritterorden vernichten und das preußische Land ganz seinem Reich eingliedern können. Doch er ließ dem Orden gnädig einen großen Teil des Landes. Friedrich Wilhelm hat diese Großmut mit übelstem Verrat belohnt!«

Auch Johanna fand das Verhalten des Kurfürsten schäbig und ärgerte sich über ihren Bruder, der Entschuldigungsgründe für diesen raffgierigen Fürsten suchte. Nun aber richtete sie ihr Augenmerk auf ihren weiteren Weg. Noch war Warschau mehr zu erahnen als zu sehen, doch sie spürte, wie ihr Herz schneller schlug. In weniger als einer Stunde würden sie in die Stadt einreiten, in der sie, wie sie hoffte, bald eine Audienz bei König Jan III. erhalten würden. Den Gedanken, bei ihrer Ankunft ihr wahres Geschlecht aufzudecken, hatte sie mittlerweile aufgegeben. Damit wollte sie warten, bis Karl und sie in der Obhut von Verwandten waren.

Bartosz Smułkowski ließ seinen Wallach schneller traben und winkte den anderen, zu ihm aufzuschließen. Während Johanna schwieg, zitierte Karl seinen Lehrer auf Allersheim. Der Mann stammte aus Bayreuth, das von einer Nebenlinie der

Hohenzollern regiert wurde, und hatte Friedrich Wilhelms mehrfachen Seitenwechsel als höchste politische Kunst gerühmt.

Bartosz drehte sich verärgert zu ihm um. »Wenn du einen Rat von mir hören willst, Karol, dann halte deinen Mund, was diesen Verräter angeht. Hier in Polen hört man Worte wie die deinen ungern. Da kann es dir passieren, dass man dich dafür zum Zweikampf fordert.«

Im ersten Augenblick schien Karl aufbegehren zu wollen, nickte dann aber. »Du hast recht, Bartosz. Hier in Polen werden diese Dinge auf andere Weise betrachtet als bei uns im Reich.«

Johanna lenkte ihren Wallach an Karls Seite und zupfte ihn mit der Linken am Ärmel. »Du musst besser achtgeben, sonst verrätst du uns noch. Für Bartosz waren wir beide nur ein paar Monate zu Besuch bei Verwandten. So wie du dich benimmst, kann ein jeder merken, dass wir auf Allersheim aufgewachsen sind!«

Sie sprach leise, damit Bartosz es nicht hören konnte, trotzdem klang ihre Stimme scharf.

Betroffen zog Karl den Kopf ein. »Es tut mir leid.«

»Dann sei in Zukunft vorsichtiger! Ist das Warschau?« Die Frage galt Bartosz, der mit sichtlichem Stolz sein Pferd zügelte und auf die mauerumwehrte Stadt wies, die vor ihnen aufgetaucht war.

»Ja, das ist Warszawa, der Sitz des Königs. Bedeutender als diese Stadt jedoch ist Kraków, das weiter im Süden an der Wisla liegt. Dort pocht Polens Herz, und dort werden die Könige beerdigt.«

»Ich finde Warschau beeindruckend«, erklärte Johanna mit unverhohlener Bewunderung.

»Ihr wart noch nie dort?«, fragte Bartosz.

Johanna schüttelte den Kopf. »Nein! Auch in Krakau waren wir noch nie!«

»Dann hatte Kazimierz doch recht«, rief Bartosz erstaunt.

»Inwiefern?«, wollte Johanna wissen.

»Er glaubt, dass ihr die Söhne jener Wyborska seid, die mit einem deutschen Edelmann verheiratet worden ist. Darauf hätte ich auch kommen müssen. Du sprichst das Polnische gut, doch dein Bruder braucht manchmal eine Weile, bis er das richtige Wort findet.«

Da Johanna sich hier in Polen von jeglicher Verfolgung durch ihren Halbbruder sicher wähnte, nickte sie. »Du hast recht. Mein Bruder und ich sind die Kinder einer polnischen Dame und eines deutschen Reichsgrafen. Nach dessen Tod haben wir den Ort, an dem wir aufgewachsen sind, verlassen. Unsere Mutter starb schon früher, bat uns aber, unsere Verwandten in Polen aufzusuchen.«

»Daran habt ihr gut getan! Auch wenn euer Großvater und euer Oheim im Kampf gegen die Türken gefallen sind, gibt es gewiss noch Zweige eurer Sippe, die zwei so prächtige Kämpfer wie euch gerne bei sich aufnehmen werden. Dein Bruder ist ein guter Schütze, und du, Jan, kämpfst wie der Teufel, wenn du mir diesen Ausdruck verzeihst!«

»Das tue ich«, antwortete Johanna lachend und richtete ihre Aufmerksamkeit auf die Stadt.

Bereits die hohe, aus hartgebrannten Ziegelsteinen errichtete Wehrmauer mit den vielen Türmen war imposant. Mehrere Kirchtürme überragten sie, und dort, wo die Straße in die Stadt führte, entdeckte sie einen gewaltigen Torbau, den unzählige Menschen passierten.

Auch Bartosz hielt auf diesen zu und sprach die Wächter an. »Gott zum Gruß! Ich bin Bartosz Smułkowski, und das sind die Herren Jan und Karol Wyborski.«

»Ihr habt gewiss Pässe bei euch?«, fragte der Offizier der Wache und bewies Johanna damit, dass Reisende, die nach Warschau kamen, scharf überwacht wurden.

»Selbstverständlich«, antwortete Bartosz und reichte dem Mann seine Papiere.

Mit einem gewissen Zögern folgte Karl seinem Beispiel. Auch Johanna zog das gesiegelte Schreiben hervor, das sie als Jan Wyborski auswies. Einen Augenblick lang dachte sie daran, dass Karl und sie kaum besser waren als ihr Halbbruder und ihre Stiefmutter, denn auch sie hatten amtliche Dokumente gefälscht. Bei ihnen war es jedoch aus Not geschehen und nicht aus Gier wie bei Matthias und Genoveva.

Der Offizier warf einen kurzen Blick auf die Pässe und reichte sie zurück. »Ihr könnt passieren. Wo werdet ihr unterkommen?«

»Im Stadtpalais des Fürsten Lubomirski«, erklärte Bartosz. Diese Auskunft genügte den Wachen, um ihnen den Weg freizugeben.

Während sie weiterritten, hielt Johanna sich an Bartosz. »Glaubst du, dass wir dort willkommen sein werden? Vielleicht sollten wir uns doch besser eine Herberge suchen.«

»Die Herbergen in Warschau sind schlecht, und man fängt sich dort leicht Flöhe ein«, entgegnete Bartosz. »Wer Freunde oder Familienmitglieder hat, die hier wohnen, übernachtet besser bei diesen. Außerdem steht mein Fürst in gewisser Weise in eurer Schuld, denn ihr habt immerhin dreien seiner Untergebenen das Leben gerettet.«

»Ich will es hoffen«, antwortete Johanna, richtete sich aber darauf ein, vielleicht doch eine andere Bleibe suchen zu müssen.

2.

Johannas Bedenken erwiesen sich als unbegründet. Der Haushofmeister des Fürsten war ein enger Freund von Bartosz' Vater und wies ihnen sofort eine Kammer zu, während Wojsław im Stall bei den Pferden schlafen musste. Johanna war zufrieden, doch als sie ihre Kammer betraten und die Magd, die sie dorthin geführt hatte, verschwunden war, verzog Karl missmutig das Gesicht.

»Unterwegs ging es nicht anders«, sagte er. »Doch jetzt sollte jeder von uns eine eigene Kammer haben. Auch wenn wir Bruder und Schwester sind, ist es nicht schicklich, dass wir in einer Kammer übernachten.«

»Sei vorsichtig! Nicht, dass dich jemand hört«, schalt Johanna ihn.

Karl winkte mit einem ärgerlichen Laut ab. »Hier in Warschau kannst du doch wieder als Mädchen auftreten.«

»Das will ich erst tun, wenn ich weiß, welche Verwandten uns aufnehmen werden.«

»Dafür müssen wir ins Schloss und dort nachfragen. Hoffentlich hilft man uns dort.«

»Notfalls wenden wir uns direkt an den König. Wie mir unsere Mutter erklärt hat, sind wir auch mit den Sobieskis verwandt.« Johanna wies auf den Krug und die Waschschüssel aus Steinzeug, die auf einer kleinen Anrichte standen. »Ich würde mich gerne wieder einmal richtig waschen. Hältst du derweil vor der Tür Wache?«

»Und was soll ich sagen, wenn mich einer fragt, was ich tue?«

»Dann sag einfach, wir hätten uns gestritten, und du wolltest mich im Augenblick nicht sehen. Außerdem befinden wir uns in einem abgelegenen Winkel des Palais. Hier kommt so rasch keiner vorbei.«

Karl fand, dass seine Schwester die Sache zu leichtnahm. Daher erschien es ihm das Beste, wenn sie so bald wie möglich zu Verwandten kamen, deren Damen sich Johannas annehmen konnten. Um ihr die Gelegenheit zu geben, sich zu waschen, verließ er die Kammer und setzte sich im Flur auf eine steinerne Fensterbank.

Wie von seiner Schwester prophezeit, störte ihn niemand, und so hatte er Zeit, über ihre Lage nachzudenken. Ihre Flucht hielt er immer noch für richtig, hätte sich aber gewünscht, ihr Großvater oder wenigstens ihr Onkel Gregorz würde noch leben. So aber waren sie auf die Gnade und Barmherzigkeit von Menschen angewiesen, deren Familien sich vor vier oder noch mehr Generationen mit ihrer eigenen verbunden hatten.

»Du kannst wieder hereinkommen!«

Johannas Ausruf beendete Karls Überlegungen. Er stemmte sich hoch und trat in die Kammer.

»Ich habe nur einen Teil des Wassers verwendet. Der Rest ist noch sauber. Mit dem kannst du dich ebenfalls waschen«, erklärte Johanna.

Karl trat an die Waschschüssel, drehte sich dort aber noch einmal zu seiner Schwester um. »Wir müssen unsere Sachen ebenfalls waschen lassen!«

»Zuerst die Kleidungsstücke, die am schmutzigsten sind, und dann die anderen.« Noch während Johanna es sagte, trug sie diese zusammen. Karl entblößte inzwischen seinen Oberkörper und wusch sich mit fahrigen Bewegungen.

»Wenn du willst, kann ich auch nach draußen gehen«, bot Johanna ihm an.

Sie empfand es zwar als etwas zu viel Ziererei, denn schließlich hatten Karl und sie sich als Kinder nackt gesehen, und sie wusste, wie er gestaltet war. Doch als sie in sich hineinhorchte, spürte sie, dass sie sich nur ungern vor ihm entblößen würde.

Immerhin wuchsen ihr Brüste und vor der Scham ein schütteres Büschel Haare, deren Zweck ihr nicht einleuchtete.

»Mir wäre es lieber«, erklärte Karl, beeilte sich aber, als seine Schwester die Kammer verlassen hatte, und rief sie kurze Zeit später wieder herein. Es war keinen Augenblick zu früh, denn noch während Johanna sich auf den Schemel setzte, der neben einem Bett, dem Waschtisch und einem schlichten Schrank die Möblierung des Zimmers darstellte, wurde die Tür geöffnet, und Bartosz trat ein.

»Ich habe mit dem Haushofmeister gesprochen«, erklärte er gutgelaunt, »und ihm dabei von dem Überfall durch die Räuber berichtet. Er will euch beide dem Fürsten empfehlen, denn so tapfere Burschen kann dieser in seiner Leibschar brauchen.«

Wäre Johanna tatsächlich ein Jüngling gewesen, hätte ihr diese Nachricht gefallen. So aber brauchte sie Zeit, um sie zu verdauen. Zu ihrem Glück behielt Karl einen kühlen Kopf.

»Ich danke dir, Bartosz! Das ist eine gute Nachricht. Allerdings will ich erst nachforschen, wie eng unsere Verwandtschaft zu Fürst Lubomirski ist. Sollte jedoch zu einer anderen Familie eine engere Verwandtschaft bestehen, so will ich mich zuerst an diese wenden.«

»Das verstehe ich«, antwortete Bartosz mit leichter Enttäuschung in der Stimme. »Dass ihr dort aber so gut aufgehoben wäret wie bei meinem Fürsten, bezweifle ich. Bei Lubomirski hättet ihr mit mir, meinem Bruder Tobiasz und mit Kazimierz drei Fürsprecher, die euch bei anderen fehlen.«

Mittlerweile hatte Johanna sich gefasst. »Das mag sein«, sagte sie. »Unsere Mutter hat uns jedoch aufgetragen, uns an unsere nächsten Verwandten zu wenden. Damals glaubten wir noch, es wären unser Großvater und unser Oheim. Nun aber müssen wir sehen, wie nahe wir mit wem verwandt sind. Unserer Mutter zufolge könnten dies die Zamoyskis oder die Sieniawskis sein.«

»Ich will euch daran nicht hindern!« Bartosz klang verärgert, denn er hatte gehofft, zwei ausgezeichnete Jungkrieger für seinen Fürsten gewinnen zu können. Dies hätte auch seinem eigenen Ansehen genützt. Wenn die beiden sich jedoch für eine andere Familie entschieden, war die Gelegenheit vertan.

Johanna begriff rascher als Karl, dass sie sich von diesem Augenblick an auf die Gastfreundschaft in diesem Haus nicht mehr verlassen durften, und blickte zum Fenster hinaus. Wenn sie jetzt die Stadtpalais der Zamoyskis und Sieniawskis aufsuchten und dort nur den Majordomus und dessen Untergebene vorfanden, nicht aber ein Mitglied der Sippe selbst, würde ihnen dies auch nichts helfen.

»Wir müssen zum Palast. Entweder können wir mit einem Beamten Seiner Majestät sprechen oder diesen selbst um eine Audienz bitten«, gab sie sich selbst die Antwort auf ihre Frage.

»Es besteht wenig Freundschaft zwischen Stanisław Lubomirski und Jan Sobieski«, wandte Bartosz ein.

Doch auch dieser Einwand ging ins Leere. Da es Johanna unmöglich war, als Krieger in Lubomirskis Scharen einzutreten, musste sie eine Familie finden, in der sie wieder sie selbst sein konnte.

3.

Johanna war erleichtert, als sie am folgenden Tag Lubomirskis Palais verließen. Während sie voller Hoffnung war, zeigte Karl deutlich seine Zweifel. »Was machen wir, wenn uns im Palast niemand helfen kann oder will?«

»Dann gehen wir bis zum König«, antwortete Johanna entschlossen.

»Aber wenn die Familien, mit denen wir verwandt sind, ebenfalls zu seinen Gegnern zählen?«

»Man wird uns schon helfen. Und jetzt komm! Oder willst du, dass dein Pferd auf dem Pflaster anwächst?« Johanna war über die Mutlosigkeit ihres Bruders verärgert, verstand ihn aber auch. Während ihrer Kindheit war er deutlich mehr mit dem Vater und seinen Lehrern zusammen gewesen als mit der Mutter. Sie hingegen kannte dieses Land aus deren Erzählungen.

Mit einem leisen Fauchen schüttelte Johanna die Erinnerung ab und lenkte ihren Wallach die Straße entlang. Als sie sich kurz umblickte, stellte sie fest, dass Karl und Wojsław ihr folgten. Es wird schon alles gutgehen, dachte sie, als der große Platz vor dem Schloss in Sicht kam. Die Größe des Bauwerks beeindruckte sie. Zur Rechten des Schlosses ragte der Turm einer imposanten Kirche wie ein mahnender Zeigefinger empor, und ein Stück davon entfernt entdeckte sie eine Säule, auf der eine Statue stand. Es schien sich um das Standbild eines früheren Königs zu handeln, denn Johanna glaubte, einen gekrönten Helm auf seinem Kopf zu erkennen.

»Wir sind gleich am Tor! Was sagen wir den Wachen?«, fragte Karl in seiner Erregung auf Deutsch.

»Lass mich nur machen«, antwortete Johanna und hielt auf die in glänzenden Rüstungen steckenden Gardisten zu. Als diese ihre Hellebarden senkten, zügelte sie ihr Pferd und langte mit der Rechten grüßend an ihre Mütze.

»Gott zum Gruß! Wir sind Karol und Jan Wyborski und wünschen, mit einem der Herren aus dem Gefolge Seiner Majestät zu sprechen, der uns über unsere familiären Bande aufklären kann.«

»Es handelt sich wohl um eine Erbschaftssache, was?«

Der Offizier der Wache sah wenig Grund, besonders höflich zu sein. Schließlich waren die beiden Besucher noch sehr jung, und ihre Kleidung hatte auf der langen Reise gelitten. Daher hielt er sie für die Söhne einfacher Schlachtschitzen, die hier am Königshof Unterstützung gegen Verwandte suchten. Abweisen wollte er sie aber nicht und wies einen seiner Untergebenen an, jemanden zu holen, der sich um die beiden kümmern sollte.

»Ihr könnt derweil absteigen und eure Säbel, Pistolen und Dolche an die Sättel hängen. In der heutigen Zeit heißt es, vorsichtig zu sein. Es gibt zu viele Schurken, die Seiner Majestät übelwollen!«

»Wir sind in guter Absicht gekommen«, rief Karl und stieg sofort ab. Wojsław folgte seinem Beispiel, während Johanna zögerte.

Ihr missfiel die Verachtung, die sie bei dem Offizier zu spüren glaubte. Auch wenn ihr Großvater kein so bedeutender Mann wie die Fürsten Lubomirski oder Zamoyski gewesen war, so hatte er doch eine eigene Stadt und das Land darum herum besessen. Sie sagte sich jedoch, dass Trotz nichts brachte, und schwang sich aus dem Sattel. Gemächlich legte sie ihren Säbel ab, hängte den Gurt an den Sattel und steckte Pistole und Dolch in ihren Mantelsack.

Dann wandte sie sich mit einem spöttischen Lächeln an den Offizier. »Bist du nun zufrieden?«

»Du solltest dir etwas mehr Höflichkeit angewöhnen, Bürschchen. Ich bin Bogusław Lubecki und habe in meinem Leben mehr Feinde getötet als jeder andere in Polen.«

»Wacker, wacker!«, befand Johanna grinsend.

»Und? Wie viele hast du schon getötet?«, fragte der Offizier höhnisch.

»Da muss ich überlegen«, antwortete Johanna. »Könnten es

drei sein? Bei einem weiß ich es nicht genau. Er war zwar verletzt, könnte es aber überlebt haben. Sagen wir, zwei! Bei denen weiß ich es gewiss.«

»Du schneidest auf!« So ganz glaubte ihr der Mann nicht, denn sie sah doch noch sehr jung aus. Andererseits blickten ihre Augen zu ernst für eine Lüge.

Ein Mann trat aus dem Tor und ersparte Johanna eine Antwort. Seiner Kleidung nach zählte er zu den höheren Bediensteten des Schlosses.

»Was gibt es?«, fragte er den Offizier.

Dieser wies auf Johanna und Karl. »Die beiden hier sind gekommen, um mehr über ihre Verwandtschaftsverhältnisse in Erfahrung zu bringen. Wahrscheinlich geht es um eine Erbschaftssache unter Schlachtschitzen.«

»Das ist auf jeden Fall eine ernste Angelegenheit!« Der Satz galt mehr den Zwillingen als dem Offizier.

»Es geht weniger um ein Erbe, sondern darum, welcher Verwandter unser Vormund ist«, wandte Karl ein.

»Nun, das werden wir herausfinden. Wie ist Euer Name?«

»Karol und äh ... Jan Wyborski«, antwortete Karl.

»Sagtet Ihr Wyborski?« Der Mann klang erstaunt, wies aber die Wachen an, den Weg freizugeben.

»Kommt mit!«, forderte er Johanna und Karl auf. Die beiden folgten sofort, während Wojsław zögerte. Da er jedoch nicht von ihnen getrennt werden wollte, trat auch er durch das Tor.

Allein der Innenhof des Palasts war größer als Schloss Allersheim, und die große Anlage verriet, welch mächtiger Herr der König von Polen sein musste. Jan III. würde ihnen daher gewiss helfen können, sagte Johanna sich, während ihr Führer mehrere Knechte herbeiwinkte, damit diese sich der Pferde annahmen.

»Euer Diener kann bei den Rossen bleiben und auf Eure

Waffen achtgeben«, erklärte er Johanna, die zunächst den Zügel ihres Wallachs nicht freigeben wollte.

»Tu das, Wojsław!«, forderte sie den Jungen auf und fragte sich, wohin Karl und sie wohl gebracht würden.

4.

Karl und Johanna betraten das Schloss durch einen Seiteneingang und wurden in einen kleinen Raum geführt, der bis auf einige Gemälde und zwei Sessel an der Wand leer war.

»Wartet hier!«, erklärte ihr Führer. »Ich hole jemanden, der sich Euch und Eurer Sache annehmen kann.«

»Hab Dank!« Johannas Anspannung wuchs, als der Mann verschwand und sie und Karl allein zurückließ.

Ihr Bruder zerrte an seinem Kragen, so als würde dieser zu eng um seinen Hals liegen. »Ich hoffe, es war kein Fehler, hierherzukommen.«

»Es war die einzige Möglichkeit, um unserem Halbbruder und diesem schrecklichen Weib zu entkommen.« Johanna klang harsch, um ihren Bruder daran zu erinnern, welches Schicksal Genoveva ihnen zugedacht hatte.

Mit einem verkrampften Lächeln nickte Karl. »Das ist leider wahr! Allerdings wäre ich lieber in einem Land, dessen Sprache und Sitten ich besser kenne.«

»Du wirst dich rasch hier eingewöhnen«, erwiderte Johanna, um ihm Mut zu machen.

Ihr selbst fiel es mittlerweile recht leicht, Polnisch zu sprechen. Dies war nicht zuletzt der Reise mit Kazimierz Kołpacki und den beiden Smułkowskis zu verdanken. Ihr Wortschatz war bei den Gesprächen mit den dreien gewachsen, und jeder, der sie hörte, würde sie für eine gebürtige Polin halten. Auch

Karl hatte einiges gelernt, doch sein Akzent wies darauf hin, dass er im Ausland aufgewachsen sein musste.

Die Tür ging auf, und ein älterer Mann kam herein. Er trug einen gemusterten Żupan aus Seide sowie den pelzverbrämten Kontusz und auf dem Kopf einen prachtvollen Kołpak, an dem eine goldene Agraffe mit einem Federstoß steckte. Um die Taille hatte er den bunten Gürtel mit den herabhängenden Enden geschlungen, wie es bei den polnischen Adeligen Brauch war. Er musterte die beiden neugierig und rieb sich dann über die Nase.

»Patuk sagt, Ihr hättet Euch als Wyborskis vorgestellt. Doch diese Familie ist meines Wissens im Mannesstamm erloschen!«

Ein gewisses Misstrauen schwang in seiner Stimme mit und warnte Johanna davor, Lügen zu erzählen. Sie trat einen Schritt auf den Mann zu, vermied mit Mühe einen Knicks und verbeugte sich, wie es sich für einen Jüngling geziemte.

»Euer Ehren haben vollkommen recht. Wir sind keine Wyborskis im Mannesstamm. Unsere Mutter war Sonia Wyborska, Ziemowit Wyborskis Tochter. Sie hat einen Deutschen geheiratet, doch nach dessen Tod wählten wir den Namen der Sippe unserer Mutter und beschlossen, uns in deren Heimat niederzulassen.«

Der Mann musterte sie durchdringend. »Das kann tatsächlich sein«, sagte er nach einer Weile und trat auf Karl zu. »Trotz Eurer Jugend seht Ihr Eurem Großvater Ziemowit sehr ähnlich, während Euer Bruder vom Aussehen her mehr Eurer Mutter gleicht. Ich kannte beide gut und habe es bedauert, dass Euer Großvater Eure Mutter mit einem Deutschen verheiratet hat. Andererseits verstand ich seine Beweggründe, denn der Reichsgraf von Allersheim hat ihm im Kampf gegen die Tataren das Leben gerettet.«

Johanna sah, dass in seinen Augen eine Träne schimmerte.

»Es war eine schlimme Zeit«, fuhr er fort. »Die Türken und

die Tataren griffen uns immer wieder an, und wir konnten unsere Grenzen nicht mehr halten. Als Kamieniec Podolski fiel, war der Weg nach Wyborowo frei. Der alte Ziemowit und sein Sohn Gregorz verteidigten die Stadt, so gut sie konnten, doch gegen die Übermacht der Feinde kamen sie nicht an. Sie starben beide als Helden im Kampf!«

»Wir wollen in Erfahrung bringen, ob es noch weitere Verwandte gibt, die uns aufnehmen können«, erklärte Johanna, um ihr Begehren in Erinnerung zu bringen.

»Erlaubt zuerst, dass ich mich vorstelle. Ich bin Rafał Daniłowicz, einer der Berater des Königs. Wenn Ihr erlaubt, werde ich Euch Seiner Majestät vorstellen. Er war ein enger Freund Eures Großvaters und hat dessen Tod sehr betrauert.«

»Wir danken Euch!« Johanna atmete auf, denn wenn Jan III. sich ihrer Sache annahm, würde alles gut werden.

Daniłowicz nickte beiden aufmunternd zu und rief nach einem Diener. »Bring die Waffen der jungen Herren! Sie sollen nicht wie kastrierte Kapaune vor Seine Majestät treten.«

»Seine Majestät befinden sich im Marstall, um den neuen Hengst anzusehen, den ihm der Sultan als Geschenk geschickt hat«, antwortete der Diener.

»Der Sultan schickt Geschenke, obwohl wir mit ihm im Krieg liegen?«, fragte Johanna verwundert.

»Zurzeit herrscht Waffenstillstand. Daher gibt es Geschenke, auch von uns an den Sultan. Er liebt Bernstein, und den können wir ihm geben.« Daniłowicz winkte den beiden, ihm zu folgen, und führte sie durch endlose Gänge zu dem Portal des Schlosses, das dem Marstall am nächsten lag.

Johanna merkte ihrem Bruder die Erleichterung an. Dieser warme Empfang durch einen alten Freund ihres Großvaters war ein Glücksfall für sie. Schon bald würden sie bei Verwandten sein und ihre Verkleidung ablegen können.

Das Wiehern des Hengstes wies ihnen den Weg. Das Pferd stand auf dem Hof vor dem Stall und wurde von zwei Knechten gehalten, während der König es von allen Seiten musterte. Johanna wusste nicht, wen sie zuerst anschauen sollte, das edle Tier mit dem schimmernden braunen Fell, der etwas dunkleren Mähne und dem rassigen Kopf oder den großen, wuchtig gebauten Mann in einem langen, rotbraunen Kontusz. An der Seite trug Jan III. ein prächtiges Schwert, und mit der Rechten umfasste er eine goldverzierte Kriegskeule als Symbol seines Ranges. Der Kopf war unbedeckt, doch hielt ein Page in der Nähe eine Pelzmütze mit goldener Agraffe in der Hand.

»Es ist ein schönes Tier«, sagte der König gerade. »Aber eine Stute wäre mir lieber gewesen, denn die könnte meine Gemahlin reiten. Für mich ist dieser Hengst zu schwach gebaut.«

Das glaubte Johanna ihm gerne. Obwohl das Pferd ein prächtiges Tier war, konnte es einen so großen und schweren Mann wie Jan III. niemals in die Schlacht tragen.

Als der König bemerkte, dass sich jemand näherte, drehte er sich um. »Mein lieber Daniłowicz, wen bringt Ihr da zu mir?«, fragte er aufgeräumt.

»Das sind die Herren Karol und Jan, die Söhne von Sonia Wyborska. Sie haben sich nach dem Tod ihrer Eltern entschlossen, in Polen zu leben.«

»Ein guter Entschluss!«, erwiderte Jan III. und musterte die beiden. Karl wirkte noch ein wenig schlaksig, versprach aber, ein schlanker, agiler Mann zu werden. Im Vergleich zu ihrem Bruder war Johanna für einen Jüngling etwas klein geraten.

Johanna trat einen Schritt vor und verbeugte sich. »Euer Majestät, wir bitten um Auskunft, an welche Verwandten wir uns nach dem Tod unseres Großvaters und Oheims wenden sollen.«

»Was meint Ihr, Freund Daniłowicz?«, fragte Jan III. seinen Berater.

Dieser wiegte unschlüssig den Kopf. »Ich muss erst nachsehen, Euer Majestät. Ziemowit Wyborski hat ein Mädchen aus einem Seitenzweig der Familie Zamoyski als Braut heimgeführt. Seine Mutter aber war eine geborene Sieniawska.«

»Von unserer Mutter wissen wir, dass wir mit diesen beiden Familien verwandt sind, doch besteht auch eine Verwandtschaft zu anderen Familien, darunter auch zu den Sobieskis. Allerdings liegt diese Verbindung weiter zurück«, erklärte Johanna.

Karl nickte, um ihre Worte zu bestätigen, während Jan Sobieski nachdenklich an den Spitzen seines prächtigen Schnurrbartes zupfte. »Meiner Ansicht nach kommt es nicht darauf an, wie eng die Blutsbande sind, sondern wo ihr am besten aufgehoben seid! Darüber sollten wir am Abend nach dem Bankett sprechen. Daniłowicz, alter Freund, lasst den beiden eine Kammer zuweisen und sorgt dafür, dass sie ordentlich gekleidet werden. So wie sie jetzt aussehen, kann ich sie unmöglich meiner Gemahlin vorstellen.«

»Ich tue, was in meiner Macht steht«, versprach der alte Herr und wies Johanna und Karl an, mit ihm zu kommen. Die beiden verbeugten sich noch rasch vor dem König und eilten hinter Daniłowicz her. Jan III. wandte sich unterdessen wieder dem Hengst zu und fasste einen Entschluss. »Richte das Tier für Jakub ab. Er soll es reiten!«

»Sehr wohl, Euer Majestät!« Der Stallmeister befahl den Knechten, den Hengst wieder in den Stall zu bringen, und wandte sich wieder dem König zu.

»Wollen Euer Majestät sich auch die beiden Hengste anschauen, die auf Euren Befehl hin in Flandern gekauft wurden? Sie sind groß und stark und werden Euch in der Schlacht gegen jeden Feind tragen.«

»Zeige sie mir! Wenn sie das halten, was ich mir von ihnen

erhoffe, werde ich heute Nachmittag mit einem von ihnen ausreiten«, antwortete der König zufrieden.

5.

Die Kammer, die Johanna und Karl erhielten, war nicht größer als die, die sie im Palais Lubomirski bewohnt hatten. Anders als dort aber fühlten sie sich im Schloss willkommen. Sie erhielten etwas zu essen, und anschließend brachten mehrere Diener Kleidungsstücke herbei, aus denen sie sich festliche Gewänder aussuchen konnten.

Johanna staunte über die edlen Stoffe, die mit Silberfäden verziert waren und Knöpfe aus Halbedelsteinen aufwiesen. »Welch eine Pracht!«, meinte sie zu Karl. »Der König muss unermesslich reich sein, wenn er einfachen Besuchern wie uns solche Kleider zukommen lässt.«

»Sie sind gewiss nur geliehen.« Karl sah sie an und schüttelte den Kopf. »Es gefällt mir nicht, dass du weiterhin als Junge auftrittst. Wir hätten Seiner Majestät dein wahres Geschlecht nennen müssen.«

Ihr Bruder hatte recht, und Johanna ärgerte sich selbst darüber, dass sie diese Gelegenheit versäumt hatte.

»Vielleicht sollten wir nicht zum Bankett gehen«, schlug Karl vor.

»Damit würden wir Seine Majestät beleidigen! Uns bleibt nichts anderes übrig, als diese Scharade vorerst weiterzuspielen.«

Ganz wohl war Johanna dabei nicht, denn sie hielt es für möglich, dass der König zornig sein würde, wenn er von ihrer Täuschung erfuhr. Am besten erschien es ihr, wenn sie zu ihm ging und ihn um Verzeihung bat. Sie öffnete die Tür und winkte einen Diener, der auf dem Flur stand, zu sich. »Ich würde gerne Seine Majestät aufsuchen und mit ihm sprechen.«

Der Lakai schüttelte bedauernd den Kopf. »Dies wird leider nicht möglich sein. Seine Majestät ist mit einem der neuen flandrischen Pferde ausgeritten und wird erst kurz vor dem Bankett zurückerwartet.«

Diese Nachricht war fatal. Zwar hätte Johanna die Königin aufsuchen und dieser beichten können, dass sie ein Mädchen war. Aber sie kannte Maria Kazimiera nicht und vermochte nicht einzuschätzen, wie diese darauf reagieren würde. Bei Jan III. hingegen hatte sie das Gefühl, er würde über den Streich, den sie ihrem Halbbruder und Genoveva gespielt hatten, herzhaft lachen.

»Ich danke dir«, sagte sie daher zu dem Lakaien, schloss die Tür und wandte sich an ihren Bruder. »Der König ist ausgeritten, sonst hätte ich mich zu ihm führen lassen.«

Karl nickte mit verbissener Miene. »Dann werden wir eben als Bruderpaar an dem Bankett teilnehmen. Es sind gewiss genug Gäste dort, so dass wir zwei nicht auffallen. Aber ich würde dir abraten, dich der Königin anzuvertrauen. Bartosz nannte sie ein hochmütiges Ding.«

»Er hat auch den König nicht gerade mit liebevollen Worten bedacht«, antwortete Johanna.

»Das ist richtig, doch sein Urteil über die Französin, die Herr Jan geheiratet hat, fiel noch weitaus schlimmer aus. Immerhin hat er sie beschuldigt, mehr Frankreichs Interessen zu dienen als den polnischen, während er ihren Gemahl als erfolgreichen Feldherrn bezeichnete, der Polen in einer schlimmen Stunde gerettet habe.«

»Ich wünschte, wir hätten einen anderen Begleiter gefunden als ihn, seinen Bruder und Kołpacki, die allesamt Stanisław Lubomirski verpflichtet sind. Von diesem sagt man, dass er gerne selbst König geworden wäre und Herrn Jan die Krone neidet.«

Auf ihrem Weg nach Warschau hatte Johanna die Ohren gespitzt, um mehr über die Lage in Polen zu erfahren, und ihr Wissen über das Land war nun weitaus größer als das ihres Bruders. Nichts von dem, was sie erfahren hatte, deutete jedoch darauf hin, dass die Königin es gutheißen würde, wenn ein junges Mädchen als Jüngling verkleidet durch die Lande zog.

»Wir werden warten müssen, bis wir mit dem König allein sprechen können, oder gar erst bis zu dem Augenblick, in dem wir bei unseren Verwandten sind«, sagte sie und suchte sich die Kleidung aus, die sie auf dem Bankett tragen wollte.

6.

Unzählige Kerzen auf riesigen Kristalllüstern spendeten ein taghelles Licht und ließen die goldenen Verzierungen an den Wänden und Decken erstrahlen. Nie zuvor hatten Johanna und Karl eine solche Pracht gesehen, und sie fühlten sich angesichts der reichgekleideten Gäste, die nacheinander den Saal betraten, klein und unbedeutend.

Der König, der in ein langes, rotes Gewand und einen mit Goldfäden verzierten grünen Mantel gekleidet war, empfing die Gäste einzeln und im Stehen. An seiner Seite war seine Gemahlin in einem von Edelsteinen übersäten Seidenkleid, dessen Wert ausgereicht hätte, die halbe Reichsgrafschaft Allersheim zu erwerben. Ein Knabe von etwa dreizehn Jahren stand bei den beiden und wurde von den Gästen ebenso ehrfürchtig begrüßt wie das Königspaar.

»Das muss Prinz Jakub sein«, raunte Johanna ihrem Bruder ins Ohr.

Da sie zu den rangniedrigsten Gästen zählten, die zum Bankett geladen waren, mussten sie warten, bis auch sie eingelassen wurden. Sie nutzten die Zeit, um die Herren und Damen, die vor ihnen an der Reihe waren, ausführlich zu betrachten. An Gold und Edelsteinen schien es keinem zu mangeln. Die Männer erschienen entweder in der polnischen Tracht wie der König oder nach französischer Mode in knielangen Röcken aus Samt, gebauschten Seidenhosen und seidenen Strümpfen, die von Strumpfbändern mit großen Schleifen gehalten wurden. Trugen die national gekleideten Polen Säbel in reichverzierten Scheiden an den Seiten, so hatten sich die anderen für Zierdegen mit juwelengeschmückten Griffen entschieden.

Die Damen hingegen waren nach französischer Art gekleidet und trugen ihre Mieder so tief ausgeschnitten, dass die Ansätze ihrer Brüste zu sehen waren. Auch ihre Kleider waren mit goldenen Fäden und Edelsteinen verziert, und Johanna bemerkte zu ihrem Ärger, dass ihr Bruder verzückt auf das Dekolleté der Dame starrte, die vor ihnen stand. Sie versetzte ihm einen Rippenstoß und war erleichtert, weil er seinen Blick sofort abwandte.

»So viel Reichtum und solch eine Pracht«, flüsterte sie.

Karl nickte. »Mit weniger als der Hälfte des Wertes dieser Juwelen könnte man eine größere Grafschaft als Allersheim kaufen oder ein ganzes Regiment Soldaten für mehrere Jahre ausrüsten und besolden.«

Das war wieder der Bruder, den sie kannte, dachte Johanna erleichtert. Trotzdem war sie froh, als die Dame vor ihnen und ihr Begleiter zum König geführt wurden. Anschließend waren sie an der Reihe. Johannas Herz klopfte, als sie vor das Königspaar trat. Während Jan III. sie freundlich anlächelte, wirkte seine Gemahlin abweisend. Dennoch musste Johanna zugeben, dass Maria Kazimiera die schönste Frau war, die sie je gesehen hatte, und sie stellte mit einem kurzen Seitenblick fest, dass ihr Bruder ebenso empfand. Um das hohe Paar nicht zu erzürnen, verbeugte sie sich tief vor beiden und fast ebenso tief vor deren Sohn, danach wurden Karl und sie von einem Diener zu ihren Stühlen geführt. Setzen durften sie sich jedoch noch nicht. Als Erste Platz zu nehmen, war dem Königspaar vorbehalten. Die beiden Majestäten begaben sich nun, da der letzte Gast begrüßt worden war, zu den beiden reichgeschmückten Stühlen an den Enden der langen Tafel.

Jan III. überließ es seiner Gemahlin, sich als Erste niederzulassen, und setzte sich dann selbst. Auch Johanna wollte Platz nehmen, da spürte sie die Hand ihres Bruders an ihrem Arm.

»Nicht, sonst beleidigst du die höherrangigen Gäste!«

Nun erst nahm Johanna wahr, dass sich die Anwesenden in der Reihenfolge setzten, in der sie zum Königspaar geführt worden waren. Sie und Karl waren die Letzten und sahen sich etlichen neugierigen Blicken ausgesetzt. So mancher Gast schien sich zu fragen, was so junge Leute an der Tafel Jans III. zu suchen hatten. Sie saßen in der Mitte, gleich weit vom König und der Königin entfernt. Ihnen genau gegenüber saß das Paar, dessen weiblichen Teil Karl vorhin angestarrt hatte. Die recht üppig gebaute Dame beugte sich jetzt vor und bot ihm damit einen noch tieferen Einblick in ihr Dekolleté.

Wie schamlos, dachte Johanna. So hätte Vater weder Genoveva noch sie herumlaufen lassen. Da ihr Bruder seine Blicke nicht von dem Busen der Frau lösen konnte, war sie froh, als ein Diener in goldbetresster Livree zu ihnen trat und ihnen aufwartete. Den hohen Herrschaften um den König und die Königin wurden die Speisen und der Wein in goldenen Tellern und Pokalen vorgesetzt; sie selbst und die geringeren Gäste erhielten welche aus Silber.

Da sie Durst hatte, wollte Johanna zu ihrem Trinkgefäß greifen, sah aber rechtzeitig, dass es noch kein einziger Gast tat. Erst als Jan III. seinen Goldpokal hob und einen Trinkspruch von sich gab, griffen die anderen zu. Der Wein war schwer und süß, daher beschloss Johanna, nicht mehr als einen oder höchstens zwei Becher davon zu trinken. Das Gleiche wünschte sie auch für ihren Bruder, doch als sie zu ihm hinsah, hatte er seinen Pokal bereits zur Hälfte geleert.

Unterdessen musterte die junge Dame mit der imponierenden Oberweite sie und Karl neugierig und sprach sie schließlich an. »Wer seid Ihr? Bei Eurem Eintritt wurden keine Namen genannt!«

»Das sind die Herren Karol und Jan aus einer alten Familie des Heiligen Römischen Reiches«, mischte Rafał Daniłowicz sich ein, der zwei Stühle von ihr entfernt saß. Gleichzeitig sah er Johanna und Karl durchdringend an. Die beiden begriffen, dass Jan III. ihre Abkunft geheim halten wollte, ohne zu begreifen, warum.

Die Speisen waren ausgezeichnet und der Wein von besonderer Güte. Zu Johannas Erleichterung hielt Karl die Hand über seinen Pokal, als der Lakai nachschenken wollte. Sie folgte seinem Beispiel und war froh, als Musik einsetzte und eine Unterhaltung dadurch kaum noch möglich war. Ihr gut gepolstertes Gegenüber sah sie und Karl nämlich immer wieder neugierig an und hätte ihnen gewiss weitere Fragen nach ihrer Herkunft gestellt.

Johanna begriff rasch, dass der König gerne und gut aß. Auch wenn die Speisen für sie teilweise fremd waren, schmeckte ihr alles. Die Portionen, die ihr vorgesetzt wurden, hätten jedoch einen Riesen gesättigt. Daher naschte sie immer ein wenig davon und war hinterher trotzdem so satt wie lange nicht mehr. Karl ging es nicht anders. Trotzdem aß er die feine, süße Creme, die zum Abschluss serviert wurde, bis zum letzten Löffel auf und hielt danach rasch die Hand vor den Mund, weil er aufstoßen musste.

»Seine Majestät wird jetzt noch die Gesandten Frankreichs, des Reiches und Spaniens empfangen«, sagte Daniłowicz lächelnd zu Johanna. »Ihr könnt entweder noch ein wenig der Musik lauschen oder in Eure Gemächer zurückkehren. Morgen hat Seine Majestät gewiss Zeit für Euch!«

»Ich danke Euch!« Johanna wartete gerade so lange, bis der König sich die Lippen abgetupft hatte und das Mundtuch weglegte, dann durften sie aufstehen und gehen. Ein Blick auf Karl zeigte ihr, dass dieser gerne noch ein wenig geblieben wäre. Das aber war ihrer Ansicht nach zu gefährlich, und so trat sie neben ihn und legte ihm die Hand auf die Schulter.

»Wir sollten in unsere Kammer gehen und schlafen. Es ist spät geworden.«

Karl warf einen Blick auf die mannshohe Standuhr an der Seite des Raumes und fand, dass seine Schwester recht hatte. Um die Zeit hatten sie zu Hause längst im Bett gelegen. Nach einem entsagungsvollen Blick auf die junge Dame mit dem fülligen Dekolleté folgte er seiner Schwester aus dem Saal. Ein Diener führte sie zu ihrer Kammer, um zu verhindern, dass sie sich verliefen oder, wie Johanna annahm, sich in die falschen Räume verirrten. In so manchem mochten Geheimnisse verborgen liegen, die aufzudecken nicht im Sinne Jan Sobieskis wäre.

7.

Während die Zwillinge sich in ihre Kammer begaben und Karl dabei von der jungen Dame schwärmte, die ihnen gegenübergesessen hatte, empfing Jan III. Sobieski nacheinander die Botschafter Frankreichs, des Kaisers und Spaniens. Die Gespräche dauerten länger, als es vorgesehen gewesen war. Vor allem François Gaston de Bethune, der Schwager seiner Gemahlin, strapazierte die Zeit des Königs über die Maßen. Dessen Herr, Ludwig XIV. von Frankreich, bot einiges auf, um Polen als Verbündeten gegen Österreich zu gewinnen. Erst nach längerer Zeit wurde Jan III. ihn mit halben Zusagen los.

Kaiser Leopolds Gesandter hatte derweil warten müssen und war gekränkt. Da er jedoch das Wohlwollen des polnischen Königs nicht verlieren durfte, schluckte er seinen Ärger hinunter und brachte die Wünsche seines Herrn mit schmeichelnder Stimme vor. Der Kaiser wünschte die Waffenbrüderschaft mit Polen gegen Frankreich. Sollte dies nicht zu erreichen sein, sollte sein Botschafter Jan III. wenigstens davon überzeugen, gegen die Türken zu ziehen, damit diese Österreich nicht angreifen konnten.

Johann Sobieski hörte ihn ebenso geduldig an wie später den Gesandten Spaniens. Dessen Absichten deckten sich zum großen Teil mit denen von Österreich, nur hoffte der spanische König auf polnische Truppen, die ihm helfen sollten, die unter seiner Herrschaft stehenden südlichen Niederlande gegen den Zugriff des Franzosen zu verteidigen.

Als schließlich auch der Spanier gegangen war, schlug der König das Kreuz und rief nach seinem Leibdiener, damit dieser ihm Wein einschenken sollte. Zusammen mit dem Diener trat auch Rafał Daniłowicz ein.

»Schenk zwei Becher ein«, befahl Jan III. und schüttelte den Kopf.

»Haben Euch die Gesandten wieder arg bedrängt?«, fragte Daniłowicz mit einem gewissen Spott.

»Und das nicht zu wenig! Frankreich will, dass ich gegen Habsburg in den Krieg ziehe, und Habsburg, dass ich ihm gegen Frankreich helfe. Die Österreicher wären damit zufrieden, wenn ich ihnen die Türken vom Hals halte. Außerdem will Kaiser Leopold verhindern, dass ich Brandenburg angreife. Ludwig von Frankreich redet mir hingegen zu, es zu tun.«

»Und, was werdet Ihr tun?«

»Erst einmal diesen Becher Wein trinken, Freund Daniłowicz, und mir morgen anhören, ob die Herren Gesandten etwas Neues zu berichten haben.«

»Und wohl auch, um zu hören, was sie Euch für Eure Unterstützung bieten«, setzte Daniłowicz hinzu. »Ihr solltet einen hohen Preis verlangen. Die Thronfolge für Prinz Jakub ist das mindeste. Dazu sollte ein hübsches Stück Land kommen, sei es Ostpreußen, Oberungarn oder ein Teil des Osmanenreichs.«

»Welches ich mir dann wohl selbst erobern muss. Nein, mein Freund! Für heute ist mein Kopf zu schwer, um über derlei Dinge nachdenken zu können.«

Daniłowicz kannte den König gut genug, um zu wissen, dass es eine Ausrede war. Jan III. wollte vor einer Entscheidung mit seiner Gemahlin sprechen. Zu seinem Bedauern hörte der König mehr auf deren Rat als auf den seinen. Trotzdem sprach er das aus, was ihm am Herzen lag.

»Euer Majestät sollten Ostpreußen von den Brandenburgern zurückfordern. Die Stände in Königsberg würden Euch als Befreier umjubeln. Friedrich Wilhelm schränkt ihre Rechte immer mehr ein und fordert absoluten Gehorsam von ihnen. Das aber widerspricht den alten Vereinbarungen, die die Stände mit dem ersten Herzog von Ostpreußen getroffen haben. Ihr könntet Euren Sohn damit belehnen und ihm damit eine Machtbasis verschaffen, von der aus er sich gegen die störrischen Magnaten durchsetzen kann.«

»Ein guter Rat, Freund Daniłowicz, aber das kann ich nur durchsetzen, wenn die Voraussetzungen es zulassen.« Der König trank erneut und ließ sich nachschenken. »Reden wir von etwas anderem. Was habt Ihr über die beiden Knaben erfahren?«

»Sie haben Warschau gemeinsam mit Kazimierz Kołpacki und den Smułkowski-Brüdern erreicht, die alle drei zu Lubomirskis Gefolge zählen.«

»Karol und Jan halten die Lubomirskis für Verwandte. Vielleicht sollten diese sich um sie kümmern«, meinte der König leichthin.

»Oder die Zamoyskis, die Sieniawskis, die Jabłonowskis oder andere Verwandte. Es gibt allerdings etwas, das Ihr wissen solltet.« Daniłowicz schwieg einen Augenblick und schenkte sich selbst nach. Bevor er jedoch trank, sprach er weiter.

»Die beiden Jünglinge haben Kołpacki und dessen Begleiter kennengelernt, als diese von Räubern überfallen worden sind. Karol und Jan müssen sich trotz ihrer Jugend im Kampf ausgezeichnet haben, denn Bartosz Smułkowski wollte sie dazu überreden, sich Lubomirskis Leibschar anzuschließen.«

»Ist das wahr?«, fragte Jan III. verblüfft. »Für so gefährlich hätte ich die beiden nicht gehalten.«

»Jerzy Wołodyjowski war auch kein Hüne, trotzdem hätte kein Mann in Polen ihm Mut und Kampfkunst abgesprochen«, erinnerte Daniłowicz den König an jenen kühnen Offizier, der im Kampf um Kamieniec Podolski gefallen war, nachdem er den Türken die Festung nur als Ruine überlassen hatte.

»Besäße ich nur zehn Wołodyjowskis, Freund Daniłowicz! Bei Gott, mit ihnen würde ich die Lubomirskis, Zamoyskis, Sapiehas, Pacs und wie sie alle heißen zwingen, das zu tun, was ich will! Dann würden sie meinen Sohn als meinen Nachfolger anerkennen.«

»Wir haben aber keinen Wołodyjowski, mein König«, wandte Daniłowicz ein. »Es wäre daher kein Schaden, zu sehen, ob aus dem Kampfhahn Jan oder dem bedächtigeren Karol einer werden kann.«

»Ganz stimmt dies nicht, mein Freund«, antwortete Jan III.,

»denn wir haben einen Gefolgsmann, der ebenso kühn wie klug ist.«

»Osmański!«

»Ja, Adam Osmański!« Der König schwieg einen Augenblick und lächelte versonnen. Unterdessen kniff sein Berater die Lider zusammen und überlegte.

»Osmański hat keinen Grund, die Magnaten zu lieben, nachdem ihm die Familie seines Vaters sein Geburtsrecht verweigert hat. Da fällt mir etwas ein!« Daniłowicz lachte auf. »Ziemowit Wyborski war doch Osmańskis Großonkel! Damit wäre dieser einer der engsten Verwandten der beiden Jünglinge. Im Römischen Reich aufgewachsen, haben die zwei keine Bindungen an eine der großen Familien, und wir sollten dafür sorgen, dass es auch in Zukunft keine geben wird. Osmański ist ein Krieger, und die beiden haben sich im Kampf bewährt. Schickt sie zu ihm, damit er Männer aus ihnen macht, auf die Ihr und Polen stolz sein könnt.«

Für einen Augenblick weilten die Gedanken des Königs in einer anderen Zeit, und er sah Vater und Sohn Wyborski, wie sie an seiner Seite gegen die Türken und Osmanen kämpften. Mit einem traurigen Lächeln wandte er sich wieder Daniłowicz zu.

»Der alte Ziemowit war ein gewaltiger Krieger, und sein Sohn Gregorz soll dem Vernehmen nach dreißig Türken und Tataren erschlagen haben, bevor sie ihn überwältigen konnten. Osmański ist aus demselben Stein gemeißelt. Gebe Gott, dass unsere beiden Jünglinge sich den dreien als würdig erweisen!«

Jan III. schwieg einen Augenblick und fragte dann: »Ist dein Gewährsmann im Palais Lubomirski zuverlässig? Nicht, dass er gelogen hat und wir uns mit den beiden jungen Burschen Läuse in den Pelz setzen.«

»Ich vertraue dem Mann«, antwortete Daniłowicz, »er hat bis jetzt immer die Wahrheit gesagt. Warum sollte er ausgerechnet in diesem Fall lügen?«

»Dann ist es beschlossen! Wir schicken Karol und Jan zu Osmański. Kümmert Euch darum! Ich werde morgen nach Villa Nova reiten, um mit den Baumeistern zu sprechen. Marysieńka fordert einige Änderungen an dem letzten Bauplan.«

»Sehr wohl, Euer Majestät! Darf ich Euch jetzt verlassen?« Daniłowicz verbeugte sich und wollte gehen.

Da trat der König auf ihn zu, packte ihn an beiden Schultern und zog ihn an seine Brust. »Daniłowicz, alter Freund! Was täte ich ohne Euch?«, sagte er und küsste den alten Mann auf beide Wangen.

8.

Auch wenn sie enttäuscht war, weil der König sie nach dem Bankett nicht mehr empfangen hatte, war Johannas Schlaf tief und fest gewesen. Als sie am Morgen aufwachte, stand Karl bereits vor der Waschschüssel und rieb sich mit einem nassen Lappen den Oberkörper ab. Bislang hatte sie ihn noch als halben Knaben angesehen, doch nun begriff Johanna, dass er dabei war, ein ausnehmend hübscher junger Mann zu werden.

Abgesehen von gelegentlichen kleinen Zwistigkeiten, waren sie immer ein Herz und eine Seele gewesen. Doch was würde sein, wenn eine junge Frau in Karls Leben trat?, fragte sie sich. Gleichzeitig schämte sie sich dieses Gedankens. Nur, weil sie zur gleichen Zeit im Leib der Mutter herangewachsen waren, durfte sie ihm nicht sein eigenes Leben neiden. Auch für sie würde der Tag kommen, an dem sie einem Mann die Hand reichen würde und mit ihm leben musste.

»Du bist schon wach?«, fragte Karl, rieb sich trocken und zog sein Hemd über. »Was sollen wir heute anziehen?«

»Das Prunkgewand von gestern Abend gewiss nicht mehr. Ich würde sagen, wir nehmen unsere eigenen Sachen. In geborgten Kleidern laufe ich ungern herum!« Johanna stand nun auch auf, streifte ihr Hemd nach unten und reckte sich.

Karl musterte sie und fand, dass sie recht ansehnliche Waden besaß. Da sie nur ihr Hemd trug, waren die beiden kleinen Hügelchen auf ihrer Brust zu erahnen. Schon bald würde sie eine voll erblühte junge Dame sein und irgendeinen Fremden heiraten. Der Gedanke tat weh. Dennoch muss es sein, sagte er sich und wies mit dem Kinn zur Tür.

»Ich gehe hinaus, damit du dich waschen und anziehen kannst.«

Das war besser so, fuhr es ihm durch den Kopf, denn schließlich war sie seine Schwester und kein Mädchen, mit dem er seine Männlichkeit erproben konnte. Ohne ihre Antwort abzuwarten, verließ er die Kammer und setzte sich draußen auf die Fensterbank. Als er durchs Fenster schaute, sah er Reiter kommen und gehen. Eine Kutsche fuhr in den Palasthof ein, hielt aber außerhalb seines Blickfelds an, so dass er nicht erkennen konnte, wer aus- oder einstieg. Dazu sah er Knechte geschäftig über den Hof eilen und eine junge Magd, die einen Korb von einer Tür zur anderen trug.

»Ich bin fertig!«

Die Stimme seiner Schwester rief ihn wieder in die Kammer zurück.

»Was sollen wir jetzt machen?«, fragte er.

»Uns bleibt nichts anderes übrig, als zu warten, bis es Seiner Majestät gefällt, uns zu empfangen.« Johanna war noch immer gekränkt, weil Jan III. ihnen versprochen hatte, mit ihnen zu reden, und es dann doch nicht getan hatte.

Karl lächelte nachsichtig. »Du darfst Herrn Jan nicht tadeln, mein Kind! Ein König hat viele Pflichten. Sich um zwei Waisen zu kümmern, gehört sicher nicht zu den wichtigsten.«

»Für ihn vielleicht nicht, aber für uns schon! Es tut mir leid, ich wollte nicht aufbrausen. Ich weiß doch, dass du es gut meinst.«

Johanna umarmte ihren Bruder und kämpfte gegen die Tränen an, die in ihr aufsteigen wollten. Sie war viele Meilen in der Hoffnung geritten, hier auf Verwandte zu treffen, die sich ihrer annehmen würden. Stattdessen saßen sie in einer abgelegenen Kammer und mussten warten, bis der König einen Entschluss fasste. Schließlich ließ sie Karl los, schnupfte die Tränen und sah ihn auffordernd an. »Meinst du, ob wir hier ein Frühstück bekommen? Ich habe Hunger.«

»Ich auch«, antwortete Karl und zog seinen Kontusz an.

»Meinst du, dass du den hier brauchst?«, fragte Johanna.

»Ich wahrscheinlich nicht, aber du schon, weil es sich sonst auf deiner Brust zu auffällig wölbt.«

»Solche Brüste wie diese fette Kuh gestern Abend habe ich noch lange nicht«, zischte Johanna ihn an.

»Das war ein Anblick! Aber ich hoffe, dass das Weib, das ich einmal zu ehelichen gedenke, nicht ganz so voluminöse Hügel aufweist«, antwortete Karl trocken und brachte sie damit zum Lachen.

»Sie würde auch nicht zu dir passen«, meinte sie, als sie sich wieder etwas beruhigt hatte. »Aber in einem hast du recht: Ich werde etwas mit meinen Brüsten tun müssen.«

»Du willst sie doch nicht etwa abschneiden, wie es die Amazonen taten?«, fragte Karl mit gespieltem Entsetzen.

»Kindskopf! Außerdem haben die sich nur eine Brust abgeschnitten. Ich werde mir ein Band um die Brust wickeln, solange ich noch als Junge herumlaufen muss. Hast du übrigens Wojsław gesehen?«

Der abrupte Themenwechsel überraschte Karl, und er schüttelte nach einer kleinen Pause den Kopf. »Nein.«

»Dann sollten wir nach ihm schauen. Nicht, dass er uns verlorengeht!« Mit diesen Worten warf Johanna sich den Kontusz über und verließ die Kammer. Karl folgte ihr kopfschüttelnd und fand, dass seine Schwester auch nach fast achtzehn Jahren noch für Überraschungen gut war.

9.

Sie fanden Wojsław im Stall bei ihren Pferden. Dort hatte er es sich auf einer Schütte Stroh gemütlich gemacht und kaute auf einem Strohhalm herum. Als er Johanna und Karl sah, sprang er auf.

»Einen schönen guten Morgen, Herr Karl und äh ... Herr Jan«, grüßte er auf Deutsch.

»Guten Morgen! Bist du gut untergebracht?«, wollte Johanna wissen. Da sie die polnische Sprache benützte, wechselte Wojsław ebenfalls in diese.

»Ich bin zufrieden, Pan Jan. Das Stroh ist weich und die Knechte freundlich. Außerdem gibt es gutes Essen.«

Als Johanna dies hörte, stöhnte sie auf. »Ich habe einen fürchterlichen Hunger, aber ich weiß nicht, wo ich etwas kriege.«

»Ich könnte Euch zur Küche bringen, Herr ... Jan!« Gelegentlich hatte Wojsław noch Probleme, sie nicht als Herrin anzusprechen. Jetzt aber nahm er sich zusammen und führte Johanna und Karl auf verschlungenen Wegen in die Gesindeküche.

»Hier gibt es genug für uns alle«, sagte er und sah einen der Köche strahlend an. Dieser rieb sich erregt über die Stirn.

»Du kannst etwas haben, Junge, aber für deine Herren ist

diese Küche hier nicht gut genug. Die müssen dorthin, wo für ihresgleichen gekocht wird.«

»Wenn du uns sagen könntest, wo das ist? Von selbst wissen wir das nicht!« Johanna ärgerte sich, denn ihr hätte ein Napf Suppe, wie es sie hier als Morgenmahlzeit gab, als Frühstück gereicht.

Der Koch rief einen Küchenjungen zu sich. »Führe die beiden Herren in den Speisesaal für die Gäste Seiner Majestät!«

Der Junge wandte sich an Karl. »Ich bitte die Herrschaften, mir zu folgen!«

Als sie die Gesindeküche hinter sich gelassen hatten, begann das Bürschlein zu grinsen. »Ihr seid nicht die ersten Gäste am Hof, die in unsere Küche geraten sind. Man muss nämlich wissen, wo die Herren ihre Mahlzeiten einnehmen. Dann gibt es auch noch den kleinen Speisesaal für Seine Majestät und besonders hochrangige Besucher. Für einen Fremden ist es nicht leicht, sich da zurechtzufinden.«

»Das ist es wahrlich nicht«, antwortete Karl. »Der Palast ist sehr groß, und wir sind erst gestern angekommen.«

»Wenn Ihr erst wisst, wo sich die wichtigsten Räume befinden, werdet Ihr Euch gewiss nicht mehr verlaufen«, tröstete der Küchenjunge sie.

Einige Schritte weiter stießen sie auf einen Lakaien.

»Was willst du hier?«, schnauzte dieser den Jungen an.

»Die beiden Herren hier suchen den Speisesaal und kamen dabei in die Gesindeküche. Da hat der Koch mich aufgefordert, sie zu führen.«

»Das ist meine Aufgabe!«, erklärte der Lakai und machte eine Geste, als wolle er den Jungen verscheuchen.

Johanna begriff, dass es dem Mann nur auf ein Trinkgeld ankam, und steckte dem Küchenjungen rasch eine Münze zu. Mehr, sagte sie sich, würde auch der Lakai nicht bekommen.

Zu ihrer Erleichterung führte dieser sie in einen größeren Saal, in dem mehrere Dutzend Menschen zusammen essen konnten. Nachdem sie auch dem Lakaien ein Trinkgeld gegeben hatte, nahm Johanna an einem leeren Tisch Platz. Karl folgte ihrem Beispiel und forderte einen Diener auf, ihnen etwas zu essen zu bringen.

»Selbstverständlich, der Herr«, antwortete der Mann und machte die Geste des Geldzählens.

Johanna begriff, dass die Qualität ihres Frühstücks von dem Trinkgeld abhängen würde, das sie dem Mann gaben. Dabei hatte sich ihre Reisekasse bereits stark gelichtet. Sie opferte trotzdem eine Münze und erhielt dafür zwei Näpfe einer säuerlich schmeckenden Suppe, einen halben Laib Brot und mehrere Bratwürste für sich und Karl. Zum Trinken gab es leichten Wein.

»Ich frage mich, was wir bekommen werden, wenn wir kein Trinkgeld mehr zahlen können?«, meinte sie zu Karl.

Ihr Bruder lachte leise. »Wahrscheinlich nur noch die Suppe, schlechteres Brot und keine Bratwürste mehr.«

»Und zum Trinken Wasser wie die Pferde«, ergänzte Johanna lachend.

»Ich hoffe doch, dass Ihr am Hofe des Königs besser versorgt werdet als Eure Pferde!« Rafał Daniłowicz war unbemerkt zu ihnen getreten. Er wies auf den leeren Stuhl neben ihnen. »Ist es genehm, wenn ich hier Platz nehme?«

»Herr Daniłowicz, es wäre uns eine Ehre!«, sagte Karl, während Johanna sich fragte, weshalb der Berater des Königs so viel Interesse an ihrem Bruder und ihr zeigte.

Daniłowicz setzte sich und befahl dem Diener, auch ihm etwas zum Essen zu bringen. Der Mann zuckte zusammen. Einem so hohen Herrn konnte er nur das Beste auftischen, doch dann würden die beiden Jünglinge dies sehen und sich beschweren, weil sie schlechteres Essen erhalten hatten. Nach kurzem Überlegen brachte er zunächst einen Napf saurer Suppe, dann genug weißes Brot, damit es für alle drei reichte, sowie weitere Bratwürste und ein großes Stück Braten. Danach verschwand er mit einer Verbeugung und ward so schnell nicht mehr gesehen.

»Greift zu!«, forderte Daniłowicz die Zwillinge auf.

Johanna ließ es sich nicht zweimal sagen, denn trotz des üppigen Mahls am Abend knurrte ihr Magen. Auch Daniłowicz aß und maß die beiden dabei mit prüfenden Blicken. Während Karl ruhig und überlegt erschien, wirkte sein Bruder wie ein Raubtier auf dem Sprung. Auch wenn Jan kleiner war als die meisten Männer, traute er ihm zu, sich mit seiner geschmeidigen Art gegen Größere durchzusetzen.

Es ist richtig, die beiden zu Osmański zu schicken, dachte er. Unter dessen Obhut würden sie lernen, tapfere Krieger zu werden.

Er schnitt sich ein großes Stück Fleisch ab und teilte es mit dem Messer. Nachdem er mehrere kleine Stücke gegessen hatte, deutete er mit dem rechten Zeigefinger auf die beiden.

»Ich habe gestern Abend noch mit Seiner Majestät gesprochen. Der König ist der Ansicht, dass Euer Vetter Adam Osmański der richtige Vormund für Euch ist. Es trifft sich daher gut, dass in drei Tagen ein Reisezug nach Żółkiew aufbricht. Ihr werdet Euch ihm anschließen und in Żółkiew warten, bis Osmański oder einer seiner Vertrauten kommt, um Euch abzuholen.«

»Unsere Mutter hat zwar Verwandte erwähnt, aber es war nie von einem Osmański die Rede«, wandte Johanna ein.

»Das ist eine ganz eigene Geschichte, die Euch Pan Adam selbst erzählen soll. Kommt später noch einmal zu mir! Ich werde Euch ein Geleitschreiben mitgeben. Außerdem sollt Ihr in der Rüstkammer des Schlosses Waffen für Euch auswählen.«

»Ich wüsste gerne, wie dieser Osmański mit uns verwandt ist«, rief Johanna störrisch. Ihre Mutter hatte die Lubomirskis, die Zamoyskis, die Sieniawskis, ja sogar die Sobieskis als Verwandte genannt. Von einer Familie Osmański war jedoch nie die Rede gewesen.

Im Gegensatz zu ihr war Karl froh, dass eine Entscheidung getroffen worden war, und bedankte sich bei Daniłowicz.

»Wann dürfen wir Euch aufsuchen, Pan Rafał?«, fragte er.

»Nach dem Mittagessen. Ich muss erst noch den Geleitbrief schreiben.«

»Können wir noch einmal mit dem König sprechen?« Johanna hoffte, es würde ihr möglich sein, sich Jan III. als Mädchen zu offenbaren und ihn dazu zu bringen, seinen Entschluss rückgängig zu machen.

»Seine Majestät ist heute Morgen nach Villa Nova geritten, dem Schloss, das er sich derzeit erbauen lässt, und wird erst in einigen Tagen zurückerwartet«, antwortete Daniłowicz.

Mit einem Mal bekam Johanna es mit der Angst zu tun, bei ihrer Flucht vom Regen in die Traufe geraten zu sein. Sich in der Rüstkammer Waffen zu holen, hieß, in eine Gegend geschickt zu werden, in der Kampf zu erwarten war. Dann aber sah sie ihren Bruder mit entschlossener Miene an.

»Wir werden den Geleitbrief nach dem Mittagessen holen. Was jedoch Waffen betrifft, so sind wir mit unseren Säbeln und Pistolen sehr zufrieden!« Dann fiel ihr noch etwas ein. »Wojsław darf aber mit uns kommen?«

Daniłowicz nickte lächelnd. »Euer Knecht wird Euch selbstverständlich begleiten.«

»Dann soll es geschehen!« Johanna fand, dass sie auf diese Überraschung hin eine Stärkung brauchte, und schnitt sich nun ebenfalls ein großes Stück Fleisch ab.

10.

In ihrer Kammer feuerte Johanna ihre Mütze in die Ecke. »Wie kommt der König dazu, uns zu diesem Adam Osmański zu schicken?«, rief sie empört.

»Er soll ein Vetter von uns sein«, wandte Karl ein.

»Ein Vetter? Ha! Wievielten Grades? Unsere Verwandtschaft zu den Zamoyskis ist weitaus enger. Unsere Großmutter war eine Zamoyska! Osmański kann daher nur ein angeheirateter Vetter sein. Unsere Mutter hat seinen Namen nie erwähnt.«

»Der König hat entschieden, dass Pan Adam unser Vormund sein soll. Diesem Spruch müssen wir uns fügen!«

Karl wurde selten energisch, doch diesmal schien es ihm geboten. Er fasste seine Schwester an beiden Schultern und sah sie zwingend an. »Sobald wir bei Osmański sind, wirst du dich seiner Frau oder seiner Mutter offenbaren. Hast du verstanden? Es geht nicht an, dass du weiterhin als Mann herumläufst. Am liebsten würde ich es heute noch Herrn Daniłowicz sagen. Er scheint mir vernünftig genug zu sein, um uns keine Vorwürfe zu machen.«

»Nein!« Johanna funkelte ihren Bruder empört an. »Ich kann nicht als Jüngling an den Hof kommen und als Jungfer scheiden. Du hast die Königin gesehen! Sie würde uns vorwerfen, gegen alle guten Sitten verstoßen zu haben, und uns bestrafen. Wahrscheinlich würde man uns sogar trennen. Sind wir erst bei Osmański, sieht die Sache anders aus. Selbst wenn mich seine Frau oder seine Mutter zu ein paar Rutenschlägen verurteilt, kann sie uns nicht in entgegengesetzte Ecken Polens verbannen!«

Obwohl Karl nicht glaubte, dass es so schlimm kommen würde, gab er nach. »Also gut! Wir haben Warschau als Brüder betreten und verlassen es als solche wieder. Wer weiß, ob wir je hierher zurückkehren werden. Falls ja, begleitest du mich als meine Schwester. Selbst wenn jemandem unser Täuschungsspiel auffallen sollte, wird es weniger Aufsehen erregen, als wenn du jetzt die Hosen aus- und die Röcke anziehen müsstest.«

»Ich wusste, dass du vernünftig sein würdest«, rief Johanna aus und umarmte ihn erleichtert.

»Schon gut«, brummte Karl und löste sich aus ihren Armen. »Wir sind aus Allersheim geflohen, um Genoveva zu entkommen. Hoffen wir, dass die Familie Osmański uns hilft, unser Recht einzufordern.«

»Das hoffe ich auch«, antwortete Johanna und spürte, wie ihre Anspannung langsam wich. Mit Karl zusammen würde sie sich gegen alle Feinde durchsetzen. Dabei war es gleichgültig, ob es sich um Genoveva handelte, ihren Halbbruder Matthias oder jemand anderen, sagte sie sich und war gespannt, was Daniłowicz ihnen noch alles berichten würde.

Mit einem Mal wurde ihr die Zeit bis zum Mittagessen fast zu lang. Als sie diesmal den Speisesaal betraten, war von Rafał Daniłowicz nichts zu sehen. Sie setzten sich zu anderen Gästen und erhielten Suppe, Braten und Brot. Dazu wurde säuerlicher Wein gereicht, wie er für Gäste minderen Ranges für gut genug befunden wurde.

Johanna aß, ohne zu merken, ob es ihr schmeckte oder nicht. Am liebsten hätte sie alles rasch hinuntergeschlungen, um bereit zu sein, wenn Daniłowicz sie rufen ließ. Die Ruhe ihres Bruders strahlte jedoch auf sie aus, und sie konnte die Mahlzeit beenden, ohne dass andere sie für einen Gierschlund halten mussten.

Viele der Anwesenden hatten ein Anliegen an Jan III., und nicht wenige ärgerten sich, weil er Warschau verlassen hatte, ohne sie vorher zu empfangen. Andere hingegen genossen die

Gastfreundschaft, die ihnen hier zuteilwurde. Zwar trafen Johanna und Karl etliche neugierige Blicke, doch sie hielten sich aus den Gesprächen heraus und waren schließlich froh, als sie den Saal verlassen konnten.

Kaum waren sie in ihre Kammer zurückgekehrt, trat ein Diener ein und forderte sie auf, mit ihm zu kommen. Johanna atmete tief durch, setzte ihre Mütze auf und sah ihren Bruder an.

»Eine Entscheidung ist besser als keine Entscheidung. Für ewig würde ich hier nicht bleiben wollen.«

»Nicht ohne eine Aufgabe«, antwortete Karl und lächelte ihr zu. »Es wird alles gut werden, glaube mir!«

Johanna nickte und folgte dem Diener, der sie in die Kellergewölbe des Palastes führte, wo Daniłowicz auf sie wartete. Ihm zur Seite stand ein älterer Mann mit narbigem Gesicht. Als dieser die Zwillinge sah, lachte er auf.

»Seit wann lässt Sobieski Knaben ausrüsten?«

»Die beiden sind Waisen und sollen zu ihrem Vetter Osmański, damit dieser Soldaten aus ihnen macht. Da an der Tatarengrenze leicht Pfeile fliegen und Säbel geschwungen werden, müssen sie entsprechend ausgerüstet werden. Also walte deines Amtes, Meister Piotr! Seine Majestät vertraut dir«, antwortete Daniłowicz mit einem Lächeln.

Johanna stellte die Stacheln auf. »So ungeübt in Waffen, wie du zu denken scheinst, sind wir nicht. Wollen wir es ihm zeigen, Karol?« Noch während sie es sagte, zog sie ihren Säbel und schwang ihn durch die Luft.

»Lasst es gut sein!«, forderte Daniłowicz sie auf. »Meister Piotr glaubt Euch auch so.«

»Das ist wohl ein kleiner Kampfhahn! Oder, besser gesagt, ein Kampfhänfling. Doch wenn der gute Jan ihm ein Kettenhemd verpassen will, soll es mir recht sein. Ich hoffe nur, ich habe etwas in dieser Größe.«

In Meister Piotrs Stimme schwang Spott mit. Dennoch schritt er durch den Raum, in dem unzählige Kettenhemden auf Gestellen hingen. Er blieb vor ein paar stehen, schüttelte dann den Kopf und ging weiter. Als er zu Daniłowicz, Johanna und Karl zurückkehrte, hielt er ein mit goldenen Verzierungen versehenes Kettenhemd in den Händen.

»Etwas anderes wird diesem Bürschchen nicht passen. Es wurde für König Władisław IV. gefertigt, als dieser noch ein Knabe war. Zieht es an!«

Johanna erstarrte. Um das Kettenhemd anzulegen, würde sie ihren Mantel und auch den Żupan ablegen müssen. Doch wenn sie nur noch ihr Hemd trug, waren ihre Brüste nicht mehr zu übersehen.

»Bist du nicht ein wenig zu voreilig, Meister Piotr?«, klang da Daniłowicz' Stimme auf. »Genauso könntest du dem Jungen die Rüstung auf die blanke Haut legen. Er braucht erst ein Lederkoller für darunter!«

Meister Piotr verzog das Gesicht, denn er hätte sich gerne den Scherz erlaubt, Johanna das Kettenhemd auf das dünne Hemd anziehen zu lassen. Brummend holte er das Gewünschte. Während Johanna sich mit dem Rücken zu ihm und Daniłowicz stellte und Mantel und Rock ablegte, verwickelte Karl die beiden Männer in ein Gespräch, um sie von seiner Schwester abzulenken.

Nach einer Weile trat Johanna in das Lederkoller gekleidet zu ihm und reichte ihm das Kettenhemd. »Du wirst mir helfen müssen, es überzustreifen.«

Karl tat es und sah erstaunt, welch kriegerischen Anblick seine Schwester in dem Kettenhemd bot. Auch Daniłowicz und Meister Piotr wirkten überrascht.

»Jetzt noch den Helm«, sagte der königliche Berater. Der Meister holte einen und setzte ihn Johanna auf den Kopf. Es handelte sich um ein Modell mit breitem Nackenschutz, das oben in einer Spitze auslief, welche Schwerthiebe ablenken sollte.

»Der Bruder wird mir weniger Mühe bereiten«, erklärte Meister Piotr und reichte Karl ein Lederkoller, und als dieser es angezogen hatte, ein Kettenhemd. Es sah schmuckloser aus als Johannas und bestand aus gröberen Ringen. Es war aber auch um einiges schwerer, stellte Karl fest, als er es überstreifte. Der Meister setzte auch ihm einen Helm auf, reichte beiden je einen Säbel und trat ein paar Schritte zurück.

»Jetzt dürft Ihr mir zeigen, was Ihr könnt!«, forderte er sie auf.

»Muss das sein?«, fragte Daniłowicz, der wieder in die oberen Räume zurückkehren wollte, um den Zwillingen ihr Geleitschreiben zu übergeben.

»Ich will wissen, ob ich meine Zeit vertan habe oder ob wirklich Krieger aus den beiden werden können«, antwortete Meister Piotr ungerührt.

Johanna warf Karl einen auffordernden Blick zu. »Ich bin bereit!«

»Ich auch! Aber gib acht, dass dich die Kampfeslust nicht überwältigt. Ich will keine Beule haben wie damals, als du die Klinge deines Säbels gerade noch ablenken konntest und mich nur mit der flachen Seite getroffen hast«, mahnte Karl seine Schwester.

Johanna nickte, um zu zeigen, dass sie verstanden hatte, und griff an. Es war etwas anderes, mit dem Kettenhemd auf dem Leib und einem Helm, der die Sicht beeinträchtigte, zu fechten. Schon bald ruhte das Gewicht des Kettenhemds wie Blei auf ihren Schultern, und sie begann zu keuchen. Aufgeben aber wollte sie nicht. Ihre und Karls Klinge tanzten, und sie trafen ein paarmal sogar die Kettenhemden.

Schließlich trat Meister Piotr mit einem Säbel in der Hand dazwischen und trennte sie. »Es ist genug! Ihr habt gezeigt, dass Ihr mit dem Säbel mehr anzufangen wisst, als nur einen Laib Brot damit anzuschneiden. Ihr bekommt jetzt jeder noch eine Pistole und einen Panzerstecher. Dann seid Ihr für die Tataren gerüstet!«

Das klang, als würde er erwarten, dass sie und Karl sich mit diesem Volk herumschlagen müssten, dachte Johanna. Ihre Mutter hatte ihr von den Tataren erzählt, und nichts von dem Gehörten ließ erwarten, dass es Menschen waren, die man gerne sah. Als Mädchen würde sie die Rüstung wieder ablegen können, doch bei Karl war es unmöglich. Wenn es zum Kampf kam, musste er mitmachen.

»Wie fühlst du dich?«, fragte sie ihn leise.

Ihr Bruder zuckte mit den Achseln. »Mir tun die Rippen an der Stelle weh, die du getroffen hast. Außerdem hast du mich am Arm erwischt.«

»Das meine ich nicht!«, antwortete Johanna schärfer als gewollt. »Ich frage wegen der Tataren.«

»Das werde ich sehen, wenn es so weit ist.« Während er es sagte, nahm Karl die Pistole und die lange, gerade Stichwaffe in Empfang, die Meister Piotr ihm reichte. Diese hatte keine Schneide, sondern bestand aus einem Vierkantstahl, der in einer scharfen Spitze auslief.

»Gegen ein Kettenhemd ist ein Säbel die falsche Waffe. Da nimmt man das her«, erklärte Meister Piotr. »Ein kräftiger Stoß, und diese Spitze bricht jeden Kettenring auf.«

»Wie sollen wir diese Waffe verwahren?«, fragte Karl.

»Ihr bekommt bis morgen alles an Ausrüstung, was Ihr benötigt. Diese Waffe wird so an den Sattel geschnallt, dass sie weder Euch noch Eure Pferde behindert. Ihr bekommt auch Halfter für die Pistolen. Eine besitzt Ihr ja selbst.«

Karl nickte eifrig. »Das tun wir!«

»Dann könnt Ihr jetzt gehen. Lasst mich aber nicht hören, dass Ihr meinen Panzern und Waffen Schande gemacht habt!« Meister Piotr klopfte den beiden mit ziemlicher Kraft auf die Schulter und lachte, als Johanna stöhnte.

»Macht es gut!« Er drehte sich um und verschwand in den Gewölben der Rüstkammer.

Daniłowicz sah ihm kurz nach und wandte sich dann an die Zwillinge. »Ihr kommt mit mir! Ich gebe Euch das Geleitschreiben. Es besagt, dass Ihr im Auftrag des Königs nach Żółkiew reist und Hauptmann Adam Osmański Euer Vormund ist. Angst braucht Ihr unterwegs keine zu haben, denn der Transport wird von einer Abteilung Dragoner begleitet.«

»Ja, Herr«, sagte Karl.

Johanna lag etwas anderes auf der Zunge, doch konnte sie sich bezähmen.

11.

Der Handelszug bestand aus fünf großen Wagen, die von je acht Ochsen gezogen wurden. Zwanzig Knechte und fünf Kutscher waren nötig, um vorwärtszukommen. Jeder dieser Männer war hochgewachsen und wirkte so, als könne er es mit mehreren normalen Kämpfern aufnehmen. Auch die fünfzig Soldaten, die als Begleitschutz dienten, sahen für Johanna nicht so aus, als wäre mit ihnen gut Kirschen essen. Dem Hauptmann war erklärt worden, er müsse sie nach Żółkiew bringen, und so nahm er sie mit demselben Gleichmut hin wie die Ochsenwagen. Da die Truppe sich deren Geschwindigkeit anpassen musste, kam der gesamte Zug täglich nur ein paar Meilen weit. Oft hielten die Reisenden bereits am frühen Nachmittag an, wenn sie einen Übernachtungsplatz gefunden hatten und der nächste zu weit entfernt lag, um noch bei Tageslicht erreicht zu werden.

Unterkunft fanden sie zumeist in Schlössern und Burgen, auch wenn diese nicht alle Jan III. oder seinen Getreuen gehörten. Doch selbst der eifrigste Gegner des Königs hätte sich geschämt, den Männern keine Gastfreundschaft zu gewähren.

Johanna und Karl fanden diese Art des Reisens ungewohnt und langweilten sich. Daher ritten sie meistens ein Stück voraus und übten mit ihren Säbeln. Johanna ging es darum, ihren Bruder zu schulen, damit dieser sich gegen mögliche Feinde behaupten konnte. Da auch ihre Waffenfertigkeiten wuchsen, fiel es Karl immer schwerer, sich gegen sie durchzusetzen.

»Ich finde es ungerecht, dass du – ein Mädchen! – besser bist als ich«, rief er enttäuscht, als ihm Johannas Klinge wieder einmal an der Kehle saß.

»Wenn du einem Feind gegenüberstehst, wirst du besser fechten«, antwortete sie lachend. »Jetzt bist du einfach zu nachsichtig mit mir.«

»Wie viele Tage sind wir schon unterwegs?«, fragte Karl, um das Thema zu wechseln. Als Johanna ihm die Zahl nannte, schüttelte er den Kopf.

»Wenn das so weitergeht, kommen wir niemals an!«

»Als ich gestern den Hauptmann fragte, meinte er, dass wir den größten Teil der Strecke bereits zurückgelegt hätten«, antwortete Johanna. Ihr Gesicht wurde ernst. »Ich bin heute nicht nur wegen unserer Fechtübung vorausgeritten. Ich brauche deine Hilfe.«

»Was ist geschehen?«, fragte Karl besorgt.

Johanna senkte den Kopf und überlegte, was sie sagen sollte. Schließlich überwand sie sich und sah Karl bittend an. »Es ist jene Sache, die nur uns Frauen betrifft. Das letzte Mal war es kurz nach unserer Flucht und kaum zu spüren. Doch diesmal wird es schlimmer, das fühle ich bereits.«

»Aber wie kann ich dir da helfen?«

»Ich habe schon etwas Moos gesammelt, brauche aber noch einige Stoffstreifen. Wenn du welche erbittest, fällt es nicht so auf, als wenn ich es täte.«

Karl begriff zwar nicht, wofür seine Schwester Moos und Stoffstreifen brauchte, aber er nickte. »Ich sehe zu, dass ich noch heute welche bekommen kann.«

»Ich danke dir.« Johanna atmete auf, denn sie fühlte sich zu Beginn ihrer monatlichen Tage unter den rauhen Knechten und Soldaten nicht wohl. Mit der Hilfe ihres Bruders würde sie es schaffen, sagte sie sich und schwang sich in den Sattel.

»Wir sollten uns wieder dem Wagenzug anschließen.«

Karl stieg ebenfalls auf seinen Wallach und folgte seiner Schwester, die im gestreckten Galopp auf die Kolonne zuritt. Unterwegs überlegte er, ob er Wojsław anweisen sollte, Stoffstreifen für Johanna zu besorgen. Er hielt es jedoch für besser, wenn nur er und sie darüber Bescheid wussten, und beschloss daher, es nicht zu tun.

Als Johanna und Karl zum Wagenzug zurückkamen, winkte der Hauptmann sie zu sich.

»Ihr solltet von nun an nicht mehr allein herumstreifen«, erklärte er. »Wir nähern uns Żółkiew, und dahinter beginnen die wilden Felder. Das ist weites, ebenes Gebiet, das von Tataren und Kosakenbanden durchstreift wird. Einen Trupp wie den unseren wagen sie nicht anzugreifen, aber zwei einzelne Reiter sind eine leichte Beute für sie. Selbst wenn sie Euch nur wenige hundert Schritte von uns entfernt erwischen, können wir Euch nicht helfen. Ihre Pferde sind zu flink.«

Karl sah seine Schwester besorgt an, doch Johanna zuckte mit den Achseln. Sie hatten diesen Weg gewählt und mussten ihn gehen.

»Wir geben schon acht«, antwortete sie scheinbar leichthin

und langte mit ihrer Rechten an den Säbelgriff. »Sollten uns Tataren oder Kosaken begegnen, werden sie merken, dass in uns Wyborskiblut fließt!«

»Ich habe Euch gewarnt!«, meinte der Hauptmann und ließ die beiden stehen.

Johanna wandte sich Karl zu. »Wir sollten, so gut es geht, bei den anderen bleiben.«

Für sie brachte dies Einschränkungen und Gefahren mit sich. Bislang hatte sie sich immer vom Wagenzug entfernt, wenn sie sich erleichtern wollte. Nun fragte sie sich, wie sie dies weiterhin tun konnte, ohne in Gefahr zu geraten, von den Tataren oder Kosaken abgefangen zu werden. Zu nahe bei den Wagen durfte sie jedoch nicht bleiben, wenn sie nicht durch einen dummen Zufall als Mädchen erkannt werden wollte.

Der gleiche Gedanke ging auch Karl durch den Kopf, und er ärgerte sich, dass sie in Warschau nicht den Mut aufgebracht hatten, Daniłowicz die Wahrheit zu bekennen. Jetzt konnte er nur hoffen, dass sie bald bei Osmański ankamen und Johanna endlich in Sicherheit sein würde.

»Wir sollten für den Rest der Reise wirklich bei den Wagen bleiben«, antwortete er nach einer Weile.

Johanna spürte, dass er sich Sorgen um sie machte, und gab ihm einen Klaps auf die Schulter. »Kopf hoch, Bruderherz! Wir sind so weit gekommen, und da werden wir wohl auch noch den Rest schaffen. Ich frage mich nur, was Matthias und Genoveva derzeit so treiben.«

»Das will ich gar nicht wissen«, antwortete Karl und ließ seinen Wallach antraben, um zum Wagenzug aufzuschließen. Johanna folgte ihm mit einem Lachen und vergaß ihren Halbbruder und die Stiefmutter wieder.

12.

Schloss Allersheim zählte nicht zu den bedeutenden Residenzen im Heiligen Römischen Reich Deutscher Nation. Aber für die Bewohner dieser Gegend galt es mehr als Bamberg oder gar das ferne Wien, in dem Kaiser Leopold Hof hielt. Matthias von Allersheim war mit dem Rang, in den er hineingeboren war, sehr zufrieden. Wirklich mächtiger als er waren nur Markgraf Christian Ernst von Bayreuth und Peter Philipp von Dernbach, der Fürstbischof von Bamberg. Doch auch diese Herren mussten auf ihn Rücksicht nehmen, wollten sie nicht Prozesse beim Reichskammergericht in Wetzlar oder gar eine Beschwerde beim Kaiser riskieren.

Im Augenblick aber hatte Matthias andere Sorgen als die Herren in Bamberg oder Bayreuth. Genovevas Schwangerschaft schritt immer weiter fort, und seine Halbgeschwister Karl und Johanna waren bereits seit Wochen wie vom Erdboden verschluckt. In trüben Stunden glaubte er die beiden von Räubern erschlagen und irgendwo im Wald verscharrt. Daran bist du schuld, mahnte ihn sein Gewissen. Du hättest dich mit Allersheim begnügen und Karl Eringshausen überlassen sollen, wie der Vater es gewollt hatte. So aber würde ihm Jesus Christus beim Jüngsten Gericht die Schuld am Tod seiner Geschwister zuweisen, und das konnte ihn die ewige Seligkeit kosten.

Genoveva spürte seine Zweifel und tat alles, um ihn auf andere Gedanken zu bringen. Ihr wichtigstes Mittel war immer noch ihr Körper, und Matthias konnte sich ihren Reizen nicht entziehen. Auch an diesem Tag hatte sie ihn wieder in ihre Kammer gelockt, während die restlichen Schlossbewohner bereits schliefen, und stöhnte unter seinem Gewicht.

»Gib doch acht! Du tust mir weh!«, tadelte sie ihn.

Schuldbewusst stemmte Matthias sich auf seine Arme und bewegte sein Becken in einem sanfteren Takt hin und her.

»So ist es gut«, keuchte Genoveva, während die Welle der Lust sie erfasste und sie für lange Augenblicke jenes erfüllende Ziehen in ihrem Leib spürte, das für sie dem Himmelreich gleichkam. Wenig später war auch Matthias so weit und stieg von ihr herab.

»Bleib doch noch ein wenig bei mir«, bat Genoveva, da er sofort gehen wollte.

Gehorsam legte Matthias seine Kleidung wieder auf den Stuhl und stieg zurück aufs Bett. Genoveva fasste nach seiner Hand.

»Du hast mir heute große Freude bereitet«, lobte sie ihn. »Du solltest in Zukunft ebenso sanft sein. Nicht, dass unser Kind zu Schaden kommt.«

Matthias zuckte zusammen. »Verzeih, das will ich wirklich nicht!«

»Dann liebe mich so, wie ich es mir wünsche, und nicht wie ein wilder Stier«, antwortete Genoveva lächelnd.

»Lange werde ich dich nicht mehr lieben können. Dein Bauch wächst zusehends und …«

»Mach dir deswegen keine Sorgen.« Genoveva war bereit, ihn notfalls bis zum Tag vor ihrer Niederkunft zu ertragen, denn sie fürchtete, dass er sonst eine Magd ins Bett nehmen und Gefallen an ihr finden würde. Noch schlimmer wäre es für sie, wenn er heiratete und nur noch seinem Eheweib beiwohnte. Er ist ein jämmerlicher Schwächling, dachte sie. Zwar sehnt er sich danach, mich zu besitzen, würde aber die erste Gelegenheit ergreifen, um von mir loszukommen.

»Der Gunzberger hat mir einen Boten geschickt«, berichtete Matthias, um das Thema zu wechseln.

»Ach ja?«

»Da er Johanna nicht bekommen kann, verlangt er Genugtuung«, erklärte Matthias.

»Was heißt das?«

»Entweder die doppelte Mitgift als Entschädigung oder ...« Matthias brach ab und starrte hilflos zur Decke.

»Was, oder?«, fragte Genoveva mit einer gewissen Schärfe.

»Ich soll eine seiner Töchter heiraten!«

»Was? Dieser elende Lump! Der hat wohl nicht mehr alle fünf Sinne zusammen! Wie kann er das verlangen?«

»Er beruft sich auf das Schreiben, das Frater Amandus auf deinen Wunsch hin an ihn geschrieben hat. Er sagt, es wäre ebenso verbindlich wie ein Vertrag.« Matthias klang mutlos, denn einen offenen Affront gegen Kunz von Gunzberg konnte er sich nicht leisten, weil er sonst Gefahr lief, sein Ansehen bei den Nachbarn zu verlieren.

Dies begriff auch Genoveva. »Es ist deine Schuld!«, rief sie aufgebracht. »Du hättest besser auf deine Schwester achtgeben müssen. So konnte sie sich in die Büsche schlagen und ist in der Ferne verdorben.«

»Heiliger Jesus Christus, lass nicht zu, dass dies geschehen ist!«, stöhnte Matthias verzweifelt.

Genoveva begriff, dass weitere Vorwürfe sein Gewissen nur noch stärker belasten würden, und strich ihm sanft über Gesicht und Brust. »Was geschehen ist und noch geschieht, ist Gottes Wille. Wie könnten wir Menschen an seiner Allmacht zweifeln? Wenn du willst, kann mein Vetter dir die Beichte abnehmen. Er wird dich gewiss von allen Sünden freisprechen«, bot sie Matthias an.

Der Gedanke, dies ausgerechnet bei Frater Amandus zu tun, der das Testament seines Vaters gefälscht hatte, brachte Matthias beinahe dazu, den Vorschlag abzulehnen. Andererseits war Genovevas Vetter ein gelehrter Mönch mit den höheren

Weihen und wusste daher, was vor Gott, dem Herrn, noch vertretbar war und was nicht.

»Es wird wohl das Beste sein, wenn ich mit dem hochwürdigen Herrn spreche und mein Gewissen entlaste.«

Dann aber zuckte er erschrocken zusammen. »Aber ich kann ihm doch nicht beichten, mit dir fleischlich zu verkehren!«

Verfluchter Narr!, durchfuhr es Genoveva. Bestehst du nur noch aus schlechtem Gewissen? Sie verbarg jedoch ihren Ärger und sprach mit sanfter Stimme weiter.

»Sei ohne Sorge! Mein Vetter ist ein gelehrter Mann und weiß um die Anfechtungen des Fleisches. Ich vertraue ihm, und das solltest du auch tun. Sage ihm, dass du auf einen Dispens Seiner Heiligkeit, Papst Innozenz XII., hoffst, um mich heiraten zu können.«

»Heiraten? Aber was würden die Nachbarn sagen, wenn ich das tue?«, rief Matthias erschrocken.

»Wenn Seine Heiligkeit zustimmt, ist deren Meinung belanglos«, gab Genoveva gekränkt zurück.

Matthias nickte nachdenklich. »Das ist es wohl auch. Aber wie können wir einen solchen Dispens erreichen?«

»Ich werde mit meinem Vetter sprechen«, versprach Genoveva, die genau wusste, dass eine Heiratserlaubnis für sie und Matthias sehr viel Geld kosten würde. Sie war jedoch bereit, eine hohe Summe auszugeben, wenn sie danach endgültig die Herrin auf Allersheim und Eringshausen sein würde.

»Und was soll ich dem Gunzberger schreiben?«, fragte Matthias, um auf die Forderung seines Nachbarn zurückzukommen.

»Das soll Frater Amandus für dich übernehmen. Sein Schreiben hat bei Kunz von Gunzberg gewiss mehr Gewicht als eines von dir.«

Da auch ihr Vetter die Forderungen des Nachbarn nicht einfach abtun konnte, überlegte Genoveva, welcher Ausweg ihnen blieb, und begann zu lachen.

»Wir fangen den Gunzberger mit demselben Strick, mit dem er dich fangen wollte. Mein Vetter wird ihm mitteilen, dass du bereit bist, eine seiner Töchter zu ehelichen.«

»Aber du sagtest doch, dass wir beide heiraten sollen!«, rief Matthias verwundert.

»Mein Vetter wird dem Gunzberger eine seiner jüngeren Töchter nennen, die erst in drei oder vier Jahren mannbar sein wird. Bis dorthin haben wir den Dispens erhalten und können heiraten.«

Jetzt begriff Matthias überhaupt nichts mehr. »Aber wenn ich ihm ein Heiratsversprechen gegeben habe, wird er fordern, dass ich es einhalte!«

»Bis dorthin fällt uns gewiss etwas ein. Nun aber solltest du in deine Gemächer zurückkehren. Ich will nicht, dass du an meiner Seite einschläfst und meine Zofe dich am Morgen bei mir entdeckt.«

»Das wäre wirklich nicht gut.« Da Matthias sich nicht dem Getuschel seiner Bediensteten aussetzen wollte, stand er auf und zog sich an.

Er war bereits bei der Tür, da rief Genoveva ihn noch einmal zurück. »Willst du ohne Kuss von mir scheiden?«

Schuldbewusst drehte Matthias sich um, trat wieder ans Bett und beugte sich über ihr Gesicht. Ihre Lippen verschmolzen für einige Zeit, und er empfand Hoffnung, mit Genovevas Hilfe alle Probleme meistern zu können.

»Du solltest meinen Vetter bitten, als Schlosskaplan auf Allersheim zu bleiben. Er könnte dann jederzeit für dich tätig werden«, sagte sie, als ihre Münder sich wieder lösten.

»Das werde ich tun«, versprach Matthias, denn er sagte sich, dass ihm der kluge Kopf des Fraters nützen konnte.

13.

*I*hre letzte Station vor Żółkiew war ein kleines Dorf. Es zählte bereits zum Besitz von Jan III. und wurde von dessen Leibeigenen bewohnt. Auf ihrem bisherigen Weg hatten Johanna und Karl solche Dörfer nur im Vorbeireiten gesehen, aber nie in einem übernachtet. Nun wunderten sie sich über die kleinen, aus Holz errichteten Häuser mit ihren Dächern aus Holzschindeln, die von einer hölzernen Palisade umgeben waren. Während die Zwillinge das Dorf betrachteten, winkte der Hauptmann ihrer Begleitmannschaft den Dorfältesten zu sich.

»Wir brauchen Futter für die Pferde und Ochsen sowie Essen für uns. Sorge dafür! Ebenso für genug Quartiere für die Nacht!«

»Jawohl, Herr!«, antwortete der Dorfälteste nicht gerade erfreut und kehrte zu seinen Leuten zurück. Dort hob ein Gemurmel an, denn über siebzig Leute zu versorgen, würde die kleine Dorfgemeinschaft einen großen Teil ihrer Vorräte kosten.

Johanna sah zu, wie die Frauen ein Schaff herbeibrachten und darin Teig ansetzten. Andere schnitten Kräuter und Fleischstücke klein, während mehrere Jungen die Fuhrknechte und Soldaten zu einer Stelle führten, an der sie ihre Tiere grasen lassen konnten. Da Wojsław sich um Johannas und Karls Wallache kümmerte, spazierten die Zwillinge durch das Dorf. Als sie die kleine Kirche aus Holz erreichten, trat Johanna ein. Zwar konnte sie ihr Täuschungsspiel noch keinem Priester beichten, wollte aber für sich beten und die Heilige Jungfrau um Vergebung bitten. Karl folgte ihr.

In dem dunklen Innenraum der Kirche gab es keine Bänke, aber an einer Seite standen drei primitive Schemel für jene Gläubigen, die zu schwach waren, während der heiligen Messe zu stehen. Die Zwillinge entdeckten auch keine Heiligenstatuen, sondern nur ein paar schlichte Holzbretter, auf denen jemand mit mehr Inbrunst als Können die Heilige Jungfrau, Jesus Christus und den Apostel Andreas gemalt hatte.

»Was sind das für Leute? Das können doch keine Katholiken sein!«, rief Johanna und wies auf die fremdartigen Aufschriften unter den Ikonen.

Auch Karl wunderte sich und zuckte schließlich mit den Schultern. »Ich werde den Hauptmann fragen, was es mit diesem Dorf auf sich hat. Diese Ikonen, wie man die Bilder nennt, werden den Worten meines Lehrers zufolge von den Anhängern der orthodoxen Patriarchen von Konstantinopel und Moskau verehrt.«

»Dann sind das hier auch Orthodoxe«, befand Johanna und verließ die Kirche wieder. Draußen trafen sie und Karl auf einen der Fuhrleute.

»Guter Mann, kannst du uns sagen, was das hier für Menschen sind? Sie sind doch gewiss keine guten Katholiken«, fragte Karl.

»Freilich sind sie das!«, antwortete der Mann. »Ihr stört euch wohl an den Ikonen? Die gibt es hier in vielen Dörfern. Nur die hohen Herren wie Jan Sobieski oder Marcin Zamoyski können sich Bildhauer leisten, die ihnen ihren Jesus oder ihre Maria in Stein meißeln oder aus Holz schnitzen. Bei den einfachen Bauern hingegen schreiben die Priester die Ikonen.«

»Schreiben? Sie werden doch gemalt«, wandte Johanna ein.

»Man sagt es so – wenigstens bei den Ruthenen, die zumeist Anhänger der fetten Popen aus Moskau sind und sich weigern, ihre lumpigen Seelen dadurch zu retten, indem sie gute Katholiken werden. Ihr werdet das Gesindel an der Grenze noch kennenlernen. Der Unterschied zwischen Ruthenen und Kosaken ist nur gering. Meist sind sie beides – und aufmüpfig sind sie allemal!«

Der Fuhrmann schien nicht viel von den orthodoxen Bewohnern in diesem Teil Polens zu halten. Auch Johanna besaß nach dem, was sie hier gesehen hatte, gewisse Vorbehalte. Wenn dies hier noch Katholiken sein sollten, würden ihr die dem Moskauer Patriarchen unterstehenden Christen noch fremdartiger erscheinen. Sie beschloss, ihr Gebet unter freiem Himmel zu sprechen, und bat Karl, sie zu begleiten.

»In was für ein Land hat man uns nur geschickt?«, fragte sie, als sie das Dorf verließen.

»Wir werden uns hier zurechtfinden müssen! Oder willst du zu Matthias und Genoveva zurückkehren, damit sie dich mit dem alten Kunz von Gunzberg vermählen?«, fragte Karl.

Johanna schüttelte sich kurz und lächelte dann. »Du hast recht, Bruder! Es ist besser, in der Fremde zu sein als auf Allersheim. Hier haben wir unser Schicksal selbst in der Hand.«

»Nicht ganz, da der König Adam Osmański zu unserem Vormund berufen hat.«

»Wenn er uns nicht passt, reißen wir vor ihm ebenso aus wie vor Matthias und Genoveva!« Johanna lachte hell auf, bezähmte sich aber rasch und bat die Jungfrau Maria, sie auch weiterhin zu beschützen.

Karl ließ ihr die Zeit für ihr Gebet, brachte selbst jedoch keines zustande. Anders als Johanna, die mehr im Hier und Jetzt lebte, dachte er an das, was auf sie zukommen würde. Die wilden Felder, in denen Osmański zu leben schien, brachten unbekannte Gefahren mit sich. Um nicht zu sehr zu grübeln, stupste er Johanna an.

»Ich bekomme Hunger!«

»Ich auch.«

Sie kehrten ins Dorf zurück. Dort wurde von den Frauen bereits Suppe ausgeteilt. Auch sie erhielten je einen Napf. Es handelte sich um die saure Suppe, die ihnen schon mehrfach vorgesetzt worden war, doch hier schmeckte sie anders – nach Armut, wie Johanna fand. Auch die Piroggen, die sie danach erhielt, waren mehr mit Kräutern als mit Fleisch und Käse gefüllt.

»Ich hoffe, dass man bei Osmański besser kocht«, stöhnte Johanna, als ihnen zum Trinken eine undefinierbare Brühe gereicht wurde, die die Dörfler Kwas nannten. Sie brachte das Getränk kaum hinunter und sah, dass es Karl nicht viel besser erging.

14.

Die sichtbare Armut der Bauern, aber auch ihre Folgsamkeit dem Hauptmann gegenüber beschäftigten Johanna und Karl noch am nächsten Tag, doch bald forderte die Umgebung ihre Aufmerksamkeit. Sie hatten nur noch wenige Meilen bis nach Żółkiew zurückzulegen, sicherer schien das Land hier allerdings nicht zu werden. Der Hauptmann und seine Dragoner sahen sich immer wieder um und hielten ihre Waffen bereit. Auch die Fuhrleute waren aufmerksamer als sonst, und mehr als ein Mal schlug einer von ihnen mit seiner Peitsche nach einem unsichtbaren Gegner.

»Wir sollten unsere Pistolen schussfertig machen«, schlug Karl vor.

»Dafür müssen wir absteigen und würden von den anderen getrennt«, antwortete Johanna.

»Ich lade sie im Sattel!« Karl wollte seinen Vorsatz sogleich ausführen, konnte aber nicht gleichzeitig den nervösen Wallach lenken und die Pistole vorbereiten.

»Wir halten gewiss bald an. Dann kannst du sie laden«, erwiderte Johanna.

»Wenn es dann nur nicht zu spät ist ...« Noch während er es sagte, blickte Karl sich suchend um. »Hörst du das?«

Johanna wollte schon verneinen. Da vernahm sie ein Geräusch, das dem eines in der Ferne rollenden Donners glich, und erbleichte. »Das hört sich so an, als würden viele Pferde galoppieren!«

Karl nickte mit verkniffener Miene und trieb den Wallach an, um neben den Hauptmann zu kommen. »Verzeiht, Herr, aber wir haben eine stattliche Reiterschar seitlich vor uns!«

»So nahe an Żółkiew? Unmöglich!«, rief der Mann, befahl aber einem seiner Männer, abzusteigen und nachzuprüfen, ob er etwas hören würde.

Der Dragoner legte sich nieder und presste das Ohr auf den Boden. »Pferdegetrappel«, rief er. »Viele Pferde! Sie kommen auf uns zu!«

»Macht euch kampfbereit!«, brüllte der Hauptmann und zog seine Pistole.

Karl sprang aus dem Sattel und lud in Windeseile seine Pistolen. Auch Wojsław stieg ab und trat auf Johanna zu. »Gebt mir bitte Eure Waffen, Pan Jan!«

Kopfschüttelnd rutschte Johanna vom Pferd und nahm den Kugelbeutel und die Patronentasche zur Hand. »Halte den Braunen! Ich lade selbst!«

»Ich sehe sie schon«, rief Karl, als er wieder in den Sattel gestiegen war. »Es sind ganz schön viele!«

Mit fliegenden Händen lud Johanna ihre Pistolen und schwang sich ebenfalls aufs Pferd. Die Ochsenwagen waren unterdessen weitergezogen und befanden sich bereits mehrere hundert Schritt vor ihnen. Die meisten Dragoner mit dem Hauptmann an der Spitze holten den Zug jetzt wieder ein. Auch die Zwillinge und Wojsław gaben ihren Pferden die Sporen, um zu den Wagen aufzuschließen.

Der Reitertrupp war mittlerweile gut auszumachen. Mit einem leisen Fluch wandte sich der Hauptmann an seine Leute. »Die Schweinehunde kommen seitlich von vorne auf uns zu und können uns jederzeit den Weg abschneiden. Zurück können wir nicht, da sie schneller sind als wir. Unsere einzige Hoffnung ist, kämpfend durchzubrechen.« Dann wandte er sich an Johanna und Karl. »Ihr haltet Euch in der Mitte. Wir beschützen Euch, so gut wir können!«

»Hier wird jede Pistole und jeder Säbel gebraucht«, rief Johanna hitzig.

Auch Karl nickte. »Wenn es zum Kampf kommt, werden wir dabei sein.«

»Ich bin dem König gegenüber für Euer Wohlergehen verantwortlich«, stieß der Hauptmann mit wachsender Verzweiflung hervor. »Dabei sind uns die fremden Reiter um mehr als das Doppelte überlegen. Es sind Tataren! Heilige Jungfrau von Częstochowa, steh uns bei!«

»Sie werden langsamer!«, rief Johanna.

»… weil sie glauben, uns im Sack zu haben«, antwortete der Hauptmann. »Der Teufel soll diese heidnische Brut holen! Dabei sind wir so kurz vor dem Ziel.«

»Kann man uns von Żółkiew aus zu Hilfe kommen?« Johanna klammerte sich an diese Hoffnung, doch der Hauptmann schüttelte den Kopf.

»Bis dort ein Trupp aufbricht, haben die Tataren uns längst niedergemacht.«

»Wir sollten stehen bleiben und ein Karree bilden«, schlug Karl vor. Seine Lehrer hatten ihn auch in der Kriegskunst geschult, doch der Hauptmann winkte ab.

»Ihr kennt die Tataren nicht! Die würden uns aus der Entfernung niederschießen. Nur wenn wir beweglich bleiben, kann der eine oder andere von uns entkommen.«

»Das klingt feige!« Johanna war zornig, denn es hörte sich so an, als wolle der Hauptmann die Fuhrleute mit ihren Wagen im Stich lassen, um sich selbst retten zu können. Sie erhielt jedoch keine Antwort, da sich die Dragoner auf Anweisung ihres Anführers vor den Wagenzug setzten und ihre Karabiner schussfertig machten. Im Allgemeinen kämpften Dragoner zu Fuß, doch hier dachte keiner, abzusitzen, um besser zielen zu können.

»Was sollen wir tun?«, fragte Karl.

»Wir bleiben hinter den Dragonern«, befand Johanna und ließ ihren Wallach ein wenig schneller laufen, um vor den ersten Wagen zu gelangen.

»Werden wir auch fliehen?«, wollte Wojsław wissen.

»Wenn es sich ergibt!« Karl klang nicht gerade zuversichtlich, denn die Tataren schwärmten bereits aus, um der Begleitmannschaft des Wagenzugs jede Fluchtmöglichkeit zu verlegen.

»Wir müssen zusammenbleiben«, setzte Karl hinzu und nahm sich vor, alles zu tun, um seine Schwester zu schützen. Der Gedanke, dass sie eine Sklavin der Tataren werden könnte, schmerzte wie eine offene Wunde. Wenn es nottat, musste er Johanna ein solches Schicksal ersparen, indem er sie erschoss. Voller Verzweiflung zog er den Säbel und schwang ihn über den Kopf.

Im Gegensatz zu ihrem Bruder dachte Johanna nicht an die Gefahr, in der sie schwebte. Sie trabte neben Karl her, hielt eine Pistole in der Hand und musterte die Reiter, die ihnen mit lauten Rufen entgegenkamen. Die Tataren ritten kleine, aber schnelle Pferde von zumeist fahler Farbe. Mützen mit Pelzrändern bedeckten ihre Köpfe, und sie trugen lange Mäntel, die Johanna für die herrschenden Temperaturen viel zu dick erschienen. Auf Rüstungen hatten sie verzichtet. Viele waren mit Speeren bewaffnet, andere schwangen Säbel, und eine erkleckliche Anzahl hielt Pfeil und Bogen bereit.

Mit erschreckender Schnelligkeit kamen die Tataren näher, und ihre ersten Pfeile leerten zwei Sättel. Der Hauptmann befahl seinen Dragonern aufgeregt, ihre Karabiner abzufeuern. Die Schüsse krachten, doch die Tataren rissen ihre Pferde zur Seite, und nur wenige wurden getroffen.

»Wir hätten ein Karree bilden müssen«, rief Karl erbittert und riss seinen Säbel hoch, so als wolle er einem Tataren damit auf fünfzig Schritt den Schädel spalten.

Weitere Pfeile zuckten heran. Im Gegensatz zu den Dragonern trafen die Tataren gut. Voller Entsetzen sah Johanna einen Polen nach dem anderen aus dem Sattel rutschen. Die Tataren jubelten, während das Feuer der Dragoner immer schwächer wurde und schließlich ganz erlosch.

»Jetzt müssen die Säbel entscheiden«, brüllte der Hauptmann und gab seinem Hengst die Sporen. Die Dragoner, die noch dazu in der Lage waren, folgten ihm. Um den Tataren nicht plötzlich allein gegenüberzustehen, trieben auch Johanna, Karl und Wojsław ihre Pferde an. Die Ochsenwagen blieben immer weiter hinter ihnen zurück, und sie wurden von dem wütenden Fluchen und Schimpfen der Fuhrknechte verfolgt, die sich von ihrer Eskorte im Stich gelassen fühlten.

Die tatarischen Pistolenschützen hatten gewartet, bis sie nahe genug waren, um keinen Fehlschuss zu tun, und feuerten nun ihre Waffen ab. Johanna sah den Hauptmann aus dem Sattel kippen. Mehrere Dragoner folgten, und jene, die noch in den Sätteln saßen, ritten in eine Mauer aus Lanzen und Säbeln hinein. So, dachte Karl, würde ihnen kein gemeinsamer Durchbruch gelingen.

»Wir müssen uns allein helfen«, rief er Johanna zu und sah den ersten Feind vor sich. Der Tatar nahm den Jüngling nicht ernst, sondern schwang lachend seinen Säbel. Mit dem Mut der Verzweiflung rammte Karl dem Wallach die Sporen in die Weichen. Das Tier machte einen Satz, und bevor der Tatar zuschlagen konnte, fegte Karls Klinge ihn aus dem Sattel. Er hatte keine Zeit, sich über den Sieg zu freuen, denn drei Tataren stürzten sich mit wilden Schreien auf ihn. Den Ersten traf Johannas Kugel tödlich. Als der Zweite mit dem Säbel zuschlug, entkam Karl der Klinge durch einen tiefen Bückling im Sattel. Zu einem weiteren Schlag kam der Tatar nicht mehr, da Johanna wie die wilde Jagd heranfegte und alle Kraft in ihren Hieb setzte.

Der dritte Tatar hatte sich gegen Wojsław gewandt, wollte diesen aber wegen seiner Jugend gefangen nehmen. Noch während er den Knaben aus dem Sattel zerrte, war Karl bei ihm und stieß mit dem Säbel zu.

Für den Augenblick hatten die drei Raum gewonnen und spornten ihre Rösser an, um zu entkommen. Doch da riss ein Dutzend Tataren ihre Pferde herum und galoppierte hinter ihnen her. Die übrigen Tataren machten den Rest der Dragoner nieder und wandten sich anschließend dem Wagenzug zu.

Karl warf einen Blick über die Schulter und stöhnte. »Wir schaffen es nicht! Sie sind schneller als wir.«

»Wir müssen die Pferde wenden und die Vordersten angreifen«, rief Johanna, zog die zweite Pistole und wendete ihren Wallach.

Karl blieb nichts anderes übrig, als ihrem Beispiel zu folgen, während Wojsław von Panik erfüllt weiterritt. Drei Tataren folgten ihm, doch auch der Rest war für zwei junge Menschen zu viel. Während Johanna auf einen Gegner schoss und sich dann gegen zwei weitere wehren musste, feuerte Karl ebenfalls, steckte die Waffe weg und zog die zweite. Die aber hielt er in der Hand. Er würde seine Schwester damit erschießen, um ihr die Schmach der Sklaverei zu ersparen, und dann selbst im Kampf sterben.

Er kam jedoch nicht zum Schuss, da ihn zwei Tataren bedrängten. Zornig schlug er mit dem Säbel nach ihnen, verwundete einen und prellte dem anderen die Waffe aus der Hand. Als er endlich freie Schussbahn hatte, hörte er Johannas jubelnden Ruf.

»Hilfe kommt!«

Im Reflex erschoss Karl einen Tataren, der seine Schwester von hinten niederschlagen wollte, und hatte danach genug zu tun, um sich der übrigen Angreifer zu erwehren. Johanna focht ebenfalls mit allem Mut, den sie aufbringen konnte. Anders als damals, als sie Kazimierz Kołpacki und den Smułkowski-Brüdern gegen die Räuber geholfen hatte, machte sie sich diesmal keine Gedanken darüber, ob sie jemanden tötete oder verletzte, denn es ging ums nackte Überleben.

Mit einem Mal wurde die Zahl der Tataren um sie herum geringer. Die meisten rissen ihre Pferde herum und galoppierten mit enttäuschten Schreien davon.

»Verfluchter Osmański!«, hörte Johanna aus dem Gebrüll heraus, dann konnten Karl und sie die Säbel senken.

15.

*E*ndlich fand Johanna die Zeit, sich umzuschauen. Es wurde nur noch an wenigen Stellen gekämpft. Wie es aussah, hatten die Tataren bei dem überraschenden Angriff durch die fremde Truppe schwer geblutet und keine Lust mehr, sich ihr zu stellen. Einige Reiter verfolgten sie, die meisten hingegen ritten auf die Zwillinge zu. Inzwischen hatten die Ochsenwagen aufgeschlossen. Der Anführer der Fuhrknechte deutete eine Verbeugung vor einem der Reiter an.

»Ihr seid gerade noch rechtzeitig gekommen, Pan Adam«, sagte er.

Der Reiter wies mit verärgerter Miene auf die toten Dragoner. »Für diese armen Hunde nicht rechtzeitig genug. Wir waren den Tataren seit vorgestern auf der Spur, doch dachten wir, dass sie ein paar Dörfer in der Umgebung von Żółkiew plündern wollen, um den König zu ärgern. Von eurem Wagenzug wussten wir nichts. Wir hätten uns sonst weiter westlich gehalten.«

Johanna erinnerte sich daran, dass einer der Tataren den Namen Osmański ausgestoßen hatte. Auch der Vorname, mit dem der Fuhrmann den Reiter angesprochen hatte, passte dazu. Sollte das etwa Adam Osmański sein, ihr und Karls Vormund? Sie wollte es nicht glauben. Dieser Mann war kaum älter als zwanzig und unglaublich nachlässig gekleidet. Sein Kontusz trug Flicken genau wie seine Hosen, und seine Stiefel schienen das letzte Mal bei Christi Geburt geputzt worden zu sein. Das mürrische Gesicht und die zusammengekniffenen Lippen passten zu seiner Erscheinung. Nun stieg er ab, wischte seinen Säbel am Mantel eines toten Tataren ab und steckte ihn wieder in die Scheide.

»Wenigstens habe ich den König vor dem Verlust seines Transportguts bewahrt. Azad Jimal Khan wäre es ein Vergnügen gewesen, damit zu prahlen, es erbeutet zu haben«, sagte er und stieg wieder auf. »Sammelt die Toten ein und legt sie auf die Pferde! Sie sollen in Żółkiew ihr Grab finden.«

»Auch die Tataren?«, fragte Johanna bissig.

Osmański drehte sich langsam zu ihr um. »Wer ist der Hänfling?«

»Das ist Herr Jan Wyborski, den der König zusammen mit seinem Bruder zu Euch schickt, Pan Adam. Ihr sollt die beiden Jünglinge unter Eure Fittiche nehmen«, erklärte ihm der Anführer der Fuhrleute.

»Ist der König verrückt geworden? Und was heißt hier Wyborski? Die Männer dieser Sippe sind im Kampf um Wyborowo umgekommen.«

»Wir sind Ziemowit Wyborskis Enkel und haben den Namen unserer Familie gewählt«, erklärte Karl mit ruhiger Stimme.

Osmański warf ihm einen missbilligenden Blick zu. »Will der König, dass ich seine Grenzen schütze oder Kindermädchen für diese Säuglinge spiele?«

So, als habe er sich schon zu lange mit Johanna und Karl aufgehalten, wandte er sich einem seiner Reiter zu. Es handelte sich um einen jungen Mann mit dunkelblonden Haaren und einem mächtigen Schnauzbart, der mit einem knielangen blauen Rock und weiten, braunen Hosen bekleidet war.

»Wie sieht es aus, Fadey? Haben wir Verluste?«

»Nur ein paar Säbelwunden, die mit Gottes Hilfe heilen werden«, antwortete Fadey mit einem hart klingenden Akzent.

»Und die Tataren?«

Der Mann lachte. »Dürften an die dreißig Tote haben. Außerdem sind etliche verletzt.«

»Azad Jimal Khan wird sich freuen!« Osmański grinste und wirkte dabei zum ersten Mal sympathisch.

Trotzdem beschloss Johanna, ihn nicht zu mögen. Sein Betragen war einfach unglaublich. Wie konnte er es wagen, den König verrückt zu nennen?

Karl kam an ihre Seite und legte seine Hand auf ihren rechten Arm. »Bist du verletzt?«

»Nein«, antwortete Johanna und schüttelte zur Bestätigung den Kopf. »Und du?«

»Auch nicht. Der Heiligen Jungfrau sei Dank, dass wir mit heiler Haut davongekommen sind. Ich glaubte uns schon verloren! Aber wo ist Wojsław? Nicht, dass die Tataren ihn getötet oder gefangen genommen haben.« Karl blickte sich suchend um und atmete auf, als er den Jungen etwa eine Zehntelmeile entfernt entdeckte.

»Was hältst du von Osmański?«, fragte Johanna.

Karl sah zu dem jungen Krieger hinüber und zuckte mit den Achseln. »Ich kann jetzt noch nichts sagen, außer dass er seinen Säbel gut zu führen versteht. Er ist vorhin mit drei Tataren auf einmal fertiggeworden.«

Irgendwie ärgerte Johanna sich über das Lob, das in den Worten ihres Bruders schwang, und schürzte verächtlich die Lippen. »Ich halte ihn für unmöglich!«

»Jo…an, der Mann hat uns das Leben gerettet! Wäre er nicht mit seinen Männern gekommen, hätten die Tataren uns getötet oder gefangen genommen. Was im letzteren Fall mit dir geschehen wäre, kannst du dir vorstellen.«

Damit hatte Karl zwar recht, aber Johanna war zu erregt, um darauf einzugehen. Stattdessen sah sie zu, wie die Fuhrleute die toten Dragoner aufluden. Osmańskis Männer suchten unterdessen die gefallenen Tataren zusammen und hängten sie über ihre Pferde.

»Ich bin gespannt, ob Azad Jimal Khan Boten schickt, um seine Toten auszulösen«, rief Fadey spöttisch. Er war etwas kleiner als Osmański und sah auf eine verwegene Art gut aus. Trotzdem war etwas an ihm, das Johanna missfiel.

»Wir geben euch bis Żółkiew Geleit«, sagte Osmański zu den Fuhrleuten und lenkte sein Pferd etwas abseits von den anderen.

Karl überlegte, zu ihm hinzureiten und sich richtig vorzustellen. Als er jedoch die trotzige Miene seiner Schwester sah, ließ er es sein. Wahrscheinlich war es besser, wenn sie erst in Żółkiew mit Osmański sprachen. Dort, wo keine Tataren sie bedrohen konnten, würde er vielleicht zugänglicher sein.

16.

Kurze Zeit später konnte der Wagenzug seinen Weg fortsetzen. Johanna und Karl hielten sich bei den Ochsenwagen und sahen sich Osmańskis Reiter genauer an. Diese waren nicht weniger zerlumpt als ihr Anführer und erinnerten mehr an eine Räuberbande als an Soldaten. Ihre Pferde und ihre Waffen hingegen waren in bestem Zustand. Wie es aussah, gehörten auch Tataren zu der Gruppe.

Johanna wunderte sich darüber und war gespannt, was sie noch alles über Osmański und seine Männer erfahren würde. Eines war jedoch sicher: Der Anführer war nicht der Vormund, dem sie sich guten Gewissens anvertrauen konnte. Daher hoffte sie, dass es auf Żółkiew eine Möglichkeit gab, mit jemandem zu reden, der den König davon überzeugte, dass jeder andere Vormund besser war als dieser ungehobelte Patron.

Während des Ritts nach Żółkiew kümmerte Osmański sich nicht im Geringsten um Karl und Johanna und schürte den Unmut des Mädchens mit dieser Missachtung noch mehr. Fadey hingegen lenkte seinen Braunen neben sie und ihren Bruder und sprach sie grinsend an.

»Ihr beide mögt jung sein, aber ihr habt tapfer gekämpft!«

»Euer Anführer scheint es nicht so zu empfinden«, antwortete Johanna spitz.

»Osmański hat viel zu tun und muss über vieles nachdenken. Auch ärgert es ihn, dass es Azad Jimals Leuten gelungen ist, die Dragoner niederzumachen. Er wäre gerne eher gekommen, um sie retten zu können.«

»Das ehrt ihn!«, warf Karl ein.

Johanna schnaubte. Immerhin hatte Osmański vorhin selbst erklärt, dass ihn die Tataren beinahe überlistet hätten. Damit war er selbst schuld, dass es so gekommen war. Sie sagte jedoch nichts, sondern lauschte Fadeys Worten, als dieser erzählte, dass er in Osmańskis Gefolge schon häufig tatarische Streifscharen abgefangen hatte.

»Gegen ein richtiges Heer kommen wir natürlich nicht an. Doch wenn sich ein paar Dutzend Tataren zu einem Überfall auf ein oder zwei Dörfer zusammentun, kriegen wir sie.«

Fadeys Akzent brachte Karl zu einer Frage. »Ihr seid kein Pole?«

»Gott bewahre, nein! Ich bin ein Kosak«, antwortete Fadey lachend.

»Seid Ihr Kosaken denn nicht Feinde der Polen? Ich hörte von einem großen Krieg, den Ihr unter Eurem Hetman …«

»Ataman!«, unterbrach Fadey Karl. »Du meinst unseren Ataman Bohdan Chmelnyzkyj. Der hat gegen die Polen gefochten, aber er ist längst tot. Jetzt gibt es einen neuen Ataman, und der würde sich freuen, mich erwischen und aufhängen zu können. Deshalb kämpfe ich für Osmański. Er ist ein guter Anführer und riecht einen Tataren zehn Meilen gegen den Wind.«

»Aber auch nicht immer, sonst wäre er vorhin rechtzeitig gekommen«, stichelte Johanna.

»Es hat ausgereicht, um die Wagen zu retten, die Jan Sobieski am Herzen liegen. Sie sollen schöne Dinge enthalten, mit denen er Żółkiew ausstatten will. Azad Jimal Khan hätte sie gerne in seinem Zelt gesehen. Doch das haben wir ihm verdorben!«

Fadey lachte und sah die Zwillinge fragend an.

»Ihr sagt, ihr wärt Wyborskis?«

»Wir sind Karol und Jan Wyborski«, erklärte Johanna.

»Das wird Osmański wenig behagen. Bis jetzt sah er sich als Erbe der Wyborskis. Auch wenn der größte Teil des Besitzes sich derzeit in der Hand der Türken und Tataren befindet, so kann er wiedergewonnen werden. Danach wäre Osmański ein großer Herr gewesen. Nun aber habt ihr ein größeres Anrecht darauf. Immerhin habt ihr euch die Enkel des alten Ziemowit Wyborski genannt, während er selbst nur dessen Großneffe ist.« Fadey lachte, was seinen Worten ein wenig die Schärfe nahm.

Während Karl sich sagte, dass er gewiss nicht den gesamten Wyborski-Besitz für sich fordern würde, wenn Osmański dabei half, diesen zurückzugewinnen, rieb Johanna sich in Gedanken die Hände. In ihren Augen war es die richtige Strafe für diesen Kerl, wenn Karl das Erbe ihres Großvaters erhalten würde. So wie Adam Osmański sich benahm, war es eines Edelmanns unwürdig.

Unterdessen lobte Fadey Osmańskis kriegerisches Geschick, ließ aber auch durchblicken, dass dieser weniger auf Beute als auf Ruhm erpicht sei. »Ruhm«, sagte er, »mag für einen hohen Herrn erstrebenswert sein, doch ein kleiner Soldat oder Grenzhüter wünscht sich eher ein paar Złoty als Beute in die Hand.«

Johanna hielt Fadey für einen Mann, der sich unbesehen jeder Räuberbande anschließen würde, und traute dies auch seinem Anführer zu. Osmański ritt an der Spitze des Zuges und hielt mit einer Hand die Zügel, während er die andere an der Hüfte abstützte. Trotz dieser lässigen Haltung spürte Johanna seine Anspannung. Es waren noch etliche Stunden Weges nach Żółkiew, und wenn es weitere streifende Tatarengruppen in der Gegend gab, konnten diese sie ebenfalls angreifen.

Das Land um sie herum war flach, und es gab keinen Wald, sondern nur Buschwerk und einzeln stehende Bäume. Da ein Reiter hier auf Meilen zu sehen war, schien diese Gegend für einen Hinterhalt nicht geeignet. Trotzdem stellte Johanna sich mehrmals im Sattel auf, um in die Ferne zu spähen. Daher war sie es auch, die Żółkiew als Erste entdeckte.

»Vor uns liegt ein großes Bauwerk«, rief sie Karl zu.

Fadey hörte es ebenfalls und nickte. »Das ist Jan Sobieskis

Schloss – eines von vielen!« Neid schwang in der Stimme des Kosaken, und das machte ihn Johanna nicht sympathischer. Nun aber blickte sie verblüfft auf die Schlossanlage, die mit jedem Schritt, den ihre Pferde machten, imposanter wurde.

»Dagegen ist das Schloss unseres Vaters eine Hütte«, brach es aus ihr heraus.

»So schlimm ist es auch nicht«, meinte Karl, obwohl Schloss Żółkiew mindestens doppelt so breit war wie jenes, in dem sie geboren und aufgewachsen waren. Das Heim ihres Vaters wies nur zwei kurze Seitenflügel auf, Sobieskis Żółkiew hingegen umschloss einen großen Innenhof. An den Kanten befanden sich wuchtige, von Hauben gekrönte Türme, aus deren oberen Schießscharten die Mündungen kleiner Geschütze herausschauten. Das Schloss war mit einer Wehrmauer und einem Graben umgeben und versprach Sicherheit für seine Bewohner und die Menschen des Städtchens in seinem Schatten.

»Es ist ziemlich eindrucksvoll«, fand nun auch Karl. »Eine Tatarenschar wie die, die uns heute angegriffen hat, würde sich hier die Zähne ausbeißen. Selbst die zehnfache Zahl würde das Schloss nur bei einem völlig überraschenden Angriff einnehmen können.«

»Die Tataren haben es schon mehrfach versucht, doch Sobieskis Verwalter ist ein harter Hund, der sich nicht so leicht geschlagen gibt.«

Erneut hörte Johanna einen Unterton in Fadeys Stimme, der ihr missfiel. Für einen Mann war der Kosak recht hübsch, und er lachte gern. Dennoch schien er mit seinem Schicksal zu hadern.

Mit einem Achselzucken wandte Johanna sich wieder dem Schloss zu und freute sich auf warmes Wasser, um sich waschen zu können, sowie auf ein weiches Bett und eine freundliche Frau, bei der sie Mitgefühl und Verständnis finden würde.

Inzwischen hatte man im Schloss den Wagenzug bemerkt. Das Tor schwang auf, und eine Reiterschar trabte heraus. Bis auf den Mann an der Spitze trugen sie alle Kettenhemden und Helme. Ihr Anführer war jedoch mit einem langen Mantel und einer pelzgesäumten Mütze bekleidet. Er kam rasch näher und winkte, als er Adam Osmański erkannte.

»Willkommen, Freund!«, rief er. »Ich sehe Tote auf den Sätteln. Was ist geschehen?«

Osmański berührte grüßend den Rand seiner Mütze. »Die Tataren haben den Wagenzug des Königs angegriffen. Zum Glück kamen meine Männer und ich rechtzeitig an und konnten verhindern, dass sie mit all den schönen Dingen, die Seine Majestät sich aus Amsterdam und Paris hat schicken lassen, verschwinden konnten. Für den armen Hauptmann und seine Dragoner sind wir jedoch zu spät gekommen!«

»Wir werden für ihre Seelen beten! Habt Dank, dass Ihr ihre Leichen mitgenommen habt, so dass wir sie in geweihter Erde begraben können«, antwortete der Verwalter und lenkte sein Pferd neben das von Osmański.

»Auf jeden Fall danke ich der Heiligen Jungfrau von Zamość, dass Ihr die Wagen und deren Ladung retten konntet.« Er nickte Osmański zu und wies einen seiner Begleiter an, vorauszureiten und dafür zu sorgen, dass die Gäste gut versorgt und untergebracht werden konnten.

Dann wandte er sich wieder an Osmański. »Ihr bleibt doch gewiss ein paar Tage bei uns?«

Dieser schüttelte den Kopf. »Eine Nacht bleiben wir, dann müssen wir wieder in die Sättel. Azad Jimal Khan wird diese Schlappe nicht so einfach hinnehmen. Daher befürchte ich, dass er weitere Horden ausschickt, um einige Dörfer zu überfallen. Mit Hilfe der Heiligen Jungfrau will ich das verhindern.«

»Ich werde Boten aussenden und die Bewohner warnen«,

versprach der Verwalter. Danach ritten die beiden Männer schneller, so dass Johanna ihrer Unterhaltung nicht mehr folgen konnte.

17.

Der Empfang in Żółkiew war herzlich, aber auch von Trauer und Zorn überschattet. Die Tatsache, dass die Tataren es gewagt hatten, den Wagenzug beinahe in Sichtweite des Schlosses zu überfallen, ärgerte die dort stationierten Krieger so sehr, dass sie von ihrem Kommandanten einen Streifzug ins Tatarengebiet hinein forderten.

»Was meint Ihr, Osmański?«, fragte der Verwalter Adam.

»Genau darüber würde sich Azad Jimal Khan freuen. Er könnte seine Reiter zusammenrufen, Euren Trupp niedermachen und anschließend Żółkiew belagern. Ob es sich dann noch hält, könnte uns nur die Heilige Jungfrau vorhersagen. Auf jeden Fall würde Euch der König wenig Dank dafür wissen, wenn Ihr seinen Besitz durch eine vorschnelle Handlung in Gefahr brächtet.«

»Da hört ihr es!«, rief der Verwalter seinen Männern zu.

»Osmański hat leicht reden. Er kann jederzeit gegen die Tataren ziehen. Wir hingegen sollen uns hier die Ärsche platt sitzen und den Spott der Tataren ertragen«, antwortete einer seiner Offiziere heftig.

»Die Tataren, mit denen wir es heute zu tun hatten, werden gewiss nicht spotten – und Azad Jimal Khan auch nicht. Er hat über dreißig Reiter verloren. Und bei Gott, es werden nicht die Letzten sein!« Osmańskis Stimme klang so hart, dass einige Männer unwillkürlich die Köpfe einzogen.

Der Mann muss als Feind schrecklich sein, durchfuhr es Johanna. Auch sie ärgerte sich, denn seit sie in Żółkiew angekommen waren, hatte sich niemand um Karl und sie gekümmert. Sie standen in einer Ecke und sahen zu, wie aus hölzernen Böcken und Brettern Tische zusammengestellt wurden. Weiter hinten im Hof brieten Knechte große Fleischstücke auf einem Eisenrost, und in der Schlossküche wurden, wie sie gehört hatten, eine Menge Piroggen zubereitet. Bei dem Gedanken daran knurrte Johannas Magen. Sie hatte seit dem Morgen nichts mehr zu sich genommen, und auch da hatte es nur einen Napf dünner Suppe und eine Pirogge gegeben. Ihre Gedanken schweiften einige Augenblicke ab, und sie wurde erst wieder aufmerksam, als ihr und Karls Name fielen.

»Wie ich dem Brief Seiner Majestät entnehme, hat er Euch die Vormundschaft über die Enkel des alten Ziemowit Wyborski übertragen«, sagte der Verwalter eben.

Adam Osmański schnaubte und schüttelte den Kopf. »Ich weiß nicht, wie der König auf so einen Gedanken kommen konnte. Ich schütze in seinem Auftrag die Grenze. Wie soll ich da Kindermädchen für ein paar verzogene Bälger spielen?«

»Wir sind nicht verzogen!«, wandte Johanna mit ziemlicher Schärfe ein.

»Du hast zu schweigen, wenn Männer reden. Ich werde mich heute Abend um dich und deinen Bruder kümmern. Vorher will ich in Ruhe essen und mich nicht über euch ärgern müssen!«

Die Abfuhr war deutlich. Johanna gesellte sich mit zornrotem Kopf zu ihrem Bruder. »Was für ein aufgeblasener Affe!«, zischte sie.

»Ich würde das nicht so laut sagen. Osmański sieht nicht so aus, als würde er es so einfach hinnehmen«, warnte Karl sie. Doch auch er wusste nicht, weshalb ihr Vormund so harsch zu ihnen war.

Wenig später wurde das Essen aufgetragen. Um zu zeigen, dass sie sich nichts gefallen lassen wollte, nahm Johanna als eine der Ersten Platz. Karl folgte etwas zögernd, während Wojsław stehen blieb und damit Adam Osmańskis Aufmerksamkeit erregte.

»Du bist der Knecht dieser beiden Lümmel?«

Wojsław nickte ängstlich. »Ja, Herr.«

»Dann setz dich neben sie!«

Für Johanna war es eine Provokation, weil Wojsławs Platz beim Gesinde gewesen wäre. Wollte Osmański etwa ihr und ihrem Bruder zeigen, dass sie für ihn nicht mehr galten als ein Knecht? Sie hielt sich nur mit Mühe im Zaum und nahm sich vor, es diesem aufgeblasenen Kerl bei passender Gelegenheit zu zeigen.

Ein Schatten fiel über sie. Als sie aufschaute, erkannte sie Fadey. Der Kosak setzte sich neben sie, so dass für Wojsław der Platz an Karls Seite blieb. Als alle saßen, sprach Osmański das Tischgebet, griff sich ein großes Stück Schweinebraten und biss herzhaft hinein.

An Messer und Gabel gewöhnt, empfand Johanna dieses Verhalten als widerlich. Allerdings blieb auch ihr nichts anderes übrig, als beim Essen die Finger zu benützen, denn es gab kein Besteck. Karl tat sich damit leichter als sie, doch als sie den spöttischen Blick Osmańskis auf sich gerichtet sah, packte sie sich ein Rippenstück und riss es mit einem heftigen Ruck entzwei. Was du kannst, kann ich schon lange, besagte ihre Miene, als sie zu essen begann.

Becher mit Wein machten die Runde und wurden von Mann zu Mann weitergereicht. Auch zu Johanna kam einer, und es kostete sie beim Anblick des fettigen Rands alle Überwindung, um ihn nicht angeekelt fortzuwerfen. Mangels einer Serviette wischte sie eine Stelle mit ihrem Ärmel sauber und trank einen

Schluck, bevor sie den Becher an Karl weitergab. Auch er hielt sich beim Trinken zurück, während Osmańskis Reiter ausgelassen ihren Sieg über die Tataren feierten.

Schon bald klangen die ersten Lieder auf. Es waren einfache Weisen, die jedoch unter die Haut gingen. Nach einer Weile stupste der Mann, der neben Fadey saß, diesen an.

»Jetzt musst du etwas zum Besten geben!«

»Muss ich?«, fragte Fadey lachend und stand auf. »Wenn ihr es so wollt!«

Er atmete tief durch und begann zu singen. Seine Stimme war so gut, dass Johanna beeindruckt nickte. Nur verstand sie kaum etwas von dem Text. Sie wollte schon fragen, welche Sprache das sei. Da wies Osmański mit dem Zeigefinger auf sie.

»Hör gut zu, Jan Wyborski. Unser Land ist wie dieses Lied, wild und verwegen, und nichts für zwei Schulknaben wie euch!«

Unterdessen wurde Fadeys Lied immer schneller, und er begann, auf dem Hof zu tanzen. Johanna konnte kaum glauben, dass ein Mann solche Sprünge machen und gleichzeitig singen konnte. Gelegentlich lachte er, hüpfte mal auf einem, dann auf dem anderen Bein, und zog schließlich seinen Säbel. Die Klinge zuckte durch die Luft, so als würde er mit einem unsichtbaren Gegner fechten. Die anderen Reiter klatschten begeistert. Einer der Tataren aus Osmańskis Gefolge sprang auf den Tisch und tanzte dort zwischen den Schüsseln mit Braten und Piroggen.

»Wenn der Kerl in meinen Teller tritt, werde ich sauer«, fauchte Johanna.

Trotz des Gesangs und des allgemeinen Lärms hörte Osmański es und sah sie spöttisch an. »Ablay kann noch so betrunken sein, doch seine Füße haben Augen, und er weiß, wohin er sie setzen muss!«

»Und Eure Füße? Haben die auch Augen?«, fragte Johanna bissig.

»Mir reichen die Augen im Kopf«, antwortete Adam Osmański grinsend.

Johanna wollte etwas darauf sagen, doch da zog Karl sie am Ärmel. »Hör auf! So machst du unsere Lage nur noch schlimmer.«

»Schlimmer, als sie jetzt ist, kann sie wohl kaum noch werden«, zischte seine Schwester ihn an.

»Du wärst wohl lieber Schlossherrin auf Gunzberg?«, fragte Karl verärgert.

Diese Bemerkung ernüchterte Johanna, und sie senkte den Kopf. »Es tut mir leid! Du hast ja recht.«

Da stand Osmański auf. »Kommt mit! Ich will mit euch reden«, forderte er sie barsch auf.

Karl erhob sich und zog seine Schwester mit in die Höhe. Wohl fühlte er sich dabei nicht. Osmański hatte deutlich gezeigt, dass er in ihnen nur eine aufgezwungene Last sah, die er am liebsten sofort wieder loswerden würde. Nun führte er sie ins Schloss, trat dort in ein Zimmer und setzte sich auf den einzigen Stuhl. Die Zwillinge aber mussten wie gescholtene Kinder vor ihm stehen.

Osmański lehnte sich gemütlich zurück, schlug ein Bein über das andere und musterte Karl und Johanna mit durchdringenden Blicken. »Ihr behauptet, die Enkel von Ziemowit Wyborski zu sein?«

»Das sind wir«, antwortete Karl mit fester Stimme.

»Ich kannte seinen Sohn, aber der hatte keine Söhne«, klang es kalt zurück.

»Wir sagten doch bereits, dass wir die Kinder von Sonia Wyborska und eines deutschen Edelmanns sind!« Johannas Stimme nahm einen Tonfall an, als würde sie mit einem Schwachsinnigen sprechen, doch Osmański ging mit einer Handbewegung darüber hinweg.

»Dann tragt ihr einen deutschen Namen.«

Karl nickte. »Ja, wir hießen von Allersheim! Doch wir haben uns nach dem Tod unseres Vaters mit unserem Halbbruder zerstritten und daher den Namen der Familie unserer Mutter angenommen!«

»Ihr seid also Sonia Wyborskas Söhne?« Osmańskis Blick ruhte forschend auf Johanna.

»Sie ist unsere Mutter«, erklärte diese mit Nachdruck.

»Wenn Ihr unsere Papiere sehen wollt?« Karl zog die lederne Hülle mit den von ihm gefälschten Pässen hervor und reichte sie Osmański. Dieser las sie durch und sah beide erneut mit einem durchdringenden Blick an.

»Ihr seid also Karl und Johann von Allersheim und nennt euch Karol und Jan Wyborski!«

»Ich sehe, dass Ihr lesen könnt«, entfuhr es Johanna.

Ihr Bruder zwickte sie in den Arm. Lass das!, besagte die Geste.

Osmański las die Pässe noch einmal durch und reichte sie Karl zurück. »Der König weist mich an, Krieger aus euch zu machen. Er hätte euch besser seiner Gemahlin als Pagen überlassen sollen.«

Der Meinung war Johanna mittlerweile auch. Da der Wille Jans III. sie und Karl zu diesem unmöglichen Menschen geführt hatte, blieb ihnen jedoch nichts anderes übrig, als das Beste daraus zu machen.

»Wie dem auch sei«, fuhr Osmański fort. »Ich habe euch jetzt am Hals. Am liebsten würde ich euch hier in Żółkiew lassen, doch der Verwalter kennt den Befehl ebenfalls. Ich muss euch daher in meine Schar aufnehmen. Eines aber sage ich euch gleich! Ihr seid die Jüngsten und damit die Letzten meiner Reiter. Auf eure Verwandtschaft zu mir braucht ihr nicht zu hoffen. Sie ist zu weitläufig, als dass ich euch verpflichtet wäre. Daher werdet ihr mir und allen ranghöheren Reitern gehorchen. Habt ihr verstanden?«

Karl würgte ein »Ja!« heraus, während Johanna die Lippen fest zusammenpresste, damit ihr keine Worte entschlüpften, die ihre und Karls Lage noch verschlimmern konnten.

»Und was ist mit dir, Jan Wyborski?«, fragte Adam mit einem seltsam musternden Blick. »Wirst du gehorchen?«

Johanna hätte ihn am liebsten angeschrien, dass er sich zum Teufel scheren sollte. Da sie jedoch mit Trotz nicht weiterkam, nickte sie.

»Ich werde gehorchen, wenn ich die Befehle als sinnvoll erachte!«

»Keine Einschränkungen!«, erwiderte Adam. »Entweder du befolgst die Befehle, oder du wirst den Stock auf deinem nackten Hinterteil spüren.«

Unwillkürlich langte Johanna sich an ihr Gesäß und brachte Adam damit zum Lachen.

»Genauso ist es! Seid froh, dass ihr noch halbe Kinder seid. Einen meiner Reiter würde ich bei Befehlsverweigerung erschießen.«

Johanna wurde blass. Es war etwas anderes, selbst im Gefecht zu stehen und um sein Leben zu kämpfen, als daran zu denken, dass jemand wegen eines einzigen, lächerlichen Befehls getötet werden konnte.

»Was sind unsere Pflichten bei Euren Reitern, Herr Osmański?«, fragte Karl mit einem Knoten im Magen.

»Im Allgemeinen kümmern sich meine Reiter selbst um ihre Tiere, aber mein Ross und das von Fadey werdet ihr versorgen. Das heißt, ihr werdet sie füttern, striegeln und putzen. Das Gleiche ist mit unseren Sätteln und unseren Stiefeln …«

»Mit den Euren sollten wir am besten gleich anfangen, so schmutzig, wie sie sind«, zischte Johanna.

Adam lachte erneut. »Das kannst du tun, wenn wir in unserer Festung sind. Derzeit sieht es jedoch so aus, als würden wir sie noch einige Tage lang nicht sehen. Vielleicht haben Azad Jimal Khans Tataren sie auch schon niedergebrannt.«

»Ihr führt, wie ich sagen muss, ein gefährliches Leben«, spottete Johanna.

»Das Eure wird in Zukunft nicht weniger gefährlich sein! Auch deshalb müsst ihr gehorchen. Tut ihr es nicht, kann es euch, aber auch meine Reiter das Leben kosten.« Diesmal klang Adams Stimme wie ein Peitschenhieb.

»Das sehe ich ein«, sagte Karl.

»Wie es aussieht, hast du Verstand – im Gegensatz zu deinem nichtsnutzigen Bruder. Wie alt soll er sein, genauso alt wie du?«

»Wir sind Zwillinge, Herr, auch wenn wir nicht gleich aussehen«, erklärte Karl.

Adam stand auf, trat auf Johanna zu und fasste sie am Kinn. »Du solltest zusehen, dass du Muskeln bekommst. Sonst wird man dich eher für ein Mädchen halten!«

Johanna funkelte ihn an, wagte aber nichts zu sagen. Gleichzeitig fragte sie sich, wo das alles noch enden würde.

Adam war jedoch noch nicht fertig. »Als Jüngste in meiner Schar habt ihr auch zu kochen. Wenn wir unterwegs sind, reicht es, wenn ihr Holz und Gras für das Lagerfeuer sucht, da jeder Reiter sein eigenes Essen zubereitet. In unserer Festung werdet ihr jedoch für alle kochen!«

»Ich glaube nicht, dass ich ein besonders geschickter Koch bin«, wandte Karl ein.

»Ihr werdet es schon lernen!« Adam ließ Johanna los und ging zur Tür.

Da klang Johannas Stimme auf. »Was ist mit Wojsław? Darf er bei uns bleiben?«

»Er soll euch helfen, eure Pflichten zu erfüllen. Wälzt aber nicht zu viel Arbeit auf ihn ab. Ihr seid hier nicht in eurer deutschen Heimat. Das hier sind die wilden Felder, und sie tragen diesen Namen nicht zum Spaß!«

Mit dieser Bemerkung verließ Adam die Kammer, und die Zwillinge blieben allein zurück.

18.

Als Karl wenig später eine Magd sah, trat er auf sie zu und lächelte. »Verzeih, aber ich brauchte dringend etwas Leinwand!«

»Sprecht mit der Wirtschafterin. Sie wird Euch gewiss einen Ballen geben«, antwortete die Frau.

»Ich brauche nur ein wenig und will die Mamsell deshalb nicht stören. Kannst du mir nicht einen oder zwei Streifen besorgen? Es soll nicht umsonst sein!« Karl zog zwei kleine Münzen aus der Tasche und hielt sie der Magd hin. Diese überlegte kurz und nickte dann.

»Kommt mit!«

Erleichtert folgte Karl ihr in ein Zimmer am Ende des Flurs. Dort kramte die Magd in einem Schrank herum und holte ein Stück Leinwand heraus. Es war bereits ein wenig verschossen, aber sauber.

»Das kann ich Euch geben«, erklärte die Magd. »Wenn Ihr bessere Leinwand haben wollt, müsst Ihr Euch an die Wirtschafterin wenden.«

»Das reicht mir vollkommen. Hab Dank!«, sagte Karl und reichte ihr das Geld. Da er nicht wollte, dass Osmański und dessen Reiter das Tuch sahen, faltete er es zusammen und steckte es unter seinen Mantel. Danach bedankte er sich noch einmal bei der Magd und verließ den Raum.

Wenig später trat er auf den Hof und suchte seine Schwester. Er fand Johanna im hintersten Eck. Sie saß dort zusammen mit Wojsław auf einer alten Pferdedecke und starrte mit trotziger Miene vor sich hin.

»Ich habe etwas Leinwand bekommen«, sagte er leise zu ihr. »Ich hoffe, sie genügt dir.« Mit den Worten zog er das Bündel unter seiner Weste hervor und reichte es ihr.

Johanna nahm sie mit einem dankbaren Lächeln entgegen. »Gut gemacht! Wir müssen sie jetzt so aufteilen, dass jeder von uns ein Stück in seinen Mantelsack stecken kann. Dann sieht es so aus, als hätten wir sie mitgenommen, um Wunden verbinden zu können.« Sie hatte es kaum gesagt, da klang Fadeys Stimme auf.

»He, ihr drei da! Sattelt eure Pferde. Wir wollen aufbrechen!«

»Gestern war er freundlicher zu uns«, sagte Johanna mit einem leisen Schnauben.

»Da hatte Osmański noch nicht gesagt, dass wir jedem seiner Reiter gehorchen müssen.«

»Es ist Gesindel«, erklärte Johanna verächtlich, »aufgelesen in der Steppe und mit einem Anführer, den Gott verdammen möge!«

»Wir sind noch über drei Jahre auf ihn angewiesen«, wandte Karl ein.

»Nicht mehr ganz, Bruderherz. Wir sind während der Reise achtzehn geworden, haben aber nicht daran gedacht.«

»Irgendwie war es auch nicht wichtig«, meinte Karl.

Seine Schwester lachte kurz auf. »Von jetzt an ist jeder Tag wichtig. Ich werde an dem Tag jubeln, an dem wir Osmańskis Bande ledig sind!«

Karl blieb nicht die Zeit, zu antworten, denn Fadey trieb sie an, schneller zu machen.

»So ein elender Hund!«, zischte Johanna leise, zog ihren Dolch und teilte die Leinwand in zwei Hälften. Eine reichte sie Karl, die andere steckte sie selbst ein.

Unterdessen hatte Wojsław den Pferden die Satteldecken aufgelegt und wollte Johannas Wallach satteln. Johanna nahm ihm den Sattel ab und wies mit dem Kinn auf sein eigenes Pferd.

»Kümmere dich darum! Karl und ich werden schon selbst fertig.«

»Habt Dank!« Wojsław hatte Angst, von Osmański und dessen rauhen Reitern geschlagen zu werden, wenn er nicht rasch genug fertig war.

Johanna rückte den Sattel auf dem Rücken des Wallachs zurecht, schloss den Sattelgurt und befestigte den Mantelsack hinter dem Sattel. Als sie auf dem Pferd saß, funkelte sie Fadey herausfordernd an. »Wie du siehst, bin ich fertig. Aber du bist es nicht!«

Fadey ließ den Sattelgurt los, den er eben hatte schließen wollen, und kam auf sie zu. »Glaube nicht, dass du mit deiner Frechheit weit kommst, Bürschchen! Wenn du es zu arg treibst, wird meine Peitsche dich Demut lehren!«

»Versuche es, und du wirst dem Teufel ein willkommener Gast sein!« Johannas Rechte glitt zum Pistolengriff, und ihre funkelnden Augen zeigten deutlich, dass sie die Waffe einsetzen würde.

»Lass die beiden, Fadey!«, rief Osmański seinem Unteranführer zu. »Sie werden in der Steppe schon lernen, was es heißt, mit Männern zu reiten.«

Mit einem verächtlichen Schnauben wandte der Kosak sich ab, zog den Gurt seines Hengstes zu und stieg in den Sattel.

»Wohin geht es, Hauptmann?«

»Wir halten erst einmal nach Süden auf die Grenze zu«, antwortete Osmański. »Fünf Männer sollen ausschwärmen und spähen. Es würde mich wundern, wenn Azad Jimal Khan seine Leute im Lager lässt.«

»Mich auch!«, antwortete Fadey und lenkte sein Pferd an Osmańskis Seite.

Der gesamte Trupp ritt jetzt an. Johanna, Karl und Wojsław mussten jedoch warten, bis alle den Torbogen des Schlosses passiert hatten. Erst dann durften auch sie aufbrechen und merkten bald, dass es nicht gerade angenehm war, hinter den anderen zu reiten. Der von den Pferdehufen aufgewirbelte Staub setzte sich auf ihren Kleidern, Gesichtern und Händen fest, und sie sahen daher schon bald aus, als hätte man einen Mehlsack über ihnen ausgeleert.

Zu Mittag machten die Reiter nur kurz Rast und aßen von den aus Żółkiew mitgebrachten Vorräten. Johanna hätte sich ein wenig Wasser gewünscht, um Gesicht und Hände waschen zu können. Sie hatte jedoch in ihrer Wut über Osmański vergessen, ihre Wasserflasche zu füllen. Als Karl dies sah, reichte er ihr seine Flasche.

Da Osmańskis Reiter ihr Essen verschlangen, ohne sich die Hände oder das Gesicht zu reinigen, schüttelte Johanna bedauernd den Kopf. »Danke, aber es würde auffallen. Was für ein wüster Haufen!«

Seufzend steckte sie ein Stück Speck in den Mund und kaute darauf herum. Karl zögerte, öffnete dann aber seine Flasche und ließ etwas Wasser auf seine Hände träufeln. Als Fadey es bemerkte, lachte er.

»Wir sind hier nicht mehr in jenen Landen, in denen geziertes Betragen wichtig ist, sondern hier sind Mut und ein starker Schwertarm gefragt.«

Johanna ärgerte sich am meisten darüber, dass einige Reiter ihren Bruder auslachten. Als sie jedoch Karl anschaute, zwinkerte er ihr zu, und sie begriff, dass er es extra getan hatte, um von ihr abzulenken. Oh, Bruder, ich liebe dich so!, dachte sie, und ihr kamen beinahe die Tränen. Karl und sie hatten Hunderte von Meilen in der Hoffnung zurückgelegt, hier in Polen Schutz und Sicherheit zu finden. Stattdessen waren sie an Osmański geraten, der sein Pferd besser behandelte als sie.

19.

Kurz vor dem Abend kehrten zwei Späher zurück. Osmański hob die Hand, um die Truppe zum Halt zu bringen, und sah die beiden Reiter fragend an.

»Es ist so, wie Ihr es Euch gedacht habt, Hauptmann. Jimal Khans Tataren haben mehrere Dörfer überfallen und treiben nun ihre Gefangenen in Richtung Grenze«, meldete einer der Späher.

»Wie weit sind sie vor uns?«, fragte Adam.

»Etliche Meilen. Wir werden sie kaum vor der Grenze einholen können!«

Adam überlegte kurz und drehte sich dann zu seinen Reitern um. »Wir reiten die Nacht durch! Dann müssten wir es schaffen.«

»Gut! Weiter!«, rief Fadey und trabte an.

Adam übernahm wieder die Spitze und gab das Tempo vor. Johanna und Karl blieb nichts anderes übrig, als dem Trupp zu folgen. Schon bald waren sie von dem raschen Ritt erschöpft, und sie wussten, dass es Wojsław nicht anders erging. Doch hier in diesem Land, in dem der Horizont schier endlos erschien und nur selten ein Baum oder eine Buschgruppe die Eintönigkeit des Graslands unterbrach, waren sie allein verloren.

Zudem kämpfte Johanna mit einem weiteren Problem. Sie

musste sich dringend erleichtern, wagte es aber nicht, einfach abzusteigen und die Hosen vor allen anderen herabzuziehen. Sie schwitzte bereits, als sie an ein paar Büschen vorbeikamen, die halbwegs Deckung boten. Rasch reichte sie Karl die Zügel, rutschte vom Pferd und verschwand zwischen den Zweigen.

Osmańskis Trupp ritt weiter, ohne den bei dem Gebüsch zurückbleibenden Zwillingen auch nur einen Blick zu gönnen. Mit einer gewissen Anspannung sah Karl ihnen nach und wandte sich dann Wojsław zu, der ebenfalls angehalten hatte.

»Reite weiter! Wir holen euch schon ein.«

Der Junge nickte und kitzelte seinen Wallach mit den Sporen. Das Tier war ausdauernd, aber nicht besonders schnell, und so dauerte es eine Weile, bis er den Trupp wieder erreicht hatte.

Endlich kam Johanna aus dem Gebüsch und stieg in den Sattel. Als sie losritten, fuhr es Karl durch den Kopf, dass er die Gelegenheit hätte nutzen können, um Wasser zu lassen. Nun aber musste er warten, bis es wieder möglich war.

Sie brauchten beinahe eine Stunde, um wieder zur Truppe aufzuschließen. Als sie es endlich geschafft hatten, troffen ihre Pferde vor Schweiß, und sie hätten sich gewünscht, die Tiere ausruhen zu lassen. Adam strebte jedoch unbeirrt weiter.

Mitternacht kam und ging vorüber. Zum Glück schien der Mond hell genug, so dass sie ihre Umgebung erkennen konnten. Nach einer Weile schlug Osmański einen Bogen, und seine Reiter folgten ihm. Um ihre Pferde zu schonen, wollten Johanna und Karl den Weg abkürzen, doch kaum hatten sie sich zwanzig Schritt von der Truppe entfernt, hallte Adams Stimme wie ein Peitschenschlag über die nächtliche Steppe.

»Halt, ihr Narren!«

Unwillkürlich zügelten die Zwillinge und Wojsław ihre Pferde. Adam wandte sein Pferd und kam im Bogen auf sie zugeritten.

»Ihr habt bei der Truppe zu bleiben, verstanden!«, herrschte er die drei an. »Ihr werdet nur dann ausscheren, wenn ich es euch befehle!«

»Unsere Pferde sind erschöpft«, erwiderte Johanna. »Wir wollten ihnen nur diesen unnützen Weg ersparen!«

»Du nennst diesen Weg unnütz? Dann komm mit und sieh selbst!«

Adam entriss ihr die Zügel und ritt in die Richtung, die Karl und sie eingeschlagen hatten. Nach weniger als fünfzig Schritten hielt er an und wies mit der Linken auf den schwarzen Schlund, der kurz vor der Stelle endete, die seine Männer eben umritten hatten.

»Das hier ist eine Schlucht. Sie zieht sich von hier meilenweit durch das Land, und ich kann euch versichern, sie ist sehr tief. Selbst am Tag ist sie für einen unaufmerksamen Reiter eine Gefahr. Jetzt in der Nacht wärt ihr hineingestürzt, ohne sie überhaupt zu bemerken!« Damit warf Adam Johanna wieder die Zügel zu und ritt ohne ein weiteres Wort weiter.

Die Zwillinge folgten ihm kleinlaut und waren schließlich froh, als er zwei Meilen weiter endlich den Befehl zur Rast erteilte. Johanna rutschte schwerfällig aus dem Sattel und setzte sich hin.

»Ist es schlimm?«, fragte Karl.

»Nein«, antwortete sie. »Mir tut nur jeder Knochen einzeln weh!«

»Das tut mir leid.«

»Du kannst ja nichts dafür, sondern er!« Johanna bedachte Adam mit einem vernichtenden Blick und kämpfte sich wieder auf die Beine.

»Ruht euch ein wenig aus. Beim Morgengrauen geht es weiter«, befahl Adam seinen Leuten und zog ein Stück Trockenfleisch aus der Tasche.

Auch Johanna kaute auf einem zähen Fleischstück herum. Diesmal lehnte sie Karls Wasserflasche nicht ab, sondern trank gierig, bis die Flasche leer war. Als ihr klarwurde, dass Karl noch nichts getrunken hatte, schämte sie sich.

»Es tut mir leid, ich ...«

»Ist schon gut«, antwortete ihr Bruder. Da streckte Wojsław ihm seine Flasche hin.

»Trinkt ruhig, Herr Karl. Ich hatte schon genug!«

»Bist ein braver Bursche, Wojsław«, antwortete Karl und nahm die Flasche entgegen. Obwohl auch ihn der Durst quälte, beherrschte er sich und trank nur ein paar Schlucke.

Wenig später war Johanna eingeschlafen, wurde aber durch einen Stoß geweckt. Als sie die Augen öffnete, sah sie im ersten Morgenlicht Adam vor sich stehen. Trotz der Dunkelheit war ihm eine gewisse Besorgnis anzumerken.

»Macht eure Pistolen schussfertig!«, befahl er. »Allerdings werdet ihr euch hinter meinen Leuten halten und nur dann kämpfen, wenn ein Tatar zu euch durchbricht. Habt ihr verstanden?«

Während Karl nickte, blitzten Johannas Augen rebellisch auf. »Wozu brauchen wir unsere Pistolen, wenn wir nicht kämpfen sollen?«

»Wenn ein Tatar zu euch durchbricht, werdet ihr froh sein, wenn ihr schießen könnt. Und nun beeilt euch! Es geht gleich weiter.« Damit drehte Adam sich um und ging.

Johanna fauchte leise. »Was für ein Mensch!«

»Du solltest ihm dankbar sein, dass er uns nicht in Gefahr sehen will«, antwortete Karl und fing sich dafür einen missbilligenden Blick seiner Schwester ein.

20.

Sie ritten nun um einiges schneller, und Johanna war froh, dass sich ihr Pferd während der kurzen Rast ein wenig erholt hatte. Dennoch trauerte sie ihrer Stute nach, die sie in Allersheim hatte zurücklassen müssen. Deren Schritt war leichter gewesen als der des klobigen Wallachs und hätte sie nicht so erschöpft.

Mit wachsendem Ärger blickte sie nach vorne. Im Osten stieg die Sonne wie ein glühender Ball über dem Horizont empor und tauchte die Steppe in ein rotes, Unheil verheißendes Licht. Osmański schien es nicht zu kümmern. Er stellte sich im Sattel auf und winkte jemandem, den Johanna nicht sehen konnte. Erst als ein Reiter heranpreschte, erkannte sie, dass es sich um einen der Späher handelte, die Osmański ausgeschickt hatte. Was dieser dem Hauptmann berichtete, konnte sie zu ihrem Ärger nicht verstehen.

Auf jeden Fall schien die Nachricht ihrem Vormund zu gefallen, denn er hob die geballte Rechte in die Höhe und verschärfte das Tempo. Seine Reiter hielten jetzt nicht mehr ihre Formation, sondern schwärmten aus.

»Wie es aussieht, geht es bald los«, mutmaßte Karl.

»Ich sehe nichts«, antwortete Johanna und stellte sich in den Steigbügeln auf. »Nichts, gar nichts«, wiederholte sie, zuckte dann aber zusammen. »Ein Stück vor uns sind Pferde, Reiter, aber auch viele Leute zu Fuß!«

»Die Tataren und ihre Gefangenen! Gebe Gott, dass wir sie befreien können«, rief Karl und gab seinem Wallach die Sporen. Es war vergebene Liebesmüh. Weder sein Pferd noch das von Johanna oder Wojsław vermochten den flinken Tieren der anderen Reiter zu folgen, und sie fielen immer weiter zurück.

»Schneller, du Mähre!«, schrie Johanna ihren Wallach an.

»Wenn Osmańskis Reiter nicht alle Tataren aufhalten können, geht es uns an den Kragen!«

Es war eine Anklage gegen ihren Vormund, die ihr Bruder nicht so einfach hinnehmen wollte. »Die Reiter galoppieren eng genug, um keinen Tataren durchzulassen. Außerdem wenden die sich bereits zur Flucht.«

Jetzt sah Johanna es auch. Die Gefangenen wurden von etwa fünfzig Tataren eskortiert. Von denen hatte keiner Lust, sich Osmańskis doppelt überlegener Schar zu stellen. Als zwei Tataren versuchten, Gefangene zu töten, schlug ihnen Pistolenfeuer entgegen. Obwohl auf äußerste Entfernung geschossen, trafen die Kugeln, und ein Tatar sank aus dem Sattel. Der zweite riss sein Pferd herum und versuchte noch zu entkommen. Es war jedoch zu spät. Osmański sprengte heran und schlug mit dem Säbel zu. Die übrigen Tataren hatten früh genug Fersengeld gegeben und entkamen, da ihnen die erschöpften Pferde der polnischen Reiter nicht folgen konnten.

»Das ging aber rasch!«, rief Karl mit einer gewissen Bewunderung.

Johanna nickte mit verkniffener Miene. »Wie es aussieht, fürchten die Tataren Osmański und seine Reiter.«

»Jedenfalls hat sich keiner von ihnen in unsere Richtung gewandt«, fuhr Karl fort und trabte auf die befreiten Dorfbewohner zu, die kaum glauben konnten, dass sie gerettet waren.

»Habt tausend Dank!«, rief eine junge Frau unter Tränen. »Möge die Heilige Jungfrau von Zamość Euch segnen, hoher Herr!« Obwohl noch an den Händen gefesselt, fasste sie nach Osmańskis Mantel und presste ihre Lippen dagegen.

»Lass das!«, fuhr Adam sie an. »Und ihr macht, dass ihr den Leuten die Fesseln durchschneidet. Wir haben nicht viel Zeit! Oder glaubt ihr, Azad Jimal Khan tanzt vor Freude, weil wir seinen Leuten die Gefangenen weggenommen haben?«

Karl war nahe genug an ihn herangeritten, um eine Frage stellen zu können. »Glaubt Ihr, dass die Tataren versuchen, uns abzufangen?«

Mit einer lässigen Bewegung drehte Adam sich zu ihm um. »Versuchen werden sie es gewiss. Deswegen sollten wir schauen, dass sie ins Leere reiten.« Mit einem wölfischen Grinsen wandte er sich an seine Männer. »Setzt alle, die zu schwach zum Laufen sind, auf die Pferde.«

»Sollen wir vielleicht nebenherlaufen?«, fragte einer der Männer.

Adam warf ihm einen spöttischen Blick zu. »Es wird dir gewiss nichts schaden – und den anderen auch nicht. Also runter von den Gäulen!«

Es dauerte einen Augenblick, bis Johanna begriff, dass dieser Befehl auch ihr, Karl und Wojsław galt. Sie glitt müde vom Pferd und sah mit verbissener Miene zu, wie Adam eine junge, recht hübsche Frau auf ihren Wallach hob. Dabei war sie selbst nicht weniger erschöpft als diese. Zum ersten Mal bedauerte sie ihren Entschluss, sich als Junge auszugeben. Für die Flucht war es notwendig gewesen, doch spätestens in Warschau hätte sie dieses Spiel beenden müssen. Es jetzt unter diesen rauhen Männern und vor ihrem übellaunigen Vormund zu tun, war jedoch unmöglich. Plötzlich bekam sie Angst vor dem, was noch auf sie zukommen mochte, hob dann aber in einer stolzen Geste den Kopf. Sie würde sich weder ducken noch brechen lassen. Immerhin war sie nicht allein, denn sie konnte auf Karl bauen und auch auf Wojsław. Mit deren Hilfe würde sie auch Adam Osmański eine lange Nase drehen.

Mit diesem Entschluss fasste sie die Zügel des Wallachs und reihte sich in die Truppe ein. Neben ihr ging Karl, und auf dessen Pferd saß ein halbwüchsiges Mädchen, das einen kleinen Jungen umklammerte. Auf Wojsławs Pferd saß ebenfalls ein

Mädchen. Es war kaum jünger als ihr Knecht und strahlte vor Freude, aus den Händen der Tataren gerettet worden zu sein.

»Es war ein guter Tag«, meinte Johanna zu Karl. »Wir haben den Tataren erneut gezeigt, dass mit uns nicht gut Kirschen essen ist.«

Fadey, der es zufällig hörte, begann schallend zu lachen. »Hört euch diesen Säugling an!«, rief er, nachdem er sich ein wenig beruhigt hatte. »Tut so, als hätte er die ganzen Tataren in eigener Gestalt vertrieben!«

»Natürlich habt ihr anderen auch ein wenig dazu geholfen«, antwortete Johanna großzügig.

»Jüngelchen, bevor du als Krieger ernst genommen werden willst, solltest du noch um eine Handspanne wachsen«, spottete Fadey.

»Mein Bruder und ich haben unser achtzehntes Jahr vollendet«, erklärte Johanna von oben herab.

»Es kommt nicht auf die Jahre an, sondern auf das Aussehen, und da könnte man dich eher für zwölf halten!« Nach diesen Worten gab Fadey, der niemanden auf seinen halbwilden Hengst hatte setzen müssen, dem Gaul die Sporen und sprengte lachend davon.

»Auch du wirst dich noch wundern«, murmelte Johanna und sah ihren Bruder an. »Wir werden diesen Kerlen zeigen, wie tapfer wir sind!«

Karl musterte sie mit einem missbilligenden Blick, denn sie hörte sich an, als wollte sie ihr Täuschungsspiel auch in Osmańskis Schar weiterführen. Da dies seiner Meinung nach unmöglich war, fragte er einen Krieger, ob ihr Vormund verheiratet wäre.

»Natürlich nicht«, antwortete der Mann.

»Aber er hat gewiss eine Mutter?«, fragte Karl weiter.

»Habe gehört, dass sie irgendwo weiter im Westen leben soll.

Gesehen habe ich sie jedoch noch nie. Dabei bin ich bei Osmański, seit er vom König den Auftrag erhalten hat, die Grenze zu schützen.«

»Aber es muss doch Frauen in eurem Lager geben?«

»Sticht dich der Hafer, Kleiner? Das solltest du schnell wieder vergessen. Bei uns gibt es keine Weiber. Wir sind Osmańskis Reiter. Wenn es einen von uns juckt, reiten wir in eines der Dörfer. Dort ist so manche Schöne bereit, uns die Nacht zu versüßen. Dein Bruder und du, ihr seid dafür noch zu jung. Erst müsst ihr euren Wert als Krieger beweisen.«

Karl hörte ihm mit wachsendem Entsetzen zu. Wie es aussah, würde Johanna nichts anderes übrigbleiben, als sich Osmański anzuvertrauen. Doch dass sie dazu bereit war, hielt er für sehr unwahrscheinlich.

Dritter Teil

Die wilden Felder

I.

Johanna sah sich sorgfältig um, doch in der kleinen Festung war alles in Ordnung. Die Dächer waren mit Grassoden bedeckt und wurden feucht gehalten, um Schutz gegen Brandpfeile zu bieten. Auf den vier Ecktürmen ragte je die Mündung einer kleinen Kanone aus ihrer Schießscharte, und die Palisade bestand aus festen Baumstämmen, die Osmański von Żółkiew hatte hierherbringen lassen. Eigentlich hätte Johanna mit dem Zustand der Anlage zufrieden sein können. Irgendetwas gefiel ihr jedoch nicht, ohne dass sie es hätte benennen können.

Unwillkürlich dachte sie an ihre Anfangszeit an diesem Ort zurück. Zunächst hatten Karl, Wojsław und sie die Nächte in einem der vier Schlafhäuser verbringen müssen, in denen die Reiter untergebracht waren. Dabei hatte sie gelernt, dass nicht die Angst vor Entdeckung das Schlimmste war, sondern das Schnarchen und Furzen der Männer. Nach vier Wochen hatte Osmański sie und Karl herausgeholt und ihnen mit dem Hinweis auf ihre Verwandtschaft je eine kleine Kammer in dem Gebäude zugewiesen, das er selbst bewohnte. So war sie dem Lärm und den Ausdünstungen der Männer entronnen, musste sich dafür aber vor Osmańskis scharfen Augen hüten. Er mochte ungehobelt sein, aber er war kein Dummkopf. Außerdem war er, wie sie widerwillig zugeben musste, ein sehr guter Anführer. Seit Karl und sie vor gut einem Jahr hierhergekommen waren, hatte er viermal einen Angriff tatarischer Horden zurückgeschlagen und ihnen drei weitere Male ihre Gefangenen abgenommen.

Sie selbst war nur ein Mal dabei gewesen, weil Osmański beim nächsten Aufbruch erklärt hatte, aufgrund ihrer mangelnden Körpergröße wäre sie kein gleichwertiger Gegner für einen Tataren. Anders als sie ritt Karl bereits seit einigen Monaten in

Osmańskis Schar. Bei dem Gedanken blickte Johanna sich nach ihrem Bruder um. Er war in dem Jahr noch einmal ein ganzes Stück gewachsen, so dass sie ihm nur noch knapp über das Kinn reichte. Nur ihr kurzes Haar, ihr zum Glück noch immer recht kleiner Busen sowie ihr burschikoses Auftreten verhinderten, dass man sie als Mädchen entlarvte.

»Seid ihr so weit?« Osmańskis Stimme hallte scharf über den Platz und erinnerte Johanna daran, dass sie auch diesmal nicht mitreiten durfte. Die Reiter antworteten ihm, und sie hörte dabei auch Karls fröhliches »Ja!«.

»He, Jan! Zum Teufel, wo bleibst du?«, rief Osmański.

Johanna stolperte vorwärts. »Ich bin hier, Hauptmann!«

Osmańskis Hengst schnaubte und drehte sich um die eigene Achse. »Willst du wohl stillstehen«, herrschte ihn sein Reiter an und wandte sich dann Johanna zu. »Wir reiten diesmal auf Patrouille an der Grenze und werden eine Woche ausbleiben. Du bleibst mit dem Rest der Männer hier und hältst die Augen offen. Nicht, dass Azad Jimal glaubt, meine Abwesenheit ausnützen und unsere Festung niederbrennen zu können.«

»Wir werden achtgeben, Hauptmann!«

Johanna ärgerte sich über seinen belehrenden Ton, denn sie wusste selbst, was zu tun war. Immerhin war sie die meiste Zeit hiergeblieben und hatte von Osmańskis früherem Unteroffizier Jaroslaw viel gelernt. Der alte Mann war vor zwei Wochen gestorben, und nach längerem Überlegen hatte der Hauptmann ihr seinen Posten übertragen. Er hätte zwar lieber den einbeinigen Veteranen Leszek Ślimak damit beauftragt, doch der hatte abgelehnt, und von den anderen war keiner in der Lage, die Zurückbleibenden zu kommandieren. Osmański hätte entweder seinen Stellvertreter Fadey oder den erst vor kurzem zur Truppe gestoßenen Ignacy Myszkowski hierlassen müssen, und das wollte er nicht.

Während Johanna all diese Dinge durch den Kopf gingen, musterte Adam sie kurz und zog sein Pferd herum. Als er anritt, kam Fadey an seine Seite. Die anderen Reiter folgten ihm, darunter auch Karl. Er winkte seiner Schwester noch kurz zu und passierte das Tor.

Johanna stieg auf den nächstgelegenen der vier Türme und sah hinter der Schar her. Mittlerweile war ihr klar, dass sie den Wert der Männer nicht an ihrer nachlässigen Kleidung messen durfte. Die Kerle mochten rauhbeinig und nicht leicht zu führen sein, waren aber gute Kämpfer und würden Osmański bis in die Hölle folgen.

»Jetzt sind sie wieder unterwegs, und wir müssen zurückbleiben wie lahme Gäule«, sagte Leszek Ślimak, dem Ziemowit Wyborski nach einem Pfeiltreffer und der anschließenden Blutvergiftung den linken Unterschenkel hatte amputieren lassen müssen. Nun war er auf ein klobiges Holzbein und eine Krücke angewiesen. Das hatte ihn jedoch nicht gehindert, zu Johanna hochzusteigen.

»Ja, sie sind unterwegs. Möge die Heilige Jungfrau von Zamość sie behüten!« ... vor allem meinen Bruder, setzte Johanna für sich hinzu.

Leszek nickte mit verkniffener Miene. »Unser Hauptmann wird den Tataren schon ein Liedlein singen, Kleiner. Osmański liegt denen schwer im Magen, hat Fadey erzählt, als er letzte Woche aus Zamość zurückgekehrt ist. Sogar der Sultan in Konstantinopel soll Sodbrennen bekommen, wenn er den Namen Osmański hört. Fadey meinte lachend, der Großtürke habe einhundert Złoty auf seinen Kopf ausgesetzt!«

»Dann ist der Sultan aber arg geizig«, antwortete Johanna lachend. »Jeder unserer Reiter ist allein schon mehr wert!«

»Spätestens, wenn die Unsrigen den Tataren wieder eins kräftig zwischen die Hörner geben, wird diese Summe sich erhöhen. Fadey hat erzählt, dass der Sultan sogar einen seiner Vertrauten zu Azad Jimal Khan geschickt hat, damit dieser ihm raten soll, wie er unseren Osmański loswerden kann. Wird dem vornehmen Türken hart ankommen. Der ist es gewiss nicht gewohnt, in einer Jurte zu schlafen und Stutenmilch zu trinken.«

»Du weißt so viel, Leszek. Wieso habe ich nichts davon erfahren?«, fragte Johanna verwundert.

»Fadey hat es in unserer Unterkunft erzählt. Da du nicht mehr dort schläfst, hast du es nicht mitbekommen.«

»Weiß Osmański es?« Johanna wusste selbst nicht, weshalb sie diese Frage stellte. Immerhin war Fadey der engste Vertraute ihres Anführers.

»Fadey wird es ihm gewiss gesagt haben«, antwortete Leszek und blickte über das flache, schier endlose Land, in dem nur wenige Buschgruppen Abwechslung boten. »Die Tataren haben schon lange nicht mehr versucht, die Festung zu stürmen. Hoffe nicht, dass sie die Abwesenheit unserer Reiter ausnützen wollen.«

»Wenn sie es versuchen, werden wir sie zurückschlagen«, sagte Johanna entschlossen. »Du hast zwar ein Bein verloren, bist aber an deiner Kanone immer noch der Beste!«

Leszek grinste geschmeichelt. »Werde ihnen schon einheizen, wenn sie kommen! Aber die anderen werden ihnen ebenfalls gehacktes Blei zu fressen geben.«

Johanna nickte, obwohl sie sich sagte, dass die zwanzig Verwundeten und Veteranen, die Osmański außer ihr, Wojsław und Leszek hier zurückgelassen hatte, dem entschlossenen Angriff einer größeren Tatarenhorde kaum würden standhalten können.

»Wir sollten alles vorbereiten, um uns verteidigen zu können«, sagte sie.

»Ich weiß nicht, ob es gut ist, Schießpulver bei den Kanonen zu lagern«, wandte Leszek ein. »Es braucht nur einen einzigen Brandpfeil in der Nacht, und der getroffene Turm fliegt in die Luft!«

»Die Türme sind außen mit Tierhäuten beschlagen, und wir haben genug Wasser, um sie jeden Abend befeuchten zu können. Das wird die Wirkung der Brandpfeile mindern.«

»Es ist aber eine Sauarbeit, jeden Abend Wasser hochzuschleppen, mein Junge«, stöhnte Leszek.

»Besser, wir arbeiten jetzt für unsere Sicherheit als später als Sklaven für die Tataren«, antwortete Johanna scharf.

Der einbeinige Veteran nickte nachdenklich. »Leider hast du recht. Sag aber du es den anderen! Nicht dass sie glauben, ich hätte es vorgeschlagen, und mir deswegen meine Krücke oder gar mein Holzbein verstecken.«

»Ich tu's.« Johanna nickte, als wollte sie ihren Entschluss bekräftigen, und blickte wieder in die Ferne. Allmählich verschwand Osmańskis Trupp hinter dem Horizont.

»Wir werden am Tag auf dem Nord- und dem Südturm je eine Wache aufstellen, und in der Nacht eine auf jedem Turm. Diese werden um Mitternacht ausgetauscht!«, erklärte Johanna.

Leszek stöhnte erneut auf. »Das wird den Männern gar nicht gefallen. Bisher hat es gereicht, wenn des Nachts auf zwei der Türme jemand Wache gehalten hat. Damit hat es vier Männer getroffen. Jetzt wären es schon acht!«

»Der Hauptmann hat mir die Verantwortung für die Festung übertragen, und ich werde es so machen, wie ich es für richtig halte.«

Johanna ärgerte sich, weil sie Leszek so scharf angefahren hatte. Bislang hatte Dobromir während Osmańskis Abwesenheit kommandiert, und diesem hatten eine Wache am Tag und zwei in der Nacht gereicht. Warum, so fragte sie sich, musste sie jetzt alles anders machen? Mitten in ihre Gedanken hinein hörte sie Leszeks Stimme.

»Jetzt sei nicht gleich eingeschnappt, Junge. Wenn du meinst, dass wir es tun sollen, tun wir es eben. Das Pulver werden wir in den Kammern unter den Türmen lagern. Da ist es rasch zur Hand, und wir werden auch so Wache halten, wie du es uns befiehlst.«

»Aber nicht wie sonst mit der Wodkaflasche, sondern mit der Muskete in der Hand«, wies Johanna ihn zurecht.

Hier in der Einsamkeit der Steppe tranken die Männer zu gerne. Doch auf Wache mussten sie nüchtern bleiben.

Obwohl Leszek dies begriff, seufzte er und sagte sich, dass nicht nur Karol in seinem Wesen sehr deutsch war. Dessen Bruder Jan war sogar noch schlimmer.

2.

Ismail Bei musterte die Jurten, aus denen Azad Jimal Khans Lager bestand, und fand, dass Allah ihm ein besseres Kismet hätte bescheren können. Nun befand er sich weit jenseits der zivilisierten Welt und sollte dafür sorgen, dass diese Tatarengruppe im Sinne des Großwesirs handelte. Bei dem Gedanken an Kara Mustapha bleckte er unwillkürlich die Zähne. Er war von diesem als Konkurrent angesehen worden und hatte es nur seiner Verwandtschaft mit Sultan Mehmed IV. zu verdanken, dass der Großwesir ihn nicht hatte hinrichten, sondern nur in diese Wildnis hatte verbannen lassen. Von hier aus war es ihm unmöglich, auch nur das Geringste zum Wohle des Reiches zu bewirken.

»Meine Krieger sind bereit, diesen von Allah verfluchten Osmański zu zerschmettern!«

Die Stimme des Khans riss Ismail Bei aus seinen Gedanken, und er wandte sein Augenmerk den Reitern zu, die sich vor dem Lager sammelten. Es waren über dreihundert Mann und damit fast alles, was Azad Jimal Khan derzeit aufbieten konnte.

Wenn der Sultan mich wenigstens nach Bakhisaray geschickt hätte, dachte Ismail Bei. In der Hauptstadt der Tataren hätte ich Murat Giray Khan beraten können. Der Herrscher der Tataren ist ein kluger, tapferer Krieger und auch ein vornehmer und gebildeter Mann. So aber muss ich mich mit Azad Jimal herumschlagen, der kaum des Lesens kundig ist und als größte Freude das Quälen seiner Gefangenen kennt.

»Meine beiden ältesten Söhne führen sie an«, fuhr der Khan fort. »Es sind prachtvolle Krieger!«

»Das sind sie«, stimmte Ismail Bei ihm zu, weil er wusste, dass Azad Jimal dies von ihm erwartete.

»Einer von ihnen wird mir Osmańskis Kopf bringen. Ich werde ihn in Salz einlegen lassen und nach Konstantinopel schicken!« Azad Jimal Khan klang selbstgefällig, während sein Gast Mühe hatte, seine Abscheu zu verbergen. Einen Augenblick überlegte Ismail Bei, was Sultan Mehmed IV. dazu sagen würde. Den Namen Adam Osmański hatte dieser gewiss noch nie gehört, und wahrscheinlich auch nicht den von Azad Jimal.

Um nicht den Unmut seines Gastgebers zu erregen, behielt Ismail Bei seine Gedanken für sich und ritt an Jimals Seite auf die Steppe hinaus. Die Reiter sammelten sich um ihren Herrn und jubelten. Dessen Söhne, die beide von polnischen Sklavinnen geboren waren, wirkten in ihren Rüstungen und den Reitkaftanen aus Seide sehr stattlich. Im Alter lediglich um wenige Monate auseinander, waren sie sich nur in einem einig, nämlich den jeweils anderen auszustechen, um die Nachfolge des Vaters antreten zu können. Der, der dem Khan Osmańskis Kopf bringen würde, hatte die besten Aussichten.

»Wen von uns schickst du gegen Osmańskis Lager, Vater, und wen in die Steppe?«, fragte Ildar, der Ältere der Brüder.

Azad Jimal Khan hob gebieterisch die Hand. »Du, Ildar, trägst einen Kaftan in der Farbe des Grases, Rinat einen in den Farben einer hellen Nacht. Daher wirst du mit zwei Dritteln unserer Krieger in die Steppe reiten, während dein Bruder gegen Osmańskis Lager ziehen wird.«

Rinats Miene zeigte deutlich, wie sehr es ihn ärgerte, wegen der Farbe seines Kaftans die schlechtere Aufgabe zugewiesen zu bekommen. Dem Plan seines Vaters zufolge würde Osmański nicht in seinem Lager weilen. Einesteils war dies gut, denn die hölzerne Festung anzugreifen, während alle Männer Osmańskis sie bewachten, wäre auch mit sämtlichen Kriegern seines Vaters Selbstmord gewesen. Andererseits aber würde Ildar in der Steppe auf den Feind treffen und dessen Kopf erbeuten können.

»Vorwärts, meine Krieger!«, rief er und ritt an. Ein Drittel der Männer folgte ihm, ebenso der höhnische Blick seines Bruders.

»Ich bringe dir Osmańskis Kopf, mein Vater!«, rief Ildar laut genug, damit Rinat es noch hören konnte, und trieb sein Pferd an. Er führte eine doppelt so große Schar an und würde weit mehr als doppelten Ruhm ernten.

Der Khan sah seinen Reitern nach, bis sie in der Ferne verschwanden, und drehte sich anschließend zu seinem Gast um. »Meine Söhne werden diesen Hund Osmański mitsamt seinen Männern zerschmettern!«

»Möge Allah es geben«, antwortete Ismail Bei. »Ich bin aber immer noch der Meinung, dass Ihr alle Eure Krieger gegen Osmański und seine Schar aussenden und seine Festung vorerst unbeachtet lassen solltet. So fehlen Ildar womöglich Rinats Krieger im Kampf.«

»Allah wird die Augen der Ungläubigen mit Blindheit schlagen, auf dass sie hilflos in unsere Falle gehen!«, spottete Azad Jimal Khan.

»So Allah will.« Ismail Bei deutete eine Verbeugung an und kehrte zu der Jurte zurück, die der Khan ihm als Wohnstatt angewiesen hatte. Sie hatte einem der Reiter gehört, die vor einigen Monaten im Kampf gegen Osmańskis Schar gefallen waren. Jetzt wohnte er mit seiner Tochter, deren Sklavin und einem Diener darin.

Vor der Jurte übergab er sein Pferd dem Diener und trat ein. Sofort eilte seine Tochter auf ihn zu und griff nach seinen Händen. »Sind sie weg, Vater?«, fragte sie.

Ismail Bei nickte. »Rinat und Ildar sind fort.«

»Dann kann ich endlich wieder diese elende Jurte verlassen, ohne befürchten zu müssen, dass sie mich abpassen und ansprechen.«

»Das kannst du, mein Kind.« Ismail Bei bedauerte, dass er das Mädchen hatte mitnehmen müssen. Es allein in Konstantinopel zurückzulassen, wäre jedoch unmöglich gewesen, denn man hätte sie dort in den Harem eines der Speichellecker von Kara Mustapha verschleppt. Er wollte sich jedoch seinen Schwiegersohn selbst aussuchen. Dies eilte noch nicht, da Munjah erst fünfzehn Jahre alt war und zu einer wundervollen Blume heranwachsen würde. Eines war für ihn in jedem Fall sicher: Einem Sohn von Azad Jimal Khan würde er sie niemals geben.

»Der Tag wird kommen, an dem sich unser Schicksal wendet, mein Kind«, sagte er leise. »Dann werden wir in die Hauptstadt zurückkehren, und du wirst in einem Palast leben und viele Dienerinnen haben.«

»Bis jetzt reicht mir Bilge vollkommen«, antwortete Munjah lächelnd und zwinkerte dem dunkelhäutigen Mädchen zu.

»Es ist nicht gut, dass wir alle zusammen in dieser Jurte leben müssen. Auch wenn Nazim einen Vorhang aufgehängt hat, damit du dich zurückziehen kannst, hast du mehr verdient als ein Lager aus Ziegenfellen und ein Stück Filz um dich herum«, fuhr Ismail Bei fort.

»Ich beklage mich nicht, Vater, denn ich bin glücklich, bei dir sein zu dürfen.«

»Du bist mir immer eine gute Tochter gewesen, Munjah, obwohl deine Mutter dir als kleines Kind ihren Glauben beibringen wollte.«

Es war gut, dass Ismail Bei dabei durch die noch offene Zeltöffnung ins Freie schaute, denn die Wangen des Mädchens färbten sich verdächtig rot. Munjah hatte ihrer Mutter auf dem Sterbebett geschworen, an dem Glauben an Jesus Christus und die Heilige Jungfrau Maria festzuhalten, und wollte diesen Eid nicht brechen.

»Was haben Ildar und Rinat vor?«, fragte sie, um das Thema zu wechseln.

»Sie wollen den polnischen Hauptmann Adam Osmański und dessen Truppe vernichten. Gebe Allah, dass es ihnen gelingt.«

»Ist dieser Osmański so gefährlich?«, fragte Munjah weiter.

Ismail Bei lachte kurz auf. »Für das Reich des Sultans ist er weniger als ein Floh auf einem Hund, für Azad Jimal Khan hingegen ein ernstzunehmender Feind.«

Für einen Augenblick überlegte Munjah, ob dieser Osmański sie von ihren beiden hartnäckigen Verehrern befreien könnte, schämte sich aber im nächsten Moment dieses Gedankens. Es war nicht richtig, den Tod anderer Menschen zu wünschen. Allerdings bedrängten Azad Jimals Söhne sie auf eine Weise, dass sie betete, dieses Lager bald verlassen und woanders leben zu können.

»Soll ich Nazim schicken, damit er das Essen für uns holt?«, fragte sie.

»Was gibt es? Gekochtes Hammelfleisch mit Reis?« Ismail Bei schüttelte sich, denn die Kost im Tatarenlager unterschied sich doch sehr von jener in seiner Heimat. Doch auch das war eine Prüfung, der Allah ihn unterworfen hatte und die er zu bestehen hoffte.

»Schick Nazim!«, sagte er und strich seiner Tochter über das blonde Haar, das ihn so sehr an ihre Mutter erinnerte. Diese war eine Christin gewesen, trotzdem hatte er sie geliebt wie keine andere Frau vor ihr.

3.

Adam Osmańskis Trupp kam gut voran. Zunächst hielten sie sich noch auf dieser Seite der Grenze. Der letzte Friedensschluss hatte Polen viel Land und etliche Städte gekostet, dazu zählte auch Wyborowo, der Besitz des alten Ziemowit Wyborski. Adam trat eine Träne ins Auge, als er an seinen Großonkel dachte. Dieser hatte ihm nicht nur den Vater ersetzt, der noch vor seiner Geburt gestorben war, sondern auch gegen dessen Familie durchgesetzt, so dass ihm zumindest ein kleines Erbe zugesprochen worden war. Es war nur ein Sandkorn im Vergleich zu den gewaltigen Besitzungen der Sieniawskis, aber es hob ihn aus der Masse der Schlachtschitzen heraus, die ihr Auskommen als Soldaten des Königs und der Magnaten suchen mussten. Er selbst war zwar auch Soldat, aber nicht aus Not, sondern um seinen Großonkel und dessen Sohn an den Tataren zu rächen.

Am dritten Nachmittag seit ihrem Aufbruch hielt Adam sein Pferd an, spähte noch einmal über das Land und winkte dann

Fadey zu sich. »Bist du dir sicher, dass Garegin diese Stelle hier gemeint hat?«

»Ich habe in Zamość selbst mit dem Armenier gesprochen, Hauptmann. Er nannte diese Stelle und diesen Tag«, antwortete der Kosak.

»Ein solcher Handelszug müsste doch weithin zu sehen sein. Die Steppe um uns herum ist jedoch leer!« Adam blickte sich noch einmal um und schüttelte den Kopf. »Oder siehst du Wagen oder Pferde?«

»Sie werden schon noch kommen, Hauptmann. Passiert können sie diese Stelle nicht haben, sonst würden wir die Spuren sehen. Ich schlage vor, dass wir ihnen ein Stück entgegenreiten.«

»Dann geraten wir noch tiefer ins Tatarengebiet hinein«, gab Adam zu bedenken.

Fadey lachte. »Seit wann fürchten wir die Tataren? Laut dem Armenier wird der Warentransport nur von sechzig Kriegern begleitet. Sie führen Seide aus China mit sich, Pfeffer aus Indien sowie Weihrauch aus den Tiefen Arabiens. Außerdem sollen Sklavinnen dabei sein, darunter auch einige Tscherkessinnen. Vielleicht retten wir sogar ein paar Verwandte deiner Mutter!«

Für einen Augenblick wurde Osmańskis Miene weich, doch er hatte sich sofort wieder in der Gewalt. »Hierzubleiben und auf den Handelszug zu warten, bringt nichts. Also reiten wir weiter. Vorwärts, Männer! Gebt aber acht, wenn ihr in der Ferne etwas anderes seht als Grashalme und einzelne Büsche und Bäume. Entweder ist es ein Tatar…«

»… dem wir den Kopf abschlagen!«, rief einer dazwischen.

»… oder ein Zug mit Waren aus fremden Ländern, die sich gut zu Geld machen lassen«, setzte Adam seine Rede fort, ohne auf den Zwischenruf einzugehen.

»Wir hätten nichts dagegen, ein paar Złoty in unseren Taschen klimpern zu hören«, meinte ein Reiter. »Der Sold kommt unregelmäßig und manchmal gar nicht. Dabei haben wir alle Durst, wenn wir in eine der Städte kommen. Umsonst schenkt uns kein Wirt auch nur einen einzigen Becher Wodka ein!«

Fadey lachte so übermütig, als würde er bereits in Schätzen wühlen, und wandte sich an Osmański. »Wenn wir diesen Warenzug in die Hände bekommen, erhaltet ihr genug Geld, um den Wodka fassweise kaufen zu können!«

Leiser fügte er für Osmański hinzu: »Jetzt wird keiner der Kerle mehr zögern, uns ins Tatarenland zu folgen!«

»Zu weit will ich nicht in ihr Gebiet vordringen, sonst schneiden sie uns den Rückweg ab«, antwortete Adam und ritt weiter.

Da er immer noch nichts erkennen konnte, wurde er unruhig. »Hast du den Armenier auch richtig verstanden?«

»Garegin nannte den heutigen Tag, und er war bis jetzt immer zuverlässig!« Fadey spottete in Gedanken über die Bedenken seines Anführers. Endlich gab es die Möglichkeit, mehr als ein paar lumpige Münzen in den Taschen erschlagener Tataren zu erbeuten, und da zögerte Osmański, weiter in deren Land hineinzureiten.

»Sollten wir nicht bald auf diese Karawane treffen, werde ich ein ernstes Wort mit dem Armenier sprechen«, erklärte Osmański verärgert.

»Vielleicht hat sich die Handelskarawane verspätet und kommt erst morgen ...«, erklärte Fadey.

»Oder übermorgen oder an einem anderen Tag«, fiel Adam ihm ins Wort. »Mich wundert es, dass Garegin dir den genauen Tag nennen konnte.«

»Es ist wegen einem ihrer heidnischen Feiertage. Den wollten sie eine knappe Tagesreise von hier an einem Ort verbringen, der ihnen heilig ist, und dann weiterziehen«, sagte Fadey und ritt schneller, so dass er Adam überholte und an der Spitze ritt.

»Wo gibt es hier einen heiligen Ort der Anhänger Mohammeds? Das Land gehörte doch bis vor kurzem noch uns!«, erwiderte Adam verblüfft, doch darauf wusste Fadey keine Antwort.

Da schloss Karl zu ihnen auf. »Ich glaube, ich habe einen Reiter gesehen.«

»Wo?«, fragte Adam.

Karl zeigte in die Richtung, doch als sie hinschauten, war nichts zu sehen.

»Er kann sich hinter jenem Gebüsch versteckt haben!« Für Karl war es die einzige Möglichkeit, denn er war sich sicher, jemanden gesehen zu haben.

»Das Gebüsch wächst nicht gerade hoch. Sollte sich dort tatsächlich jemand verbergen, müsste er sein Pferd dazu gebracht haben, sich flach auf die Erde zu legen«, sagte Fadey lachend.

Adam bedeutete ihm, zu schweigen. Er selbst und die meisten seiner Leute beherrschten ihre Pferde gut genug, um sie genau dazu zu bringen, und die Tataren erst recht.

»Das war wahrscheinlich ein Vorreiter der Karawane«, rief Fadey. »Das heißt, sie muss in der Nähe sein. Vielleicht lagert sie bei dem Teich dort vorne!«

Der Gedanke an die Beute ließ Fadey alle Vorsicht vergessen. Ohne auf eine Antwort zu warten, trieb er sein Pferd an und ritt los. Ein Teil der Männer folgte ihm, und so blieb Adam nichts anderes übrig, als ebenfalls seinem Pferd die Sporen zu geben.

Karl hingegen sah noch einmal zu dem Gebüsch hinüber, bei dem er den Reiter gesehen hatte. Es war nicht die Richtung, aus der die Handelskarawane kommen, und auch nicht die, in die sie ziehen sollte. Kurzentschlossen lenkte er sein Pferd zu der Stelle. Dabei glitt sein Blick immer wieder über die Steppe. In den letzten Monaten hatte er dieses Land kennengelernt und wunderte sich über die kleinen Unebenheiten am Boden, die er in der Nähe des Teiches entdeckte. Aus einem unguten Gefühl heraus drehte er sich im Sattel um.

»Gebt acht! Hier stimmt etwas nicht!« Sein Ruf war laut genug, um von Adam und einem Teil der Reiter verstanden zu werden. Diese zügelten ihre Pferde und sahen sich um.

Da entdeckte auch Adam die Unebenheiten am Boden und zog seine Pistole. »Da stimmt tatsächlich etwas nicht!«

Gleichzeitig ärgerte er sich, dass seine Truppe durch Fadeys unvernünftiges Verhalten auseinandergezogen war. Etwa sechzig Reiter waren noch bei ihm, während der Rest sich mit Fadey auf dem Weg zum Teich befand.

»Kommt zurück! Sofort! Nehmt die Waffen zur Hand!« Adams Befehl klang schneidend über die Steppe. Die meisten Männer waren gewohnt, zu gehorchen, und lenkten ihre Pferde auf ihn zu. Auch Fadey hielt verwirrt an.

»Was ist denn los?«

Adam kam zu keiner Antwort, denn in dem Augenblick wurde die Steppe lebendig. Mit Gras und Sand getarnte Decken flogen durch die Luft und gaben tatarische Reiter frei, die auf sie gelauert hatten. Gleichzeitig kamen weitere Tataren aus der Deckung einzelner Büsche und stürmten auf Adam und seine Leute zu. Ungewarnt hätte die Schar bereits im ersten Angriff den größten Teil der Leute verloren. So aber hielten Osmańskis Männer ihre Pistolen und Säbel in der Hand und wehrten sich erbittert.

»Die verdammten Schweine sind uns mehr als doppelt überlegen!«, rief einer der Polen.

»Vor allem umzingeln sie uns gleich. Wir müssen durchbrechen, vorwärts!«, brüllte Adam.

Er feuerte seine Pistole auf den nächsten Tataren ab und zog dann seinen Säbel. Der folgende Kampf war hart, doch gelang es ihm, den Ring der Tataren zu sprengen und den Weg für seine Männer zu öffnen. Zwei, drei von ihnen sanken von Pfeilen getroffen von den Pferden, dann waren sie den Tataren weit genug voraus, um außer Schussweite zu sein.

»Die Schweinehunde folgen uns!«, rief Ignacy Myszkowski, ein junger Edelmann, der mit einer kleinen Gruppe vor kurzem als Verstärkung zu Adams Truppe gestoßen war.

»Wir reiten fünfhundert Schritt, wenden dann und hauen die vordersten Verfolger zusammen«, befahl Adam und ließ seinen Hengst etwas zurückfallen, um beim Gegenangriff an der Spitze zu sein. Ein Stück von ihm entfernt ritt Fadey mit verkniffener Miene.

»War das deine Warenkarawane?«, fragte Adam sarkastisch.

»Der Armenier muss uns an die Tataren verraten haben«, rief sein Stellvertreter wuterfüllt. »Sie hätten uns beinahe erwischt!«

»Etliche von uns hat es erwischt, und Karol werden sie auch gleich haben!« Voller Zorn wendete Adam sein Pferd und sprengte den vordersten Tataren entgegen. Seine Männer folgten ihm mit der ihnen eigenen Disziplin.

4.

Karl hatte das fragliche Gebüsch beinahe erreicht, als hinter ihm wildes Geschrei ertönte. Er drehte sich um und sah die Tataren förmlich aus dem Boden wachsen. Sofort wollte er wenden und seinen Freunden zu Hilfe kommen, da tauchte hinter dem Gebüsch ein weiterer Tatar auf. Es war ein junger Mann in einem Kaftan aus grüner Seide. Auch der prunkvolle Säbel in seiner Hand konnte keinem einfachen Reiter gehören.

»Jetzt stirbst du, Pole!«, schrie der Tatar auf Polnisch und stürmte säbelschwingend auf Karl zu. Dieser zog seine Waffe und wehrte den ungestümen Angriff ab. Bevor der Tatar erneut zuschlagen konnte, traf Karls Klinge dessen Kehle. Mit einem verwunderten Blick, so als könne er nicht begreifen, besiegt worden zu sein, sank der junge Tatar vom Pferd.

Drei Tataren verlegten ihm den Weg, doch zu Karls Überraschung griffen ihn nur zwei davon an. Der Dritte sprang neben dem am Boden liegenden jungen Mann ab und beugte sich über ihn. Schon nach wenigen Augenblicken stand er wieder auf und brüllte seine Wut hinaus.

»Ildar ist tot!«

In dem Augenblick wichen die Angreifer, die Karl eben noch mit wilden Säbelhieben attackiert hatten, zurück.

»Du Hund! Das wirst du bereuen!«, schrie einer und fasste nach dem Seil, das an seinem Sattel hing.

Karl wollte den kleinen Vorteil nützen und gab seinem Wallach die Sporen. Dieser schoss aus dem Stand los, und die Schlinge, mit der sein Gegner Karl hatte fangen wollen, verfehlte ihr Ziel.

»Ihm nach!«, brüllte der Tatar und holt sein Seil wieder ein. Die beiden anderen trieben ihre Pferde in den Galopp, um Karl in die Zange zu nehmen.

Karl wendete jeden Kniff an, den er bei Osmańskis Reitern gelernt hatte, um zu entkommen, und zweimal sauste eine Seilschlinge haarscharf an ihm vorbei. Ein Blick auf die eigenen Männer verriet ihm, dass es ihnen gelungen war, sich von den Tataren zu lösen. Diese verfolgten die Polen noch eine Weile, fielen aber immer mehr zurück und wandten sich schließlich gegen ihn.

»Er hat Ildar getötet! Wir müssen ihn lebend fangen, damit der Khan sich an ihm rächen kann«, rief einer der Tataren, die Karl verfolgten, den anderen zu.

Diese schwärmten aus und verlegten ihm den Weg. Mit erschreckender Deutlichkeit begriff Karl, dass er ihnen nicht mehr entkommen konnte. Er hatte sich zu weit von seinen Kameraden entfernt, und der größte Teil der Tataren befand sich jetzt zwischen ihm und Osmańskis Reitern.

»Bei Gott, Johanna, hoffentlich kommst du allein zurecht!«, rief er entsetzt aus, während er seine Pistolen auf zwei Tataren abfeuerte, die sich ihm in den Weg stellen wollten. Einen weiteren griff er mit dem Säbel an, doch der Mann wich ihm aus. Weitere Tataren kamen heran und umzingelten ihn. Kaum einer von ihnen hielt noch den Säbel in der Hand. Stattdessen schwangen sie ihre Seile, und diesmal vermochte er ihnen nicht mehr zu entkommen.

Mehrere Schlingen schlossen sich um ihn, und die Werfer zogen ihn unter dem grimmigen Jubel ihrer Freunde aus dem Sattel. Er verlor den Säbel, versuchte aber, wieder auf die Beine zu kommen. Da gaben die drei Reiter, die ihn gefangen hatten, ihren Pferden die Sporen und schleiften ihn johlend über die Steppe.

Karl gelang es, den Kopf hochzuhalten. Dennoch war es eine entsetzliche Qual. Als die Tataren ihre Pferde wieder zügelten, taten ihm sämtliche Knochen weh, und er blutete aus mehreren Schürfwunden.

Während zwei Tataren die Seile straff hielten, so dass er sich nicht befreien konnte, sprang der Dritte aus dem Sattel, hieb ihm das Seilende mehrfach ins Gesicht und fesselte ihm dann mit Unterstützung anderer die Hände hinter dem Rücken. Die Seilschlinge legte er Karl um den Hals und befestigte deren Ende an seinem Sattel.

Nun lösten die beiden anderen ihre Leinen, mit denen sie Karl gefangen hatten, und rollten sie wieder auf. Einer schlug ihm ebenfalls mit dem Seilende ins Gesicht und hinterließ dort eine blutige Spur.

»Was machen wir mit Osmański? Sollen wir ihn verfolgen?«, fragte er den Mann, der nach Ildars Tod ihr neuer Anführer war. Dieser sah Adam und dessen Männern nach, die in der Ferne verschwanden, und schüttelte den Kopf.

»Wir haben über dreißig Krieger durch diese Hunde verloren. Wenn wir ihnen jetzt folgen, können sie sich jederzeit wieder gegen uns wenden. Selbst wenn wir dabei einen großen Teil von ihnen töten können, wären unsere Verluste zu hoch. Zudem könnte Osmański uns trotzdem entkommen. Er ist ein Sohn des Scheitans und würde andere Polen um sich scharen, um mit ihnen gegen uns zu kämpfen. Dann aber wären wir zu geschwächt, um ihm auf Dauer widerstehen zu können.«

Nicht jeder Tatar war damit einverstanden, auf eine Verfolgung zu verzichten, doch als einige murrten, wurde ihr neuer Anführer zornig.

»Was ist euch wichtiger? Durch die Steppe zu reiten und vielleicht ein paar Polen zu töten, oder Ildar in unser Lager zu bringen, und auch den Mann, der ihn umgebracht hat?«

Er wandte sich an den Gefangenen, der sich halb betäubt auf die Beine gekämpft hatte. Mit einem Fluch trat er ihm in die Kniekehlen, so dass dieser zu Boden sank, und schlug ihm dann mehrfach ins Gesicht.

»Du verfluchter Hund wirst es bereuen, den Sohn unseres Khans getötet zu haben!«, sagte er, schwang sich wieder in den Sattel und winkte den anderen, ihm zu folgen.

Karl wurde einfach mitgerissen und musste laufen, um nicht von der Schlinge um seinen Hals erwürgt zu werden. Immer wieder schlugen die Tataren mit ihren Seilenden nach ihm, und zweimal riss der Reiter, an dessen Sattel er gebunden war, ihn von den Beinen und schleifte ihn einige Schritte weit mit, um dann stehen zu bleiben und zu warten, bis ein Tatar die Seilschlinge so weit gelockert hatte, dass Karl wieder zu Atem kam.

Ein weiteres Mal ließ Karl sich selbst fallen, weil er hoffte, durch die Seilschlinge umzukommen. Der Tatar hielt jedoch rechtzeitig an und verspottete ihn.

»Du würdest wohl gerne schnell sterben, du Hund! Doch das wird dir nicht gelingen! Wir bringen dich zu Azad Jimal Khan, und der wird dich zu einem Tod verurteilen, bei dem du deine Eltern verfluchen wirst, weil sie dich in die Welt gesetzt haben.«

Das Polnisch des Mannes war nicht besonders gut, dennoch verstand Karl ihn und begriff, dass er der Rachsucht der Tataren ausgeliefert war. Mein Gott, gib, dass ich in Würde sterbe, und beschütze meine Schwester, dachte er und lief mit dem Wissen, dass jeder Schritt ihn seinem Ende näher brachte, hinter den Tataren her.

5.

Ohne zu ahnen, dass sein Bruder tot und dessen Plan gescheitert war, näherte sich Azad Jimal Khans zweiter Sohn Rinat der hölzernen Festung. Das letzte Stück legte er in der Nacht zurück, um in der baumarmen Steppe nicht entdeckt zu werden.

Rinat konnte nicht wissen, dass Johanna zum Leidwesen der anderen darauf bestanden hatte, dass in der Nacht auf jedem Turm eine Wache stehen musste. Keiner der Männer konnte sich vorstellen, dass die Tataren zu einer Zeit, in der sie in der Steppe jederzeit auf Osmańskis Trupp stoßen konnten, es wagen würden, hierherzukommen. Einige gehorchten erst, als sich der einbeinige Leszek auf Johannas Seite stellte. Doch kaum waren die beiden allein, tadelte auch er sie.

»Ich finde, zwei Wachen würden in der Nacht reichen! So müssen manche von uns jede zweite Nacht auf die Türme!«

»Ich habe meine Gründe«, antwortete Johanna. »Wenn einer der Männer einschläft, kann der Wächter auf dem gegenüberliegenden Turm nicht die ganze Umgebung überblicken. Und sag nicht, dass keiner einschläft. Ich habe gestern bei meinem Kontrollgang den Mann auf dem Westturm dabei erwischt, wie er geschlafen hat! Es ist leichtsinnig! In Zukunft werde ich schärfer achtgeben.«

Johanna klopfte Leszek auf die Schulter und verließ das Haus. Draußen stieg sie auf einen der Türme und blickte in die Ferne. Es war nichts zu sehen, kein Tatar und auch kein Reiter aus der eigenen Schar.

Wahrscheinlich passiert überhaupt nichts, bis Osmański zurückkehrt, dachte sie und wusste, dass ihre scheinbar übertriebene Vorsicht Fadey und etliche andere Reiter zum Lachen bringen würde. Osmański selbst würde schweigen, sie aber mit einem so vernichtenden Blick ansehen, dass sie sich am liebsten ins nächste Mauseloch verkriechen würde.

»Er muss einsehen, dass es besser ist, wachsam zu sein, als von Feind überrascht zu werden«, stieß sie ärgerlich hervor.

»Hast ja recht, Kleiner!« Leszek war ihr gefolgt und stellte sich neben sie. »Hauptmann Osmański würde uns den Kopf abreißen, wenn uns die Tataren überraschen.«

»Wenn wir dann noch einen Kopf auf den Schultern haben! Wahrscheinlich hätten die Tataren ihn uns längst abgeschlagen.«

Leszek grinste, wurde aber rasch wieder ernst. »Außerdem will der Hauptmann in drei Tagen zurückkommen. Die paar Nächte werden wir durchhalten!«

»Ich werde ab heute mitwachen!« Der Gedanke war Johanna eben gekommen.

Leszek wiegte unschlüssig den Kopf. »Wärst du schon ein Offizier, Jan, würde ich nein sagen. Aber vielleicht halten die

Männer das Maul, wenn sie sehen, dass du dich am Abend nicht in dein weiches Bett verziehst, während sie sich die Nächte um die Ohren schlagen müssen. Ich werde mitwachen, aber auf einem anderen Turm. Nicht, dass wir ins Schwatzen kommen und dabei die Tataren übersehen!« Er grinste erneut und stieg schwerfällig nach unten.

Johanna war froh um den Veteranen, denn er besaß genug Autorität bei den Männern, um ihr beistehen zu können. Allein hätte sie gegen die rauhen Kerle auf verlorenem Posten gestanden.

Auch sie stieg jetzt vom Turm und rief die Männer zusammen. »Ich weiß, dass einige von euch nicht mit meinen Entscheidungen einverstanden sind. Hauptmann Osmański hat mir jedoch während seiner Abwesenheit das Kommando übertragen. Daher werdet ihr meinen Befehlen gehorchen. Bis zu Osmańskis Rückkehr werden mein Diener und ich ebenfalls Wachtdienst leisten. Damit können zwei von euch schlafen.«

»Drei, denn ich werde ebenfalls mit Wache schieben«, mischte sich Leszek ein.

Die Männer senken betroffen die Köpfe. »So haben wir es nicht gemeint«, sagte einer.

»Das weiß ich!«, antwortete Johanna und war erleichtert, dass sie das gute Verhältnis zu den Männern mit ein paar Worten wieder hatte herstellen können.

Sie nahm sich vor, das Vertrauen, das diese in sie setzten, auch zu erfüllen, und stieg am Abend auf den Südturm. Weit im Westen ging die Sonne in einem letzten roten Flackern unter. Es schien ihr wie ein Warnlicht, und sie blickte in die Richtung, aus der sie die Tataren am ehesten erwartete. Dann aber sagte sie sich, dass die Feinde wohl eher einen Bogen schlagen und von der anderen Seite kommen würden.

»Gebt gut acht!«, rief sie dem Wachtposten auf dem Nordturm zu.

»Das mach ich, Kleiner!«

Auch wenn die Männer ihren Befehlen folgten, würde sie diese Bezeichnung wohl nie loswerden, dachte sie.

Sie wirkte gegen die anderen tatsächlich wie ein Zwerg, dabei war sie für eine Frau nicht einmal so klein. Johanna schätzte, dass sie mittlerweile größer war als ihre Stiefmutter Genoveva, die die meisten Frauen auf Allersheim überragte.

Sie schob die Erinnerung an die Vergangenheit beiseite und spähte in die Nacht hinaus. Es war dunkel, doch es leuchteten bereits die ersten Sterne auf, und gegen Mitternacht würde der Mond über den Horizont hochsteigen. Wann würde ich angreifen?, überlegte sie. Wohl am ehesten vor dem Morgengrauen, wenn die Wachen müde geworden waren und ihre Gedanken sich bereits mehr auf den kommenden Tag richteten.

Am liebsten hätte Johanna den Turm wieder verlassen und einen der anderen Männer hochgeschickt, um nach Mitternacht die Wache am Nordturm übernehmen zu können. Da die Männer jedoch denken würden, sie wolle sich drücken, blieb sie auf ihrem Posten.

Lange Zeit tat sich nichts, dann aber hörte sie einen leisen Pfiff. Sofort blickte sie auf. Der Wachtposten vom Westturm kam über den Wehrgang auf sie zu.

»Dobromir hat etwas entdeckt«, meldete der Mann. »Es war im Schein der Sterne nur ganz kurz zu sehen. Aber er glaubt, es war ein Mann, der ein Pferd am Zügel führt!«

»Bleib du hier! Ich schaue zum Nordturm hinüber«, erklärte Johanna und eilte los. Trotz der Dunkelheit kam sie gut zu Dobromir Kapusta hoch, den eine Verletzung daran gehindert hatte, mit Adam zu reiten.

»Wo hast du was gesehen?«, fragte sie ihn.

Der Mann zeigte nach Nordosten. Zunächst konnte Johanna nichts erkennen. Doch dann schob sich mehrmals ein Schatten vor einen tief über dem Horizont hängenden Stern.

»Dort sind Reiter, und zwar mehr als nur ein Spähtrupp«, flüsterte sie.

»Es können nur Tataren sein. Soll ich die anderen wecken?«, fragte Dobromir.

Johanna überlegte kurz und schüttelte dann den Kopf. »Lass sie schlafen. Der Feind ist noch etliche Meilen entfernt und wird nicht vor Mitternacht hier sein. Behalte ihn im Auge!«

»So gut ich kann«, versprach der Krieger, während Johanna überlegte, welche Maßnahmen Osmański wohl von ihr und den anderen erwartete, um seine Festung zu schützen.

»Ich gehe zu den anderen Türmen und sage den Männern, dass sie die Rindshäute an der Außenseite der Türme mit Wasser tränken.«

»Dafür brauchen wir Licht«, antwortete Dobromir abwehrend.

Johanna schüttelte den Kopf, obwohl der Mann es in der Dunkelheit kaum sehen konnte. »Es muss ohne gehen! Wenn wir auch nur eine Fackel entzünden, merkt der Feind, dass sich hier etwas tut.«

»Dann werden wir uns ganz schön die Schienbeine anschlagen!«

»Das ist immer noch besser, als ohne Kopf herumzulaufen«, gab Johanna gelassener zurück, als sie sich fühlte, und lief los.

6.

Die nächsten Stunden wurden zur Geduldsprobe. Gelegentlich bemerkte Johanna in der Ferne etwas, das auf Feinde hinwies. Schlimm war, dass sie nicht mehr schätzen konnte, wie weit diese noch entfernt waren. Wenn sie zu lange zögerte, waren die Feinde heran, bevor sie und ihre Männer verteidigungsbereit waren. Zwei Stunden nach Mitternacht befahl sie, die übrigen Männer zu wecken, dabei aber keinen Lärm zu machen.

»Wenn wirklich ein Feind auf uns zuschleicht, darf er keinen Laut hören! Macht auch kein Licht, verstanden?«, schärfte sie den Männern ein.

»Sollen wir etwa in der Dunkelheit die Kanonen laden?«, fragte einer verwirrt.

»Leszek sagt, er könne es! Außerdem scheint der Mond heller, als es unseren Feinden lieb sein dürfte. Und nun beeil dich!« Johanna versetzte dem Mann einen Stoß und blickte wieder nach Norden. Sie kniff die Augen zusammen. Im Mondlicht waren Pferde und Männer auszumachen, die zielstrebig auf die Festung zukamen.

»Ihr habt Pech, dass wir auf euch gewartet haben«, murmelte Johanna und vernahm dann Geräusche auf der Leiter. Leszek stieg herauf. Einer der Männer trug ihm seine Krücke hinterher.

»Ist schon etwas zu sehen?«, fragte er leise.

Johanna nickte. »Sie sind nicht mehr weit entfernt.«

Obwohl die Zeit drängte, trat der einbeinige Veteran an die Brüstung und spähte hinaus. »Ich sehe nur ein paar Schatten.«

»Ich sehe sie gut genug, um sie zählen zu können. Es müssen um die hundert sein. Wir müssen sie überraschen, sonst stürmen sie die Festung«, gab Johanna zurück.

»Um die hundert? Das wird hart werden!« Leszek atmete tief durch und humpelte zu seiner Kanone. Seine Helfer brachten rasch das Pulver herauf. In weiser Voraussicht hatte er es bereits vorher abgewogen und schüttete jetzt den Inhalt eines kleinen Säckchens in die Mündungsöffnung. Ein Tuchpfropfen folgte, und dann steckte Leszek vorsichtig mehrere Handvoll kleingehacktes Blei in die Kanone.

Johanna hoffte, dass die Kanoniere auf den anderen drei Türmen ebenso umsichtig arbeiteten wie er. So leise, wie Leszek seine Kanone geladen hatte, hatte keiner der Tataren etwas hören können.

Ein Blick über die Brüstung zeigte ihr, dass die Feinde die Festung beinahe erreicht hatten. »Schieß, bevor sie sich verteilen«, wies sie Leszek beinahe zu laut an.

Einige Tataren blieben stehen und sahen zum Turm hoch. In dem Augenblick öffnete Leszek sein Luntenfeuerzeug, blies die Glut an und hielt sie ans Zündloch. Der Schuss knallte. Obwohl die Kanone nur ein leichtes Kaliber besaß, war ihre Wirkung auf diese Entfernung verheerend. Die kleinen Bleistücke fuhren wie eine Sense durch die Tatarenschar und mähten Männer und Pferde nieder.

»Zündet die Fackeln an und werft sie hinaus!«, rief Johanna.

Pistolenschüsse krachten und entfachten Feuer in kleinen Becken, die mit Pulver und Harz gefüllt waren. Fackeln wurden in die Flammen gehalten und, sobald sie brannten, über die Palisade geworfen. Eine traf direkt auf einen Tataren, und dessen Kaftan fing Feuer. Voller Schrecken warf der Mann sich auf den Boden und wälzte sich schreiend im Gras, um die Flammen zu ersticken.

Jetzt konnten auch die Kanoniere auf den anderen Türmen zielen und schießen. Erneut stürzten Tataren zu Boden. Darunter war ein junger Mann in einem blauen Kaftan, der sofort von zwei anderen Tataren gepackt und von der Festung weggeschleppt wurde.

Leszek hatte seine Kanone erneut geladen und feuerte auf eine Tatarentruppe, die Pferde an die Palisade führten, um vom Sattel aus darübersteigen zu können.

»Schießt!«, rief Johanna den Männern zu, die mit geladenen Musketen heraneilten. Sie selbst schoss ihre Pistolen auf zwei Tataren ab, die es bis zur Spitze der Palisade geschafft hatten.

Von der harten Gegenwehr überrascht, wichen Rinats Männer zurück. Noch zweimal bellte eine Kanone auf und brachte ihnen Verluste bei, dann befanden sie sich außer Schussweite. Einen zweiten Angriff wagten sie nicht mehr. In sicherer Entfernung von der Festung sammelten sie sich um ihren Anführer, der stöhnend auf der Erde lag und sich die rechte Hand gegen die Bauchwunde presste, die ihm ein Stück Blei zugefügt hatte.

»Ich wollte, ich wäre tot!«, stieß Rinat mit schmerzverzerrter Miene hervor. »Jetzt erntet Ildar den ganzen Ruhm, während ich versagt habe.«

Seine Männer sahen einander betroffen an.

»Die Polen wussten, dass wir kommen! Wie konnte das geschehen?«, fragte einer von ihnen.

»Der Scheitan muss es ihnen ins Ohr geflüstert haben«, antwortete ein Kamerad. »Anders ist es nicht möglich!«

»Vielleicht doch! Kann Osmański nicht herausgefunden haben, dass die Nachricht von der Warenkarawane eine List war, und in seiner Festung geblieben sein?«

Rinat schüttelte trotz seiner Schmerzen den Kopf. »Dann hätten sie nicht mit ein paar, sondern mit mehreren Dutzend Musketen auf uns geschossen und würden uns bereits verfolgen.«

»Das hieße, Osmański könnte mit seiner ganzen Schar vor uns sein. Gebe Allah, dass Ildar ihn vernichtet!«

Der Gedanke, auf Adams Truppe stoßen zu können, wenn auch der zweite Sohn des Khans scheitern sollte, erschreckte die zusammengeschossene Schar. Gleichzeitig fürchteten sie, als Besiegte vor ihren Khan treten zu müssen. Den Vorschlag, noch einmal anzugreifen, machte jedoch keiner. Die Männer in der Festung mochten ihnen an Zahl unterlegen sein, doch gegen das gehackte Blei aus ihren Kanonen und die Musketenkugeln war niemand gefeit.

In der Festung wollte Johanna es zunächst nicht glauben, dass der Feind geschlagen war. Erst als die Tataren ihre überlebenden Pferde sammelten und samt ihren Verwundeten abzogen, begriff sie, dass sie gewonnen hatten.

Erleichtert sank sie in die Knie und schlug das Kreuz. »Heilige Jungfrau, ich danke dir!«

»Die kommen so schnell nicht wieder«, sagte Leszek neben ihr grinsend. »Deine List war gut, Jüngelchen. Aus dir kann trotz deiner mangelnden Größe einmal ein guter Offizier werden.«

»Jerzy Wołodyjowski soll auch kein Riese gewesen sein, aber er hat mehr Tataren und Türken erschlagen als jeder andere Mann in Polen.« Dobromir klopfte Johanna so begeistert auf die Schulter, dass diese aufstöhnte.

»Ich glaube, jetzt haben wir alle einen Wodka verdient! Ab morgen wird es reichen, wenn wieder zwei Mann in der Nacht Wache halten«, rief Johanna den Männern zu.

Diese jubelten, und Leszek ließ sie hochleben. Danach wies er auf die toten und verwundeten Tataren, die im Schein der immer noch brennenden Fackeln zu sehen waren.

»Was sollen wir mit denen machen?«

»Sobald es hell ist, werden wir die toten Tataren ein Stück von der Festung entfernt begraben. Die Verwundeten setzen wir erst einmal gefangen. Entweder zahlt Azad Jimal Khan Lösegeld für sie, oder wir tauschen sie gegen Gefangene der Tataren aus.«

»Ein guter Entschluss, Jüngelchen! Hauptmann Osmański hätte es nicht anders gehandhabt.«

Es war das höchste Lob, das Leszek aussprechen konnte, trotzdem fauchte Johanna leise. Osmański war ihr immer noch ein Rätsel. Zwar hatte er ihr die Verantwortung für die Festung übertragen. Andererseits behandelte er sie schroffer als jeden seiner Männer. Sie zuckte mit den Schultern. Soll Osmański doch von mir denken, was er will. Den Sieg, den wir in dieser Nacht errungen haben, kann auch er mir nicht nehmen.

7.

Nach ihren Siegen pflegten die Tataren jubelnd und unter dem Abfeuern ihrer Pistolen und Flinten in das Lager einzureiten. Als sie an diesem Nachmittag vor dem Lagereingang aus den Sätteln stiegen und ihre Pferde stumm hereinführten, begriff jeder, dass etwas Schlimmes vorgefallen sein musste. Dabei führten die Krieger sogar einen Gefangenen mit sich.

»Ist das der böse Osmański?«, fragte ein Mädchen neugierig.

Der Tatar, der Karl am Seil mit sich zerrte, schüttelte den Kopf. »Ich wollte, er wäre es, aber es ist nur ein lumpiger Pole!«

»Er hat Ildar getötet!«, rief ein anderer.

Es war, als wäre ein Blitz in die wartende Menge gefahren. Frauen begannen hemmungslos zu schluchzen, hoben dann aber Erde und Dreck auf und bewarfen Karl damit. Die Kinder taten es ihnen sofort nach. Einige spuckten ihn an, und zuletzt schlugen mehrere Halbwüchsige mit Fäusten auf ihn ein.

Karl taumelte mehr, als er ging. Die Tataren hatten ihn während des ganzen Heimwegs hungern lassen und ihm kaum

Wasser gegeben. Zu Tode erschöpft, hoffte er nur noch, dass Osmański sich seiner Schwester annehmen würde, da er sie nicht mehr zu beschützen vermochte.

Der Khan war ebenfalls aus seiner Jurte getreten und sah der Schar mit finsterer Miene entgegen. »Ist das Osmański?«, fragte er mit scharfer Stimme, als die Krieger Karl zu ihm schleppten.

Der Anführer des Trupps schüttelte den Kopf. »Nein, oh Azad Jimal Khan! Dieser Ungläubige wurde vom Scheitan gesandt, um deinen Sohn zu verderben. Er entdeckte einen unserer Krieger mit Zauberaugen, obwohl dieser gut verborgen lag, und warnte Osmańskis ungläubige Hunde. Obwohl wir mit aller Macht angriffen, gelang es den Polen, sich von uns zu lösen und zu fliehen. Dieser Hund hier«, seine Hand stach wie ein Speer auf Karl zu, »hat deinen Sohn Ildar mit einem Zauber geblendet und getötet!«

»Ildar ist tot?« Azad Jimal Khan erbleichte und ballte beide Fäuste.

Neben ihm schüttelte Ismail Bei den Kopf. Er hatte gespürt, dass etwas schiefgehen würde. Beide Söhne des Khans waren zu sehr darauf erpicht gewesen, sich auszuzeichnen, und in einer solchen Stimmung waren Fehler kaum zu vermeiden. Er sagte jedoch nichts, um den Khan nicht zu reizen, sondern sah schweigend zu, wie dieser eine Reitpeitsche packte und voller Wut auf den Gefangenen einschlug.

Vom Eingang der ihnen zugewiesenen Jurte aus beobachtete Munjah die Szene. Als sie von Ildars Tod hörte, zuckte sie zusammen. Hatte sie etwa den Sohn des Khans verwünscht, weil er sie vor ein paar Wochen am Bach abgepasst und sogar berührt hatte? Das habe ich nicht gewollt, dachte sie, spürte aber, dass es nicht ganz der Wahrheit entsprach. Ihr lag Osmański als Landsmann ihrer toten Mutter mehr am Herzen als die prahlerischen Söhne des Khans.

Der Gefangene war ebenfalls ein Pole, aber für einen Krieger schien er ihr noch sehr jung zu sein. Verkrustetes Blut bedeckte sein Gesicht, und der Strick um seinen Hals hatte seine Haut aufgerissen. Nun schwankte er unter Azad Jimal Khans Peitschenhieben, blieb aber auf den Beinen.

Was für ein starker Mann, dachte Munjah und spürte, wie Mitleid sie übermannte. Doch was konnte sie tun? Ihr Vater weilte als Gast bei den Tataren, und nur sein Ruf, ein Verwandter des Sultans zu sein, nötigte dem Khan eine gewisse Achtung ab. Doch die konnte rasch verfliegen. Munjah wusste, dass es Großwesir Kara Mustapha Pascha freuen würde, wenn ihr Vater hier bei den Tataren ums Leben kam. In diesem Fall würde sie die Sklavin des Khans oder eines seiner Reiter werden. Der Gedanke erschreckte sie so, dass sie in die Jurte zurückkehrte und sich auf ein Kissen setzte. Ihre Sklavin Bilge blickte jedoch weiterhin zum Zelteingang hinaus.

»Der Khan spricht!«, rief sie.

Munjah sprang wieder auf und trat neben sie. Über Bilges Kopf hinweg konnte sie Azad Jimal Khan beobachten. Er reichte seine Peitsche einem seiner Männer und blieb so knapp vor dem Gefangenen stehen, dass sich ihre Gesichter beinahe berührten.

»Du wirst für den Tod meines Sohnes büßen, du Hund!«, rief er und wies auf einen freien Platz keine zehn Schritte von Munjahs Jurte entfernt.

»Pflockt ihn dort an! An dieser Stelle soll er liegen bleiben, bis er verschmachtet ist. Er erhält weder Wasser noch Nahrung. Am Tag sollen die Weiber ihn bespucken und in der Nacht die Verzweiflung ihn martern.«

Mit wildem Geschrei begrüßten die Tataren die Entscheidung ihres Khans. Etliche Männer packten Karl, schleiften ihn zu dem genannten Fleck und schlugen dort vier Pfosten in die

Erde. Dann lösten sie seine Fesseln und banden seine ausgestreckten Arme und Beine an die Pfosten, so dass er auf dem Rücken lag und seinen Peinigern hilflos ausgeliefert war.

Zunächst spürte Karl nur den Schmerz der Schläge und schloss vor Schwäche die Augen. Er fragte sich, wie lange es dauern würde, bis er starb. Zwei Tage? Drei? Oder würde er die Qualen und die Erniedrigung vier oder gar fünf Tage ertragen müssen? Aus einem gewissen Trotz heraus öffnete er die Augen und sah dabei in eine Menge feindseliger Gesichter. Nur die Miene eines einzigen Mädchens drückte Mitleid aus.

Es tat gut, jemanden hier zu wissen, der ihn nicht verdammte, dachte Karl, sagte sich dann aber, dass auch dies nichts an seinem Schicksal ändern würde.

8.

An anderen Abenden war Ismail Bei zum Khan gerufen worden, um mit ihm zu reden. Diesmal aber wollte Azad Jimal Khan allein sein und um seinen Erstgeborenen trauern. Ismail Bei nahm daher sein Essen in seiner Jurte ein. Seine Tochter gesellte sich zu ihm, hatte aber kaum Appetit.

»Der Khan ist grausam«, sagte sie leise. »Er hätte den Gefangenen doch hinrichten lassen können. Ihn verschmachten zu lassen, ist eines Menschen nicht würdig.«

»Bezeichnest du Azad Jimal Khan als Menschen?«, fragte ihr Vater mit bitterem Spott. »Er sieht zwar wie einer aus, ist aber ein Wilder, den Murat Giray gerade noch für gut genug erachtet, die Polen jenseits der Grenze zu beschäftigen. Doch nicht einmal das gelingt ihm. Er hätte Osmański fangen können, wollte aber nicht auf meinen Rat hören. Das hat er mit dem Verlust eines Sohnes bezahlt!«

»Wird Rinat mehr Erfolg haben?«, fragte Munjah.

Ismail Bei zuckte mit den Achseln. »Wenn Allah es will, ja.«

»Und wenn nicht?«

»Du fragst seltsame Dinge«, fand Ismail Bei und strich seiner Tochter über das Haar. »Wenn nicht, werden Trauer und Wut hier im Lager noch größer sein. Doch nun iss! Ich bedaure, dass wir hier in dieser elenden Jurte hausen müssen. Möge Allah Kara Mustapha dafür bestrafen!«

Munjah kannte ihren Vater gut genug, um zu wissen, wann sie ihn in Ruhe lassen sollte. Daher nahm sie ihren Napf und kehrte hinter den Vorhang zurück. Dort richtete Bilge gerade die Betten her. Sie war ein Jahr jünger als sie und etwas kleiner, aber bereits recht kräftig.

»Wenn wir zu Hause wären, könntest du jetzt ein Bad nehmen, Herrin, und dich danach auf weichen Kissen zum Schlafen betten. Hier aber haben wir nur stinkende Ziegenfelle als Lager«, seufzte Bilge.

Munjah nickte, ohne darauf zu antworten, und stocherte in ihrem Essen herum. Es bestand aus Hammelfleisch und Reis. Dagegen war eigentlich nichts zu sagen, allerdings gab es hier jeden Tag Hammelfleisch mit Reis. Die Tataren waren diese Kost gewohnt, doch sie sehnte sich nach einem anderen Geschmack auf der Zunge. Dafür musste der Traum ihres Vaters Wirklichkeit werden und man ihn nach Konstantinopel zurückrufen.

Plötzlich fiel ihr auf, wie selbstsüchtig sie war. Sie beschwerte sich über das Essen, während kaum mehr als zehn Schritte von ihr entfernt ein Mensch grausam zum Verschmachten verurteilt war. Der Gedanke daran trieb ihr die Tränen in die Augen, und sie schob ihren Teller weg.

»Soll ich ihn wegbringen?«, fragte Bilge.

Munjah hob abwehrend die Hand. »Nein, vielleicht esse ich später noch davon!«

Bei diesen Worten kam ihr eine Idee, und sie sah sich nach dem großen Wasserkrug um, den Bilge jeden Tag am Brunnen des Lagers füllen musste.

»Haben wir genug Wasser? Nicht, dass mein Vater zu trinken wünscht und es ist keines mehr da.«

»Herrin, wo hast du heute deine Gedanken? Du hast doch selbst gesehen, wie ich das Wasser geholt habe!«

Bilge wunderte sich, weil Munjah sonst viel aufmerksamer war. Damit sich keine Fliegen auf das Essen setzen konnten, deckte sie den Teller mit einem Tuch ab und bereitete alles für Munjahs Abendtoilette vor. Sie half ihr auch, den Rücken zu waschen, und achtete peinlich genau auf den Vorhang, der den Teil ihrer Herrin von dem Ismail Beis abtrennte. Vor ein paar Tagen hatte dessen Diener Nazim versucht, Munjah und sie heimlich beim Waschen zu beobachten. Zum Glück hatte sie es rasch genug gesehen und den frechen Kerl mit ein paar lauten Worten vertrieben.

»Der Herr sollte den Lümmel kastrieren lassen, dann könnte er glotzen, so viel er will,« fauchte sie wütend.

»Was ist los?«, fragte Munjah verwundert.

»Ich dachte an Nazim und daran, wie er dir heimlich beim Baden zusehen wollte. Dein Vater hätte besser einen Verschnittenen mitgenommen als ihn.«

»Eunuchen sind oft träge und erledigen die Arbeiten, die man ihnen aufträgt, nicht zuverlässig«, wandte Munjah ein.

»Ich gebe zu, dass Nazim flink ist. Es gibt jedoch Dinge, die er nicht darf. Zu Hause hätte der Herr ihn längst seiner Hoden entledigen lassen!«

Munjah fand, dass Bilge zu harsch war, ärgerte sich aber ebenfalls über den jungen Diener. In ihrem früheren Heim in Konstantinopel wäre ihm der Zutritt zu ihren Gemächern versagt gewesen. Hier hingegen konnte er jederzeit den Vorhang heben und hereinschauen.

»Ich werde mit ihm reden«, sagte sie, um Bilge zu beruhigen, und machte sich für die Nacht fertig.

Auch ihre Sklavin tat dies und legte sich hin. Während Bilge rasch einschlief und von der anderen Seite das leise Schnarchen ihres Vaters erklang, blieb Munjah wach. Sie zweifelte auf einmal, ob das, was sie vorhatte, richtig war. Den Gefangenen zu befreien, war unmöglich, denn er würde niemals an den Lagerwachen vorbeikommen, und selbst dann würden die Tataren ihn rasch einholen, da er zu Fuß fliehen musste. Die Pferde wurden zu streng bewacht, als dass er eins hätte stehlen können.

»Gib diesen Unsinn auf!«, murmelte sie vor sich hin und erschrak über den Klang der eigenen Stimme. Eine Weile lag sie starr und wagte kaum zu atmen. Doch in der Jurte blieb alles still. Endlich schlief sie ein, träumte aber von dem Gefangenen und meinte dessen Qualen am eigenen Leib zu erleben.

Mit einem Mal wurde sie wach und setzte sich auf. Es musste lange nach Mitternacht sein, doch um sie herum war noch alles dunkel. Vorsichtig erhob sie sich, warf ihren leichten Seidenmantel über und schlich zum Eingang der Jurte. Das Lager lag im tiefen Schlaf. Selbst von den Wachen, die sich bei der Umwallung aufhielten, war nichts zu hören und zu sehen.

In beklommener Stimmung trat sie zurück. Ihre Augen hatten sich mittlerweile an die Dunkelheit gewöhnt, und sie sah ihren Vater und Nazim als schattenhafte Umrisse auf ihren Fellen liegen. Einen Moment lang zögerte sie noch, dann huschte sie wieder in ihren Teil der Jurte und holte den noch halb vollen Teller. Dann füllte sie einen Becher am Wasserkrug und schlich so beladen aus der Jurte. Ihr kam zugute, dass Azad Jimal Khan Hunde hasste und keines dieser unreinen Tiere in seinem Lager duldete. Da die Wachen nur in die Ferne spähten, entging sie auch deren Blicken.

Doch was war, wenn der Gefangene erschrak und sein Schrei die Leute weckte?, fragte sie sich besorgt. Zu ihrer Erleichterung schien der junge Pole zu schlafen. Sie kniete neben ihm nieder und legte ihm die Hand auf den Mund.

»Sei still«, wisperte sie auf Polnisch und war froh, dass ihre Mutter ihr ihre Heimatsprache beigebracht hatte. »Ich bringe dir Wasser und etwas zu essen. Es darf aber niemand merken.«

Sie hatte Karl aus einem von Schmerzen gequälten Schlaf gerissen. Nun starrte er sie an, ohne mehr zu erkennen als einen dunklen Schatten, der sich über ihn beugte und seinen Kopf hob. Kurz darauf hielt sie ihm den Becher an die Lippen, und er spürte kühles, belebendes Wasser in seinem Mund.

So, wie er lag, fiel es ihm schwer, zu schlucken. Dabei war sein Durst so groß, dass er ein ganzes Fass hätte austrinken können. Mit eisernem Willen beherrschte er sich und trank langsam. Dann spürte er, wie ihm ein kleines Bällchen aus Reis und Hammelstückchen in den Mund geschoben wurde. Er kaute und schluckte und fühlte sich sofort besser.

»Hab Dank!«, antwortete er zuerst auf Deutsch und wiederholte es dann auf Polnisch.

»Willst du wieder trinken?«, fragte Munjah.

»Ja.«

Erneut floss Wasser in seinen Mund, und diesmal schluckte er es ohne Gier hinunter.

»Wie heißt du?«, fragte er, als sie den Becher wegnahm.

»Ich will meinen Namen nicht nennen«, flüsterte Munjah ängstlich. »Wenn der Khan dich foltern lässt und du sagen würdest, dass ich dir Wasser und Essen gab, würde er meinen Vater und mich grausam bestrafen.«

»Kannst du mich befreien?«, fragte Karl.

»Das wage ich nicht«, antwortete Munjah und fand, dass sie sich lange genug bei ihm aufgehalten hatte. Sie nahm den Teller und den Becher wieder an sich und schlich zur Jurte zurück. Bevor sie den Eingang schloss, blickte sie noch einmal zu dem Gefangenen hin. Solange er hier festgebunden war, zögerte sie mit Wasser und Essen nur seinen Tod hinaus und quälte ihn damit noch mehr, als der Khan es tat. Dennoch wusste sie, dass sie es auch in der nächsten Nacht tun würde. Vielleicht, so sagte sie sich, war sie dann auch in der Lage, seine Fesseln zu durchschneiden. Selbst wenn der Pole den Tataren nicht entkam, war für ihn ein Tod im Kampf tausendmal besser als das Schicksal, das Azad Jimal Khan ihm zugedacht hatte.

9.

Osmańskis Truppe war schon in fröhlicherer Stimmung in die Festung zurückgekehrt als diesmal. Sie hatten mehrere Tote zu beklagen, und einige Reiter waren verwundet.

»Sieht aus, als hätte man Euch gerupft, Hauptmann«, meinte Leszek, kaum dass sich die Tore der Festung hinter ihnen geschlossen hatten.

Adam nickte verärgert. »Die Tataren haben uns eine Falle gestellt. Wäre Karol nicht aufmerksam geworden, hätten sie uns womöglich alle erwischt!«

»Wo ist mein Bruder?« Johanna war näher getreten und hatte vergebens nach Karl Ausschau gehalten.

Adam atmete tief durch und überlegte, wie er die Nachricht überbringen sollte.

Da klang neben ihm Fadeys Stimme auf. »Den haben die Tataren erwischt, als er sich von der Truppe entfernt hatte. Wir konnten ihm nicht helfen, sondern hatten genug zu tun, uns dieses Gesindel vom Hals zu halten.«

Diese Nachricht traf Johanna bis ins Mark. »Karol ist tot?«

Tränen rannen ihr lautlos über die Wangen, und in ihrem Herzen war nur noch Trauer und Schmerz.

Ignacy Myszkowski schüttelte den Kopf. »Es kann sein, dass er jetzt tot ist. Aber als ich einmal zurückgeblickt habe, sah es aus, als hätten die Tataren ihn gefangen genommen.«

»Dann könnte er noch leben!« In Johannas Herz zog neue Hoffnung auf, und sie funkelte Osmański an.

»Wir müssen meinen Bruder befreien!«

Bevor Adam antworten konnte, klang Fadeys Stimme auf. »Wie stellst du dir das vor? Die Tataren haben ihn in ihr Lager gebracht. Dort befinden sich Hunderte Krieger, und es wird schwer bewacht. Ich würde nicht wagen, dorthin zu reiten, und wenn es für meinen eigenen Bruder wäre.«

»Aber ...!«, rief Johanna verzweifelt.

»Kein Aber! Es wäre Wahnsinn, es zu versuchen«, schnitt ihr Adam das Wort ab.

»Ihr seid alles Feiglinge!«, schrie Johanna außer sich vor Wut. »Euch soll der Teufel holen, weil ihr einen Kameraden im Stich lasst!«

Während die meisten Reiter betreten die Köpfe senkten, trat Fadey mit geballter Faust auf Johanna zu. »Ich lasse mich von niemandem einen Feigling nennen! Dafür bekommst du Prügel.«

Er holte aus, bevor er jedoch zuschlagen konnte, hatte Johanna ihren Säbel gezogen und hielt ihn an seine Kehle.

»Versuche es, und du wirst dein Abendessen von des Teufels Großmutter aufgetischt bekommen!«

»Ich würde an deiner Stelle den Ratschlag beherzigen, Fadey. Unser Jüngelchen ist sehr flink mit dem Säbel«, sagte Leszek und fuhr, an Adam gewandt, fort: »Hat Euch übrigens die Festung gerettet, Hauptmann! Ein paar Tataren wollten sie sich des Nachts unter den Nagel reißen. Da hätten sie bei unserem

Janicek etwas früher aufstehen müssen. Wir haben über dreißig von den Kerlen erledigt. Die liegen jetzt eine halbe Meile von hier in ihrem Grab und können darüber nachdenken, was sie alles falsch gemacht haben!«

»Ihr seid angegriffen worden?«, fragte Adam erschrocken.

»Unser Jüngelchen hat damit gerechnet und doppelte Posten aufstellen lassen. War auch gut so, denn wir konnten die Kerle mit gehacktem Blei und Musketenkugeln begrüßen. Glaubt nicht, dass sie von diesem Empfang begeistert waren.« Leszek grinste, erinnerte sich dann aber, dass Karl vermisst wurde, und legte Johanna die Hand auf die Schulter. »Wenn ich mein Bein noch hätte, würde ich losreiten, um deinen Bruder zu retten.«

»Alter Narr! Als wenn du noch etwas erreichen könntest«, rief Fadey höhnisch.

Leszek vielleicht nicht, aber ich, schoss es Johanna durch den Kopf. Sie machte auf dem Absatz kehrt und betrat das Haus, in dem ihre Kammer lag.

»Kümmert euch um die Verwundeten und die Pferde. Wir haben die Tiere wahrlich nicht geschont!« Adam sah Fadey auffordernd an.

Dieser winkte ein paar Männer zu sich und befahl ihnen, die Verwundeten in eines der Schlafhäuser zu bringen. Unterdessen gesellte Adam sich zu Ignacy. Der junge Mann war noch nicht lange bei seinem Trupp, hatte sich aber bereits bewährt.

»Such drei oder vier Männer aus, die bereit sind, dem Teufel in den Mund zu spucken. Wir rücken ab, sobald der Mond aufgegangen ist.«

Ignacy sah ihn angespannt an. »Ihr wollt Karol also doch befreien?«

»Jan hat recht! Der Teufel soll uns holen, wenn wir je einen Kameraden im Stich lassen.«

»Fadey scheint anders zu denken«, warf Ignacy ein.

»Er ärgert sich, weil sich seine Auskunft als falsch erwiesen hat, und will nicht noch mehr Leute verlieren.«

Ignacys Grinsen wurde starr. »Vielleicht solltet Ihr das nächste Mal selbst zu dem Armenier reiten!«

»Du misstraust Fadey? Er ist seit zwei Jahren bei mir und hat sich als tapferer Kämpfer und treuer Kamerad erwiesen!«, rief Adam verwundert aus.

»Er ist ein Kosak!«

»Den andere Kosaken vertrieben haben!« Adams Tonfall verriet deutlich, dass er kein Wort gegen Fadey mehr hören wollte.

Schnaubend drehte Ignacy Myszkowski sich um und wollte die Männer zusammensuchen, von denen er glaubte, dass sie mit Osmański und ihm reiten würden.

Da trat Johanna in voller Ausrüstung aus dem Haus. Zuerst achtete niemand auf sie, doch als sie Wojsław befahl, zwei Pferde zu satteln, sah Adam sie verblüfft an.

»Was soll das?«

»Ich lasse meinen Bruder nicht in den Händen der Tataren. Entweder rette ich ihn, oder ich sterbe mit ihm«, rief Johanna leidenschaftlich.

»Ich verbiete dir zu reiten!«, antwortete Adam nicht weniger laut als sie.

Ohne sich um ihn zu scheren, trat Johanna zu ihrem Wallach. Es war bereits gesattelt, und Wojsław legte nun seinem Pferd den Sattel auf.

»Ich komme mit«, sagte er leise.

Johanna schüttelte den Kopf. »Du bleibst hier! Wir müssten sonst ein drittes Pferd mitnehmen, und wir besitzen nur noch diese zwei. Außerdem ist ein Reiter schlechter zu entdecken als zwei.«

»Aber …«, begann Wojsław, doch Johanna schnitt ihm das

Wort ab. »Mein Entschluss steht fest!« Sie stieg auf und wollte losreiten, doch da vertrat ihr Adam den Weg.

»Du bleibst, hast du verstanden? Es ist viel zu gefährlich für dich!« Er wollte nach dem Zügel ihres Wallachs greifen und sah im nächsten Moment die Mündung ihrer Pistole auf seinen Kopf gerichtet. »Geht mir aus dem Weg! Und ihr öffnet das Tor!«

Adam begriff ebenso wie die anderen, dass Johanna bereit war, ihn niederzuschießen, wenn er sie zurückhalten wollte. Zornglühend winkte er den Wachen am Tor, ihr zu öffnen. Kaum war dies geschehen, trieb Johanna ihren Wallach an und führte Wojsławs Pferd am Zügel mit sich.

Kaum war sie draußen, ballte Adam die Fäuste. »Dieses verdammte, starrköpfige Biest! Der gehört der Hintern so verdroschen, dass sie drei Wochen lang nicht mehr sitzen kann!«

Nach den ersten Worten hatte er seine Stimme jedoch so gedämpft, dass die anderen ihn nicht mehr verstehen konnten.

Ignacy Myszkowski kam zu ihm und sah Johanna nach, die im gestreckten Trab dem Horizont zustrebte. »Mutig ist der Bursche ja. Aber ob ihm das bei den Tataren hilft?«

»Sobald die Pferde gesattelt sind, werden wir mit ein paar Männern zusammen Jan folgen. Fadey soll mit den anderen in der Festung bleiben.«

»Können wir nicht mit Azad Jimal Khan verhandeln und Karol gegen ein paar Tataren austauschen?«, schlug Ignacy vor.

Fadey lachte. »Wir haben keine Gefangenen, die wir austauschen können. Außerdem hasst Azad Jimal euch Polen zu sehr, um einen von euch wieder herzugeben, wenn er in seine Hand gefallen ist.«

Ignacy sah ihn verwundert an. »Jan hat doch Gefangene gemacht!«

»Das stimmt. Allerdings kam bei dem Kampf ein Sohn des

Khans ums Leben. Ich kenne Azad Jimal gut genug, um zu wissen, dass er nach Polenblut lechzt. Er wird Karol niemals am Leben lassen. Deswegen werden wir losreiten und Karol befreien«, erklärte Adam ernst.

»Ich bin nicht feige«, sagte der Kosak, »aber nach den beiden Fehlschlägen dürfte Azad Jimals Lager einem aufgescheuchten Wespenschwarm gleichen. Nur ein Narr wagt sich jetzt noch dorthin!«

»Dann bin ich eben ein Narr«, antwortete Adam und befahl Ignacy, sich zu beeilen.

10.

Johanna hatte sich nur zwei- oder dreimal weiter als einen halben Tagesritt von der Festung entfernen dürfen. Aus Erzählungen kannte sie jedoch die Richtung, in der Azad Jimal Khans Lager lag. Ihr Verstand sagte ihr, dass sie sich diesem nicht geradewegs von der Festung nähern durfte, daher hielt sie eine Weile auf das Gebiet zu und schlug, als sie ihrer Schätzung nach die Hälfte des Weges zurückgelegt hatte, einen weiten Bogen.

Bei Einbruch der Nacht zügelte sie ihr Pferd und wartete, bis der Mond aufgegangen war. Das Risiko, sonst in eine der Schluchten zu stürzen, die das Land hier durchzogen, war zu groß. Als sie bei Tagesanbruch ein kleines Wäldchen aus verkrüppelten Bäumen erreichte, das in einer Mulde lag, beschloss sie, dort Rast zu machen. Am Tag war ein Reiter über viele Meilen hinweg zu sehen, und sie wollte nichts riskieren.

Am späten Nachmittag brach sie wieder auf, führte die beiden Pferde bis zum Einbruch der Nacht jedoch am Zügel. Danach stieg sie wieder in den Sattel, legte aber das nächste Stück

Weges im Schritt zurück, um plötzlich auftauchende Abgründe rechtzeitig zu bemerken. Kaum war der Mond über den Horizont gestiegen, wurde sie schneller. Johanna wusste nicht, wie viel Zeit ihr blieb, um ihren Bruder zu retten, und kämpfte mit der Angst, zu spät zu kommen. Doch wenn sie zu sehr eilte und unvorsichtig wurde, half dies weder ihrem Bruder noch ihr selbst.

Ihre Anspannung wuchs mit jedem Schritt des Pferdes, und sie beschloss, die Vorsicht erst einmal außer Acht zu lassen. Schließlich galoppierte sie durch die Nacht, ohne sich um Erdspalten zu kümmern, und hatte Glück, im ersten Licht der im Osten aufsteigenden Sonne das Tatarenlager vor sich zu sehen. Johanna suchte sich eine Stelle, an der sie sich über Tag verbergen konnte, versorgte dort die beiden Pferde und schlief dann bis fast zum Abend.

Kaum war die Sonne im Westen versunken, machte sie sich auf den Weg. Ein Stück konnte sie die Pferde noch mitnehmen, dann musste sie sie in der Deckung eines kümmerlichen Gebüsches zurücklassen. Während sie gebückt auf das Lager zulief, hoffte sie, dass ihr Bruder in der Lage wäre, den Weg bis zu den Pferden zu bewältigen. Wenn er zu geschwächt war, würde sie ihn notfalls tragen müssen.

Kurz vor dem Tatarenlager musste sie einer Schaf- und Ziegenherde ausweichen. Die Tiere schliefen, und sie durfte sie nicht aufscheuchen, wenn sie nicht entdeckt werden wollte. Der Mond hing trübe am Himmel und spendete kaum Licht. Obwohl dies Johanna behinderte, war sie froh um die Dunkelheit, denn sie gelangte ungesehen bis an den Wall. Dort hielt sie nach den Wachen Ausschau. Diese rechneten offenbar nicht damit, dass ein einzelner Reiter bis zum Lager vordringen könnte, denn sie spähten in die Ferne.

Da der Erdwall nur von wenigen Fackeln erhellt wurde, suchte Johanna sich eine Stelle, die von dem flackernden Schein nicht erreicht wurde, kletterte hinauf und stieg über den Palisadenzaun. Bislang hatte niemand sie bemerkt, und dies stimmte sie hoffnungsvoll. Doch wo sollte sie ihren Bruder suchen?

Befand er sich in einer der Jurten, und wenn ja, in welcher? Bereit, in eine Jurte einzudringen, jemanden zu wecken und zum Sprechen zu bringen, schlich sie weiter. Immerhin hatte Leszek ihr einige tatarische Worte beigebracht, und die mussten reichen.

Wichtige Gefangene wurden gewiss in der Nähe des Khans untergebracht, dachte sie und sah sich um. In der Mitte des Lagers entdeckte sie Azad Jimals große Jurte. Unweit davon stand eine kleinere, und vor beiden erstreckte sich ein freier Platz.

Plötzlich erstarrte Johanna. Kam da nicht jemand aus der kleineren Jurte heraus? In der herrschenden Dunkelheit war es nicht einfach, etwas zu erkennen. Trotzdem war sie sicher, dass dort jemand herumschlich.

»Dann brauche ich nicht in eine Jurte einzudringen und jemanden zu wecken«, sagte sie sich und huschte so lautlos wie eine Maus auf den freien Platz zu.

11.

*M*unjah wusste, dass sie ihre Entscheidung nicht länger hinauszögern durfte. Wenn sie den Gefangenen befreien wollte, musste es in dieser Nacht geschehen. Um zu entkommen, brauchte er Kraft. Daher hatte sie beinahe ihr ganzes Abendessen für ihn aufgespart. Füttern wie in den letzten drei Nächten wollte sie ihn diesmal nicht. Sie hatte das Hammelfleisch und den Reis in ein Tuch gewickelt, wie es hier im Lager häufig verwendet wurde, und sich einen kleinen Dolch unter ihr Gewand gesteckt. Nur mit Wasser konnte sie ihm nicht helfen. Er würde aus dem Becher trinken müssen, den sie bei sich hatte, und dann versuchen, das Lager zu verlassen.

»Heilige Jungfrau, hilf!«, flehte sie mit leiser Stimme, als sie sich neben Karl niederließ.

Durch Munjahs Hilfe hatte Karl die Gefangenschaft besser überstanden, als die Tataren annahmen. Um diese zu täuschen, hatte er sie immer wieder angefleht, ihm Wasser zu geben, aber nur Flüche und Fußtritte als Antwort erhalten. Als Munjah ihm diesmal nicht gleich den Becher an die Lippen hielt, sondern nach seinem rechten Arm tastete, begriff er, dass sie genug Mut gefasst hatte, um ihn loszuschneiden.

Am liebsten hätte er sie gedrängt, sich zu beeilen, wollte sie aber nicht erschrecken und wartete daher, bis sein rechter Arm frei war. »Hab Dank! Möge die Heilige Jungfrau von Zamość es dir lohnen«, flüsterte er für Munjahs Gefühl zu laut.

»Sei still!«, wies sie ihn zurecht und wollte seinen anderen Arm losschneiden. Da wurde sie plötzlich von hinten gepackt und niedergerissen. Im nächsten Augenblick spürte sie eine scharfe Klinge an ihrem Hals.

»Keinen Laut! Es würde dein letzter sein«, hörte sie eine Stimme wispern.

Die Angst schoss ihr in alle Glieder. Hatten die Tataren bemerkt, dass sie den Gefangenen in den letzten Nächten versorgt hatte? Dann aber hätte dieser Mann ihr nicht befohlen, still zu sein.

Johanna hatte sich herangeschlichen und das Mädchen überrascht. Sie wollte schon fragen, wo ihr Bruder wäre, als sie einen leisen Ruf hörte. »Bist du es, Johanna?«

»Karl? Welch ein Glück, du lebst! Warte, ich setze rasch die Tatarin außer Gefecht und schneide dich dann los.«

»Nein, nicht!« Karl fasste mit seiner freien Rechten nach Johanna. »Das Mädchen hat mir in den Nächten Wasser und etwas zu essen gebracht. Ohne sie wäre ich bereits verschmachtet!«

Johanna war im Zwiespalt. Der Verstand sagte ihr, dass sie das Mädchen nicht leben lassen durfte, da es gewiss Alarm schlagen würde. Andererseits hatte es Mitleid mit Karl gezeigt.

»Höre mir gut zu!«, zischte sie Munjah ins Ohr. »Du gehst jetzt in deine Jurte zurück und rührst dich bis morgen früh nicht von der Stelle, hast du verstanden?«

Sie sagte es zuerst auf Polnisch und wollte es dann auch in der tatarischen Sprache radebrechen.

Da kam bereits Munjahs Antwort auf Polnisch. »Ich werde euch nicht verraten!«

»Dann geh!«

Munjah wollte schon gehorchen, als ihr der Dolch einfiel, den sie vor Schreck fallen gelassen hatte. Erschrocken tastete sie danach.

»Was soll das?«, fragte Johanna streng.

»Mein Dolch! Er darf nicht gefunden werden. Es wäre mein Tod und der meines Vaters!«, erwiderte Munjah voller Angst.

Karl hatte gespürt, wie etwas neben ihn gefallen war, und tastete danach. Tatsächlich war es der Dolch. Rasch befreite er seinen linken Arm und drückte Munjah dann die Waffe in die Hand.

»Hier ist er. Geh mit Gott! Ich werde nie vergessen, was du für mich getan hast. Die Beine musst du mir losschneiden.« Das Letzte galt Johanna, die es sofort tat.

Munjah eilte unterdessen zur Jurte, drehte sich dort aber noch einmal um. Möge die Heilige Jungfrau euch beistehen, dachte sie, band dann den Eingang der Jurte zu und tastete sich zu ihrem Lager.

Draußen hatte Johanna ihren Bruder inzwischen befreit, rümpfte nun aber die Nase.

»Du riechst nicht gut! Ich würde sogar sagen, du stinkst.«

»Wenn du mehrere Tage hier liegen müsstest, ginge es dir auch nicht besser«, antwortete Karl und kämpfte sich auf die Beine. Die lange Zeit, die er gefesselt gewesen war, machte sich bemerkbar, denn er war kaum in der Lage, einen geraden Schritt zu tun.

»Geht es?«, fragte Johanna besorgt. Immerhin mussten sie leise sein, wenn sie ungeschoren aus dem Lager hinauskommen wollten.

Karl biss die Zähne zusammen, war aber so steif, dass seine Schwester ihn stützen musste. Erst kurz vor dem Erdwall mit dem Palisadenzaun wagte Johanna, ihn loszulassen. Dort angekommen, schnaubte sie enttäuscht. »Ausgerechnet jetzt muss der Mond heller scheinen!«

»Was tun wir?«, fragte Karl.

»Wir wagen es trotzdem.« Johanna wollte über die Palisade steigen, als plötzlich Rufe aufklangen.

»Dort sind Reiter! Seht ihr?«

Auch die Zwillinge blickten jetzt nach draußen und entdeckten im matten Mondlicht eine Schar, die langsam auf das Lager zukam. Da alle Wachen in die gleiche Richtung starrten, versetzte Johanna ihrem Bruder einen Stoß.

»Schnell jetzt! Die Gelegenheit kommt nicht wieder!«

Sie kletterte flink wie ein Eichhörnchen über den Zaun, musste Karl aber darüber helfen. Dann rutschten beide den Erdwall hinab und blieben einen Augenblick unten liegen.

Johanna stupste ihren Bruder an. »Glaubst du, du kannst bis zu den Pferden gehen? Ich musste sie etliche Schritte von hier zurücklassen.«

Karl fühlte sich kraftlos und zerschlagen, doch er nickte. »Ich werde es schaffen!«

»Wir dürfen nicht trödeln! Noch achten alle auf die Reiter,

aber wenn der Teufel es will, entdeckt uns doch einer der Wachen. Zum Glück bin ich nicht aus derselben Richtung gekommen wie diese Männer.«

Mühsam stand Karl auf und folgte ihr. »Ich würde mich gerne säubern«, sagte er nach einer Weile.

»Das kannst du machen, wenn wir weit genug weg sind«, antwortete seine Schwester und atmete auf, als sie das Gebüsch erreichten, in dem sie die Pferde zurückgelassen hatte, und diese dort vorfanden.

12.

Munjah war noch nicht eingeschlafen, als es draußen laut wurde. Jetzt haben die Tataren den Polen und seinen Befreier gefangen, dachte sie entsetzt. Oder war es eine Befreierin gewesen? Die Stimme hatte wie die eines Mädchens geklungen. Sie wies diese Vermutung jedoch sofort zurück. Kein Mädchen brachte so viel Mut auf wie dieser junge Mann! Dabei war der Pole kaum mehr gewesen als ein Knabe. Der Gedanke, dass nun beide sterben würden, trieb ihr die Tränen in die Augen.

»Was ist denn los?«, fragte Bilge, die sich über die Störung ärgerte.

»Ich ... ich weiß es nicht«, sagte Munjah, wagte es aber nicht, sich dem Jurteneingang zu nähern. Kurz darauf öffnete ihr Vater den Eingang und trat hinaus. Frische, kühle Luft wehte in die Jurte und brachte Munjah wieder so weit zur Besinnung, dass sie aufstehen und ihren Mantel überwerfen konnte.

»Was gibt es, Vater?«, fragte sie.

Ismail Bei starrte verwirrt auf die Krieger, die nun hintereinander ins Lager kamen. Es handelte sich um die Schar, die mit

Rinat geritten war, doch ihre Zahl hatte sich fast um die Hälfte verringert.

Inzwischen hatte auch der Khan seine Jurte verlassen und wirkte ebenso fassungslos wie sein Gast. »Was ist geschehen?«, fragte er.

Drei Krieger warfen sich vor ihm auf den Boden und schlugen die Stirn auf die Erde. »Verzeiht uns, Herr, doch die Polen, die der Scheitan holen soll, haben uns erwartet. Wir verloren viele Krieger, und die meisten Überlebenden sind verwundet, darunter auch Euer Sohn Rinat. Seine Verletzung ist schwer, und so konnten wir nur langsam reiten, damit er das Lager noch lebend erreicht und mit Eurem Segen ins Paradies eingehen kann.«

Azad Jimal Khan war, als hätte ihn der Kriegshammer eines Polen getroffen. Der eine Sohn war bereits tot, der andere würde den Worten seines Gefolgsmanns nach nicht mehr lange leben. Ihm blieb daher nur mehr ein Knabe von acht Jahren als Nachfolger, und das in einer Zeit, in der die Polen stärker wurden und er selbst das Alter immer unbarmherziger spürte.

Noch während der Khan in Gedanken das Schicksal anklagte, gellte auf einmal ein Schrei durch das Lager.

»Der Gefangene ist weg!«

Azad Jimal Khan stand für einige Augenblicke wie erstarrt da. Dann ballte er voller Wut die Fäuste. »Durchsucht das Lager! Dreht alles um! Er muss gefunden werden!«

Seine Krieger, aber auch die Frauen und die älteren Kinder rannten los, um den entflohenen Gefangenen aufzuspüren. Gleichzeitig begannen die Leibwächter, eine Jurte nach der anderen zu durchsuchen. Selbst die, in der Ismail Bei und Munjah wohnten, wurde nicht ausgelassen.

Während zwei Krieger in den Truhen wühlten und Munjahs Kleider achtlos auf den Boden warfen, blickte Ismail Beis Diener Nazim Munjah immer wieder mit einem verzerrten Grinsen an. Als die Tataren begriffen, dass der Gefangene nicht in dieser Jurte sein konnte, und diese wieder verließen, trat der Diener zur Tochter seines Herrn.

»Ich habe gesehen, dass du heute Nacht die Jurte verlassen hast. Als du zurückkamst, hast du deinen Dolch in der Hand gehalten. Ich habe seine Klinge im Mondlicht blitzen sehen. Wozu hast du sie gebraucht? Doch nur, um den Gefangenen loszuschneiden!«

Nazims Stimme klang leise, traf Munjah jedoch ins Mark. Sie wollte seine Worte abstreiten. Bevor sie jedoch etwas sagen konnte, sprach der Diener weiter. »Wenn ich es dem Khan erzähle, wird er dich und deinen Vater grausam hinrichten lassen!«

»Ich habe den Gefangenen nicht befreit«, antwortete Munjah beherrscht.

Es ist nicht einmal eine Lüge, dachte sie, denn es war der fremde Jüngling gewesen. »Außerdem«, fuhr sie fort, »bist du unser Diener und meinem Vater und mir zu Treue verpflichtet.«

»Ich soll einem vom Sultan ans Ende der Welt Verbannten und seiner Tochter die Treue halten? Du träumst, Mädchen!« Nazim lachte leise und fasste Munjah mit einer Hand bei der Schulter. »Dein Leben und das deines Vaters liegen in meiner Hand! Ich kann zum Khan gehen oder es bleibenlassen. Doch wenn ich schweige, hat das seinen Preis.«

Nazim verstummte einen Augenblick, als erwarte er von Munjah eine Antwort, doch das Mädchen kniff die Lippen zusammen.

»Du beginnst, zu einer schönen Frau heranzureifen«, fuhr der Diener fort. »Wenn dein Vater wieder einmal beim Khan weilt, wirst du Bilge unter einem Vorwand wegschicken und mir deine Brust zeigen.«

Und später alles, setzte Nazim in Gedanken hinzu.

Munjah kämpfte gegen ihre Tränen an und wünschte sich gleichzeitig die Kräfte eines Riesen, um den Diener erwürgen zu können. Einen Moment lang erwog sie, sich ihrem Vater anzuvertrauen. Ismail Bei aber war ein Diener des Sultans und damit ein Feind der Polen. Auch würde er ihre Beweggründe niemals verstehen und ihr vielleicht sogar seine Liebe entziehen. Doch sollte sie deshalb auf Nazims Erpressung eingehen? Munjah ahnte, dass dieser es mit dem Zeigen der Brust nicht bewenden lassen würde. Vielleicht würde er später von ihr sogar fordern, sich ihm hinzugeben.

Niemals!, fuhr es ihr durch den Kopf. Eher war sie bereit, zu sterben – oder zu töten! Schließlich hatte Nazim selbst sie auf ihren Dolch aufmerksam gemacht. Mit diesem konnte sie nicht nur Stricke durchschneiden, sondern auch Kehlen. Mit diesem Gedanken drehte sie dem Diener den Rücken zu und begab sich in ihren Teil der Jurte.

Da Bilge draußen stand, um den Tataren bei der Durchsuchung des Lagers zuzusehen, zog Nazim den Vorhang ein Stück beiseite und sah Munjah höhnisch an. »Denke nur nicht, dass du dich mir entziehen kannst. Schwöre mir, dass du mir deine Brüste zeigen wirst. Sonst gehe ich sofort zum Khan!«

Munjah drehte sich zu ihm um und nickte. »Ich werde dir meine Brüste zeigen!« Und dich oder mich danach töten, setzte sie in Gedanken hinzu.

Keiner der beiden sah, dass Ismail Bei am Eingang der Jurte stand und die Szene beobachtete. Munjahs Vater wusste nichts von Nazims Erpressung, daher glaubte er, seine Tochter, die nun zur Frau heranwuchs, könne ihre Triebe nicht mehr beherrschen, und empfand heftigen Zorn.

13.

Obwohl sich die Tataren alle Mühe gaben, blieb der Gefangene verschwunden. Azad Jimal Khan tobte vor Wut und befahl, die Nachtwachen zu holen. Die sechs Männer hatten sich ebenfalls an der Suche nach Karl beteiligt und traten nun zitternd vor ihren Herrn.

»Ihr habt heute Nacht Wache gehalten?«, donnerte Azad Jimal Khan sie an.

»Ja, oh Khan«, antwortete einer der Männer.

»Und trotzdem ist der verfluchte Pole entkommen! Wie konnte das geschehen?«

»Ein Dschinn muss ihn losgebunden und durch die Luft davongetragen haben!«

Der Wächter hatte es kaum gesagt, da fuhr ihm die Peitsche des Khans klatschend ins Gesicht. »Verfluchter Hund! Versuche nicht, dein Versagen auf die Geister und Dämonen zu schieben. Die Fesseln des Gefangenen wurden mit einem Messer durchtrennt und nicht durch einen Zauber gelöst. Doch selbst dann, wenn ein Dschinn den Polen durch die Luft davongetragen hätte, hättet ihr ihn sehen müssen.«

»Ich habe etwas gesehen. Es war ein heller Punkt, der genau nach Norden strebte«, rief ein Wächter und zeigte in die Richtung. »Hier, genau dort war es!«

Der Khan stutzte einen Augenblick, schüttelte dann aber den Kopf. »Wäre es so gewesen, hättest du es gemeldet. So aber habt ihr geschlafen!«

»Oh nein, mein Khan. Wir haben sorgsam achtgegeben«, verteidigte sich ein anderer Wächter.

Azad Jimal Khan schwieg einige Augenblicke und musterte die sechs Männer mit finsteren Blicken. »Ihr habt also nicht geschlafen?«

»Nein, gewiss nicht!«, riefen die Männer.

»Dann hat Allah euch mit Blindheit geschlagen, weil ihr den Polen und seine Befreier nicht gesehen habt. Da ihr in der Nacht blind wart, könnt ihr es auch am Tage sein. Blendet sie!«

Auf die Worte des Khans hin verstummte das ganze Lager. Nur das Blöken eines Schafes drang von draußen herein und brachte einen der Wächter auf eine Idee.

»Herr, wir haben wirklich achtgegeben! Aber hätten die Herdenwachen die Polen nicht kommen sehen müssen? Sie haben die Tiere nördlich des Lagers zusammengetrieben. Aus der Richtung mussten doch die Polen kommen!«

»Das hätten sie nur dann getan, wenn sie so dumm wären wie ihr. Doch der Scheitan hat ihnen kluge Gedanken eingegeben und ihnen gesagt, wie sie an euch Hunden vorbeikommen können.«

»Dann ist der Scheitan schuld am Entkommen des Polen und nicht wir!«, rief einer der Wächter.

Der Khan deutete jedoch auf einen seiner Unteranführer. »Ich habe befohlen, dass diese Schweine geblendet werden. Warum geschieht das nicht?«

Mit unreinen Tieren wie einem Hund und gar einem Schwein verglichen zu werden, war eine Beleidigung, für die ein Tatar einen anderen ohne Zögern erschlagen hätte. Beim Khan war dies jedoch unmöglich. Stattdessen flehten die sechs Männer ihn um Gnade an. Ihre Weiber, Kinder und andere Verwandte versuchten ebenfalls, Azad Jimal Khan umzustimmen. Dessen Zorn über den Tod seiner beiden ältesten Söhne suchte jedoch Opfer, und er war daher nicht bereit, Gnade walten zu lassen.

Vom Eingang ihrer Jurte sah Munjah zu, wie die sechs Wächter auf den freien Platz geschleppt wurden, auf dem bis vor wenigen Stunden der junge Pole gefesselt gelegen hatte. Mehrere Männer entfachten ein großes Feuer, und einer von Azad Jimal

Khans Leibwächtern hielt eine Säbelklinge in die Flammen. Als sich der Stahl leicht rot verfärbte, zog der Mann die Waffe zurück, trat vor den ersten Wachtposten und presste ihm das heiße Eisen gegen die Augenpartie.

Obwohl von frühester Jugend daran gewöhnt, Schmerz zu ertragen, schrie der Verurteilte gellend auf. Der Geruch verbrennenden Fleisches zog über das Lager und reizte Munjah beinahe zum Erbrechen. Trotzdem blieb sie an ihrem Platz stehen und sah zu, wie ein Wächter nach dem anderen geblendet wurde.

Da tauchte Nazim neben ihr auf. »Der Khan hat diese Männer bestraft, weil der Pole ungesehen zwischen ihnen hindurchschlüpfen konnte. Welche Qualen würde erst die Person erleiden, die den Gefangenen befreit hat?«

Er lachte leise und trat dann zurück, weil Bilge hereinkam. Obwohl von Natur aus dunkelhäutig, wirkte Munjahs Sklavin jetzt grau. Sie blieb neben ihrer Herrin stehen und schüttelte sich.

»Der Khan ist ein Narr«, sagte sie leise. »Er hat bereits genug Krieger verloren, nun hat er diese Zahl noch einmal um sechs erhöht. Die Polen werden sich freuen.«

»Die Strafe ist zu grausam«, stimmte Munjah ihr traurig zu und war froh, dass ein anderer junger Pole letzte Nacht ins Lager eingedrungen war, um seinen Kameraden zu retten. Hätte sie den Gefangenen selbst befreit, würde sie sich für immer die Schuld am Schicksal dieser sechs Männer geben. Dabei war ihre Lage durch Nazims Drohung schlimm genug. Sie überlegte, ob Bilge ihr helfen könnte. Das Mädchen war zwar kräftig, aber niemand, der einem Mann wie Nazim gefährlich werden konnte. Wenn sie ihre Sklavin mit hineinzog, bestand die Gefahr, dass Nazim von ihr forderte, ihm Bilge für mehr zu überlassen, als nur die Brust zu zeigen.

14.

Johanna nahm an, dass die Tataren bei der Suche nach ihr und Karl vor allem den Landstrich zwischen ihrem Lager und Osmańskis Festung durchsuchen würden. Daher wandte sie sich erst einmal in die Gegenrichtung.

»Reiten wir nicht nach Süden?«, fragte Karl verwundert.

»Nur für kurze Zeit«, beruhigte ihn Johanna. »Wir müssen erst einmal von Azad Jimals Lager wegkommen, bevor wir uns nach Nordwesten wenden. Wie geht es dir? Wirst du dich im Sattel halten können? Wir müssten sonst auf einem Pferd reiten, so dass ich dich festhalten kann.«

»Es geht schon«, antwortete Karl, der um nichts in der Welt seine Schwäche eingestehen wollte.

Für ihn war es ein Wunder, dass es seiner Schwester gelungen war, in das Tatarenlager einzudringen und ihn zu befreien. Ohne ihre Hilfe wäre er nicht entkommen, selbst wenn die junge Tatarin ihn losgeschnitten hätte. Trotzdem empfand er dem jungen Mädchen gegenüber eine tiefe Dankbarkeit. Sie hatte dafür gesorgt, dass er noch lebte. Zwar hatte sie ihm ihren Namen nicht genannt, doch hatte er im Schein des Mondes kurz ihr Gesicht sehen können und würde es niemals vergessen.

»So in Gedanken, Bruder?«, hörte er Johannas Stimme.

»Ich dachte daran, dass selbst an den schlimmsten Orten noch Barmherzigkeit zu finden ist«, antwortete er leise.

»Du meinst die Kleine, der ich das Leben geschenkt habe?«

»So klein ist die Tatarin auch wieder nicht. Ich schätze sie auf mindestens fünfzehn Jahre, und sie ist sehr hübsch«, widersprach Karl vehement.

Johanna begann zu lachen. »Dein Engel mag hübsch und auch nicht zu klein sein, aber eines ist er gewiss nicht.«

»Und was?«

»Eine Tatarin! Auch wenn das Mondlicht schwach war, konnte ich sehen, dass dein Engel blondes Haar hat. Außerdem trägt keine Tatarin seidene Kleidung.«

»Vielleicht war es eine Tochter des Khans. Ihre Mutter kann eine Sklavin gewesen sein!«

Johanna lachte erneut. »Du träumst, Bruder. Die Kleidung, die sie trug, war anders.«

»Wie viele Tatarinnen hast du schon gesehen?«, fragte Karl spöttisch.

»Gewiss weniger als du, da du in Azad Jimals Lager etliche betrachten konntest. Leszek und andere haben mir jedoch geschildert, wie Tatarinnen sich kleiden. Daher kann ich sagen, dass dein Engel keine von ihnen gewesen sein kann.«

»Und wer soll sie sonst gewesen sein?«

»Das, mein Bruder, werden wir wohl nie herausfinden. Doch nun sollten wir schneller reiten. Nicht, dass die Tataren doch in unsere Richtung ausschwärmen und uns entdecken!« Johanna kitzelte ihren Wallach leicht mit den Sporen und spürte zufrieden, wie er schneller wurde. Für einen Augenblick blieb Karl hinter ihr zurück, holte dann aber wieder auf. Er musste alle Kraft aufwenden, um sich im Sattel zu halten, und so blieb ihm fürs Reden keine Luft. Als Johanna bei Tagesanbruch einen kleinen Bach erreichte und dort eine Rast einlegte, war ihr Bruder so erschöpft, dass sie ihm vom Pferd helfen musste.

»Wir werden hier über Tag bleiben. Du kannst dich am Bach waschen. Um deine Kleider kümmere ich mich«, sagte sie, obwohl der Platz nur wenig Deckung bot. Johanna wusste jedoch, dass ihr Bruder keine halbe Meile mehr schaffen würde, und vertraute auf den Schutz der Heiligen Jungfrau. Immerhin hatte diese ihr geholfen, Karl zu befreien, und würde sie gewiss nicht im Stich lassen.

Dieser Glaube hielt etwas mehr als eine Stunde an. In dieser

Zeit hatte ihr Bruder sich gesäubert, und seine Kleidung trocknete im Steppenwind. Dann entdeckte sie mehrere Reiter, die genau in ihre Richtung hielten, und erschrak. Karl war eingeschlafen und schien heftig zu träumen. Johanna verzichtete darauf, ihn zu wecken, lud ihre Pistolen und rückte ihren Säbel zurecht. Auch wenn sie nicht hoffen durfte, mit mehreren Tataren fertigzuwerden, wollte sie sich nicht kampflos ergeben.

Nach einer Weile stiegen die Reiter ab und führten ihre Pferde. Und mit einem Mal kamen sie ihr seltsam bekannt vor.

»Osmański!« Johanna zischte es wie einen Fluch, war aber gleichzeitig heilfroh, ihn zu sehen. In diesem Moment blickte er zu dem Gebüsch herüber, entdeckte sie und kam auf sie zu. Außer Osmański war noch Ignacy Myszkowski dabei sowie fünf Reiter, die sich im Kampf bereits mehrfach ausgezeichnet hatten. Die Männer grinsten erleichtert, als sie die Zwillinge sahen. Das Gesicht Osmańskis war jedoch rot vor Zorn. Ehe Johanna sich versah, versetzte er ihr eine Ohrfeige, die es in sich hatte. Verdattert und wütend zugleich stolperte Johanna zurück und griff zu ihren Pistolen.

»Wenn du jetzt schießt, weiß jeder Tatar im weiten Umkreis, wo er uns finden kann«, sagte Adam kalt, war aber dann doch froh, dass Johanna die Pistole senkte.

»Die Ohrfeige war dafür, dass du gegen meinen Willen aufgebrochen bist. Ich erschieße dich nur deshalb nicht wegen Befehlsverweigerung, weil die Heilige Jungfrau von Zamość dich in ihr Herz geschlossen zu haben scheint. Jeder andere, mich eingeschlossen, wäre bei deinem verrückten Vorhaben von den Tataren erwischt worden.«

»Ich habe meinen Bruder aus Azad Jimals Lager geholt«, sagte Johanna mühsam beherrscht.

Sie begriff jedoch selbst, dass sie nicht auf Osmański schießen durfte, denn sie befanden sich zu tief im Tatarenland. Vergessen würde sie diese Ohrfeige nicht. Während sie die Pistolen wegsteckte, griff sie sich mit der anderen Hand an die Wange. Sie schmerzte noch immer, doch wenigstens waren ihre Zähne fest geblieben.

»Wir sollten uns nicht zu lange hier aufhalten«, erklärte Adam und stieß den immer noch schlafenden Karl mit der Stiefelspitze an.

»Aufstehen, du Faulpelz! Es geht weiter!«

Karl schreckte hoch und starrte Osmański an. »Ihr, Hauptmann?«

»Irgendjemand musste diesem Lümmel ja folgen und ihn notfalls heraushauen«, erwiderte Adam knurrig und half Karl auf die Beine.

Dieser hatte nur eine Decke um sich geschlagen und äugte nun zu seinen Hosen. Adam reichte sie ihm lachend und half ihm, als er sich fertig angezogen hatte, auf den Wallach. Danach stieg er selbst in den Sattel und ritt in westlicher Richtung los. Die anderen folgten so rasch, dass Johanna sich sputen musste, aufs Pferd zu kommen. Trotzdem dauerte es eine Weile, bis sie zu der Gruppe aufgeschlossen hatte und ihren Wallach neben Karls Reittier lenken konnte.

»Osmański hat mir eine Ohrfeige gegeben«, fauchte sie empört.

»Die hast du auch gebraucht!«, antwortete Adam grinsend. »Außerdem ist die Meldung unvollständig. Es heißt nämlich, Hauptmann Osmański hat mir eine Ohrfeige gegeben. Sei froh, dass es nur eine Ohrfeige war! Andere hätte ich nach dem Auftritt, den du mir in der Festung geliefert hast, über den Haufen geschossen.«

Johanna zischte ihn an, bemerkte aber, dass sie bei ihrem Bruder wenig Verständnis für ihren Ärger fand.

»Das nächste Mal werde ich dich bei den Tataren lassen«,

erwiderte sie, als er Osmański zu verteidigen suchte. »Dann kannst du sehen, ob dir noch einmal eine Tatarin hilft!«

»Du sagtest selbst, es wäre keine Tatarin gewesen«, antwortete Karl.

»Was ist mit einer Tatarin?«, fragte Adam neugierig.

»Sie kam als rettender Engel und hat meinen Bruder mit Manna und Ambrosia gespeist«, spottete Johanna immer noch aufgebracht.

»Manna und Ambrosia war es nicht gerade, sondern Hammelfleisch, Reis und Wasser. Ohne dieses Mädchen hätte ich die Gefangenschaft nicht überstanden. Azad Jimal Khan wollte mich verschmachten lassen, weil ich bei dem Gefecht bei diesem Teich einen seiner Söhne getötet habe.« Karl lächelte etwas verlegen, da ihm der letzte Satz angeberisch erschien.

»Ein zweiter Sohn wurde bei dem misslungenen Angriff auf unsere Festung schwer verwundet. Das haben wir von einem Gefangenen erfahren«, berichtete Ignacy Myszkowski aufgeregt.

»Jan konnte diesen Angriff zusammen mit den zurückgelassenen Veteranen abwehren. Das ist der zweite Grund, weshalb er nur die Ohrfeige bekam und keine Kugel«, erklärte Adam und wechselte das Thema. »Ich wüsste gerne, weshalb die Tataren unserem Trupp auflauern und gleichzeitig die Festung angreifen konnten.«

»Das war nur durch Verrat möglich«, warf Ignacy ein.

»Doch wer hat uns verraten?« Adams Miene ließ Johanna Schlimmes für den möglichen Verräter befürchten. Auch sie war neugierig, wer Osmański und dessen Reiter in die Falle gelockt hatte, doch ihre Verärgerung ließ es nicht zu, sich an den Mutmaßungen zu beteiligen, die Osmański, Ignacy und Karl jetzt anstellten.

»Es kann nur der Armenier gewesen sein«, erklärte Adam

nach einer Weile. »Er hält Kontakt zu den Türken und Tataren und war für eine entsprechende Summe gewiss bereit, uns ans Messer zu liefern.«

Dann erinnerte er sich an den »Engel«, von dem Karl und Johanna gesprochen hatten.

»Fadey berichtete doch etwas von einem türkischen Berater bei den Tataren. Vielleicht hat dieser eine Sklavin bei sich, die wegen ihres eigenen Schicksals Mitleid mit dir hatte«, sagte er zu Karl.

Jetzt konnte Johanna nicht mehr schweigen. »Das Mädchen trug ein Hemd und Pluderhosen aus Seide. So etwas besitzt keine Sklavin.«

»Es sei denn, sie ist bei ihrem Herrn hoch angesehen. Aber solche Sklavinnen haben selten Mitleid mit einem Feind«, mischte sich Ignacy ein.

»Das ist ein Rätsel, das wir wohl nie lösen werden!« Johannas Tonfall ließ keinen Zweifel daran, dass sie von diesem angeblichen Engel nichts mehr hören wollte.

»Ich würde es gerne lösen«, sagte Osmański nachdenklich, »denn wir sind diesem Mädchen zu Dank verpflichtet. Ohne sie wäre Karol gestorben. Wenn es in meiner Macht steht, will ich sie nicht dadurch betrüben, indem ich ihren Bruder, Vater oder Ehemann ...«

»Um verheiratet zu sein, ist sie noch zu jung«, unterbrach ihn Karl.

»Sie wird es aber irgendwann einmal sein«, sagte Adam lächelnd. »Auf jeden Fall will ich ihre Verwandten schonen, so gut es geht. Daher wäre es von Vorteil, zu erfahren, wer sie ist, und ich weiß auch schon, wer mir diese Information geben kann.«

»Etwa Fadey?«, fragte Ignacy, der mit dem Kosaken bislang gar nicht zurechtgekommen war.

»Der wird sich gewiss nicht um den Namen eines unbekannten Mädchens gekümmert haben«, antwortete Adam kopfschüttelnd. »Ich werde den Armenier fragen.«

Ignacy sah ihn erstaunt an. »Ihr wollt nach Zamość reiten?«

»Genau das habe ich vor. Vorher aber will ich die beiden in die Festung zurückbringen.«

»Das wäre ein Umweg«, wandte Johanna ein, ohne zu wissen, ob dies stimmte.

»Wir sollten alle reiten«, schlug Karl vor. »Azad Jimals Reiter suchen uns gewiss in Richtung der Festung, und so bestände die Gefahr, dass wir auf einen Trupp stoßen, der zu groß für uns ist. Reiten wir aber nach Zamość, umgehen wir die Tataren und lassen sie ins Leere reiten.«

»Gegen diesen Vorschlag ist, wenn ich es recht betrachte, nichts einzuwenden!« Ignacy wollte ebenfalls nicht in die Festung zurückgeschickt werden. Eine Stadt bedeutete Wein, gutes Essen und vielleicht sogar ein Mädchen, das einen für eine Nacht die Einsamkeit der Steppe vergessen ließ.

Adam überlegte kurz und nickte schließlich. Zwar hätte er auch allein nach Zamość reiten können, doch ein Mann ohne Gefolge galt kaum mehr als ein Landstreicher. Außerdem war nicht auszuschließen, dass er dort ein paar Säbel an seiner Seite brauchen konnte.

»Dann folgt mir!«, sagte er und ließ seinen Hengst schneller traben.

Die Reiter folgten ihm fröhlich. Auch wenn sie Karl nicht mit eigener Hand befreit hatten, so hatten sie den Tataren zum dritten Mal innerhalb weniger Tage eine lange Nase drehen können. Anerkennende Blicke trafen Johanna, und Ignacy sprach das aus, was alle dachten.

»Jetzt wirst du Jan Wyborski mit der Truppe reiten lassen müssen, Hauptmann. Keiner der Männer würde es verstehen, wenn es nicht so wäre. Er ist kühn in Azad Jimals Lager eingedrungen und hat ihm seinen Bruder unter der Nase weggeholt.«

Adam antwortete mit einem ärgerlichen Brummen und schüttelte den Kopf. »Der Zwerg wird in der Festung bleiben! Ich kann niemanden brauchen, der mir nicht gehorcht. Das Bürschlein ist glatt imstande, einfach loszureiten, wenn ihm mein Befehl nicht passt!«

Johanna zog zwar den Kopf ein, fauchte aber leise vor sich hin. In ihren Augen war Osmański nur neidisch, weil ihr das gelungen war, was er und sein Stellvertreter Fadey für unmöglich erachtet hatten. Was für ein übler Kerl er war, zeigte bereits die Tatsache, dass er Ignacy Myszkowski zu einem seiner Unteranführer gemacht hatte, obwohl dieser später als Karl und sie zu seiner Truppe gestoßen war. Dabei war ihr Bruder gewiss nicht schlechter als der Schlachtschitz.

Sie selbst nahm Osmański auf seinen Patrouillenritten erst gar nicht mit. Eigentlich war sie recht froh darum, denn im Gegensatz zu dem, was sie zu den anderen sagte, scheute sie davor zurück, Menschen zu töten. Diejenigen, die durch ihre Hand gestorben waren, verfolgten sie noch immer bis in ihre Träume.

Auch Karl machte sich seine Gedanken. Im Gegensatz zu seiner Schwester ärgerte er sich nicht, weil Osmański Ignacy den Vorzug gab. Dieser war nicht nur drei Jahre älter als er, sondern auch der bessere Reiter und wies bereits Erfahrung im Kampf auf. Weitaus mehr bewegte ihn Osmańskis Verhalten seiner Schwester gegenüber. Ihr Vormund behandelte Johanna zwar rauh, hatte ihr jedoch eine eigene kleine Kammer zugewiesen, in der sie den Blicken der Männer entzogen war. Er weigerte sich auch, Johanna auf gefährliche Patrouillen mitzunehmen, obwohl sie ebenso gut ritt wie schoss und mit dem Säbel flink genug war, um mit einem großen Teil seiner Reiter mitzuhalten.

Karl war froh darüber, denn er hätte seine Schwester ungern

in Gefahr gesehen. Nun aber fragte er sich, wieso Osmański Johanna im Gegensatz dazu so viel durchgehen ließ. Nichts von dem, was er bisher bei Osmański erlebt hatte, wies darauf hin, dass er es bei einem Reiter, der ihm den Gehorsam versagte und ihn zudem mit der Pistole bedrohte, bei einer schlichten Ohrfeige belassen würde. Für einige Augenblicke spielte Karl mit dem Gedanken, der Hauptmann sei hinter Johannas Geheimnis gekommen. Aber in dem Fall wäre Osmański gewiss höflicher zu ihr. Wahrscheinlich hielt er sie für einen vorlauten Jungen, dem er erst einmal Disziplin beibringen musste.

15.

Zunächst gelang es Adam und seinen Begleitern, dem Feind aus dem Weg zu gehen. Dann aber, fast schon auf polnischem Boden, trafen sie auf eine Schar von knapp zwanzig Tataren. Diese sahen, dass ihnen die Polen um mehr als die Hälfte unterlegen waren, und galoppierten säbelschwingend auf sie zu.

»Was machen wir jetzt? Geben wir Fersengeld?«, fragte Ignacy.

Adam entblößte die Zähne zu einem freudlosen Lächeln. »Ihre Pferde sind frischer als die unsrigen. Sie würden uns einholen und nacheinander massakrieren. Wir machen das anders. Säbel und Pistolen raus und drauf. Vielleicht können wir sie überraschen!« Er hatte es kaum gesagt, da flog Johannas Säbel aus der Scheide, und sie ritt den Tataren entgegen.

»Verfluchtes …«, stieß Adam aus. Der Rest wurde von Johannas gellendem Kriegsruf erstickt.

»Osmański! Osmański!«

»Osmański!«, schrien Karl und Ignacy fast gleichzeitig und spornten ihre Pferde an.

Die fünf übrigen Reiter brüllten ebenfalls »Osmański!« und folgten.

Zum ersten Mal, seit Adam seine Truppe aufgestellt hatte, ritt er nicht an der Spitze, sondern als Letzter. Johanna und die anderen bildeten eine leicht gebogene Linie und stürmten laut rufend auf die feindliche Truppe zu.

Die wurden langsamer und starrten den Polen entgegen.

»Das kann nicht Osmański sein! Der treibt sich weiter im Osten herum«, versuchte einer der Tataren, sich und den anderen Mut zu machen.

»Sie haben Azad Jimal Khans Kriegern große Verluste beigebracht«, sagte der Reiter neben ihm und zügelte sein Pferd.

Da schob sich Adam auf seinem großen Hengst an die Spitze. Auch wenn diese Tataren, ihn noch nie gesehen hatten, so war seine Beschreibung doch in weitem Umkreis bekannt.

»Es ist Osmański!«, rief der eine, der ihn weiter im Osten gewähnt hatte, riss sein Pferd herum und galoppierte davon. Nach kurzem Zögern folgten ihm die anderen.

Adam und seine Begleiter sahen die Tataren fliehen und wurden langsamer. »Habe ich das jetzt geträumt oder wirklich erlebt?«, fragte Ignacy Myszkowski lachend.

»Gut gemacht, Jan!« Adam lenkte seinen Hengst neben Johannas Wallach und klopfte ihr auf die Schulter.

»Was?«, fragte sie verständnislos.

»Dein Ruf! Ohne ihn hätten sie uns angegriffen. Doch als sie hörten, dass sie es mit meinen Reitern zu tun hatten, ist ihnen das Herz in die Hose gerutscht!«

Adam lachte erleichtert, denn ein Kampf mit dieser Schar hätte ihr Ende bedeuten können. Gegen seinen Willen bewunderte er Johanna. Sie saß wie ein frecher Junge auf ihrem Pferd, doch unter ihrer burschikosen Maske konnte er weit mehr erkennen.

Adam hatte den sonnigen Nachmittag in Wyborowo nicht vergessen. Er war sechs Jahre alt gewesen, als sein Ziehvater Ziemowit Wyborski einen Brief von seiner Tochter und seinem Schwiegersohn erhalten hatte.

»Ich habe einen Enkel und eine Enkelin, Adamek!«, hatte der Alte ihm freudestrahlend erzählt. »Sie haben sie Karol und Joanna getauft. Ich war wohl etwas voreilig, als ich meiner Tochter letztens eine Kiste mit Geschenken schickte. Ich dachte nämlich, sie würde einen Sohn gebären, und habe keine Dinge für ein Mädchen einpacken lassen. Aber die Gelegenheit wird kommen, dass ich das nachholen kann. Wichtig ist, dass der Junge sich daran erinnert, dass in seinen Adern auch polnisches Blut fließt.«

Achtzehn Jahre war das jetzt her, und er vermisste seinen Mentor und Lehrer mehr denn je. Alles, was er wusste, hatte er von Ziemowit gelernt. Ich hätte dabei sein sollen, als die Türken und Tataren Wyborowo überrannten, dachte er zum wiederholten Mal, obwohl er wusste, dass keiner von Ziemowits Männern überlebt hatte.

Bei dem Gedanken erinnerte er sich, dass hinter ihm Ziemowits Enkelkinder ritten, die Letzten, die aus seinem Blut waren. Es war ein Vermächtnis für ihn, doch wie hatte er die beiden bis jetzt behandelt? Die Ohrfeige hat dieses Biest verdient, rechtfertigte er vor sich selbst. Andererseits hatte er ihr immer wieder entwürdigende Arbeiten aufgehalst und sie verspottet.

Am liebsten hätte er Johanna gefragt, weshalb sie sich als Mann verkleidet hatte. Dafür aber hätte er zugeben müssen, dass er ihr Geheimnis kannte. Was war geschehen, und weshalb duldete ihr Bruder dieses Täuschungsspiel? Auch auf diese Frage hätte Adam gerne eine Antwort gewusst. Doch Zwang, das ahnte er, würde Johanna nur störrisch werden lassen, und er musste damit rechnen, dass sie ausriss. Da das Grenzland zu den Tataren zu gefährlich war, hielt er es für besser, wenn sie bei seiner Truppe blieb und er sie im Auge behalten konnte. Auf jeden Fall musste sie ihr wahres Geschlecht weiterhin verbergen und den Jungen mimen. So sicher war er sich seiner Männer nicht, um sie als Mädchen in der Festung zu behalten.

»Verfluchtes Weibsstück!«, schimpfte er verärgert, weil seine Gedanken sich so sehr mit dem Mädchen beschäftigten. Dabei hatte er an ganz andere Dinge zu denken, und das momentan Wichtigste davon war der armenische Händler Garegin.

16.

Allmählich veränderte sich die Landschaft. Sie war zwar immer noch flach, doch Adam und seine Truppe trafen nun auf erste Wälder und kleine Dörfer, die sich auf winzigen Lichtungen versteckten und deren Bewohner auf anderen freien Stellen ihre Felder angelegt hatten, damit die Tataren, die immer wieder über die Grenze schwärmten, sie nicht finden sollten. Die Gruppe musste auch nicht mehr unter freiem Himmel übernachten, sondern erhielt in den Gehöften niederrangiger Edelleute oder bei Bauern Unterkunft und Verpflegung.

Als sie das letzte Dorf vor Zamość verließen, in dem sie übernachtet hatten, drehte Adam sich zu den anderen um. »Wir kämpfen dafür, dass diese Leute in Frieden ihr Land bestellen können.«

Karl nickte beeindruckt. »Diese Menschen sind arm! Da sollten sie nicht auch noch von den Tataren behelligt werden.«

»Nicht nur von den Tataren, sondern auch von den Kosaken. Als diese sich unter Bogdan Chmielnicki erhoben hatten, wurden Tausende Polen und Juden in diesen Landen umgebracht«, warf Ignacy grimmig ein.

»Fadey ist mein Kampfgefährte, und er hat bisher mehr Tataren erschlagen als meine übrigen Reiter.« Adam klang verärgert, denn für ihn sah es so aus, als wolle Ignacy Myszkowski den Kosaken schlechtmachen, um dessen Stelle einnehmen zu können. So viel Ehrgeiz wollte er jedoch nicht dulden.

Die letzte Etappe legten sie schweigend und in gutem Tempo zurück und erreichen Zamość am frühen Nachmittag. Als Johanna die Stadt vor sich liegen sah, starrte sie sie verblüfft an. Was sich vor ihr erhob, wirkte wie ein Traumbild oder eine Fata Morgana. Diesen Begriff kannte sie von Karl, der ihn von seinen Lehrern gelernt hatte. Er besagte, dass man in der Wüste Dinge sah, die es nicht gab, seien es Paläste, Wasserstellen oder andere, ganz phantastische Dinge.

Der Turm der Kirche ragte hoch über die Stadtbefestigung. Die Mauer, die die Stadt umgab, wies seltsame Vorsprünge auf, von denen jeder so groß war wie eine Burg, und die Straße, der sie seit geraumer Zeit folgten, führte auf ein wehrhaft wirkendes Tor zu.

»Der Ort ist ganz schön groß«, meinte Ignacy anerkennend.

»Die Stadt ist einer der Hauptsitze der Familie Zamoyski«, erklärte Adam. »Einer ihrer Vorfahren hat sie im letzten Jahrhundert von einem italienischen Baumeister errichten lassen. Ihre Mauern können dem Beschuss durch Kanonen besser widerstehen als die älterer Städte und Burgen. Wäre Wyborowo so geschützt gewesen, hätte es sich gegen die Türken halten können. Oder auch nicht … Immerhin haben diese auch das unweit davon gelegene Kamieniec Poldolski erobert – und diese Festung hatte man für uneinnehmbar gehalten.«

Adam machte eine Handbewegung, als wolle er diesen Gedanken vertreiben, und ritt auf das Tor zu. Es bestand aus hellem Stein und war mit Reliefs verziert, die vom Ruhm der Zamoyskis kündeten. Ein halbes Dutzend Wachen standen davor und musterten Adams Truppe misstrauisch.

»Wer seid ihr?«, fragte der Offizier.

Adam zügelte sein Pferd und blickte auf den Mann herab. »Ich bin Adam Osmański, und das hier sind einige meiner Männer!«

Der Offizier starrte ihn überrascht an. »Ihr seid Osmański?«

»Bis heute Morgen war ich es noch! Kann ich jetzt passieren?«, fragte Adam.

Er musste fast lachen, als die Wachen auseinanderspritzten und ihm den Weg freigaben. Während er unter dem Torbogen hindurchschritt, kamen ihm ein Dutzend Männer in ähnlichen Rüstungen entgegen. Ihr Anführer hatte den kurzen Wortwechsel gehört und hielt jetzt sein Pferd an.

»Das ist Osmański?«, fragte er den Wachoffizier.

»Wenigstens behauptete er, dass er es sei«, antwortete dieser.

Der Reiter wendete sein Pferd und sah hinter Adam her. »Er ist noch sehr jung für seinen Ruhm, aber er könnte es sein. Zurück, Männer, wir bleiben vorerst hier!«

Mit den Worten trieb er sein Pferd an und ritt langsam hinter Adams Schar her. Seine Begleiter folgten ihm verwundert. Immerhin hatte ihr Anführer beim Aufbruch erklärt, dass sie an diesem Tag eine beträchtliche Wegstrecke würden zurücklegen müssen.

Adam überquerte einen freien Platz, neben dem sich eine Kirche erhob. Für einen Augenblick lauschte er dem Gesang des Priesters, der im Kirchenschiff erscholl. Obwohl er seit Wochen keine heilige Messe mehr besucht und nicht gebeichtet hatte, ritt er weiter. Beten und beichten, dachte er, konnte er auch hinterher.

Kurz darauf erreichten sie den Hauptmarkt, dessen Größe Johanna und Karl ebenso beeindruckte wie die umstehenden mehrstöckigen, mit Arkaden versehenen Häuser.

»Ist das dort der Palast der Zamoyskis?«, fragte Johanna und wies auf ein großes Gebäude, das von einem Turm gekrönt wurde.

Adam schüttelte den Kopf und deutete nach Westen. »Nein, der Palast liegt dort hinten. Wir haben ein anderes Ziel.«

Er lenkte sein Pferd zu mehreren aneinandergebauten Häusern am Rand des Platzes, die sich durch ihre farbigen Außenwände und den reichen, aber fremdartig wirkenden Figurenschmuck von den anderen Gebäuden unterschieden.

Adam stieg ab und wollte Johanna die Zügel reichen. Diese war jedoch rasch von ihrem Wallach geglitten und band die Zügel an einem in die Arkadenmauer geschlagenen Haken fest.

Adam folgte ihrem Beispiel und wandte sich seinen Männern zu. »Ignacy, Karol, Jozef, ihr folgt mir! Ihr anderen wartet hier. Sollte ich euch rufen, kommt ihr mit dem Säbel in der Hand nach!«

»Das tun wir«, meinte einer der Männer lachend.

Obwohl ihr Name nicht genannt worden war, schloss Johanna sich Adam und seinen Begleitern an. Ihr Anführer bedachte sie mit einem zornigen Blick, sagte aber nichts, sondern hämmerte mit der Faust gegen die Tür.

Der Mann, der ihnen öffnete, war seiner Kleidung nach ein Diener. »Ah, Ihr seid es, Pan Adam. Tretet ein!«

»Ist dein Herr zu sprechen?« Adams Frage klang so scharf, dass der Mann ihn verwundert anblickte.

»Ja, das ist er, aber ...« In dem Augenblick schob Adam ihn zur Seite, ging an ihm vorbei und stieg eine hölzerne Treppe hoch. Oben stand eine Frau mit einem kleinen Mädchen an der Hand und sah ihnen neugierig entgegen.

»Hauptmann Osmański, seid uns willkommen!«, grüßte sie.

»Wo ist dein Mann?«, fragte Adam.

Die Frau wies auf eine buntbemalte Tür. »Dort in seinem Kontor. Aber ...« Auch sie erhielt keine Antwort. Stattdessen zog Adam seinen Säbel, riss die Tür auf und trat ein.

Hinter einem Tisch saß ein Mann in einer reichbestickten

Weste und mit einem Turban auf dem Kopf. Er schrieb gerade einige Zahlen in ein Buch. Bei Adams Anblick entfiel ihm die Feder und hinterließ einen großen Tintenfleck auf der aufgeschlagenen Seite.

»Osmański!« Es klang wie ein erstickter Ruf.

»Wie es aussieht, hast du nicht erwartet, mich noch einmal zu sehen, Garegin!«, stellte Adam scheinbar belustigt fest. Seine Augen glitzerten jedoch kalt, als er die Spitze seines Säbels auf die Kehle des Händlers setzte.

»Ich weiß nicht, was Ihr meint«, behauptete dieser und wollte vor der Klinge zurückweichen. Die Rückenlehne seines Stuhls hielt ihn jedoch auf.

»Dann beantworte mir die Frage, wieso wir bei unserem Ritt statt auf eine Warenkarawane auf einen Trupp gut verborgener Tataren gestoßen sind und eine andere Tatarengruppe fast gleichzeitig unsere Festung angegriffen hat?«, fragte Adam in freundlich klingendem Tonfall, der nicht zu seinen Worten passen wollte.

Damit erschreckte er den Händler mehr, als wenn er gebrüllt und gedroht hätte. »Damit habe ich nichts zu tun! Wirklich nicht!«, stieß Garegin verzweifelt hervor.

Johanna spürte ebenso wie ihr Anführer, dass der Kaufmann log. Adam schob mit einer Hand den Tisch beiseite und stand direkt vor dem armenischen Händler. »Rede, sonst schlitze ich dir die Kehle auf!«

Es war keine leere Drohung, so gut kannte Garegin den Hauptmann. Daher hob er die Hände und begann mit stockender Stimme zu sprechen. »Die Beamten des Sultans haben mir gedroht, meine Warenladungen zu beschlagnahmen, wenn ich ihnen nicht helfe. Wovon sollen mein Weib und meine Kinder leben, wenn nicht vom Handel? Ich wusste mir zuletzt keinen anderen Ausweg mehr, als ihnen zu willfahren.«

»Du hättest uns warnen können! So ist es nur der Gnade der Heiligen Jungfrau von Zamość zu verdanken, dass wir noch am Leben sind!« Adam zog den Säbel ein Stück zurück und packte den Händler an der Hemdbrust.

»Wer hat diesen Plan ersonnen? Du etwa?«

Garegin schüttelte entsetzt den Kopf. »Gott im Himmel, nein! Es waren die Tataren. Sie sagten mir, was ich deinem Boten mitteilen sollte. Ich wollte es nicht, aber …«

»Wie viel haben sie dir für deinen Verrat geboten, du Hund?«

»Kein Gold! Nur, dass sie meine Waren auf ihrem Weg beschützen werden.«

Diesmal log Garegin nicht. Adam hob die Klinge, um ihn für seinen Verrat zu bestrafen. Da fiel sein Blick auf das kalkweiße Gesicht der Ehefrau des Händlers und auf die weit aufgerissenen Augen des kleinen Mädchens. Der Säbel in seiner Hand wurde auf einmal schwer. Als er dann auch noch Johannas entsetzte Miene sah, holte er mit dem Säbel kurz aus und schlug in die Lehne des Stuhles.

Garegins Frau stieß einen gellenden Schrei aus, und der Händler zitterte wie Espenlaub. Mit einem kurzen Ruck zog Adam seine Klinge aus dem Holz und schob sie in die Scheide zurück. »Ich weiß nicht, warum ich dich elenden Wurm am Leben lasse«, sagte er grollend zu dem Händler. »Eines aber rate ich dir: Verschwinde aus dieser Stadt und aus Polen und lass dich nie wieder sehen. Treffe ich dich noch einmal, werde ich dir deinen Kopf vor die Füße legen.« Er wollte sich abwenden, als ihm noch etwas einfiel. »Du hast Fadey von einem Berater erzählt, der zu Azad Jimal Khan gekommen sein soll. Weißt du seinen Namen?«

Der Händler nickte mit einer Miene, als könne er nicht glauben, mit dem Leben davongekommen zu sein. »Es handelt sich um Ismail Pascha, einen der klügsten Köpfe am Hofe des Sultans. Für den Großwesir Kara Mustapha Pascha war er zu klug, und so hat dieser seine Entmachtung und die Verbannung zu den Tataren betrieben.«

Ein Gedanke glomm in Adam auf, und er fragte weiter: »Ist Ismail Pascha allein zu den Tataren gegangen, oder hat er seine Familie bei sich?«

»Mein Karawanenführer berichtete mir von einem Mädchen, das bei ihm ist. Es soll seine Tochter sein. Ihr Name ist Munjah.« Garegin betete, dass Osmański endlich gehen würde. So ganz traute er ihm nicht und hatte immer noch Angst, erschlagen zu werden.

Doch da drehte Adam sich um und verließ die Kammer. Als er an Garegins Frau vorbeikam, ergriff diese seine Hand und küsste sie. »Habt Dank!«, flüsterte sie unter Tränen.

»Rate deinem Mann, meine Warnung zu beherzigen. Ein zweites Mal werde ich meinen Säbel nicht in die Scheide stecken, ohne ihn benutzt zu haben.«

Nach diesen Worten stieg Adam die Treppe hinab und trat ins Freie. Seine Männer sahen ihn neugierig an.

»Habt Ihr den Kerl einen Kopf kürzer gemacht?«, fragte einer.

»Nein.« Adam wollte die Zügel seines Pferdes vom Haken lösen, als ihn Karl am Ärmel fasste. »Habt Dank! Sie muss es gewesen sein.«

Adam schüttelte lächelnd den Kopf. »Das Mädchen, das dir zu essen und zu trinken gab? Du träumst, mein Freund. Die Tochter eines hohen osmanischen Würdenträgers würde niemals einem Feind ihres Vaters helfen.«

Karl aber beharrte auf seinem Glauben. »Sie war es!«

»Meinetwegen war es die Großmutter des Sultans«, antwortete Adam lachend und wollte sein Pferd losbinden.

Da trat ein Mann mittleren Alters in weiten Kniehosen und einem braunen Rock auf ihn zu.

»Ihr seid Hauptmann Adam Osmański?«, fragte er, während sich etliche bewaffnete Reiter im Hintergrund hielten.

»Ich bin Adam Osmański«, erklärte Adam selbstbewusst. Seine Rechte wanderte dabei unauffällig zu seinem Säbelgriff.

»Ich bin Kamil Bocian und komme im Auftrag des Feldhetmans Stanisław Sieniawski«, erklärte der Mann.

»So? Und was hat das mit mir zu tun?«

Johanna wunderte sich über Adams schroffe Antwort. Als dieser sich in den Sattel schwingen wollte, fasste Bocian nach seinem Arm.

»Ich muss mit Euch sprechen, aber allein!« Dabei musterte er Johanna und die anderen mit einem verächtlichen Blick.

»Allein heißt aber auch ohne deine Garde?«, fragte Adam und wies auf Bocians Begleiter.

»Keine Angst, ich will Euch nicht ans Leder«, sagte Bocian beschwichtigend.

Adam lachte auf. »Ich glaube nicht, dass du mir Furcht einflößt. Gehen wir in diese Richtung! Dort haben die Juden ihr Bethaus. Sollte einer der Kerle uns folgen wollen, dann pfeift!« Der Befehl galt seinen Männern.

»Das tun wir!«, antwortete Karl, während er in seinen Gedanken den Namen Munjah singen hörte. Sie mochte die Tochter eines Todfeinds sein, doch sie hatte Mitleid mit ihm gehabt und ihm das Leben gerettet.

Adam schritt unterdessen mit Bocian in Richtung der Synagoge und forderte ihn auf, endlich zu sagen, was dieser von ihm wolle.

»Euer Vetter will Euch sehen«, antwortete Bocian.

»Welcher Vetter?«, fragte Adam mit bitterem Spott.

»Der Feldhetman.«

Adam war verblüfft. »Stanisław Sieniawski höchstpersönlich? Bei der Heiligen Jungfrau, es geschehen noch Zeichen und

Wunder!« Dann aber stieg die Bitterkeit seiner Jugend in ihm auf, und er schüttelte den Kopf. »Wer sagt dir, dass ich mit dem Feldhetman sprechen will? Ich unterstehe nicht seinem Kommando.«

»Ihr solltet es Euch nicht offen mit ihm verderben«, warnte Bocian ihn.

Adam überlegte kurz und nickte. »Also gut, ich werde mit ihm sprechen. Wo kann ich meinen Vetter finden? Bei Gott, ich hätte nie gedacht, von einem Sieniawski jemals Vetter genannt zu werden.«

»Ihr findet den Feldhetman auf Schloss Sieniawa. Es sind zwei Reittage von hier. Wenn Ihr wünscht, werde ich Euch hinbringen. Für Eure Sicherheit wird garantiert, falls Ihr Bedenken haben solltet!«

Adam widerstand dem Wunsch, abermals zu lachen. Gleichzeitig war er gespannt, was Stanisław Sieniawski, der einer der bedeutendsten Edelleute Polens war, von ihm wollte.

»Ich werde mit dir reiten«, sagte er zu Bocian. Mit dieser Zusage drehte er sich um und kehrte zu seinen Begleitern zurück.

Johanna spürte, dass etwas Wichtiges geschehen war, denn diese Mischung aus Hass, Enttäuschung und keimender Hoffnung hatte sie noch nie auf Adams Gesicht gesehen. Auch Karl und Ignacy wurden neugierig, doch Adam dachte nicht daran, ihre Neugier zu befriedigen.

»Sucht die Herberge auf! Morgen werdet ihr zur Festung zurückreiten«, sagte er knapp.

»Ihr kommt nicht mit?«, fragte Karl.

Adam schüttelte den Kopf. »Ich habe noch etwas zu erledigen. Gebt auf die Festung acht, damit sie nicht den Tataren in die Hände fällt, bis ich zurückkomme.«

»Das werden wir!«, sagte Ignacy und stieß Johanna und Karl in die Seiten. »Das sagt ihr doch auch.«

»Wir werden die Festung halten«, erklärte Karl, und seine Schwester nickte dazu.

»Dann ist es gut.« Adam nickte jedem der drei noch einmal zu und winkte Kamil Bocian, ihm in eine Taverne zu folgen. Es gab noch einige Fragen, die er beantwortet haben wollte.

17.

Johanna brachte ihren Wallach im Stall der Herberge unter, begab sich aber nicht wie ihr Bruder und die anderen in den Schankraum, sondern verließ das Gebäude und ging zu der in der Nähe des Palasts liegenden Kathedrale. Unterwegs sah sie mehrfach Wachen in den Wappenfarben der Zamoyskis, denen diese Stadt gehörte, und fragte sich, wie ihr Leben aussähe, wenn ihr Großvater nicht von den Türken erschlagen worden wäre. Sie würde gewiss nicht als junger Mann herumlaufen und sich mit Tataren herumschlagen müssen. Dabei spürte sie immer deutlicher, dass das Kriegshandwerk nichts für sie war. Doch so, wie es jetzt aussah, würde sie bis zu dem Augenblick, in dem Karl und sie Osmańskis Vormundschaft entwachsen waren, ihre Rolle weiterspielen müssen.

Mit diesem Gedanken betrat sie das Gotteshaus und beugte das Knie vor dem Bildnis der Heiligen Jungfrau von Zamość. »Bitte, beschütze mich und meinen Bruder«, flehte sie die Mutter Jesu an.

Sie bekreuzigte sich und verließ die Kirche wieder. Da sie wenig Lust verspürte, sich zu Karl und den anderen zu gesellen und mit ihnen zu trinken, begab sie sich in den Stall und striegelte ihren Wallach. Anschließend nahm sie sich Karls Pferd vor.

Da betrat Adam den Stall, um nachzusehen, ob sein Hengst

gut untergebracht war. Als er Johanna entdeckte, wies er auf sein Pferd. »Du kannst Burza auch gleich striegeln! Bürste mir Schweif und Mähne aber gut aus.«

Mit diesen Worten drehte er sich um und verschwand. Keine Sekunde später klatschte Johannas Bürste an der Stelle, an der er gestanden hatte, gegen die Wand.

Johanna bereute ihren Ausbruch jedoch sofort und holte die Bürste zurück. Danach rückte sie Osmańskis Hengst in einer Weise zu Leibe, dass dieser empört schnaubte und schließlich mit den Hufen nach ihr schlug.

»Lass das!«, schimpfte sie, begriff aber selbst, dass das Tier nichts für seinen Herrn konnte, und bürstete es sanfter.

Danach wusch sie sich Gesicht und Hände am Brunnentrog, suchte den Schlafsaal der Herberge auf und wählte ein in der Ecke stehendes Bett für sich. Zwar hatte sie Hunger, aber keine Lust, nach unten zu gehen und sich zu den anderen zu setzen. Stattdessen kämpfte sie gegen die Tränen an, die in ihr aufsteigen wollten.

Zum ersten Mal, seit sie aus Allersheim geflohen war, fragte sie sich, ob es nicht das leichtere Schicksal gewesen wäre, Kunz von Gunzberg zu heiraten. Dann aber dachte sie an ihren Bruder, der laut dem Willen ihres Halbbruders in ein strenges Kloster hätte eintreten müssen, und schämte sich ihrer Schwäche. Wir werden es schaffen, schwor sie sich. Wir werden Osmańskis Vormundschaft überstehen und später glücklich werden, Karl als Gefolgsmann König Jans und ich mit irgendeinem Edelmann, der mich heiraten wird.

18.

Adam war ebenfalls nicht nach der Gesellschaft der anderen zumute. Daher ging er in die Kammer, die ihm als Edelmann zugewiesen worden war, und legte sich aufs Bett. Seine Gedanken drehten sich um Stanisław Sieniawski, seinen Vetter – oder vielmehr seinem Vetter zweiten Grades seines Vaters. In den fünfundzwanzig Jahren, die er jetzt zählte, hatte sich nie ein Sieniawski für ihn interessiert. Ohne Ziemowit Wyborskis Eingreifen wäre er in irgendeinem Dorf der Sieniawskis als Leibeigener aufgewachsen. Dieses Schicksal hatte der alte Mann ihm als Sohn seines Neffen erspart.

»Was will der Feldhetman von mir?«, murmelte Adam im Selbstgespräch und lachte dann über sich selbst. Das würde er früh genug erfahren.

Mit diesem Gedanken schlief er schließlich ein. Ganz ließ ihn die Sache jedoch nicht aus den Klauen, denn er erlebte einen Alptraum, in dem er sich mit Tataren und Türken herumschlagen musste, während Johanna ihn immer wieder zu erschießen versuchte. Jedes Mal, wenn sie die Waffe auf ihn anschlug, erschien Kamil Bocian und forderte ihn auf, zum Feldhetman der polnischen Krone zu kommen.

Als Adam am nächsten Morgen erwachte, fühlte er sich so zerschlagen, als hätte er die Nacht über mit einer ganzen Horde von Feinden gekämpft. Er brauchte eine Weile, bis er aufstehen und sich waschen konnte. Dabei fuhr er sich mit der Hand über das Kinn und ärgerte sich über die Stoppeln, die seit seiner letzten Rasur nachgewachsen waren. Kurzentschlossen öffnete er die Tür und blickte hinaus.

»Ist hier ein Knecht, der mich rasieren kann?«

»Ja, Herr! Ich, wenn es genehm ist!« Ein mageres Männlein wieselte heran und begann, in einer Barbierschale Schaum zu schlagen und diesen auf Adams Kinn und Wangen zu verteilen. Danach schärfte er das Rasiermesser an einem Lederriemen und begann, Adam zu rasieren.

»Seid Ihr wirklich Hauptmann Osmański?«, fragte er.

»Ja, der bin ich. Warum willst du das wissen, Bursche?«, fragte Adam belustigt. Er wurde jedoch sofort wieder ernst, als er den Druck des Rasiermessers auf der Kehle spürte.

»Seht Ihr, wie leicht es wäre, Euch umzubringen?«, fragte der Magere kichernd. »Ihr habt Euch einem völlig Unbekannten ausgeliefert. Dabei müsste ich nur einen schnellen Schnitt tun und könnte mir eine hübsche Belohnung von den Tataren verdienen!«

»Ich glaube kaum, dass sie dir irgendetwas geben würden«, antwortete Adam angespannt.

»Man müsste das Ganze vorher ausmachen. Aber die Tataren wenden sich nun einmal nicht an so arme Kerle wie mich.«

Es klang so bedauernd, dass Adam überlegte, dem Kerl hinterher eine tüchtige Tracht Prügel zu verabreichen.

»Dein Plan scheitert auch daran, dass die Tataren nicht wissen, von wem ich mich wann rasieren lasse«, meinte er.

»So ist es! Daher bleibt Ihr am Leben und ich arm.«

Jetzt überwog bei Adam doch die Heiterkeit. »Wenn das ein Versuch gewesen sein soll, mehr Trinkgeld zu bekommen, hättest du es dir damit fast verdorben.«

»Das ist mein Pech! Immer wenn ich die Wahrheit sage, schelten mich die Leute oder geben mir Schläge.« Der Knecht klang so traurig, dass Adam davon absah, ihn ebenfalls zu verprügeln.

Als der Mann fertig war, reichte er ihm eine Münze und klopfte ihm auf die Schulter. »Jedenfalls kannst du jetzt sagen, dass dein Messer näher an meiner Kehle war als je ein Säbel der Tataren.«

Der Mann steckte das Trinkgeld grinsend weg und verbeugte sich. »Habt Dank, Hauptmann! Auf jeden Fall seid Ihr so, wie man Euch mir beschrieben hat.«

»Und wie?«

»Ihr seid ein Mann, der Tod und Teufel nicht fürchtet und den selbst zehn Tataren nicht besiegen können.«

»Zehn sind ein bisschen viel! Einigen wir uns auf fünf?«, antwortete Adam lachend und merkte jetzt, dass er das letzte Abendessen versäumt hatte.

Als er nach unten kam, traf er auf Johanna. Diese war ebenfalls früh aufgewacht und hatte, ohne die anderen Schläfer zu wecken, den Saal verlassen, um in den Gastraum hinabzusteigen. Nun löffelte sie Suppe aus einem großen Napf und aß dazwischen immer wieder einen Bissen Brot.

»Guten Morgen«, grüßte Adam und wies auf ihre Schüssel. »Ich will ebenfalls einen solchen Napf Suppe«, sagte er zu einem Wirtsknecht, »und einen Krug Bier!«

»Guten Morgen«, antwortete Johanna, die ihren Bissen endlich hinuntergeschluckt hatte.

»Du wirst während meiner Abwesenheit in der Festung bleiben und den Befehlen Fadeys, Ignacys und deines Bruders folgen«, erklärte Adam schroffer als gewollt.

Johanna kniff die Lippen zu einem schmalen Strich zusammen, sagte sich dann aber, dass sie mit Trotz nichts erreichen würde, und nickte. »Ich werde es tun!«

»Dann ist es gut.«

Es waren die letzten Worte, die die beiden während des Frühstücks wechselten. Wenig später erschienen Karl, Ignacy und die anderen. Viel Zeit zum Reden blieb nicht, da Kamil Bocian in das Gasthaus trat und Adam mitteilte, dass er zum Aufbruch bereit sei.

Adam atmete tief durch und verabschiedete sich von seinen

Leuten. An der Tür blieb er noch einmal stehen und sah Karl und Ignacy an.

»Ich habe Jan gesagt, dass er Fadeys und euren Befehlen zu gehorchen hat. Tut er es nicht, könnt ihr ihm den Hintern verbleuen!«

Johannas Augen sprühten vor Wut, und sie sah aus, als wolle sie Adam am liebsten ihren Napf an den Kopf werfen. Mit einem Grinsen verließ dieser die Herberge, fand draußen seinen Hengst gesattelt vor und ritt an Bocians Seite aus der Stadt.

19.

Adam erreichte Sieniawa nach zwei Tagesritten. An diesem Ort hatte einst sein Vater gelebt und für eine gewisse Zeit auch seine Mutter. Für ihn war es ein seltsames Gefühl, dieses Schloss zu betreten. Er ließ seinen Blick durch den weitläufigen Park schweifen und wünschte sich, sein Pferd wenden und wegreiten zu können. Mit verkniffener Miene stieg er ab und folgte Bocian zum Schlossportal. Es wurde ihnen von zwei Lakaien geöffnet. Bocian führte ihn nach rechts durch einen Saal in einen kleineren Raum. Dort standen zwei Stühle bereit, ein prunkvoller für den Feldhetman und ein schlichterer für Adam. Als Bocian ihn bat, Platz zu nehmen, schüttelte Adam den Kopf.

»Ich stehe lieber.«

»Wie Ihr wünscht«, erwiderte Bocian und zog sich zurück.

An seiner Stelle trat ein Mann in einem prächtigen Żupan und einem mit echtem Zobelfell besetzten Kołpak ein. An seiner Seite hing in einer reichgeschmückten Scheide ein Säbel, in der Hand hielt er den juwelenverzierten Kommandostab, der ihn als Feldhetman der polnischen Krone auswies.

»Nun sehen wir uns endlich, Hauptmann Osmański«, begann Stanisław Sieniawski das Gespräch.

»Ihr habt mich rufen lassen?« Adam war nicht bereit, mit Floskeln Zeit zu verschwenden.

Ein Ausdruck des Ärgers huschte über Sieniawskis Gesicht. »Kurz und knapp wie ein Soldat, was? Unter Verwandten sollte dies nicht nötig sein!«

»Seit wann beliebt es der hochgeachteten Familie Sieniawski, sich zur Verwandtschaft mit mir zu bekennen?«, fragte Adam spöttisch.

»Es mag in der Vergangenheit Zweifel gegeben haben, doch weisen Euch Eure Taten als einen echten Sieniawski aus. Ihr habt Euch an der Tatarengrenze einen guten Ruf erworben«, antwortete der Feldhetman.

»Als Hauptmann Osmański, genauso wie Ihr Sieniawskis es wolltet.« Adam konnte eine gewisse Bitterkeit nicht verbergen, daher hob sein Gastgeber beschwichtigend die Hand.

»Es gab Gerüchte, dass Eure Mutter bereits schwanger gewesen wäre, als mein Vetter Andrej sie den Türken abgenommen hat.«

»Ich kam elf Monate nach der Befreiung meiner Mutter durch meinen Vater zur Welt. Daher wäre es eine arg lange Schwangerschaft gewesen.« Diesmal konnte Adam seinen Spott nicht verbergen.

Sieniawski hatte sich die Sache leichter vorgestellt. Vor ihm stand jedoch ein harter Kämpfer, der nicht vor Ehrfurcht verging, weil die Sippe, die ihn bislang missachtet hatte, auf einmal Interesse an ihm zeigte. Daher beschloss der Feldhauptmann, nicht länger um den Brei herumzureden.

»Aufgrund Eures Mutes und Eurer Erfolge im Kampf gegen die Tataren werdet Ihr für würdig erachtet, Euch zu den anderen tapferen, jungen Männern unserer Familie zu gesellen, und dürft ab sofort den Namen Sieniawski tragen.«

Dieses Angebot kam für Adam überraschend, doch noch war der Feldhetman nicht fertig.

»Darüber hinaus erhaltet Ihr den Rang eines Rittmeisters in einem Husarenfähnlein, eines unserer Schlösser als Wohnsitz und eine reiche Braut aus gutem Haus.«

Jetzt musste Adam sich doch setzen. »Das bietet Ihr mir an?«, fragte er und wusste nicht, oder er wach war oder träumte.

»Als Sieniawski ist es Eure Pflicht, zu Eurer Familie zu stehen«, erklärte sein Verwandter salbungsvoll.

»Meine Familie besteht derzeit nur aus meiner Mutter und mir!« ... und zwei Enkelkindern meines Großonkels, setzte Adam für sich hinzu. Er fühlte sich Johanna trotz ihrer Verkleidung und ihres stachligen Charakters weitaus mehr verbunden als diesem prachtvoll gekleideten Mann, der ihn nur deshalb hatte kommen lassen, weil er sich im Kampf gegen die Tataren bewährt hatte.

Sieniawskis Angebot war dennoch verlockend, denn es bot ihm all das, was er sich zeit seines Lebens gewünscht hatte: Reichtum, eine Ehefrau aus hohem Adel und eine Stellung, die es ihm ermöglichen würde, einmal selbst nach dem Kommandostab des Feldhetmans zu greifen, den jetzt noch Stanisław Sieniawski trug.

Adam fragte sich, weshalb er nicht begeistert zusagte. Besser konnte er es nicht treffen. Stattdessen verschränkte er die Arme vor der Brust und sah Sieniawski an.

»Habe ich Bedenkzeit?«

Der Feldhetman wirkte überrascht, nickte aber. »Ja, gewiss!«

»Dann erlaubt, dass ich gehe. Ich werde Euch meinen Entschluss in Bälde mitteilen!« Adam verneigte sich und verließ die Kammer ohne Gruß.

Mit einem überlegenen Lächeln sah ihm der Feldhetman nach. Als Mitglied der Familie Sieniawski würde Osmański weit über all den kleinen Schlachtschitzen stehen, die froh sein mussten, wenn eine der großen Familien sie in ihren Diensten behielt. Dazu kam ein Schloss, von dem ein gewöhnlicher Schlachtschitz nur träumen konnte, und die Hand einer Frau, deren Auswahl der Familie neue Verbündete einbringen würde.

Nein, dachte der Feldhetman, dieses Angebot kann Adam Osmański nicht ablehnen.

Derselbe Gedanke fuhr auch Adam durch den Kopf. Bereits als Knabe hatte er davon geträumt, einmal ein gefeierter Held zu werden und es den hochmütigen Sieniawskis zeigen zu können. Nun boten diese ihm selbst diese so heißersehnte Stellung an. Adam fühlte sich hin- und hergerissen. Der Verstand riet ihm, umzukehren und Stanisław Sieniawski in Dankbarkeit die Hände zu küssen. Dagegen stand der lange geschürte Hass auf die Familie, die ihn und seine Mutter verächtlich abgewiesen hatte.

Es war eine Frage, die er nicht allein beantworten wollte. Adam überlegte, wie lange er der Festung fernbleiben konnte. Nach den letzten Schlappen würde Azad Jimal Khan einige Wochen brauchen, bevor er wieder etwas unternehmen und seine Abwesenheit ausnutzen konnte.

Mit diesem Gedanken traf er auf Bocian und wies ihn an, sein Pferd satteln zu lassen. Es war zwar bereits später Nachmittag, doch konnte er noch ein paar Stunden reiten und irgendeinen Bauern um ein Obdach für die Nacht bitten.

»Wollt Ihr nicht hierbleiben?«, fragte Bocian.

Adam schüttelte den Kopf. »Es ist zu viel auf mich eingestürmt. Ich muss allein sein!«

Als Bocian merkte, dass es Adam vollkommen ernst war, verbeugte er sich und verließ das Gebäude. Adam sah ihm nach und fand, dass die Welt verrückt geworden war. Auf der einen Seite musste er sich mit diesem durchtriebenen kleinen Biest

Johanna herumschlagen, das sich als Mann verkleidet hatte, und auf der anderen bot die Familie Sieniawski ihm nicht nur ihren Namen an, sondern auch noch Reichtum und eine Frau. Wenn er auf dieses Angebot einging und eine Dame mit hoher Mitgift heiratete, konnte er auch Johanna von Allersheims Täuschungsspiel beenden und sie zu den Hofdamen seiner Gemahlin stecken. Es sprach nur eine Überlegung dagegen. Er kannte keine Frau, die auch nur halbwegs in der Lage war, sich gegen Johanna durchzusetzen.

Vierter Teil

Verräter

I.

Als Johanna, Karl und Ignacy mit ihren Begleitern in die Festung zurückkehrten, war auf den ersten Blick alles in Ordnung. Doch schon bei den Ställen torkelten ihnen die ersten Betrunkenen entgegen.

»Myszkowski und die beiden Wyborskis sind wieder hier!«, rief einer davon, so laut er konnte.

»Wo ist Osmański? Haben ihn die Tataren erwischt?«, fragte ein Mann, den Johanna als einen guten Freund von Fadey in Erinnerung hatte.

Ignacy Myszkowski schüttelte den Kopf. »Der Hauptmann will nachkommen. Er hat etwas zu tun. Aber was ist hier los? Ihr feiert am helllichten Tag?«

»Fadey meinte, wir hätten einen Schluck Wodka verdient, nachdem wir Azad Jimal Khans Reiter zu Paaren getrieben haben«, erwiderte Fadeys Freund glucksend, als hätte er einen guten Witz gemacht.

»Azad Jimal hat immer noch genug Leute, um uns in die Pfanne hauen zu können. Bei allen Heiligen, ihr habt ja nicht einmal Wachen aufgestellt!« Ignacy wurde laut, denn eine solche Disziplinlosigkeit konnte das Ende der kleinen Festung und den Tod sämtlicher Männer bedeuten.

»Fadey hat gesagt ...«, begann dessen Freund wieder.

Da trat der Kosak aus Osmańskis Haus. Er hielt eine Wodkaflasche in der Hand und stierte Johanna und die anderen ungläubig an. »Sagt bloß, ihr seid den Tataren entkommen?«

Fadeys Stimme klang undeutlich und zeigte, dass er schon eine gehörige Menge Wodka getrunken hatte.

»Ich habe meinen Bruder befreit«, antwortete Johanna.

»So? Hast du? Und wo ist unser großartiger Hauptmann abgeblieben?«, wollte Fadey wissen.

»Wir haben uns in Zamość getrennt.«

»Und wo ist er hin?«

»Das«, antwortete Johanna ablehnend, »hat er mir nicht gesagt.«

Ignacy wollte ihr nicht das Feld überlassen und fuhr Fadey an. »Warum sind die Leute besoffen? Warum sind keine Wachen aufgestellt?«

»Weil ich es nicht für nötig erachtet habe«, antwortete Fadey giftig. »Außerdem verbitte ich mir diesen Ton! Solange Osmański fort ist, bin ich hier der Kommandant. Weiß der Teufel, ob er überhaupt wiederkommt, nachdem er uns beinahe ins Verderben geführt hat.«

Obwohl Johanna Osmański hasste, empfand sie diesen Vorwurf als ungerecht. Nach allem, was sie von Karl und Ignacy gehört hatte, hatte Fadeys Gier nach Beute den Kosaken zur Unvorsichtigkeit verleitet. Nur dadurch wäre es den Tataren beinahe gelungen, Osmańskis Schar in die Falle zu locken. Sie sagte jedoch nichts, sondern stieg ab, überließ die Zügel Wojsław und ging ins Haus.

Fadey warf Ignacy noch einen höhnischen Blick zu, dann folgte er ihr und öffnete die Tür zu ihrer Kammer. »Freut mich, dass du Azad Jimals Reitern entkommen bist, Bürschlein. Bist recht hübsch und gefällst mir. Da, wo Weiber fehlen, ist ein Knabenhintern ein brauchbarer Ersatz. Wirst es nicht bereuen! Nachher bist du mein bester Freund!«

Zunächst begriff Johanna nicht, was der Mann meinte. Doch als er nach ihr griff, sie bäuchlings auf ihr Bett presste und ihr die Hosen über den Hintern ziehen wollte, packte sie die Angst. Wenn er merkte, dass sie kein junger Bursche, sondern eine Frau war, würde er in seinem Rausch nicht haltmachen. Doch wenn sie um Hilfe rief, würden alle Reiter von ihrem Geheimnis erfahren.

Der Alkohol hatte Fadeys Gier verstärkt. Da die Flasche, die er noch immer in der Hand hielt, ihn bei dem behinderte, was er vorhatte, stellte er sie einfach aufs Bett. Dann griff er mit beiden Händen Johannas Hinterbacken, um an sein Ziel zu kommen. Sie schnappte sich die Flasche und schlug damit über ihre Schultern hinweg zu. Obwohl es nur ein verzweifelter Versuch war, sich zu wehren, traf der Schlag Fadeys Stirn. Das Glas der Flasche war zu dick, um zu zersplittern, doch der Aufprall reichte aus, ihn zu betäuben. Sein Griff löste sich, und er rutschte zu Boden.

»Besoffenes Schwein!«, fauchte Johanna. Dann begannen ihre Gedanken zu rasen. Auch wenn sie ihm im Augenblick entkommen war, würde er sie weiterhin verfolgen. Sie konnte aber nicht den Dolch ziehen und ihm die Kehle durchschneiden. Zum einen wurde Kameradenmord mit dem Tode bestraft, zum anderen fühlte sie sich auch nicht in der Lage dazu.

»Ich werde nicht in Osmańskis Haus bleiben, solange der Kerl hier herumlungert«, sagte sie zu sich, packte ihre Sachen und trug sie in die Unterkunft, in der auch Leszek, Dobromir und Wojsław schliefen.

Der einbeinige Veteran sah ihr neugierig entgegen. »Ziehst du drüben aus?«, fragte er.

Johanna nickte. »Solange Osmański fort ist, schlafe ich hier.«

»Fadey wollte dir wohl an den Hintern, was?«

»Auf jeden Fall wird er morgen eine dicke Beule haben«, gab Johanna zurück.

Leszek kicherte belustigt. »Das schadet ihm nicht! Er soll seine Kameraden in Ruhe lassen. Wofür hat er gesunde Finger?«

Was haben die Finger damit zu tun?, wollte Johanna schon fragen, schwieg aber lieber, weil sie es als junger Mann wahrscheinlich hätte wissen müssen.

Die Tür wurde geöffnet, und Karl steckte den Kopf herein. »Ich habe dich mit deinen Decken gesehen? Weshalb bleibst du nicht in deiner Kammer, Bruder?«

»Ich bleibe nicht mit Fadey unter einem Dach, und du solltest es auch nicht tun«, erklärte Johanna.

»Das verstehe ich nicht.«

»Fadey ist auf einen glatten Knabenarsch aus, den er löchern kann«, klärte Leszek ihn auf. »Dein Bruder hat noch keine Haare auf dem Kinn, also auch noch keine auf dem Hintern. Du solltest dich ebenfalls von Fadey fernhalten. Dir wächst zwar bereits Flaum um den Mund, aber hinten ist gewiss noch alles glatt wie Samt.«

»Aber das ist doch eine schlimme Sünde!«, rief Karl aus.

»Wir sind hier an der Tatarengrenze, und hier fallen Sünden nicht so ins Gewicht. Ein Mann sollte sich aber trotzdem beherrschen. Hoffentlich kommt der Hauptmann bald wieder. Sonst geht die Disziplin völlig zum Teufel. Ich weiß nicht, was in Fadey gefahren ist, die Männer saufen zu lassen. Wäre ich Azad Jimal Khan, würde ich mit meinen Kriegern anrücken und die Festung einsacken. Sie mit diesen besoffenen Kerlen zu halten, wäre unmöglich.«

»Was können wir unternehmen?«, fragte Karl erschrocken.

»Erst mal die vernünftigen Kerle zusammenholen und mit denen einen Wachtdienst einrichten. Sind es genug, kann man Späher ausschicken, die nach unseren tatarischen Freunden Ausschau halten sollen. Und was dich betrifft, so leg deine Decken neben die deines Bruders. Das tut deinem Arsch besser, als wenn Fadey unbedingt glaubt, ihn benützen zu müssen.« Leszek grinste, als wäre alles nur ein Heidenspaß, doch die Zwillinge begriffen, wie ernst es ihm damit war.

Wenig später kam Ignacy voller Wut herein. »Fadey ist verrückt geworden!«, rief er empört aus. »Das hier ist keine Festung, sondern ein Saustall. Ich frage mich nur, wie die Kerle zu so viel Wodka gekommen sind?«

»Den haben wir vor ein paar Tagen aus L'wow erhalten. Ein Geschenk der dankbaren Kaufleute, weil wir die Tataren daran hindern, sich an ihren Handelszügen zu vergreifen. Dachte, der Wodka würde für ein Jahr reichen. Wird er aber nicht, so wie die Kerle saufen. Der Hauptmann wird sich freuen, wenn er wiederkommt!« Leszek winkte ärgerlich ab, beriet sich dann aber mit Johanna, Karl und Ignacy, wie sie den normalen Betrieb in der Festung halbwegs aufrechterhalten konnten.

2.

Johanna und ihre Mitstreiter fanden knapp zwanzig Männer, die bereit und in der Lage waren, Disziplin zu wahren, aber das war weniger als ein Fünftel der gesamten Besatzung. Die anderen Reiter hielten es mehr mit dem Nichtstun und vertrieben sich die Zeit mit Wodka.

Erst am nächsten Vormittag tauchte Fadey wieder auf. Er hatte eine dicke Beule auf der Stirn und kniff die Augen zusammen, weil das helle Licht der Sonne ihn blendete. Als Johanna genauer hinsah, bemerkte sie seine rotgeäderten Augen und seinen unsicheren Gang. Er steckte den Kopf in das Wasserfass, schüttelte sich wie ein Hund und wankte zu Osmańskis Haus zurück. An der Tür drehte er sich noch einmal um.

»Ist Nachricht vom Hauptmann gekommen?«

Johanna wollte es nicht glauben, doch Fadey hatte ihre Ankunft offenbar völlig vergessen. Auch Karl und Ignacy wirkten verblüfft.

Letzterer trat schließlich vor. »Hauptmann Osmański hat sich von uns getrennt, um jemanden aufzusuchen. Wir sollen unterdessen die Grenze überwachen. Mich und Karol hat er zu Unteranführern ernannt.«

»Und wer weiß das? Doch wohl nur ihr beide«, antwortete Fadey höhnisch.

»Wir wissen es auch!« Die fünf Reiter, die Johanna, Karl und Ignacy begleitet hatten, ärgerten sich ebenfalls über Fadey, der so getan hatte, als würde Ignacy lügen.

»Dann seid ihr es eben!« Fadey zuckte mit den Schultern und verschwand im Haus.

Zu aller Überraschung kam er eine Viertelstunde später vollständig angekleidet und bewaffnet wieder heraus und gesellte sich zu Karl, der mit Johanna auf einem der Türme stand und in die Ferne spähte.

»Und? Sind Tataren zu sehen?«, fragte er weitaus freundlicher als vorhin.

Karl schüttelte den Kopf. »Von hier aus nicht.«

»Das heißt aber nicht, dass es keine geben könnte. Wir werden daher Späher ausschicken. Du und Ignacy, ihr sucht euch je einen Begleiter aus. Ich reite mit deinem Bruder!«

Johanna ahnte, was er im Schilde führte, und hob scheinbar bedauernd die Hände. »Ich würde ja gerne, aber es geht nicht. Hauptmann Osmański hat mir strengstens befohlen, in der Festung zu bleiben.«

Fadey tat den Einwand mit einer Geste ab. »Osmański ist weit weg!«

»Wenn er es erfährt, wird er mich erschießen. Das hat er mir angedroht, wenn ich noch einmal einen seiner Befehle missachten sollte.«

Fadey kannte Osmański gut genug, um diese Drohung zu glauben. »Dann reitet eben Ludwik mit mir«, erklärte er, stieg wieder vom Turm und rief den jungen Reiter zu sich. Ludwik war zwanzig Jahre alt, wirkte aber immer noch knabenhaft. Bislang war er einer der nachrangigen Reiter und daher stolz, dass Fadey ihn für diesen Patrouillenritt ausgewählt hatte.

Johanna wollte Ludwik schon warnen, aber Karl legte ihr die Hand auf die Schulter. »Tu nichts Unüberlegtes! Fadey ist wie ein wildes Tier. Er würde dir vorwerfen, ihn beleidigt zu haben, und dich gnadenlos niederschießen. Solange er hier das Kommando führt, kann er das ungestraft tun.«

»Und Ludwik?«, fragte Johanna.

»Ludwik muss auf sich selbst achtgeben. Weder du noch ich können das übernehmen. Ich muss mich jetzt sputen, um einen Kameraden zu finden, der mit mir reitet.«

»Nimm Dobromir! Er würde sich freuen, wieder reiten zu können, nachdem Fadey ihm einen Streit aufgezwungen und danach zum Dienst in der Festung verurteilt hat. Osmański musste es zulassen, um das Ansehen seines Stellvertreters nicht zu beschädigen.«

»Gib auf dich acht!« Nach diesem Rat kletterte Karl hinab und rief Dobromir zu sich. Als Fadey ihn verärgert ansah, grinste er scheinbar verlegen.

»Ich brauche einen Begleiter, der nicht berauscht aus dem Sattel fällt, und Dobromir ist halbwegs nüchtern.«

»Meinetwegen«, antwortete Fadey und wartete, bis auch Ignacy mit einem Reiter zu ihnen stieß.

»Ihr zwei reitet nach Westen, Karol und Dobromir nach Osten, während Ludwik und ich den Süden nach Tataren absuchen. Wir bleiben aber von der Grenze fern, habt ihr verstanden?«

Karl, Ignacy und ihre Begleiter nickten. Fadeys Anweisungen waren gut durchdacht. Auf die Weise durchsuchten sie ein großes Stück Land und konnten, wenn es nötig war, zur Festung zurückkehren und von dort Unterstützung holen. Falls genügend Männer nüchtern waren, fuhr es Karl durch den Kopf.

Auf Fadeys Befehl hin wurde das Tor der Festung geöffnet. Die sechs Späher verließen die Anlage, doch draußen wandte Fadey sich noch einmal um.

»Schließt das Tor! Und zwar richtig, ihr besoffenen Schweine! Ich will nicht zurückkommen und Azad Jimal Khans Rossschweif über der Festung sehen.«

»Keine Sorge! Wir geben schon acht«, rief Leszek ihm zu und befahl mehreren Kameraden, das Tor zu verrammeln.

»Wollen wir hoffen, dass alles gutgeht«, sagte er zu Johanna.

»Mir passt es nicht, dass Ludwik mit Fadey reiten muss«, antwortete diese.

»Wäre es dir lieber, du würdest es tun?«, fragte der alte Veteran spöttisch. »Hier an der Grenze ist jeder für sich selbst verantwortlich.«

»Ja, schon, aber ...«

»Kein Aber, Jüngelchen! Und jetzt hole mir eine Flasche Wodka. Ganz will ich diesen Säufern den guten Schnaps doch nicht überlassen. Keine Angst, ich werde mich nicht betrinken, höchstens ein wenig!« Leszek kicherte und sah hinter Johanna nach, die eben geschickt die steile Treppe hinabstieg.

Bist ein tapferes Mädchen, dachte er. Ob das der Hauptmann weiß? Wahrscheinlich, denn er hat ihr eine eigene Kammer zugewiesen. Wüsste gerne, was sie und ihren Bruder dazu gebracht hat, sie als Jüngling auftreten zu lassen.

Als Johanna mit einer Flasche zurückkam, betrachtete Leszek sie genauer. Ihr Täuschungsspiel war bis auf Kleinigkeiten, die ihm selbst nur durch Zufall aufgefallen waren, ausgezeichnet. Leszek wusste selbst nicht mehr, wann er das erste Mal daran gezweifelt hatte, dass sie ein Jüngling war. Auf jeden Fall mochte er sie und freute sich daher, wie geschickt sie sich Fadeys Zugriff entzogen hatte.

Ludwik musste erst beweisen, ob auch er in der Lage dazu

war. Dann aber verscheuchte Leszek Fadey und seinen Begleiter aus seinen Gedanken und besprach mit Johanna, wie sie die Disziplin in der Festung retten konnten.

3.

Während des Ritts wurde Fadeys Lust, sich mit seinem Begleiter zu vergnügen, immer geringer. Der Geist der Steppe, in dem er von Kind an herangewachsen war, packte ihn, und er verfluchte den Schnaps, der ihn zu einem Tölpel gemacht hatte, der über die eigenen Füße gestolpert war. Zudem konnte er sich nicht mehr an alles erinnern, was während seines Gewaltrauschs geschehen war. Die Beule auf seinem Kopf zählte dazu. Er konnte gegen einen Pfosten gestoßen sein oder ...

»Wir müssten jetzt doch bald im Tatarengebiet sein. Dabei wollten wir doch nicht die Grenze überqueren!«

Ludwiks Ruf riss Fadey aus seinen Gedanken. »Noch haben wir die Grenze nicht passiert. Aber es dauert nicht mehr lange.«

»Wollen wir wirklich in ihr Land eindringen? Wir sind doch nur zu zweit, und wenn sie uns entdecken ...«

»Reiten wir ihnen davon. Hast du noch immer nicht gelernt, dass man hier in der Steppe einen Reiter auf Meilen wahrnehmen kann?« Fadey ärgerte sich über seinen Begleiter, und nicht nur über ihn, sondern über alle jungen Polen, die zu Osmańskis Schar gestoßen waren. Diese stammten aus Masowien oder Kleinpolen und hatten nicht die geringste Ahnung vom Leben in der Steppe. Er hingegen kannte hier jeden Grashalm und jede Stelle, an der sich zwei Reiter wie sie verbergen konnten.

»Ich glaube, ich sehe einen Tataren!«, rief da Ludwik.

Fadey blickte nach vorne und entdeckte den Tataren ebenfalls – und hinter ihm eine größere Schar. Es mussten mindestens dreißig Mann sein, vielleicht sogar mehr. Die Klugheit hätte geraten, die Pferde zu wenden und den Tataren die Hufe zu zeigen. Fadey war jedoch schon seit geraumer Zeit nicht mit der Art zufrieden, in der Osmański den Krieg gegen die Tataren führte. Als er zu ihm gestoßen war, hatte er auf Beute gehofft, auf gefangene Tatarenweiber und -knaben, mit denen er machen konnte, was er wollte, und auf Ruhm, der bis in die Kosakensteppe hineinstrahlen würde.

Stattdessen hatte Osmański sich darauf beschränkt, tatarische Streifscharen abzufangen und ihnen Gefangene abzunehmen. Gab es mal Beute, so wurde sie jenen zurückgegeben, denen die Tataren sie abgenommen hatten. Nicht zuletzt deshalb hatte Fadey seine Hoffnung auf die von dem Armenier Garegin angekündigte Handelskarawane gerichtet. Die aber hatte sich als Falle erwiesen, und es war nur einem glücklichen Zufall zu verdanken, dass er nicht zum Fraß der Geier geworden war. Außerdem ärgerte Fadey sich über die jungen polnischen Edelleute wie Karol und Jan Wyborski, Dobromir Kapusta und vor allem Ignacy Myszkowski, der alles tat, um ihn bei Osmański auszustechen.

»Was hältst du von der Sache?«, fragte er Ludwik.

Dieser sah ihn verwirrt an. »Von welcher Sache?«

»Von der Warenkarawane, die wir laut Osmański hätten abfangen sollen und die sich dann als Falle der Tataren entpuppt hat.«

Ludwik war der Sohn eines armen Schlachtschitzen, der sich sogar Geld beim Juden hatte leihen müssen, um ihm ein brauchbares Pferd mitgeben zu können. Um seiner Familie beizustehen, hätte er gerne Beute gemacht.

»Das war nicht gut«, meinte er.

»Osmański hat sich von den Tataren an der Nase herumführen lassen. Ich fürchte, sie werden es noch einmal versuchen.«

»Was?«

Fadey war ein Sohn der Steppe und konnte weder lesen noch schreiben. Dumm war er jedoch nicht, und so bedachte er den naiven Jüngling mit einem verächtlichen Blick.

»Sie werden erneut versuchen, unsere Truppe zu vernichten. Doch gerade jetzt schlägt Osmański sich in die Büsche, ohne uns zu sagen, wann er wiederkommen will. Ich sage dir, der hat Angst vor den Tataren und traut sich nicht mehr, gegen sie zu kämpfen!«

»Das glaube ich nicht. Osmański ist ein tapferer Krieger und hat mehr Tataren erschlagen als jeder andere von uns«, widersprach Ludwik.

»Ich habe meinen ersten Tataren getötet, als ich dreizehn war, und seitdem waren es gewiss mehr, als Osmański sich brüsten kann!«

Ludwik starrte den Kosaken ehrerbietig an. »So viele?«

»Wie viele hast du schon umgelegt?«, fragte Fadey.

»Das weiß ich nicht ... Ich glaube, drei«, kam es etwas kleinlaut zurück. Ludwik wusste nicht, ob er während des letzten Gefechts überhaupt einen Tataren getötet hatte, mochte dies aber nicht zugeben.

Fadey musterte ihn abschätzig. »Der Wert eines Mannes misst sich nicht nur an der Zahl seiner toten Feinde, sondern auch daran, ob er deren Verwandten ins Auge schauen kann.«

»Wie meinst du das?«, fragte Ludwik.

»Die Tataren sind inzwischen ein ganzes Stück näher gekommen. Jetzt noch die Pferde zu wenden und zu fliehen, wäre schändlich. Lass uns ihnen entgegenreiten und mit ihnen reden!«

Fadey gab seinem Kameraden einen Wink, ihm zu folgen, und ritt an. Er wusste, dass sein Verhalten den Tataren seltsam erscheinen würde, aber das musste er riskieren. Er war in Osmańskis Schar eingetreten, um Beute zu machen und als reicher Mann in seine Heimat zurückzukehren. Doch in den knapp drei Jahren, die er unter Osmańskis Kommando ritt, war die Beute rar geblieben. Da nun auch noch ein Vertrauter des Sultans die Tataren beriet, musste Osmański über kurz oder lang scheitern. Damit aber hatte dieser keinen Anspruch mehr auf Treue und Gefolgschaft. Mit diesem Gedanken winkte Fadey den vordersten Tataren zu.

»Ich will nicht mit euch kämpfen, sondern mit euch verhandeln!«, schrie er.

Der Tatar zügelte sein Pferd und wartete, bis seine Begleiter aufgeschlossen hatten. Dann ritt die gesamte Gruppe weiter und hielt keine drei Pferdelängen vor Fadey an.

»Was willst du, Pole?«, fragte der Anführer der Tataren barsch.

»Ich bin kein Pole, sondern ein freier Kosak!«, antwortete Fadey.

»Du bist einer von Osmańskis Reitern.«

»Sagen wir besser, ich war es. Er ist geflohen und hat uns allein zurückgelassen«, sagte Fadey.

Da mischte sich Ludwik ein. »Hauptmann Osmański kommt gewiss wieder!«

»Halt den Mund und lass mich reden!«, fuhr Fadey ihn an und wandte sich wieder den Tataren zu. »Osmański ist eurer Falle nur durch einen glücklichen Zufall entkommen.«

»Er und seine Männer werden dafür bezahlen. Ildar, Azad Jimal Khans ältester Sohn, starb bei dem Kampf, und sein zweiter Sohn kehrte nur von der Festung zurück, um in den Armen seines Vaters sein Leben auszuhauchen.«

Es lag so viel Feindschaft in der Stimme des Tataren, dass Fadey erschrak. Er sagte sich jedoch, dass es für ihn besser war, sich jetzt sofort zu entscheiden, als noch länger für Osmański zu reiten und der Rachsucht der Tataren ausgeliefert zu sein.

»Du kannst Osmański haben – für einen gewissen Preis!«
Damit, so sagte er sich, war das Feilschen eröffnet.

»Was tust du da?«, fragte Ludwik erschrocken. »Du kannst doch nicht Osmański verraten. Das lasse ich nicht zu!«

»Und wie willst du das tun?«, fragte Fadey spöttisch, drehte sich und zog seine Pistole. Der Schuss knallte, und der junge Pole rutschte mit einem Ausdruck auf dem Gesicht, als könne er das alles nicht begreifen, aus dem Sattel.

Danach wandte Fadey sich seelenruhig den Tataren zu. »Glaubt ihr mir jetzt?«

»Warum willst du Osmański verraten?«, fragte deren Anführer misstrauisch.

»Ich bin ein Kosak und kämpfe für Beute. Davon aber gibt es bei Osmański zu wenig!« Fadey steckte die abgeschossene Pistole weg und beugte sich im Sattel vor. »Gebt mir eine gute Belohnung, und ihr bekommt ihn!«

»Bring uns seinen Kopf, und du wirst reich belohnt werden«, gab der Tatar zur Antwort.

»Ich kann ihn schlecht unter den Augen seiner eigenen Männer töten!«

»Dann töte ihn auf einem Patrouillenritt, so wie du diesen Mann abgeschossen hast«, antwortete der Tatar und wies auf den am Boden liegenden Ludwik.

»Wir könnten Osmański eine Falle stellen, sobald er zurückkommt«, schlug Fadey vor, doch der Tatar schüttelte den Kopf.

»Dieser Hund ist schon einer Falle entgangen, und viele der Unseren sind dabei gestorben. Wir wollen nicht, dass noch mehr von uns ums Leben kommen. Töte Osmański und bringe uns seinen Kopf, und du wirst unser Lager als reicher Mann verlassen!«

»Braucht ihr unbedingt seinen Kopf, oder reicht euch die zuverlässige Nachricht, dass er das Zeitliche gesegnet hat?«, fragte Fadey.

»Sein Kopf wäre uns lieber, doch reicht uns auch die Nachricht, sofern sie von einem Mann kommt, dem wir vertrauen können.« Die Miene des Tataren zeigte deutlich, dass er Fadey für keinen solchen Mann hielt.

Fadey ärgerte sich bereits, das Gespräch mit den Tataren gesucht zu haben. Sein Wunsch, mit genug Gold in die Heimat zurückkehren und an seinen Feinden Rache üben zu können, war jedoch größer als seine Verstimmung.

»Ich werde Osmański für euch töten«, bot er an, »und euch seinen Kopf bringen. Danach füllt ihr meine Satteltaschen mit Gold!«

»So soll es geschehen!« Der Tatar hob kurz die Hand, dann ritt er davon. Seine Männer folgten ihm, ohne sich noch einmal nach Fadey umzusehen.

Dieser warf einen Blick auf den toten Ludwik, fluchte und trieb sein Pferd in den Galopp. Etwas in ihm sagte, dass er ein Narr war, sich mit den Tataren einzulassen. Er hatte sich jedoch entschieden, und so blieb ihm nichts anderes übrig, als diesem Pfad zu folgen.

4.

Als Fadey die Festung erreichte, waren die anderen Spähtrupps bereits zurückgekehrt. Er ritt durch das Tor, stieg ab und reichte Wojsław die Zügel. Dann atmete er tief durch und sah die anderen an.

»Wir sind auf Tataren getroffen, und Ludwik hat es erwischt!«

Johanna schlug das Kreuz und fühlte sich schuldig, weil sie nichts unternommen hatte, um Ludwik daran zu hindern, mit Fadey zu reiten. Leszek, der ihr die Gedanken förmlich von der Stirn ablas, legte ihr die Hand schwer auf die Schulter.

»Du kannst nichts dafür. Es war Gottes Wille!«

Unterdessen wandte Fadey sich Ignacy und Karl zu. »Was habt ihr entdeckt?«

»Nichts«, antwortete Ignacy mit belegter Stimme. Auch wenn der Tod an der Grenze allgegenwärtig war, so trauerte man doch um jeden gefallenen Kameraden.

Auch Karl dachte an den jungen Reiter, der kaum älter gewesen war als er. Dann aber gab er seine Meldung ab. »Wir sind auf Händler getroffen, die nach L'wow unterwegs waren. Von ihnen haben wir erfahren, dass der Großwesir Kara Mustapha einen großen Feldzug plant. Sie konnten aber nicht sagen, ob es gegen uns Polen geht, gegen die Moskowiter oder gegen Habsburg.«

»Krieg, sagst du?« Fadey grinste, denn dies hieß für ihn, dass er richtig gehandelt hatte. Wenn es zum Krieg gegen die Tataren und Türken kam, war sein Platz an der Seite seiner Kosakenbrüder und nicht an der der Polen.

»Es scheint den Türken sehr ernst damit zu sein«, setzte Karl hinzu.

»Dann hoffe ich nur, dass Osmański bald zurückkehrt!«

Fadey sah die anderen nicken und dachte sich, welche Narren sie doch waren. Wenn Osmański wieder hier war, würde er ihn töten. Vielleicht musste er es gar nicht selbst tun. Sein Blick fiel auf Karl und Johanna. Der größere Bruder erschien ihm zu bedächtig, doch der Kleine war reinstes Quecksilber. Einmal aufgehetzt, würde er keinen Halt mehr kennen.

»He, ihr beide! Ihr kommt mit mir!«, rief er den Zwillingen zu.

Johanna zögerte und sah Karl an. Dessen Rechte streichelte den Griff seines Säbels und deutete an, dass er bereit war, sich gegen Fadey zu stellen, wenn dieser zudringlich werden sollte. Daher folgte auch sie dem Kosaken mit verbissener Miene in Osmańskis Haus.

Fadey holte drei Gläser aus einer Truhe, füllte sie mit Wodka und schob zwei davon Johanna und Karl zu. »Lasst uns anstoßen auf Ludwik und die anderen armen Teufel, die in Osmańskis Diensten bereits zugrunde gegangen sind.«

»Ich trinke auf die toten Kameraden!« Karl gefiel Fadeys Trinkspruch nicht, wollte ihn aber nicht beleidigen und nahm sein Glas.

Auch Johanna tat es. »Auf die Kameraden!«, sagte sie und würgte das scharfe Zeug mit Todesverachtung hinunter.

Fadey schenkte sich und ihnen nach. Johanna überlegte schon, ob er sie betrunken machen wollte, um sich dann an ihr und Karl zu vergehen. Doch diesmal zögerte Fadey mit einem Trinkspruch. Stattdessen musterte er die beiden durchdringend.

»Ihr seid Ziemowit Wyborskis Enkel und eigentlich dessen Erben«, sagte er nach einer Weile.

»Wir sind Ziemowits Enkelkinder«, bestätigte Karl.

Fadey trank einen Schluck, ohne sie aufzufordern, mitzuhalten. »Dann wundert mich, dass Osmański euch euer Erbe vorenthält. Bisher habe ich ihn für einen Ehrenmann gehalten.«

»Welches Erbe?«, fragte Johanna. »Wyborowo liegt doch in dem Gebiet, das Polen den Türken überlassen musste.«

»Das stimmt«, sagte Fadey lächelnd. »Aber diese Stadt war nicht das Einzige, was der alte Ziemowit zu vererben hatte. Es gibt noch einen Besitz bei Miechów, den Osmański für sich genommen hat. Dabei wäre es doch euer Erbe!«

»Das ist …«, fuhr Johanna auf, wurde aber sofort von Karl unterbrochen.

»Hören wir uns erst einmal an, was Osmański dazu zu sagen hat.«

»Er wird sagen, dass dieser Besitz ihm gehört«, warf Fadey lächelnd ein.

Die Lunte war gelegt. Da der kleinere Bruder schon einmal

bereit gewesen war, auf Osmański zu schießen, würde er es, wenn er Grund dafür zu haben glaubte, jederzeit wieder tun.

Karl gefiel die Sache nicht, und so fasste er nach dem Ärmel seiner Schwester. »Lass uns spazieren gehen!«

»Ich komme.« Johanna weinte beinahe vor Wut.

Kaum hatten sie die Festung verlassen, brach es aus ihr heraus. »Osmański ist ein Schurke, uns diesen Besitz vorzuenthalten! Dort hätte ich diese Maskerade aufgeben und wieder als Mädchen leben können. Er aber wollte, dass wir hier an der Tatarengrenze verderben.«

»Ich bin nicht bereit, Osmański auf Fadeys Wort hin zu verdammen«, erklärte ihr Bruder. »Zudem kann unser Großvater ihm diesen Besitz vermacht haben. Unsere Mutter war durch ihre Mitgift abgefunden worden, und er glaubte uns bei unserem Vater in guter Hut.«

»Ich bringe ihn um! Ich bringe diesen verdammten Osmański um«, schrie Johanna und ballte zornig die Fäuste.

Karl packte sie bei der Schulter und schüttelte sie. »Du wirst gar nichts tun, verstanden! Ich traue Fadey nicht. Er hat das ganze Jahr über seine Launen an uns ausgelassen, und jetzt tut er auf einmal so, als wäre er unser bester Freund.«

»Ich bringe ihn trotzdem um«, antwortete Johanna, wurde aber langsam ruhiger und begriff, dass es ihr gar nichts brachte, Osmański vor den Augen seiner Männer niederzuschießen.

»Das heißt, wenn er zurückkommt«, setzte sie hinzu.

»Er wird zurückkommen, und wir werden ihn fragen, was es mit diesem Besitz auf sich hat. Vielleicht hätte er dich dorthin geschickt, wenn du ihn gleich, als wir ihm begegnet sind, in unser Geheimnis eingeweiht hättest.«

Damit hatte Karl zu Johannas Bedauern leider recht. Einen Teil der Schuld trug sie selbst. Dies hieß jedoch nicht, dass sie Osmański verzeihen würde.

5.

Adam Osmański zügelte sein Pferd und musterte die hölzernen Gebäude des Dorfes. Häuser aus Stein und den Prunk, den er in Sieniawa gesehen hatte, suchte man hier vergebens. Es war der kleinste und nachrangigste Besitz der Sieniawskis gewesen, und sie hatten ihm das Stück Land nur deshalb überlassen, weil Ziemowit Wyborski sich mit aller Macht für ihn eingesetzt hatte. Bei dem Gedanken an den alten Mann, der ihn wie einen Sohn aufgezogen hatte, kam ihm dessen Enkelin in den Sinn. Ich hätte Johanna nach ihrer Ankunft hierherschicken und unter die Obhut meiner Mutter stellen sollen, sagte er sich. Er hatte sich jedoch zu sehr über sie geärgert und sie deswegen an die Tatarengrenze mitgenommen. Dort aber hatte sie sich weitaus besser behauptet, als er erwartet hatte.

»Sie ist immer noch ein Biest«, murmelte er und ließ seinen Hengst weitergehen.

Er näherte sich den ersten Hütten und sah erstaunte Blicke auf sich gerichtet. Die Bauern, ihre Weiber und die Kinder wirkten gesund und gut genährt. Was die Verwaltung des Besitzes betraf, konnte er sich auf seine Mutter verlassen. Im Gegensatz zu den Verwaltern anderer Herrschaften achtete sie auf die Bewohner und ließ auch nicht einen gewissen Teil des Ertrags in ihrer Tasche verschwinden.

»Pan Adam ist gekommen!«, hörte er die Bewohner rufen.

Eine Frau raunte einem halbwüchsigen Jungen etwas ins Ohr. Daraufhin rannte dieser los und verschwand in Richtung des Herrenhauses. Es bestand wie die anderen Gebäude des Dorfes aus Holz und unterschied sich nur durch seine Größe und die bessere Verarbeitung von dem Rest. Zwei Knechte eilten ihm entgegen und griffen nach den Zügeln.

»Willkommen, Pan Adam!«, rief der Ältere von ihnen. »Ihr seid lange nicht mehr hier gewesen.«

»Es gab viel zu tun«, antwortete Adam und wusste, dass er seiner Mutter würde Rede und Antwort stehen müssen. Da erblickte er sie auch schon. Sie stand, in ein einfaches Kleid gehüllt, vor der Tür und sah ihm mit so viel Freude entgegen, dass er sich schämte, so lange Zeit weggeblieben zu sein.

Rasch schwang er sich aus dem Sattel und ging auf sie zu. Sie strich sich mit der Rechten über das Gesicht, so als könnte sie nicht glauben, dass er tatsächlich aufgetaucht war, und lief ihm dann wie ein junges Mädchen entgegen.

»Mein Sohn!«, rief sie und schloss ihn in die Arme.

»Mutter!« Adam spürte, wie ihm die Tränen kamen, und hielt sie eine Weile fest.

»Es ist schön, wieder bei dir zu sein«, sagte er leise.

»So wie ich dich kenne, wirst du nur wenige Tage bleiben, doch ich will deswegen nicht trauern, sondern mich freuen, dass du gekommen bist. Bei deinem letzten Besuch lebte unser Wohltäter Ziemowit Wyborski noch.« Es lag kein Tadel in ihrer Stimme, sondern nur die Freude, ihn wiederzusehen.

Adam musterte sie lächelnd. Sie war hochgewachsen und noch immer schön, auch wenn sich die ersten grauen Strähnen in ihr blondes Haar geschlichen hatten.

Auch sie betrachtete ihren Sohn nun genauer. »Du siehst gut aus, Adam. Dein Blick macht mir jedoch Angst. Ich will nicht, dass du dich in deinem Hass verlierst.«

»Das werde ich schon nicht.« Adam lächelte, doch der harte Ausdruck in seinen Augen schwand nicht.

»Komm herein! Du wirst gewiss Hunger haben«, sagte seine Mutter und hakte ihn unter.

Adam folgte ihr in das Herrenhaus. Obwohl es nur aus Holz erbaut war, wirkte es im Innern behaglich. Es gab sogar einen

Saal, in dem mehrere Dutzend Leute hätten speisen können. Seine Mutter führte ihn jedoch in die Küche, forderte ihn auf, sich an den Tisch zu setzen, und setzte ihm eigenhändig Brot und Suppe vor.

»Ich hoffe, du wünschst keinen Wein zu trinken. Es ist nämlich keiner da«, sagte sie entschuldigend.

»Ich trinke auch Wasser«, antwortete Adam.

»Wir haben Kwas. Er schmeckt dir hoffentlich!«

»Das wird er«, antwortete Adam lächelnd.

Seine Mutter wartete, bis er gegessen und etwas getrunken hatte, dann setzte sie sich zu ihm an den Tisch. »Und nun erzähle, was du in diesen gut drei Jahren alles getan hast.«

»Ich habe Tataren getötet!«

»Es ist die Aufgabe eines Kriegers, seine Feinde zu töten, umso mehr, da die Tataren unseren verehrten Gönner Ziemowit Wyborski heimtückisch überfallen und umgebracht haben.«

Adams Mutter klang hart. Sie war keine Polin, sondern stammte aus dem Kaukasus und war kurze Zeit die Sklavin eines türkischen Beis gewesen, bis Adams Vater sie bei einem Kriegszug erbeutet hatte. Auch wenn sie sich in all den Jahren in Polen eingewöhnt hatte, so waren ihr die Sitten und Gesetze ihres Stammes immer noch gegenwärtig.

»Da du Pan Ziemowit erwähnst: Ich habe mittlerweile seine Enkel kennengelernt«, berichtete Adam.

Seine Mutter klatschte vor Freude in die Hände. »Die Kinder der lieben Sonia!«

Adam nickte. »Ja, die Zwillinge. Es ist eine seltsame Geschichte. Lass meinen Krug noch einmal füllen, dann erzähle ich sie dir.«

Erstaunt sah ihn die Mutter an. Irgendetwas war geschehen, dachte sie. Sie nahm Adams Krug und füllte ihn eigenhändig aus dem Fass in der Ecke. Als sie ihn wieder hinstellte, sah sie ihren Sohn auffordernd an.

»Berichte!«

Adam tat es und merkte selbst nicht, dass er Karl nur nebenbei erwähnte und die meiste Zeit von Johanna erzählte. Seine Mutter hörte ihm interessiert zu, doch als er fertig war und nach seinem Krug greifen wollte, stand sie auf und versetzte ihm eine heftige Ohrfeige.

»Adam Osmański, ich schäme mich, dich geboren zu haben!«, schrie sie ihn an. »Wir beide haben alles, was wir besitzen und was wir sind, dem großherzigen Ziemowit Wyborski zu verdanken. Doch statt dich seiner würdig zu erweisen, treibst du ein niederträchtiges Spiel mit seiner Enkelin, das dir nur der Teufel eingegeben haben kann! Das Mädchen hätte von den Tataren getötet oder das Opfer eines der Raufbolde werden können, die du um dich versammelt hast.«

»Joanna Wyborska, oder von Allersheim, wie sie wirklich heißt, weiß sich durchaus zur Wehr zu setzen«, antwortete Adam und merkte selbst, dass diese Ausrede schwächlich klang.

»Du hättest ihr sagen müssen, dass du weißt, wer sie wirklich ist, und sie nach den Gründen ihrer Verkleidung fragen. Anschließend hättest du sie zu mir bringen müssen. Doch dir war es lieber, sie zu beschämen und sie Tataren töten zu lassen!«

Seine Mutter klang so enttäuscht, dass Adam am liebsten im Boden versunken wäre.

»Es tut mir leid«, sagte er leise. »Ich wollte doch nur …«

»Es handelt sich um Pan Ziemowits Enkelin. Für das, was er für uns getan hat, hättest du ihr die Füße küssen müssen«, unterbrach ihn seine Mutter harsch. »Wäre Wyborski nicht gewesen, hätte ich mich auf einem der Güter der Sieniawskis als Magd zu Tode geschunden. Du selbst müsstest, wenn du überhaupt lebend zur Welt gekommen wärst, heute als Knecht mit nackten, mistbedeckten Füßen vor jedem Schlachtschitzen, Schreiber und speichelleckenden Lakaien die Mütze ziehen und sie wie große Herren anreden. Pan Ziemowit hat sich sogar mit der mächtigen Sippe der Sieniawskis angelegt, um für dich wenigstens dieses Dorf als Erbe deines Vaters zu erstreiten. Wie konntest du seiner Enkelin nur diese Schande antun?«

Bei den letzten Worten brach Adams Mutter in Tränen aus. Ihm wäre lieber gewesen, sie hätte ihn erneut geschlagen. »Es tut mir leid«, wiederholte er hilflos. »Ich werde es wiedergutmachen, ganz bestimmt!« Adam zog bei diesen Worten den Kopf ein, denn er wusste nicht, wie Johanna reagieren würde, wenn sie erfuhr, dass er von Anfang an von ihrem Geheimnis gewusst hatte. Wahrscheinlich konnte er von Glück reden, wenn sie ihm nicht gleich mit dem Säbel den Schädel spaltete. Die Worte seiner Mutter stießen jedoch noch etwas in ihm an.

»Es gibt noch eine Sache, Mama, wegen der ich zu dir gekommen bin. Stanisław Sieniawski hat mich zu sich rufen lassen.«

Seine Mutter wischte sich die Tränen aus den Augen und sah ihn verwundert an. »Der Feldhetman?«

»Er hat mir angeboten, den Namen Sieniawski zu tragen, falls ich mich unter sein Kommando stelle. Auch will er mir einen Beritt Husaren überlassen und ein Schloss. Dazu hat er mir versprochen, eine einträgliche Heirat für mich zu stiften.«

»Nachdem er dich fünfundzwanzig Jahre für einen unverzeihlichen Fehltritt deines Vaters gehalten hat, macht er dir so ein Angebot? Bei der Heiligen Jungfrau, es geschehen noch Zeichen und Wunder!« Adams Mutter schüttelte den Kopf und sah ihren Sohn danach fragend an. »Wie gedenkst du dich zu entscheiden?«

»Darüber wollte ich mit dir sprechen. Du hast die Verachtung dieser Sippe am meisten gespürt.«

»Oh ja, das habe ich wohl«, sagte Adams Mutter, und es klang sogar ein wenig stolz. »Andrzej sollte von seinem Vater mit einer reichen Polin verheiratet werden, doch er zog die Tscherkessensklavin vor und wagte es sogar, sich zu dem Kind zu bekennen, das ich unter dem Herzen trug. Das haben mir seine Tanten und Basen niemals verziehen. Wenn Pan Stanisław es dir jetzt trotzdem anbietet, dich in Ehren aufzunehmen, musst du dir einen entsprechenden Ruf als Tatarenschlächter erworben haben.«

»Ich bin ein Reiter des Königs, ein Schlachtschitz wie viele andere«, antwortete Adam leise. »Nähme ich Pan Stanisławs Angebot an, wäre ich ein Herr, der einen seidenen Rock trägt und nicht nur die seidene Schärpe. Wenn ich in meine Börse greife, würde ich goldene Złoty unter meinen Fingern spüren, und der Besatz meines Kontusz und meiner Mütze wäre aus Zobelfell.«

»Vor wem haben die Tataren mehr Angst? Vor einem Adam Sieniawski oder einem Adam Osmański?«, fragte seine Mutter.

»Vorerst noch vor Osmański!«, sagte Adam. »Doch das würde sich bald ändern.«

Seine Mutter nickte nachdenklich. »Das glaube ich dir sogar. Doch dann wärst du kein Reiter des Königs mehr, sondern ein Vasall von Stanisław Sieniawski. Der gute Ziemowit war immer ein Reiter des Königs. Er ist nicht einmal auf die Seite der Sieniawskis übergeschwenkt, als einer aus dieser Familie seine Schwester heiratete – deine Großmutter.«

»Du rätst mir also ab?«, fragte Adam.

»Ich rate dir nicht ab! Du musst deine Entscheidung selbst treffen.«

Adam wusste, wie inbrünstig seine Mutter die Sieniawskis hasste. Dafür hatten diese sie nach dem Tod ihres Geliebten zu schlecht behandelt. Man wird sie auch jetzt nicht akzeptieren, dachte er. Für die führenden Mitglieder der Sippe war sie der Grund, weshalb sein Vater nicht die für ihn bestimmte Braut geheiratet hatte und damit die Allianz mit einer anderen großen Familie verstärkt hätte. Ihn selbst brauchten sie auch nur als Schlagetot, der ihnen ihre Feinde vom Hals schaffen sollte.

»Ich glaube, die Entscheidung ist gefallen«, sagte er lächelnd. »Ich war ein Reiter des Königs und werde es bleiben!«

»Das ist ein kluger Entschluss!«, erwiderte seine Mutter erfreut. »Doch auch ich habe eine Nachricht für dich. Rafał Daniłowicz, einer der Berater des Königs, will dich treffen. Ich wollte bereits einen Boten zu dir senden, doch du bist mir zuvorgekommen.«

»Daniłowicz? Was will er von mir?«, fragte Adam.

»Das weiß ich nicht. Du findest ihn in Lublin, und wenn nicht dort, dann in Wlodawa. In Warszawa sollst du dich auf keinen Fall sehen lassen, lässt er dir ausrichten.«

»Warum hast du das nicht gleich gesagt?«, fragte Adam.

»Weil ich zuerst hören wollte, wie es dir geht«, antwortete seine Mutter und zerzauste ihm den blonden Schopf. »Es geht etwas vor in Polen, das spüre ich. Mag es dir Ruhm bringen und mir kein Leid.«

»Stanisław Jabłonowski sammelt bei L'wow ein Heer, um das Land gegen Murat Girays Tataren und die Türken zu sichern. Sie sind eine größere Gefahr als Azad Jimals Krieger, die ich bislang mit meinen Männern in Schach halten konnte. Vielleicht will Daniłowicz mir befehlen, mich Jabłonowski anzuschließen.«

So ganz glaubte Adam nicht daran, denn Jan III. und der von der Szlachta gewählte Großhetman galten nicht gerade als Freunde. Er hoffte trotzdem auf einen großen Feldzug gegen die Türken und Tataren. Mit jedem Säbelhieb, das schwor er sich, würde er Ziemowit Wyborski rächen. Der Gedanke erinnerte ihn an Johanna. Ihr gegenüber fühlte er sich hilfloser als gegen einhundert Tataren. Allerdings waren diese auch um einiges harmloser als dieses Biest.

6.

Adams Neugier, weshalb Daniłowicz ihn sprechen wollte, war zu groß, um lange bei seiner Mutter bleiben zu können. Bereits am übernächsten Morgen ritt er los und wünschte seinem Burza Flügel, um Lublin so rasch wie möglich zu erreichen. Erst unterwegs fragte er sich, ob es klug war, den Berater des Königs in Lublin zu treffen. Dort trieben sich um diese Zeit gewiss viele Leute herum, die entweder zu Jabłonowskis Heer stoßen oder daran verdienen wollten. Aus diesem Grund machte er einen Bogen um die Stadt und ritt weiter nach Wlodawa. Wie das an die Tataren verlorene Wyborowo war es ein kleinerer Ort, und Daniłowicz verfügte über einen Besitz in deren Nähe. Vor ein paar Jahrzehnten war Wlodawa wie viele andere Städte dieser Gegend bei Bogdan Chmielnickis Kosakenaufstand verwüstet und ein Teil der Bewohner massakriert worden. Mittlerweile war es weitestgehend wiederaufgebaut.

Adam kehrte bei einem jüdischen Gastwirt ein und fragte diesen nach Daniłowicz' Palais. Der Mann musterte ihn aufmerksam. »Ihr seid bei mir genau an die richtige Person geraten, edler Herr, denn ich soll morgen zwei Fässer guten ungarischen Weines zu Herrn Daniłowicz' Schloss bringen. Wenn Ihr nicht wollt, dass andere Euch erkennen, dann hüllt Euch in den Mantel meines Knechts und fahrt mit mir! Allerdings solltet Ihr jemand sein, den Herr Daniłowicz auch zu sehen wünscht.«

Es klang wie eine Warnung, doch für Adam bedeutete es vor allem, dass Rafał Daniłowicz auf seinem Besitz weilen musste.

»Soweit ich weiß, wünscht er, mich zu sehen«, antwortete er lächelnd.

»Dann soll es sein! Ihr könnt bei mir übernachten. Es gibt sogar Schweinebraten für Euresgleichen.«

Der Wirt lächelte, doch Adam spürte, dass es hinter dessen Stirn arbeitete. Anscheinend vermochte der Jude ihn nicht einzuschätzen. Seine Kleidung wirkte abgerissen, Handschuhe, Stiefel und Sattel waren alt, und der blanke Griff des Säbels deutete darauf hin, dass er gewohnt war, ihn kräftig zu schwingen. Kein polnischer Edelmann würde so vor einen Mann wie Daniłowicz treten.

Adam hatte jedoch zu lange in der Steppe gelebt, um noch viel auf sein Aussehen zu geben. Für ihn zählte der Ruf, den er sich in den Kämpfen mit Azad Jimal Khans Tataren erworben hatte. Das musste auch dem Berater des Königs genügen.

Der Wein in der Herberge war gut, das Essen ebenfalls, und die Gäste, die am Abend erschienen, warfen dem einsamen Mann in der Ecke nur einen kurzen Blick zu.

»Könnte ein Kosak sein«, meinte einer. »Die laufen so herum.«

»Vor allem sitzt ihnen der Säbel arg locker in der Scheide«, setzte ein anderer Gast hinzu und wählte einen Tisch, der möglichst weit von Adam entfernt war. Dieser hatte von dem Wirt einen Beutel Tabak erstanden und stopfte seine Pfeife. Während er sie mit einem Stück glühender Holzkohle anbrannte, fragte er sich erneut, was Daniłowicz von ihm wollte.

7.

*D*as laute Krähen eines Hahns weckte Adam bei Sonnenaufgang. Er wusch sich Gesicht und Hände, rieb sich über die Zähne und zog sich an. Als er nach unten gehen wollte, kam ihm der Wirt entgegen und sprach ihn an. »Ihr seid schon wach? Das ist sehr gut, denn ich will gleich aufbrechen. Nehmt diesen Mantel und setzt diese Kappe auf!«

»Ich will nicht als Jude gehen«, fuhr Adam ihn an.

»List ist oft schärfer als ein Schwert«, antwortete der Wirt lächelnd.

»Außerdem will ich frühstücken!«

»Sarah, mein Weib, hat einige Dinge in einen Korb getan, die uns unterwegs schmecken werden.«

Mit knirschenden Zähnen kapitulierte Adam vor der Dreistigkeit des Wirts und warf sich den Mantel um. Seinen Kołpak steckte er in seinen Gürtel und setzte stattdessen die abgegriffene Kappe auf, die der Jude ihm reichte.

»So ist es gut«, meinte dieser. »Wenn Ihr jetzt noch ein wenig nach vorne gebeugt geht, wird Euch keiner für den tapferen Krieger halten, der gestern in die Stadt gekommen ist.«

»Warum hältst du mich für einen tapferen Krieger?«, fragte Adam.

Der Wirt grinste ihn an. »In mein Gasthaus kommen viele Gäste, und so manche erzählen von Adam Osmański, dem Tatarenwürger. Ihr seid noch sehr jung und keine zehneinhalb Fuß hoch, wie man sich erzählt. Auch hat Euer Pferd keine acht Beine! Aber der kluge Mann weiß Dichtung von Wahrheit zu unterscheiden. Zudem ...«, er machte eine kleine Pause, »... hat Herr Daniłowicz mir gesagt, Ihr kämet bald hierher. Er wusste nur nicht, wann Ihr auftauchen würdet, und war besorgt, Ihr könntet ihn verfehlen.«

Dies deutete darauf hin, dass Daniłowicz das Zusammentreffen mit ihm schon seit längerem geplant hatte, dachte Adam. Er wunderte sich über die Heimlichkeit, mit der dies geschehen sollte, und fragte sich, ob der Berater des Königs auf dieser lächerlichen Maskerade bestanden hatte. Oder wollte sich der Wirt nur einen Scherz mit ihm erlauben? Bei dem Gedanken griff er an seinen Säbel, den er unter dem weiten Mantel verborgen hielt. Wenn es so war, würde der Kerl es bereuen.

Vorerst aber blieb ihm nichts anderes übrig, als auf den Wagen zu steigen und zuzusehen, wie der Wirt die beiden mageren Pferde antrieb. Auf dem Weg zum Stadttor folgte ihnen der Spott der Gassenjungen, die sich über den echten und den vermeintlichen Juden lustig machten. An der Stelle des Wirts hätte Adam den Bengeln die Peitsche übergezogen. Sein Begleiter ignorierte jedoch die Schmährufe und ließ sich auch durch das herablassende Wesen der Torwächter nicht aus der Ruhe bringen. Erst nachdem er jedem der Männer ein paar Grozys zugesteckt hatte, ließen sie ihn passieren. Auf ihrem weiteren Weg rollte der Wagen durch eine flache, bewaldete Landschaft, in der sie nur alle paar Meilen ein Dorf mit hölzernen Hütten und kleinen Feldern passierten.

»Am Mittag werdet Ihr an Herrn Daniłowicz' Tafel speisen«, sagte der Wirt, dem Adams Schweigen nicht geheuer vorkam.

»Wohl kaum, wenn er nicht will, dass mich jemand erkennt«, antwortete Adam kurz angebunden.

»Ihr werdet trotzdem fürstlich speisen, während ich mit dem Brot und dem Stück Zicklein zufrieden sein muss, die Sarah, mein Weib, mir mitgegeben hat.«

Die Worte des Wirts erinnerten Adam an sein versäumtes Frühstück, und er zog den Korb zu sich. Dieser war gut gefüllt, und so griff er beherzt zu. Sein Begleiter zog eine betrübte Miene, als er es sah.

»Esst nicht so viel, sonst müssen wir nachmittags auf dem Heimweg hungern!«

»Das hier dürfte für uns beide reichen. Außerdem hast du gesagt, dass Pan Rafał mich an seine Tafel laden wird!« Adam lachte kurz, nahm dann eine Weinflasche an sich und wollte sie öffnen.

»Nicht die! Nehmt die andere! In dieser ist koscherer Wein«, rief der Wirt erschrocken.

»Ich weiß nicht, wie ihr Juden es schafft, bei euren strengen Regeln nicht zu verhungern.« Verärgert stellte Adam die Flasche zurück und nahm die zweite, die sich im Korb befand. Wenigstens ist der Wein gut, dachte er, nachdem er sie entkorkt und ein paar Schlucke getrunken hatte. Dann verschränkte er die Hände hinter dem Kopf und ließ erneut seine Gedanken wandern.

8.

Rafał Daniłowicz' Besitz bestand aus einem kleinen Dorf mit weniger als einem Dutzend hölzernen Hütten, einer ebenfalls aus Holz erbauten Kirche und dem Herrenhaus, bei dem wenigstens das Erdgeschoss Mauern aus Stein besaß. Gegen die Paläste in Warschau, Zamość und anderen Orten, die Adam kennengelernt hatte, wirkte es klein und schlicht. Der Berater des Königs besaß weitaus größere und reichere Besitzungen als diese, doch war keine geeigneter für den Empfang von Gästen, deren Kommen geheim bleiben sollte.

Die Bewohner schienen den Wirt zu kennen. Adam hörte Begrüßungsrufe und sah einige winken. Ihn selbst beachtete man kaum. Er fand es seltsam, denn seit er sich einen Ruf an der Tatarengrenze erworben hatte, hatten die Blicke stets ihm gegolten. So aber fuhr er nahezu unbeachtet an der Seite des Wirts durch das Tor des Herrenhauses und stieg im Innenhof ab.

»Lasst den Mantel noch an«, mahnte der Wirt ihn und wandte sich dann an einen Knecht. »Richte bitte Herrn Daniłowicz aus, dass ich einen Gast mitbringe.«

»Das wird mir schon einer sein«, antwortete dieser nach einem Blick auf Adams schäbige Kleidung.

»Sage es deinem Herrn!«, drängte der Wirt.

»Ich geh ja schon«, gab der Knecht mit angewiderter Miene zurück und verschwand.

Danach verging einige Zeit, ohne dass sich etwas tat. Man bot dem Wirt und Adam nicht einmal etwas zu trinken an. Als der Verwalter kam und den Wein bezahlte, ihn aber nicht beachtete, fragte Adam sich, ob er das Herrenhaus unverrichteter Dinge wieder verlassen musste.

Da trat ein Knecht aus dem Gebäude und deutete auf ihn. »Du sollst mitkommen!«

Aufatmend setzte Adam sich in Bewegung und folgte dem Mann ins Haus. Es ging durch mehrere Korridore zu einer dunkel gebeizten Holztür mit eisernen Beschlägen. Der Knecht öffnete sie und trat einen Schritt zur Seite.

»Du kannst eintreten!«

Adam tat es und sah sich Rafał Daniłowicz gegenüber. Dieser bedeutete ihm durch ein Zeichen, die Tür zu schließen, und wies danach auf einen Stuhl.

»Setzt Euch! Ich freue mich, Euch zu sehen. Ihr erscheint früher, als ich es erwartet habe.«

»Ich danke Euch für Euer Willkommen, Pan Rafał. Ihr seid auf jeden Fall höflicher als Eure Knechte«, antwortete Adam.

»Tragt ihnen nichts nach. Sie wissen nicht, wer Ihr seid, und sollen es auch nicht erfahren. Bedient Euch an den Speisen, die ich für mich habe kommen lassen, und hört mir zu.«

Obwohl Adam unterwegs ein großes Stück Brot und einiges an Zickleinbraten gegessen hatte, griff er mit großem Appetit zu. Während er sich das Mahl schmecken ließ, berichtete Daniłowicz über die Lage des Reiches.

»Es wird bald Krieg geben, Osmański. Wir wissen nur noch nicht, gegen wen.«

»Wahrscheinlich gegen die Türken und Tataren. Ich habe gehört, dass Murat Giray an seine Khane den Aufruf erlassen will, ihre Krieger zu sammeln und ihm zuzuführen. Gegen wen sollen sie kämpfen, wenn nicht gegen uns?« Für Adam war dies die wahrscheinlichste Lösung, doch Daniłowicz lächelte wissend.

»Wer immer nur an einer Grenze kämpft, übersieht vieles andere, mein Freund. Bis vor kurzem war ein Krieg mit Brandenburg wahrscheinlich, um Kurfürst Friedrich Wilhelm für den Verrat zu bestrafen, den er an unserem Land und an König Jan II. Kazimierz begangen hat.«

»Ihr sagtet: bis vor kurzem. Jetzt also nicht mehr. Ist es wegen der Türken?«, fragte Adam neugierig.

»Teils ja, teils nein. Die Kriegsvorbereitungen des Osmanenreichs sind beunruhigend. Dennoch wurden die Planungen für einen Kriegszug nach Ostpreußen nicht deshalb gestoppt, sondern weil der Kaiser in Wien sich für den Brandenburger verwandt hat. Der König wird alles tun, um einen Zweifrontenkrieg zu vermeiden. Ein solcher könnte die Türken dazu verleiten, sich weitere Stücke unseres Landes anzueignen«, erklärte Daniłowicz.

»Der Teufel soll den Brandenburger und den Kaiser holen – und ebenso die Türken!«, brach es aus Adam heraus.

»Diese Hoffnung ist wohl vergebens«, antwortete Daniłowicz amüsiert. »Auf jeden Fall müssen unsere Säbel geschärft sein, wenn die Türken sich gegen uns wenden. Greifen sie hingegen Österreich an …«

»… können wir gegen Brandenburg reiten!«

Daniłowicz schüttelte den Kopf. »Ihr solltet mich ausreden lassen, mein junger Freund. Seine Heiligkeit, Papst Innozenz XI., fordert alle christlichen Reiche auf, gegen die Heiden zusammenzustehen! Polen kann daher nicht gegen Brandenburg vorgehen, während der Türke in seinem Rücken Österreich attackiert.«

»Dann greifen wir die Türken an und holen uns Kamieniec Podolski und Wyborowo zurück!«

»Der Tag wird kommen, Freund Osmański! Für Euch steht erst einmal eine andere Aufgabe an. Nehmt zwei Dutzend Eurer Reiter und führt sie in die Wälder bei Warszawa. Es gibt dort westlich der Stadt ein altes Jagdhaus, das Michał Korybut Wiśniowiecki gehört hat.«

»Dem früheren König?«

»So ist es. Ich gebe Euch nachher den Plan, wie Ihr es finden könnt. Dort erhaltet Ihr weitere Befehle. Beeilt Euch aber, denn die Zeit drängt!«

»Ihr sagtet, Pan Rafał, ich wäre früher gekommen, als Ihr dachtet. Wieso kann dann die Zeit drängen?«, fragte Adam verwundert.

»Weil es gilt, einen Vorteil zu erlangen! Je eher uns dies gelingt, umso rascher kann der König handeln. Es ist ein Zeichen der Heiligen Jungfrau, dass meine Botschaft Euch so schnell erreicht hat. Sie ist uns gewogen, mein Freund, und wir werden unter ihrem Banner in die Schlacht ziehen.«

Rafał Daniłowicz trat auf Adam zu und legte ihm die Hände auf die Schultern. »Der König vertraut Euch! Vergesst das nicht!«

Adam kniff die Augen zusammen. Wie es aussah, war das Angebot, das Stanisław Sieniawski ihm gemacht hatte, auch Jan III. zu Ohren gekommen, und dieser versuchte nun, ihn enger an sich zu binden. Wohin würde dieser Weg führen?, fragte er sich. Zu Ruhm, Ehre und Reichtum? Oder zu einem weiteren Kommando an einer entfernten Grenze, bei dem er es irgendwann bedauern würde, den Vorschlag der Familie seines Vaters ausgeschlagen zu haben? Nein, ich werde es nicht bedauern, dafür haben sie meiner Mutter zu viel angetan, dachte er und klopfte auf seinen Säbel.

»Gleichgültig, wohin der König mich schickt – ich werde für ihn kämpfen!«

»Sehr gut! Bringt die beiden Wyborski-Enkel mit. Sie sollen sich dem Vernehmen nach unter Eurem Kommando gut gemacht haben.«

Adam fragte sich, von wem Daniłowicz diese Nachricht erhalten hatte. Die meisten seiner Männer waren des Schreibens unkundig und interessierten sich auch nicht für Politik. War es Ignacy Myszkowski oder Dobromir Kapusta gewesen? Er traute es Daniłowicz zu, einen der beiden geschickt zu haben, um mehr über ihn und seine Aktionen zu erfahren.

Eigentlich hätte er jetzt bekennen müssen, dass es sich bei Jan Wyborski um Joanna Wyborska oder vielmehr Johanna von Allersheim handelte. Er wollte jedoch ihr Geheimnis nicht vor einem Fremden aufdecken, bevor er mit ihr gesprochen hatte, und hielt daher den Mund.

Daniłowicz erteilte ihm noch ein paar Anweisungen und schärfte ihm erneut ein, rasch zu handeln. Anschließend verabschiedete er ihn und sah durch das Fenster zu, wie Adam als Jude verkleidet auf den Wagen stieg und mit dem Wirt zusammen den Herrenhof verließ.

9.

In Azad Jimal Khans Tatarenlager entging Ismail Beis Tochter Munjah nicht, dass ihr die Blicke des Sklaven immer wieder hartnäckig folgten. Zwar hatte Nazim bislang keine Gelegenheit gefunden, sie aufzufordern, ihre Brüste für ihn zu entblößen. Aber ihr war bewusst, dass er auf eine günstige Situation lauerte. Es schauderte sie bei dem Gedanken, doch wenn Nazim dem Khan berichtete, dass sie dem geflohenen Gefangenen geholfen hatte, würden sie, ihr Vater und Bilge dessen Rache nicht entgehen. Wozu Azad Jimal fähig war, hatte er durch die Blendung der Männer bewiesen, die in der Nacht, in der der junge Pole befreit worden war, Wache gehalten hatten.

Seit vor einigen Tagen ein Bote von Murat Giray Khan, dem Oberhaupt aller Krimtataren, erschienen war, herrschte im Lager große Unruhe. Es war von Krieg die Rede und von einem langen Feldzug, der reiche Beute bringen sollte. Azad Jimal Khan haderte nun noch mehr damit, dass er viele Krieger im Kampf gegen Osmańskis Leute verloren hatte. Daher musste er sich Murat Giray mit einer geringeren Schar anschließen, als es sonst möglich gewesen wäre, und dies würde ihn Einfluss und damit Beuteanteile kosten.

Mit diesem Umstand erklärte Ismail Bei seiner Tochter die schlechte Laune des Khans. Selbst er wagte es nicht mehr, ungerufen vor Azad Jimal zu erscheinen, sondern blieb die meiste Zeit in seiner Jurte. Darüber war Munjah froh, denn solange ihr Vater anwesend war, konnte Nazim sich ihr nicht ungebührlich nähern.

»Gegen wen zielt dieser Kriegszug?«, fragte sie.

Ihr Vater hob in einer hilflosen Geste die Hände. »Das weiß wohl nur Kara Mustapha allein. Selbst der Sultan dürfte nicht wissen, was der Großwesir plant.«

»Aber das darf doch nicht sein!«, rief Munjah fassungslos. »Der Sultan ist unser aller Herr, auch der von Kara Mustapha!«

»Das ist richtig, aber die Nachfolger Osmans und Suleiman Kanunis haben die ausführende Macht jeweils ihren Großwesiren überlassen. Daher kann Kara Mustapha tun, was er will, solange er Erfolge aufzuweisen hat. Sollte er allerdings scheitern, wird ihm Sultan Mehmed IV. die seidene Schnur senden. Ich wollte, es käme dazu! Aber das darfst du niemandem sagen.«

Ismail Bei lächelte seiner Tochter zu. Sie ist anders als früher, dachte er dabei. Wie es aussah, ertrug sie die Härte und Grausamkeit des Steppenlebens nicht, und mehr denn je bedauerte er, dass es Kara Mustapha gelungen war, ihn hierher abzuschieben. Am Hof von Murat Giray Khan hätte er etwas bewirken können. Azad Jimal war jedoch ein Mann ohne jede Bildung und ein grausamer Barbar.

»Ich werde schweigen«, antwortete Munjah und warf Nazim einen besorgten Blick zu.

Ismail Bei bemerkte es und kniff die Lider zusammen. Irgendetwas stimmte nicht mit seiner Tochter und seinem Sklaven. Seit einigen Tagen spürte er das schon, doch er kannte den Grund dafür noch nicht. Hatte er zuerst geglaubt, Munjahs erwachende Weiblichkeit würde sie zu einem unziemlichen Verhalten Nazim gegenüber treiben, sah es mittlerweile so aus, als hätte sie Angst vor dem Sklaven. Während er weitersprach, beobachtete er diesen heimlich.

Zufriedenheit und Anspannung wechselten sich auf Nazims Gesicht ab. Mehrfach grinste er, als würde er an etwas Angenehmes denken. Vor allem aber sah er immer wieder zu Munjah hin.

»Was wirst du tun, wenn Azad Jimal Khan mit seinen Kriegern aufbricht?«, fragte Munjah weiter.

»Ich werde ihn begleiten müssen!«

»Du lässt mich allein zurück?«, rief Munjah von Panik erfüllt, sagte sich aber dann, dass Nazim mit ihrem Vater gehen würde, und beruhigte sich.

Ismail Bei sah sich einem Problem gegenüber. Er konnte Munjah nicht an diesem Ort zurücklassen. Nahm er sie jedoch mit, würde sie den Schmutz und das Elend des Feldzugs am eigenen Leibe erfahren.

»Ich bete zu Allah, dem Allmächtigen und alles Überschauenden, dass unser geliebter Sultan sich meiner erinnert und mich nach Konstantinopel zurückruft«, antwortete er mit einem Lächeln, das seine Zweifel erkennen ließ.

»Gebe Gott, dass es dazu kommt!« Am liebsten hätte Munjah das Kreuz geschlagen, so wie ihre Mutter es sie gelehrt hatte, wagte es aber angesichts ihres Vaters nicht. Zwar liebte er sie, doch ein so deutliches Bekenntnis zum Christentum würde er nicht hinnehmen.

Die beiden unterhielten sich über die möglichen Ziele des Feldzugs, wobei Ismail Bei mehr an das Moskowiterreich dachte, weil so viele Tataren aufgeboten werden sollten. Munjah hingegen betete heimlich, dass es nicht gegen Polen gehen würde, der Heimat ihrer Mutter und der jenes jungen Mannes, dem sie heimlich Wasser und Essen gereicht hatte. Bei dem Gedanken presste sie die Lippen zusammen. Ohne diesen Fremden hätte Nazim es nie gewagt, sich ihr auf so unverschämte Weise zu nähern. Sofort aber verteidigte sie den Polen. Er war immerhin als Gefangener hierhergebracht worden und hatte sie nicht gebeten, etwas für ihn zu tun. Wenn jemand Schuld an ihrer Situation trug, dann war sie es selbst – und Nazim.

Ismail Bei las auf Munjahs Gesicht, dass sie etwas bewegte. Bevor er sie jedoch darauf ansprechen konnte, wurde der Zelteingang geöffnet, und ein Tatar trat ein.

»Der erhabene Khan wünscht Euch zu sprechen, Ismail Bei!«

»Ich komme!« Munjahs Vater erhob sich und strich seiner Tochter über die Stirn. »Sei ohne Sorge! Der Segen Allahs ist mit uns.«

Hoffentlich! Und hoffentlich auch der der Heiligen Jungfrau, dachte Munjah und blickte ihrem Vater nach, der dem Tataren nach draußen folgte. Sie selbst zog sich in ihren Teil des Zeltes zurück und nahm eine Stickerei zur Hand. Nicht weit von ihr entfernt saß Bilge und nähte. Plötzlich sah das braunhäutige Mädchen auf.

»Nazim wird uns nicht mehr viel Zeit lassen.«

Munjah zuckte zusammen. »Wovon sprichst du?«

»Von seiner Forderung, uns nackt zu sehen. Damit allein wird er sich auch nicht zufriedengeben, sondern zuerst mich verlangen und dann dich!«

»Woher weißt du davon?«

Über Bilges Gesicht huschte ein kurzes Lächeln. »Ich habe Augen im Kopf und Nazim die Angewohnheit, gelegentlich Selbstgespräche zu führen. Da habe ich das eine oder andere aufgeschnappt und mir einen Reim darauf gemacht.«

»Während des Feldzugs werden wir vor ihm sicher sein! Wenigstens hoffe ich das«, sagte Munjah.

Ihre Sklavin wiegte zweifelnd den Kopf. »Das mag sein! Umso mehr wird er versuchen, vorher an sein Ziel zu gelangen. Es wird noch etliche Tage dauern, bis Azad Jimal Khan mit seinen Kriegern aufbrechen kann. Also sollten wir uns vorsehen.«

»Das wird euch nichts helfen!« Unbemerkt von den beiden hatte Nazim sich in ihren Teil des Zeltes geschlichen und musterte sie grinsend. Da sein Herr zum Khan gerufen worden war, war er endlich in der Lage, seine Macht über Munjah und ihre Sklavin zu beweisen. Er trat vor sie hin, streckte die Hand aus und berührte Munjahs Brust.

»Entblöße dich! Du ebenfalls – und zwar ganz!«, setzte er, an

Bilge gewandt, hinzu. »Lege dich dann hin, wie es einer Sklavin zukommt, die ihren Herrn erwartet!«

»Du bist weder Bilges Herr noch der meine!«, zischte Munjah ihn an.

»Ich muss nur zum Khan gehen und ihm sagen, wer den Polen befreit hat.«

Die Gemeinheit des Burschen trieb Munjah die Tränen in die Augen. Verzweifelt sann sie über einen Ausweg nach, fand aber keinen. Ihr Blick fiel auf das Messer, mit dem Bilge die Fäden abgeschnitten hatte. Bevor sie zuließ, dass Nazim Bilge oder sie schändete, war sie bereit, das Äußerste zu wagen. Jetzt aber tat sie so, als hätte sie aufgegeben.

»Uns bleibt nichts anderes übrig, als auf Nazims Forderung einzugehen«, sagte sie scheinbar resigniert und legte ihr Übergewand ab. Beim Leibchen zögerte sie.

»Mach schneller!«, herrschte Nazim sie an.

Auch Bilge begann nun, sich auszuziehen. Da sie nur ein Kleid über ihrem Hemd trug, ging es schneller als bei ihrer Herrin, und sie stand bald mit bloßem Oberkörper im Zelt. Nazim starrte ihre noch recht kleinen Brüste an, ließ dabei aber auch Munjah nicht aus den Augen, denn so ganz traute er ihr nicht. Als er das Messer entdeckte, nahm er es an sich und steckte es in den Gürtel. Munjahs enttäuschte Miene verriet ihm, dass sie bereit gewesen war, es gegen ihn zu verwenden.

Verärgert schlug er ihr ins Gesicht. »Du elendes Biest! Glaube nur nicht, dass du mich überlisten kannst. Eher verrate ich dich und deinen Vater an den Khan und sehe zu, wie ihr euch in Qualen windet!«

In dem Augenblick war Munjah bereit, sich und ihre Sklavin mit Zähnen und Fingernägeln zu verteidigen. Doch Nazim schien ihre Absicht zu bemerken, denn er zog das Messer und richtete es auf ihre Kehle.

»Zieh dich aus, und zwar ganz! Warum soll ich dieses dürre Ding besteigen, wenn du dich viel besser dafür eignest?«

»Niemals!«, schrie Bilge und ging auf ihn los.

Nazim versetzte ihr einen Faustschlag, der sie halb betäubt in eine Ecke der Jurte torkeln ließ. Dann trat er auf Munjah zu.

»Ich warte nicht mehr lange!«

Munjah verfluchte den Übereifer ihrer Sklavin, denn wenn diese gewartet hätte, bis die Gelegenheit günstiger war, hätten sie zu zweit mehr ausrichten können. Sich allein gegen Nazim durchzusetzen, erschien ihr unmöglich. Mit verkniffener Miene zog sie ihr Hemd über den Kopf und stand mit nacktem Oberkörper da. Ihre Brüste waren größer als die von Bilge, und unter ihren seidenen Pluderhosen zeichnete sich ein gut geformtes Gesäß ab.

»Die Hosen runter!«, stieß Nazim keuchend hervor und zerrte mit der Linken an der Schnur, die seine eigene Hose hielt. Er war schneller als Munjah, und sie sah sein Glied wie eine blutrote Lanze nach vorne ragen. Keuchend griff er nach ihr, packte sie bei der Schulter und stieß sie zu ihrem Bett.

»Vielleicht heirate ich dich sogar einmal, wenn ich ein großer Herr bin«, sagte er, von Munjahs Schönheit überwältigt.

Diese sammelte alle Kraft und stieß mit dem Knie zu.

Nazim drehte sich im letzten Augenblick zur Seite, so dass sie nur seine Hüfte traf, und versetzte ihr erneut eine heftige Ohrfeige. Munjah fiel auf ihr Lager zurück, presste aber die Schenkel fest zusammen. Mit schierer Gewalt bog der Sklave sie auseinander. Als er auf sie glitt, schloss Munjah entsetzt die Augen, um nicht mit ansehen zu müssen, was mit ihr geschah.

10.

*I*smail Bei war zweifach beunruhigt. Da war zum einen seine Tochter und Nazim und zum anderen der angekündigte Feldzug. Wäre er in Konstantinopel gewesen, hätte er in Erfahrung bringen können, gegen welchen Feind es ging. An diesem Ort aber war er von allen Nachrichten abgeschnitten und musste mit den Tataren ins Ungewisse reiten.

Obwohl er sich darüber ärgerte, hieß es, Freude zu heucheln, den Khan begleiten zu dürfen. Noch respektierte Azad Jimal das Gastrecht, auch wenn er wusste, dass Ismail bei Kara Mustapha Pascha in Ungnade gefallen war und dieser ihn wohl kaum zur Rechenschaft ziehen würde, wenn Ismail hier in der Tatarensteppe sein Ende fand. Wenn er den Khan jetzt erzürnte, war sein Leben daher keinen einzigen Kuruş mehr wert, und seine Tochter würde als Sklavin in einer stinkenden Jurte enden.

Mit diesem Gedanken betrat er Azad Jimals Khans Zelt und verbeugte sich. »Ihr habt mich rufen lassen, erhabener Khan?«

Der Tatar wandte sich ihm mit einer heftigen Bewegung zu. »Es kam ein Bote mit einem Brief an dich!«

»Wo ist dieser Bote?«, fragte Ismail Bei neugierig.

»Er isst derzeit Pilaw und trinkt Ziegenmilch. Hier ist der Brief.« Azad Jimal Khan streckte ihm einen Bogen Papier hin, der bereits geöffnet worden war. »Ich kann es nicht lesen, denn die Worte ergeben keinen Sinn«, erklärte er.

»Es könnte eine geheime Botschaft an mich sein.«

»Lies sie mir vor!«, befahl der Khan.

Ismail Bei nahm das Blatt entgegen und entzifferte den Text. Für einen Uneingeweihten war es tatsächlich nur eine sinnlose Aneinanderreihung von Buchstaben und Worten. Obwohl er mit der Geheimschrift vertraut war, tat sogar er sich schwer, den Sinn des Schreibens zu erfassen. Als er es endlich geschafft hatte, blickte er erleichtert auf.

»Es ergeht der Befehl an mich, mich zu Murat Giray zu begeben und ihm als Dragoman zu dienen.«

»Du willst mich verlassen?« Azad Jimal war anzusehen, wie wenig ihm dies passte. Ein Gesandter des Großherrn als Begleiter hätte seinen eigenen Ruf gestärkt. Stattdessen würde er nun als einer der vielen Unteranführer Murat Girays einen hinteren Rang in dessen Kriegsrat einnehmen.

»Hast du das auch richtig gelesen?«, fragte er misstrauisch.

»Das habe ich, erhabener Khan!«

»Einen solchen Befehl hätte der Sultan so senden müssen, dass auch ich ihn lesen kann«, beschwerte sich der Khan.

Ismail Bei verkniff sich ein Lächeln. Der Brief stammte nicht vom Sultan selbst, sondern von einem der vielen Schreiber Kara Mustaphas und enthielt um einiges mehr als nur die Anweisung, sich Murat Giray anzuschließen. Wenigstens wusste er jetzt, dass der geplante Feldzug nicht gegen das Moskauer Reich und wahrscheinlich auch nicht gegen Polen gerichtet war. Im Grunde blieb nur jenes Stück Ungarn übrig, das noch von den österreichischen Giauren besetzt war. Ein wenig wunderte er sich, denn für einen solchen Feldzug hätte es ausgereicht, ein paar tausend Tataren nach Westen zu schicken. Der Befehl des Großwesirs an Murat Giray lautete jedoch, mit seinem gesamten Heer aufzubrechen.

»Du wirst Murat Giray sagen, dass meine Krieger tapfer sind und Osmańskis Erfolge nur durch Zauberei zustande kamen«, fuhr Azad Jimal fort.

»Das werde ich ganz gewiss, großmächtiger Khan!« Ismail Bei war so erleichtert, diesen Teilstamm der Tataren verlassen zu können, dass er Azad Jimal das Blaue vom Himmel versprochen hätte.

Munjah wird sich freuen, von hier fortzukommen, dachte er und verbeugte sich erneut vor dem Khan. »Erlaubt, dass ich mich zurückziehe und meine Abreise vorbereite. Den Befehlen des großen Sultans ist umgehend Folge zu leisten.«

Azad Jimal machte eine knappe Handbewegung, die Ismail Bei als Zustimmung wertete. Daraufhin verließ er die Jurte und hätte draußen am liebsten laut gejubelt. Auch wenn er zunächst Murat Giray Khan als Dolmetscher dienen sollte, war es für ihn doch der erste Schritt zurück zu der Bedeutung, die er sich ersehnte.

Mit diesem Gedanken kehrte er zu seinem Zelt zurück. Am Eingang hörte er ein Klatschen wie von einer Ohrfeige und erregtes Keuchen. Er trat ein und sah, dass der vordere Teil des Zeltes leer war und der Vorhang, der Munjahs Bereich abtrennte, einen Spalt offen stand. Mit ein paar Schritten war er dort und sah, wie seine Tochter sich erbittert gegen Nazim wehrte. Bilge kämpfte sich, ebenso nackt wie Munjah, auf die Beine, ergriff eine Vase und hieb sie Nazim über den Kopf. Mit einem Fluch ließ dieser von Munjah ab und versetzte dem Mädchen einen brutalen Faustschlag.

Noch während Bilge ohnmächtig zusammensank, blickte Ismail Bei sich um, sah auf einem Klapptisch Säbel und Pistole liegen und wollte bereits zu der Schusswaffe greifen. Doch der Knall war ihm zu auffällig, und so nahm er den Säbel zur Hand. Sekunden später war er wieder bei dem Vorhang. Inzwischen hatte Nazim Munjahs Widerstand gebrochen und wollte in sie eindringen. Bevor es dazu kam, fuhr ihm der kalte Stahl zwischen die Rippen, und er blieb nach einem rasselnden Stöhnen regungslos auf Munjah liegen.

Es dauerte einen Augenblick, bis Munjah begriff, dass sie gerettet war. Dann aber sah sie ihren Vater vor sich stehen und schrumpfte sichtlich.

»Was ist hier geschehen, und weshalb bist du nackt, meine Tochter? Weshalb hast du nicht geschrien, als Nazim dich unter sich zwingen wollte?« Ismail Bei klang streng, und Munjah wagte nicht, ihn anzusehen.

»Nazim hat mich erpresst«, berichtete sie leise. »Er drohte mir an, dem Khan zu verraten, dass ich dem gefangenen Polen des Nachts heimlich Wasser und Essen gegeben habe, es sei denn, Bilge und ich würden uns ihm nackt zeigen. Plötzlich wollte er mehr, und wir hatten zu viel Angst, um zu schreien.«

Ihre Stimme klang so kläglich, dass Ismail Bei es nicht übers Herz brachte, sie zu schelten. »Du hast ein gutes Herz, meine Tochter, so wie es auch deine Mutter hatte. Doch du musst dich vorsehen, damit es dich nicht ins Verderben führt.« Da Munjah vergebens versuchte, sich unter dem toten Sklaven herauszuwinden, packte er diesen und schleifte ihn in den anderen Zeltteil.

»Bedecke deine Blöße, Tochter, und kümmere dich um Bilge. Sie ist dir wahrlich eine treue Dienerin«, rief er Munjah über die Schulter zu.

Das Mädchen fühlte sich völlig zerschlagen. Zudem war Nazims Blut auf sie geflossen, und sie griff nach einem Lappen, um es abzuwischen. Unterdessen kam auch Bilge wieder zu sich und sah sich verwirrt um.

»Ich träumte, Nazim wolle dir Gewalt antun, Herrin!« Noch während sie es sagte, zuckte sie zusammen. »Er wollte es wirklich!«

»Er kam nicht dazu! Mein Vater hat uns gerettet.«

»Seid ihr bekleidet?«, klang da Ismail Beis Stimme auf.

»Noch einen Augenblick, bitte!« Obwohl Munjah selbst noch halb benommen vor Angst und Entsetzen war, half sie der weinenden Bilge, ihr Hemd und ihr Kleid überzuziehen, und warf sich selbst einen Umhang um.

»Wir sind fertig!«, rief sie.

Ismail Bei hatte unterdessen den toten Nazim zum Zelteingang geschleppt und rief ein paar Tataren herbei. »Bringt ihn weg und begrabt ihn irgendwo in der Steppe. Er hat mich erzürnt!«

Danach trat er zurück und sah zu, wie die Männer den Leichnam packten, auf ein Pferd legten und mit ihm das Lager verließen. Er ahnte, wie sehr sie sich nun über ihn wunderten. Bislang hatten sie ihn für einen verweichlichten Türken gehalten, der seine Hände in Rosenwasser wusch und sich seinen Pilaw auf einem silbernen Teller servieren ließ. Doch wenn es um sein Kind ging, war er nicht weniger entschlossen als einer der harten Steppenkrieger.

Mit diesem Gedanken schloss er den Zelteingang und betrat den hinteren Teil. Munjah und ihre Dienerin saßen eng umschlungen auf dem Teppich und sahen ihm ängstlich entgegen. In ihren Gesichtern las er den Schrecken über das unverschämte Verhalten seines Dieners und über dessen Tod. Erneut brachte er es nicht übers Herz, seine Tochter zu schelten. Stattdessen kniete er sich neben sie und nahm sie und Bilge in die Arme.

»Es ist vorbei. Ihr seid in Sicherheit! Dieser Hund von einem Sklaven wird für seine Tat in der Dschehenna büßen.«

Munjah starrte ihn fragend an. »Nazim ist also wirklich tot?«

Ihr Vater nickte. »Und er hat dieses Ende verdient! Die Hand gegen die Tochter seines Herrn zu erheben, ist ein schweres Verbrechen.«

Er musterte das Gesicht seiner Tochter und bemerkte die Spuren der Schläge, die Nazim ihr versetzt hatte.

»Du wirst morgen, wenn wir fortreiten, dein Gesicht verhüllen. Ich will nicht, dass die Tataren sehen, wie dieser Schurke dich zugerichtet hat«, erklärte er.

»Das werde ich, Vater«, antwortete Munjah und begriff dann

erst den Sinn seiner Worte. »Bricht Azad Jimal Khan mit seinen Reitern auf, und wir müssen ihm folgen?«

Diesmal schüttelte Ismail Bei den Kopf. »Nein! Bis Azad Jimals Krieger reiten, werden noch etliche Tage vergehen.«

»Dann verlassen wir das Lager!«

»Das tun wir, meine Tochter.« Ismail Bei strich ihr sanft über die Wange und wiegte sie wie ein kleines Kind.

»Ich bin sehr froh darüber«, gab Munjah ehrlich zu.

»Ich auch, besonders um deinetwillen. Schließlich bist du alles, was ich habe.«

Munjah spürte die Trauer ihres Vaters um ihre Mutter und wollte ihn trösten. »Du wirst dir bald ein neues Weib nehmen und Kinder von ihr bekommen, vielleicht auch den Sohn, den du dir so sehnsüchtig wünschst.«

»Und wenn es so kommen würde, würde dir niemand den Platz in meinem Herzen streitig machen können, meine Kleine. Fasse nun Mut und packe mit Bilge alles zusammen, was wir mitnehmen wollen.«

Für sich dachte der Bei, dass Arbeit wohl das Beste war, so dass seine Tochter und Bilge dieses schreckliche Erlebnis überwinden konnten.

11.

Obwohl Johanna Osmański nicht mochte, musste sie ihm zugestehen, dass er die Männer besser in Zucht und Ordnung hielt als Fadey. Zwar tat Ignacy Myszkowski alles, um die Disziplin halbwegs aufrechtzuerhalten, doch etliche von Fadeys Freunden nahmen nur von diesem Befehle entgegen und ließen sich, wie sie sich ausdrückten, nichts von einem dahergelaufenen Schlachtschitzen sagen.

Johanna ging Fadey, so gut es ging, aus dem Weg und saß auch an diesem Tag auf einem der vier Türme, um mit Leszek zu reden.

»Osmański ist schon zu lange weg. Einige von Fadeys Kumpanen sagen bereits, er würde nicht mehr zurückkommen«, sagte sie.

Leszek stieß einen knurrenden Laut aus. »Es wäre ihnen lieber, nichts tun zu müssen und Wodka trinken zu können. Doch Adam Osmański wird zurückkommen, Kleiner, und dann werden einige jetzt noch großmäulige Burschen sehr kleinlaut werden.«

»Ich wüsste gerne, warum er so lange fortbleibt«, fuhr Johanna fort.

»Um das zu erfahren, wirst du warten müssen, bis er zurückkehrt. Aber dass er es dir erzählt, bezweifle ich.«

Leszek lachte leise und klopfte Johanna auf die Schulter. »Bist ein gutes Bürschlein! Ebenso dein Bruder, auch wenn ich mir wünschen würde, er würde doch einmal den Säbel ziehen und ein paar der übelsten Kerle zur Ader lassen. Hätte nie gedacht, dass sie so schlimm werden könnten.«

»Daran ist Fadey schuld. Gemein war er zwar schon immer, doch seit Osmański fort ist, ist es noch schlimmer geworden. Er schickt auch kaum mehr Patrouillen aus. Wenn Azad Jimals Reiter unsere Dörfer überfallen wollen, können wir ihnen nicht beistehen. Dabei verlassen sie sich auf unseren Schutz!«

»Mir wäre es lieber, Fadey würde auf sein Pferd steigen und fortreiten«, sagte Leszek mit verkniffener Miene. »Meinetwegen kann er seine engsten Freunde mitnehmen und mit ihnen eine Räuberbande gründen. Wir wären ihn dann endlich los!«

Johanna wollte etwas darauf antworten, blickte dabei nach Norden und kniff die Augen zusammen. »Da kommt ein Reiter auf uns zu!«, meldete sie.

Sofort kämpfte Leszek sich hoch und hielt sich an der Brüstung fest. »Tatsächlich! Ich kann aber nicht erkennen, wer es ist.«

»Es könnte Osmański sein«, rief Johanna und sah noch einmal zu dem Reiter hin. »Er ist es tatsächlich! Ich erkenne sein Pferd.«

Mit einer Erleichterung, die sie vor ein paar Wochen noch für unmöglich gehalten hätte, winkte sie nach unten.

»Osmański kehrt zurück!«

Es war, als wäre ein Bär in einen Bienenstock eingedrungen. Die Männer merkten plötzlich, wie herabgekommen die Festung aussah. Mit Karl, Ignacy und Dobromir an der Spitze versuchten einige, noch rasch aufzuräumen, während Fadeys Freunde sich beim Haus des Hauptmanns versammelten. Das, dachte Johanna mit heimlicher Freude, würde Fadey jetzt wieder für Adam räumen müssen.

»Verflucht! Hätte Osmański nicht noch länger wegbleiben können?«, stöhnte einer, der wieder lange, erschöpfende Ritte und harte Gefechte mit Azad Jimal Khans Tataren vor sich sah.

Mehrere seiner Freunde teilten seine Meinung, während Fadey zufrieden lächelte.

»Endlich!«, murmelte er und sah sich nach Johanna um, die oben auf dem Turm stand und angestrengt nach Norden blickte.

Zwar war es ihm nicht gelungen, die Zwillinge in eine solche Wut zu versetzen, dass diese Osmański zur Rede stellen und vielleicht sogar töten würden. Es gab jedoch noch andere Möglichkeiten, sich die Belohnung der Tataren zu verdienen.

Mit diesen Gedanken stieg Fadey zum Turm hoch und sah Adam entgegen. Dieser ritt allein, als gäbe es hier weit und breit keine Gefahr.

»Ich hatte gehofft, er würde Verstärkung mitbringen«, sagte Fadey laut genug, damit es die meisten Männer hören konnten.

»Wir könnten sie nach unseren Verlusten gegen die Tataren dringend brauchen«, sekundierte ihm einer seiner Freunde.

Es gab niemanden, der dagegen sprach, denn jeder hatte erwartet, dass Osmański losgeritten wäre, um weitere Reiter zu rekrutieren. Selbst Johanna war enttäuscht. Um nicht neben Fadey zu stehen, verließ sie den Turm und gesellte sich zu ihrem Bruder und Ignacy. »Ich bin neugierig, welche Nachrichten Osmański mitbringen wird«, meinte sie zu Karl.

»Wir müssen abwarten, bis er es uns erzählt.« Ihr Bruder fasste sie an der Schulter. »Du wirst nichts Unbesonnenes tun, hast du verstanden?«

Johanna wusste, dass er damit den Besitz ihres Großvaters bei Miechów meinte, den Osmański sich Fadeys Worten zufolge angeeignet hatte. Sollte dies der Wahrheit entsprechen, hatte ihr Vormund keine Gnade verdient. Weder sie noch Karl hätten an die Tatarengrenze kommen und sich in Gefahr bringen müssen. Johannas Wut, die während der Wartezeit auf Osmański ein wenig abgeflaut war, wallte wieder auf, und sie griff unbewusst zum Säbel.

Sofort wurde der Druck von Karls Hand stärker. »Wir werden mit Osmański reden. Erst danach entscheiden wir, was wir unternehmen.«

»Von mir aus!«, gab Johanna missmutig zurück und sah zu, wie das Tor der Festung geöffnet wurde.

Wenig später ritt Adam herein, zügelte sein Pferd und warf einen prüfenden Blick in die Runde. Die Unordnung in der Festung verwunderte ihn. Auch sahen einige Männer nun wirklich wie Räuber aus und nicht wie Soldaten. Rasch wurde ihm bewusst, dass ein Riss durch seine Schar ging. Der größte Teil umringte ihn jubelnd und hieß ihn willkommen, während sich andere um Fadey scharten und nicht aussahen, als würden sie sich über seine Rückkehr freuen.

Johanna hielt sich ebenfalls im Hintergrund, doch das hatte er nicht anders erwartet. Sie wird erleichtert sein, wenn ich sie zu meiner Mutter bringe, dachte er und winkte kurz in ihre Richtung. Als Reaktion presste sie die Lippen zusammen und machte ein Gesicht, als wolle sie ihn fressen.

»Was ist ihr jetzt schon wieder über die Leber gelaufen?«, fragte er sich, als er vom Pferd stieg.

Ignacy grinste ihn fröhlich an. »Willkommen zurück, Hauptmann! Es war arg langweilig ohne Euch.«

»Ihr hättet Tataren jagen können«, sagte Adam mit hörbarem Ärger.

Nun bequemte auch Fadey sich, auf ihn zuzugehen. »Wir haben einen Verlust, nämlich Ludwik. Die Tataren haben ihn erwischt, als wir beide die Grenze abgeritten sind.«

Adam senkte betroffen den Kopf. »Möge die Heilige Jungfrau ihn im Himmelreich empfangen. Er ist ein Verlust für uns, denn er wäre ein guter Reiter geworden.«

Dann sah er Fadey an und fragte sich, ob dieser schon immer so ungepflegt gewesen war. Oder fiel es ihm nur deshalb auf, weil er mit Stanisław Sieniawski und Rafał Daniłowicz Männer in der Kleidung hochrangiger Edelleute erlebt hatte? Es ist wirklich an der Zeit, von hier fortzugehen, dachte er traurig und rief dann alle Männer zu sich.

»Ich habe euch etwas zu verkünden«, sagte er. »Ich bin von meinem Kommando abberufen worden. Gut zwei Dutzend von euch kann ich mitnehmen, der Rest kann entweder unter Fadeys Kommando hierbleiben oder sich den Truppen des Großhetmans Jabłonowski anschließen, der derzeit östlich von L'wow seine Truppen sammelt.«

Es war, als hätte eine Kanonenkugel zwischen seinen Männern eingeschlagen. Einige starrten ihn verwirrt an, während einer von Fadeys Freunden zu fluchen begann.

»Soll das bisschen Sold, das wir bekommen haben, alles sein? Als wir zu dir gestoßen sind, hieß es, das Gold der Tataren würde unsere Taschen füllen! Verdammt! Belohnt Polen so seine Helden?«

Fadey dachte ähnlich, hielt sich aber zurück, da es seinen Plänen dienlicher war. Erneut suchte sein Blick Johanna. Sie war für ihn der Schlüssel zum Gold der Tataren.

Unterdessen sah Adam die Männer ärgerlich an. »Wir haben alles, was wir erbeutet haben, gerecht verteilt! Oder ist das gelogen?«

»Nein, Hauptmann! Selbst Ihr habt nicht mehr erhalten als wir«, rief Dobromir Kapusta rasch, bevor einer von Fadeys Kumpanen etwas sagen konnte.

»Das bezweifle ich«, plärrte der Schreier. »Ein Drittel dessen, was wir den Tataren abgenommen haben, hat Osmański an sich genommen!«

»Ich habe dafür Pulver, Blei und Vorräte gekauft, sowie Mäntel und Stiefel für euch«, erwiderte Adam scheinbar gelassen.

»Das kannst du deiner Großmutter erzählen!«, schrie der Mann weiter. »Gewiss hast du dir die Taschen gefüllt, während uns nur ein paar Złoty geblieben sind!«

Mehrere seiner Freunde stimmten ihm lauthals zu, und für einen Augenblick lang überlegte Fadey, ob er dem Streit freien Lauf lassen sollte. Da seine Anhänger jedoch weit in der Unterzahl waren und er um Adams Geschick mit dem Säbel wusste, entschied er sich anders.

»Jetzt seid still!«, herrschte er seine Freunde an. »Ich habe gesehen, was Osmański für uns gekauft hat. Nicht wenige von euch tragen Stiefel, die mit dem Geld aus seiner Kriegskasse erworben wurden. Ihr solltet euch schämen, den Hauptmann so anzuschreien. Er hat uns bisher gut geführt!«

Fadeys Lob überraschte einige, insbesondere Johanna. Doch

auch sie hatte die Wagen gesehen, mit denen Nachschub und Verpflegung in die Festung gebracht worden waren. In der Hinsicht war Osmański wahrlich nichts vorzuwerfen.

Unterdessen glätteten sich die Wogen, auch wenn sich Fadey bitterböse Blicke seiner Anhänger einfing. Adam sprang auf ein leeres Fass, das vor einer der Hütten stand, und hob die Hand.

»Ich kann vierundzwanzig oder fünfundzwanzig von euch mitnehmen, dazu Leszek, der mit seinem einen Bein als Soldat nicht mehr geeignet ist, und Karol und Jan.«

»Ich will mit!«, rief Ignacy. Auch Dobromir und andere meldeten sich. Viele zögerten zunächst, doch dann forderten fast siebzig Männer, bei Osmański bleiben zu können.

Fadey musterte die Männer wuterfüllt. Es sind Polen, dachte er, und die wollen nicht unter einem Kosaken dienen. Bislang hatte Osmańskis Autorität ausgereicht, um von den Kerlen als Unteranführer anerkannt zu werden. Doch ohne den polnischen Hauptmann würde der Trupp auseinanderlaufen. Fadeys Sehnsucht nach der Heimat und der Wunsch, sich an seinen dortigen Feinden zu rächen, wurde immer stärker, und er war bereit, alles zu tun, damit es dazu kam.

12.

Die große Zahl der Männer, die mit ihm kommen wollten, stellte Adam vor ein Problem. Daniłowicz hatte gewiss nicht umsonst auf etwa zwei Dutzend bestanden. Andererseits wollte er die Männer, die seit drei Jahren mit ihm geritten waren und gekämpft hatten, nicht vor den Kopf stoßen.

Er wünschte sich, dass Fadey etwas tun würde, um die Männer zum Bleiben zu bewegen. Doch der Kosak hielt sich zurück, als ginge das Ganze ihn nichts mehr an. Langsam bereute er, dass er den Mann zum neuen Hauptmann der Festung hatte machen wollen, und überlegte, diesen Posten Ignacy zu übertragen. Der junge Mann war ein guter Krieger, aber er war noch nicht lange genug bei seiner Schar und besaß daher nicht die nötige Autorität.

»Ich werde jeden mitnehmen, der mitkommen will«, murmelte er vor sich hin, als er an seinem Tisch in der Kommandantenhütte saß und eine Liste seiner Männer erstellte. Fadey und dessen Freunden würde er einen Monatssold aus seiner eigenen Kasse geben, so dass sie sich einen neuen Dienst suchen konnten. Kurz überlegte er, was er mit der Festung machen sollte, und beschloss, sie niederzubrennen. Der Großhetman Jabłonowski hatte keine Verwendung dafür, und er wollte nicht, dass sich Räuber oder gar Tataren hier einnisteten.

»Karol, komm herein!«, rief er zum offenen Fenster hinaus.

Johannas Bruder erschien so schnell, als hätte er vor der Hütte gewartet. »Was gibt es, Hauptmann?«

»Ich will eine Bestandsaufnahme aller Waffen und Vorräte in der Festung. Wähle aus, was wir mitnehmen können. Der Rest soll verbrannt werden.«

»Wie Ihr befehlt!« Karl salutierte und verließ die Hütte.

Verwundert blickte Adam ihm nach. Als er sich bei Zamość von Karl, Johanna und Ignacy getrennt hatte, war sein Verhältnis zu dem Jüngling freundschaftlich gewesen. Doch nun gab Karl sich ihm gegenüber so förmlich, als stände er einem Fremden gegenüber.

»Weiß der Teufel, was hier vorgefallen ist«, brummte er.

Auf einmal hielt er es hier in der Hütte nicht mehr aus. Er stand auf, legte seinen Säbelgurt um und trat ins Freie. Nicht weit entfernt entdeckte er Johanna und Leszek und ging auf die beiden zu.

»Wie es aussieht, hast du dein törichtes Abenteuer gut überstanden«, sagte er zu Johanna.

Diese blitzte ihn zornig an. »Die Rettung meines Bruders war kein törichtes Unterfangen!«

»Das nächste Mal überlässt du es erwachsenen Männern, das zu tun, was nötig ist«, erklärte Adam und zeigte auf Leszek. »Du wirst dich unterwegs um ihn kümmern, verstanden? Er muss reiten, auch wenn er nur ein Bein hat! Wir müssen rasch sein und können uns nicht mit einem Wagen belasten!«

»Ich schaff das schon!«, rief Leszek.

»Ich habe gesagt, dass J…an sich um dich kümmern soll. Also wird es auch so geschehen!«

Beinahe hätte Adam Joanna gesagt. Inmitten seiner Männer wollte er ihre Maske jedoch nicht aufdecken. Es kam ihm ohnehin wie ein Wunder vor, dass es ihr gelungen war, ihr Geheimnis bis jetzt zu bewahren. Natürlich hatte ihr Bruder ihr geholfen, dennoch mussten hier alle blind sein, um sie nicht als Mädchen zu erkennen. Er überlegte, wie er sie zu seiner Mutter bringen konnte. Der Ritt über Miechów würde einen Umweg von mehreren Tagen bedeuten. Dabei hatte Rafał Daniłowicz ihm eingeschärft, sich so rasch wie möglich in der Nähe von Warschau einzufinden. Ich muss von dort aus einen Weg finden, sie nach Hause zu bringen, dachte er und wandte sich ab.

Johanna sah ihm aufgebracht nach. »Was glaubt er, wer er ist?«

»Unser Hauptmann! Und wenn er befiehlt, müssen wir entweder gehorchen oder desertieren«, meinte Leszek grinsend und klopfte ihr auf die Schulter. »Wir zwei schaffen das schon. Du musst mir nur helfen, aufs Pferd und wieder herunterzukommen. Wenn du mir den Steigbügelriemen lang genug einstellst, kann ich mich sogar mit meinem Holzbein abstützen.«

»Du weißt, dass ich dir gerne helfe, Leszek. Da hätte es den Befehl dieses aufgeblasenen Affen nicht gebraucht!« Johanna fauchte wie eine wütende Katze hinter Adam her.

Da klang Fadeys Stimme über den Hof. »He, Leute! Macht keine so traurigen Gesichter. Einmal geht alles zu Ende. Wir sollten lieber nachsehen, wie viel Wodka noch da ist. Oder wollt ihr den einfach in der Steppe verschütten?«

»Natürlich nicht!«, plärrte einer seiner Freunde.

»Dann holen wir ihn heraus und feiern ein Fest – wenn es Euch genehm ist, Hauptmann?«, wandte Fadey sich mit einer gezierten Verbeugung an Adam.

Dieser überlegte kurz und nickte. »Wir sollten alle noch einmal zusammensitzen und trinken. Immerhin waren wir viele Monate Kameraden und haben in der Zeit einiges erlebt.«

»Ihr habt es gehört! Der Hauptmann ist einverstanden.« Fadey lachte und ließ sich den ersten Becher reichen. »Der ist für Euch, Osmański. Möge der Stern deines Ruhms für ewig am Himmel strahlen!«

»Bist du ein Dichter geworden, Kosak, weil du so geschwollen daherredest?«, fragte Dobromir lachend.

»Was ein echter Kosak ist, weiß mit dem Säbel und dem Wort gleichermaßen zu fechten«, gab Fadey scheinbar fröhlich zurück und winkte dann Karl und Johanna zu sich.

»Ihr seid die Neffen des Hauptmanns. Also habt ihr das Recht, an seiner Seite zu sitzen!«

»Wenn, dann sind wir Vettern – und zwar sehr entfernte Vettern«, antwortete Johanna, folgte ihrem Bruder aber doch zu der Bank, die andere Reiter bereits für Adam und dessen engste Gefährten aufgestellt hatten.

Außer ihnen und Adam hatten dort noch Fadey, Ignacy und Leszek Platz. Die meisten anderen setzten sich auf den Boden und ließen die Becher kreisen. Adam bestimmte vier Mann, die er für vernünftig genug hielt, sich beim Trinken zurückzuhalten, als Wachen und ließ sich dann seinen Becher mehrfach füllen. Eine gewisse Wehmut erfüllte ihn. Die letzten drei Jahre waren hart gewesen, doch er und seine Reiter hatten den weitaus zahlreicheren Kriegern von Azad Jimal Khan erfolgreich Paroli geboten. Nun musste er diesen Landstrich, in dem er sich einen gewissen Ruf errungen hatte, verlassen und irgendwo, wo ihn keiner kannte, einen neuen Anfang wagen.

»Trink, Kleiner!«, hörte er Fadey sagen und sah, wie dieser Johanna einschenkte.

»Bist du ein Mann oder ein Mädchen?«, fragte Dobromir mit bereits schwerer Stimme.

Johanna biss kurz die Zähne zusammen, nahm dann das Glas und stürzte es in einem Zug hinunter. Der scharfe Schnaps fraß sich wie Feuer die Speiseröhre hinab, doch es gelang ihr, eine gleichmütige Miene zu zeigen.

»Du solltest auch trinken«, forderte Fadey Karl auf und prostete Adam zu.

Keiner bekam mit, dass er an seinem Becher nur nippte und den Inhalt heimlich ausgoss. Sofort rief er nach neuem Wodka und verführte die anderen durch sein Beispiel zum Trinken.

Nach dem dritten Becher stand Karl auf. »Irgendjemand muss auf einem der Türme Wache halten. Sonst kommen noch die Tataren und sacken uns ein. Du solltest auch nichts mehr trinken!«

Das Letzte galt Johanna, die eben ihren vollen Becher hob und mit Leszek anstoßen wollte. Dabei hatte sie bereits mehr getrunken, als ihr guttat.

Um zu verhindern, dass sie sich völlig berauschte und dabei verriet, entwand Adam ihr den Becher. Sie wollte ihn nicht hergeben und verschüttete daher das meiste.

»Dein Bruder hat recht! Kleine Jungen sollten keinen Wodka

trinken. Geh in deine Kammer und schlafe deinen Rausch aus!«, fuhr er sie an.

Johanna starrte auf den Becher, den nun Adam in der Hand hielt, dann auf ihren nass gewordenen Ärmel und zischte Adam giftig an. »Du bist ein Teufel, der nur sich selbst gelten lässt und andere um ihren Besitz bringt!«

Verwundert kniff Adam die Lider zusammen. Obwohl er wusste, dass das Mädchen ihn hasste, hätte er eine solche Anklage niemals erwartet. Fadey hingegen rieb sich zufrieden die Hände, denn Johannas Ausspruch passte genau in seine Pläne.

»Geh jetzt!«, herrschte Adam das Mädchen an.

»Es ist besser so«, erklärte Leszek. »Sonst hast du morgen noch Kopfschmerzen, und dein Magen erklärt sich zu deinem Feind.«

Einen Augenblick lang zögerte Johanna noch, dann wandte sie sich auf dem Absatz um und stiefelte davon. Unterwegs spürte sie, dass sie bei weitem nicht mehr so sicher auf den Beinen war wie sonst.

13.

Es dauerte einige Zeit, bis Johanna einschlafen konnte. Von draußen drang das Singen der betrunkenen Männer durch das einfache Fenster, und sie hörte, wie Fadey Osmański immer wieder hochleben ließ. Obwohl ihr der Wodka zusetzte, wunderte sie sich darüber. In letzter Zeit hatte der Kosak nicht gerade freundlich über den Hauptmann gesprochen.

»Vielleicht ist er froh, ihn los zu sein«, murmelte sie und wälzte sich auf die andere Seite. Irgendwann wurde es draußen leiser, und kurz darauf hörte sie, dass jemand in die Hütte kam und ihre Tür öffnete. Als der Schein einer Blendlaterne über sie hinwegstrich, blickte sie auf.

»Karl, du?«

»Wie geht es dir? Du hättest nicht so viel trinken sollen.«

Vorwürfe waren das Letzte, was Johanna in dieser Situation hören wollte. Sie stöhnte und schloss die Augen wieder. »Bin müde! Solltest auch schlafen.«

»Das tue ich auch. Ich wollte vorher nur sehen, ob es dir gutgeht.«

Johanna sagte sich, dass sie ihrem Bruder die Fürsorge für sie nicht übelnehmen durfte. Ohne ihn hätten die anderen sicher längst gemerkt, dass sie kein Junge war.

»Es geht mir gut«, antwortete sie. »Ich konnte auch nicht so viel trinken, da du und Osmański mich daran gehindert habt.«

»Wenn es dir nicht passt, werde ich dich das nächste Mal nicht mehr daran hindern. Beschwere dich aber nicht, wenn du wie ein Käfer am Boden liegst und nicht mehr auf die Beine kommst«, antwortete Karl. Er fühlte sich gekränkt, weil seine Schwester ihm so patzig geantwortet hatte.

Sie bemerkte es sofort. »Es tut mir leid! Ich weiß, dass du es gut meinst und ich auf dich hören sollte!«

»Schon gut. Schlaf schön!« Karls Unmut verflog so schnell, wie er gekommen war. Er beugte sich über seine Schwester und strich ihr über das Haar. »Ich habe dich doch lieb.«

»Ich dich auch!«, sagte Johanna und zauberte ein Lächeln auf ihre Lippen.

Sie hörte, wie Karl ihre Kammer wieder verließ und in seine eigene ging. Kurz darauf betrat wieder jemand die Hütte, schien im Gang zu stolpern und irgendwo anzustoßen.

»Verflucht!«, vernahm sie Osmańskis Stimme und grinste zufrieden. Sie gönnte ihm blaugeschlagene Schienbeine oder Beulen am Kopf.

Wenig später wurde es still, und sie spürte, wie der Schlaf sie übermannte.

14.

Obwohl er scheinbar viel getrunken hatte, war Fadey nüchterner als in den letzten Wochen. Mit einem höhnischen Blick betrachtete er die Schläfer, die es nicht mehr in ihre Quartiere geschafft hatten, sondern kreuz und quer auf dem Hof lagen. Keiner von ihnen würde vor dem Morgen aufwachen. Damit blieb ihm genug Zeit, das zu tun, was er geplant hatte.

»Gebt gut acht!«, rief er zu den Wachen empor, die auf den Ecktürmen standen.

»Glaube nicht, dass es viel helfen würde, falls die Tataren kämen. Von den Unsrigen wirst du heute Nacht keinen mehr auf die Beine bringen«, gab einer lachend zurück, der ebenfalls mehr Wodka getrunken hatte, als ihm guttat.

Fadey war daher überzeugt, dass der Mann noch vor Mitternacht einschlafen würde. Der andere wirkte nüchterner, doch seine Aufmerksamkeit galt der Umgebung der Festung und nicht dieser selbst.

»Ich lege mich jetzt auch hin!« Fadey winkte den Wachen noch einmal zu und begab sich in die Hütte, in der er hauste, wenn Osmański anwesend war. Ein Blick verriet ihm, dass die Kameraden, die es bis auf ihre Lager geschafft hatten, ebenfalls tief und fest schliefen. Um zu verhindern, dass einer, der wach wurde, feststellen konnte, dass sein Bett leer war, rollte er seinen Mantel zusammen und zog die Decke darüber. In dem schwach flackernden Schein der einzigen Laterne sah es so aus, als schliefe er in seinem Bett.

Um es noch glaubhafter zu machen, zog er seine Stiefel aus und stellte sie neben das Bett. Zudem hängte er seinen Gürtel mit dem Säbel an den Haken, bevor er wieder zur Tür hinaushuschte. Bis auf das betrunkene Schnarchen einzelner Schläfer herrschte überall Stille.

Bemüht, auf keinen der Männer zu treten, die im Hof lagen, schlich Fadey zu Osmańskis Hütte. Wie die anderen Gebäude in der Festung hatte auch sie kein Schloss, sondern musste mit einer Schnur festgebunden werden. An diesem Abend hatte Osmański dies vergessen, denn als Fadey an ihr zog, schwang sie lautlos auf. Der Kosak trat rasch ein und schloss die Tür hinter sich. Bei dem vielen Wodka, den Adam getrunken hatte, war nicht zu befürchten, dass dieser aufwachen würde. Trotzdem musste er vorsichtig sein. Der Deutsche, wie Fadey Karl für sich nannte, hatte sich beim Zechen zurückgehalten, und dessen Bruder war von Osmański ziemlich früh ins Bett geschickt worden.

Auch Johannas Tür war unverschlossen. Fadey öffnete sie vorsichtig, brauchte dann aber doch die Lampe über Osmańskis Tisch, um mehr zu sehen. Der Junge, für den er Johanna hielt, lag zusammengekauert im Bett und murmelte leise vor sich hin. Einen Augenblick lang zögerte Fadey, doch als Johanna keine Anstalten machte, aufzuwachen, griff er nach ihrem Säbelgurt und wollte die Waffe ziehen. Im letzten Augenblick entschied er sich anders und zog ihren Dolch aus der Scheide. Es war Ziemowit Wyborskis Geschenk für seine künftigen Enkel gewesen und entsprechend kunstvoll gearbeitet. Zwar besaß Karl das genaue Gegenstück, doch dieser Dolch würde unzweifelhaft auf Jan Wyborski hinweisen.

Mit einem schadenfrohen Lächeln verließ Fadey Johannas Kammer wieder und trat neben Osmańskis Bett.

Johanna konnte nicht sagen, was sie geweckt hatte. Vielleicht war es ein Luftzug gewesen, der durch die offene Tür strich, oder das schleifende Geräusch, mit dem Fadey ihren Dolch an sich gebracht hatte. Mit einem Mal war sie hellwach und setzte sich auf. Die Tür stand halb offen, und sie sah im Schein der Laterne einen Schatten, der sich bewegte. Osmański konnte es nicht sein, denn sie hörte ihn schnarchen. Neugierig geworden, stand sie auf, griff nach ihrer Pistole, die geladen neben ihrem Kopfkissen lag, und spannte den Hahn. Die Waffe knackte dabei.

Fadey zuckte zusammen, riss aber den Dolch hoch, um Adam zu erstechen. In dem Augenblick erschien Johanna in der Tür, sah ihn und feuerte.

Der Knall riss Adam aus dem Schlaf. Er wollte sich aufrichten, doch da fiel Fadey schwer auf ihn. Aus der anderen Kammer stürmte Karl mit Säbel und Pistole in der Hand.

»Was ist geschehen?«, fragte er.

»Ich sah einen Mann mit dem Dolch über Osmański gebeugt. Da habe ich geschossen«, berichtete Johanna mit schwankender Stimme.

»Aber das ist doch Fadey! Wie kommt er dazu, hier in der Nacht einzudringen?«

»Wir werden ihn nicht mehr fragen können, denn er ist tot!« Adam war mit einem Schlag nüchtern geworden und stemmte den Leichnam beiseite, um aufstehen zu können.

»Er hat deinen Dolch in der Hand. Wie es aussah, wollte er mich erstechen und den Verdacht auf dich lenken«, sagte er, während er den Schein der Laterne auf den Kosaken richtete.

Als Johanna nach dem Dolch greifen wollte, hielt Adam sie auf. »Halt! Die anderen sollen sehen, dass Fadey ein Verräter war, der mich töten und es dir in die Schuhe schieben wollte!«

»Aber wieso?«, fragte Johanna entsetzt.

Sie spürte, wie ihre Knie zitterten. Am liebsten hätte sie sich auf ihr Bett geworfen und geheult. Dabei musste sie doch stark sein, damit die anderen weiterhin glaubten, sie wäre ein junger Mann.

Noch während Johanna gegen ihre Schwäche ankämpfte, erschien Ignacy Myszkowski. »Wer hat hier geschossen?«, fragte er.

Adam wies auf Fadey, der steif auf dem Fußende seines Bettes lag. »Das Schwein wollte mich umbringen. Jan hat es gerade noch rechtzeitig gemerkt und geschossen!«

»Das ist doch Jans Dolch!«, rief Ignacy verwundert und zeigte auf die Waffe, die Fadeys erstarrte Finger noch immer umkrampften.

»Er hat den Dolch aus meiner Kammer geholt, und dabei bin ich wach geworden.«

Es kostete Johanna alle Kraft, sich zu beherrschen. Gleichzeitig stellte sich auch ihr die Frage, was Fadey mit dem Ganzen bezweckt hatte. Eines war klar: Wäre sein infamer Plan gelungen, hätten alle sie für Osmańskis Mörder gehalten. Danach wäre sie wohl auf der Stelle erschlagen oder – falls sie ihr wahres Geschlecht herausgefunden hätten – von der ganzen Reiterschar vergewaltigt worden. Bei dem Versuch, sie zu schützen, hätte auch Karl den Tod gefunden.

»Dieser elende Hund! Ich wusste von Anfang an, dass ihm nicht zu trauen war«, stieß sie empört aus.

»Am Anfang schon!«, widersprach Adam. »Aber im Lauf der Zeit muss etwas mit ihm geschehen sein, das ihn verändert hat.«

Ignacy rieb sich nachdenklich das Kinn. »Es ging ihm um Beute. Erinnert Euch, wie versessen er darauf war, diesen Handelszug zu überfallen, und wie verärgert, als die Nachricht sich als Falle der Tataren herausstellte. Er hat schon damals Eure Autorität herausgefordert!«

»Einer seiner Freunde hat Euch noch heute Nachmittag deswegen beschimpft«, warf Karl ein, »und war enttäuscht, weil Fadey sich nicht auf seine Seite gestellt hat.«

»Auf jeden Fall ist es ein unwürdiger Abschied von unserer Festung, die wir so lange gehalten haben«, antwortete Adam niedergeschlagen. »Ich habe Fadey vertraut!«

»Ihm ging es nicht um die Ehre, sondern um Geld. Ich habe ein paarmal mitbekommen, wie er sagte, dass er mit vollem Beutel in seine Heimat zurückkehren und jene bestrafen wolle, die ihn vertrieben haben«, erwiderte Ignacy.

Er trat zur Tür und forderte mehrere Männer auf, die ebenfalls wach geworden waren, einzutreten.

»Seht euch den Verräter an! Er wollte unseren Hauptmann umbringen und den Verdacht auf Jan Wyborski lenken.«

Leszek humpelte auf zwei Krücken herein. In der Eile hatte er nicht die Zeit gefunden, sein Holzbein am Stumpf zu befestigen. Entsetzt starrte er auf den Toten und kam dann auf Johanna zu.

»So ein Lump!«, meinte er und legte einen Arm um sie. »Gräme dich nicht! Er hat bekommen, was er verdient.«

Auch Adam trat jetzt zu Johanna. »Ich danke dir! Ohne dich wäre ich jetzt tot.«

»Ich hätte es auch für jeden anderen getan. Außerdem musste ich schießen! Der Kerl hatte meinen Dolch, und ich lasse mir ungern einen Mord in die Schuhe schieben«, antwortete sie giftig.

Ihre ablehnende Haltung tat Adam leid, und er hätte gerne mehr gesagt. Inzwischen füllte sich jedoch die Hütte mit Männern, die ihren Zorn über Fadey lautstark zum Ausdruck brachten.

»Bringt ihn hinaus und begrabt ihn irgendwo. Achtet dabei auf seine Freunde. Nicht dass einer von ihnen glaubt, zum Rächer berufen zu sein«, wies Adam sie an.

»Das tun wir, Hauptmann«, versprach Leszek und strich Johanna über die Wange. »Nur Mut, Kleiner! Es wird alles gut werden, das verspreche ich dir.«

Adam sah, wie vertrauensvoll Johanna den alten Mann anblickte, und verspürte Neid. Er musste sich jedoch selbst die

Schuld geben, denn er hatte gewusst, dass sie ein Mädchen war, und ihr trotzdem dieses Leben aufgezwungen.

»Wir brechen morgen auf! Wer sich nicht im Sattel halten kann, wird darauf festgebunden. Verflucht noch einmal, warum mussten die Kerle auch so viel saufen?«

»Wir sind Polen, Hauptmann, und wissen, wann wir genug haben. Nur die Kosaken kennen kein Maß und kein Ziel«, antwortete Ignacy, obwohl auch er den genossenen Wodka spürte. Anderen ging es ebenso, doch keiner wagte ein Widerwort.

Mehrere Männer trugen Fadeys Leichnam ins Freie, und schon bald erklang das Geräusch von Spatenstichen. Adam blickte kurz hin, musterte dann Johanna, die ganz so aussah, als stände ihr Magen kurz vor der Rebellion, und wies auf ihre Tür.

»Leg dich hin, Jan. Du wirst die Ruhe brauchen. Karol, Ignacy, ihr bleibt bei mir!«

Während Johanna schwerfällig wie eine Greisin in ihrer Kammer verschwand, gesellten ihr Bruder und Ignacy sich zu Adam.

»Was gibt es, Hauptmann?«, fragte Ignacy.

»Wir haben einen weiten Weg vor uns, Kameraden, und es ist nicht gut, wenn das ganze Fähnlein zusammen reitet. Daher werden wir uns in drei Gruppen aufteilen. Ihr beide nehmt je zwanzig Männer mit euch. Die Übrigen ziehen mit mir. Du, Ignacy, wirst mit deinen Leuten den Weg über Chelm, Lęczna, Kock und Garwolin nehmen, Karol den über L'wow, Jaroslaw, Sandomierz, Kamienna und Zyrardów. Ich nehme den kürzesten Weg über Zamość und Lublin. Wir treffen uns im Wald von Hornówek bei der Jagdhütte, die König Michał Korybut Wiśniowiecki erbauen ließ.«

»Wir werden unterwegs Geld brauchen«, gab Karl zu bedenken.

Statt einer Antwort holte Adam eine kleine eiserne Truhe

aus dem Schrank, der aus ungehobelten Brettern zusammengenagelt war, öffnete sie und zählte jedem der beiden eine bescheidene Summe hin.

»Das wird hoffentlich reichen. Mehr habe ich nicht, und ich will mich auch an niemanden wenden, um neues Geld zu erhalten.«

»Das hört sich an, als sollten einige nicht erfahren, dass wir nach Warszawa reiten«, meinte Ignacy grinsend.

»Das ist gut möglich«, antwortete Adam und klopfte Karl auf die Schulter. »Ich gebe dir deinen Bruder mit, Karol. Am besten ist es, wenn du ihn zu deinem Stellvertreter ernennst. Dann hat er etwas zu tun und kann nicht die ganze Zeit daran denken, dass er einen Mann erschossen hat.«

»Es war nicht der Erste! Als uns auf unserer Reise nach Polen Räuber überfielen, hat er mindestens einen von ihnen getötet«, sagte Karl leise.

Ignacy nickte dazu. »Bei der Verteidigung der Festung gegen Azad Jimals Tataren hat Jan kräftig mitgekämpft und ein paar von ihnen erschossen. Leszek, Dobromir und die anderen waren voll des Lobes über ihn!«

»Es ist etwas anderes, sein Leben zu verteidigen, als einen Mann auf diese Weise niederzuschießen.«

Damit war für Adam alles gesagt, und er forderte die beiden auf, sich für den Rest der Nacht schlafen zu legen. Auch er ging wieder zu Bett, doch seine Sinne gaukelten ihm noch eine Weile leise Schritte vor und eine blitzende Klinge, die gleich auf ihn niederfahren würde.

15.

Mehrere Männer drohten Johanna Rache an, als sie von Fadeys Tod erfuhren. Doch Adam wies die Schreier kurzerhand aus der Festung und beschloss, in den ersten beiden Tagen zusammen mit Karls Trupp zu reiten. Weiter, so glaubte er, würden ihnen diese nicht folgen.

Obwohl die Männer sich am Abend zuvor betrunken hatten, ging der Abmarsch rasch vonstatten. Adam zündete seine Hauptmannshütte selbst an und stellte dabei fest, dass er ohne Bedauern von diesem Ort schied. Fadeys Verrat hatte ihm die Festung verleidet.

Einige Männer erinnerten sich an Ludwik, den der Tod auf einem gemeinsamen Patrouillenritt mit Fadey ereilt hatte. Der eine oder andere bezweifelte nun, dass ihr Kamerad wirklich durch Tataren umgekommen war. Keiner kannte jedoch den wahren Grund, und so ahnte Johanna nicht, dass sie nicht nur Osmański das Leben gerettet, sondern auch einen jungen Reiter an seinem Mörder gerächt hatte.

Als die hölzerne Festung lichterloh brannte, brachen sie auf. Sie würden viele Tage benötigen, um ihr Ziel zu erreichen, dennoch fragte sich nicht nur Adam, welche Aufgaben man ihnen so nah an der Hauptstadt übertragen würde. Er bedauerte nur, dass ihm Daniłowicz' Auftrag keine Zeit ließ, Johanna zu seiner Mutter zu bringen. Dies würde er nachholen, sobald es möglich war.

Als Erster trennte sich Ignacy mit seiner Schar von der Truppe. Sie ritten in die Richtung, in der Fadeys Freunde verschwunden waren. Bedenken hatte Ignacy keine, denn er hatte seine Männer sorgfältig ausgesucht und wusste, dass er mit ihnen auch gegen einen an Zahl überlegenen Trupp bestehen konnte.

Für Karl und Johanna kam der Abschied von Adam zwei

Tage später. Johanna ritt in sich gekehrt, aber nicht mehr ganz so niedergeschlagen wie nach dem Schuss auf Fadey neben ihrem Bruder her. Ein letztes Mal sah sie sich zu Adam um, zuckte jedoch unter dessen forschendem Blick zusammen und wandte sich dann an ihren Bruder. »Ich bin froh, dass wir Osmański fürs Erste los sind!«

»Als er letztens fort war, ist die Disziplin in der Truppe arg geschwunden«, wandte Karl ein.

Das stimmte zwar, doch war Johanna nicht bereit, etwas zu Adams Gunsten sprechen zu lassen. »Daran ist er selbst schuld! Weshalb musste er auch Fadey zu seinem Stellvertreter ernennen? Bei Ignacy oder dir wäre das nicht passiert.«

»Auf jeden Fall sind wir unterwegs und werden Warschau hoffentlich bald erreichen«, antwortete ihr Bruder und ließ seinen Wallach schneller laufen.

Johanna fand sich neben Leszek wieder, der sein Pferd leicht angespornt hatte, um an ihre Seite zu gelangen. »Du kannst mir vertrauen, Jüngelchen«, meinte er grinsend. »Die anderen sind blind, aber ich habe Augen im Kopf. Sollte einer der Kerle versuchen, dir zu nahe zu treten, bin ich zur Stelle. Ich habe zwar ein Holzbein, doch mein rechter Arm vermag den Säbel noch immer zu schwingen!«

»Wie meinst du das?«, fragte Johanna verwirrt.

»So, wie ich es sage! An der Grenze musstest du selten lange reiten, und in der Festung konntest du die Latrine benutzen. Jetzt auf dem Marsch wirst du wenig Gelegenheit dazu haben. Da ist dir vielleicht jemand, der den anderen die Sicht verdeckt, ganz lieb! Ich stelle mich auch mit dem Rücken zu dir!«

»Du weißt …«, begann Johanna und brach erschrocken ab.

»Ich sagte ja, dass ich Augen im Kopf habe. Du siehst wie ein hübscher Junge aus, aber es steckt etwas anderes in deinen Kleidern. Es wundert mich nur, dass Osmański es noch nicht gemerkt hat. Der hat eigentlich einen klugen Kopf auf den Schultern.«

»Er ist ein übler Mensch«, brach es aus Johanna heraus.

»Deshalb hast du ihm das Leben gerettet?«, fragte Leszek spöttisch.

»Fadey wollte meinen Dolch für den Mord benutzen. Daher musste ich es tun, um nicht selbst als Mörder zu gelten.«

Leszek lachte leise auf. »Du solltest nicht versuchen, mich an der Nase herumzuführen, Mädchen. Es war dunkel, und du konntest nicht sehen, welchen Dolch Fadey in der Hand hielt.«

»Konnte ich doch!«

»Weißt du, Mädchen, was ich an dir so mag? Es ist deine Wahrheitsliebe! Aber mein Angebot gilt, und ich würde mich freuen, wenn du es annimmst.«

Johanna musterte den alten Mann, der trotz seines Holzbeins fröhlich auf seinem Wallach saß, und spürte, dass sie einen Freund gut gebrauchen konnte. Ihr Bruder war der Anführer des Trupps und hatte anderes zu tun, als sich um sie zu kümmern. Da kam ihr Leszeks Hilfe sehr recht.

»Danke!«, sagte sie und streckte ihm die Hand entgegen.

Leszek ergriff sie, geriet dadurch aber aus dem Gleichgewicht und drohte aus dem Sattel zu rutschen. Sofort hielt Johanna ihn fest und half ihm, einen besseren Sitz zu finden.

»Wie du siehst, brauche ich dich ebenfalls, Jüngelchen«, sagte der Alte verschmitzt.

Da die anderen ein wenig aufgeholt hatten, wagte er es nicht, sie noch mal wie ein Mädchen anzusprechen. Doch während er neben ihr herritt, fand er, dass Johanna nicht nur als schmucker Bursche gelten konnte. In anderer Kleidung und mit gewaschenem Gesicht würde sie ein äußerst hübsches Mädchen sein.

16.

*W*eit entfernt von den Fluren Polens, auf denen Adam, Johanna und ihr Trupp Warschau entgegenstrebten, beriet Sultan Mehmed IV. sich mit seinen Offizieren. Er saß erhöht auf einem Diwan und hatte die Karte seines Reiches und der umgebenden Länder vor sich. Verwundert sah er seinem Großwesir zu, der mit einem silbernen Stab die Wege anzeigte, die das Heer auf seinem Marsch an die Grenze einschlagen würde.

»Ist es wirklich nötig, Kara Mustapha Pascha, unsere anderen Grenzen so zu entblößen, nur um ein paar Festungen zu erobern?«, fragte er. »Du willst selbst Murat Girays Tataren nach Westen holen! Was ist, wenn der Löwe von Lechistan seinen Vorteil wittert und sein Heer gegen unsere Festungen in Podolien führt?«

»Ihr habt den König von Polen nicht zu fürchten, gewaltiger Sultan«, antwortete Kara Mustapha mit besserwisserischer Miene. »Der Gesandte des Königs Louis von Fransa berichtete mir, Jan Sobieski sei schwer erkrankt und ringe mit dem Tod. Weder der Großhetman Stanisław Jabłonowski noch der litauische Hetman Kazimierz Sapieha werden ihre Heere gegen uns führen, da beide hoffen, zu Sobieskis Nachfolger gewählt zu werden. Sein Sohn ist noch ein Knabe, und kein Schlachtschitz würde ihm bei der Königswahl seine Stimme geben.«

»Und was ist mit den Truppen der Giaurenfürsten in Almanya? Was mit dem Papst in Rom und was mit dem König von Inglitere, das mit Fransa zerstritten ist?

»Unter König Charles II. ist Ingliteres Feindschaft zu Fransa geschwunden«, redete der Großwesir beruhigend auf den Padischah ein. »Was die kleinen Fürstentümer in Almanya betrifft, so sind die meisten von ihnen mit Fransa verbündet, und der Rest zittert vor den Heeren von Louis XIV. Dieser wird selbst gegen Almanya ziehen und dadurch verhindern, dass Leopold von Österreich seine Soldaten aus den Grenzgebieten zu Fransa zurückziehen und gegen uns entsenden kann.«

Die Miene des Sultans nahm einen unwirschen Zug an. »Weshalb dann der große Aufwand für diesen Feldzug, wenn uns nur ein paar Grenztruppen Österreichs entgegenstehen?«

»Es gilt, den Giauren Eure Macht und Größe zu zeigen, oh großmächtiger Padischah«, antwortete Kara Mustapha. »Außerdem will ich nicht durch eigene Schuld einen Vorteil aus der Hand geben. Sobald wir die Ungläubigen besiegt haben, will ich diese Gebiete für das Reich erobern!« Der Silberstab zog einen Bogen von der Adria bis an den Dnjestr. »Diese Gebiete gehörten einst zum Königreich Ungarn, und der größte Teil dieses Reiches und seine Hauptstadt sind bereits vor langer Zeit durch die Heere Eurer erhabenen Ahnen dem Reich einverleibt worden. Es ist an der Zeit, auch die restlichen Gebiete zu erringen.«

Kara Mustaphas Stimme klang eindringlich. Auch wenn er die eigentliche Macht im Osmanischen Reich innehatte, so stand doch der Sultan über ihm. Es bedurfte nur eines Wortes von Mehmed IV., und sein Henker würde bereitstehen, ihn zu erdrosseln. Es gab nur eine Möglichkeit, seine Stellung zu behaupten, und das waren Siege gegen die Ungläubigen. Um zu verhindern, dass seine Feinde, die es hier am Hofe des Sultans zur Genüge gab, seine wahren Pläne zu früh erfuhren, hielt er es für besser, sie geheim zu halten.

Natürlich rief er dieses Heer nicht zusammen, um ein paar Grenzfestungen und nachrangige Städte zu erobern. Sein Blick traf das Symbol, das einen goldenen Apfel darstellte und sich am oberen, linken Rand der Karte befand. Es war Wien, die Stadt, vor der sogar der große Sultan Süleiman Kanuni gescheitert war. Er selbst, so sagte Kara Mustapha sich, würde nicht scheitern, denn ihm stand eine Heeresmacht zur Verfügung, wie sie die Welt noch nicht gesehen hatte.

17.

Auf ihrem Ritt nach Warschau begriff Johanna rasch, wie gut es war, Freunde zu haben, denen sie vertrauen konnte. Wie erwartet, war Karl nicht in der Lage, ihr so beizustehen, wie es nötig gewesen wäre. Dafür konnte sie sich auf Leszek und Wojsław verlassen. Der Junge war froh, dass sie das gefährliche Grenzgebiet verließen und in das Innere von Polen zogen. Von allen war er wahrscheinlich derjenige, der Fadeys Tod am wenigsten betrauerte. Mit betrunkenem Kopf hatte der Kosak auch ihm nachgestellt, und es war ihm nicht leichtgefallen, sich dem Unteranführer zu entziehen.

Vorbei, dachte Wojsław. Sie waren unterwegs, und sein Herr führte den Trupp an. Wo genau es hinging, interessierte ihn nicht. Er machte seine Arbeit, so gut er es vermochte, damit weder Karl noch Johanna ihn schelten konnten, und freute sich auf schönere Tage.

Da Adam Karl Geld für die Verpflegung mitgegeben hatte, kamen sie gut voran und mussten nur selten unter freiem Himmel nächtigen. Hunger litt auch niemand von ihnen, denn Karl kaufte genug Mundvorrat für alle. So ritten sie auf dem befohlenen Weg in Richtung Warschau, ohne dass ihnen mehr zustieß als ein paar Regenschauer und einmal ein heftiges Gewitter, das sie im Wald überraschte.

Die Tage reihten sich wie Perlen an eine Schnur, und die Ortschaften, durch die sie ritten, gehörten bereits zur Wojwodschaft Masowien. Karl war mit ihrer Marschleistung zufrieden.

Alle, auch Leszek, hatten gut durchgehalten, und es hatte sich auch keiner in die Büsche geschlagen, um irgendwo anders sein Glück zu versuchen.

»Das ist Osmańskis Verdienst«, sagte er zu Johanna, als sie sich ihrem Ziel näherten. »Die Männer verehren ihn.«

Sein Lob passte Johanna nicht, und sie fand mindestens einen Fehler an Osmański. »Obwohl er ihnen zu wenig Beute verschafft hat?«

»Es sind einfache Leute! Für einen guten Anführer sind sie bereit, zu hungern und durchgetretene Stiefel zu tragen.«

Karls Stimme klang scharf. Auch wenn die Sache mit dem angeblichen Erbe ihres Großvaters noch nicht aus der Welt geschafft war, wollte er keine Kritik an Osmański dulden.

»Wann werden wir wieder auf ihn stoßen?«, fragte seine Schwester.

»Vielleicht schon morgen, spätestens in drei Tagen«, antwortete er.

Johanna kniff kurz die Lippen zusammen. »Wie viel Geld hast du noch? Reicht es, damit wir zwei und Wojsław uns damit in die Büsche schlagen können?«

»Du willst das Geld stehlen und unsere Männer im Stich lassen?«, fragte Karl empört.

»Wenn das mit dem Dorf, das unserem Großvater gehört hat, stimmt, haben wir Anrecht auf noch viel mehr«, gab Johanna bissig zurück.

»Und wenn wir es nicht haben, sind wir gewöhnliche Diebe!« Obwohl Karl seine Schwester liebte, passten ihm ihre Ausfälle gegen Adam Osmański nicht.

»Ich werde nichts Unehrenhaftes tun«, setzte er etwas ruhiger hinzu.

»Aber Fadey sagte doch ...«, begann Johanna und wurde sofort von ihrem Bruder unterbrochen.

»Fadey war ein Verräter! Wer sagt dir, dass er uns nicht gegen Osmański aufhetzen wollte?«

Daran hatte Johanna noch nicht gedacht. Sie senkte den Kopf und ließ sich ein wenig zurückfallen, bis sie wieder neben Leszek ritt.

Dieser grinste sie an. »Du wolltest wohl etwas, das deinem Bruder nicht gefiel, weil er so laut geworden ist?«

Johanna brauchte jemanden, mit dem sie reden konnte, und berichtete daher von dem Dorf ihres Großvaters, das Osmański in Besitz genommen hatte, obwohl es doch Karl und ihr zustand.

»Wer hat dir das erzählt?«, fragte Leszek ruhig.

»Fadey!«

»Und dessen Wort glaubst du?«

»Eigentlich nicht richtig«, gab Johanna zu.

»Weißt du, ich war schon unter deinem Großvater Soldat. In einer seiner letzten Schlachten verlor ich mein Bein, und er brachte mich nach Żółkiew, denn dort war ein Wundarzt, den es in seiner Stadt nicht gab. Daher lebe ich heute noch. In Wyborowo hätten mich Azad Jimals Tataren ganz in Stücke gehauen. Aber das ist jetzt nicht wichtig. Hier geht es um Osmańskis Besitz, und ich weiß, wie er dazu gekommen ist.«

»Und wie?«, fragte Johanna.

»Er ist der Sohn eines hohen Herrn und einer erbeuteten Sklavin, und wegen dieser Frau weigerte sein Vater sich, eine reiche Erbin zu heiraten. Als er kurz darauf im Kampf fiel, gaben seine Verwandten der jungen Sklavin die Schuld und zwangen sie, die schlimmsten Arbeiten zu verrichten. Sie war jedoch schwanger, und euer Großvater wollte seinen Großneffen oder seine Großnichte nicht als rechtlosen Knecht oder Magd aufwachsen lassen. Daher legte er sich mit der mächtigen Sippe der Sieniawskis an und erstritt von ihnen die Freiheit der schwangeren Frau sowie einen kleinen Besitz als Erbe für das Kind, das sie gebären würde.«

»Das Dorf gehört also tatsächlich Osmański«, schloss Johanna aus diesen Worten.

»So ist es«, sagte Leszek und drehte sich kurz um.

Da die anderen weit genug entfernt waren, fuhr er vertraulich fort: »Du hast zu hitziges Blut in dir, Mädchen! Nimm dir ein Beispiel an deinem Bruder. Er weiß sich zu beherrschen, und doch würde keiner der Reiter ihn deswegen für einen Feigling halten. Er hat gezeigt, dass er nicht nur den Säbel zu gebrauchen weiß, sondern auch seinen Kopf.«

Leszeks Lob für ihren Bruder gefiel Johanna, gleichzeitig haderte sie mit sich selbst. Sie hatte Osmański mehrere Wochen lang als Dieb angesehen und entsprechend behandelt. Für ihr Gefühl hatte sie sich damit ins Unrecht gesetzt und unsterblich blamiert.

»Meine Kugel war für Fadey fast noch zu wenig«, murmelte sie leise vor sich hin.

Leszek hörte es trotzdem und lächelte zufrieden. Das Mädchen mochte impulsiv sein, war aber Vernunftgründen zugänglich und gerecht.

Während Johanna sich mit Leszek unterhielt, kam an einer Straßenkreuzung ein Reiter auf sie zu und winkte. »Darf ich mich euch anschließen? In Gesellschaft reitet es sich sicherer. Hier treibt sich übles Gesindel herum!«

Er brachte Karl damit in Verlegenheit. Es war unhöflich, eine solche Bitte abzuschlagen, zumal sich durchaus Räuber in der Gegend befinden mochten. Andererseits waren sie zum Jagdhaus von König Michał Korybut Wiśniowiecki unterwegs, und das sollte kein Fremder erfahren.

Johanna schloss wieder zu ihrem Bruder auf und musterte den Reiter. Sein Pferd sah struppig aus, musste aber guter Abkunft sein. Der Hut des Mannes war speckig, sein Mantel abgeschabt, und seine Stiefel waren seit Wochen nicht mehr geputzt worden. Selbst der ärmste Schlachtschitz würde so nicht herumreiten. Dennoch kam der Mann Johanna bekannt vor, und sie zupfte Karl am Ärmel.

»Das ist Herr Daniłowicz, den wir damals in Warschau kennengelernt haben«, raunte sie ihm auf Deutsch zu.

Karl erkannte den Berater des Königs nun ebenfalls und nickte. »Schließt Euch uns ruhig an.«

»Habt Dank!« Daniłowicz lächelte sanft, fragte sich aber gleichzeitig, ob die beiden Brüder seine Tarnung durchschaut hatten oder nur höflich sein wollten. Doch als er sie ansah, erwiderten sie nur sein Lächeln, sagten jedoch nichts.

18.

Das Jagdhaus war von Michał Korybut Wiśniowiecki errichtet worden, um unweit von Warschau auf die Jagd gehen zu können. Wegen der kurzen Regierungszeit des Königs aber hatte es seinen Zweck nur selten erfüllt. Nun stand es leer und verfiel langsam.

Als Johanna und Karl mit ihrem Trupp den Ort erreichten, war Adam mit seinen Männern bereits eingetroffen.

»Seid ihr gut durchgekommen, oder hattet ihr unterwegs Schwierigkeiten?«, fragte er.

»Ersteres ja, Zweites nein«, antwortete Leszek, bevor Karl es tun konnte.

Da entdeckte Adam den verkleideten Daniłowicz und kniff die Augen zusammen. Doch bevor er fragen konnte, weshalb Karl diesen Mann mitgenommen hatte, erkannte auch er den Berater des Königs und deutete eine Verbeugung an.

»Seid mir willkommen!«

»Ich freue mich, Euch zu sehen, Osmański, auch wenn Ihr nicht, wie gefordert, mit zwei Dutzend Reitern gekommen seid, sondern mit mehr als der doppelten Zahl«, antwortete Daniłowicz.

»Es werden noch mehr werden, wenn Ignacy mit seinen Männern hier auftaucht«, bekannte Adam mit einem unsicheren Lächeln.

»Ihr habt Eure gesamte Schar mitgebracht? Das ist nicht einmal von Übel, denn der König wird sie bald brauchen können. Lasst uns in den Wald gehen! Die Brüder Wyborski sollen uns begleiten.«

Daniłowicz stieg ab und machte eine auffordernde Handbewegung. Zwar hätte Adam Johanna am liebsten zurückgelassen, fand aber keinen Grund, sie auszuschließen, solange der Ratgeber des Königs sie für einen jungen Burschen hielt.

»Kommt mit!«, forderte er daher die Zwillinge auf.

Daniłowicz führte die drei ein ganzes Stück in den Wald hinein. Bei einem niedergebrochenen Baum hielt er an und setzte sich auf den am Boden liegenden Stamm, während die drei vor ihm standen, als wäre er der Lehrer und sie seine Schüler.

»Was ich jetzt sage, muss unbedingt geheim bleiben«, erklärte Daniłowicz. »Nur Ignacy Myszkowski darf noch davon erfahren. Schwört Ihr mir das?«

»Ich schwöre es!«, antwortete Adam verwundert.

»Ich schwöre es ebenfalls«, sagte Karl, und Johanna nickte bekräftigend. »Ich schwöre es!«

»Gut!« Daniłowicz sah die drei durchdringend an. »Das, was ich von Euch fordere, werden andere nicht für ehrenhaft halten. Es geht jedoch um Polens Schicksal.«

Das klang nicht gut, fand Adam und stellte mit einem Blick fest, dass Karl und Johanna ebenso dachten.

»Die Türken rüsten zum Krieg«, fuhr Daniłowicz fort. »Noch wissen wir nicht, gegen wen sich der Großwesir Kara Mustapha mit seinen Truppen wenden wird. Gerüchten zufolge will er sein Heer bei Belgrad sammeln. Von dort aus kann er nach Norden vorstoßen und Krakau bedrohen. Der König hat daher dem Großhetman Jabłonowski befohlen, sein Heer von L'wow aus nach Westen zu führen, um Krakau zu beschützen. Gleichzeitig verstärkt der Feldhetman Stanisław Sieniawski sein Heer.«

Ein kurzer Blick streifte Adam. Daniłowicz wusste von dem Angebot, das dieser von seinem Verwandten erhalten hatte, und war unsicher, wie Osmański dazu stand.

»Unterdessen stellt Hieronim Lubomirski ein kleineres Heer auf. Er wird damit entweder nach Oberungarn ziehen und versuchen, einen Vorstoß der Türken nach Krakau zu behindern, oder …«, Daniłowicz machte erneut eine Pause, bevor er weitersprach, »… nach Österreich aufbrechen und Kaiser Leopolds Truppen unterstützen, sollte Kara Mustapha sich gegen diesen wenden.«

Es war zwar interessant zu hören, was sich im Großen tat, hatte aber nichts mit ihrer eigenen Situation zu tun, dachte Johanna und hoffte, dass der Ratgeber des Königs endlich darauf zu sprechen kommen würde.

»Und welche Rolle spielen wir?«, fragte Adam nicht weniger ungeduldig.

»Eine sehr wichtige!«, antwortete Daniłowicz. »Unsere Pläne müssen unter allen Umständen geheim bleiben, damit keiner unserer Feinde einen Vorteil aus seinem Wissen ziehen kann. Sowohl Louis XIV. von Frankreich wie auch Friedrich Wilhelm von Brandenburg haben ihre Kreaturen am Hof von Warschau, und die sind nur allzu bereit, ihnen all das zu verraten, was bei uns besprochen wird.«

»Ihr meint deren Gesandte?«, fragte Karl.

»Nicht nur die. Es gibt genügend Herren in Polen, für die ein Beutel Louisdors oder brandenburgische Taler mehr zählt als ihre Ehre und Polens Wohlergehen. Auch sie senden Briefe an ihre Geldgeber, und diese dürfen ihr Ziel ebenso wenig erreichen wie die der Gesandten selbst.«

»Ihr meint, wir sollen sie abfangen?«, fragte Adam erschrocken. »Die Gesandten genießen besonderen Schutz, und ihre Post darf weder aufgehalten noch eingesehen werden.«

»Offiziell nicht! Doch was kann der König dafür, wenn Räuber einen Kurier überfallen und dessen Briefe an einen seiner Ratgeber weiterleiten? Ich weiß, dass ich von euch sehr viel verlange. Es muss jedoch getan werden.«

Daniłowicz klang eindringlich. Nur, wenn es Polen gelang, seine Pläne vor allen Nachbarn geheim zu halten, konnte es hoffen, einen entscheidenden Vorteil zu erringen. Sobald die Türken von der Rüstung erfuhren, die Jan III. befohlen hatte, war es für Kara Mustapha ein Leichtes, sein Heer gegen Krakau zu führen. Die Stadt zu verteidigen, war jedoch unmöglich, und sobald die alte Hauptstadt fiel, waren die Türken nicht mehr aufzuhalten, und ein Krieg, der alles bisher Dagewesene weit übertraf, würde das Land überfluten.

»Was meint ihr?«, fragte Adam und vergaß dabei für den Augenblick, dass Johanna ein Mädchen war.

»Die Sache ist gerecht«, antwortete Johanna als Erste. »Der Feind bedient sich etlicher Verräter. Also müssen wir dafür sorgen, dass er keinen Vorteil aus ihnen ziehen kann.«

»Und die offiziellen Berichte der Gesandten?«, fragte Adam.

Daniłowicz war froh um Jan Wyborskis Unterstützung. »Das meiste, was diese schreiben, wird ihnen von Verrätern zugetragen!«

Auch Karl nickte jetzt. »Pan Rafał hat recht! Diese Botschaften dürfen ihre Empfänger nicht erreichen.«

»Dann ist es so beschlossen!« Adam warf seine Bedenken ab und reichte Daniłowicz die Hand. »Verfügt über uns!«

»Ich hatte gehofft, dass Ihr Euch so entscheiden würdet.«

Daniłowicz griff unter seinen Mantel und brachte ein Bündel Papiere zum Vorschein. »Das hier sind Bilder von Männern, die als offizielle oder geheime Kuriere unterwegs sein könnten. Mehrere Maler haben sie heimlich für mich angefertigt. Gebt acht, dass Euch keiner von ihnen entkommt.«

»Das werden sie nicht!«, versicherte Johanna mit blitzenden Augen.

Dieses Abenteuer war mehr nach ihrem Sinn, als in der hölzernen Festung zu sitzen und nur von den Abenteuern anderer zu hören. Da Rafał Daniłowicz sie mit ins Vertrauen gezogen hatte, konnte Osmański sie nicht mehr ausschließen. Sie sah sich die ersten Bilder an und stellte fest, dass die Männer darauf gut genug getroffen waren, um sie wiedererkennen zu können.

»Wann sollen wir beginnen?«, fragte sie, um keinen Zweifel daran aufkommen zu lassen, dass sie dabei sein wollte.

»Wenn Ihr den Ersten heute noch erwischen könntet, würde es mich freuen«, antwortete Daniłowicz lächelnd.

»Dann sollten wir unsere Zeit nicht damit vergeuden, eine alte Hütte instand zu setzen, sondern die Straßen überwachen«, erklärte Johanna ganz so, als würde sie hier befehlen und nicht Adam Osmański.

Dieser knurrte kurz, wollte aber keinen Streit mit ihr vom Zaun brechen und funkelte sie und ihren Bruder auffordernd an. »Es gibt drei Straßen durch diesen Wald. Jeder von uns nimmt zehn Mann und überwacht eine davon!«

»Und was bekommt der, der den ersten feindlichen Boten abfängt?«, fragte Johanna fröhlich und brachte Adam damit fast so weit, ihre Maskerade auf der Stelle aufzudecken.

19.

Kuriere wurden oft von Bewaffneten eskortiert. Diese auf eigene Faust anzugreifen, verbot Adam den Zwillingen. Wenn sie welche entdeckten, sollten sie ihm Meldung machen, damit er diesen mit genügend Reitern folgen und sie stellen konnte. Während Karl dies einsah, ärgerte Johanna sich über diesen Befehl. Adam hatte sie angewiesen, mit ihren Begleitern die nördlichste der drei Straßen zu überwachen, denn er hielt es für unwahrscheinlich, dass ein Bote diese wählen würde. Obwohl auch er und Karl sich auf die Lauer legten, bemerkte Johanna als Erste einen Reiter, der im flotten Trab von Warschau aus unterwegs war. Ein zweiter Mann, seiner Tracht nach sein Knecht, begleitete ihn und hielt eine langläufige Pistole in der Hand. In seinem Gürtel steckten neben einem Pallasch zwei weitere Pistolen, und der Mann sah aus, als sei er bereit, die Waffen auf der Stelle einzusetzen.

Sein Herr trug die Tracht eines Herrn von Stand mit europäischem Rock, ledernen Reithosen und einem mit Reiherfedern verzierten Hut. Auch er war mit mehreren Pistolen und einem Degen bewaffnet und sah sich immer wieder um.

»Wir müssen schnell sein, Lucien!«, sagte er auf Französisch zu seinem Begleiter.

»Oui, oui, monsieur«, antwortete dieser und trieb sein Pferd an.

Als die Männer nur noch wenige Augenblicke von der Stelle entfernt waren, an der Johanna mit ihren Leuten auf der Lauer lag, zog sie das Tuch hoch, das ihr Gesicht verdecken sollte, und stupste Dobromir an.

»Jetzt gilt es! Wir müssen schnell sein.«

Dobromir nickte und zog seinen Säbel. Die anderen taten es ihm gleich. Nur Johanna ließ die Waffe in der Scheide, lenkte dafür aber ihr Pferd auf die Straße und verstellte den Reitern den Weg. Sofort schlug der Knecht seine Waffe auf sie an.

»Halt, Bursche! Die Waffe weg!«, herrschte sie ihn auf Französisch an und dankte dabei Gott, dass ihr Vater ihr erlaubt hatte, diese Sprache zu lernen.

Verwirrt zügelte der Knecht seinen Gaul, während sein Herr an Johanna vorbeireiten wollte. Diese zog blitzschnell den Säbel und hielt ihn damit auf.

»Hiergeblieben und keinen Mucks!« Erneut verwendete sie die französische Sprache.

Unterdessen kamen ihre Männer herbei und keilten die beiden Reiter ein. Der Knecht hielt seine Pistole krampfhaft in der Hand, wagte es aber nicht, sie angesichts der Säbel, die auf ihn gerichtet waren, zu benutzen.

Ehe er sich versah, wurde er gepackt und vom Pferd gerissen. Seinem Herrn erging es nicht anders. Innerhalb kürzester Zeit waren die beiden entwaffnet. Auf Johannas Wink hin zogen ihre Männer die Franzosen bis auf die Haut aus. Sie selbst nahm die mit etlichen Briefen gefüllte Tasche an sich und deutete im Sattel eine Verbeugung an.

Der Kurier schäumte vor Wut. »Elendes Raubgesindel!«, schrie er. »Euch soll der Teufel holen! Mein Souverän, Seine Majestät Louis Quatorze, wird für diesen Eklat Genugtuung fordern. Ihr werdet alle hängen!«

»Seid froh, dass meine Männer Eure Sprache nicht verstehen«, unterbrach Johanna den Wortschwall des Mannes. »Sonst würden sie Euch und Euren Knecht am nächsten Ast baumeln lassen. Doch damit au revoir!«

Mit einem Lachen lenkte sie ihren Wallach in den Wald. Ihre Leute folgten ihr mit den Waffen, den Kleidern und den Pferden der beiden Franzosen.

Als sie einige hundert Schritt hinter sich gebracht hatten, zogen alle die Tücher von den Gesichtern und grinsten. »Na, wie haben wir das gemacht?«, fragte Dobromir Johanna.

»Das ging ausgezeichnet! Ihr bleibt hier in der Nähe, lasst euch aber vor normalen Reisenden nicht sehen. Wenn ihr von jemandem annehmt, er könnte ein Kurier sein ...«

»Dann bitten wir ihn höflich, uns seine Briefe zu überlassen«, unterbrach Dobromir sie fröhlich.

»Ich wollte eigentlich sagen, dann schickt ihr einen Boten und meldet es Osmański. Aber wenn ihr glaubt, es allein zu schaffen, dann tut das. Ich reite jetzt zu unserem famosen Hauptmann und überbringe ihm die Kuriertasche. Sie ist gut gefüllt!« Johanna winkte den Männern noch einmal zu und trieb ihr Pferd an. Auch wenn sie im Wald nicht allzu schnell reiten konnte, erreichte sie den Treffpunkt, den Adam bestimmt hatte, bereits nach wenigen Stunden.

Adam hatte mit seinem Trupp ebenfalls auf der Lauer gelegen, war aber auf niemanden gestoßen, der auch nur entfernt nach einem Kurier oder einem geheimen Boten ausgesehen hatte. Als Johanna mit einem triumphierenden Grinsen auf ihn zuritt und dabei die erbeutete Kuriertasche schwenkte, ärgerte er sich unwillkürlich. Es war nicht gut, dass sie Erfolge errang, mit denen sie ihren Bruder und ihn übertrumpfte, denn damit würde sich ihre Aufmüpfigkeit noch steigern.

»Was gibt es?«, fragte er mit gepresster Stimme.

»Das hier.« Johanna reichte ihm die Tasche und sah zufrieden zu, wie er sie öffnete und mehrere Bündel gesiegelter Briefe herausholte. Neugierig öffnete Adam einen, doch obwohl der Text auf Französisch geschrieben worden war und er diese Sprache ausgezeichnet beherrschte, ergaben die Worte keinen Sinn.

»Das ist eine Geheimschrift«, murmelte er enttäuscht. »Ich kann nur hoffen, dass Herr Daniłowicz in der Lage ist, sie zu entschlüsseln.«

»Und wenn nicht, erreicht die Botschaft wenigstens nicht ihren Empfänger!« Johanna sah die Sache praktischer als Adam. Ihr Befehl war es, die Kuriere abzufangen, und nicht, deren Botschaften zu lesen.

Auch Adam erinnerte sich nun daran und steckte den Brief wieder in die Tasche. »Ich werde jetzt zu der Schenke reiten, in der einer von Daniłowicz' Vertrauten auf die abgefangenen Botschaften wartet. Du wirst inzwischen zum Jagdhaus zurückreiten und dich ausruhen. Sollte ein Bote in der Nacht die Straße nehmen, reichen Dobromir und die anderen aus, um ihn zu erwischen.«

Der Befehl passte Johanna ganz und gar nicht, doch ein Blick auf Osmański zeigte ihr, dass es besser war, zu gehorchen. »Was wetten wir, dass ich mit meinen Leuten mehr und wichtigere Botschaften abfange als Ihr?«, stichelte sie.

Adam biss die Zähne zusammen, um die Antwort, die ihm auf der Zunge lag, bei sich zu behalten. Es war schlimm genug, Rafał Daniłowicz berichten zu müssen, dass Jan Wyborski diese Briefe abgefangen hatte. Lügen oder es verheimlichen wollte er nicht. Wenn das Mädchen jedoch weitere Erfolge sammeln konnte, würde es immer schwerer werden, ihre Maskerade zu beenden.

Fünfter Teil

Wetterleuchten

I.

In einem prunkvoll ausgestatteten Zimmer der Wiener Hofburg saß Kaiser Leopold auf einem mit viel Gold verzierten Sessel und blickte seine Berater nacheinander mit bleicher Miene an.

»Stimmt das wirklich, hochwürdiger Vater?«, fragte er schließlich in der verzweifelten Hoffnung, Marco d'Avianos Zuträger könnten sich geirrt haben.

Der Pater hob in einer bedauernden Geste beide Hände. »Euer Majestät, meine Informationen wurden mehrfach bestätigt. Der Großwesir Kara Mustapha stellt ein Heer zusammen, wie es die Welt seit dem Perserkönig Xerxes nicht mehr gesehen hat.«

»Wenn er sich gegen uns wendet, sind wir verloren!«, rief der Kaiser aus.

Einer der Herren am Tisch, der sich von den anderen dadurch unterschied, dass er einen schäbigen Rock trug und eine Hose, an der noch Pferdehaare klebten, lachte hart auf. »Euer Majestät sollten nicht verzweifeln. Xerxes' Heer hat zwar bei den Thermopylen die Spartaner besiegt, wurde aber bei Salamis und bei Plataä geschlagen.«

Der Kaiser seufzte und schüttelte den Kopf. »Mein lieber Lothringen, Eure Geschichtskenntnisse in allen Ehren, aber damals stand ganz Griechenland gegen die Perser zusammen. Das tun aber unsere deutschen Fürsten nicht! Zum anderen hatten die Griechen keinen weiteren Feind an ihren Grenzen, wie wir es leider mit dem Frankreich des vierzehnten Ludwigs haben! Wir sollten alle zur Muttergottes beten, auf dass der Türk sich gegen Polen wendet und uns verschont.«

»In diesem Falle, Euer Majestät, müsste ich Euch bitten, mit allen Truppen, die irgendwie verfügbar sind, nach Polen aufbrechen zu dürfen, um König Jan III. beizustehen«, rief Karl von Lothringen mit scharfer Stimme.

Ein Herr im hellen, silberbestickten Rock mit einer prachtvollen braunen Perücke auf dem Kopf begann, leise zu lachen. »Ausgerechnet Ihr wollt Sobieski zu Hilfe kommen, wo er Euch doch bei der Wahl für die Krone Polens ausgestochen hat?«

»In einer Zeit, in der das Reich bedroht ist und womöglich sogar am Abgrund steht, müssen wir persönliche Gefühle außer Acht lassen, Hauenstein«, konterte Karl von Lothringen.

Aus einer persönlichen Abneigung gegen Karl von Lothringen heraus stellte Hermann von Baden sich auf Hauensteins Seite. »Das ehrt Euch! Doch weshalb sollen wir dem polnischen Wahlkönig zu Hilfe kommen? Immerhin hat er den Rebellen Thököly in Ungarn all die Jahre heimlich unterstützt. Wenn die Türken sich gegen Polen wenden, ist es die gerechte Strafe für diesen Schlachtschitzen!«

»Als Präsident der Hofkriegskammer solltet Ihr dies am besten wissen!«, fuhr Karl von Lothringen auf. »Wenn Kara Mustapha sich gegen Krakau wendet, muss er durch Oberungarn ziehen. Wir hätten nicht die Mittel, ihn daran zu hindern, und würden diesen Landstrich verlieren. Wollt Ihr das?«

»Der Verlust Oberungarns ist hinzunehmen, wenn sich Polen und das Osmanische Reich gegenseitig schwächen. Sobald dies geschehen ist, können wir es befreien und weitere ungarische Gebiete dazu«, antwortete Hermann von Baden zornig.

»Und wenn der Großwesir die Polen schlägt und zu einem für ihn günstigen Frieden zwingt, liegen Schlesien, Böhmen und Österreich offen vor ihm!«

Das Gespräch drohte hitzig zu werden, daher hob der Kaiser die Hand. »Meine Herren, bitte keinen Streit! Wir müssen mit klarem Kopf überlegen, was wir angesichts dieser Prüfung, die uns der Himmel auferlegt hat, tun können. Habt Ihr etwas vorzutragen, Starhemberg?«

Der Angesprochene hatte eigenen Gedanken nachgehangen und zuckte zusammen. Allerdings fasste er sich rasch und zeigte auf die Landkarte, die auf dem Tisch ausgebreitet worden war.

»Der hochwürdige Vater Marco berichtet, dass Kara Mustapha seine Truppen bei Belgrad sammeln will. Von dort aus kann er sowohl nach Polen vorstoßen wie auch nach Österreich. Wir sollten beide Möglichkeiten im Auge behalten, uns aber auf die zweite vorbereiten. Ich plädiere dafür, die Befestigungen Wiens zu verstärken und, solange es noch geht, die Magazine und Vorratskammern zu füllen, damit die Stadt einer längeren Belagerung standhalten kann. Das wäre die Aufgabe des Herrn von Hauenstein.«

»Malt bitte nicht den Teufel an die Wand!« Der Kaiser wurde noch blasser. »Eine Belagerung wäre entsetzlich! Meine Gemahlin … nun, sie ist …« Er verhedderte sich und sah den Kapuziner hilfesuchend an.

»Ihre Majestät ist von Gott gesegnet und wird in absehbarer Zeit dem Hause Habsburg ein neues Reis hinzufügen«, erklärte Pater Marco.

»Daher sollte Ihre Majestät Wien verlassen, sobald feststeht, dass Kara Mustapha sich gegen uns wendet«, schlug Karl von Lothringen vor.

Hermann von Baden schüttelte empört den Kopf. »Dies wäre ein fatales Zeichen für das gemeine Volk!«

»Soll meine Gemahlin vielleicht in die Hände dieses Ungeheuers Kara Mustapha fallen?« Für einen Augenblick wurde der sonst so ruhige Kaiser laut.

»Ihre Majestät darf ebenso wenig in die Hände des Großwesirs fallen wie Eure Majestät«, warf Karl von Lothringen ein.

»Ihr seid nicht nur der Erzherzog von Österreich, sondern auch der Kaiser des Heiligen Römischen Reiches. Sobald Gefahr besteht, müsst Ihr Wien unter allen Umständen verlassen und Euch nach Linz oder weiter nach Passau zurückziehen. Von dort aus könnt Ihr die übrigen Fürsten des Reiches davon überzeugen, ein Entsatzheer aufzustellen, das die Türken schlagen kann. Wenn Wien erst von einem feindlichen Heer eingeschlossen ist, wird dies nicht möglich sein!«

»Wer wäre überhaupt bereit, Seiner Majestät zu Hilfe zu kommen?«, fragte Hermann von Baden höhnisch. »Nicht wenige Fürsten sind mit Ludwig XIV. verbündet und wünschen den Niedergang des Hauses Habsburg – und der Rest fürchtet die Franzosen mehr als die Türken! Sie werden uns keinen einzigen Mann schicken.«

Marco d'Aviano hob beschwichtigend die Rechte. »Vielleicht doch! Ludwig XIV. wird es nicht wagen, das Heilige Römische Reich zu bedrohen oder gar anzugreifen, wenn das Heer der Osmanen auf Wien zumarschiert. Eine tätige Unterstützung der Ungläubigen würde ihn jedes Ansehen bei den christlichen Nationen kosten. Das weiß er selbst sehr gut.«

»Damit könnten wir Teile unserer Truppen, die derzeit noch in Vorderösterreich und am Rhein stehen, zurückholen, um damit die Garnisonen um Wien zu verstärken«, erklärte Ernst Rüdiger von Starhemberg. »Sobald diese Truppen hier sind, könnten wir mit ihnen Jan von Polen zu Hilfe eilen, falls sich die Türken gegen ihn wenden.«

»Vor allem könnten wir mit ihnen Oberungarn verteidigen. Oder wollt Ihr es kampflos preisgeben?« Obwohl Karl von Lothringens Frage allgemein gehalten war, wussten alle, dass sie auf den Kaiser gemünzt war. Dieser blickte erneut den Kapuziner hilflos an.

»Was meint Ihr, hochwürdiger Vater?«

»Ich stimme Herzog Karl zu. In dieser schlimmen Lage seid Ihr und König Jan III. aufeinander angewiesen wie Brüder. Erobern die Türken Österreich, wird Polen sich nicht auf Dauer halten können. Fällt jedoch Polen, kann niemand Kara Mustapha daran hindern, über die Alpen bis nach Rom vorzustoßen und auf den Dom des heiligen Petrus den Halbmond zu setzen. Aus diesem Grund müssen Eure Majestät alle Bedenken beiseiteschieben und das Bündnis mit König Jan III. suchen!«

»Gut gesprochen, hochwürdiger Vater!«, lobte Karl von Lothringen den Mönch.

Hermann von Baden setzte eine zweifelnde Miene auf. »Wir würden im Westen an der Grenze zu Frankreich mehr verlieren als hier.«

Da erhob Karl von Lothringen sich mit einem Ruck und warf zornig seinen Hut auf den Tisch. »Am Rhein verlieren wir und unsere Verbündeten vielleicht das eine oder andere Stück Land. Fällt jedoch Wien, fällt auch Österreich! Damit wäre alles verloren! Seine Majestät wäre nur noch einer unter vielen anderen Fürsten des Heiligen Römischen Reiches und der König von Frankreich mächtig genug, sich für den Rest, den die Türken ihm übrig lassen, die Kaiserkrone zu holen.«

»Die Entscheidung, was zu geschehen hat, darf nur von Seiner Majestät getroffen werden«, erwiderte Hermann von Baden ebenso aufgebracht.

»Meine Herren, Wir danken Euch für Eure Ausführungen! Wir werden jetzt in die Kapelle gehen und die Heilige Jungfrau im Gebet bitten, Uns den rechten Ratschluss einzugeben.«

Mit diesen Worten erhob sich der Kaiser und verließ den Saal. Hermann von Baden eilte ihm nach, um ihn vielleicht doch in seinem Sinne beeinflussen zu können. Starhemberg, Lothringen und Pater Marco hingegen blieben zurück und sahen einander ratlos an.

»Gebe Gott, dass der Kaiser richtig entscheidet!«, rief Karl von Lothringen. »Ein falscher Entschluss würde das Haus Habsburg zu einer Randnotiz in den Chroniken machen.«

»Vertraut auf die Heilige Jungfrau, mein Freund. Sie wird Seine Majestät das Rechte tun lassen«, versuchte Pater Marco, ihn aufzumuntern.

Karl von Lothringen nahm den Hut wieder an sich, den er in seiner Erregung auf den Tisch geworfen hatte, und setzte ihn auf. »Ich würde Euch gerne glauben, hochwürdiger Vater. Nur vermag der Kaiser besser die Psalter zu lesen als einen Schlachtplan. Er wurde immerhin für den geistigen Stand erzogen und kam nur durch das Ableben seines älteren Bruders Ferdinand auf den Thron. Daher ist es kein Wunder, dass er das Gebetbuch dem Schwert vorzieht.«

»Zu meinem Bedauern muss ich Herzog Karl zustimmen«, warf Starhemberg ein. »Seine Majestät ist kein Krieger. Da es sein Rang jedoch bedingt, in jedem Fall das Oberkommando zu übernehmen, würde ich es vorziehen, wenn er Wien verlassen und dessen Verteidigung jenen überlassen würde, die das Kriegshandwerk gelernt haben.«

»Ihr meint Euch«, erwiderte Karl von Lothringen. »Ich würde beides begrüßen, die Abreise Ihrer Majestäten – und Euch als Stadtkommandant von Wien.«

»Dann sollten wir dafür sorgen, dass es dazu kommt«, erklärte Pater Marco lächelnd. »Die Herren erlauben, dass ich sie verlasse, um Seiner Majestät zu folgen! In der jetzigen Situation habe ich um einiges mehr Einfluss auf ihn als Seine Exzellenz, der Herr Präsident der Reichskriegskammer.«

2.

Johanna, Karl und Adam hatten bereits mehrere Wochen lang Kuriere und geheime Boten abgefangen und ihre Beute an Rafał Daniłowicz weitergeleitet. Inzwischen war auch Ignacy mit seinem Trupp angekommen, und sie konnten weitere Straßen überwachen. Ihre Überfälle blieben allerdings nicht ohne Folgen, denn die Gesandten der Mächte, aber auch jene, die ausländische Fürsten und Könige gegen gutes Geld mit Nachrichten belieferten, suchten immer neue Wege, diese auch an ihr Ziel zu bringen.

Das Gebiet, das Adam und seine Reiter überwachen mussten, dehnte sich daher mehr und mehr aus, und sie konnten nicht sagen, ob ihnen nicht doch der eine oder andere Bote entschlüpft war. Diesmal aber war Daniłowicz' Befehl eindeutig. Der Kurier, den sie nun abfangen sollten, durfte sein Ziel niemals erreichen. Adam wählte zwanzig Männer aus und sandte Karl mit weiteren zwanzig zu einer Straße, die zwei Reitstunden weiter nördlich verlief.

»Sollten wir nicht noch eine Straße überwachen?«, fragte Ignacy in der Hoffnung, dann ein eigenes Kommando zu erhalten.

Adams Blick glitt zu Johanna. Diese saß in der Nähe auf einem umgestürzten Baum und hing ihren Gedanken nach. Ihr Gesicht hatte ganz seinen rebellischen Ausdruck verloren und wirkte so weich, dass jedem Zweifel kommen mussten, ob sie wirklich ein Junge war. Da er sie in der jetzigen Situation nicht zu seiner Mutter schicken konnte, wollte Adam verhindern, dass ihr Geheimnis aufgedeckt wurde.

»Jan Wyborski! Wo zum Teufel steckst du?«, rief er.

Johanna zuckte zusammen und kam auf ihn zu. »Was gibt es, Hauptmann?«

»Nimm dir Dobromir und vier Mann und überwache die südlichste Straße. Sollte der Kurier des französischen Gesandten diesen Weg wählen, informierst du uns, damit wir ihn verfolgen können!«

Während Johanna nickte und Dobromir zu sich winkte, zog Ignacy eine düstere Miene. »Müsst Ihr allen Ruhm Eurem Vetter überlassen?«, fragte er Adam.

»Um gerade das zu verhindern, schickte ich Jan nach Süden«, antwortete Adam grinsend. »Das Bürschlein hat bisher vier Kuriere abgefangen, Karl zwei und ich drei …«

»Und ich noch keinen«, meinte Ignacy verärgert. »Dabei dachte ich, ich wäre Euch wert genug, einen eigenen Trupp zu führen.«

»Das bist du auch! Oder hast du vergessen, dass du letzte Woche gleich drei Mal Patrouille geritten bist?«

»Nein, das nicht«, bekannte Ignacy. »Nur habe ich niemanden gefangen nehmen können, abgesehen von einem wandernden Wodkahändler und ein paar Mönchen.«

»Hast du sie wenigstens durchsucht? Auch sie könnten Boten sein, die uns Polen Übles wollen«, fragte Adam.

Ignacy starrte ihn schuldbewusst an. »Nein, daran habe ich nicht gedacht. Ich glaube nicht, dass der Wodkahändler ein feindlicher Spion ist. Die frommen Brüder will ich auch nicht verdächtigen. Immerhin sind die Ungläubigen unsere Feinde, und sie werden sicher nicht zu diesen halten!«

»Das hoffe ich auch nicht«, antwortete Adam. »Aber das nächste Mal durchsuchst du jeden, auf den du stößt.«

»Das werde ich – wenn sich die Gelegenheit ergibt, heißt das.«

Adam legte Ignacy die Hand auf die Schulter und lächelte. »Die Gelegenheit wird sich ergeben. Nimm zehn Mann und bleib in meiner Nähe. Es mag sein, dass ich dich brauche.«

»Ich hoffe, dass Ihr mich braucht!«

Halbwegs versöhnt, suchte Ignacy sich seine Männer aus und ritt mit ihnen zusammen los. Adam sah ihm kurz nach und wandte sich dann an seinen Trupp.

»Los, Abmarsch!«, rief er und schwang sich in den Sattel. Unweit von ihm stieg Johanna auf ihren Wallach. Wojsław, der mittlerweile größer war als sie, Dobromir und drei weitere Männer folgten ihr, als sie nach Süden aufbrach.

Adam wunderte sich immer wieder, wieso hartgesottene Männer, ohne zu zaudern, Johannas Befehle befolgten. Während Karl sich bereits einen ansehnlichen Schnurrbart stehen ließ, waren ihre Wangen immer noch so glatt wie die Haut eines Pfirsichs. Trotzdem war etwas an ihr, das die Männer begeisterte.

»Vergiss dieses Biest«, schimpfte er leise und winkte seinen Männern, ihm zu folgen.

Eine gewisse Zeit folgten sie einem Pfad, den sie selbst geschaffen hatten. Danach ging es ein Stück durch unberührten Urwald mit riesigen, uralten Bäumen, deren Kronen ineinander übergingen und das Licht der Sonne dämpften. Eine gute Stunde später erreichten sie den Späher, der diese Straße überwachte. Als der Mann Adam erblickte, kam er ihm entgegen.

»Ich habe nur drei Weiber und ein paar Bauern zu Fuß gesehen, keine Reiter«, meldete er.

Adam nickte zufrieden. »Wie es aussieht, sind wir früh genug gekommen.«

»Wenn der erwartete Kurier diesen Weg nimmt! Er kann aber auch die nördliche Straße nehmen, die Karol überwacht, oder gar die südliche, die besser ich als dieser Knabe kontrollieren sollte«, wandte Ignacy ein.

»Er wird diese Straße nehmen. Sie führt am schnellsten aus den Wäldern heraus«, erklärte Adam nachdrücklich. Anstelle des Kuriers hätte er so gehandelt. Dann aber stach der Zeigefinger seiner Rechten auf Ignacy zu. »Du bleibst mit deinen Leuten in der Nähe und verhinderst, dass der Kurier uns entkommt, falls er – was die Heilige Jungfrau verhüten möge – unseren Sperrriegel durchbrechen sollte.«

»Keine Sorge, mir entkommt er nicht«, erwiderte Ignacy selbstbewusst und gab seinen Männern den Wink, ihm zu folgen.

3.

Die Zeit verging quälend langsam. Adam glaubte schon, sich geirrt zu haben, und überlegte, was er tun sollte. Da klang der Ruf eines Käuzchens auf. Es war das Signal seines Postens. Von einem Augenblick zum anderen fiel alle Unsicherheit von Adam ab.

»Jetzt gilt es!«, rief er seinen Männern zu.

Einer seiner Reiter legte sich hin und presste das Ohr gegen die Erde. Als er aufstand, wirkte er besorgt. »Das hört sich nach vielen Pferden an, Hauptmann!«

»Ein Mann soll zu Ignacy reiten und ihm sagen, dass er zu uns aufschließen soll. Wir werden ihn und seine Leute brauchen!«, befahl Adam und stellte seine Männer so auf, dass der Kurier unmöglich durchbrechen konnte.

Wenig später erschien Ignacy mit seinen zehn Reitern und verstärkte ihre Reihen. Die Augen des jungen Edelmanns funkelten, und er streichelte den Griff seiner Pistole.

»Endlich kann auch ich etwas tun«, meinte er zu Adam, als der Hufschlag fremder Pferde an ihr Ohr drang.

»Die Kerle reiten im Galopp. Wir dürfen nicht zu spät angreifen, sonst entkommt der Kurier uns doch!«, antwortete Adam, zog seine Pistole und spannte sie.

Seine Männer machten sich ebenfalls kampfbereit, und kurz darauf sahen sie die ersten Reiter auftauchen. Schließlich kam ihnen mehr als ein Dutzend entgegen. Die meisten trugen leuchtend rote Mäntel und blaue Hosen sowie Mützen mit silbernen Agraffen. Bis auf die beiden an der Spitze hielt jeder von ihnen eine schussbereite Pistole in der Hand.

»Einer der beiden ohne Waffe ist der Kurier. Sie dürfen nicht entkommen!« Adams Stimme klang so laut, dass die Reiter in seine Richtung schauten. Mehrere Pistolen richteten sich auf ihn, als er seinen Hengst antrieb. Er beugte sich über den Hals des Tieres, hörte die Schüsse krachen und wunderte sich, dass er nicht getroffen wurde. Noch während er sich aufrichtete, feuerte er seine eigene Pistole ab und traf einen Reiter, der Ignacy gerade von hinten mit dem Säbel niederschlagen wollte.

Der Kampf war hart, und die beiden Kuriere lauerten auf ihre Chance. Plötzlich spornten sie ihre Pferde an und brachen zwischen Adams Leuten hindurch.

»Verflucht! Haltet sie auf!«, schrie Adam wütend und riss sein Pferd herum, um den Fliehenden zu folgen.

»Stehen bleiben, Hauptmann!«, hörte er einen seiner Männer schreien und zog unwillkürlich die Zügel an. Mehrere Schüsse krachten, und die beiden Reiter sanken von ihren Pferden.

Bis jetzt hatte deren Eskorte verbissen gekämpft. Als die Männer jedoch sahen, dass die beiden Kuriere gescheitert waren, lösten sie sich von Adams Männern und galoppierten den Weg zurück, den sie gekommen waren. Vier lagen am Boden und rührten sich nicht.

Ein paar von Adams Männern wollten den Flüchtenden nachsetzen, doch er rief sie zurück. »Lasst sie entkommen! Wir haben die Boten.«

Mit diesen Worten stieg Adam vom Pferd und ging zum ersten der beiden Kuriere. Der Mann war von zwei Kugeln tödlich getroffen worden. Die Kuriertasche hatte er unter seinen Mantel gesteckt. Als Adam sie ihm abnahm, stellte er fest, dass sie dick und schwer war.

Ignacy trat an seine Seite. »Ich habe meinen Männern gesagt, sie sollen ihre Kugeln für den Augenblick aufsparen, in dem jemand durchbrechen will.«

»Das hast du gut gemacht!«, lobte Adam ihn anerkennend und ging dann zu dem zweiten Kurier. Dieser lebte noch, blutete aber stark aus einer Wunde an der Hüfte. Auch er trug eine Kuriertasche unter dem Mantel verborgen. Adam nahm sie ihm ab und wies zwei Männer an, sich um den Verletzten zu kümmern.

»Versorgt auch die anderen Reiter, soweit sie noch am Leben sind«, setzte er hinzu und öffnete die beiden Kuriertaschen. Nachdem er ein paar Briefe herausgeholt und die Adressaten gelesen hatte, begriff er, dass beide Kuriere die gleichen Botschaften bei sich getragen hatten.

»Sie haben wohl gehofft, dass einer von ihnen durchkommt, aber das war ein Irrtum«, meinte Adam grinsend. »Herr Daniłowicz wird mit unserer Beute hochzufrieden sein.«

»Damit haben wir wenigstens diesmal Jan Wyborski übertroffen!«, meinte einer seiner Männer lachend.

Auch Adam lachte und fühlte sich so gut wie schon seit Wochen nicht mehr.

4.

*W*ie von Adam befohlen, legte Johanna sich mit ihrem Trupp an der südlichen Straße auf die Lauer. Um eine größere Schar aufzuhalten, hatte sie zu wenig Männer bei sich, doch ein einzelner Reiter würde ihnen nicht entgehen, dachte Johanna und wandte sich Wojsław zu. »Reite ein Stück voraus und melde uns, wenn du Reisende siehst!«

Der junge Bursche nickte und trabte los. Dann hieß es warten. Nach einer guten Stunde kehrte Wojsław zurück. »Ich habe drei Bauern gesehen. Sie sind zu Fuß!«

»Dann werden es keine Kuriere sein«, meinte Dobromir.

Johanna wiegte nachdenklich den Kopf. »Sie könnten sich auch verkleidet haben, um hier ungesehen durchzukommen. Mit genug Gold in den Taschen können sie sich jederzeit Pferde kaufen.«

»Also halten wir sie auf?«

»Ja, das tun wir! Ich will nicht mit dem Makel leben, einmal unachtsam gewesen zu sein.«

Wenig später kamen die Bauern heran. Schon auf den ersten Blick war Johanna sicher, dass es sich um echte Bauern handelte und nicht um verkleidete Kuriere und Spione. Trotzdem band sie sich das Tuch über Mund und Nase und hielt die Männer mit vorgehaltener Pistole auf.

»Wer seid ihr?«, fragte sie auf Französisch und sah an ihren verwirrten Mienen, dass sie keiner verstand. Daher wechselte sie ins Polnische über.

»Wer seid ihr, und woher kommt ihr?«

»Ich bin der Plazca und arbeite für Herrn Dabrowski«, antwortete der Anführer der Gruppe.

»Das stimmt«, sagte einer seiner Begleiter. »Wir waren auf dem Markt von Homówek, um ...« Ein Fußtritt brachte ihn zum Schweigen.

Johanna begriff, dass die Männer etwas verkauft hatten und das erlöste Geld bei sich trugen. Gewöhnliche Räuber hätten sie jetzt beraubt, doch sie erteilte ihren Männern den Befehl, die Bauern durchzulassen.

»Habt Dank, edler Herr!«, rief der, der sich beinahe verplappert hatte, und strebte mit schnellen Schritten fort. Seine beiden Begleiter rannten hinter ihm her.

»Das dürften die einzigen Passanten bleiben, die hier vorbeikommen«, meinte Dobromir pessimistisch.

»Und wennschon«, antwortete Johanna schulterzuckend.

Doch auch ihr ging die Warterei allmählich auf die Nerven. Es war fast noch schlimmer als die Zeit in der Festung, die sie wegen Osmańskis Befehl kaum hatte verlassen dürfen. Damals hatte sie sich wenigstens noch eine Beschäftigung suchen können. Hier aber blieb ihr nur, Daumen zu drehen.

Da tauchte erneut Wojsław auf. »Es kommen wieder Bauern, aber die reiten!«

»Dann sind es wahrscheinlich verarmte Schlachtschitzen«, schloss Johanna aus diesem Bericht und stand auf.

»Nehmt eure Plätze ein, Männer!«, rief sie und wandte sich erneut Wojsław zu. »Wie viele Reiter sind es?«

»Ich habe vier gezählt«, antwortete der Junge.

»Wir sind sieben. Das muss reichen.« Johanna band sich erneut das Tuch über Wangen und Nase und machte die Pistole schussfertig. Es dauerte nicht lange, bis die Reiter kamen. Ihre Kleidung war zerschlissen und schmutzig, und die Füße steckten in Stiefeln, die längst ihre Form verloren hatten. Jeder Schlachtschitz hätte sich geschämt, sich so zu zeigen. Ihre Pferde trugen zwar alte Sättel und schlichtes Zaumzeug, dennoch hielt Johanna sie für Renner, die sich ein einfacher Schlachtschitz nicht leisten konnte.

Unter ihrer Maske grinsend, lenkte sie ihren Wallach auf die Straße und erteilte den Reitern den Befehl zum Anhalten.

»Schnell weiter!«, rief einer der vier und gab seinem Hengst die Sporen.

Johanna griff im Reflex nach seinem Zügel, stemmte sich mit

ihrem schwereren Wallach dagegen und brachte das Pferd zu Fall. Das sich überschlagende Tier blockierte die übrigen drei Reiter und ermöglichte es Johannas Männern, sie festzuhalten und ihre Reiter aus den Sätteln zu zerren.

»Sieht aus, als hätte der Hauptmann sich geirrt, und die Kuriere haben unsere Straße genommen«, rief Dobromir, als er die Satteltasche des gestürzten Pferdes öffnete und einen Packen Briefe zum Vorschein brachte.

Johanna starrte unterdessen das edle Tier an, das hart schnaufend am Boden lag. Eines seiner Beine war gebrochen. »Es tut mir leid, aber ich durfte deinen Reiter nicht entkommen lassen«, flüsterte sie unter Tränen. Mit einer resoluten Geste wischte sie sich die Augen trocken, setzte ihre Pistole auf die Stirn des Pferdes und drückte ab.

»Wenigstens leidest du jetzt nicht mehr«, sagte sie, während sie dem Tier die Augen zudrückte, wie es bei Menschen Sitte war.

Ihre Männer hatten unterdessen die vier Gefangenen gefesselt und sahen Johanna grinsend an. »Was machen wir mit ihnen? Nehmen wir ihnen nur die Briefe ab und lassen sie laufen?«

»Um sie laufenzulassen, hast du schon zu laut herausposaunt, dass es uns um die Briefe geht und wir daher keine Räuber sein können«, antwortete Johanna und musterte ihre Gefangenen durchdringend.

»Junger Herr, lasst mit Euch reden!«, ergriff der Mann das Wort, dessen Pferd Johanna erschossen hatte.

»Was willst du sagen?«, fragte Johanna, um den Mann dazu zu bewegen, womöglich mehr zu erzählen, als er eigentlich wollte.

»Wenn Ihr uns freilasst, soll es Euer Schaden nicht sein. Ich habe Freunde mit viel Geld. Sie werden Euch reich belohnen, wenn Ihr mich zu ihnen bringt!«

Seine Worte bestärkten Johannas Verdacht, dass es sich bei ihm nicht um einen einfachen Kurier handeln konnte. »Und welche Freunde sind das?«, fragte sie gespannt.

»Das verrate ich Euch erst, wenn Ihr mir bei der Heiligen Jungfrau von Tschenstochau schwört, mich zu ihnen zu bringen.«

Johanna ahnte, dass sie nicht mehr erfahren würde, und befahl, ihn zusammen mit einem seiner Begleiter auf dessen Pferd zu binden.

»Gebt gut auf die Kerle acht«, befahl sie ihren Männern und wies nach Norden. »Kommt mit! Wir wollen doch sehen, was unser Hauptmann erreicht hat.«

»Gewiss nicht so viel wie wir.« Dobromir grinste und nahm den Zügel des Pferdes, auf dem die beiden Gefangenen saßen, an sich. Die Pferde der restlichen Gefangenen wurden von zwei anderen Männern geführt.

Als Johanna die Spitze übernahm und einem kaum sichtbaren Wildpfad folgte, sprach der Anführer der Gefangenen Dobromir leise an.

»Du kannst ein reicher Mann werden, wenn du uns freilässt, und wirst als Schlachtschitz mit blauen Hosen, pelzgesäumtem Seidenmantel und einem Kołpak mit goldener Agraffe als Schmuck herumlaufen.«

»Das würde mir gefallen«, antwortete Dobromir mit einem Zwinkern.

»Dazu wirst du mehrere tausend Złoty bekommen, ein Dorf in Großpolen mit vielen Bauern, die für dich arbeiten, und …«

»Halt den Mund!«, fuhr Johanna, die auf das kurze Gespräch aufmerksam geworden war, den Gefangenen an.

Dobromir verdrehte grinsend die Augen. »Jetzt wäre ich fast ein reicher Schlachtschitz geworden, und das hast du mir verdorben!«

»Auch Ihr werdet reich belohnt, wenn Ihr mich freilasst«, rief der Gefangene verzweifelt Johanna zu.

»Vielleicht werde ich auch reich belohnt, wenn ich dich und deine Begleiter nicht freilasse«, antwortete diese lächelnd.

Ein Mann, der so verzweifelt auf seine Freiheit aus war, musste seine Bedeutung haben. Daher war es wirklich das Beste, wenn sie ihn zu Osmański brachte. Dieser oder spätestens Rafał Daniłowicz würden wissen, wie mit ihm zu verfahren war.

5.

Als Adam das alte Jagdhaus erreichte, wartete dort Rafał Daniłowicz auf ihn. Die Miene des Mannes wirkte besorgt, und er eilte sofort auf Adam zu.

»Gott sei Dank kommt Ihr endlich! Ich saß wie auf glühenden Kohlen.«

»Wir haben die Kuriere wie befohlen abgefangen. Es waren zwei, jeder von ihnen trug die gleichen Botschaften mit sich. Wir mussten kämpfen, um an ihre Kuriertaschen zu gelangen. Dabei wurden zwei meiner Männer verwundet.«

»Sind es die dort?«, fragte Daniłowicz, da er zwei Männer auf Decken liegen sah, die jeweils zwischen zwei Pferden hingen.

Adam schüttelte den Kopf. »Zum Glück nicht. Einer von denen ist einer der Kuriere, der andere gehörte zu seiner Eskorte. Acht oder neun seiner Kameraden sind geflohen, als sie sahen, dass wir die Kuriere in unserer Hand hatten.«

»Das ist alles schön und gut«, antwortete Daniłowicz. »Ihr müsst jedoch sofort mit allen verfügbaren Männern aufbrechen und einen Mann verfolgen, der nicht entkommen darf!«

»Und wie erkennen wir diesen Mann?«

»Ihr müsst jeden, auf den ihr trefft, durchsuchen! Er hat sich gewiss verkleidet.«

»Um wen handelt es sich?«

»Um Andrzej Morsztyn, den Großschatzmeister! Er hat geheimste Aufzeichnungen und Pläne an sich gebracht und will damit ins Ausland fliehen. Wenn sie in die falschen Hände gelangen, verlieren wir den bevorstehenden Krieg.«

Adam schluckte. Andrzej Morsztyn war nicht irgendjemand, sondern einer der reichsten Magnaten Polens und fast unumschränkter Herr in den Woiwodschaften des Westens. Wenn dieser Mann Polen in Verkleidung verlassen wollte, konnte dies nur übelsten Verrat am König bedeuten. Tief durchatmend wandte er sich an Ignacy.

»Ein Bote soll zu Karl reiten und ihm mitteilen, dass er und seine Männer jeden Mann gefangen nehmen sollen, auf den sie treffen. Wir anderen brechen in einer halben Stunde auf. Ich will jeden im Sattel sehen, auch Leszek. Er kennt den Großschatzmeister von früher und ist daher trotz seines fehlenden Beins wertvoller als zehn andere Reiter!«

»Sagt ihm das, und es wird ihm wie Wodka die Kehle hinabrinnen!« Ignacy lachte kurz und eilte dann los.

Mit einem gewissen Ärger, weil der Erfolg, den er und seine Männer errungen hatten, angesichts Morsztyns Flucht nicht mehr zu gelten schien, überreichte Adam Daniłowicz die erbeuteten Briefe. Dieser öffnete ein paar, überflog sie und nickte. »Sie sind noch immer in derselben Geheimschrift geschrieben. Wir werden sie entziffern können.«

»Wenigstens etwas«, brummte Adam und trieb seine Männer an, schneller zu machen. »Oder wollt ihr, dass uns dieser Verräter entkommt?«, setzte er ätzend hinzu.

»Der Mann, der Morsztyn fängt, erhält eine Belohnung von

hundert Złoty und seine Kameraden eine von zehn Złoty«, rief Daniłowicz, um den Eifer weiter anzustacheln.

Es hätte die Belohnung nicht gebraucht. Nach dem wochenlangen Wachdienst in den Wäldern waren Adams Reiter bereit für jedes Abenteuer. Schon nach kurzer Zeit standen mehr als fünfzig Pferde bereit, und die ersten Männer schwangen sich in die Sättel.

»Was machen wir mit Jan Wyborski? Er muss die Nachricht von der Flucht des Großschatzmeisters ebenfalls erhalten.« Es war Ignacy gerade noch eingefallen.

Adam hatte sich eben in den Sattel geschwungen und brannte darauf loszureiten. »Ein Mann soll ihm die Meldung überbringen«, sagte er.

»Ihr könnt es ihm gleich selbst sagen!«, rief da Leszek lachend und wies auf die kleine Kavalkade, die sich dem Jagdhaus näherte.

»Wie es aussieht, hat das Jüngelchen ein paar Gefangene gemacht«, fuhr Leszek grinsend fort.

Rafał Daniłowicz stieß einen überraschten Ruf aus. »Heilige Jungfrau! Kann das sein?«

»Was habt Ihr?«, fragte Adam.

Doch da lief Daniłowicz bereits Johanna entgegen und blieb bei dem Pferd stehen, auf dem zwei der Gefangenen zusammengebunden waren.

»Bei Jesus Christus, wie ist Euch das gelungen?«, fragte er Johanna fassungslos.

»Was gelungen?« Johanna stieg aus dem Sattel.

Daniłowicz wartete kaum ab, bis sie fest auf dem Boden stand, sondern riss sie an sich und küsste sie auf beide Wangen. Nur seine Aufregung und der dicke Kontusz, den Johanna trug, verhinderten, dass er die beiden weichen Hügel spürte, die sie dort aufwies, wo Männer feste Muskeln hatten.

»Ihr habt Morsztyn gefangen!«, rief er, als er Johanna wieder losließ.

»Den Großschatzmeister?«, rief diese erschrocken.

»Den Verräter! Das habt Ihr wohl nicht erwartet, mein Herr?« Die höhnisch ausgerufenen Worte galten Andrzej Morsztyn, der mit trotziger Miene vor ihm stand und so aussah, als wolle er den Berater des Königs am liebsten ebenso erwürgen wie Johanna.

»Der Dank des Königs ist Euch gewiss, Wyborski. Ihr könnt damit rechnen, zum Offizier erhoben zu werden und ein eigenes Kommando zu erhalten.«

Während Daniłowicz Johanna auch noch Gold und Ehrenzeichen versprach, stand Adam dabei und kämpfte gegen die Wut an, die in ihm aufsteigen wollte. Endlich hatte er angenommen, Johanna übertrumpfen zu können, da hatte dieses elende Biest erneut die Nase vorne. Er überlegte schon, Daniłowicz über ihre wahre Natur aufzuklären. Damit wäre das Gerede von Offiziersstelle und Belohnung rasch erledigt gewesen.

Sie hat eine Belohnung ehrlich verdient!, sagte etwas in ihm. Schließlich ist es ihr gelungen, Morsztyn gefangen zu nehmen. Im anderen Fall hätte er jede Straße von hier bis Posen abreiten und nach einer Nadel im Heuhaufen suchen müssen. Da war es besser, dass Johanna ihn gefangen hatte.

Bemüht, zufrieden auszusehen, trat er auf Daniłowicz zu.

»Wie es aussieht, kann ich meine Männer wieder absitzen lassen.«

Daniłówicz nickte. »Tut das, Osmański! Ich bin froh, dass wir diesen Verräter nicht durch ganz Westpolen hetzen müssen. Ihr werdet ihn und seine Begleiter nach Wilanow bringen. Dabei haftet Ihr mit Eurem Kopf für ihn!«

»Ich glaube kaum, dass ich den verlieren will«, antwortete

Adam mit einem harten Auflachen und erteilte die entsprechenden Befehle. Dann trat er auf Johanna zu und schloss sie so rasch in die Arme, dass sie nichts dagegen tun konnte.

»Meinen Glückwunsch, Jan Wyborski! Wie es aussieht, hast du in König Jan III. und Herrn Daniłowicz zwei Gönner gefunden, die nicht eher aufgeben werden, bis der Sejm dich zum Großhetman von Polen ernennt!«

Johanna wurde in seinen Armen steif. Was fällt diesem elenden Kerl ein, mich so zu überfallen, dachte sie. Da küsste Adam sie ebenso wie vorhin Daniłowicz auf beide Wangen und ließ sie dann erst los. Während er hinterhältig grinste, hatte es Johanna erst einmal die Sprache verschlagen.

Doch dann funkelte sie ihn zornig an. »Ihr werdet noch einmal an Eurem Spott ersticken, mein Herr!«

»Das hoffe ich nicht!« Adam atmete tief durch und stellte fest, dass es ihn nicht ungerührt ließ, das hübsche Mädchen zu umarmen. Zu seinem Glück mischte sich Daniłowicz in das Gespräch ein.

»Ihr habt Euch alle eine Belohnung verdient. Ihr, Osmański, erhaltet den Rang, den Euch auch Euer Verwandter Sieniawski angeboten hat, und werdet zum Hauptmann eines Husarenfähnleins ernannt, und die beiden Wyborskis und Ignacy sollen Eure Offiziere sein!«

»Ich will bei meinen jetzigen Männern bleiben«, antwortete Adam abwehrend.

Daniłowicz sah ihn lächelnd an. »Das werdet Ihr auch, denn sie sollen den Kern Eures Fähnleins bilden. Jetzt kann ich es Euch sagen: Der König stellt ein Heer auf, um dem Kaiser zu Hilfe zu eilen. Laut der letzten Nachrichten, die uns aus dem Osmanischen Reich ereilt haben, will Kara Mustapha gegen Wien vorgehen. Fällt diese Stadt, fallen auch Oberungarn, Schlesien und Mähren. Wenn dies geschieht, sehen wir uns auf

Hunderte von Meilen vom Reich der Türken umgeben. Wie wir Polen dann noch retten könnten, weiß ich nicht.«

»Also reiten wir nach Wien!«, murmelte Adam und überlegte, wie er Johanna so unauffällig loswerden konnte, dass ihr Ruf nicht litt und sie in Sicherheit war.

6.

Johanna musterte ihren Bruder und fand, dass er in seiner neuen Rüstung gut aussah. Das von König Jan erhaltene Kettenhemd hatte er zwar abgeben müssen, dafür aber trug er den aus Brust- und Rückenplatte bestehenden Harnisch der Husaren und vor allem den mit Leopardenfell verbrämten Mantel. An seiner linken Hüfte hing sein Säbel, und in der Hand hielt er die lange Lanze aus Espenholz. Gerade legte Meister Piotr ihm einen langen Panzerstecher als Ersatz für den bei den Tartaren verlorenen auf den Tisch, der neben zwei neuen Pistolen Karls Ausrüstung ergänzte, und wandte sich dann Johanna zu.

»Der Hänfling ist auch wieder da!«, brummte er. »Mal sehen, ob ich überhaupt etwas für ihn finde.«

»Wenn nicht, dann gib mir mein Kettenhemd wieder. Man hat es vor einer Woche abgeholt, und es müsste hier sein.« Johanna bemühte sich, einen tieferen Ton zu treffen, um von Meister Piotr nicht als Mädchen erkannt zu werden.

Dieser schnaubte, verschwand zwischen den Regalen und blieb eine Weile aus. Als er zurückkehrte, brachte er einen Brustpanzer mit. Dieser war frisch poliert worden und trug auf der Stelle des Herzens eine handtellergroße Plakette mit dem Abbild der Heiligen Jungfrau.

»Da ist einer für Euch. Zieht ihn an!«, forderte Meister Piotr Johanna auf.

Sofort kam Wojsław näher, um seiner Herrin zu helfen. Diese erhielt auch ihren umgearbeiteten Helm zurück, schlang den Waffengürtel mit dem Säbel um die Taille und nahm zuletzt die Lanze in die Hand. Für ihre Länge war die Waffe erstaunlich leicht. Als sie sie verwundert hin- und herschwang, fiel ihr Meister Piotr in den Arm.

»Vorsicht! Sonst verletzt Ihr noch jemanden oder macht die Lanze kaputt. Sie ist teilweise hohl und bricht daher leicht.«

»Aber wie kann man damit kämpfen?«, fragte Johanna verwundert.

»Die Lanze ist für den ersten Ansturm. Einen Feind kann man damit aus dem Sattel fegen. Was danach kommt, ist Säbelarbeit – oder der Panzerstecher kommt ins Spiel«, erklärte ihr Meister Piotr.

Johanna nahm den neuen Panzerstecher entgegen und zog ihn mit Mühe aus seiner Scheide. Die Waffe war fast so lang wie sie selbst, und sie fragte sich, wie sie damit fechten sollte. Da trat Adam an ihre Seite, zog seinen Panzerstecher und zeigte ihr, wie dieser zu gebrauchen war.

»Ihr müsst damit wie mit einem Speer zustoßen. Die scharfe Spitze durchdringt jeden Panzer«, erklärte er.

»Und so einer soll zu des Königs Husaren!«, spottete Meister Piotr.

Sowohl Karl und Adam wie auch Johanna selbst hätten ihm sagen können, dass es nicht gerade ihr eigener Wunsch war, der sie in diesen Raum geführt hatte. König Jan hatte es sich jedoch in den Kopf gesetzt, den »Mann« zu belohnen, der den verräterischen Großschatzmeister abgefangen hatte, und ohne sich als Mädchen zu erkennen zu geben, war es Johanna unmöglich gewesen, dies abzulehnen.

Sie schwankte trotzdem, ob sie es nicht doch tun sollte. Der Gedanke, danach als loses Frauenzimmer zu gelten, hielt sie jedoch davon ab. Wahrscheinlich hatte sie sich mit ihrem Verhalten bereits jede Chance auf eine standesgemäße Heirat verdorben. Ihr ging es jedoch weniger um sich selbst als um Karl. Sein Ansehen durfte nicht darunter leiden, dass sie als Mann aufgetreten war.

»Jetzt bekommt Ihr noch Eure Flügel«, erklärte Meister Piotr und musterte Johanna, Karl, Adam und Ignacy, als seien es Diebe, die ihn um seine schönsten Stücke brachten.

»Flügel?«, fragte Karl verwundert.

»Zu einem Husaren gehören Flügel«, antwortete Meister Piotr, während seine Knechte lange, gebogene Eisenstangen herantrugen, die in ihrer Form an einen Bischofsstab erinnerten und an der Außenseite dicht an dicht mit Adlerfedern besetzt waren.

Johanna nahm eine der Stangen in die Hand. Diese war nicht besonders dick und wahrscheinlich hohl, trotzdem konnte sie nicht glauben, dass ein Krieger zwei solche Stäbe auf dem Rücken tragen und gleichzeitig kämpfen konnte.

»Könnt Ihr mir sagen, was dieses Zeug bewirken soll?«, fragte sie Adam.

»Die Flügel werden vor der Schlacht auf die Rückenplatte des Panzers geschraubt«, erklärte er ihr. »Sie lassen uns größer wirken und sollen dem Feind Furcht und Schrecken einjagen. Außerdem rauschen ihre Federn wie ein Sturmwind, wenn wir auf den Feind zugaloppieren. Das macht ihm noch mehr Angst und erschreckt vor allem seine Pferde. So gewinnen wir einen Vorteil im Kampf.«

»Wenn Ihr meint«, antwortete Johanna nicht gerade überzeugt.

»Lass dir von Leszek zeigen, wie die Flügel angebracht werden. Er ist ein alter Schlachtschitz und länger Soldat, als einer von uns auf der Welt ist«, riet Adam ihr und sah sie, Karl und

Ignacy mit einem schiefen Grinsen an. »Seine Majestät hat uns an seine Tafel gebeten.«

»Befohlen!«, warf Johanna ein.

Ihr gefiel es nicht, vor der Königin und dem ältesten Sohn des Königspaares als Jüngling auftreten zu müssen. Das machte es ihr noch schwerer, sich irgendwann wieder in ein Mädchen zu verwandeln. Ihr Stolz ließ es jedoch nicht zu, in dieser Situation ihr wahres Geschlecht zu offenbaren.

»Hoffen wir, dass wir in diesem Fuchsbau den Saal finden, in dem Seine Majestät zu speisen gedenkt«, warf Ignacy aufstöhnend ein.

Johanna musterte ihn mit einem kühlen Blick. »Das dürfte nicht so schwer sein, denn es laufen genug Bedienstete herum, die uns den Weg zeigen können.«

Die vier mussten niemanden fragen, denn ein höherer Lakai kam in den Waffensaal, verbeugte sich vor ihnen und bat sie, ihm zu folgen. Alle trugen Harnisch, Helme und Säbel und wirkten sehr kriegerisch, als sie in einen Saal geführt wurden, dessen Wände mit rotem Damast bespannt waren. Die Decke war aus kastenförmigem Holz, und in der Mitte stand ein gewaltiger Tisch, an dem mehr als zwei Dutzend Menschen Platz fanden. An diesem Tag waren jedoch nur König Jan III., seine Gemahlin Maria Kazimiera, beider Sohn Jakub und Rafał Daniłowicz anwesend.

Johanna und ihre Begleiter verbeugten sich und wussten nicht so recht, wie sie sich verhalten sollten. Da trat der König auf sie zu und schloss jeden von ihnen in die Arme. Mit einem fröhlichen Lächeln wandte er sich danach an seine Gemahlin.

»Das hier sind die Treuesten meiner Männer, meine Liebe!«

»Ich würde eher sagen, drei Männer und ein Knabe. Der Kleine reicht unserem Jakub nicht mal bis zur Stirn«, erwiderte die Königin in verächtlichem Tonfall.

Johannas Augen funkelten, doch sie bezähmte sich, um sich nicht die Königin zum Feind zu machen. Obwohl Maria Kazimiera nicht mehr jung war, hielt sie sie für die schönste Frau, die sie je gesehen hatte. Dazu hieß es, die Königin habe großen Einfluss auf ihren Gemahl und damit auch auf das Schicksal Polens. Als Johanna sie musterte, meinte sie das unsichtbare Band zu spüren, welches das Herrscherpaar verband. Jan war groß, hatte ein breitflächiges Gesicht mit einem gewaltigen Schnauzbart, und er liebte die schöne, lebensfrohe Frau von ganzem Herzen.

Dem Vernehmen nach sollte der Sohn des hohen Paares sechzehn Jahre alt sein, wirkte aber trotz seiner Größe um ein, zwei Jahre jünger. Und doch würde er, wenn die Gerüchte stimmten, seinen Vater in die Schlacht begleiten.

Da bin sogar ich besser auf den Krieg und die Schlachten vorbereitet als dieses Bürschchen, dachte Johanna, während sie, Karl, Adam und Ignacy auf einen Wink des Königs Platz nahmen.

Lakaien in Livree trugen ihnen auf. Die einzelnen Gänge waren von einem französischen Küchenmeister zubereitet worden und entsprachen mehr dem Geschmack der Königin als dem von Johanna. Diese aß schweigend, während Jan III. immer wieder sie und ihre Begleiter wie auch einige abwesende Herren lobte. Auch sprach er über den bevorstehenden Kriegszug, so als wäre es ein munterer Ritt zu den Nachbarn.

»Seine Majestät, Kaiser Leopold, hat uns Schlesien als Sammelpunkt für unser Heer angeboten und den schlesischen Landständen befohlen, für ausreichend Futter und Vorräte zu sorgen«, erklärte er.

»Eine weise Entscheidung«, sagte Daniłowicz erfreut, da es in Polen Probleme bereiten würde, so viele Soldaten auf längere Zeit an einem Ort zu versorgen. Zwar hatten sich die Gegner des Königs dessen Entscheidungen gebeugt, Kaiser Leopold zu Hilfe zu kommen. Daniłowicz war jedoch sicher, dass sie im Geheimen alles taten, um den Feldzug zu behindern.

Johanna und ihren Freunden waren solche Winkelzüge fremd. Zu angespannt, um das Mahl genießen zu können, saßen sie an der Tafel und redeten nur, wenn der König sie direkt ansprach. Die Königin hielt sich längere Zeit zurück, wandte sich dann aber mit einem überheblichen Lächeln an Johanna.

»Ihr zeichnet Euch nicht gerade durch eine Reckengestalt aus, junger Herr. Glaubt Ihr, den Türken trotzdem genug Furcht einflößen zu können?«

»Dieser junge Mann«, Daniłowicz' rechter Zeigefinger wies auf Johanna, »ist heimlich in das Lager eines Tatarenkhans eingedrungen und hat seinen gefangenen Bruder befreit. Damit ist ihm Mut wohl kaum abzusprechen.«

»Oh, so mutig ist Ritter Hänfling?«, rief die Königin.

Jan III. antwortete ihr in durchaus liebevollem Tonfall: »Er ist ein Kämpfer wie Michał Wołodyjowski, der mir auch nur bis zu den Schultern reichte, aber dem ich ungern mit dem Säbel gegenübergestanden hätte. Der Heiligen Jungfrau sei es geklagt, dass dieser tapfere Recke nicht mehr lebt. Würde er mit mir gegen die Türken reiten, würden diese ihn mehr fürchten als mich.«

Der König seufzte und ergriff seinen Becher. »Auf Michał Wołodyjowski und alle Helden Polens!«

»Auf Polen und seine Helden!«, antwortete Adam und hoffte, auch einmal zu diesen zu zählen.

7.

Auf dem Rückweg in ihr Quartier zupfte Karl seine Schwester am Ärmel. »Wir müssen miteinander reden – und zwar dringend!«

Johanna ahnte, dass er sie davon überzeugen wollte, sich der Königin anzuvertrauen. Doch sie fürchtete deren spitze Zunge zu sehr. Beim König selbst hätte sie es womöglich gewagt, aber dieser war zu begeistert von Jans Heldentaten und würde enttäuscht sein, dass es den mutigen Jan Wyborski gar nicht gab.

»Wir treffen uns in einer Stunde in meiner Kammer«, antwortete Johanna.

Zu ihrer Erleichterung hatte der König ihr ebenso wie den anderen ein eigenes Zimmer zuweisen lassen. Dort konnte sie sich ohne Angst, als Mädchen erkannt zu werden, ins Bett legen. Für den bevorstehenden Feldzug hingegen hegte sie Zweifel, dass es ihr gelingen würde, ihr wahres Geschlecht auf Dauer zu verbergen.

Da Karl jedoch jederzeit den König, Daniłowicz oder – noch schlimmer – Osmański ins Vertrauen ziehen konnte, zählte Johanna für sich alle Gründe auf, die dagegensprachen. Außerdem holte sie zu dem Gespräch mit ihrem Bruder nicht nur Wojsław, sondern auch Leszek hinzu.

Als Karl in ihre Kammer trat und den Einbeinigen sah, zog er die Augenbrauen hoch.

»Leszek weiß schon lange Bescheid«, erklärte Johanna. »Er ist der Einzige in Osmańskis Truppe, der herausgefunden hat, dass ich ein Mädchen bin.«

»Ich bin dafür, dass du es schnell wieder wirst!« Karl versuchte, seiner Stimme Nachdruck zu verleihen. Zu anderen Zeiten hatte er seiner Schwester zumeist nachgegeben. Nun aber wurde es zu gefährlich für sie.

Johanna sah ihn lächelnd an. »Mir wäre nichts lieber als das, Bruder, doch es geht nicht. Was würde der König sagen, wenn Jan Wyborski, der junge Held, der seinen Bruder aus den Händen der Tataren befreit und den verräterischen Großschatzmeister Morsztyn gefangen genommen hat, nicht an seiner Seite gegen die Türken reitet?«

»Das sind doch Hirngespinste!«, fuhr Karl auf.

»Das Jüngelchen – wollen wir sie mal so nennen – hat leider recht«, warf Leszek ein. »Es würde den guten alten Jan Sobieski schwer treffen, wenn er auf ›Jan Wyborski‹ verzichten müsste.«

»Aber Johanna kann nicht mit uns nach Wien reiten!«

»Ich muss es tun – für uns beide, Karl! Gebe ich mich jetzt zu erkennen, enttäusche ich den König. Damit würde ich nicht nur mir, sondern auch dir seine Ungnade zuziehen. Reiten wir hingegen gegen die Türken und siegen, so kann ich mich als Frau zu erkennen geben, die heldenhaft für Polen gefochten hat. Jetzt aber wäre es feige und würde uns schaden.«

»Es geht trotzdem nicht«, rief Karl verzweifelt. »Du könntest getötet werden!«

»Das liegt allein in Gottes Hand«, antwortete Johanna.

»Außerdem glaube ich, den guten Osmański davon überzeugen zu können, dass er unser Jüngelchen ins zweite Treffen setzt. Da ist er wenigstens nicht dem ersten Anprall ausgeliefert. Mit dem Säbel umgehen kann er ja. Er muss sich nur an die Flügel auf dem Rücken gewöhnen«, erklärte Leszek.

»Ich würde gerne wissen, wozu die wirklich nütze sind«, erwiderte Johanna, obwohl Adam es ihr bereits erklärt hatte.

»Sie lassen einen Husaren größer erscheinen, als er ist! Das wäre bei dir gewiss kein Schaden.« Leszek grinste. »Außerdem schützt er gegen Hiebe von hinten und gegen die Wurfschlingen der Tataren, mit denen diese, wie dein Bruder zu seinem Leidwesen erfahren musste, ausgezeichnet umzugehen verstehen. Sie fangen die Gegner lieber, als sie zu töten, denn einen Toten können sie nicht auf dem Sklavenmarkt verkaufen.«

Karl fand keine Argumente mehr, wie er Johanna noch hätte umstimmen können, begriff er doch selbst, dass sie sich nicht zu erkennen geben konnte, ohne den König zu verprellen. »Wir müssen zusehen, dass du unterwegs nicht auffällst«, sagte er leise.

»Das sind die ersten klugen Worte, die ich heute von dir höre«, antwortete Johanna lächelnd. »Leszek und Wojsław werden mir dabei helfen. Du überlässt ihn mir doch?«

»Du kannst Wojsław gerne haben. Doch reitest du auch mit?«

Diese Frage galt Leszek.

Dieser nickte eifrig. »Aber natürlich, und zwar als euer Quartier- und Zahlmeister. Osmański meint, er braucht einen zuverlässigen Mann für diesen Posten.«

»Dann kannst du meiner Schwester nicht so beistehen, wie es notwendig ist«, meinte Karl besorgt.

»Ich werde mit Dobromir reden. Er ist kein Schwätzer und mag das Jüngelchen auch. Auf ihn ist Verlass!«

»Hoffentlich!« So ganz war Karl nicht überzeugt. Ihm blieb jedoch nichts anderes übrig, als zuzustimmen.

»Weißt du, wann wir aufbrechen?«, fragte er Leszek.

Dieser schüttelte den Kopf. »Nein. Ihr solltet aber sofort anfangen, den Ritt mit den Flügeln zu proben, um die Pferde an das Rauschen zu gewöhnen. Außerdem müsst ihr lernen, eure Formation zu halten, damit ihr wie eine einzige, riesige Lanze in das Heer der Feinde einschlagt.«

»Das ist ein guter Rat«, erklärte Johanna und funkelte ihren Bruder auffordernd an. »Es bleibt noch einige Stunden hell. Wir sollten die Gelegenheit nutzen. Wer weiß, ob wir während des Marsches dazu kommen.«

8.

In der Heimat der Zwillinge bewegte die Nachricht von Kara Mustaphas großem Heer ebenfalls die Gemüter. Johannas und Karls Halbbruder Matthias saß am Tisch, hielt einen Weinkelch in der Hand und sah seine Stiefmutter und Geliebte verärgert an.

»Ich stehe bei Gunzberg im Wort und werde eine seiner Töchter heiraten!«, erklärte er mehr erbittert als zornig.

Genoveva beugte sich so weit vor, dass ihr Kleid oben klaffte und ihr Busen zu sehen war. Bislang hatten ihre körperlichen Reize ausgereicht, um den jungen Mann in ihren Bann zu schlagen. An diesem Tag aber wandte er den Blick ab.

»Ich habe mich für Kunigunde von Gunzberg entschieden«, erklärte er ruhig, obwohl es in ihm brodelte.

»Wozu die Eile?«, fragte Genoveva spitz. »Das Mädchen ist doch erst vierzehn Jahre alt und sieht aus wie ein verhungertes Huhn. Du solltest noch ein, zwei Jahre warten, bis du sie in dein Bett nimmst.« Sie zeigte erneut ihren Busen, um Matthias daran zu erinnern, dass er bei ihr nicht warten musste.

Die Anziehungskraft, die seine Stiefmutter auf Matthias ausgeübt hatte, war jedoch erloschen. Seit er von dem Rüsten der Türken erfahren hatte, quälte ihn sein Gewissen. Gewiss hatte Gott seine Sünden mit auf die große Waagschale gelegt, und diese neigte sich dadurch den Heiden zu. Und es waren nicht wenige Sünden, die auf seiner Seele lasteten.

Er hatte das Weib seines Vaters noch zu dessen Lebzeiten beschlafen, seine Geschwister um ihr Erbe gebracht und auch weiterhin mit seiner Stiefmutter fleischlich verkehrt. All dies erschien ihm nun so entsetzlich, dass ihn Beichte und Buße nicht mehr davon zu erlösen vermochten. Es gab nur einen Weg, um Gott zu versöhnen: Er musste seine Sünden im

Kampf gegen die Heiden sühnen. Erst danach konnte er mit Kunigunde von Gunzberg in einer von Gott gesegneten Ehe zusammenleben.

Kaum hatte er diesen Gedanken gefasst, kamen ihm Zweifel. War es wirklich richtig, zu heiraten, bevor er Gottes Vergebung erlangt hatte? Rief er damit nicht den Zorn des Herrn auf seine Braut und vielleicht sogar auf ein Kind herab, das sie von ihm empfing?

Genoveva spürte, dass er wankelmütig wurde. Rasch stand sie auf und legte ihm die Hand auf die Schulter. »Du weißt, dass ich nur das Beste für dich will. Daher rate ich dir, dein Herz bei Frater Amandus zu erleichtern. Mein Vetter hat dir schon mehrfach die Beichte abgenommen und dir Gottes Vergebung erteilt!«

Während sie es sagte, erinnerte Genoveva sich daran, dass ihr Verwandter und sie sich über Matthias' Beichten amüsiert hatten. Sie hatte es genossen, Amandus in sich zu spüren und gleichzeitig zu hören, wie dieser von Matthias' Verzweiflung berichtete und von seinem Rat an diesen, stark zu sein und der Versuchung zu widerstehen.

Hätte Amandus das vielleicht nicht sagen sollen?, fragte sie sich. In den Wochen danach war das Feuer der Lust in Matthias immer weiter erloschen. Hatten sie sich früher mehrmals in der Woche gepaart, so lag das letzte Mal nun schon mehr als vierzehn Tage zurück, und Matthias erweckte nicht den Anschein, als würde er in der nächsten Zeit nach ihr verlangen.

»Meine Sünden wiegen zu schwer, als dass ein einfacher Mönch sie mir erlassen könnte«, erklärte Matthias düster. »Auch du solltest Gott um die Vergebung deiner Sünden bitten. Wir haben beide gefehlt, und ich wage nicht, mir auszudenken, was geschehen wird, wenn unser Herrgott im Himmel uns nicht vergibt.«

Das hörte sich nicht an, als wolle Matthias noch einmal ihr Bett aufsuchen, dachte Genoveva empört. Er will dieses magere Ding nur deshalb heiraten, um seine Lust an ihr stillen zu können.

Ihr wurde schlagartig bewusst, dass Matthias sich nach einer Heirat ihr ganz entziehen und sie auf den Witwensitz derer von Allersheim verbannen würde. Sie hatte sich nach dem Tod ihres Gemahls die Herrschaft über Allersheim angeeignet und war nicht bereit, sie so einfach wieder aufzugeben. Daher zwang sie ihren Lippen ein Lächeln auf.

»Du reitest für Gott in den Krieg! Was kann es Rühmlicheres geben als das?«

Matthias nickte. »Ja, ich kämpfe für Gott!«

Und für die Vergebung meiner Sünden, setzte er für sich hinzu.

»Gott wird dir verzeihen und dir eine glückliche Rückkehr schenken«, sagte Genoveva mit sanfter Stimme.

»Wenn ich zurückkehre, werde ich heiraten. Du wirst dich dann mit deinem Sohn …«

»Unserem Sohn!«, warf Genoveva leise fauchend ein.

»Mit deinem Sohn zum Witwensitz begeben und dort leben«, setzte Matthias seine Rede ungeachtet ihres Einspruchs fort.

Genoveva lag ein Dutzend harscher Antworten auf der Zunge, doch sie wagte keine einzige davon auszusprechen. Seit ihr Stiefsohn erfahren hatte, dass der Sultan aller Heiden ein gewaltiges Heer aufgeboten hatte, um die Reiche Europas zu erobern, sah er dies als Folge seiner und ihrer Sünden an.

Du hältst dich für zu bedeutend, Matthias, dachte sie voller Hohn. Unter all den Sündern, die es auf dieser Welt gibt, wird Gott dich gewiss nicht als den Schlimmsten ansehen.

»Hast du mich verstanden?« Matthias' Tonfall wurde wieder schärfer.

Genoveva nickte. »Ich habe verstanden! Deine Liebe zu mir, die du so oft beteuert hast, war nur Lug und Trug, um dich meines Leibes bedienen zu können.«

Matthias ging nicht auf ihre Behauptung ein. »Ich werde noch heute zu unseren Nachbarn reiten und ihnen mitteilen, dass ich willens bin, unseren Teil des fränkischen Heerbanns anzuführen.«

Es war eine Flucht vor seiner Stiefmutter, das begriffen beide. Matthias kannte ihren Listenreichtum und hatte Angst, doch wieder die Beherrschung zu verlieren und mit ihr wie mit einem Eheweib zu verkehren. Lieber suchte er die anderen Herren in diesem Landstrich auf, um sich ihnen als neuer Hauptmann ihres Aufgebots anzudienen.

Genoveva ärgerte sich über ihn, zuckte dann aber mit den Achseln. Irgendwann hatte die Entfremdung zwischen ihr und Matthias kommen müssen. Jetzt ging es darum, zu verhindern, dass sie ihr zum Schaden ausschlug.

9.

Matthias hatte den Raum kaum verlassen, da huschte Frater Amandus herein, umarmte Genoveva und küsste sie.

Mit einer energischen Geste schob seine Cousine ihn zurück. »Sei vorsichtig! Was ist, wenn einer der Trampel von Mägden hereinplatzt und uns so sieht?«

»Sind wir denn nicht Verwandte und können uns zärtlich begrüßen?«, fragte Amandus übertrieben geziert.

»Es ist zu gefährlich, vor allem, wenn Matthias es erfährt.«

Ihr Verwandter winkte leise lachend ab. »Er wird kaum etwas sagen können, da er dir schon zu Lebzeiten seines Vaters zwischen die Schenkel gestiegen ist. Das ist eine weitaus schwerere Sünde als die, die wir beide begangen haben und noch begehen werden.«

»Er hat sich verändert, und ich habe direkt Angst vor ihm«, bekannte Genoveva.

Amandus nahm ihren Einwand nicht ernst. »Locke ihn in deine Kammer, zieh deine Röcke hoch, und er wird ganz begierig sein, wieder in dich hineinzufahren!«

»So einfach ist das leider nicht mehr. Er entzieht sich mir immer stärker und plant sogar, noch vor dem Abmarsch des Heerbanns zu heiraten! Mich und meinen Sohn will er auf den Witwensitz verbannen.«

»Meine Liebe, du bist die Verkörperung der Weiblichkeit. Sogar Venus muss auf dich neidisch sein. Wie soll dieser Tölpel Matthias sich dir entziehen können?«

»Er tut es aber! Die ganze Zeit spricht er davon, seine Sünden im Kampf mit den Ungläubigen sühnen zu wollen. Weiß der Teufel, woher diese plötzliche Frömmigkeit kommt«, sagte Genoveva verärgert.

Als Amandus das vernahm, stutzte er doch. »Wenn ich mich recht erinnere, sagte er bei seiner letzten Beichte auch so etwas. Ich habe es nicht ernst genommen!«

»Es ist ihm verdammt ernst damit«, erklärte Genoveva. »Wenn er jetzt in den Krieg zieht und danach zurückkehrt, werde ich keinerlei Macht mehr über ihn haben. Ich traue ihm sogar zu, mich in ein Kloster zu sperren, wie sein Vater es wollte.«

Amandus strich ihr beschwichtigend über die Schulter. »Fasse Mut! Es ist ein weiter Weg bis Wien, und die Türken sind schreckliche Krieger. Viele von denen, die dorthin aufbrechen, werden nicht zurückkommen.«

»Ich hoffe, Matthias wird zu diesen gehören«, stieß Genoveva fauchend aus.

»Er sucht Vergebung im Kampf und wird sich daher ins größte Getümmel stürzen. Solche Männer ereilt beinahe immer der Tod«, erwiderte Amandus böse lächelnd.

»Es würde mich freuen! Dann würde unser Sohn als angeblicher Nachkomme des alten Allersheims sein Nachfolger werden, und wir beide könnten als seine Vormünder herrlich und in Freuden leben.« Genovevas Gesicht erhellte sich bei dieser Vorstellung, doch es blieb ein Wermutstropfen zurück. »Was ist, wenn er überlebt und zurückkommt?«

»Dann müssen wir alles für seine Rückkehr vorbereiten«, erklärte ihr der Pater augenzwinkernd. »So mancher Kriegsmann hat sich in fremden Landen eine Krankheit zugezogen und ist später daran gestorben. Warum sollte das bei Matthias von Allersheim anders sein?«

»Das frage ich mich auch«, erwiderte Genoveva und brach in ein befreiendes Gelächter aus.

Als sie sich wieder beruhigt hatte, strich sie Amandus über die gut rasierte Wange. »Matthias will heute noch zu unseren Nachbarn aufbrechen. Es würde mich freuen, wenn du mich am Abend im Gebet leiten würdest!«

»Und ob ich das tue!«, antwortete Amandus und bewegte das Becken anzüglich vor und zurück.

10.

Matthias von Allersheim fühlte sich so zerrissen wie nie zuvor in seinem Leben. Früher hatte er sich wenig aus Religion gemacht und seinen frommen Vater sogar belächelt. Nun aber erschien dieser ihm im Traum und drohte ihm die schlimmsten Höllenstrafen an. Matthias erinnerte sich auch daran, dass sein Vater Genovevas Vetter Amandus von seinem Besitz gewiesen und diesem verboten hatte, sein Schloss je wieder zu betreten. Doch Amandus saß bereits seit vielen Monaten im Schloss und hatte sogar die Rolle des Priesters übernommen, ohne dazu ernannt worden zu sein.

Vater würde sich im Grab umdrehen, wenn er das wüsste, dachte Matthias und spürte, wie die Last der Sünden auf seinen Schultern noch einmal schwerer wurde. Um diesem Gefühl zu entkommen, richtete er seine Gedanken auf den bevorstehenden Kriegszug.

Die Nachricht von dem gewaltigen Heer der Osmanen, das gegen das Abendland ziehen würde, hatte sich vor wenigen Wochen wie ein Lauffeuer in Franken verbreitet. Nun war es dringend geboten, den fränkischen Heerbann des Reichsheers aufzustellen. Die hohen Herren in Würzburg, Bamberg, Bayreuth und Ansbach, die in Franken am meisten galten, hatten bereits einen Kommandeur bestimmt, nämlich Georg Friedrich von Waldeck, einen erfahrenen Mann, dem zuzutrauen war, die Franken nach Wien zu führen. Vor allem verhinderte diese Wahl Eifersüchteleien der Fürstbischöfe und Markgrafen im Fränkischen Reichskreis. Würzburg und Bamberg hätten nie geduldet, dass ein Hohenzoller das Kommando übernahm, und die Herren in Bayreuth und Ansbach ihren Truppenanteil niemals einem Untergebenen der Fürstbischöfe überlassen.

Matthias schüttelte den Kopf über so viel Eigensucht angesichts der Tatsache, dass sie das christliche Abendland gegen die heidnischen Türken verteidigen mussten. Doch das waren Dinge, von denen ein kleiner Reichsgraf wie er nichts verstand. Er würde in den Krieg reiten und musste hoffen, dass seine Sündenlast mit jedem Heidenschädel, den er spaltete, geringer wurde.

In solche Gedanken verstrickt, ging er zu den Ställen, rief seinen Stallmeister zu sich und befahl, sein Pferd und vier weitere zu satteln.

»Wer wird mit Euch reiten, Herr, damit wir die richtigen Gäule nehmen? Es hat da jeder seine Vorlieben«, fragte der Mann.

Matthias überlegte kurz und nannte vier Namen, die ihm gerade einfielen. »Heiner, Schorsch, Alban und Firmin.«

Erst danach erinnerte er sich daran, dass Firmin der Vertraute seines Vaters gewesen war und ihm nach dem Verschwinden der Zwillinge harsche Vorwürfe gemacht hatte. Einen Augenblick lang zögerte er, ausgerechnet diesen Knecht mitzunehmen. Firmin war jedoch bereits mit seinem Vater in den Krieg gezogen und verfügte über jene Erfahrung, die ihm und den anderen, die ihn nach Wien begleiten würden, fehlte. Daher blieb er bei seiner Entscheidung und schickte einen der Stallknechte los, um die vier Männer zu holen.

Drei von ihnen erschienen rasch. Es waren junge Burschen, die darauf hofften, mit in den Krieg ziehen zu können. Für sie war es ein Abenteuer, das ihnen half, dem ewig gleichen Ablauf auf der Burg zu entkommen. An Wunden und Tod dachte keiner von ihnen.

Firmin kam erst nach einer Weile, blieb in Matthias' Nähe stehen und wartete mit vor der Brust verschränkten Armen auf das, was kommen würde.

»Wir reiten zuerst nach Gunzberg und dann zu den anderen Herrschaften, die Geld und Männer für unsere Kompanie stellen müssen«, erklärte Matthias den vieren.

»Es geht also los!«, rief Schorsch mit leuchtenden Augen.

Firmin verzog das Gesicht. »Lass dir eines sagen: Krieg ist nie schön, auch wenn du ihn gewinnst.«

»Du bist eine alte Unke, Firmin«, spottete Schorsch.

»Am besten bleibst du daheim, wenn du Angst hast«, schlug Alban grinsend vor.

»Wenn's dem Herrn so beliebt?« Zum ersten Mal sah Firmin Matthias bewusst an.

»Firmin kommt mit! Und zwar als meine rechte Hand«, erklärte dieser und sah die Verwunderung auf allen vier Gesichtern.

»Steigt jetzt auf!«, setzte er hinzu und schwang sich in den Sattel. Sein Hengst war ein Nachkomme jenes Pferdes, das sein Vater vor gut zwei Jahrzehnten aus Polen mitgebracht hatte, zwar ein wenig nervös, aber schnell und ausdauernd.

Matthias' Gedanken eilten von Polen und dem Hengst weiter zu der schönen, jungen Frau, die seinen Vater damals begleitet hatte. Sie war zu ihm, dem Fünfjährigen, der um seine Mutter weinte, immer freundlich gewesen und hatte ihm ihre leiblichen Kinder nie vorgezogen.

Matthias zitterte förmlich bei der Erinnerung an Johanna und Karl. Nach dem Tod ihrer Mutter waren sie jung und sehr verletzlich gewesen und hätten seinen Schutz gebraucht. Doch er hatte sich von seiner neuen Stiefmutter vereinnahmen lassen und die beiden nur noch als Störenfriede angesehen, die sein Erbe schmälern wollten.

»Bei Gott, wo seid ihr? Lebt ihr noch, oder kommt auch euer Blut auf mein Haupt?«, flüsterte er mit bleichen Lippen und erkannte erst dann, dass er sich noch immer auf dem Schloss befand und ihn sowohl seine auserkorenen Begleiter wie auch die Stallknechte fragend ansahen.

»Vorwärts! Auf nach Gunzberg«, rief er und trabte an.

11.

Als Matthias Gunzberg erreichte und den Rittersaal betrat, fand er dort sämtliche Nachbarn vor, die er hatte aufsuchen wollen. Der Gedanke, die anderen könnten etwas beschließen und ihn nicht einbeziehen wollen, ärgerte ihn. Entsprechend knapp fiel sein Gruß aus.

Kunz von Gunzberg, der Genoveva zufolge Johanna hätte heiraten sollen, trat freundlich lächelnd auf ihn zu und schloss ihn in die Arme. »Es freut mich, Euch zu sehen, Allersheim! Wir wollten Euch nämlich morgen aufsuchen und anfragen, ob Ihr, der alten Sitte gehorchend, das Amt des Hauptmanns über unsere Kompanie übernehmen wollt. Immerhin haben dies schon Euer Vater, dessen Vater und Euer Urgroßvater getan.«

Dieses Angebot vertrieb Matthias' Unmut, und er nickte. »Ich bin gerne bereit, unsere Kompanie zu führen, und wollte deshalb all die Herren hier aufsuchen. Da keiner fehlt, können wir uns gleich zusammensetzen und besprechen, wie viele Pferde, Trosswagen und Vorräte jeder zusätzlich zu den Soldaten stellen muss.«

Der Gunzberger verzog das Gesicht. »Wieso sollen wir Vorräte stellen? Es hieß, der Kaiser würde dafür sorgen!«

»Wir müssen erst einmal in eine Gegend kommen, in der der Kaiser uns versorgen kann. Bis dorthin müssen wir unsere Nahrung entweder kaufen oder mitnehmen«, entgegnete Matthias.

»Wäre das nicht die Sache des Hauptmanns?«, fragte einer der Herren.

»Ich sorge für meine Männer. Sorgt Ihr für die Euren!« Matthias war zwar bereit, einen Teil der Kosten zu tragen, doch gut zweihundert Mann und ihre Zug- und Reittiere zu ernähren, überforderte selbst seine Möglichkeiten.

Über die Miene des Gunzbergers huschte erneut ein Schatten. Bisher hatte er Matthias für naiv und leicht beeinflussbar gehalten. Nun aber begriff er, dass dieser ebenso unnachgiebig sein konnte wie sein Vater.

»Wir tun alles, was nötig ist«, lenkte er ein. »Aber wo wollt Ihr die Leute sammeln? Doch bei Euch?« Damit, so hoffte er, würde Matthias die Männer wenigstens teilweise verköstigen müssen.

Matthias überlegte kurz und nickte. »Ihr und die anderen Herren werdet mir Eure Aufgebote zwei Tage vor dem geplanten Abmarsch zuführen. Ich bereite inzwischen alles für den Aufbruch vor!«

Die Reichsritter und der Stellvertreter des Abtes von Sankt Matthäus waren erleichtert, weil Matthias bereitwillig die Stelle des Hauptmanns übernommen hatte. Der Weg nach Wien war weit, und was man von den Türken gehört hatte, entfachte in keinem von ihnen Lust, selbst dorthin zu reiten. Daher einigten sie sich nach kurzer Zeit und ließen anschließend ihre Becher füllen, um mit Matthias anstoßen zu können.

»Ihr solltet noch vor dem Aufbruch heiraten«, schlug Ritter Kunz vor.

Er selbst war mittlerweile wieder verheiratet, und der Leib seiner Frau rundete sich zusehends. Es würde bald ein weiteres Kind auf Gunzberg geben, und er hoffte, dass es kein Mädchen sein würde. Da Matthias ihm versprochen hatte, als Entschädigung für den Verlust von Johanna eine seiner Töchter zu heiraten, ohne eine Mitgift zu verlangen, hatte Ritter Kunz die gerade mal vierzehnjährige Kunigunde für ihn bestimmt. Diese Tochter war die am wenigsten hübsche von allen, und er konnte sie auf diese Weise an den Mann bringen.

Einige von Kunz' Freunden stimmten ihm lebhaft zu, doch Matthias schüttelte den Kopf. Er wollte das Mädchen nicht mit sündenbeladenen Händen berühren, sondern erst, wenn er seine Sünden im Kampf abgebüßt hatte.

»Ich heirate Fräulein Kunigunde nach meiner Rückkehr«, erklärte er mit fester Stimme.

»Ihr könntet vielleicht auf einen Erben hoffen, wenn Ihr rasch zugreift«, gab Ritter Kunz zu bedenken.

Matthias dachte an seine Stiefmutter. Einem Mädchen wie Kunigunde würde es niemals gelingen, sich gegen sie durchzusetzen, daher wollte er ihr den Kampf ersparen.

»Es ist mein Wille«, erklärte er und überraschte die anderen ein weiteres Mal mit seiner Festigkeit.

12.

Im fernen Polen nahm Johanna den Ring, der ein Stück vor ihr an einem Gestell hing, scharf ins Auge und trabte an. Sofort begann die Lanzenspitze, die sie bis eben noch ruhig gehalten hatte, zu wippen. Mit zusammengebissenen Zähnen streckte sie die Lanze in die Richtung des Ringes, der auf einmal viel zu schnell auf sie zukam, und stach mit dem Mut der Verzweiflung nach ihm. Ein leises Klirren ertönte, dann rutschte der Ring die Lanze herab bis zu ihrer rechten Hand.

»Das war sehr gut!«, klang Karls Stimme lobend auf.

Johanna lächelte, doch da trat Adam vor und verdarb ihr die Freude.

»Gelegentlich findet auch ein blindes Huhn ein Korn. So ist es leicht, den Ring zu treffen. Anders ist es jedoch mit geschlossenen Augen.«

Johanna zog ihr Pferd herum und funkelte ihn empört an. »Das schafft keiner!«

»Woher willst du das wissen?«, fragte Adam höhnisch.

»Das will ich sehen! Oder traut Ihr Euch nicht?«

Auch ohne Johannas Spott hätte Adam dieses Kunststück versucht. Er stieg auf sein Pferd, legte die Lanze ein und richtete die Spitze auf den kleinen Ring, den Wojsław wieder aufgehängt hatte.

»Würdest du mir die Augen verbinden, Karol? Wenn ich sie

nur zukneife, meint dein Bruder noch, ich hätte geschwindelt und geblinzelt!«

»Lasst Pan Ignacy das machen! Mir könnte man vorwerfen, im Sinne meines Bruders zu handeln.«

Karl bedachte Johanna mit einem vernichtenden Blick, denn auch er glaubte nicht daran, dass Adam den Ring treffen würde. Verfehlte er ihn aber, würde es sein Ansehen bei den Reitern schmälern.

Ignacy schwang sich ebenfalls auf sein Pferd und lenkte es neben das von Adam. »Ihr seid verrückt, Euch von unserem Kleinen herausfordern zu lassen!«, raunte er ihm zu.

Ein Lächeln huschte über Adams Lippen. »Hab keine Sorge. Ich weiß, was ich tue. Lenk nur nicht mein Pferd ab!«

»Wenn Ihr meint.« Ignacy ließ sich von Wojsław ein Tuch reichen und wand es um Adams Kopf.

»Seht Ihr noch etwas?«, fragte er schließlich.

Adam verkniff es sich, den Kopf zu schütteln, und trieb seinen Hengst mit einem leisen Zungenschnalzen an. Das Tier setzte sich in Bewegung und hielt schnurstracks auf das Gestell mit dem Ring zu. Die Spitze der Lanze zeigte genau auf das Ziel.

»Er schafft es tatsächlich!«, stieß Johanna aus.

Da traf die Speerspitze den Ring. Für einen Augenblick sah es so aus, als würde er zu Boden fallen. Dann aber rutschte er über den Lanzenschaft und traf schließlich auf Adams Hand. Dieser riss sich das Tuch vom Kopf und konnte es selbst kaum glauben, dass er den Ring getroffen hatte.

Um ihn herum klang Jubel auf. Dobromir lachte und schlug Leszek auf die Schulter. »Na, was sagst du? Das bringt nur Osmański fertig!«

»Osmański ist ein echter Sarmate!«, stimmte der Einbeinige ihm zu.

»Ignacy und die beiden Wyborskis sind es auch. Wir haben

ein Glück, dass sie unsere Offiziere sind«, erklärte Dobromir zufrieden.

»Das kann man so sagen.« Leszek kicherte dabei leise.

Auch wenn Johanna gelernt hatte, Säbel und Lanze zu führen, so war sie doch alles andere als ein Sarmate. Höchstens eine Sarmatin, dachte er.

Unterdessen genoss Adam den Jubel seiner Reiter und ritt grinsend auf Johanna zu. »Nun, was sagst du jetzt?«

»Wie war das mit dem blinden Huhn und dem Korn?«, antwortete Johanna lächelnd. »Gebt zu, Ihr hattet Glück!«

»Das hatte ich. Aber hier ist der Ring. Behalte ihn als Andenken!« Noch während er es sagte, schlenzte Adam den Ring durch eine rasche Bewegung der Lanze auf Johanna zu. Diese fing ihn unwillkürlich auf und sah ihn verwirrt an. Dann reichte sie ihn mit einer heftigen Bewegung an Wojsław weiter.

»Hänge ihn wieder auf. Das versuche ich jetzt auch!«

»Bist du verrückt geworden?«, rief Karl ihr zu.

Johanna lachte kurz auf. »Vielleicht! Aber es ist auf jeden Fall besser, als nur hier herumzusitzen und zu warten, bis der Marsch beginnt.«

»Verzeih, aber wir üben jeden Tag den Angriff in Formation«, wandte Karl ein.

»Darum will ich einmal etwas anderes tun – und wenn es etwas Verrücktes ist!« Johanna ließ sich eine Lanze reichen und nahm so Aufstellung, wie sie es bei Adam gesehen hatte.

Ignacy verband ihr die Augen, und sie ritt los, ohne etwas zu sehen. Dabei versuchte sie sich verzweifelt daran zu erinnern, wo genau der Ring hing.

Die anderen stöhnten, als ihre Speerspitze den Ring um weniger als eine Handbreit verfehlte. Im ersten Augenblick war Johanna enttäuscht, sah dann aber die anerkennenden Blicke der anderen und ritt fröhlich zu ihnen zurück.

»Du bist gut gewesen, auch wenn du den Ring nicht getroffen hast. Ein wenig mehr Glück, und es hätte gereicht«, lobte Adam.

»Es ist verdammt schwer, sich daran zu erinnern, wo der Ring sein muss«, gab Johanna zu.

»Ich versuche es auch!«, rief Ignacy und nahm Aufstellung. Karl verband ihm die Augen und erklärte dabei, der Nächste sein zu wollen.

Adam verdrehte die Augen. »Siehst du, was du angerichtet hast?«, tadelte er Johanna. »Die werden hier nicht aufhören, bevor es auch der letzte Reiter versucht hat, und es sind über siebzig!«

»Es könnten noch mehr sein, wenn die Verstärkung, die Herr Daniłowicz versprochen hat, bereits eingetroffen wäre.« Johanna lächelte und reihte sich in die Schlange derer ein, die ebenfalls blind nach dem Ring stechen wollten.

Adam sah ihr nach und fluchte leise. »So ein aufsässiges Weib!«

Der Einzige, der dies hörte, war Leszek, und der grinste zufrieden. Der Hauptmann weiß es also doch, dachte er. Es hätte mich bei Osmański auch gewundert. Auf jeden Fall ist es jetzt leichter, die junge Dame zu beschützen, und sie wird gewiss auch nicht im ersten Treffen gegen die Türken reiten.

13.

Die Tataren waren auf dem Marsch. Darüber war Munjah froh, bedeutete dies doch, dass die Verbannung ihres Vaters in das einsame Steppenland vorüber war. In den letzten Tagen hatte sie Bakhisaray kennengelernt, Murat Giray Khans Hauptstadt, und begriffen, welch großer Unterschied zwischen diesem und Azad Jimal Khan bestand. Murat Giray hatte es nicht nötig, in einer Jurte zu hausen, sondern besaß einen Palast, der – wie ihr Vater gesagt hatte – auch in einer der Vorstädte Kostantiniyyes hätte stehen können. Seine Weiber und Töchter trugen Gewänder aus Seide und schweren, goldenen Schmuck. Auch waren sie des Lesens und Schreibens kundig und spielten vorzüglich die Guzla.

Munjah hatte Lieder von ihnen gelernt und summte eins davon vor sich hin. Es handelte von dem Geliebten, der in die Steppe gezogen war, um so viel Ruhm und Beute zu erlangen, dass er vor den Vater des Mädchens treten und um sie werben konnte. In der Hinsicht, sagte sich Munjah, wurden die Tatarinnen freier erzogen als die Töchter osmanischer Würdenträger, die außerhalb ihres Harems nur in weiten Kleidern, die ihre Figur verdeckten, und mit verschleiertem Gesicht erscheinen durften. Dabei wurde ihr klar, wie schwer es ihr fallen würde, sich wieder in Kostantiniyye einzuleben.

Das Kamel, das die Sänfte trug, in der Munjah und ihre Sklavin saßen, hielt mit einem Mal an. Neugierig blickte Munjah hinaus und sah weitere Tataren, die zu Murat Girays Heer stießen. Es war ein bunter Haufen von Reitern, die sich in Aussehen und Ausrüstung stark unterschieden. So trug Murat Girays Kernschar Kettenhemden sowie spitz zulaufende Helme und war mit Säbeln, Pistolen und langen, kunstvoll beschlagenen Flinten bewaffnet. Andere Tataren steckten in langen, gesteppten Mänteln, und auf ihren Köpfen saßen entweder Helme mit einem Saum aus Pelz oder weit auf den Rücken fallende Fellmützen. An Waffen herrschten kurze Lanzen, Säbel sowie Pfeil und Bogen vor. Obwohl nur wenige mit Feuerwaffen ausgerüstet waren, wirkten auch sie furchteinflößend.

Munjah bedauerte die Menschen, über die diese Männer herfallen würden. Ihnen ging es nicht um Eroberung und Herrschaft, sondern um Beute, besonders um Sklaven. Selbst die

Reiter in ihrer Nähe prahlten damit, wie viele schöne, blondgelockte Jungfrauen sie in Österreich fangen und an Sklavenhändler verkaufen würden.

Gott hatte es so eingerichtet, dass es Herren und Knechte gab. Doch war es wirklich in seinem Sinne, fremde Menschen, die einem nichts zuleide getan hatten, aus ihrer Heimat wegzuführen und sie zu einem Sklavenleben in der Ferne zu zwingen?, fragte Munjah sich. Bilge war zwar auch ihre Sklavin, doch das dunkelhäutige Mädchen war in Kostantiniyye geboren und nicht geraubt worden.

Ihr Vater trabte heran und hielt seinen Hengst neben ihrer Sänfte an. Zufrieden stellte Munjah fest, dass er lächelte. Sie wusste, wie sehr ihn die Verbannung getroffen hatte, nun aber würde er in Belgrad den Padischah treffen und ihm sein Anliegen vortragen können. Danach würde Mehmed IV. ihn gewiss wieder in seinen alten Rang setzen, ohne dass Kara Mustapha Pascha ihn daran hindern konnte.

»So in Gedanken, mein Kind?«, fragte Ismail Bei, da seine Tochter stumm blieb.

»Ich dachte daran, dass der Sultan dich wieder an seinen Hof nehmen wird«, antwortete Munjah.

»Wollte Allah, dass es so käme! Doch das wird Kara Mustapha verhindern wollen.«

Für einen Augenblick wurde Ismail Beis Miene ernst, dann vertrieb er die düsteren Gedanken mit einem Lachen. »Es wird gelingen, Tochter. Wenn der Großwesir einen großen Sieg erringt, muss er sich als großzügig erweisen!«

»Und wenn er nicht siegt?«

»Daran darfst du nicht einmal denken, Tochter! Das Heer des Padischahs, dem Allah tausend Jahre geben möge, ist unbesiegbar. Sieh allein schon die vielen tausend Tataren. Sie reichen aus, um das Land des Feindes zu verheeren und ihn in unzähligen Scharmützeln ausbluten zu lassen. Dazu kommen die Heere der Hospodare der Walachei und der Moldau sowie unzählige andere Völker des großen Imperiums der Söhne Osmans. Der Marschtritt unserer Janitscharen wird den Ungläubigen in alle Glieder fahren und sie zu stammelnden Feiglingen machen.«

Munjah wusste nicht, ob ihr Vater dies wirklich glaubte oder es nur sagte, damit es von Zuträgern an den Sultan und Kara Mustapha weitergemeldet wurde. Um die Gunst des Großherrn wiederzugewinnen und sich den Großwesir nicht endgültig zum Feind zu machen, musste ihr Vater beide preisen, auch wenn ihm dies beim Großwesir nicht gerade leichtfiel. Sie hatte er angewiesen, in den Gesprächen mit den Weibern von Murat Giray Khan und seinen höchsten Anführern ihre Zunge im Zaum zu halten und kein böses Wort über Kara Mustapha zu äußern.

»Wollen wir hoffen, dass es ein rascher und erfolgreicher Feldzug wird, Vater«, sagte Munjah und öffnete den Vorhang der Kamelsänfte noch weiter, um zuzusehen, wie sich eine neue Schar dem Heer anschloss. Es waren Azad Jimal Khans Reiter, und ihr Khan führte sie trotz seines Alters selbst an. Wäre sein ältester Sohn Ildar noch am Leben gewesen, so hätte der Khan die Aufgabe wohl diesem übertragen, dachte Munjah. Bei dem Gedanken erinnerte sie sich an den jungen Polen, der den Tataren getötet hatte. Ein wenig tat es ihr leid, dass sie ihn niemals mehr wiedersehen würde. Sie hatte immer wieder sein Bild vor Augen und bewunderte seinen Mut, mit dem er der grausamen Strafe des Khans getrotzt hatte.

»Was werden die Polen tun?«, fragte sie unwillkürlich.

Ihr Vater zuckte mit den Achseln. »Das weiß keiner. Doch sollten sie mit den Almanlar zusammen in den Krieg ziehen, werden sie es bereuen. Der mächtige Kara Mustapha wird sie zermalmen.«

Das war einer der Aussprüche, von denen Ismail Bei hoffte, sie würden an Kara Mustapha weitergetragen und diesen gnädig stimmen, dachte Munjah. Das verriet ihr, wie verzweifelt er versuchte, seinen alten Rang zurückzugewinnen. Munjah betete, dass ihm dies auch gelingen möge. Nun aber interessierte sie sich mehr für den Feldzug und fragte nach den Donaufürstentümern.

»Sind das nicht auch Christen?«

»Das sind sie, doch sie leben unter der Gnadensonne des Padischahs«, antwortete ihr Vater. »Sie sind ihm untertan und verpflichtet, Steuern zu zahlen und Krieger zu stellen, wenn er ihnen den Befehl dazu erteilt.«

»Werden sie so gegen ihre Glaubensbrüder kämpfen, wie es notwendig sein wird?«, fragte Munjah weiter.

»Tun sie es nicht, wird der Zorn des Padischahs sie treffen! Ihre Hospodare würden geköpft oder gepfählt, und das Volk müsste höhere Steuern bezahlen und Sklaven liefern. Daher werden sie kämpfen.«

Ismail Bei kannte die Walachen und Moldauer gut genug, um zu wissen, dass ihr Wille, für den Ruhm des Osmanischen Reiches zu kämpfen, nur gering ausgeprägt war. Kara Mustapha würde daher ein Auge auf sie halten müssen. Auf diesem Kriegszug würden Kara Mustapha und seine Selbstgefälligkeit wahrscheinlich ein größerer Feind der eigenen Seite sein als die Deutschen. Solange der Großwesir sein Heer gut führte, war es unbesiegbar, ein Fehler hingegen konnte den Feinden genau den Vorteil liefern, den sie benötigten, um ihre Stellungen gegen das Heer des Islam zu behaupten.

Munjah stellte noch einige Fragen, und ihr Vater beantwortete sie so weit, wie er es glaubte, vertreten zu können. Noch wirkte dieser Feldzug wie ein vergnüglicher Ausritt, und das, so hoffte Ismail Bei, würde noch eine Weile so bleiben. Doch spätestens dann, wenn sie sich den Grenzgebieten näherten, würde auch er die Hand am Säbel halten müssen.

14.

Es war ein Jahr, in dem nicht wenige sagten, der Antichrist wäre über die Welt gekommen, und sein Herold würde die Melodie von Tod und Verderben blasen. In Polen gelang es König Jan III. nur mit Mühe, sich gegen seine Gegner durchzusetzen und ein Heer aufzustellen, das ebenso Krakau und Kleinpolen schützen wie auch nach Österreich aufbrechen konnte, um dort gemeinsam mit den Verbündeten gegen die Türken zu marschieren. Doch gerade an Verbündeten fehlte es Kaiser Leopold. Die meisten deutschen Fürsten weigerten sich, Truppen zu stellen, obwohl sie dazu verpflichtet gewesen wären. Viele hatten sich von den Drohungen des vierzehnten Ludwigs einschüchtern oder von französischem Gold kaufen lassen.

Preußen schickte nur ein paar tausend Taler, aber keinen einzigen Musketier, und andere norddeutsche Fürsten ignorierten den Ruf des Kaisers völlig. In Sachsen und Baiern hingegen stellten die Kurfürsten Johann Georg III. und Max Emanuel Truppen auf, und auch im Fränkischen Reichskreis erklangen die Werbetrommeln. Obwohl bereits fränkische Truppen an den Grenzen zu Frankreich standen, brachten die Franken noch einmal achttausend Mann auf, die dem Kaiser zu Hilfe kommen sollten.

Matthias von Allersheim war einer der Hauptleute der Franken und ging mit einer Verbissenheit an seine Aufgabe heran, die alle verwunderte, die ihn zu kennen geglaubt hatten. Seine Nachbarn waren froh, als er endlich abrückte, denn er hatte bei der Ausrüstung der Kompanie auf die beste Qualität geachtet und dafür gesorgt, dass keiner der Männer hungern oder frieren musste. Seine Truppe ächzte unter der Marschleistung, die er ihr auf dem Weg zum Sammelplatz zumutete, und musste zudem vor jedem Abendessen noch mit der Pike üben. Das Viertel der Kompanie, das mit Musketen ausgerüstet war, ließ er auf Ziele schießen.

Von den fränkischen Edelleuten waren nur zwei nachgeborene Söhne zu Matthias gestoßen. Er sorgte zwar dafür, dass sie beschäftigt wurden, hielt sich aber auf dem Marsch an Firmin, um dessen Erfahrung zu nutzen. Langsam rückte dieser zu seinem Vertrauten auf und konnte sich auch einmal ein offenes Wort erlauben.

An diesem Abend setzte er sich zu seinem Herrn, nachdem er die Soldaten gedrillt hatte. »Die Kerle murren zwar, doch sie werden bald merken, wie wertvoll es ist, mit der Pike und der Muskete umgehen zu können.«

Matthias nickte mit verkniffener Miene. »Wenn wir auf die heidnischen Scharen treffen, muss jeder unserer Männer bereit sein, so viele wie möglich zu töten.«

»Sie werden Euch nicht enttäuschen, Herr!«, versprach Firmin.

Während er den Napf mit der Abendsuppe entgegennahm, den ihm ein Knecht brachte, sah er Matthias nachdenklich an.

»Erlaubt Ihr mir eine Frage, Herr?«

»Nur zu!« Matthias glaubte, Firmin würde einen Umstand ansprechen, der mit ihrem Feldzug zu tun hatte.

»Nicht, dass Ihr mir böse seid, Herr, aber es liegt mir schon lange auf der Zunge. Bisher habe ich es aber nicht gewagt, Euch anzusprechen.«

Jetzt blickte Matthias doch erstaunt auf. »Worum geht es?«

»Um die gnädige Frau Gräfin, also Eure Stiefmutter. Ihr habt sie während Eurer Abwesenheit mit der Verwaltung Eurer Besitzungen betraut.«

»Es gab keine andere Möglichkeit«, warf Matthias ein.

»Ihr hättet früher heiraten sollen«, tadelte Firmin ihn.

»Ich hatte meine Gründe, es nicht zu tun.«

Nun ärgerte Matthias sich über den Mann. Firmin hatte kein Recht, all das in ihm aufzuwühlen, was ihn quälte. Zuerst hatte er nicht geheiratet, weil er Genoveva verfallen gewesen war, und schließlich hatte er seine Braut nicht als zutiefst sündiger Mensch vor den Altar führen wollen.

»Ihr solltet trotzdem bald heiraten, damit ein echter Allersheim einmal Euer Nachfolger sein wird«, fuhr Firmin fort.

»Es gibt ja noch meinen kleinen Bruder.« Meinen Sohn, der als das gelten muss, setzte Matthias für sich hinzu.

Firmin schüttelte bedrückt den Kopf. »Wisst Ihr, Herr, Euer Vater hatte seine Zweifel, ob er Eure Stiefmutter geschwängert hat.«

Das habe ich getan. Das Kind wurde in Sünde gezeugt und in Sünde geboren, dachte Matthias voller Selbstverachtung.

»Es ist nun einmal so, Herr Matthias, dass ich neun Monate vor der Geburt Eures ... äh, kleinen Bruders die Frau Gräfin nach Vierzehnheiligen begleitet habe, wo sie für die Genesung Eures Vaters beten wollte. Nun hatte Euer Vater mir aufgetragen, die Augen aufzuhalten, und das habe ich auch getan. Nichts für ungut, Herr Matthias, aber zur selben Zeit war auch Frater Amandus in Vierzehnheiligen und hat sich sehr gefreut, seine Base dort zu treffen. Ich will nicht um den Brei herumreden: Die zwei waren auch in der Nacht zusammen.

Ich wollt's Eurem Herrn Vater verschweigen, aber er hat's mir auf den Kopf zugesagt, dass es so gewesen sein muss. Er, Euer Herr Vater, meine ich, hat nämlich Gräfin Genoveva mit Amandus schon kurz nach der Hochzeit zusammen erwischt. Was genau passiert ist, weiß ich nicht, aber auf jeden Fall hat Euer Herr Vater den Frater von seinem Land verwiesen und ihm verboten, je wieder nach Allersheim zu kommen. Es würde Eurem Herrn Vater gar nicht gefallen, wenn er wüsste, dass der Kuttenträger sich wieder dort herumtreibt und sehr gut mit Eurer Stiefmutter kann. Er soll sehr oft in ihre Gemächer kommen, um mit ihr zusammen zu beten. Die Gretel aus der Küche ist einmal an ihrer Tür vorbeigekommen. Aber was sie gehört hat, waren keine Gebete.«

In seine Erzählung verstrickt, bemerkte Firmin nicht, dass Matthias immer bleicher wurde. Amandus war Genovevas Liebhaber? Es traf ihn wie ein dumpfer Schlag. Da er es nun von Firmin gehört hatte, fragte Matthias sich, weshalb ihm das nicht selbst aufgefallen war. Die Anzeichen waren deutlich genug gewesen!

Etwas anderes erschütterte ihn jedoch noch weitaus mehr. Firmin hatte erklärt, Genovevas Besuch in Vierzehnheiligen hätte genau neun Monate vor der Geburt ihres Sohnes stattgefunden. In jener Zeitspanne hatte er seiner Stiefmutter nur zweimal beiwohnen können; das erste Mal drei Wochen vor Vierzehnheiligen, als sein Vater als Gast an einer Jagdgesellschaft des Brandenburg-Ansbacher Markgrafen Johann Friedrich teilgenommen hatte, und das zweite Mal rund vier Wochen danach, als sein Vater sich von seiner Krankheit erholt und Abt Severinus aufgesucht hatte, um diesem eine Spende für seine Genesung zu übergeben. Das Kind hätte daher entweder fast zehn Monate im Mutterleib verbleiben müssen oder nur acht. Matthias erinnerte sich daran, dass die Hebamme erklärt hatte, das Kind sei genau so, wie es sich nach vollen neun Monaten Schwangerschaft gehörte.

In seiner ersten Wut befahl Matthias seinem Burschen, seinen Hengst satteln zu lassen, denn er wollte nach Hause reiten, um das unverschämte Paar zur Rechenschaft zu ziehen. Doch als der Knecht das Pferd brachte, hatte er sich beruhigt. Er hatte eine Verpflichtung seinen Männern gegenüber, die er nicht einfach von sich werfen durfte. Zudem würde Waldeck ihn für unzuverlässig halten und ihn vielleicht an eine Stelle setzen, an der er keine Möglichkeit bekommen würde, seine Sünden durch harte Schwerthiebe auf Heidenschädel abzubüßen.

Mühsam beherrscht befahl er dem Knecht, das Pferd wieder wegzubringen, und wandte sich Firmin zu. »Ich danke dir, dass du mir die Augen geöffnet hast, und ich möchte dich um Verzeihung bitten, weil ich dich und andere, die ebenso treu wie du waren, zurückgesetzt und beschimpft habe.«

»So schlimm war es ja nicht«, antwortete Firmin nicht ganz wahrheitsgemäß, denn die Herabsetzung vom Vertrauten des alten Grafen zum einfachen Knecht hatte ihm weh getan. »Schlimm ist halt nur die Sache mit der Johanna und dem Karl, die von der Gräfin vertrieben worden sind«, setzte er hinzu und traf dabei bei Matthias die nächste, noch heftiger schmerzende Wunde.

Der junge Graf dachte an das Testament seines Vaters, das Frater Amandus auf Genovevas Betreiben hin gefälscht hatte. Er hätte es verhindern können, stattdessen aber seiner Stiefmutter freie Hand gelassen. Aus Angst vor ihr waren die Zwillinge geflohen und deren Mutter in den Ruch einer Ehebrecherin gestellt worden.

Dabei war Genoveva die wahre Ehebrecherin. Sein Vater hatte es gewusst und sie und ihr damals noch ungeborenes Kind vom Erbe ausgeschlossen. Wie musste die Frau über ihn gelacht haben, als er zuließ, dass dieser Passus in dem falschen Testament nicht mehr auftauchte und ihr darin sogar noch Besitz und ihrem Kind das Erbrecht eingeräumt wurde.

Ich muss von Sinnen gewesen sein, durchfuhr es Matthias. In diesem Augenblick hätte er halb Allersheim hergegeben, um zu erfahren, was aus seinen Geschwistern geworden war. Karl ist ein kluger Junge, dachte er. Er hat gewiss einen Ausweg gefunden. Es war jedoch nur eine vage Hoffnung, und er wusste genau, dass er sein Gewissen nicht damit beruhigen durfte.

15.

Die Erde erbebte unter dem Hufschlag von gut siebzig Pferden, die nebeneinander über die Wiese galoppierten, und ein Rauschen wie von einem Sturm erfüllte die Luft. Es kam von den Adlerfedern der Husarenflügel, die sich hoch über die Köpfe der Reiter wölbten.

Johanna starrte auf die Spitze ihrer Lanze und bemerkte zufrieden, dass diese eine Linie mit den Lanzen der anderen Husaren bildete. Rechts neben ihr ritt Dobromir, links ein junger Mann, der erst vor kurzem zu Osmańskis Fähnlein gestoßen war. Auch er machte seine Sache gut.

Ein Trompetensignal ertönte, und die gesamte Schar schwenkte nach rechts. Es war ein schwieriges Manöver, da die außen reitenden Männer einen längeren Weg zurücklegen mussten als die anderen. Doch auch das gelang ihnen. Schließlich streckte Osmański den Arm in die Höhe. Der Trompeter blies Halt, und die Truppe hielt die Pferde an.

»Das war gut!«, lobte Adam die Männer. »Aber für heute reicht es. Kümmert euch um eure Pferde und kehrt dann in eure Quartiere zurück. Die Offiziere kommen mit mir!«

Das galt Johanna, Karl und Ignacy, der offiziell von Adam zum Stellvertreter ernannt worden war. Die drei stiegen ab und reichten die Zügel ihren Burschen. Bei Johanna versah Wojsław diesen Dienst, während Karl sich einen neuen Knecht gesucht hatte.

»Was mag der Hauptmann von uns wollen?«, fragte Karl, doch weder seine Schwester noch Ignacy konnten die Frage beantworten. Gespannt betraten sie das kleine Schloss, das der König ihnen als neues Quartier zugewiesen hatte, und sammelten sich um Adam. Dieser setzte sich an einen Tisch, ließ Wein bringen und sah einen nach dem anderen an, bis sein Blick auf Johanna haften blieb.

»Du wirst morgen nicht mehr in der ersten Reihe mitreiten, sondern, sobald unsere Verstärkung eingetroffen ist, die zweite Reihe anführen.«

»Das ist gegen meine Ehre!«, fuhr Johanna wie ein sich beleidigt fühlender Jüngling auf. »Ich bin ein Wyborski! Kein Wyborski ist jemals in der zweiten Reihe geritten, so als wäre er nur ein Knecht.«

»Du wärst kein Knecht, sondern der Hauptmann der zweiten Reihe«, erklärte Adam ruhig.

»Osmański hat recht«, stimmte Karl ihm zu. »Du passt auch von deiner Größe her nicht in die erste Reihe.«

»Ich bin vielleicht kleiner als du, habe aber gewiss nicht weniger Mut«, schäumte Johanna auf.

»Außerdem streitet ihr euch um des Kaisers Bart, wie einer der deutschen Söldner sagen würde«, wandte Ignacy ein. »Bis jetzt haben wir weniger als zehn Mann Verstärkung erhalten und konnten damit gerade unsere Ausfälle ersetzen.«

»Es werden Verstärkungen kommen.« Adams Stimme klang beschwörend. Auch er wusste, dass es dem König nicht leichtfiel, ein kampfstarkes Heer aufzustellen. Dabei drängte die Zeit. Die Türken hatten Belgrad bereits verlassen und rückten an die Grenzen von Österreich vor. Anstatt nach Süden aufzubrechen, weilte der König jedoch noch immer in Warschau.

»Notfalls müssen wir mit den Reitern, die wir haben, in die Schlacht ziehen«, erklärte Karl, der am ruhigsten von allen über die Lage sprechen konnte.

»Es wäre eine Blamage! Alle würden über uns lachen«, stieß Adam zornig hervor.

»Wenn es so ist, dann nur bis zur ersten Schlacht!« Karl lächelte, doch seine Schwester kannte ihn gut genug, um zu wissen, dass er alles tun würde, um die Fahne, die Jan III. ihrer Schar übergeben hatte, zum Sieg zu tragen.

»Ich glaube nicht, dass ein anderes Fähnlein sich besser schlagen wird als das unsere«, stimmte Ignacy Karl zu.

Gegen seinen Willen musste Adam lachen. »Bei der Heiligen Jungfrau, eure Überzeugung möchte ich haben! Wir werden uns gut schlagen, dessen bin ich gewiss. Trotzdem könnten wir noch ein paar Reiter brauchen. Habt ihr keine Freunde, die ihr in unser Fähnlein holen könnt?« Die Frage galt mehr Ignacy, da Adam wusste, dass die Zwillinge keine Bekannten in Polen hatten.

Zu seiner Verwunderung hob Johanna die Hand. »Als mein Bruder und ich nach Polen gereist sind, haben wir uns drei jungen Herren angeschlossen. Wenn mich nicht alles täuscht, habe ich einen von ihnen gestern in der Stadt gesehen. Es ist einer der Brüder Smułkowski. Er trug die Montur eines einfachen Pikeniers und wirkte darin nicht gerade glücklich.«

Adam kannte die Smułkowskis nicht, war aber der Ansicht, dass ein Mann, der, wie Johanna erklärte, in Paris studiert hatte, zu schade war, um als einfacher Pikenträger in die Schlacht zu ziehen.

»Glaubst du, dass du ihn finden kannst?«, fragte er Johanna.

Diese nickte. »Sein Quartier liegt sicher nicht weit von dem unseren. Wenn Ihr wollt, reite ich hin.«

»Nimm fünf oder sechs Leute mit. Es könnte sein, dass es Smułkowskis Offizier nicht gefällt, einen seiner Männer an uns zu verlieren!« Adam grinste, denn auch wenn es sich nur um einen einzigen Mann handelte, so hatte er wenigstens das Gefühl, etwas tun zu können.

»Du gehst mit!«, forderte er Karl auf.

»Das wäre ich auch ohne Euren Befehl!«

»Es ist kein Befehl, sondern eine Bitte.«

Karl sah Adam erstaunt an. Hatte dieser etwa Verdacht geschöpft?, fragte er sich. Doch da erteilte Adam weitere Anweisungen und sah nicht so aus, als würde er sich Gedanken über Jan Wyborski machen.

16.

Das Lager der Pikeniere lag weniger als eine halbe Reitstunde entfernt. Die Männer waren in einem Dorf einquartiert worden und hausten in den Ställen der Bauern. Ihre Monturen waren vor wenigen Wochen neu ausgegeben worden, zeigten jedoch bereits erste Risse und Löcher. Wer auch immer diese Männer ausgerüstet hatte, hatte es mit wenig Freude und noch weniger Geld getan.

Die Kerle taten Johanna leid. Smułkowski wird froh sein, von hier fortzukommen, dachte sie, als sie sich aus dem Sattel schwang.

Ein junger Offizier kam auf sie und ihre Begleiter zu. »Wer seid ihr, was wollt ihr hier?«, fragte er unfreundlich.

Er war ein Pole, zählte aber seinen Abzeichen nach zu einer Familie, die nicht gut zu König Jan III. stand.

»Ich will ein paar Männer holen, die bei uns besser aufgehoben sind als bei euch«, antwortete Johanna hochmütig und schritt auf Bartosz Smułkowski zu, der aus einem der Häuser herausgetreten kam und sie verwundert anstarrte.

»Sag bloß, du bist der junge Wyborski! Viel gewachsen bist du ja nicht mehr, seit ich dich das letzte Mal sah.«

»Michał Wołodyjowski war auch kein Riese, dennoch lobt ganz Polen seinen Mut«, entgegnete Johanna und trat auf ihn zu.

»Wie geht es dir und deinem Bruder, und wie dem guten Kołpacki?«, fragte sie.

»Kołpacki geht es gut«, antwortete Smułkowski. »Der sitzt als Verwalter auf Schloss Drszka und hat mit dem ganzen Krieg nichts am Hut. Tobiasz und mich hat man hingegen in diese Kompanie gesteckt. Ein Speichellecker eines Speicheleckers hat uns bei Stanisław Lubomirskis Verwalter verleumdet, und dieser hat uns zu den Soldaten gesteckt, da sein Herr sich nicht weigern konnte, ein Regiment aufzustellen.«

»Dein Bruder ist auch hier?«, fragte Johanna erfreut.

»Er ist mit ein paar anderen losgezogen, um Feuerholz zu suchen, wird aber bald zurückkommen.« Bartosz Smułkowski begrüßte nun auch Karl und fand, dass die beiden Wyborskis sich noch mehr unterschieden als früher. War Karl ein ansehnlicher junger Mann, so hatte Jan etwas Koboldhaftes an sich. Er wusste jedoch aus Erfahrung, dass man den kleineren Bruder nicht unterschätzen durfte.

»Ihr seid Flügelhusaren geworden«, sagte er mit einem Anflug von Neid.

Er und sein Bruder waren von niederem Adel und sahen es als Demütigung an, als einfache Pikenträger in den Krieg ziehen zu müssen. Daran war nur ein Knecht schuld, dem er wegen seiner schlampigen Arbeit eine Ohrfeige versetzt hatte. Der Kerl hatte dies dem Stellvertreter des Verwalters weitergetragen und der dem Verwalter selbst, und nun saßen sie hier.

Während Bartosz mit Johanna und Karl sprach, stand der junge Offizier daneben und konnte seine Wut kaum beherrschen. »Was wollt ihr hier?«, fragte er erneut, obwohl Johanna es ihm bereits gesagt hatte.

»Wir wollen die Brüder Smułkowski mitnehmen. Bei euch sind sie im falschen Regiment«, antwortete Karl.

»Sie bleiben hier!«, fuhr der Offizier auf und verfluchte seinen Hauptmann, der in Warschau Freunde besuchte und erst in ein paar Tagen wiederkommen würde. Jetzt musste er sich mit diesen aufgeblasenen Husaren herumschlagen.

»Da kommt Tobiasz!«

Bartosz' erleichterter Ausruf zwang den Offizier zum Handeln. »Verschwindet! Die beiden Pikeniere bleiben hier!«

Bevor er sich versah, zog Johanna ihren Säbel und setzte ihm die Klinge an den Hals. »Ihr solltet Euch etwas mehr Höflichkeit angewöhnen, mein Herr. Eure Antwort muss nämlich lauten: Bitte sehr! Nehmt diese beiden Schurken mit!«

Sie zwinkerte Bartosz kurz zu, damit er den Ausdruck nicht persönlich nahm, und wies Dobromir und Wojsław an, die Brüder hinter sich aufs Pferd zu nehmen. Die Gelegenheit ließen Bartosz und Tobiasz sich nicht entgehen. Wenn sie schon in den Krieg ziehen mussten, dann sollte es hoch zu Ross und bei den Husaren sein.

Johanna hielt die Säbelklinge an die Kehle des Offiziers, bis ihre Begleiter das Lager verlassen hatten. Dann zog sie die Waffe zurück und trieb ihren Wallach an. Auch Karl zog es vor, so schnell wie möglich zu verschwinden. Noch während sie fröhlich lachend davonsprengten, krachte hinter ihnen ein Schuss. Der Offizier hatte jedoch zu überhastet abgedrückt, und so ging die Kugel weit an den Zwillingen vorbei.

»Das war ein fröhliches Abenteuer!«, rief Johanna lachend, als das Lager weit hinter ihnen geblieben war.

»Wäre der aufgeblasene Wicht von einem Offizier ein besserer Schütze gewesen, hätte es übel ausgehen können«, wandte

Karl ein und schüttelte verständnislos den Kopf. »Mit solchen Helden will der König gegen die Türken ziehen? Bei Gott, die lachen sich doch tot, wenn sie die Kerle kommen sehen!«

»Es wäre schön, wenn es so käme«, meinte Johanna grinsend.

»Was?«, fragte Karl verwirrt.

»Wenn sich die Türken totlachen würden. Dann hätten wir den Krieg gewonnen!«

»Du bist ein Kindskopf«, rief Karl, musste dann aber ebenso wie seine Schwester lachen.

17.

Bartosz und Tobiasz Smułkowski waren nicht die einzigen Neuen, die zu Adams Fähnlein stießen. Ignacy traf in Warschau einige Freunde, die stolz darauf waren, unter Osmańskis Kommando reiten zu dürfen. Fast jeder besaß seine eigene Rüstung und einen Helm, und bei dem kleinen Rest bettelte Ignacy so lange Meister Piotr an, bis dieser die fehlende Ausrüstung herausrückte. Eine Woche, nachdem Johanna die Smułkowskis zum Fähnlein geholt hatte, überschritt es die Zahl von einhundert Reitern, und es kamen immer noch mehr.

»Es sieht so aus, als hätten wir Glück«, sagte Adam an diesem Nachmittag zu den anderen, als sie erneut den Angriff auf ein feindliches Heer probten.

»Wenn wir noch ein paar Wochen Zeit haben, könnten wir auf zweihundert Reiter kommen«, antwortete Ignacy.

»Ich glaube kaum, dass uns diese Frist bleibt«, rief Johanna und deutete auf mehrere Reiter, die sich der Truppe näherten.

Zuvorderst ritt der König auf einem großen, schwarzen Hengst. Ihm folgten sein ältester Sohn Jakub, sein Berater Daniłowicz sowie zwanzig berittene Leibwachen.

Der König hielt vor Adam an und lachte. »Ihr habt ein prachtvolles Fähnlein aufgestellt!«

»Noch sind es nicht genug Reiter, Euer Majestät!« Adam verbeugte sich im Sattel, achtete dabei aber genau darauf, nicht das Gleichgewicht zu verlieren. Er hatte erlebt, wie andere zu schwungvoll gewesen und vom Pferd gerutscht waren.

»Unterwegs könnt Ihr weitere Reiter sammeln.«

Der Ausspruch Jans III. verstärkte Johannas Vermutung, dass sie bald aufbrechen würden. In ihre Gedanken verstrickt, überhörte sie beinahe die folgenden Sätze des Königs.

»Ich vertraue Euch das Leben meines Sohnes an, Osmański. Er soll mit Eurem Fähnlein reiten. Ihr bleibt auf dem gesamten Marsch in meiner Nähe.«

»Sehr wohl, Euer Majestät.« Adam deutete nun auch eine Verbeugung vor Prinz Jakub an, die dieser mit dem Heben seines Hutes beantwortete.

»Wir brechen in wenigen Tagen auf«, fuhr der König fort. »Morgen aber werden wir Gott im Gebet anflehen, unseren Waffen den Sieg zu verleihen. Dann reiten wir nach Tschenstochau, um die Gunst der Heiligen Jungfrau zu erbitten. Unterwegs rekrutieren wir jeden für das Heer, der dazu taugt!«

»Wie Euer Majestät befehlen!«

»Ich würde gerne etwas anderes befehlen, Freund Osmański«, erklärte Jan III. grimmig. »Die einzelnen Starosten und Woiwoden haben mir nur einen Teil der Krieger geschickt, den sie hätten stellen müssen. Andere Truppen wie der Litauer Heerbann fehlen bislang ganz. Ich kann Boten senden, so viele ich will. Wo der Wille fehlt, meine Befehle auszuführen, geschieht nur wenig. Wenn ich jetzt aufbreche, tue ich es mit weniger als einem Viertel der Krieger, die ich Kaiser Leopold versprochen habe. Darum brauchen wir jeden Mann, den wir unterwegs noch finden können.«

Adam wusste nicht, was er darauf antworten sollte. Eines aber begriff er: Nicht nur er hatte Schwierigkeiten, sein Fähnlein auf die verlangte Stärke zu bringen.

»Heute ist der fünfzehnte Juli«, erklärte Daniłowicz. »Seine Majestät will am Achtzehnten, also in drei Tagen, aufbrechen und hofft, Tschenstochau innerhalb einer Woche zu erreichen. Der eigentliche Sammelpunkt des Heeres wird auf Habsburger Gebiet sein, nämlich in Tarnowsky Gory, das die Männer des Kaisers Tarnowitz nennen, sowie ein Stück weiter im Süden in Gleiwitz. Da Ihr und Eure Männer in der Nähe Seiner Majestät zu bleiben habt, werdet Ihr uns auf unserem Weg begleiten.«

»Es wird uns eine Ehre sein«, antwortete Adam und verbeugte sich erneut vor dem König.

»Möge der Segen der Heiligen Jungfrau uns begleiten, Osmański!« Jan III. klang ernst, denn er sah einen Krieg vor sich, der lange dauern und alle Kräfte Polens erfordern würde. Der offene Ungehorsam, den der litauische Großhetman Pac an den Tag legte, war diesem Ziel höchst hinderlich.

»Sie sollten alle zusammen nur einen Hals haben oder ich einen so langen Säbel, dass ich ihnen die Köpfe mit einem Streich abschlagen könnte«, seufzte der König und klopfte seinem Sohn auf die Schulter. »Auf dem Marsch ist dein Quartier bei mir. Tagsüber aber wirst du mit Osmański reiten und von ihm so viel lernen, wie es dir möglich ist. Er ist ein großer Krieger und der beste Lehrer, den ich für dich finden kann.«

»Es ist mir eine große Ehre!« Diesmal verbeugte Adam sich, damit der König seine herabgezogenen Mundwinkel nicht sah. Den Prinzen aufgehalst zu bekommen, war in etwa das Letzte, was er sich wünschte.

»Mein Prinz«, sagte er und neigte den Kopf vor Jakub.

»Behandelt meinen Sohn nicht wie einen Prinzen, sondern

wie einen Eurer Rekruten. Er soll lernen, in Formation zu reiten und den Säbel so zu führen, dass die Türken ihn fürchten«, rief der König.

Adam musterte das magere Prinzlein, das mit seinen sechzehn Jahren eher wie vierzehn aussah, und hielt es für unmöglich, ihn so weit zu bringen, dass er einem türkischen Janitscharen ohne Schrecken in die Augen blicken konnte. Aufgabe war jedoch Aufgabe, und … Da fiel sein Blick auf Johanna, und ein Grinsen trat auf sein Gesicht.

»Ich werde für Seine Königliche Hoheit, den Prinzen, den besten Fechtmeister bestimmen, den ich finden kann, und zwar Jan Wyborski.«

»Mich?«, stieß Johanna erschrocken aus.

»Du bist an Größe dem Prinzen am ähnlichsten, und er wird daher tapfer kämpfen. Dein Bruder und Ignacy sind fast einen Kopf größer als der Prinz und wirken zu furchteinflößend.«

»Ich bin auch furchteinflößend!« Johannas Stimme klang scharf, doch sie spürte, dass sie auf verlorenem Posten stand.

So wie Osmański dem König zu gehorchen hatte, so musste sie Osmański gehorchen, ob es ihr nun passte oder nicht. Auch sie verbeugte sich nun im Sattel und bewies dabei eine Eleganz, gegen die Adam sich plump vorkam. Sie war jedoch die beste Person in seinem Fähnlein, die sich um Jakub Sobieski kümmern und ihn schulen konnte. Was ihr an Kraft fehlte, machte sie mit Geschicklichkeit und Schnelligkeit wett, und genau das musste der Prinz lernen, wenn er sich in der Schlacht behaupten wollte.

18.

Prinz Jakub war ein passabler Reiter und auch im Fechtkampf nicht ungeübt. Allerdings hatte seine Mutter bisher französische Fechtmeister für ihn ins Land geholt. Ein Säbel war jedoch kein Florett oder Degen, dies musste der Prinz bald erkennen. Obwohl er sich sichtlich Mühe gab, Johanna zu übertreffen, war diese viel zu flink für ihn. Immer wieder konterte sie seine Angriffe und behielt die Oberhand.

Es zeigte sich jedoch, dass Adam in einem recht hatte: Einen Kampf mit einem hochgewachsenen Husaren hätte Jakub von vorneherein verloren gegeben und damit weitaus weniger Ehrgeiz entwickelt. Zwar verlor er immer noch jeden Übungskampf gegen Johanna, merkte aber dennoch, dass er von Tag zu Tag besser wurde.

Während des Marsches hielt er sich an Johannas Seite, stolz, die Rüstung eines Husaren zu tragen und auf einem Pferd zu reiten, das alle anderen Reittiere des Fähnleins weit übertraf. Johanna wurde sich daher ihres braven, aber temperamentlosen Wallachs doppelt und dreifach bewusst. Ebenso wie die meisten anderen Reiter in Osmańskis Fähnlein verfügte auch sie über kein Ersatzpferd. Selbst Osmański hatte sich nur einen alten Gaul leisten können, der seinen persönlichen Besitz trug. Bessere Pferde zu kaufen, war unmöglich, da die Aufstellung eines so großen Heeres, wie Jan III. es plante, selbst in Polen die Preise hatte hochschnellen lassen. Nur wer es sich wirklich leisten konnte, ritt auf seinem Reisepferd, während sein Knappe das Schlachtross am Zügel führte und drei weitere Knechte sich um die Lasttiere für das Gepäck kümmerten.

Prinz Jakub besaß selbstverständlich ein Ersatzpferd und musste sich um sein Gepäck keine Gedanken machen, da dieses im Tross des Königs transportiert wurde. Gelegentlich glaubte er auch, seinen Rang als Erstgeborener des Königs herauskehren zu müssen. Damit aber geriet er bei Adam wie auch bei Johanna an die Falschen.

»Seine Majestät, der König, hat befohlen, Königliche Hoheit wie einen Rekruten zu behandeln. Königliche Hoheit sollten daher begreifen, dass ein Befehl, den ich gebe, vielleicht nicht von Prinz Jakub befolgt werden muss, gewiss aber von dem Rekruten Jakub«, erklärte Adam mit Nachdruck, als der Prinz sich beschwerte, dass er nach einem langen Tagesritt noch mit Johanna üben sollte.

»Ich will zu meinem Vater«, protestierte Jakub.

»Königliche Hoheit kommt umso rascher zu Königlicher Hoheit Vater, wenn er den Säbel mit Pan Jan kreuzt und die Übungsstunde zu dessen Zufriedenheit abschließt«, setzte Adam mit todernster Miene hinzu, obwohl er angesichts des säuerlichen Gesichtsausdrucks des Prinzen am liebsten laut gelacht hätte.

Dann sah er mit unbewegter Miene zu, wie Johanna den Säbel zog und Jakub aufforderte, es ebenfalls zu tun. Nach außen hin tat er so, als wolle er die Fortschritte des Prinzen überprüfen. Er ertappte sich jedoch dabei, wie er vor allem Johanna im Blick behielt. Ihre geschmeidigen Bewegungen und die Geschicklichkeit, mit der sie den Säbel führte, waren bewundernswert. Gegen sie wirkte der Prinz trotz aller Bemühungen ungelenk. Adam war jedoch sicher, dass Jakub mit der Zeit ein guter Kämpfer werden würde. Dafür aber brauchte er den richtigen Lehrer. Ein parfümierter Franzose war dies nach Adams Ansicht nicht.

»Der König sollte sich mehr gegen seine Gemahlin durchsetzen«, murmelte er und war gleichzeitig froh, dass es niemand gehört hatte. Es war nicht ratsam, sich Königin Maria Kazimieras Zorn zuzuziehen. Trotzdem wäre es Adam lieber gewesen, wenn sie eine Polin oder wenigstens eine Prinzessin aus einem bedeutungslosen deutschen Fürstenhaus gewesen wäre. So aber trat sie am Hof zum Leidwesen vieler als die Stimme ihrer französischen Heimat auf und wirkte dabei so, als sei sie eine Befehlsempfängerin von Ludwig XIV.

Während Adam seinen Gedanken nachhing, beendete Johanna die Übungsstunde und entließ den Prinzen. Jakub setzte sich sofort auf sein Pferd und ritt, von mehreren Leibwächtern begleitet, zu dem Schloss, in dem sein Vater diesmal übernachten wollte.

»Du machst dich gut als Lehrer«, lobte Adam Johanna.

Diese hob erstaunt die Augenbrauen. »Es ist nicht mehr als ein Spiel.«

Adam klopfte Johanna lächelnd auf die Schulter. »Wenn es so ist, tut es dem Prinzen gut. Sein Selbstbewusstsein wächst, und er lernt, was es heißt, ein Pole zu sein und kein mit Spitzen verzierter Franzose, zu dem ihn seine Mutter erziehen will. Morgen jedoch werden der Prinz und du nicht üben können.«

»Warum nicht?«

»Morgen erreichen wir Jasna Gora, und angesichts des heiligen Ortes sollten die Säbel in den Scheiden bleiben. Wir werden zur Heiligen Jungfrau beten, uns im Kampf mit den Türken beizustehen.«

Von ihrer Mutter hatte Johanna viel von Jasna Gora, dem Kloster bei Tschenstochau, gehört, aber niemals erwartet, es selbst einmal sehen zu können. Umso glücklicher war sie, weil sich die Gelegenheit dazu bot. Sie lächelte versonnen, und Adam fand, dass kein Knabe oder Jüngling dies so bezaubernd tun konnte.

19.

Am nächsten Morgen herrschte in der Begleitung des Königs eine erwartungsvolle Spannung. Der größte Teil seiner Begleiter war ebenso wie Johanna noch nie in Jasna Gora gewesen und sah den Aufenthalt dort als eine der glücklichsten Stunden seines Lebens an. Als sie sich dem Kloster näherten, war es fast unmöglich, die Marschformation aufrechtzuerhalten, da alle nach vorne strömten. Als auch einige von Adams Reitern sich absonderten, wurde es ihm zu dumm.

»Jeder bleibt an seinem Platz, verstanden?«, brüllte er wütend. »Wer es nicht tut, dem ziehe ich die Löffel lang!«

Johanna lachte und war kurz davor, es darauf ankommen zu lassen. Da legte Karl seine linke Hand auf ihre Zügel.

»Wir sollten es Osmański nicht noch schwerer machen, als er es bereits hat!«

»Bruder, ich weiß, dass du kein Feigling bist, doch in einigen Dingen fehlt es dir an Mut«, antwortete Johanna spöttisch.

Sie blieb jedoch in der Reihe, während andere Adams Fähnlein überholten, um zu den Ersten zu gehören, die das Kloster und die wundertätige Ikone der Heiligen Jungfrau erblicken durften.

Wenig später kam das Kloster in Sicht. Johanna sah ergriffen zu den mächtigen Wehrmauern hoch, hinter denen sich die Dächer und Türme der Kirchen und Klostergebäude erhoben.

»Hier schlägt Polens Herz«, erklärte Adam ergriffen. »An diesem Ort sind die Schweden des zehnten Karl gescheitert, und selbst die Türken konnten das Heiligtum nicht vernichten.«

»Von diesen Dingen solltet Ihr uns am Lagerfeuer erzählen«, schlug Karl vor.

»Dann würde es ein Laberfeuer«, spottete Adam und rief ein

paar Reiter zurück, die sich nun von der Truppe entfernen wollten. »Halt! Wir beziehen zuerst unsere Quartiere. Danach könnt ihr tun, was ihr wollt, aber nicht vorher!«

»Seid Ihr nicht ein wenig zu streng mit den Männern?«, fragte Ignacy.

»Hast du etwa Lust, im Stall bei den Schafen und Kühen zu schlafen? Ich nicht«, antwortete Adam. »Jene, die jetzt sofort zur Heiligen Jungfrau eilen, werden hinterher sehen, dass sie ihnen zumindest bei der Wahl der Quartiere nicht beigestanden hat. Die besten bekommen nämlich die, die sich zuerst darum kümmern und erst danach ins Kloster gehen.«

»Ein kluger Gedanke«, rief Johanna lachend. »Er könnte von meinem Bruder sein.«

»Pan Karol ist ein umsichtiger junger Mann – im Gegensatz zu dir!«

Erneut sah Karl Adam an. Die Bemerkung konnte so gemeint sein, dass er Johanna für keinen umsichtigen jungen Mann hielt, aber auch, dass er sie für keinen Mann hielt. Er beschloss, weiterhin darauf zu achten und seinen Hauptmann notfalls ohne das Einverständnis seiner Schwester zu informieren, damit Johanna nicht in der Schlachtreihe gegen die Türken reiten musste.

Doch nun folgte er Adam zu der Stelle, an der sie übernachten sollten, und sah verblüfft zu, wie es seinem Anführer gelang, den Quartiermeister dazu zu überreden, ihnen einen der besten Plätze zu überlassen. Zwar mussten sie in Zelten schlafen, während der König und sein engstes Gefolge im Kloster unterkamen. Andere aber würden, wenn sie zu lange im Kloster blieben, wirklich nur noch Ställe als Schlafplätze vorfinden.

Adam überlegte, ob er sofort kochen lassen sollte, fand dann aber, dass er seine Männer bereits lange genug vom Besuch des Klosters abgehalten hatte, und gab ihnen frei. Die meisten rannten sofort los und eilten den Hügel hinauf, auf dem sich die gewaltige Klosteranlage erhob. Auch Johanna drängte es, rasch zum Gnadenbild zu kommen. Da sah sie Leszek mit seinem Holzbein und seiner Krücke hinter den anderen herhumpeln, und gesellte sich zu ihm. Adam, Karl und Wojsław schlossen sich ihnen an, während Ignacy und die Smułkowski-Brüder das Tor des Klosters ein ganzes Stück vor ihnen erreichten.

Als Johanna und ihre Begleiter die Klosteranlage betraten, wimmelte es dort von Menschen. Sie selbst hätte sich in den Gassen, die sich zwischen den einzelnen Gebäuden dahinzogen, unweigerlich verirrt, doch Adam führte sie, Karl, Leszek und Wojsław auf schnellstem Weg in die Kirche und vor das Gnadenbild.

»Einst hat ein türkischer Janitschar mit seinem Säbel auf das Bild eingeschlagen. Seitdem trägt die Heilige Jungfrau zwei Narben auf der Wange«, berichtete Adam leise.

Johanna blickte zu der Ikone auf und schlug das Kreuz. Durch die Narben wirkte die Madonna ein wenig streng, als wollte sie die Menschen dafür tadeln, dass ein Heide ihr diese Wunden hatte beibringen können.

»Im Gegensatz zu den Türken ist es den Schweden nicht gelungen, das Kloster einzunehmen, obwohl sie es mit einem großen Heer belagert haben«, erzählte Adam weiter. »Die Mönche haben das Heiligtum gemeinsam mit den Menschen der Umgebung und einer Schar Krieger, die ihnen zu Hilfe geeilt ist, gegen die vielfache Übermacht gehalten. Zuletzt mussten die Schweden unverrichteter Dinge abziehen und konnten anschließend ganz aus dem Land vertrieben werden.«

»Möge die Heilige Jungfrau uns beistehen, wenn wir unsere Lanzen und Säbel gegen die Türken richten«, betete Karl.

»Darum bitte ich sie auch«, stimmte ihm Adam zu, während Johanna zur Jungfrau Maria betete, sie zu beschützen und ihr zu helfen, sich wieder in ein Mädchen zurückverwandeln zu können, ohne dass es den Ruf ihres Bruders beschädigte.

Unbeobachtet von den Menschen in der Kirche, standen König Jan III. und sein Freund Daniłowicz auf einer Empore und blickten auf die Menge hinab.

»Wenn die Gebete der Menschen helfen, werden wir das Heer des Sultans besiegen«, sagte der König nachdenklich.

»Dafür benötigen wir eine ausreichend große Streitmacht. Bisher verfügen wir nur über Jabłonowskis Heer und die Truppen des Feldhetmans Sieniawski«, wandte Daniłowicz ein.

»Ein paar tausend zusätzliche Männer haben wir bereits unter Waffen gestellt«, antwortete Jan III. »Dazu kommen noch Hieronim Lubomirskis fünftausend Mann, mit denen er Karl von Lothringens Heer unterstützt.«

Daniłowicz schüttelte seufzend den Kopf. »Trotzdem werden wir, wenn wir den Sammelplatz erreichen, weniger als die Hälfte der Krieger aufbieten können, die Ihr dem Kaiser in Wien zugesagt habt.«

»Das weiß ich selbst!« Jan III. verzog verärgert das Gesicht. »Es wäre anders, wenn die Litauer kämen. Doch dieser elende Pac rüstet sein Heer so langsam aus, dass wir noch Wochen warten müssten, bis wir aufbrechen könnten.«

»So viel Zeit lassen uns die Türken nicht«, prophezeite Daniłowicz düster.

»Trotzdem können wir nicht mit den Truppen, die wir bislang unter Waffen gestellt haben, schnurstracks nach Wien ziehen. Ich habe Kaiser Leopold vierzigtausend Mann versprochen. Käme ich mit den sechzehn- oder siebzehntausend an, auf die wir derzeit rechnen können, stände ich als übler Maulheld da. Es bestände sogar Gefahr, dass Kaiser Leopold darauf dringt, dass einer seiner Feldherren den Oberbefehl übernimmt!«

»Diese Beleidigung würde es Euch unmöglich machen, unser Heer an der Seite der Deutschen gegen die Türken zu führen«, wandte Daniłowicz ein.

Der König nickte. »Wir müssen Zeit gewinnen, um mehr Kämpfer rekrutieren zu können. Ich werde daher Sieniawski entgegenziehen und danach Krakau aufsuchen. Dort werde ich ein paar Tage mit meiner Gemahlin verbringen.«

Daniłowicz überlegte, wie er diese Marschpause ausnützen konnte, um weitere Truppen zu mobilisieren. Der Aufenthalt in Jasna Gora war dazu angetan, die Herzen patriotischer Polen zu entzünden, so dass diese sich doch dem Heer anschlossen. Dasselbe erhoffte er sich von dem Aufenthalt in Krakau. Auch wenn Warschau diese Stadt als Hauptstadt des Reiches abgelöst hatte, so besaß ihr Name noch immer einen mystischen Klang, und das mochte ebenfalls etliche Schlachtschitzen dazu bewegen, ihre Säbel umzuschnallen, auf ihr Pferd zu steigen und dem König gegen die Türken zu folgen.

20.

In Belgrad musterte Ismail Bei missmutig die lange Reihe von Würdenträgern, die gleich ihm auf eine Audienz beim Sultan hofften. Bei so vielen Anwärtern würde Mehmed IV. nur wenig Zeit für ihn erübrigen können. Dabei hatte er geplant, diesem von den Schlichen des Großwesirs zu berichten, mit denen Kara Mustapha alle, die er als Konkurrenten ansah, aus der Umgebung des Padischahs entfernte. Auf Dauer beseitigte der Großwesir damit die klügsten Köpfe im Reich und ließ nur noch Speichellecker um den Sultan zu, die ihm niemals gefährlich werden konnten.

»Du bist gleich an der Reihe! Halte dich kurz und gehe sofort weiter, wenn dir das Zeichen gegeben wird«, wies eine der Wachen Ismail Bei an. Dieser rückte einen Platz vor und sah, dass nur noch zwei Männer vor ihm standen. Ein Blick zurück verriet ihm jedoch, dass noch sehr viele darauf warteten, den Sultan zu sehen und ihr Anliegen vorzubringen.

Der nächste Bittsteller wurde vorgelassen. Dabei war der Mann davor nur wenige Augenblicke beim Sultan gewesen. Nun fragte Ismail Bei sich, ob er seine Überlegungen vielleicht hätte zu Papier bringen und dem Sultan übergeben sollen. Die Gefahr, dass auch der Großwesir dieses Schreiben in die Hände bekommen würde, war ihm zu groß gewesen. Dieser würde ihm daraufhin ein paar Janitscharen schicken und ihn köpfen lassen. Was seine Tochter betraf, würde man diese als Sklavin in den Tross stecken.

Was bin ich nur für ein Feigling, dachte Ismail Bei, als der letzte Mann vor ihm zum Sultan gerufen wurde und er direkt vor dem Portal stand, das er in Kürze durchqueren würde. Ich hätte meinen Bericht dem Sultan übergeben und dann abwarten müssen, was geschehen würde. Würde der Großwesir durch eine Eingabe von mir stürzen, könnte ich selbst in höchste Ämter aufsteigen. Geschähe das aber nicht, müsste ich Munjah töten, um ihr die Schande zu ersparen, und Kara Mustaphas Soldknechten einen letzten Kampf liefern.

Eine Berührung am Arm beendete Ismail Beis Gedankengang. »Du bist an der Reihe«, erklärte der Wächter, der die Bittsteller einließ.

Ismail Bei nickte und trat durch die geöffnete Tür. Er fand sich in einem düsteren Raum wieder, in dem nur eine einzige Laterne brannte und den jeweiligen Mann, der die Gnade einer Audienz erhielt, anleuchtete. Der Sultan selbst saß im Halbdunkel. Nur wer Mehmed IV. so gut kannte wie er, wusste, dass es der Sultan selbst war und kein Doppelgänger, der diesem die

Aufgabe abnahm, die Bittsteller zu empfangen. Der Sultan saß auf einem diwanartigen Thron, ihm zur Seite standen zwei Janitscharen mit gezogenem Säbel, um jeden Attentäter sofort niederschlagen zu können. Ein weiterer Mann in der Amtsrobe eines Kadis trat einen Schritt vor und hob die Hand, um Ismail Bei daran zu hindern, näher zu treten.

In einer solchen Umgebung muss es mindestens einen Zuträger Kara Mustaphas geben, schoss es Ismail Bei durch den Kopf. Da war es kein Wunder, dass die Audienzen so rasch vonstattengingen, denn es wagte gewiss keiner, seine Klagen über den Großwesir vorzutragen. Ismail Bei wollte es trotzdem tun, da bedeutete ihm der Kadi, zu schweigen, und ergriff selbst das Wort.

»Der große Sultan und Padischah, Gebieter der Gläubigen und Herr der Welt, grüßt dich, Ismail Bei!«

Ismail Bei kniete vor dem Thron nieder. »Ich danke dem Großherrn und Beherrscher der zivilisierten Welt für die Gnade, sein Antlitz sehen zu dürfen, und bitte ihn, sich meiner anzunehmen. Ich habe Amt und Ansehen durch Verleumdung und Neid anderer verloren und …«

»Schweig! Oder willst du den erhabenen Padischah durch dein Geschwätz langweilen?«, unterbrach ihn der Kadi mit scharfen Worten.

»Ich …«, brachte Ismail Bei noch heraus, da machte ihm der andere das Zeichen, zu gehen. Als er trotzdem bleiben wollte, traten zwei Janitscharen durch die andere Tür, packten ihn bei den Armen und schleiften ihn hinaus.

»Verschwinde!«, fuhr einer der beiden ihn noch an.

Ismail Bei kochte innerlich, doch er durfte seiner Wut nicht nachgeben. Ein Streit mit den Janitscharen hätte sein Ende bedeutet und lebenslange Schmach für seine Tochter. Er klopfte seine Kleidung aus, drehte sich um und ging. Hinter ihm spottete einer der Janitscharen, dass er beim Großwesir in Ungnade gefallen und jetzt nur noch ein nachrangiger Dragoman der Hohen Pforte sei, der den Titel eines Beis lediglich aufgrund einer entfernten Verwandtschaft mit dem Sultan erhalten hatte.

Verzweifelt kehrte Ismail Bei in das Quartier zurück, das man ihm, seiner Tochter und deren Sklavin zugewiesen hatte. Er selbst hatte unterwegs einen jungen, griechischen Diener angeworben, von dem er annahm, dieser wäre ein Christ. Der Mann war gerade in der Stadt, um etwas zu besorgen, und so konnte er frei mit Munjah reden. Andernfalls wäre er an seiner Wut noch erstickt.

»Der Sultan ist unwürdig, auf dem Thron zu sitzen, den einst Osman selbst, der große Mehmed und Süleyman Kanuni geziert haben. Er lässt Kara Mustapha freie Hand und verschließt die Augen vor dessen Untaten. Jene, die dem Reich die alte Größe wiedergeben könnten, werden verfolgt und unwürdige Kreaturen an deren Stelle gesetzt!«

»War es so schlimm, Vater?«, fragte Munjah erschrocken.

»Noch schlimmer!« Ismail Bei atmete tief durch und berichtete ihr von der Audienz, die er nur als Farce ansehen konnte. »Der Sultan hat kein einziges Wort gesagt. Das übernahm dieser Schwätzer für ihn. Ich schwöre dir, dass dieser nicht der Mund des Padischahs ist, sondern der von Kara Mustapha.«

So ganz glaubte Munjah das nicht. Ihrer Meinung nach sah der Sultan die Audienz als lästige Pflichtübung an, die er über sich ergehen lassen musste, bevor er nach Kostantiniyye in sein behagliches Leben im Topkapi Serail zurückkehren konnte. Wie sollte er auch mit mehreren Dutzend Männern reden können, die Dinge von ihm verlangten, die er gegen den Großwesir niemals durchsetzen konnte?

In diesem Augenblick wünschte Munjah sich, dass Kara Mustapha mit seinem Feldzug scheitern würde. Dann, so sagte sie sich, würde auch ihr Vater wieder in der Gunst des Padischahs aufsteigen und den ihm zustehenden Platz einnehmen können.

21.

Die ersten Einheiten des gewaltigen Heeres waren bereits wieder auf dem Marsch, und so drängte der Tatarenkhan Murat Giray zum Aufbruch. Seine Reiter befanden sich in den Grenzgebieten und gierten danach, die Dörfer der Feinde zu überfallen, sie auszuplündern und Gefangene zu machen. Da Ismail Bei noch immer offiziell als Dolmetscher bei Murat Giray weilte, neigte sich seine Zeit in Belgrad dem Ende zu.

Am Vorabend des Tages, an dem der Khan weiterziehen wollte, klopfte es an die Tür der kleinen Wohnung, die Ismail Bei zugewiesen worden war. Erbleichend griff er zum Dolch, musterte kurz seine Tochter und gab schließlich seinem Knecht den Befehl, nachzusehen, wer draußen stand. Waren es die Schächer Kara Mustaphas, würde er Munjah erstechen und danach selbst den Tod suchen.

Statt der befürchteten Janitscharen trat ein Eunuch aus dem Harem des Sultans ein. Er sagte kein Wort, sondern verbeugte sich nur und legte drei männerfaustgroße Beutel aus Seide auf den Boden. Danach ging er ohne Abschiedsgruß und ließ Ismail Bei und dessen Tochter verwirrt zurück.

Nachdem der Diener die Tür wieder geschlossen hatte, nahm Ismail Bei die drei Beutel nacheinander in die Hand. Sie waren nicht besonders groß, wogen aber recht viel. Als er den ersten öffnete, funkelte es ihm golden entgegen. Er zählte die Münzen jedoch nicht, sondern legte den Beutel auf das kleine Tischchen und schnürte den zweiten Beutel auf. Dieser war mit Silbermünzen gefüllt. Wunderte Ismail Bei sich jetzt schon, so schnaufte er beim Öffnen des dritten Beutels überrascht.

»Was ist, Vater?«, rief Munjah besorgt.

Statt einer Antwort reichte Ismail Bei ihr den Beutel. Als sie hineinblickte, war er mit Edelsteinen gefüllt. Welchen Wert die Diamanten, Rubine und Saphire besaßen, konnte sie nicht sagen. Auf jeden Fall aber war es ein großzügiges Geschenk, und sie schöpfte Hoffnung.

»Der Sultan ist dir also noch gewogen!«

Ismail Bei lachte bitter auf. »Wäre mir der Sultan gewogen, hätte er mir ein Amt verliehen, in dem ich meine Dankbarkeit und Treue ihm gegenüber hätte zum Ausdruck bringen können. Dieses Geschenk hier zeigt jedoch, dass ich ihn nicht mehr behelligen soll.«

»Was tun wir jetzt?«, fragte Munjah.

Ihr Vater zuckte mit den Achseln. »Noch bin ich Murat Giray als Dragoman beigegeben, und dieser Befehl wurde bis jetzt nicht widerrufen. Daher werden wir morgen mit den Tataren ziehen.«

»Aber was machst du mit den Edelsteinen?«

Ismail Bei nahm den Beutel mit den Juwelen an sich, bemerkte dabei erst den gierigen Blick seines neuen Knechts. »Geh, hol Wasser und sieh zu, ob du eine Zuckermelone bekommst«, wies er ihn an.

Der Grieche schien etwas sagen zu wollen, nickte dann aber und verließ den Raum.

Nachdem Ismail Bei sich überzeugt hatte, dass der Diener nicht an der Tür lauschte, trat er zu seiner Tochter und legte ihr die Hand auf die Schulter.

»Diese Beutel sind das letzte Geschenk des Sultans und gleichzeitig das Zeichen, dass er nichts mehr für mich tun wird. Wir müssen daher gut auf sie achtgeben. Ich habe eben in die

Augen meines Dieners geblickt und las in ihnen eine ähnliche Gier wie damals bei Nazim. Ging es jenem darum, dich unter sich zu zwingen, so wird der Grieche die Hand nach unserem Gold ausstrecken.«

»Wir sollten es immer bei uns tragen«, schlug Munjah vor.

»Das Gold ist zu schwer dafür, und wir wären trotzdem nicht vor Dieben sicher.« Ismail Bei überlegte kurz und lachte dann leise.

»Ich werde das Silber an mich nehmen, denn wir werden auf dem Kriegszug gewiss Ausgaben haben. Das Gold aber und vor allem die Edelsteine wirst du in den Saum deiner Kleider einnähen!«

»Nicht in mehrere Kleider«, wandte Munjah ein, »sondern in ein Kleid und in meinen Mantel. Es mag sein, dass wir gezwungen sind, unser Gepäck im Stich zu lassen. Dann darf dieser Schatz nicht zurückbleiben und verlorengehen.«

»Tu das, und zwar so, dass der Diener es nicht bemerkt«, sagte Ismail Bei. »Du, mein Kind, wünschst genau wie ich Kara Mustaphas Niederlage. Dazu wird es jedoch nicht kommen. Er hat ein Heer aufgeboten, wie es die Welt noch nicht gesehen hat.«

22.

In Wien sah Ernst Rüdiger von Starhemberg zu, wie die Kutsche des Kaisers durch das Tor rollte, und schlug heimlich drei Kreuze. Nur durch Pater Marco d'Avianos ernste Vorhaltungen war es gelungen, Leopold zur Flucht zu bewegen. Dieser wollte sich nach Linz begeben und war damit vorerst in Sicherheit. Vor allem konnte er von dort aus die deutschen Fürsten davon überzeugen, ein Heer aufzustellen, um die Türken zu vertreiben, bevor diese Wien eroberten.

»Ihr seht nachdenklich aus, Starhemberg! Dabei solltet Ihr froh sein, dass Seine Majestät sich entschlossen hat, unseren Ratschlag zu befolgen.« Karl von Lothringen war neben Starhemberg getreten und lächelte erleichtert.

»Darüber bin ich auch froh«, antwortete Starhemberg. »Da Seine Majestät mich zum Stadtkommandanten der Residenzstadt ernannt hat, will ich dieser Pflicht auch gerecht werden. Wäre der Kaiser in Wien geblieben, hätte er als Oberkommandierender seine Befehle erst erteilt, nachdem Dutzende Narren wie dieser Hauenstein auf ihn eingeredet hätten. Ich will nicht despektierlich sein, doch wenn dann die Türken vor Wien erschienen wären, hätten sie es innerhalb einer Woche eingenommen.«

»Jetzt habt Ihr das alleinige Sagen in der Stadt.«

»Alleiniges Sagen? Ich muss mich sowohl mit den hier zurückgebliebenen Herren der Hofkammer herumschlagen wie auch mit dem Rat der Stadt Wien. Beide scheinen nicht zu begreifen, was auf uns zukommt, sondern beschweren sich über jede Aufgabe, die ich ihnen zuteile.«

Starhemberg klang verärgert, denn um Wien herum waren bereits die ersten feindlichen Streifscharen aufgetaucht, und des Nachts sah man in der Ferne die Feuer brennender Dörfer aufflammen. Flüchtlinge, die in die Stadt kamen, berichteten, wie entsetzlich die Tataren im Umland hausten.

»Man hätte die Verteidigung Österreichs besser organisieren sollen«, erklärte er grollend.

Karl von Lothringen sah dies als Stich gegen sich an und hob bedauernd die Hände. »Wenn ich dürfte, wie ich wollte, würde ich einen Teil meiner Kavallerie losschicken, um die Tataren zum Teufel zu jagen. Seine Exzellenz Hermann von Baden, Präsident der Hofkriegskammer, hat jedoch befohlen, dass ich meine Truppen nicht zerstreuen darf, sondern dem Feind entgegenziehen soll, um ihn bei günstiger Gelegenheit anzugreifen. Doch was soll ich mit gut zehntausend Mann gegen eine mehr als zehnfach überlegene Heeresmacht ausrichten? Ich kann nur versuchen, unsere Grenzfestungen zu unterstützen und kleinere Truppenteile der Türken anzugreifen. Möge Gott mir helfen, dass ich den Feind so lange aufhalten kann, bis Entsatz kommt.«

Das hörte sich nicht gerade hoffnungsvoll an, dachte Starhemberg und legte Karl von Lothringen die rechte Hand auf die Schulter. »Ich verspreche Euch eines: Ich werde Wien halten, bis ein Entsatzheer erscheint!«

»Wenn es je erscheint«, wandte Karl von Lothringen düster ein.

»Was hört man aus dem Reich?«, fragte Starhemberg. »Wird Brandenburg marschieren?«

Karl von Lothringen winkte seufzend ab. »Nicht viel Gutes! Aus Berlin kam die Nachricht, dass Kurfürst Friedrich Wilhelm keinen einzigen Musketier schicken wird, da Seine Majestät nicht bereit war, seine Forderungen, die nur Ludwig von Frankreich zum Vorteil gereicht hätten, zu erfüllen.«

»Seine Majestät hätte darauf eingehen sollen«, erklärte Starhemberg und entblößte die Zähne. »Wenn die Brandenburger marschieren würden, würden sich ihnen viele der jetzt noch zögernden Fürsten anschließen. Was wir dabei an Frankreich verlieren, können wir uns zurückholen. Wenn die Türken Wien einnehmen, ist jedoch alles verloren. Dann stehen die Ungläubigen nächstes Jahr am Rhein und im übernächsten in Rom.«

»Johann Georg III. von Sachsen hat Hilfe versprochen. Er wird allerdings nur dann die Schlacht wagen, wenn ihm das Entsatzheer groß genug erscheint, um siegen zu können«, berichtete Karl von Lothringen weiter. »Auch Max Emanuel von Baiern sammelt Truppen, ebenso die Markgrafen, Fürstbischöfe und Ritter in Franken. Doch so viele es auch sein mögen: Ohne die Polen wird keiner in die Schlacht ziehen.«

»Die Polen ...«, murmelte Starhemberg. »Ob die kommen werden?«

»Ihr König hat es versprochen. Doch er fordert Geld, um zu rüsten. Seine Heiligkeit in Rom hat bereits mehrere Bischöfe angewiesen, in ihre Truhen zu greifen, um Jan III. zufriedenzustellen. Auch die schlesischen Landstände haben Geld nach Warschau geschickt und dem Polenkönig erlaubt, seine Truppen im Süden Schlesiens zu sammeln. Viele Krieger der Polen sind dort noch nicht aufgetaucht, und von Jan III. wissen wir nur, dass er Warschau verlassen hat. Wo er sich jetzt befindet, entzieht sich unserer Kenntnis.«

Lothringen wusste genau, dass er die Türken mit seinen zahlenmäßig weit unterlegenen Truppen niemals von Wien fernhalten konnte. Auch wenn er Starhembergs Fähigkeiten vertraute, so war die Stadt verloren, wenn keine Hilfe kam.

»Dann wollen wir hoffen, dass die Polen kommen. Aber wird es dann nicht ein Geschacher um den Oberbefehl geben? Der Kaiser hat Euch damit beauftragt. Jan III. wird als König wohl kaum unter dem Spross eines Herzoghauses dienen wollen«, erklärte Starhemberg.

Lothringen nickte bedrückt. »Wenn der Pole kommt, heißt es für mich, ins zweite Glied zu treten. Doch sagt, Starhemberg, was ist wichtiger? Wien oder die Pflege meiner Eitelkeit?«

»Euer Gnaden sind der richtige Mann am richtigen Platz! Bei einigen anderen Ratgebern Seiner Majestät bin ich mir da nicht so sicher!« Starhemberg lachte, um dem letzten Satz ein wenig die Schärfe zu nehmen, doch Karl von Lothringens Gedanken galten bereits anderen Problemen.

»Was wisst Ihr Neues von den Türken? Auf irgendeine Weise erfahrt Ihr mehr als ich.«

»Kara Mustaphas Heer hat Belgrad schon vor Tagen verlassen und sich bei Neusatz mit den Walachen und Transsilvaniern vereinigt. Ich rechne in den nächsten Tagen mit einem Angriff auf Raab.«

»Dann sollte ich mich auf den Weg machen. Vielleicht kann ich Kara Mustapha dort eine gewisse Zeit aufhalten. Informiert mich, wenn Ihr mehr erfahrt!«

Karl von Lothringen wollte sich schon verabschieden, als ihm noch etwas einfiel. »Wer ist eigentlich Euer Zuträger? Wir haben einige Spione bei den Türken, erhalten aber nur selten Nachricht von ihnen.«

»Es handelt sich um einen Polen mit Namen Kulczycki. Er war einige Jahre Sklave bei den Türken, ist dann freigekommen und lebt jetzt als Händler für Orientwaren hier in Wien.«

»Wieder ein Pole!«, stöhnte Karl von Lothringen. »Ohne die Polen geht anscheinend nichts mehr!«

»Ohne die Polen sind wir verloren«, antwortete Starhemberg und hoffte, Jan III. würde samt dem versprochenen Heer erscheinen und zusammen mit Lothringens Armee und den Aufgeboten der Franken, Sachsen und Baiern den Türken Beine machen.

Sechster Teil

Das Entsatzheer

I.

Johanna konnte die Augen nicht von Jan III. lassen, der in schimmernder Rüstung vor dem Altar stand und alle Edelleute Polens dazu aufrief, das Schwert gegen die türkischen Heiden zu erheben. Bereits am Vortag hatte der König einer Messe in der Marienkirche am Hauptmarkt beigewohnt, und nun betete er in der Basilika des Wawels. An diesem Ort lauschten die edelsten Herren und Damen Polens seinen Worten.

»Was für ein Tag! Heute steht ganz Polen zusammen«, sagte Johanna ergriffen, als der König endete und der Chor mit engelsgleichen Stimmen zu singen begann.

»Ganz Polen leider nicht. Die Ansprache des Königs wird uns vielleicht noch einige hundert Reiter und Infanteristen bringen – und die können wir gut gebrauchen.«

Damit hatte Adam zwar recht, doch Johanna wollte die Sache nicht so profan sehen. Für sie war es die heilige Pflicht jedes polnischen Edelmanns, sich König Jans Heer anzuschließen und gegen die Ungläubigen zu kämpfen. Hier in der Basilika mochte sie jedoch keine Widerworte geben und schwieg. Als sie sich nach der Messe zu den Menschen im Innenhof des Palastes gesellten, welche ihren König feierten, kam sie jedoch nicht dazu, etwas zu sagen. Ein Mann in einem grellroten Mantel und leuchtend grünen Hosen und roten Stiefeln trat auf Adam zu. Auf dem Kopf trug er eine Zobelfellmütze mit einer goldenen Agraffe, und sowohl die Scheide wie auch der Griff seines Säbels strotzten vor gefassten Edelsteinen.

Das ist kein einfacher Schlachtschitz, sondern ein Mann, der über Tausende gebot, durchfuhr es Johanna, und sie wunderte sich, dass Osmański ihm mit abweisender Miene entgegensah.

»So sehen wir uns wieder, Adam Osmański! Jetzt hat der König Euch zum Hauptmann eines Husarenfähnleins gemacht.

Unter meinem Kommando hättet Ihr es besser getroffen. Was habt Ihr denn für Männer? Ein paar lumpige Reiter, mit denen kein Staat zu machen ist. Wie ich sehe, ist sogar ein Zwerg dabei!« Der Blick des Mannes galt dabei Johanna. Diese trat mit einem herausfordernden Blick auf ihn zu.

»Lasst Euren besten Fechter holen und mit mir kämpfen! Dann werde ich Euch zeigen, was ein Zwerg vermag.«

»Bei Gott, ich tue es!«, rief der andere höhnisch lachend und winkte einen Mann zu sich. »Hole Czerecki, damit er diesen Knirps noch einmal um einen Kopf kleiner macht. Und ihr dort macht Platz für diesen Scherz!«

Auf ein Handzeichen des Mannes spritzte die Menge auseinander. Während Johanna kühl blieb, packte Karl sie am Arm.

»Bist du verrückt geworden? Du kannst niemals gegen einen Meisterfechter bestehen!«

»Dein Bruder hat recht«, stimmte Adam Karl zu.

Johanna schüttelte wild den Kopf. »Ich werde diesem frechen Burschen das Maul stopfen und seinem Meisterfechter dazu!«

»Dieser freche Bursche, wie du ihn nennst, ist Stanisław Sieniawski, der Feldhetman der polnischen Krone und einer der wichtigsten Männer des Reiches«, erklärte ihr Adam leise.

»Dies gibt ihm nicht das Recht, andere grundlos zu beleidigen«, antwortete Johanna mit einem erregten Zischen. Wenn ihr Gegner auch nur im Geringsten seinem Herrn ähnelte, würde er sie unterschätzen, und diesen Vorteil gedachte sie zu nutzen.

Adam und Karl überlegten verzweifelt, wie sie den Zweikampf verhindern konnten. Dafür aber hätten sie Johanna bis auf die Haut ausziehen müssen, damit alle erkannten, dass sie ein Mädchen war.

»Wenn dir etwas zustößt, werden es weder der Fechter noch Sieniawski überleben«, flüsterte Karl, und sowohl Johanna wie auch Adam spürten, wie ernst es ihm war.

Als der Bote, den Sieniawski losgeschickt hatte, mit einem jungen Edelmann in übertrieben prächtiger Kleidung zurückkam, war Adam kurz davor, den Fechter so zu beleidigen, dass diesem nichts anderes übrigblieb, als ihn zum Duell zu fordern. Bevor er jedoch etwas sagen konnte, reichte Johanna Wojsław ihren Hut, zog ihren Säbel und schwang ihn durch die Luft.

»Ich bin bereit!«, sagte sie mit beherrschter Stimme.

»Du sollst diesen Zwerg ein wenig zurechtstutzen«, wies Sieniawski seinen Gefolgsmann an.

Dieser musterte Johannas schlanke Gestalt und lachte. »Ich soll mit einem Knaben fechten? Lasst ihm ein paar Schläge auf sein Hinterteil geben. Das ist ihm angemessener, als mit ihm die Säbel zu kreuzen.«

»Du hast wohl Angst vor mir?«, stichelte Johanna.

Das Gesicht des Edelmanns färbte sich rot vor Zorn. »Ich bin Zygmund Czerecki und habe bereits zwölf Männer im Zweikampf besiegt. Nicht alle kamen mit ihrem Leben davon.«

Johanna lachte, als nehme sie dies alles nicht ernst. »Die Dreizehn ist deine Unglückszahl. Das wirst du gleich merken!«

»Wie viele Gegner hast du schon getötet?«, fragte Czerecki höhnisch.

»Jedenfalls eine hübsche Anzahl, allerdings nicht im Duell, sondern im Kampf mit Tataren und Räubern. Hauptmann Osmański kann dies bestätigen.«

Damit, dachte Adam, war die letzte Chance vergeben, den Zweikampf noch irgendwie abzubiegen. Czerecki zog blank und nahm seine Ausgangsstellung ein. Johanna tat es ihm gleich, und während um sie herum die Neugierigen zusammenliefen, griff ihr Gegner an.

In dem Bestreben, den Kampf rasch zu beenden und den Zuschauern zu zeigen, welch ein Meister mit dem Säbel er war, attackierte Czerecki Johanna mit harten, rasch aufeinanderfolgenden Hieben. Es bereitete ihr Mühe, sie abzuwehren, und sie wich immer weiter zurück.

»Vorsicht, gleich stößt du gegen die Zuschauer!«, rief Wojsław ihr zu.

Johanna bog zur Seite und grinste ihren Gegner an. »Ist das alles, was du kannst?«

Als Antwort schwang Czerecki seine Waffe, als wolle er einen Ochsenschädel spalten. Johanna wich geschickt aus, erkannte ihren Vorteil und traf ihn am Säbelarm. Mit einem Aufschrei ließ ihr Gegner die Waffe fallen, wollte sich dann aber bücken, um sie wieder aufzuheben.

Da trat Adam mit gezogenem Säbel dazwischen. »Es ist genug! Wir sollten kein polnisches Blut vergießen, sondern das unserer Feinde. Mein Zwerg, wie der verehrte Feldhetman Sieniawski den braven Jan Wyborski genannt hat, hat gezeigt, dass er seinen Säbel gut zu führen weiß, und Herr Czerecki hat seinen Mut bewiesen. Mag sein Arm wieder heil sein, wenn er auf den ersten Türken trifft!«

»Ich will diesen Knirps zerschmettern«, schrie Czerecki voller Wut.

»Wer nicht hören will, muss fühlen«, antwortete Johanna spöttisch und nahm wieder ihre Ausgangsstellung ein.

Czerecki hob seinen Säbel auf, spürte aber, dass die rechte Hand ihm nicht mehr richtig gehorchte. Mit plötzlich aufkeimender Angst wechselte er die Waffe in die Linke. Bevor der Kampf jedoch weitergehen konnte, griff Sieniawski ein.

»Halt! Du hast dich genug zum Narren gemacht. Mit der Linken bist du diesem flinken Burschen niemals gewachsen. Lass deine Wunde verbinden und hebe dir deinen Zorn für die Türken auf.«

Für einen Augenblick sah es so aus, als wolle Czerecki gegen seinen Herrn aufbegehren, doch das Blut, das aus seiner Wunde troff, brachte ihn dazu, einzulenken.

»Wir sind noch nicht miteinander fertig, Zwerg«, drohte er Johanna an, als er den Säbel mit der Linken in die Scheide stieß.

»Ihr werdet erst wieder miteinander kämpfen, wenn der Sieg über die Türken errungen ist«, erklärte Adam scharf.

Bis dorthin, sagte er sich, würde Johannas wahres Geschlecht offenbar sein und es keinen Jan Wyborski mehr geben.

Während des Zweikampfs war Johanna kalt wie Eis gewesen. Nun aber, da alles glücklich überstanden war, spürte sie, wie ihr die Knie zitterten. Außerdem stand sie kurz davor, in Tränen auszubrechen. Nimm dich zusammen, du dummes Stück!, rief sie sich zur Ordnung, doch es half wenig.

Karl bemerkte, dass seine Schwester kurz vor einem Zusammenbruch stand. Sofort trat er neben sie und klopfte ihr auf die Schulter. »Gut gemacht, kleiner Bruder. Lass uns einen Wodka auf deinen Sieg trinken!«

»Es könnten auch mehr sein!« Nur mit Mühe gelang es Johanna zu grinsen.

Sie legte einen Arm um Karl und ließ sich von ihm hinausführen. Um so rasch wie möglich in ihr Lager zurückzukehren, wählten sie nicht den langen, einfacheren Weg, sondern stiegen die Treppe zur Weichsel hinab.

»Dort liegt die Höhle, in der der Held Krak den Drachen getötet hat«, erklärte Karl, um seine Schwester auf andere Gedanken zu bringen.

»Wie ein Held fühle ich mich gerade nicht«, bekannte Johanna. »Mir ist zum Heulen zumute.«

»Du bist fürchterlich leichtsinnig gewesen, den Feldhetman der Krone so herauszufordern. Sei froh, dass nicht mehr passiert ist. Czerecki wird erst einmal seine Wunden lecken und dich dann hoffentlich über den Türken vergessen«, tadelte Karl seine Schwester.

»Tut mir leid, aber es hat mich einfach aufgeregt, wie Sieniawski Osmański und uns beleidigt hat!«

»Als Frau kannst du deinen Gefühlen folgen, als Mann aber muss der Verstand dein Leitstern sein«, erklärte Karl.

Johanna nickte mit verbissener Miene. »Du hast ja recht! Aber auch meine Kleidung und der Säbel in der Hand machen aus mir keinen Mann.«

»Daher werde ich mit Osmański reden, damit du nicht mit am Kampf teilnehmen musst.«

»Untersteh dich!«, fuhr Johanna auf. »Für ihn und für alle anderen bin ich Jan Wyborski, ein Ritter des Königs!«

»Dann benimm dich auch so«, antwortete Karl, doch sein Lächeln nahm den Worten die Schärfe.

2.

Jan III. hatte dem Drängen des österreichischen Gesandten zum Trotz mehr als zwei Wochen in Krakau verbracht. Nun, da Sieniawskis Truppen zu ihm gestoßen waren, gab er den Befehl zum Abmarsch. Ein Teil des Heeres sollte direkt von Krakau bis nach Nikolsburg ziehen und dort auf das Hauptheer warten. Jan selbst bog mit seinen Truppen noch einmal nach Nordwesten ab und zog in raschen Tagesetappen nach Tarnowitz. Bei dieser Stadt, die bereits auf schlesischem und damit Habsburger Gebiet lag, befand sich einer der Sammelplätze seines Hauptheers.

Während ihres Aufenthalts in Krakau hatte Jakub sich nur selten bei Johanna und Adam sehen lassen. Aber auf dem Marsch nahm er seinen Platz in ihrem Fähnlein wieder ein.

Sein Respekt vor Jan Wyborski war gestiegen, seit es die Runde machte, dass dieser Stanisław Sieniawskis besten Fechter innerhalb kürzester Zeit entwaffnet hatte. Daher gab er sich bei den Fechtübungen, die er und Johanna nach ihren Tagesetappen durchführten, weitaus mehr Mühe und lernte einige der Schliche, mit denen Johanna sich gegen körperlich überlegene Gegner zur Wehr setzte.

Als sie am zwanzigsten August Tarnowitz erreichten, wimmelte es dort bereits von polnischen Kriegern. Obwohl es den Einwohnern der Stadt und des Umlands nicht leichtfiel, all die Menschen, Pferde und Ochsen zu versorgen, waren sie froh um die Polen.

Nicht lange, da traf ein weiterer Kurier des Kaisers ein. Johanna und Adam sahen ihn nur aus der Ferne, doch keine Stunde später machte das Gerücht die Runde, dass Kara Mustaphas Riesenheer Wien umschlossen hätte und den Würgegriff um die Stadt täglich verstärkte.

»Hoffentlich kann Wien sich halten, bis wir kommen«, sagte Ignacy besorgt. »Wenn die Türken die Stadt vorher erobern, können sie sich darin verschanzen und uns eine lange Nase drehen.«

»Und was sollen wir Eurer Ansicht nach tun? Tag und Nacht reiten, bis die Pferde unter uns zusammenbrechen?«, fragte Adam spöttisch. »Damit, mein Freund, retten wir Wien auch nicht. Entweder hält es den Türken stand, oder wir werden die Stadt umgehen und die Türken von ihrem Nachschub abschneiden. Ein Heer dieser Größe braucht viel zu essen, und um Wien herum werden die Türken kaum mehr viel erbeuten.«

»Man sollte Euch an der Stelle von Jabłonowski zum Großhetman ernennen oder Euch wenigstens das Amt des Feldhetmans geben, das jetzt noch Stanisław Sieniawski innehat«, antwortete Ignacy lachend.

»Ich stelle mir gerade Kara Mustaphas Gesicht vor, wenn sein Koch ihm mitteilt, dass es nichts mehr zu essen gibt«, warf Johanna ein.

»Ich glaube, wir werden weitaus eher hungern als die Türken! Ihr Tross soll gewaltig sein.«

Karls Bedenken waren berechtigt, denn anders als die Türken vermochte das polnische Heer keinen großen Tross mit sich zu führen, sondern war darauf angewiesen, in den habsburgischen Landen, durch die sie zogen, ausreichend versorgt zu werden. Hier in Tarnowski Góry, das die Österreicher Tarnowitz nannten, ging es ja noch. Doch vor ihnen lagen Hunderte Meilen, die bewältigt werden mussten.

»Die Österreicher wollen, dass wir ihre Hauptstadt retten. Also sollen sie dafür sorgen, dass wir es auch können«, erklärte Adam mit harter Stimme.

Sie zogen in einen erbarmungslos geführten Krieg mit ungewissem Ausgang, und es lag ihm auf der Seele, dass Joanna Wyborska – oder Johanna von Allersheim, wie sie in Wahrheit hieß – noch immer in seiner Schar ritt, als wäre sie einer seiner Husaren.

»Morgen geht es weiter!« Ignacy warf einen Blick nach Süden. Irgendwo weit hinter dem Horizont lag Wien, und um die Stadt herum waren Massen von Türken aufmarschiert. Selbst wenn das Heer lange Etappen zurücklegte, würde es mindestens zehn Tage dauern, bis sie ihr Ziel erreichten. Diese Zeit würde die Stadt noch durchhalten müssen, sonst blieb ihnen nichts anderes übrig, als unverrichteter Dinge an Wien vorbeizuziehen und zu hoffen, den Türken im Hinterland schaden zu können. Dass das Heer dazu jedoch in der Lage war, bezweifelte er. Einer Schar wie die, die Osmański an der Tatarengrenze angeführt hatte, wäre es möglich gewesen. Durch die Infanterie war das Heer jedoch viel zu schwerfällig, um sich der türkischen und tatarischen Reiterei entziehen zu können. Außerdem hatten sie dann das gleiche Problem wie die Türken, nämlich den fehlenden Nachschub. Wie lange König Jan seine Scharen zusammenhalten konnte, wenn die Männer hungerten, wagte Ignacy nicht vorherzusagen.

»Wir sollten unsere Köpfe nicht mit solchen Gedanken belasten«, meinte er und schlang die Arme um Adam und Karl. »Was haltet ihr davon, wenn wir nachsehen, ob nicht noch irgendwo ein Fläschchen Wodka aufzutreiben ist? Wer weiß, ob wir unterwegs noch etwas bekommen.«

»Das ist ein guter Vorschlag, Freund Ignacy. Was haltet ihr davon, meine Vettern?« Adam sah Karl und Johanna fragend an.

Während Karl nach kurzem Zögern nickte, schüttelte Johanna den Kopf. »Trinkt ihr euren Wodka ruhig allein! Ich kehre ins Lager zurück und richte meine Sachen für den Weitermarsch. Solltet ihr morgen schwere Köpfe haben, werde ich euch daran erinnern, dass ihr es nicht anders hattet haben wollen!«

»Freund Jan, wenn du nicht mit uns trinkst, wirst du nie ein echter Sarmate sein«, antwortete Ignacy lachend.

»Was hat es eigentlich mit diesen Sarmaten auf sich?«, fragte Karl. »Soviel ich von meinen Lehrern gehört habe, soll es ein Volk gewesen sein, das zu Zeiten des Imperium Romanum existiert hat.«

»Freund Karol, man merkt dir den Deutschen an. Jeder Pole weiß, dass die Sarmaten hier gelebt haben und wir ihre Nachkommen sind!« Ignacy lachte und fing zu singen an.

»Woran erkennt man den Sarmaten?
An dem Säbel in seiner Hand!
Was sind seine mutigsten Taten?
Er steckte den Bart des Sultans in Brand!

Woher stammt der Sarmatenheld?

Er ist in den Weiten der Steppe geboren!

Wie beackert er sein Feld?

Er tut es mit Säbel und Sporen!«

»Er nennt sich Ignacy und ist ein Tunichtgut«, rief Adam lachend dazwischen.

Ignacy bedachte ihn mit einem vernichtenden Blick. »Osmański, wäret Ihr nicht mein Freund, so würde ich Euch zum Zweikampf mit Säbeln fordern!«

»Spar dir deine Kraft für die Türken auf«, antwortete Adam.

»Aus Euch spricht nur der Neid, weil Ihr nicht so singen könnt wie ich«, rief Ignacy fröhlich, doch da begann Adam bereits:

»Myszkowski ist ein Tunichtgut,

doch im Kampfe voller Mut.

Tatar und Türke fürchten ihn,

denn er reitet mit uns nach Wien!«

»Na, was sagst du jetzt?«, fragte Adam grinsend.

»Der Sänger, den ich letztens in Warschau hörte, sang vielleicht besser. Der Text aber gefällt mir. Daher habt Ihr es verdient, mit mir Wodka zu trinken!« Ignacy klopfte Adam auf die Schulter und sah dann Karl an.

»So gut wie wir Polen könnt ihr Deutschen nicht singen!«

Während Karl noch überlegte, klang Johannas helle Stimme auf.

»Osmański folgen wir, dem Polen,

in so manche harte Schlacht!

Wenn über Leichen kreisen Dohlen,

ist der Sieg für uns vollbracht!«

»Du hättest mich preisen sollen, nicht unseren Hauptmann«, protestierte Ignacy.

»Vollbringe Taten wie Osmański, so will ich es tun«, gab Johanna lachend zurück.

»Jüngelchen, ich sehe es kommen, dass wir beide die Säbel kreuzen, noch bevor der dritte Tag sich neigt«, drohte Ignacy mit düsterer Stimme.

»Das wirst du bleibenlassen«, fuhr Adam ihn mit einem für diese Situation überraschend harschen Ton an, milderte diesen aber mit dem nächsten Satz ab. »Ich will nicht, dass einer von euch beiden verletzt wird. Ich brauche euch gegen die Türken!«

»Gegen das Heer der Sultane,
reiten wir mit unserer Fahne!
Schwingen die Säbel, wie's nur ein Pole vermag,
und beenden siegreich die Schlacht und den Tag!«

Endlich war auch Karl etwas eingefallen. Er hatte eine angenehme Tenorstimme. Schnell gesellten sich die Smułkowski-Brüder, Dobromir Kapusta, Leszek und Wojsław zu der Gruppe, und jeder von ihnen sang ein paar Strophen. Da Leszek mehrere Flaschen Wodka organisiert hatte, wurde es ein fröhlicher Abend, und so schmerzte, als sie am nächsten Morgen aufbrachen, doch so mancher Schädel.

Johanna hatte sich beim Trinken zurückgehalten und musterte vor allem Ignacy spöttisch, der, wie Leszek kurz und bündig sagte, wie das Leiden Christi auf seinem Pferd hing.

3.

*W*ährend sich die Polen im Süden Schlesiens sammelten und nach Wien aufbrachen, stand Ernst Rüdiger von Starhemberg auf der Wiener Stadtmauer und blickte zu den Laufgräben der Türken hinüber. Bis vor die vordersten Bastionen sah die Umgebung aus, als hätten monströse Maulwürfe sie zerwühlt. Es war unmöglich, den Verlauf des Grabensystems auch nur ansatzweise zu erkennen, denn der Feind hatte sie mit Brettern und Erde getarnt, um den Kanonen der Verteidiger kein Ziel zu bieten.

Weiter hinten bildeten die Zelte der Türken einen riesigen Halbkreis um die Stadt. Nur dort, wo das Land wegen des Wienflusses zu sumpfig war, und auf die Donau-Auen zu hatte Kara Mustapha darauf verzichtet, Lager errichten zu lassen. Trotzdem saßen auch dort türkische Krieger und riegelten die Stadt so ab, dass keine Maus, geschweige denn ein Mensch sie ungesehen verlassen konnte.

»Ihr solltet Euch nicht so exponieren, Euer Exzellenz! Die Janitscharen sind nahe genug, um Euch mit einem Schuss töten zu können.«

Ein Mann mittleren Alters mit einem listigen Blinzeln in den Augen war zu Starhemberg getreten und deutete eine Verbeugung an. Er trug einen weiten Mantel, doch darunter waren Pluderhosen und eine ärmellose Weste zu erkennen, wie sie zur Tracht der Türken gehörten.

Starhemberg wandte sich zu dem Mann um. »Er ist es, Kulczycki! Hat Er etwas Neues erfahren?«

»Ich war im Lager der Walachen, denn dort kenne ich ein paar Leute, die mich nicht nur der Gulden wegen mit Neuigkeiten versorgen. Es sind gute Christenmenschen, denen es über die Hutschnur geht, vor jedem Türken den Rücken krümmen zu müssen. Allerdings hätte mich bei meiner Rückkehr beinahe eine Eurer Wachen erschossen, weil er mich für einen Türken gehalten hat.« Kulczycki lächelte, als müsse er einem Kunden seine Ware anpreisen.

»Wie zuverlässig sind Seine Informationen?«, fragte Starhemberg, ohne auf den letzten Satz einzugehen.

Kulczycki hob die Hände. »Es sind die einzigen, die ich bekommen kann. Ihr könnt sie glauben oder auch nicht.«

»Es missfällt mir, meine Pläne nur auf die Aussagen eines walachischen Trossknechts hin entwerfen zu müssen.«

»Mein Gewährsmann ist schon mehr als ein Trossknecht«, antwortete Kulczycki immer noch lächelnd. »Vor allem aber vermag er mit dem Gesandten Seiner Majestät bei der Hohen Pforte zu sprechen, der als Gefangener von Kara Mustapha Pascha in dessen Lager weilt.«

»Ich wünschte, es käme Nachricht von außen!«, rief Starhemberg mit einem tiefen Seufzer.

»Heil aus der Stadt hinaus und durch die Reihen der Türken zu schleichen – und wieder zurückzukommen! –, ist leider unmöglich geworden«, antwortete Kulczycki, dem dieses Kunststück bereits einmal gelungen war. »Auch von außen in die Stadt zu gelangen, ist kaum noch zu schaffen. Mein Gewährsmann hat mir berichtet, dass mehrere Boten des Herzogs von Lothringen an Euch abgefangen und hingerichtet worden sind.«

Er schwieg kurz und fuhr nachdenklich fort: »Es reicht nicht, einen Mann in die Tracht der Türken zu stecken und zu hoffen, dass die Heilige Jungfrau ihm beisteht. Wer sich durch deren Reihen wagt, muss genau wissen, auf welche Männer er trifft, und sie so ansprechen, wie es sich gehört. Vor allem sollte er die türkische Sprache wie seine Muttersprache beherrschen.«

»So wie Er?«, warf Starhemberg ein.

»Wisst Ihr, Euer Exzellenz, die Türken haben viele Sklaven und verlangen, dass diese ihre Sprache sprechen. Die Peitsche ist ein guter Ansporn, sie zu lernen!«

Kulczycki verzog das Gesicht, als würde ihn eine unangenehme Erinnerung quälen, doch dann lachte er schon wieder.

»Ich erwies mich als recht begabt beim Lernen fremder Sprachen und eignete mir auch Kenntnisse der griechischen und walachischen Sprache sowie etwas Ungarisch an. Dies hilft mir oder vielmehr half mir, den Handel mit Orientwaren aufzuziehen, nachdem ich meinem einstigen Herrn adieu sagen konnte.«

»Ich weiß, dass Er ein abenteuerliches Schicksal hatte, aber ich will jetzt wissen, was dieser Walache gesagt hat!« Starhemberg kannte den Händler und wusste, dass dieser sich leicht in Anekdoten und angeblich wahren Geschichten verlor, wenn er nicht gebremst wurde.

»Kara Mustapha hat eine neue Mine graben und die Kammer mit vielen Fässern Pulver füllen lassen. Der Walache, wie Ihr ihn nennt, glaubt, dass die Türken die Mine heute Nacht sprengen und durch die entstandene Bresche angreifen werden. Kara Mustapha soll zehntausend Janitscharen dafür zusammengezogen haben!«

»Das ist keine gute Nachricht.« Starhemberg blickte zu der gefährdeten Bastei hinüber und wusste, dass die Zeit nicht ausreiche, einen Gegenstollen zu graben und die Zündung der Mine auf diesem Weg zu verhindern. Stattdessen würde er einen Teil der Garnison und der Bürgerwehr herholen und die Bresche verteidigen müssen.

»Hoffen wir, dass es gelingt«, murmelte er und stellte die nächste Frage. »Was hört man von dem Entsatzheer?«

»Kurfürst Johann Georg von Sachsen hat einen Kurier geschickt, dass seine Truppen auf dem Marsch sind. Er will Böhmen in zwei Marschsäulen durchqueren und sich bei Krems mit den Baiern und Franken vereinigen. Max Emanuel wird mit seinem Heer auf Schiffen die Donau herabfahren.«

»Und das alles weiß dein Walache?«, fragte Starhemberg zweifelnd.

»Es gibt auch draußen Leute, die den Walachen kennen und wissen, dass er ein Freund von mir ist!«

»Hat Er deshalb Seinen Knecht allein losgeschickt, als ich Ihn aufforderte, erneut durch die Reihen der Türken zu schleichen und meine Nachricht zum Herzog von Lothringen zu bringen?«, fragte Starhemberg.

»Der gute Michailović kennt den Walachen so gut wie ich. Es ist aber nicht ungefährlich, zu dem Mann zu gelangen.«

Obwohl es um ein ernstes Thema ging, grinste Kulczycki so fröhlich, als hätte er einen Witz erzählt.

Starhembergs Gedanken folgten unterdessen eigenen Wegen. »Was hört man von den Polen?«

Sein Gegenüber hob bedauernd die Hände. »Nichts, Euer Exzellenz! Die letzte Nachricht war, dass König Jan sich in Krakau aufhält und auf Jabłonowskis und Sieniawskis Truppen wartet. Ob die ihm jedoch so gehorchen, wie er will, vermag ich nicht zu sagen. In Polen werden die beiden Hetmane vom Sejm bestimmt und nicht vom König! Das soll verhindern, dass dieser zu viel Macht auf sich vereinigen kann.«

»Jan III. muss kommen!«, stieß Starhemberg erregt hervor. »Ohne die Polen an ihrer Seite wird kein Baier und kein Sachse auch nur einen Schuss abfeuern. Max Emanuel und Johann Georg werden mit ihren Truppen kehrtmachen, um ihre eigenen Grenzen gegen die Türken zu verteidigen, und Wien und das ganze Kaisertum werden vor die Hunde gehen!«

»Die Polen werden schon kommen, Euer Exzellenz. Ich bin selbst einer und kenne meine Landsleute. Wir reden gerne und viel und streiten ebenso gerne, aber wenn es ernst wird, ist auf uns Verlass!«

»Dann hoffe ich, dass Er sich nicht irrt!« Starhemberg drehte sich um, um seinen Beobachtungsposten zu verlassen. Da krachte ein Schuss, und die Kugel, die für ihn gedacht war, strich an der Stelle vorbei, an der er eben noch gestanden hatte.

»Nehmt es als gutes Omen«, rief Kulczycki lachend. »Der Türke mag noch so viel schießen, aber am Ende werdet Ihr siegen!«

»Möge unser Herr Jesus Christus und die Heilige Jungfrau es so fügen«, antwortete Starhemberg ein wenig erschrocken darüber, wie knapp er dem Tod oder einer schweren Verwundung entgangen war. Dann aber erschien ein entschlossener Ausdruck auf seinem Gesicht.

»Komme Er, Kulczycki! Wenn Kara Mustapha heute wirklich seine Mine sprengen lässt, gibt es für uns noch einiges zu tun.«

4.

Die Nacht warf ihren dunklen Mantel über Wien. Während in der Stadt kaum Licht zu sehen war, wetteiferten die Feuer der Belagerer um die Mauern herum mit der Zahl der Sterne am Himmel. In den türkischen Lagern erschollen Musik und Gesang weit über das Land. Es waren aufpeitschende Melodien, die einem Mann eine Gänsehaut auf den Rücken treiben konnten. Selbst Ernst Rüdiger von Starhemberg vermochte sich ihrer Wirkung nicht zu entziehen.

»Kara Mustapha lässt seine Mehter spielen – die Musikkapelle der Janitscharen«, klang neben ihm Kulczyckis Stimme auf.

»Das hat er schon öfter getan«, antwortete Starhemberg in dem Bestreben, unbeeindruckt zu wirken.

»Kennt Ihr die Lieder, Euer Exzellenz? Ich kenne sie und sage Euch, er schürt damit den Kampfeswillen und die Beutegier seiner Janitscharen. Drei Tage lang soll ihnen jedes Weib in Wien gehören, sobald sie es eingenommen haben, und sie dürfen plündern, soviel sie wollen. Die Janitscharen werden von der Musik so berauscht sein, als hätten sie Wein getrunken, und wie eine Rotte Höllenteufel kämpfen. Alles, was bisher geschehen ist, wird gegen das, was heute Nacht kommt, ein Spiel gewesen sein. Jetzt wird es ernst, Euer Exzellenz. In dieser Nacht wird sich zeigen, ob morgen über Wien noch das kaiserliche Banner weht oder ob unsere Entsatzheere auf dem Stephansdom den türkischen Halbmond blinken sehen.«

Diesmal lachte Kulczycki nicht, sondern starrte zu den Lagerfeuern der Türken hinüber. Auch wenn von hier aus wenig zu erkennen war, spürte er, wie die Janitscharen ihre Waffen ergriffen und in die Laufgräben hinabstiegen, die zur Stadt führten.

Er zog nervös den Säbel, mit dem er sich ausgerüstet hatte, und warf einen kurzen Blick auf die Männer um sich herum. Es handelte sich um fünfhundert Musketiere der Garnison und um etwa ebenso viele Männer der Bürgerwehr, die sich mit Piken und Säbeln bewaffnet einem vielfach überlegenen Feind entgegenstellen sollten.

»Hoffentlich wird die Bresche nicht zu groß«, stöhnte er.

»Das, mein lieber Kulczycki, hoffe ich auch«, sagte Starhemberg und trat ein paar Schritte nach vorne. Er wusste, dass die Stadt am Ende war. Nur mit viel Glück konnte sie sich noch ein oder zwei Wochen halten. Wenn bis dorthin kein Entsatz kam, würden die Türken wie eine Sintflut über Wien herfallen und alles niedermachen, was sich ihnen in den Weg stellte. Der Gedanke durfte ihn nicht beeinträchtigen, sonst würden sie nicht einmal die nächste Nacht überstehen.

»Gleich geht's los!«, sagte Kulczycki, der Starhemberg gefolgt war. »Die Mehter spielen nicht mehr.«

»Gott sei Dank! Es war eine Höllenmus...«, begann einer, da riss der Boden vor ihnen auf. Ein gewaltiger Knall ertönte, und Erde und kleine Steinbrocken regneten auf die Männer herab. Noch während alle steif vor Schreck auf den Krater starrten, der sich nun dort befand, wo vor Sekunden noch die Bastion gestanden hatte, stieß Kulczycki pfeifend die Luft aus den Lungen.

»Es war gut, dass Ihr die Besatzung der Bastei zurückgerufen habt, Euer Exzellenz, denn von denen hätte kein Einziger überlebt.«

Zu einer Antwort kam Starhemberg nicht mehr, denn die Abdeckungen der Laufgräben flogen beiseite. Unzählige Janitscharen kletterten wild brüllend heraus und stürmten auf die Bresche zu, die die Explosion in die Stadtmauer gerissen hatte.

Andere Janitscharen schleuderten Fackeln nach vorne, damit ihre Kameraden die Verteidiger erkennen und mit ihren Flinten gezielt auf sie schießen konnten.

»Musketiere, gebt Feuer!«, schrie Starhemberg und wies die umstehenden Männer an, die Fackeln in die Reihen der Türken zurückzuwerfen.

»Wir werden doch sehen, wer das bessere Büchsenlicht hat«, meinte er mit einem verkniffenen Grinsen und zog seine Pistole. Als er sie abfeuerte, sank einer der Janitscharen-Aǧas mit einem Aufschrei nieder.

»Vorwärts! Verteidigt die Bresche!«, befahl Starhemberg den Männern der Bürgerwehr. Bei diesen handelte es sich um Bäcker, Schuster, Pferdeburschen und Schankknechte, die nun gegen Janitscharen standen, die von Jugend an als Krieger ausgebildet worden waren. Obwohl die Angst ihre Gesichter verzerrte, richteten sie ihre Piken und Spieße auf die anstürmenden Türken.

Starhembergs Musketiere verteilten sich auf der Mauer und nahmen von dort aus die Feinde unter Beschuss, während in der Bresche ein erbittertes Ringen begann. Zuerst focht Starhemberg in der vordersten Linie, zog sich dann aber zurück und rief einem der Männer zu, Handwerker zu holen, welche die Bresche so rasch wie möglich schließen sollten.

Dann blickte er zu den Soldaten auf der Mauer hoch. »Seht zu, ob ihr die Kanonen auf die Feinde richten könnt. Zielt aber hoch genug, um nicht unsere eigenen Leute zu treffen!« Starhemberg blieb keine Zeit, abzuwarten, ob seine Anweisungen befolgt wurden, denn der Abwehrriegel wankte bedenklich. Erneut eilte er nach vorne und kämpfte Seite an Seite mit den Männern der Bürgerwehr.

Während er den Speer eines Janitscharen mit dem Säbel ablenkte und dem Mann anschließend eins mit der Klinge überzog, sah er Kulczycki in seiner Nähe. Der Händler war kein Soldat, schlug aber so hart mit seinem Säbel zu, dass der eine oder andere Janitschar das Aufstehen für immer vergaß.

Obwohl Dutzende Türken bei der Bresche niedergemacht wurden und die Musketiere Unzählige erschossen, wurden es mehr statt weniger. Sie sprangen aus ihren Laufgräben, stürmten in den Krater, den die Explosion gerissen hatte, und kletterten über Trümmer und Leichen zur Bresche hoch. Hätten sie von ebener Erde aus angreifen können, wären Starhemberg und seine Männer überrannt worden. So aber stürzten tote und verwundete Türken in den Explosionskrater hinab und behinderten ihre nachfolgenden Kameraden. Dennoch stand es auf Messers Schneide. Kara Mustapha hatte befohlen, die Stadt zu stürmen, und seine Elitesoldaten taten alles, um diesen Befehl auszuführen.

Allmählich wurden die Verteidiger zurückgedrängt. »Wo bleiben die Kanonen?«, schrie Starhemberg verzweifelt, während er sich gegen einen baumlangen Janitscharen zur Wehr setzte. Dessen Jatagan streifte seinen linken Arm und zog eine blutige Spur, doch bevor er einen Vorteil daraus ziehen konnte, stieß ihm Starhemberg den Degen in die Brust. Sofort stand ihm der nächste Janitschar gegenüber.

Neben ihm fielen die Männer der Bürgerwehr, und er begriff,

dass sie ihre Stellung nicht länger halten konnten. Da bellte endlich die erste Kanone auf, die seine Männer in Stellung gebracht hatten. Nägel und gehacktes Blei schlugen in die Janitscharen ein und bremsten ihr Vordringen. Weitere Musketiere erschienen, sowie Pikeniere der Garnison und eine frische Kompanie der Bürgerwehr. Die Reihen der Verteidiger, die sich bereits in Auflösung befunden hatten, schlossen sich, und die Feinde wurden durch die Bresche zurückgedrängt. Einige Wiener stiegen sogar in den Krater hinab, um sie noch weiter zu treiben.

Als Starhemberg dies sah, schrie er: »Halt! Bleibt bei der Bresche, sonst hauen euch unsere eigenen Kanonen zu Brei!«

Da gleichzeitig mehrere Kanonen abgefeuert wurden und etliche Janitscharen töteten, blieben die Männer stehen. Mit einem Mal sahen sie nur noch wenige Feinde vor sich. Der Rest strömte zurück in die Laufgräben oder floh über das offene Feld.

»Wir haben es geschafft!«, schrie Kulczycki. »Wir haben sie zurückgeschlagen!«

Starhemberg konnte es selbst kaum fassen. Den einen Augenblick noch hatte er geglaubt, überrannt zu werden, und nun sah er im Schein der Fackeln, die seine Männer nach vorne warfen, dass die Janitscharen flohen.

»Sie werden wiederkommen«, sagte Starhemberg zu Kulczycki und den anderen. »Wir werden daher die Bresche umgehend schließen und einen neuen Wehrgang anlegen.«

»Wie oft werden sie noch angreifen?«, fragte ein Mann, der seinen Brustharnisch über einen Bäckerkittel geschnallt hatte.

»Bis sie die Stadt eingenommen haben oder ein Entsatzheer sie zum Teufel jagt«, antwortete Kulczycki an Starhembergs Stelle.

Dieser nickte mit nachdenklicher Miene. »So ist es! Also betet, dass die Baiern, Franken, Sachsen und vor allem die Polen bald kommen!«

5.

Die Stimmung in Kara Mustaphas Zelt war eisig. Zwar machte niemand den Großwesir offen für den misslungenen Angriff in der vergangenen Nacht verantwortlich, doch Ismail Bei sah es etlichen Würdenträgern an, dass dieser Fehlschlag in ihnen wühlte. Der oberste Ağa der Janitscharen zog ein Gesicht, als wolle er am liebsten die gesamte Welt erwürgen. Die Verluste seiner Männer waren fürchterlich, und es würde ihm viel Mühe bereiten, sie noch einmal zum Angriff zu bewegen.

Ismail Bei war zum ersten Mal zum Kriegsrat geladen worden. Allerdings sah er es nicht als Auszeichnung an, sondern als Drohgebärde des Großwesirs, so als wolle dieser ihm sagen: Ich habe dich immer im Auge. Auch hatte man ihn ganz hinten zu den Hospodaren der Walachei und der Moldau gesetzt, die als Christen die unterste Rangstellung unter den hier versammelten Offizieren einnahmen. Genau wie er hielten sie den Mund und hörten nur zu, während Kara Mustapha dem verantwortlichen Janitscharenağa Vorhaltungen machte.

»Deine Männer sind Hunde, die ausgepeitscht gehören. Wie konnten sie es wagen, den Angriff abzubrechen? Sie hatten die Linien der Giauren fast durchstoßen!«

Mit seinem weiten, roten Mantel, dem riesigen Turban und dem langen, braunen Bart unterschied der Wesir sich stark von den kriegerisch gekleideten Offizieren. Auch sein Blick gab dem Ağa das Gefühl, nur ein Wurm zu sein.

Dieser erhob sich und ballte die Fäuste. »Meine Janitscharen haben tapfer gekämpft, doch gegen Musketen- und Kanonenfeuer sind auch sie machtlos. Der Angriff hätte bei Tag stattfinden müssen – und mit genügend Unterstützung durch die eigenen Geschütze!«

Nun war die erste Kritik ausgesprochen. Kara Mustaphas

Lippen wurden zu schmalen Schlitzen, und er funkelte jeden, der sich im Zelt befand, warnend an. Für einen Moment kreuzte sein Blick sich mit dem von Ismail Bei, und dieser versuchte, nicht allzu zufrieden auszusehen.

Es gab auch keinen Grund dafür, denn es waren zu viele Männer gefallen. Die Verteidiger wehrten sich mit Zähnen und Klauen, doch auch daran war Kara Mustapha schuld. Anstatt den Ungläubigen akzeptable Vorschläge für eine ehrenhafte Kapitulation anzubieten und ihnen zu erlauben, ihrer Religion treu zu bleiben, hatte er ihre völlige Unterwerfung und die sofortige Annahme des Islam gefordert. Da war es kein Wunder, dass Starhemberg und alle anderen Männer in Wien eher bereit waren zu sterben, als sich zu ergeben.

Es war, als hätte der Ağa der Janitscharen mit seiner Bemerkung Dämme eingerissen, die bislang die Kritik am Großwesir zurückgehalten hatten. Ibrahim Pascha, der Statthalter von Buda, ein alter, erfahrener Mann, der die Gebiete auf dieser Seite der Grenze kannte, wies mit dem Finger auf Kara Mustapha.

»Dieser Feldzug wurde erbärmlich schlecht vorbereitet! Der große Mehmed Fatih hat Kostantiniyye durch den Einsatz schwerer Kanonen erobert. Im Gegensatz dazu scheiterte der große Süleiman Kanuni vor Wien, weil ihm solche Belagerungsgeschütze fehlten. Ihr hättet aus seinem Fehlschlag Lehren ziehen müssen. Stattdessen habt Ihr nur ein paar Dutzend leichter Kanonen mitgenommen, die den Bastionen und den Wällen von Wien nichts anhaben können. Mit schwereren Kalibern hätten wir die Stadt längst sturmreif geschossen. Ihr aber vertraut auf Stollen und Minen. Stollen auszuheben, kostet Arbeit und Zeit und gibt zudem den Feinden die Gelegenheit, Gegenstollen zu graben. Sprengladungen sind zudem nur schwer abzuschätzen. Entweder sind sie zu schwach und richten nichts aus, oder sie sind zu stark wie jene gestern Nacht. Die riss zwar eine Bresche in die Mauern, bildete aber einen tiefen Krater, der von unseren Janitscharen nur mit Mühe durchquert werden konnte.«

»Sehr mutig!«, vernahm Ismail Bei den Kommentar eines der Hospodare leise auf Walachisch.

Ismail Bei fand ebenfalls, dass Ibrahim Pascha das Äußerste gewagt hatte. Auch wenn der Großwesir gewaltige Macht besaß, so war er doch zum Erfolg gezwungen. Bereits ein einziger Fehlschlag konnte dazu führen, dass der Sultan ihn absetzte oder ihm gar seine Henker schickte, die ihn erdrosselten.

Dies wusste auch der Großwesir. Er saß mit so zornerfüllter Miene auf seinem Diwan, als wollte er alle in seinem Zelt und sogar Allah für diesen Fehlschlag verantwortlich machen. Die Finger der Linken in seinen Bart verkrallt, wies er mit der Rechten auf die Karte von Wien.

»Es lag nur an der Feigheit der Janitscharen, dass die Stadt nicht erobert wurde. Hätten sie weiter angegriffen, anstatt zu fliehen, wäre es ihnen ein Leichtes gewesen, die Giauren zu besiegen. So aber haben sie die Fahne des Propheten mit Schande bedeckt!«

Der bereits gemaßregelte Janitscharenağa fuhr, rot vor Zorn, auf. »Es ist so, wie Ibrahim Pascha sagte: Der Krater war zu tief! Meine Tapferen mussten ihn wie einen Hügel erklimmen und boten damit den Christen die Gelegenheit, sie von oben zu bekämpfen.«

»Schweig, du Hund, sonst lasse ich dir den Kopf vor die Füße legen!«, schrie der Großwesir ihn an. »Die Offiziere, die den Angriff geleitet haben, erhalten jeweils fünfzig Peitschenhiebe und werden zu einfachen Janitscharen degradiert. Beim nächsten Angriff werden sie an der Spitze stürmen!«

»Mit einem von Peitschenhieben zerfetzten Rücken ist dies ihr Tod. Es wäre gnädiger, sie sofort hinzurichten«, wandte einer der Würdenträger entsetzt ein.

Kara Mustapha verzog das Gesicht zu einem grimmigen Lächeln. »Das Heer soll sehen, wie Feigheit vor dem Feind bestraft wird!«

»Verzeiht, wenn ich meine Stimme erhebe, oh Gewaltiger«, begann da Murat Giray und deutete eine Verbeugung an. »Wir sollten jedoch weniger über das sprechen, was geschehen und damit nicht mehr zu ändern ist, sondern vielmehr über das, was wir tun müssen, um den Sieg doch noch zu erringen!«

»Sprich!«, forderte der Großwesir ihn in einem Ton auf, der den Tataren warnen sollte, sich in die Riege seiner Kritiker einzureihen.

Der Khan zog die Karte Wiens etwas näher zu sich heran und deutete auf einen Höhenzug nordwestlich von Wien. »Nach dem gestrigen Fehlschlag haben die Janitscharen eine Ruhepause nötig, bevor Ihr sie wieder zum Angriff schicken könnt. In der Zeit aber könnten die Christen ein Heer sammeln, um der Stadt zu Hilfe zu kommen. Meine Leute haben Boten abgefangen, die Nachricht bei sich trugen, dass sich mehrere Fürsten Almanyas mit Truppen auf den Weg gemacht haben. Wir müssen uns auf ihre Ankunft vorbereiten, sonst werden sie in unsere Flanke stoßen.«

Kara Mustapha sah ihn zuerst ungläubig an und begann dann zu lachen. »Seit wann ist der Khan der Krim zu einem greinenden Säugling geworden, der selbst den Wind fürchtet, der durch den Zelteingang streicht?«

»Ich gebe Murat Giray Khan recht!«, rief Ibrahim Pascha erregt. »Wenn ein Heer der Christen erscheint, müssen wir bereit sein.«

»Welches Heer soll denn kommen?«, fragte Kara Mustapha spöttisch.

»Emir Max Emanuel ist von Baiern aus aufgebrochen und hat sich mit dem fränkischen Heer vereint«, erklärte Murat

Giray. »Das gemeinsame Heer soll mehr als fünfzehntausend Mann betragen.«

Kara Mustapha schüttelte ungläubig den Kopf. »Fünfzehntausend gegen fast zehnmal so viele Krieger, wie wir sie hier versammelt haben?«

»Ihr vergesst den Emir der Sachsen, der dem Kaiser ebenfalls Hilfe versprochen hat!«, fuhr Murat Giray fort.

»Mit wie vielen Männern will der Sachse kommen? Mit fünftausend vielleicht! Allein unsere Vorhut reicht aus, um diese lächerlichen Heere zu zerschmettern.«

Kara Mustapha war nicht bereit, sich Murat Girays Argumenten zu beugen. Für sein Gefühl hatte er jede Möglichkeit bedacht und war sicher, rechtzeitig auf einen Angriff der Giauren reagieren zu können. Ihm ging es darum, Wien so rasch wie möglich zu erobern und so den Entsatztruppen den Grund zu nehmen, bis zu diesem Ort vorzustoßen. Weder der Kurfürst von Baiern noch der von Sachsen würden es wagen, sein Heer anzugreifen, wenn es hinter Wiens schützenden Wällen und Bastionen in Garnison lag.

Da riss ihn Murat Girays Stimme erneut aus seinen Überlegungen. »Ihr habt die Polen vergessen, Gewaltiger!«

»Die Polen?« Kara Mustapha lachte erneut. »Wer sagt dir, dass die Polen kommen? Ihr König ist krank und nicht in der Lage, auf sein Pferd zu steigen, geschweige denn, sein Heer anzuführen. Wer sollte es an seiner Stelle tun? Etwa Jabłonowski, der genau weiß, dass ihm der größte Teil des Heeres nicht aus Polen hinaus folgen wird?«

»Wir müssen trotzdem damit rechnen, dass sie kommen«, erklärte Murat Giray verärgert. »Ich kenne Jan Sobieski! Er giert danach, uns zu besiegen und Podolien und die wilden Felder für Polen zurückzugewinnen.«

»Dieses Königlein wird es nicht wagen, mich zu erzürnen,

denn er weiß, dass ich sein lumpiges Ländchen jederzeit dem Reich des Sultans einverleiben kann.«

Trotz der ablehnenden Haltung des Großwesirs gab Murat Giray nicht nach. »Dem Entsatzheer der Christen stehen drei Wege offen. Sie können auf Schiffen die Donau herabkommen, doch da können wir sie bei der Landung angreifen und ins Wasser treiben. Also werden sie den Strom weiter flussaufwärts verlassen. Sie könnten dann einen Bogen um den Wienerwald schlagen und von Süden kommen. Aber dort gibt es ebenes Land, auf dem unser Heer seine zahlenmäßige Überlegenheit ausnützen und sie niederwalzen kann.«

»Und was wäre der dritte Weg?«, fragte Kara Mustapha höhnisch.

Murat Girays rechter Zeigefinger stach auf die Höhenzüge des nördlichen Wienerwalds zu. »Der verläuft hier! Es ist auch der kürzeste Weg, vorausgesetzt, sie verlassen die Donau weiter oben. Den werden sie wählen, weil ihnen die Zeit unter den Nägeln brennt.«

»Über die Höhen des Wienerwalds?« Der Großwesir lachte erneut. »Hast du dich dort umgesehen, Tatar? Die Höhenzüge sind steil und dicht bewaldet. Kein Heer kann sie ersteigen und von dort aus angreifen.«

»Sie werden es trotzdem versuchen«, rief Murat Giray verärgert. »Wir sollten den Kahlenberg und die danebenliegenden Hügel besetzen und …«

»Ich brauche die Soldaten hier!«, fiel Kara Mustapha ihm ins Wort. »Außerdem habe ich befohlen, dort einen Beobachtungsposten einzurichten. Der wird uns warnen, sollte wirklich ein Giaur es wagen, sich dort oben sehen zu lassen.«

»Dann lasst wenigstens das Lager auf dem Kahlenberg befestigen«, erwiderte Murat Giray, doch der Großwesir schüttelte den Kopf.

»Die dort getroffenen Maßnahmen reichen vollkommen aus. Der Kriegsrat ist beendet! Er war nutzlos, weil ich nur Feiglinge und Narren um mich sehe.«

Bei dieser Beleidigung schoss einigen das Blut in den Kopf. Einen Augenblick lang sah es sogar so aus, als wollte Murat Giray den Säbel ziehen und auf den Großwesir losgehen. Doch da traten mehrere Leibwächter zu Kara Mustapha, und er nahm seine Hand wieder vom Säbelgriff. Ohne Gruß drehte er sich um und wollte das Zelt verlassen. Da schallte die Stimme des Großwesirs hinter ihm her.

»Tatar, du wirst mit deinen Männern die Donau hochreiten und die Giauren daran hindern, auf Wien vorzurücken. Wenn sie überhaupt kommen, heißt das!«

Murat Giray schnaubte und wandte sich an Ismail Bei, der ihm gefolgt war.

»Der einzige Narr, den ich in Kara Mustaphas Zelt gesehen habe, ist der Großwesir selbst. Es ist Wahnsinn, das Lager unbefestigt zu lassen, wenn ein Entsatzheer droht. Ebenso ist es Wahnsinn, meine Tataren loszuschicken, um es aufzuhalten. Ich vermag mit meinen Männern ein doppelt so starkes kaiserliches Heer, das zu drei Vierteln aus Fußsoldaten besteht, durch immerwährende Attacken zu zermürben und schließlich zu zersprengen. Gegen das Reiterheer der Polen ist dies jedoch unmöglich. Die Husaren würden mein Heer stellen und in einem einzigen Angriff zerschlagen. Um sie auf dem Anmarsch aufzuhalten, hätte Kara Mustapha seine schweren Sipahi-Reiter losschicken müssen. Die aber lungern nutzlos im Lager herum, während meine Männer das Land durchstreifen und Vorräte herbeischaffen müssen.«

Ismail Bei hörte dem Khan verstohlen lächelnd zu. Den Tataren ging es weniger darum, Nahrung für das Heer zu erbeuten, als vielmehr zu plündern. Dennoch war es nicht ratsam, eine so große Zahl an tatarischen Reitern die Donau hochzuschicken, denn diese dienten bisher erfolgreich als Augen und Ohren des Heeres.

»Du wirst mit mir reiten«, fuhr Murat Giray fort.

»Herr, ich ...«, begann Ismail Bei, wurde aber von dem Tataren unterbrochen.

»Heute bist du ein Nichts, doch einst warst du Ismail Pascha und einer der Vertrauten des Sultans, bis Kara Mustapha dich verbannen ließ. Du sollst sehen, wie sehr der Großwesir sich irrt.«

Ismail Bei begriff, dass Murat Giray hoffte, er könnte dem Sultan von Kara Mustaphas Fehlern berichten. Dafür aber hatte Mehmed IV. ihn zu deutlich fühlen lassen, dass er nicht mehr in seiner Gunst stand. Sollte der Großwesir jedoch vor Wien scheitern, konnte sich dies wieder ändern, dachte er. Ein Problem gab es jedoch noch zu lösen.

»Wenn ich mit Euch reite, oh Khan, müsste meine Tochter allein mit ihrer Sklavin hier im Lager zurückbleiben!«

»Deine Tochter wird unter dem Schutz der Männer, die ich zurücklasse, sicher sein«, versprach Murat Giray.

Sich jetzt noch zu weigern, war unmöglich. Mit dem Großwesir hatte Ismail Bei bereits einen Feind im Lager. Sich jetzt auch noch Murat Giray zum Gegner zu machen, wäre Wahnsinn gewesen. Daher nickte Ismail Bei.

»Ich höre und gehorche, mein Khan. Wenn Ihr mit Euren Kriegern aufbrecht, werde ich an Eurer Seite reiten.«

6.

Munjah hatte voller Bangen auf ihren Vater gewartet. Nach dem Fehlschlag in der Nacht war der Großwesir gewiss sehr erregt, und da konnte es sein, dass Mustapha Pascha ein Opfer für seinen Zorn suchte. Daher atmete sie auf, als Ismail Bei ins Zelt trat.

»Du bist zurück, Vater!«, rief sie und umarmte ihn.

Ismail Bei strich seiner Tochter lächelnd über das Haar. »Warum sollte ich nicht zurück sein?«

»Ich dachte mir ... der Großwesir war gewiss sehr aufgebracht.«

»Allerdings! Seinen Zorn zogen sich jedoch andere zu, nicht ich. Allerdings bin auch ich in gewisser Weise ein Opfer seines Zorns. Murat Giray Khan soll mit dem größten Teil seiner Tataren die Donau aufwärts reiten und einem möglichen Entsatzheer den Weg verlegen. Es ist Murat Girays Wunsch, dass ich ihn begleite.«

»Wenn du das tust, Vater, bliebe ich ganz allein mit Bilge und Spyros hier!«, rief Munjah erschrocken.

»Den Griechen nehme ich mit.« Ismail Bei sah sich nach seinem Diener um, doch der war irgendwo im Lager verschwunden. Obwohl er sich darüber ärgerte, wie nachlässig der Kerl seinen Pflichten nachkam, war er im Augenblick über dessen Abwesenheit froh.

»Höre mir gut zu, meine Tochter«, sagte er mit eindringlicher Stimme zu Munjah. »Kara Mustapha begeht den Fehler, den Rat erfahrener Männer in den Wind zu schlagen. Es mag daher sein, dass das Kriegsglück sich gegen ihn wendet. Daher wirst du von nun an das Kleid tragen, in das du die Edelsteine eingenäht hast, und den Mantel mit den Goldstücken bereitlegen.«

Munjah presste die Hand auf ihr wild klopfendes Herz. »Du glaubst, wir müssen fliehen?«

»Es wird eher ein Rückzug sein, doch wir dürfen das letzte Geschenk des Sultans nicht verlieren. Es ermöglicht mir, entweder in Kostantiniyye still und bescheiden oder in der Provinz wie ein Fürst zu leben. Was würdest du vorziehen?«

»Die Provinz«, antwortete Munjah. »Dort gibt es keinen Großwesir, der dich mit seinem Zorn verfolgen kann.«

»Dafür aber Paschas und Ağas, die nicht besser sind als er!« Ismail Bei hatte sich bereits überlegt, ob er nach diesem Feldzug nicht nach Persien reisen und sich dort niederlassen sollte. Dies aber wollte er seiner Tochter noch nicht sagen, um sie nicht zu ängstigen. Daher schloss er die Arme um sie und zog sie an sich.

»Es wird alles gut werden, mein Kind. Ich sorge dafür, dass immer ein Pferd für dich bereitsteht. Man kann über Azad Jimals Tataren sagen, was man will, doch wenigstens hast du bei ihnen reiten gelernt.«

Munjah nickte, obwohl sie kaum mehr als ein halbes Dutzend Mal auf einem Pferd gesessen und ihr Vater dessen Zügel geführt hatte. Wenn es jedoch sein musste, würde sie in den Sattel steigen und reiten. Sie hoffte jedoch, dass ihr Vater auch dann bei ihr sein würde und sie dieses Land nicht auf eigene Faust verlassen musste.

»Gräme dich nicht, Tochter! Ich werde rechtzeitig zurückkommen. Wer weiß, vielleicht irre ich mich, und der Großwesir nimmt Wien doch noch ein. Sollten die Polen wirklich nicht kommen, dürfte es ihm sogar gelingen.«

»Und wenn sie kommen?«, fragte Munjah.

»Was dann geschieht, weiß nur Allah ganz allein.«

Damit war Ismail Beis Meinung nach alles gesagt. Da Murat Giray mit seinen Männern am nächsten Morgen aufbrechen wollte, gab es für ihn noch einiges zu tun. Vor allem musste er dafür sorgen, dass sich sein Diener Spyros nicht versteckte und im Lager zurückblieb. Daher hielt er diesem gegenüber seine Absichten zunächst geheim.

Als am nächsten Morgen zwei Tataren in Kettenhemden und spitzen Helmen als Ehrengeleit vor seinem Zelt erschienen, wandte Ismail Bei sich an seinen Diener.

»Wir werden den Khan begleiten! Lass mein und dein Pferd satteln, und lade mein Gepäck auf ein Saumpferd.«

Der junge Grieche starrte ihn mit großen Augen an. »Aber, ich … Ist es nicht besser, wenn ich hierbleibe und Eure Tochter beschütze?«, stotterte er.

»Soll ich mir etwa selbst behelfen, wenn ich etwas brauche?«, fuhr Ismail Bei ihn an. »Du kommst mit! So ist es beschlossen!«

Als Spyros noch immer keine Anstalten machte, seine Anweisungen zu befolgen, wandte er sich an die beiden Tataren.

»Ihr sorgt dafür, dass mein Diener meine Pferde bringt und sich nicht davonmacht. Sollte er es versuchen, dann tötet ihn!«

Der Grieche bedachte ihn mit einem giftigen Blick, doch Ismail Bei verzog nur verächtlich den Mund. Er würde schon dafür sorgen, dass dieser Mann seiner Tochter nicht gefährlich werden konnte.

7.

Das Heer kam gut voran. Für Nahrung und Futter war gesorgt, und der Gedanke, am Ende einem sechsfach überlegenen Feind gegenüberzustehen, vermochte nur die Ängstlicheren unter den Kriegern Jans III. zu erschrecken. Johanna hingegen schlug sich seit einigen Tagen mit ganz anderen Problemen herum. In den Nächten träumte sie von den Männern, die sie bisher getötet hatte, und bei jedem Traum wurden es mehr. Am Morgen erwachte sie wie zerschlagen und brauchte eine gewisse Zeit, bis sie ihre Gedanken so weit gesammelt hatte, um aufstehen zu können.

Wenn die Folgen ihres Tuns sie jetzt schon so heftig quälten, wie würde es erst sein, wenn sie in der Schlachtreihe gegen Türken anritt und diese im Angriff tötete? Diese Frage beschäftigte sie, während sie die an dieser Stelle flache Landschaft Mährens durchquerte und in der Ferne Hügel vor sich sah, die bereits zu Österreich gehören mussten.

Als sie glaubte, ihren Zwiespalt nicht mehr ertragen zu können, gesellte sie sich zu Karl und deutete an, ihn unter vier Augen sprechen zu wollen.

Ihr Bruder musterte sie besorgt. »Ist etwas geschehen?«

»Nein, es ist nur …« Sie brach ab und blickte zu Boden.

»Was ist denn los?«, fragte Karl und fasste sie um die Schulter.

»Ich will nicht mehr töten, oder, besser gesagt, ich kann es nicht mehr.«

»Endlich bist du gescheit geworden! Wir werden zu Osmański gehen und ihm sagen, wer du wirklich bist.« Karl wollte sie schon in Richtung ihres Anführers ziehen, doch Johanna stemmte sich dagegen.

»Das will ich nicht!«

»Aber du kannst nicht …«, begann Karl, wurde aber von seiner Schwester unterbrochen.

»Niemand soll wissen, wer ich bin, wenigstens bis zu dem Augenblick, in dem der Sieg errungen ist. Ich würde zu viele Menschen enttäuschen.«

»Das darfst du nicht sagen!«

»Es ist aber so«, widersprach Johanna. »Der König wäre es, und er würde zudem zornig sein, weil Osmański mir aufgetragen hat, seinen Sohn auszubilden. Wie würde Prinz Jakub dastehen, wenn es heißt, sein Lehrer wäre ein Mädchen gewesen? Kein Reiter im Heer würde ihn noch ernst nehmen!«

»Aber wenn du nicht mehr kämpfen willst, bleibt dir nichts anderes übrig, als dich als Mädchen zu erkennen zu geben!«

Johanna schüttelte den Kopf. »Das gäbe zu viel Gerede im Heer. Ich wähle eine andere Lösung.«

»Und welche?«, fragte Karl.

»Ich werde die Fahne tragen!«

»Bist du verrückt?«, stieß Karl hervor. »Als Fähnrich bist du besonders gefährdet, weil jeder Feind danach strebt, dir die Fahne abzunehmen!«

»Jeder unserer Kameraden wird alles tun, um das zu verhindern. Auch glaube ich, dass ich in der Lage bin, mich zur Wehr zu setzen, wenn mich ein Feind bedroht. Ich will nur nicht mehr von mir aus töten.«

»Es ist zu gefährlich! Du könntest dabei umkommen«, widersprach Karl.

Johanna antwortete mit einem schmerzlichen Lächeln. »Das wäre vielleicht das Beste für uns beide. Du müsstest nur dafür sorgen, dass keiner erkennt, dass ich ein Mädchen bin, sondern mich als Jan Wyborski begraben. Danach wärst du einer Last ledig, die dich jetzt noch drückt.«

Die Worte waren kaum ausgesprochen, da packte Karl seine Schwester und schüttelte sie. »Sag so etwas nie wieder! Du bist mir nie eine Last gewesen! Ich liebe dich und würde alles für dich tun.«

»Ich weiß«, antwortete Johanna mit einem schmerzlichen Lächeln. »Mittlerweile weiß ich auch, dass du recht hattest, als du wolltest, dass ich, sobald wir in Polen sind, wieder zum Mädchen werde. Ich weiß nicht, weshalb ich es nicht getan habe.«

Karl hätte ihr sagen können, dass es aus einem gewissen Stolz heraus gewesen war, als jemand zu gelten, und aus Trotz, es Osmański und den anderen zu zeigen. Da er bei seiner Schwester keine Wunden aufreißen wollte, schwieg er und fasste nach ihren Händen.

»Wir haben es gemeinsam begonnen und werden es gemeinsam durchstehen!«

»Das werden wir, Bruder! Du mit dem Säbel und ich mit der Fahne in der Hand.« Johanna lächelte erleichtert, obwohl sie wusste, dass sie auch noch Osmański überzeugen musste, ihr die Fahne zu überlassen.

Doch da stiefelte ihr Bruder bereits auf Adam zu. »Auf ein Wort, Hauptmann!«

Adam kniff die Augen zusammen, denn es klang scharf. »Was gibt es, Wyborski?«, fragte er angespannt.

»Mein Bruder, dieser Lümmel, will in der Schlacht unbedingt die Fahne tragen!« Karl steuerte schnurstracks auf sein Ziel zu, denn er wusste, dass Adam einem offenen Wort eher Gehör schenkte als einer duckmäuserisch vorgetragenen Bitte.

»Er will was?« Im ersten Augenblick wollte Adam es nicht glauben und sah zu Johanna hin.

Ein ernstes Lächeln spielte um ihr Gesicht, das ihren Mut ebenso zeigte wie ihre Verletzlichkeit. Sie ist auch als Junge schön, durchfuhr es ihn. Und im nächsten Moment begriff er, weshalb sie die Fahne tragen wollte. Ein Jüngling an ihrer Stelle würde mit den Räubern und Tataren angeben, die er bereits erschlagen hatte. Sie aber erwähnte die Toten niemals. Sie ist also doch ein Mädchen, dachte er, und kein Mann, der im falschen Körper geboren worden ist. Mitleid erfasste ihn, und er überlegte, wie er ihr die Schlacht ersparen könnte. Es war jedoch zu viel geschehen, um dies möglich zu machen, und nicht wenig davon hatte er zu verantworten.

Mit einem tiefen Seufzer legte er die rechte Hand auf Karls Schulter. »Ich kann dich nur um Verzeihung bitten. Ich war ein eitler, eigensinniger Narr. Ich hätte deiner Schwester bereits bei unserem ersten Zusammentreffen auf den Kopf zusagen müssen, dass ich um ihr wahres Geschlecht weiß.«

»Du wusstest, dass Johanna ein Mädchen ist?«, fragte Karl verdattert.

Adam spie mit einer Miene aus, als würde die Geste ihm selbst gelten. »Ich bin bei eurem Großvater aufgewachsen, und er las mir stolz die Briefe vor, die er von eurer Mutter erhielt. Ich war sechs Jahre alt, als sie ihm von eurer Geburt berichtete. Bis zu ihrem Tod hat sie mindestens einmal im Jahr einen Brief geschrieben. Dabei erzählte sie natürlich auch von euch beiden.«

»Wenn ich das gewusst hätte, hätte ich Johanna gezwungen, sich zu erkennen zu geben«, stöhnte Karl.

»Was dir, wie ich deine Schwester kenne, äußerst leichtgefallen wäre!« In Adams Stimme lag Spott, doch galt er mehr sich selbst als den Zwillingen. Schließlich stampfte er wütend mit dem Fuß auf die Erde.

»Wenn das Mädchen stirbt, kommt ihr Blut auf mich. Ich habe sowohl als euer Verwandter wie auch als euer Anführer versagt.«

»Es hat keinen Sinn, zu klagen!«, wies Karl ihn zurecht. »Wir müssen die Situation nehmen, wie sie ist. Meine Schwester gilt als mutiger Krieger. Jetzt zu enthüllen, dass sie genau das nicht ist, würde Unruhe im Heer hervorrufen. Zudem würden wir uns die Ungnade des Königs zuziehen. Glaubt Ihr, Jan III. würde sich freuen, wenn es heißt, Ihr habt seinem Sohn ein Mädchen als Fechtlehrer zugeteilt? Für Prinz Jakub wäre dies vernichtend, denn jeder Soldat im Heer würde über ihn lachen.«

»Das hat sie dir gesagt, was?«, meinte Adam mit einem kurzen Seitenblick auf Johanna. Dann nickte er. »Zu meinem größten Bedauern hat sie recht. Uns beiden bliebe danach nichts anderes, als in die wilden Felder zu den Kosaken zu gehen. Aber ich bin ein Pole und würde nur ungern mein Knie vor einem Popen der Ostkirche beugen, geschweige denn, einem Kosaken-Ataman gehorchen.«

»Dann bekommt Jan die Fahne?« Da gerade einer der Männer vorbeiging, wählte Karl wieder die männliche Form für seine Schwester.

»Er bekommt sie!« Adam knurrte kurz und sah dann Karl zwingend an. »Ihr werdet an ihrer Seite reiten und sie beschützen! Haltet Euch immer an der Seite Eures Bruders und prescht nie nach vorne!«

»Ich werde tun, was ich kann«, antwortete Karl und reichte Adam die Hand. »Ich danke Euch!«

»Du dankst mir? Bei der Heiligen Jungfrau, du müsstest mir eher deinen Säbel zwischen die Rippen stoßen, und selbst das wäre als Strafe noch zu gering. Wenn Joanna etwas geschieht, wird meine Mutter sich verfluchen, mich geboren zu haben. Sie hat mir, als ich sie vor einiger Zeit traf, eine gewaltige Ohrfeige versetzt und befohlen, deine Schwester umgehend zu ihr zu bringen. Doch ich Narr wollte die Befehle des Königs so rasch wie möglich ausführen. Nun habe ich euch beide in eine Situation gebracht, wie sie schlimmer nicht sein kann.«

Karl spürte, wie Adam sich mit seinen Selbstanklagen innerlich auffraß, und versetzte ihm einen Stoß gegen die Schulter. »Nehmt Euch zusammen! Ihr habt nicht nur meiner Schwester gegenüber eine Verpflichtung, sondern auch gegenüber jedem Eurer Reiter. Vergesst das nicht!«

Adams Blick wanderte über seine Männer. Die einen tranken Wein, andere unterhielten sich, und ein Stück entfernt stimmte Tobiasz Smułkowski ein Lied an. Es war ein Lied von Sehnsucht und Liebe. Die Gespräche erstarben, und alle hörten ihm zu.

»Ja«, sagte Adam leise. »Ich bin auch für sie verantwortlich. Darum lasst uns wacker streiten, wenn wir auf den Feind treffen. Allerdings müssen wir dafür sorgen, dass es Jan Wyborski danach nicht mehr gibt!«

»Das sollten wir«, antwortete Karl und sah Wojsław auf sich zukommen.

Der Junge wirkte erregt und fasste ihn am Ärmel. »Ich muss mit Euch sprechen, Herr!«

»Was gibt es?«, fragte Karl. Da zog Wojsław ihn ein Stück beiseite, damit Adam ihn nicht hören konnte.

»Ich will kämpfen und mithelfen, die Heiden zu vertreiben, Herr, und nicht im Lager zurückbleiben müssen.«

»Du bist ein braver Bursche, aber …«, begann Karl und wurde von Wojsław sofort unterbrochen.

»Prinz Jakub darf mitkämpfen, und der ist nicht älter als ich und sogar eine Handbreit kleiner. Außerdem würde ich mich zu Tode schämen, wenn ein Mädchen wie Eure Schwester die Christenheit retten darf und ich nicht!«

Karl überlegte kurz und nickte. »Also gut, du wirst kämpfen! Deine Aufgabe ist es in erster Linie, Johanna zu beschützen, verstehst du? Sie wird die Fahne tragen! Also werde ich rechts von ihr reiten und du links.«

»Danke, Herr!« Wojsławs Augen leuchteten auf, und er wollte Karls Hand küssen. Dieser zog sie jedoch rasch genug zurück.

»Ich glaube eher, du wirst mich bald verfluchen, weil ich es dir erlaubt habe. Ich tue es jedoch nur, damit du dich an Johannas Seite hältst. Weichst du ab, und ihr geschieht deswegen etwas, werde ich dich bestrafen!«

»Habt keine Sorge, Herr! Ich werde tun, was Ihr befehlt.«

Wojsław war zu glücklich, überhaupt mitkämpfen zu dürfen, als dass ihn diese Einschränkung gestört hätte. Karl begriff dies und atmete auf. Mochte die Schlacht nun kommen – er hatte getan, was er konnte, um seine Schwester zu schützen.

8.

Der Vormarsch der Polen ging weiter. Immer wieder erschienen Boten bei Jan III. und brachten die Nachricht, dass Wien zwar noch nicht erobert sei, man aber täglich mit dem Fall der Stadt rechnen müsse. Die Sorge, zu spät zu kommen, trieb den König und das gesamte Heer voran. Inzwischen hatten die beiden Marschsäulen des Königs und Sieniawskis sich bei Nikolsburg wieder vereinigt und rückten geschlossen gegen die Donau vor. Damit betraten die polnischen Krieger endgültig fremdes Land. War die mährische Sprache der eigenen noch ähnlich genug gewesen, um die notwendigsten Dinge verstehen zu können, sprachen die hiesigen Bewohner einen eigenartigen deutschen Dialekt, mit dem bis auf Johanna, Karl und Wojsław niemand etwas anzufangen wusste. Selbst die drei brauchten einige Zeit, bis sie verstanden, was die Einheimischen sagten.

Aus einer Laune heraus forderte Adam Johanna auf, für ihn zu dolmetschen. »Ich spreche neben meiner Muttersprache und Französisch noch Latein und die Sprachen der Kosaken, Tataren und Türken. Aber ich habe nie angenommen, einmal die der Deutschen zu brauchen«, erklärte er ihr. »Also sag mir, was will der Kerl?«

»Er will Euch ein Fass Wein verkaufen und verlangt dafür zehn Gulden.«

»Es hieß, dass die Kaiserlichen uns mit Vorräten ausstatten werden. Dazu gehört auch Wein«, erwiderte Adam verärgert.

»Der Mann sagt, dass die Emissäre des Kaisers den besten Wein haben wegholen lassen, damit ihn die Tataren nicht erbeuten können. Nur er hat ein Fass guten Weines verstecken können. Was wir von den Beamten erhalten sollen, nennt er Essig.«

»Der ist mir auch lieber. Dann saufen die Männer nicht so viel«, erklärte Adam und wies Johanna an, den Weinverkäufer wegzuschicken.

»Werden unsere Reiter Euch nicht für geizig halten?«, stichelte Johanna.

Adam lachte kurz auf. »Du bist doch kein Weib, das mich verraten wird! Die Männer werden sich höchstens über die Österreicher ärgern, die ihnen eine solche Jauche vorsetzen.«

Im ersten Moment zuckte Johanna zusammen, als sie das Wort »Weib« hörte. Sie dachte sich dann aber, dass Adam anscheinend doch nichts gemerkt hatte, und machte sich in Gedanken über ihn lustig. Da er eine Antwort zu erwarten schien, zuckte sie die Achseln.

»Ich nehme an, dass der Kerl uns übers Ohr hauen wollte und wir von ihm auch nur ein Fass des von den Kaiserlichen versprochenen Weines erhalten würden.«

»Dann ist es doppelt gut, dass wir ihn zum Teufel gejagt haben«, erklärte Adam und schlug Johanna so fest auf die Schulter, dass sie einknickte.

Johanna biss die Zähne zusammen und fand, dass ihr Anführer ein arger Stoffel war. Dann aber forderte ein Reitertrupp, der auf das Marschlager zukam, ihre Aufmerksamkeit. Der Mann an der Spitze trug einen schlecht polierten Brustharnisch, eine schief sitzende graue Perücke und weite Hosen, die längst gewaschen gehörten. Als er ganz in der Nähe sein Pferd anhielt und abstieg, sah Johanna, dass auch seine Stiefel seit langem nicht mehr geputzt worden waren. Diesem Mann war sein

Aussehen entweder vollkommen gleichgültig, oder er hatte seit Wochen keine Zeit mehr gehabt, sich darum zu kümmern. Noch während Johanna überlegte, wer der Fremde sein konnte, erschien Jan III. mit seinen gesamten Hetmanen und Obristen sowie Prinz Jakub im Gefolge und umarmte den Ankömmling überschwenglich.

»Seid mir willkommen, Euer Exzellenz! Oder ist Euch Euer Gnaden genehmer?«, rief Jan III. laut genug, so dass auch Johanna, Adam und ihre Truppe es hören konnten.

»Seid Ihr mir willkommen, Euer Majestät. Euer Erscheinen ist für uns wie der Stern von Bethlehem für die Heiligen Drei Könige.«

Jan III. lächelte geschmeichelt. »Mein guter Lothringen, hättet Ihr ebenso wie der Herr von Starhemberg den Türken nicht so lange Widerstand geleistet, wäre mein Erscheinen nutzlos. Doch kommt in mein Zelt, damit wir beraten können! Bis jetzt kenne ich die Lage nur durch Eure Kuriere, würde mir aber gerne selbst ein Bild machen.«

»Mit dem größten Vergnügen, Euer Majestät!« Karl von Lothringen verbeugte sich und nahm den Hut entgegen, der ihm während des Rittes von Kopf geweht worden war und den einer seiner Begleiter aufgehoben hatte.

Während Jan III. mit seinem Gast und einigen Herren, die er dazu aufforderte, in seinem Zelt verschwand, kratzte Johanna sich an der Wange. »Das ist also der Befehlshaber der kaiserlichen Truppen? Besonders imposant sieht er nicht gerade aus!«

»Wenn du seit Monaten im Feld stehst und nicht wissen würdest, ob du bereits am nächsten Morgen die entscheidende Schlacht verlierst, würdest du dich auch weniger um die Sauberkeit deines Rocks kümmern oder darum, ob deine Stiefel geputzt sind«, antwortete Adam grinsend.

»Nun, ich dachte, Herr Karl ist doch immerhin der Herzog von Lothringen«, sagte Johanna.

»Titularherzog, denn das Land ist von den Franzosen besetzt. Zudem ist er der Ehemann unserer letzten Königin, der Witwe von Michał Korybut Wiśniowiecki, Leonore von Habsburg«, antwortete Adam, und sein Grinsen verstärkte sich noch. »Er war einer von Jan Sobieskis Konkurrenten auf dem Wahlfeld von Warschau. Nicht wenige haben verlangt, dass er König von Polen wird. Jetzt als Unterlegener den damaligen Sieger willkommen zu heißen, dürfte ihn gewaltig schmerzen.«

»Das glaube ich auch«, meinte Karl, der zu den beiden getreten war.

»Wenigstens pflegen die hohen Herrschaften auf Französisch miteinander zu parlieren, so dass auch wir etwas mitbekommen«, meinte Adam, der sich noch immer ärgerte, weil er in diesem Land Johanna oder Karl brauchte, um sich verständigen zu können.

»Was werden die Herren besprechen?«, fragte Johanna.

»Dafür müssten wir zum Zelt des Königs gehen und horchen. Ich glaube aber nicht, dass dessen Leibwachen so etwas zulassen werden!«

Für Adam war die Sache damit erledigt. Es würde entweder noch am gleichen Abend oder spätestens am nächsten Morgen neue Befehle geben, und diese galt es zu befolgen.

Johannas Blicke saugten sich an Jan Sobieskis Zelt fest, und sie wäre gerne ein Mäuslein gewesen, um dort lauschen zu können.

Im Zelt gönnte Jan III. seinem Gast gerade so viel Zeit, dass dieser einen Becher Wein trinken konnte. Karl von Lothringen leerte den Becher in einem Zug und schüttelte sich. »Der ist aber arg sauer!«

»Bis jetzt war der Wein unterwegs besser«, antwortete Jan

III. mit einem gewissen Bedauern. »Allerdings war ich da auch meist von einem der Herren in der Gegend zu Gast geladen. Hier, wo bereits die Tataren streifen können, haben viele das Weite gesucht und den besseren Wein mitgenommen.«

»Ich würde eher sagen, sie haben die Eingänge zu den Kellern mit dem besseren Wein zugeschüttet, so dass nur noch saurer Hund zu finden ist.«

Karl von Lothringen ließ sich seinen Becher trotz seiner Abneigung noch einmal füllen und stellte ihn dann auf die Karte, die auf einem zusammenlegbaren Tisch lag, den Jan Sobieski vor Jahren von den Türken erbeutet hatte.

»Wien ist völlig von den Türken umschlossen«, erklärte er und zog mit dem Zeigefinger einen Kreis um die Stadt. »Ein Angriff von der Donau her ist wegen des sumpfigen Geländes und der Zeit, die wir brauchten, um unsere Truppen an Land zu bringen, nicht möglich. Die Türken hätten genug Zeit, ihre Armee zu sammeln und uns mit ihrer Übermacht in den Strom zu treiben.«

»Wie ist es vom Süden her?«, fragte Jan III.

»Wir müssten den Wienerwald umrunden und würden unterwegs von tatarischen und türkischen Reitern behelligt werden. Auch weiß ich nicht, ob uns die Zeit bleibt. Es wäre ein langer Marsch«, antwortete Karl von Lothringen.

»Also bleibt uns nur der Weg durch den Wienerwald. Ich hatte mir schon so etwas gedacht und Euch deshalb gebeten, mir die besten Karten zu schicken. Ich will hier über die Donau setzen!« Der rechte Zeigefinger von Jan III. stach auf das Symbol zu, das die Stadt Tulln bezeichnete.

Karl von Lothringen nickte. »Diese Stelle erscheint auch mir als die Beste. Ich werde bis zu Eurer Ankunft eine Schiffsbrücke errichten lassen. Ihr müsst aber rasch vorrücken, denn es wurden größere Tatarenhorden in der Gegend gesichtet.«

»Können die Tataren unseren Übergang über die Donau verhindern?«, wollte der König wissen.

»Nein«, antwortete Lothringen, »denn ich werde den Platz mit meinen Truppen sichern. Außerdem stehen die Baiern unter Kurfürst Max Emanuel und die Franken unter Waldeck nicht weit entfernt und können ebenfalls eingreifen, wenn die Tataren uns attackieren. Ich frage mich, weshalb der Großwesir nur sie geschickt hat und nicht seine schwere Reiterei. Die hätte uns in große Schwierigkeiten bringen können!«

»Nur so lange, bis wir übergesetzt haben!« Jan III. lachte und umarmte Lothringen. »Wir werden Wien retten und Europa von den Türken befreien!«

»So Gott will!«, antwortete Lothringen und hoffte, dass die Berater Kaiser Leopolds, die dem Polenkönig nicht wohlgesinnt waren, ihnen keine Steine in den Weg legten. Es gab auch so schon Probleme genug.

9.

Von einem Hügel aus beobachteten Murat Giray und Ismail Bei, wie die Schiffsbrücke bei Tulln fertiggestellt wurde. Gleichzeitig marschierten am südlichen Ufer Soldaten auf und errichteten Schanzen.

»Das sind Lothringens Krieger«, erklärte der Tatarenkhan.

»Nicht nur«, widersprach Ismail Bei. »Die Krieger dort hinten ziehen unter verschiedenen Fahnen. Es muss ein Aufgebot aus dem Reich der Almanlar sein!«

»Aus dem den Worten unseres allwissenden und allmächtigen Großwesirs zufolge kein einziger Mann kommen wird«, erwiderte Murat Giray mit bitterem Spott.

»Ebenso wenig wie die Polen!« Ismail Bei wies auf die Reiter, die auf den Hügeln über dem nördlichen Ufer auftauchten. Bei deren Fahnen brauchte Murat Giray nicht zu rätseln, woher sie stammten. Er hatte sie in Podolien und auf den wilden Feldern oft genug gesehen.

»Der Löwe von Lechistan ist also aus seinem Grab, in dem Kara Mustapha ihn bereits wähnte, herausgestiegen und führt seine Männer an.«

»Es sind sehr viele«, flüsterte Ismail Bei, während ein Husarenfähnlein nach dem anderen auf die Donau zuritt und die Ersten bereits die Brücke passierten.

»Was glaubst du, wie viele Christenhunde sich hier versammelt haben?«, fragte der Khan.

Ismail Bei warf einen kurzen Blick auf die Scharen südlich des Stromes. »Mindestens zwanzigtausend. Dabei haben wir bislang erst die Vorhut der Polen gesehen.«

»Die Christen haben sich gut verschanzt. Kannst du mir sagen, wie ich sie mit meinen Reitern angreifen soll? Aber genau das verlangt der Großwesir von mir!« Murat Giray spie aus und verfluchte Kara Mustapha, der seinen Rat in den Wind geschlagen hatte, so dass er nun hilflos zusehen musste, wie sich das feindliche Entsatzheer vereinigte.

»Ich werde einen Boten zum Großwesir senden und ihm die Ankunft der Reichstruppen und der Polen melden«, erklärte er.

Ismail Bei sah noch einmal nach vorne. Dort erreichten eben die ersten polnischen Husaren das diesseitige Ufer. Mit ihren blitzenden Rüstungen, den federgeschmückten Flügeln auf den Rücken und den langen, bewimpelten Lanzen wirkten sie wie gepanzerte Engel, und er begriff, weshalb die Tataren diese Krieger fürchteten.

»Auf welchem Weg wird dieses Heer nach Wien marschieren?«, fragte er den Khan.

»Ich behaupte immer noch: über die Höhen des Wienerwalds! So würde ich es machen. Doch der Großwesir ist davon überzeugt, kein Heer könne die bewaldeten Hügel überwinden. Ich hoffe nur, dass er den Wachtposten auf dem Kahlenberg befiehlt, ein befestigtes Lager zu errichten. Geschieht dies nicht, werden die Husaren wie eine Sichel in die Flanke der Janitscharen einschlagen, und ob diese dem Angriff standhalten, ist nach der Art, wie Kara Mustapha sie bislang verheizt hat, zweifelhaft. Doch nun kommt! Ein paar dieser elenden Christen haben uns entdeckt und reiten auf uns zu!«

Murat Giray zog sein Pferd herum und trabte an. Mit zwiespältigen Gefühlen folgte ihm Ismail Bei. Zum einen wünschte er dem Großwesir einen Fehlschlag, der diesen stürzen würde, zum anderen aber gönnte er den Feinden keinen Sieg über ein Heer des Sultans, gleichgültig, wer dieses führte.

Die beiden erreichten Murat Girays Gefolge lange, bevor ihre Verfolger sie einholen konnten, und angesichts einer Schar von mehreren tausend Tataren hielt das polnische Fähnlein an.

Azad Jimal Khan brüllte wutcrfüllt, als er das Pferd des Anführers erkannte. »Das sind die Reiter dieses verfluchten Osmański! Wir müssen sie angreifen!«

Er erntete einen erzürnten Blick von Murat Giray. »Wenn wir das tun, geben wir den restlichen Polen die Gelegenheit, uns in die Zange zu nehmen. Das sind mir die paar Husaren nicht wert. Wir reiten zurück zum Lager! Du, Azad Jimal, bleibst mit deinen Kriegern hier und beobachtest den Feind. Melde uns, wie er zieht, und lass dich auf kein Gefecht ein. Hast du verstanden?«

Azad Jimal Khan nickte mit verkniffener Miene. Gleichzeitig ärgerte er sich über Murat Giray, bei dem er durch seine Schlappen gegen Osmańskis Reiter viel an Ansehen und Einfluss verloren hatte. Um beides wieder zu erringen, hatte er mit seinen Männern mehr Dörfer im Umkreis von Wien geplündert als jeder andere Tatarenanführer. Jetzt damit aufhören zu müssen, nur um diese elenden Christen zu beobachten, gefiel ihm gar nicht.

Da er sich jedoch nicht offen gegen Murat Giray stellen durfte, tat er so, als würde er gehorchen. Doch kaum war sein Anführer mit dem größten Teil des Heeres verschwunden, ritt Azad Jimal Khan mit seinen Männern zur Donau und setzte mit ihnen ein Stück unterhalb der Schiffsbrücke auf das Nordufer über. Sowohl die Pferde wie auch die Männer waren gute Schwimmer und brauchten weder Boote noch eine Brücke. Als sie drüben angekommen und wieder in die Sättel gestiegen waren, grinste Azad Jimal Khan zufrieden. Jetzt, da die christlichen Soldaten alle auf dem Südufer der Donau waren, lag das Land ohne Schutz vor ihm. Für ihn war das geradezu eine Einladung zum Plündern!

10.

»Was für elende Feiglinge«, fluchte Ignacy, als die Tataren abrückten.

»Ich würde eher sagen, dass sie klug sind«, widersprach Karl. »Würden sie sich auf ein Gefecht mit uns einlassen, hätten sie innerhalb kürzester Zeit den größten Teil unserer Husaren und Lothringens Reiterei gegen sich.«

»Murat Giray ist ein alter Fuchs«, stimmte ihm Adam zu. »Darum wundert es mich auch, dass er sich nur mit seinen eigenen Reitern hier herumtreibt. Er hätte mehrere tausend gepanzerte Sipahi und einiges an Fußvolk gebraucht, um uns in Schwierigkeiten bringen zu können.«

»Was beklagt Ihr Euch?«, fragte Johanna, die heute zum ersten Mal die Fahne trug.

Auf dieser war die Jungfrau Maria mit dem Jesuskind auf dem linken Arm und einem Schwert in der Rechten abgebildet. Die Fahne war ein Geschenk des Königs, und es hieß, seine Gemahlin habe sie gestickt. So, wie Johanna Königin Maria Kazimiera einschätzte, hatte diese höchstens zwei, drei Stiche gemacht und die Arbeit dann ihren Hofdamen oder ihren Mägden überlassen. Osmańskis Reiter hingegen waren begeistert, weil sie eine »von der Königin« gestickte Fahne erhalten hatten.

Johanna wunderte sich, wohin sich ihre Gedanken verirrten. Im Gegensatz zu Ignacy ärgerte sie sich nicht, weil die Tataren sich zurückzogen. Es würde schwer genug werden, das Heer des Großwesirs zu besiegen. Da sollten sie nicht schon vorher Verluste erleiden.

»Wir kehren um!«, befahl Adam.

Die Schar wendete ihre Pferde und trabte in Zweierreihen hinter ihrem Anführer her. Johanna ritt mit wehender Fahne an zweiter Stelle, während Karl und Ignacy sich hinter ihr einreihten.

Auf ihrem Weg zurück kamen sie an dem fränkischen Aufgebot vorbei, das hier Lager bezogen hatte. Johannas Blick schweifte zunächst über die Kämpfer, zuckte dann aber zusammen und zügelte ihr Pferd, bis Karl zu ihr aufgeschlossen hatte.

»Schau dorthin! Da weht die Fahne von Allersheim! Unser Halbbruder ist also ebenfalls aufgebrochen, um die Türken das Fürchten zu lehren.«

»Sollen wir ihn aufsuchen?«, fragte Karl, der mit der Zeit milder über Matthias urteilte.

Seine Schwester schüttelte heftig den Kopf. »Nicht nach alledem, was er uns angetan hat.«

Matthias von Allersheim stand keine hundert Schritte entfernt und sah den polnischen Husaren nach. Schließlich wandte er sich Firmin zu. »Siehst du die Polen dort?«

»Ja, Herr! Mutige Kerle, wenn Ihr mich fragt. Die hätten die Tataren angegriffen, obwohl diese ihnen weit überlegen waren.«

»Wir wären ihnen schon zu Hilfe gekommen!«

Matthias klang enttäuscht, denn es hätte ihm einen gewissen Ablass von seinen Sünden eingebracht, wenn er mehrere Tatarenschädel gespalten hätte. Nun musste er hoffen, dass er Gott in der entscheidenden Schlacht um das Abendland genug versöhnte, um seiner Sünden ledig in die Heimat zurückkehren und Kunigunde von Gunzberg als Braut heimführen zu können. Der Kampf mit seiner Stiefmutter würde allerdings härter werden als der mit den Heiden. Er schob diesen Gedanken beiseite und legte Firmin die Hand auf die Schulter.

»Was glaubst du? Könnten Johanna und Karl, als sie damals aus Allersheim flohen, den Weg nach Polen gewählt haben?«

»Sie hatten Verwandte dort«, sagte Firmin nachdenklich.

»Vielleicht gibt es im polnischen Heer jemanden, der uns Nachricht über sie geben kann. Mein Herz wäre leichter, wenn ich wüsste, dass sie noch leben.«

Firmin sah seinen Herrn an und fand, dass dieser sich zu sehr von seinen Schuldgefühlen leiten ließ. Wenn jemand Schuld an dem Ganzen hatte, so war es Gräfin Genoveva. Doch das war Matthias einfach nicht beizubringen.

»Mein Guter, würdest du für mich zu den Polen gehen und nach Johanna und Karl fragen?«, bat Matthias ihn.

Er selbst scheute davor zurück, weil er Angst hatte, auf Verwandte der beiden zu treffen, die ihn für ihr Schicksal verantwortlich machen könnten.

Firmin hätte seinem Herrn auch in dieser Beziehung mehr Mut gewünscht. Da er jedoch nichts an der Situation ändern konnte, holte er sein Pferd und ritt zu der Stelle, an der das polnische Heer eben sein Lager aufschlug.

Bereits beim ersten polnischen Soldaten, auf den er traf, war die Verständigung kaum möglich, da er selbst kein Polnisch und der andere kein Deutsch verstand. Der Pole war allerdings klug genug, einen seiner Kameraden zu rufen, der ein wenig Deutsch beherrschte.

»Dzień dobry«, grüßte der Mann. »Was du wollen?«

»Ich bin auf der Suche nach Freunden, die sich vielleicht in Polen aufhalten«, begann Firmin.

Der Mann lachte. »Polen groß!«

»Vielleicht hast du von ihnen gehört oder kennst jemanden, der sie gesehen hat«, fuhr Firmin fort. »Es handelt sich um die Komtesse Johanna von Allersheim und Graf Karl von Allersheim!«

»Nie gehört«, antwortete der Pole zu Firmins Enttäuschung.

»Vielleicht nennen sie sich nach der Familie ihrer polnischen Mutter Wyborski!«

»Von Wyborski ich gehört.«

Firmin wollte schon aufatmen, als der Mann weitersprach.

»Ziemowit Wyborski vor Jahren von Tataren totgemacht. Sippe ausgerottet.«

»Bei Gott, damit wären Johanna und Karl auch tot!«, stöhnte Firmin auf.

»Wird so sein«, meinte der Pole mit einer bedauernden Geste und ging.

Firmin starrte ihm nach, kniff dann aber die Augen zusammen. Was meinte der Mann mit »vor mehreren Jahren«? War damit eine Zeit gemeint, in der Karl und seine Schwester bereits bei ihrem Großvater gewesen sein konnten, oder hatten diese Polen erst nach dessen Tod erreicht? Er eilte hinter dem Mann her und fragte ihn, wann Ziemowit Wyborski gefallen war. Doch der zuckte nur mit den Schultern.

»Nicht genau wissen. Irgendwann gehört!« Ihm war anzumerken, dass ihm der neugierige Deutsche lästig fiel.

Da Firmin nicht glaubte, von dem Mann noch etwas zu erfahren, verabschiedete er sich. In der nächsten Stunde sprach er noch mehrere Polen an, doch entweder verstanden sie ihn nicht oder hatten den Namen Wyborski nie gehört. Schließlich gab Firmin kurz vor einer Schar auf, die sich um eine Fahne versammelt hatte, die die Jungfrau Maria mit dem Jesuskind auf dem einen Arm und einem Schwert in der anderen Hand zeigte. Er hätte nur noch zehn Schritte weitergehen müssen, um bei der Frage nach Wyborski auf Jan und Karol verwiesen zu werden.

11.

Die Stimmung im Lager war angespannt. Zwar hatten sie nach schier endlosen Meilen ihr Ziel fast erreicht, aber es war ungewiss, ob die Streitmacht, die sich hier zusammengefunden hatte, ausreichen würde, um es mit dem gewaltigen Heer des Großwesirs aufzunehmen. Den hohen Herren um Jan III., Karl von Lothringen, Max Emanuel von Baiern und Johann Georg von Sachsen ging es darum, den sichersten Plan für die Rettung Wiens und des Abendlands zu entwerfen. Auch musste entschieden werden, wem das Oberkommando zustand. Einige seiner Ratgeber hatten Kaiser Leopold aufgefordert, es entweder für sich selbst zu fordern oder wenigstens darauf zu bestehen, dass Karl von Lothringen es erhielt. Johann Georg von Sachsen erklärte, dass er als Kurfürst des Heiligen Römischen Reiches nicht unter einem landlosen Herzog dienen würde, und von Max Emanuel von Baiern hieß es, dass er sich selbst als die beste Wahl für den obersten Befehlshaber betrachtete.

Angesichts der verzweifelten Lage, in der sich das belagerte Wien befand, hielt Karl von Lothringen das Gerangel um den Oberbefehl für verderblich und erklärte, dass dieser nur Jan III.

als dem hochrangigsten Feldherrn zustand. Jan Sobieski war mit der Haltung Lothringens hochzufrieden. Auch wenn er nur ein gewählter König und nicht als Thronfolger geboren worden war, stand er doch über den beiden Kurfürsten und noch höher über dem in fremden Diensten stehenden Karl von Lothringen. Außerdem maß er sich die meiste Erfahrung im Kampf gegen die Türken zu und hatte bereits einen Schlachtplan ausgearbeitet.

Um die beiden Kurfürsten und Karl von Lothringen nicht vor den Kopf zu stoßen, hörte Jan III. sich ihre Überlegungen und Vorschläge an und baute sie, soweit sie ihm sinnvoll erschienen, in seine eigenen Pläne ein. Ihm war vor allem Lothringens Rat wichtig, da dieser sich schon seit Wochen in der Umgebung von Wien aufhielt und die Gegend genau kannte.

Für die einzelnen Truppen hieß es, sich für den Marsch auf Wien zu rüsten. Die letzten Nachrichten waren gut, denn Kara Mustapha hielt sein Heer immer noch vor Wien zusammen und machte keine Anstalten, ihnen entgegenzuziehen. Doch als die Lager abgeschlagen wurden und sich das aus Polen, Sachsen, Franken, Baiern und Österreichern bestehende Heer in Bewegung setzte, war schon bald zu erkennen, warum Kara Mustapha dem Wienerwald so wenig Beachtung schenkte.

Die einzigen Straßen, die zwischen den steilen, bewaldeten Hügeln hindurchführten, waren Karrenwege, deren Zustand die Lafetten der Kanonen und die Trosswagen aufs äußerste beanspruchte. Zudem stolperten die Infanteristen von einem Loch ins andere, und der Kavallerie erging es nicht besser. Johanna und ihre Kameraden mussten immer wieder aus dem Sattel steigen und die Pferde führen.

Auf die Weise kamen sie nur langsam voran, und die Befürchtung, die Türken würden ihnen an einer für sie ungünstigen Stelle den Weg versperren, erfasste jeden Mann. Die Ortschaften Sankt Andrä und Hierling blieben jedoch hinter ihnen zurück, ohne dass sich ein Türke sehen ließ. Bald ragte der Kahlenberg vor ihnen auf sowie links von diesem der Leopoldsberg und rechts der Vogelsangberg. Von den drei Kuppen aus sollte der Angriff auf die Belagerer von Wien beginnen.

Zunächst aber galt es, die Höhen zu erklimmen. Pioniere schlugen Schneisen in den Wald, damit sie vorrücken konnten, während ein paar Kompanien Infanterie vorauseilten. Sie sollten den türkischen Beobachtungsposten, den Kara Mustapha auf dem Kahlenberg hatte aufstellen lassen, vertreiben und die Höhen so lange halten, bis die Hauptmacht des Heeres nachgekommen war.

»Verdammt, muss es jetzt auch noch regnen?«, schimpfte Ignacy, als die ersten Tropfen vom Himmel fielen, und blickte nach oben. »So wird das nichts! Die Pferde werden ausrutschen und sich die Beine brechen.«

»Dann greifen wir die Türken eben zu Fuß an«, antwortete Adam trocken.

Bevor Ignacy etwas erwidern konnte, eilte ein Artillerist auf sie zu.

»Ihr müsst uns helfen und eure Gäule vorspannen. Allein schaffen wir die Kanonen niemals nach oben.«

»Wir wissen nicht einmal, ob es uns gelingt, hinaufzukommen«, antwortete Ignacy abweisend.

»Jetzt sei ruhig!«, wies Adam ihn zurecht. »Und ihr helft unseren Kameraden bei ihren Kanonen.«

»Habt Dank!«, rief der Artillerist und rief seinen Kameraden zu, Seile zu bringen, damit Adams Leute ihre Pferde vorspannen konnten.

Johanna hatte den gewachsten Lederüberzug über die Fahne gezogen, damit diese trocken blieb, und benützte den Stab der Fahne als Stütze beim Hochsteigen. Auch sie wollte mithelfen, doch Adam scheuchte sie weiter.

»Kümmere du dich um die Fahne! Das ist Arbeit genug. Ihr anderen nehmt eure Lanzen und bindet jeweils fünf davon zusammen. Während zwei sie nach oben bringen, spannen die anderen ihre Pferde vor die Kanonen. Und macht zum Teufel rasch, sonst sind die Türken vor uns auf dem Hügel und nehmen uns von oben unter Feuer.«

»Derzeit würden sie nur Bäume treffen«, spottete Ignacy, während ihm das Regenwasser übers Gesicht lief. Doch auch ihm war klar, dass zu langsames Vorrücken ihr Verderben sein konnte.

»Vorwärts, ihr Kerle! Ihr schlaft ja noch ein«, schrie er mehrere Männer an, die nicht so recht wussten, was sie mit ihren Lanzen anfangen sollten.

Adam, Karl, die Smułkowski-Brüder und Dobromir sorgten ebenfalls dafür, dass die Männer mit anpackten. Die einzelnen Lanzenbündel wurden an je zwei Pferde gebunden und von deren Reitern nach oben gebracht, während die restlichen Reiter und Pferde mithalfen, die schweren Kanonen zu transportieren. Als sie schließlich die Höhe erreichten, lagen dort ein paar tote Türken. Der Stoßtrupp hatte den Kahlenberg eingenommen und die Feinde vertrieben.

Adam, der Johanna gefolgt war, schüttelte ungläubig den Kopf. »Ich weiß nicht, was Kara Mustapha plant, doch an seiner Stelle hätte ich diesen Höhenzug von mehreren tausend Mann besetzen und befestigen lassen.«

»Vielleicht vertraut er darauf, uns in der Ebene schlagen zu können«, wandte Johanna ein.

»Uns bei diesem Aufstieg aufzuhalten, wäre mit weniger Verlusten verbunden gewesen«, belehrte Adam sie. »Kara Mustapha hatte Zeit genug dafür. Gut für uns, dass er es nicht getan hat.«

»Der König kommt!«, rief Karl von hinten.

Adam drehte sich um und sah Jan III. im weiten Mantel und

nasser Pelzmütze auf sich zustapfen. Einer seiner Leibwächter führte das Pferd des Königs am Zügel.

»Na, Osmański? Ist der Großwesir nicht ein großzügiger Mann, uns ungehindert heraufklettern zu lassen? Jetzt werden seine Janitscharen bluten!«, rief Jan III. lachend.

»Aber unsere Husaren auch«, erklärte Johanna.

Das Gesicht des Königs verdüsterte sich für einen Augenblick, doch dann straffte sich seine Gestalt. »Wir sind hierhergekommen, um zu kämpfen, junger Wyborski. Genau das werden wir tun und – sofern die Heilige Jungfrau uns beisteht – auch siegen. Diejenigen von uns, die fallen, wird sie an der Hand nehmen und ins Paradies führen, denn sie sind für den heiligen katholischen Glauben gestorben!«

»Die Sachsen und ein nicht unbeträchtlicher Teil der Franken sind protestantischen Glaubens«, wandte Karl ein.

»Sie kämpfen für das christliche Abendland, und ihre Toten werden ebenfalls die Gnade der Heiligen Jungfrau erlangen«, erklärte der König. »Doch nun schlagt euer Lager auf! Morgen früh feiern wir die heilige Messe. Danach liegt unser Schicksal in Gottes Hand.«

»Amen!«, rief Adam und befahl seinen Männern, die zusammen mit den Artilleristen den Hügel erklommen hatten, ihre Pferde loszubinden und ihm zu folgen.

Johanna warf einen kurzen Blick in die Ebene hinab und erschrak beim Anblick des riesigen türkischen Lagers, das wie ein breiter, strangulierender Ring um Wien lag. Von hier oben konnten sie sogar einzelne Reiter erkennen sowie mehrere kleinere Gruppen Soldaten, die in ihre Richtung zogen. Für einen Angriff auf die Truppen, die nun immer stärker auf den Kahlenberg und die anschließenden liegenden Höhenzüge drängten, waren die Truppenteile der Türken an dieser Stelle jedoch viel zu schwach.

12.

Ismail Bei ritt auf den Kahlenberg zu und blickte zur Kuppe hinauf. Gegen die im Westen untergehende Sonne waren die feindlichen Krieger wie Schattenrisse auszumachen. Wie groß das Heer war, das sich dort oben zum Kampf bereitmachte, konnte er nur vermuten. Auf jeden Fall hatten die Christen das geschafft, was der Großwesir für unmöglich gehalten hatte. Sie hatten den Wienerwald durchquert und waren bis auf die Gipfel der Hügel gelangt.

Beim Empfang dieser Nachricht hatte Kara Mustapha noch abgewinkt. In seinen Augen war der Hang zu steil und zu bewaldet, als dass sich dort ein Heer entfalten konnte. Als Ismail Bei jedoch die Flanke des Kahlenbergs betrachtete, entdeckte er genug Stellen, an denen die Feinde herabsteigen konnten. Das letzte Drittel des Hangs war sogar baumlos, weil die eigenen Truppen dort Holz sowohl für den Stollenvortrieb wie auch für die Koch- und Wachtfeuer geschlagen hatten.

An jenen Stellen konnten die Polen ihre gefürchteten Husaren aufstellen und angreifen. Ismail Bei richtete seinen Blick auf das eigene Lager. Zwar hatte Kara Mustapha etlichen Regimentern befohlen, gegen den Kahlenberg Stellung zu beziehen, aber darauf verzichtet, Schanzen errichten zu lassen. Daher würde es am nächsten Tag zum Kampf Mann gegen Mann kommen, und das gefiel Ismail Bei gar nicht.

»So in Gedanken?«

Ismail Bei hatte nicht bemerkt, dass Murat Giray auf ihn zugeritten war. Auch der Tatar äugte nach oben auf den Kahlenberg, auf dem im letzten Abendlicht das polnische Banner mit dem weißen Adler auf rotem Grund aufleuchtete.

»Dort stehen sie, wo sie niemals hätten stehen dürfen«, erklärte der Khan. »Ich habe den Großwesir angefleht, das Lager an dieser Stelle befestigen zu lassen und weitere Truppen herzuschicken. Doch der gewaltige Kara Mustapha will den Belagerungsring um Wien nicht schwächen. Am liebsten wäre ihm wohl der Sieg über dieses Heer dort oben und die gleichzeitige Einnahme Wiens. Doch so, wie er handelt, braucht er Allahs Hilfe, um nicht alles zu verlieren.«

»Ihr glaubt nicht mehr an den Sieg?«, fragte Ismail Bei.

Der Tatar lachte leise auf. »Ich glaube an Allah und daran, dass Mohammed sein Prophet ist, nicht aber an die Allmacht des Großwesirs. Er ist kein Krieger, sondern ein Höfling. Weder Ibrahim Pascha noch du noch ich würden so entscheiden wie er. Um seines Sieges gewiss zu sein, müsste er drei Viertel des Heeres hier versammeln und die Ungläubigen mit der Masse seiner Krieger erdrücken. So aber stehen sie höchstens gleich zu gleich, und der Feind kommt von oben. Der Scheitan hole den Großwesir! Er nannte mich einen Narren, als ich ihm dies sagte, und warf mir vor, nicht verhindert zu haben, dass sich die feindlichen Heere vereinigen konnten. Doch wie hätte ich mit meinen Reitern gegen verschanztes Fußvolk anrennen sollen, und das mit der zahlenmäßig weit überlegenen polnischen Reiterei im Nacken? Soll Kara Mustapha doch sehen, wie er sich gegen die Christen durchsetzen kann. Er wollte diesen Krieg und hat ihn so geführt, wie er es für richtig hielt. Meinen Rat und den anderer erfahrener Männer hat er in den Wind geschlagen und uns beleidigt und beschimpft. Warum soll ich noch mein Schwert für ihn ziehen?«

»Ihr wollt nicht kämpfen?«, fragte Ismail Bei verständnislos.

»Ich werde eingreifen, wenn sich Kara Mustaphas Sieg abzeichnet. Sollte die Schlacht für ihn jedoch verlorengehen, brauche ich meine Männer in der Heimat, um die Polen fernzuhalten. Wenn diese siegen, werden sie alles tun, um Podolien und die wilden Felder zurückzugewinnen. Sag mir, Freund Ismail, was ist für uns wichtiger, an Kara Mustaphas Niederlage teilzuhaben oder unsere Steppe zu schützen?«

»Euer Eingreifen könnte den Sieg bringen«, antwortete Ismail Bei.

Doch selbst ihm kam dieses Argument schwächlich vor. Kara Mustapha hatte so viele Krieger bei sich und stellte kaum mehr als ein Drittel davon gegen den Feind.

»Ich kann dich verstehen«, setzte er leise hinzu.

»Möge Allah mir beistehen – und dir ebenfalls!«, rief Murat Giray noch und ritt dann in Richtung seiner Männer davon.

Auch Ismail Bei hielt nichts mehr an dieser Stelle. Er passierte die Zelte, in denen die Janitscharen und die Krieger aus Anatolien auf den kommenden Morgen warteten. Keine Hand rührte sich dort, um das Lager zu befestigen. Seiner Ansicht nach wäre das nötig gewesen, um den eigenen Kriegern einen Vorteil gegen den Feind zu verschaffen. Wie es jedoch aussah, war Kara Mustapha dabei, den Feldzug in einem blutigen Gemetzel enden zu lassen.

Niedergeschlagen kehrte Ismail Bei zu seiner Unterkunft zurück und befahl seinem Diener, sich um das Pferd zu kümmern. Spyros erschien mit verbiesterter Miene und führte das Tier weg, um es zu tränken. Ismail Bei trat derweil in das Zelt und fand seine Tochter aufgebracht vor.

»Bilge hat den Griechen überrascht, wie er in meiner Truhe gekramt hat«, rief sie ihrem Vater entgegen. »Als sie ihm Vorhaltungen gemacht hat, hat er sie geschlagen!«

»Der Scheitan soll diesen Schurken holen!«, brach es aus Ismail Bei heraus.

Er fasste seine Tochter bei der Schulter und sah sie streng an. »Ich hatte dir vor einiger Zeit befohlen, die Edelsteine und das Gold in ein Kleid und einen Mantel einzunähen und diese zu tragen. Du hast oft genug andere Kleidung angehabt, aber morgen wirst du tun, was ich dir befohlen habe! Hast du verstanden? Stecke auch einen Dolch ein. In dem Augenblick, in dem der Diener dich bedroht, stichst du ihn nieder!«

Munjah nickte, obwohl es ihr davor graute, einen Menschen zu verletzen oder gar zu töten. Doch wenn ihr Vater dies sagte, musste es schlimm stehen. »Du glaubst, das Heer wird besiegt?«, fragte sie bang.

»Der Großwesir handelt so, dass es dazu kommen könnte«, antwortete ihr Vater mit knirschender Stimme. »Er missachtet die Ratschläge erfahrener Männer, und er verachtet die Christen zu sehr. Daher glaubt er, sie könnten uns nicht gefährlich werden.«

»Du aber glaubst es«, erwiderte Munjah erschrocken.

»Uns stehen die vereinigten Heere von Almanya und Polen gegenüber. Sie wollen den goldenen Apfel beschützen, den Kara Mustapha so gerne pflücken würde. Es wird eine harte Schlacht werden, meine Tochter, und der Sieg ist ungewiss. Du wirst daher alles für unsere Flucht vorbereiten. Wenn es mir irgendwie möglich ist, werde ich mich rechtzeitig zurückziehen und mit dir reiten.«

Ismail Bei klang besorgt, denn während der Schlacht würde er wie alle anderen Würdenträger, denen kein Feldkommando übertragen worden war, in der Nähe des Großwesirs bleiben müssen.

»Es kann sein, dass du allein losreiten musst. Ich werde dir dann folgen«, setzte er hinzu.

Munjah schüttelte den Kopf. »Aber ich kann doch Bilge nicht zurücklassen!«

Einen Augenblick lang überlegte Ismail Bei und betrachtete die zierliche Gestalt seiner Tochter. Bilge war noch kleiner als sie. »Nimm sie zu dir aufs Pferd. Es kann euch beide tragen«, sagte er und betete zu Allah, nicht zuzulassen, dass seine Tochter Hals über Kopf fliehen musste.

13.

Die Nacht mussten die Husaren in klammen Kleidern und feuchten Decken verbringen, und so dehnte diese sich schier endlos. Es dauerte Stunden, bis Johanna warm genug geworden war, um wegdämmern zu können. Sie schreckte jedoch bei jedem Geräusch hoch. Etliche Fähnlein hatten die Höhe noch nicht erreicht und kämpften sich im Schein der Fackeln weiter. Da die Wege zu schmal waren, hatten Waldecks Franken hinter dem polnischen Heer marschieren müssen und stapften nun durch knietiefe Schlammlöcher nach oben.

Gelegentlich hörte Johanna Worte im fränkischen Dialekt und erinnerte sich an ihre Jugend. Anders als Karl hatte sie jedoch mit der Zeit auf Allersheim abgeschlossen und erinnerte sich mehr an die unangenehmen Erlebnisse mit ihrer Stiefmutter und ihrem Halbbruder Matthias als an die schöneren Dinge.

Während Karl in dieser Nacht mit sich rang, ob er Matthias nicht doch aufsuchen und seinen Frieden mit ihm machen sollte, verdrängte Johanna ihren Halbbruder bald wieder aus ihren Gedanken und richtete sie auf die kommende Schlacht. Mit einem Mal überfiel sie panische Angst, so dass sie am liebsten auf ihr Pferd gestiegen und davongeritten wäre. Ihnen stand ein Heer gegenüber, das mindestens die dreifache, vielleicht sogar vierfache Anzahl der eigenen Krieger umfasste. Auch wenn Adam erklärt hatte, der Tross der Türken sei im Vergleich zu europäischen Heeren weitaus größer und die Zahl der eigentlichen Kämpfer daher geringer, als es den Anschein hatte, so waren die Soldaten des Großwesirs ihnen immer noch weit überlegen.

Gegen Morgen schlief sie endlich ein und wurde durch ein heftiges Rütteln an der Schulter geweckt. Als sie die Augen öffnete, sah sie Adam über sich.

»Aufstehen! Bald ist Messe! Vorher solltest du frühstücken. Wenn wir uns danach zum Kampf aufstellen, wirst du eine halbe Pferdelänge hinter mir bleiben. Hast du verstanden?«

Johanna nickte mit einem flauen Gefühl im Magen. Dabei hatte sie auf dem Marsch noch gedacht, es wäre am besten für sie und ihren Bruder, wenn sie in der Schlacht sterben würde. Doch nur darüber nachzudenken oder dem Feind wirklich gegenüberzustehen, waren zwei verschiedene Paar Schuhe.

»Wird es schlimm werden?«, fragte sie.

Adam verzog das Gesicht zu einer Grimasse. »Wenn ich nein sagen würde, wäre es gelogen. Wenn die Türken gut geführt werden, können sie immer noch siegen!«

»Das werden wir ihnen austreiben!« Ignacy war bereits aufgestanden und schliff seinen Säbel mit einem Wetzstein, den er unterwegs aufgegabelt hatte.

»Das werden wir.« Johanna zwang sich zu einem Lächeln, legte ihre Decke zusammen und ging zum Kochfeuer, um sich etwas zu essen zu holen.

Während des Marsches war es nach dem Aufstehen immer munter zugegangen. An diesem Morgen jedoch aßen die meisten schweigend. Johanna sah Wojsław bei den Pferden sitzen. Während er sonst sein Essen heißhungrig verschlang, stocherte er diesmal nur darin herum. Schließlich stand er auf und gesellte sich zu ihr.

»Wird es schlimm werden?«, fragte er sie so, wie sie vorhin Adam gefragt hatte.

»Noch schlimmer, als wir es uns vorstellen können!«, antwortete Johanna. »Daher sollten wir unsere Seelen der Heiligen Jungfrau empfehlen und sie bitten, dass wir, falls wir sterben, es so tun, dass sie sich unser nicht schämen muss.«

»Es sind so viele«, fuhr Wojsław fort.

»Fast die Hälfte von ihnen dürften Trossknechte, Bäcker,

Pferdeburschen und Weiber sein.« Leszek hatte sich zu den beiden gesellt und versuchte, ihnen Mut zuzusprechen. Irgendwie war es ihm gelungen, trotz seines Holzbeins bis auf den Kahlenberg zu gelangen. Er hatte sich auch einen Harnisch mit Flügeln und einen Helm besorgt, und neben seinem Pferd lehnte eine Lanze an einem Baum. Als er Johannas fragenden Blick sah, lachte er.

»Ich werde mit im ersten Treffen reiten! Ich habe schon so oft gegen Türken und Tataren gekämpft, dass ich nicht anders kann. Wenn ich ihre Rossschweife sehe, muss mein Säbel aus der Scheide fahren.«

»Aber dein Bein?«, fragte Johanna.

»Das habe ich im Kampf gegen die Türken verloren! Daher habe ich mit ihnen noch eine Rechnung offen.« Leszek klopfte beiden lachend auf die Schulter und ging zu Dobromir und den Smułkowski-Brüdern weiter, die ihr Frühstück bereits beendet hatten.

Johanna aß einen Teil ihres Morgenbreis und ein Stück Brot, brachte aber nicht alles hinunter und reichte Wojsław den Rest.

»Iss!«, sagte sie. »Ich kann nicht mehr!«

Der Junge war noch immer im Wachsen und bekam für sein Gefühl weniger zugeteilt, als er hätte essen können. Daher griff er rasch zu und vertilgte auch das, was Johanna übrig gelassen hatte. Sie sah ihm kurz zu und ging dann zu ihrem Bruder und umarmte ihn.

»Möge die Heilige Jungfrau dir beistehen«, sagte sie leise.

»Möge sie uns beiden und allen christlichen Streitern beistehen«, antwortete ihr Bruder lächelnd. »Doch nun komm! Pater Marco d'Aviano wird heute die Messe halten. Er soll ein großer Prediger sein, heißt es.«

»Möge er die Herzen der Unseren mit Mut erfüllen!« Langsam ging es Johanna wieder besser, und sie folgte Karl zu der

Stelle, an der Adam, die Smułkowskis und die meisten anderen ihres Fähnleins bereits Aufstellung genommen hatten.

Kurz darauf erschien der König mit seinem Sohn. Prinz Jakub war in den letzten zwei Tagen nicht mehr mit Osmańskis Reitern gezogen, sondern hatte sich bei seinem Vater aufgehalten. Er trug wie dieser eine aufwendige Rüstung und wirkte nicht mehr so knabenhaft. Während Johanna noch Jan III. und dessen Sohn beobachtete, erschienen kurz hintereinander Karl von Lothringen, Max Emanuel von Baiern und Georg Friedrich von Waldeck. Auch Johann Georg von Sachsen nahm an der Messe teil, obwohl er Protestant war.

Allein hier auf den Höhen des Kahlenbergs waren Tausende versammelt. Auf den nebenan liegenden Höhen drängten sich ebenfalls die Menschen, um ihren Predigern zuzuhören und ihren Segen zu erhalten.

Als Pater Marco erschien, ging ein Raunen durch die Menge. Er hatte den Großangriff der Türken seit Jahren vorausgesehen und alles getan, um eine Allianz zur Verteidigung des Abendlands zu schmieden. Vor allem ihm war es zu verdanken, dass die Polen unter Jan III. gekommen waren. Seine Überredungskunst hatte auch Max Emanuel von Baiern dazu gebracht, sich gegen alle Vorhaltungen Ludwigs XIV. von Frankreich mit dem Kaiser zu verbünden.

Als der Pater mit seiner Messe begann, begriff Johanna, weshalb Marco d'Aviano so verehrt wurde. Seine Worte klangen laut und deutlich, und da die meisten polnischen Edelleute des Lateins mächtig waren, konnten sie dem Gottesdienst folgen. Bei der Predigt wechselte Pater Marco jedoch in die deutsche Sprache über. Damit auch die Polen verstehen konnten, was er sagte, übersetzte Jan III. persönlich für ihn.

Die Worte des Paters klangen wie ein Sturm über das Heer. »Kämpft!«, rief er. »Siegt für die Heilige Jungfrau und die gesamte Christenheit! Wer heute stirbt, wird von den Engeln des Herrn unverzüglich ins Paradies geleitet. Wer aber diese Schlacht übersteht und sich ruhmreich schlägt, dem stehen am Ende seines Lebens ebenfalls die Tore des Paradieses offen.«

Jubel klang auf, und Johanna ertappte sich dabei, wie sie ebenfalls vor Begeisterung schrie. Dieser Mann verstand es, den Männern Mut zu machen.

»Wir werden siegen!«, rief Karl und blickte dorthin, wo ein ganzes Stück entfernt die Fahnen des fränkischen Heerbanns enthüllt wurden. Dort wehte auch der Reichsadler mit den gekreuzten Schwertern von Allersheim, und er schloss seinen Halbbruder in sein Gebet mit ein. Auch wenn Johanna und er im Streit von Matthias geschieden waren, so floss in ihnen von Vaterseite her das gleiche Blut.

Die Messe war kaum zu Ende, da eilten die einzelnen Feldherren zu ihren Heeren. Drüben auf dem Leopoldsberg hatten die Kaiserlichen und Baiern bereits Stellung bezogen. Kaum war Lothringen zurück, marschierten sie los, und schon bald zeigten Musketenschüsse, dass sie auf die ersten Feinde gestoßen waren.

Auch die Polen drangen nun vor. Solange sie sich im bewaldeten Gelände bewegten, war es ihnen unmöglich, sich zu formieren. Schließlich aber wurde der Baumbewuchs so locker, dass die Reiter aufsitzen konnten. Hinter ihnen marschierte ein Teil der Franken, um ihren Vorstoß durch ihre Infanterie zu verstärken. Einer ihrer Anführer war Matthias von Allersheim, der diesen Tag von ganzem Herzen herbeigesehnt hatte.

14.

Wie von Ismail Bei befürchtet, hatte Kara Mustapha ihm befohlen, sich in seiner Nähe zu halten. Jetzt saß er auf seinem Pferd, einen Säbel an der Hüfte und zwei Pistolen in die Schärpe gesteckt, und war zum Nichtstun verurteilt. Der Großwesir dachte nicht daran, seinen Rat oder den eines anderen einzuholen, sondern saß auf seinem Rappen und nahm die Berichte der Melder entgegen, die in rascher Folge erschienen. Nach einer Weile wandte er sich mit überheblicher Miene zu den um ihn versammelten Würdenträgern um.

»Die Giaurenhunde greifen entlang des Stromufers an und durch die Täler zwischen dem Leopoldsberg und dem Kahlenberg. Dabei erleiden sie im Kampf gegen unsere Helden gewaltige Verluste!« Es klang wie: Ich habe es euch gesagt! Niemand kann von den Höhen her angreifen.

Ismail Bei blickte zum Gipfel des Kahlenbergs hoch. Von den Polen war nichts zu sehen. Allerdings konnte er sich nicht vorstellen, dass sie die steile Flanke des Hanges hochgeklettert waren, um jetzt seitlich in Richtung Nussdorf hinabzusteigen.

»Ich werde die Truppen an jener Stelle verstärken und die Giauren in die Wälder hineintreiben lassen«, erklärte Kara Mustapha zufrieden und erteilte die entsprechenden Befehle.

Kurz darauf sah Ismail Bei, wie ein Teil der Regimenter, die das Lager gegen den Kahlenberg decken sollten, nach Norden schwenkten. Obwohl es gefährlich war, dem Großwesir zu widersprechen, konnte er nicht anders.

»Kara Mustapha Pascha, was du tust, ist Wahnsinn! Wenn du diese Stelle entblößt, öffnest du den Polen den Weg in unser Lager!«

Der Großwesir sah zum Kahlenberg hinüber und verzog das

Gesicht zu einer höhnischen Grimasse. »Wo siehst du hier einen Polen, Ismail Bei?«

»Sie sind noch unter den Bäumen verborgen!«

»Die Polen reiten für dich also unter den Bäumen herab. Ich sehe jedoch keinen! Da nimmt es nicht wunder, dass der großmächtige Padischah – Allah verleihe ihm eine glorreiche Herrschaft – dich als Berater abgesetzt und zu den Tataren geschickt hat.«

Ein paar Männer, die sich bei Kara Mustapha einschmeicheln wollten, lachten, während Ismail Bei an sich halten musste, um dem Großwesir nicht ins Gesicht zu sagen, was er von ihm hielt.

Das Gebiet zwischen Wien, der Donau und den nördlichen Hängen des Wienerwalds war zu eng, als dass die eigenen Truppen sich hätten ausbreiten und rasch vorrücken können. Daher kamen die Regimenter, die Kara Mustapha in Marsch gesetzt hatte, nur langsam voran und stauten sich wie vor einem Nadelöhr.

Die Nachrichten, die der Großwesir von seinen Meldern erhielt, brachten ein Lächeln auf seine Lippen. »Unsere tapferen Krieger treiben Lothringens Christenhunde wieder zurück. Der Sieg ist unser!«

Ismail Bei hatte während der ganzen Zeit den Kahlenberg nicht aus den Augen gelassen. Nun tauchten dort Pferde und Reiter aus dem Schatten des Waldes auf. Fahnen wurden entfaltet, und während auf der größten davon der weiße Adler auf rotem Tuch prangte, wehten die Wimpel von Tausenden Lanzen im Wind.

»Sieh hin, Kara Mustapha! Dort sind die Polen, die laut deinen Worten nicht unter Bäumen reiten können!« Ismail Beis Worte drückten sowohl Wut wie auch Verachtung aus, als er auf die Husaren zeigte. Selbst von hier aus war der Reiter an der Spitze auf seinem schwarzen Ross fest auszumachen.

»Der Löwe von Lechistan!«, murmelten mehrere Männer

entsetzt, die das Unglück gehabt hatten, Jan Sobieski bereits im Kampf gegenüberzustehen.

Kara Mustapha wirkte für einen Moment wie erstarrt, dann winkte er erregt mehrere Melder heran. »Die Janitscharen sollen in ihrem Vormarsch gegen Lothringens Soldaten innehalten und sich gegen die polnischen Hunde wenden!«

»Damit gibst du Lothringen die Gelegenheit, wieder die Oberhand über unsere Krieger zu erlangen«, rief einer der Offiziere empört.

»Es ist die einzige Möglichkeit! Wir müssen die Polen mit den Janitscharen aufhalten!« Ismail Bei hätte niemals angenommen, einmal dem Großwesir beistehen zu müssen. Eigentlich hatte er diesem eine gründliche Niederlage gewünscht, doch nun ging es um die armen Kerle, die teilweise von der Grenze zu Persien bis Wien marschiert waren und darauf vertrauten, von ihrem Feldherrn gut geführt zu werden.

Noch während Ismail Bei ihn verteidigte, hatte Kara Mustapha sich anders entschieden.

»Die Hälfte der Janitscharen soll weiter gegen Lothringens Regimenter vorrücken. Gebt Befehl an die Hospodare der Moldau und der Walachei, dass sie die dadurch entstehende Lücke schließen!«

»Kara Mustapha Pascha, wenn du das tust, bist du ein Narr!«, schrie Ismail Bei voller Zorn. »Die Moldauer und Walachen sind wie unsere Feinde Christen und damit unzuverlässig. Sie werden dem Anprall der polnischen Hussaria niemals standhalten!«

»Sie werden sie aufhalten, weil ich ihnen sonst allen die Köpfe abschlagen lasse«, antwortete der Großwesir mit eisiger Stimme.

In dem Augenblick gab Ismail Bei es auf, Kara Mustapha noch einen einzigen Ratschlag erteilen zu wollen.

15.

Es hatte etliches an Zeit und viele Flüche gekostet, bis die polnischen Husaren genug Platz gefunden hatten, um sich aufstellen zu können. Immer wieder tauchten Melder auf und ritten auf Jan III. zu. Ihre Nachricht war stets die gleiche.

»Seine Gnaden Karl von Lothringen fordert Euch auf, anzugreifen! Seine Truppen liegen in schweren Gefechten mit den Türken, die zudem weitere Janitscharen zur Verstärkung heranführen.«

Nur ein Wort änderte sich im Lauf der Stunden. Aus »fordert« wurde »bittet«, und zuletzt rief der Kurier, dass Karl von Lothringen den polnischen König anflehen würde, den Angriff zu befehlen, da er sonst seine Stellungen nicht länger würde halten können.

Bei jedem Melder warf Jan einen prüfenden Blick auf sein Heer. Er hatte zwar kleinere Gruppen Infanterie und Dragoner bei sich. Den Hauptschlag mussten jedoch die Husaren führen. Aber die einzelnen Fähnlein suchten immer noch einen Platz, von dem aus sie zum Angriff reiten konnten.

Als Karl von Lothringens Nachrichten immer verzweifelter klangen, wurde Jan III. klar, dass er nicht mehr zögern durfte. Er zog seinen Säbel und hob ihn hoch über den Kopf. »Folgt mir, Brüder! Für die Heilige Jungfrau und unsere Heimat! Vorwärts!«

Der König ließ seinen Rappen antraben. Aus Tausenden Mündern hallte der Ruf »Vorwärts!« wider, dann setzte sich das Heer in Bewegung. Noch während die ersten Regimenter talwärts trabten, schwangen sich die Reiter, die bislang keinen Platz dazu gefunden hatten, in die Sättel und folgten den anderen als eine zweite, gewaltige Welle.

Johanna wurde von der Flut einfach mitgerissen. Sie hörte

die Männer um sich schreien, während das Rauschen der Flügel immer lauter wurde. Ohne sich dessen bewusst zu werden, hielt sie Zügel und Fahne mit der rechten Hand und zog mit der Linken ihre Pistole.

Zuerst verdeckten noch Bodenwellen die Sicht auf den Feind. Schließlich aber entdeckte sie die Masse der Türken, die eben noch nordwärts gestrebt waren, um gegen Karl von Lothringens Heer vorzugehen. Nun sahen sie sich überraschend den Polen gegenüber. Für einige Augenblicke sah es aus, als könnten diese ungehindert in ihre Flanke stoßen. Da erteilten die Ağas ihre Befehle, und die Janitscharen schwenkten diszipliniert herum. Lange Flinten wurden auf die Polen gerichtet, Schüsse krachten und rissen Lücken in die heranstürmenden Reiter.

Johanna richtete ihre Aufmerksamkeit auf Adam und versuchte, seinen Befehlen zum Trotz mit diesem Schritt zu halten. Da schob Karl sich zwischen sie und Adam und herrschte sie an, zurückzubleiben. Auf ihrer anderen Seite sprengte Wojsław. Anders als die Husaren trug er keine Lanze, sondern hielt eine Pistole in der Hand.

Der Anprall auf den Feind war fürchterlich. Die Lanzen schlugen durch Rüstungen und Leiber, und unzählige Janitscharen fielen. Andere wurden einfach niedergeritten, doch dann wurden die Husaren durch die Masse der Janitscharen gebremst und mussten sich mit Säbeln und Streithämmern Bahn schaffen.

Noch immer schossen Janitscharen auf sie. Johanna sah, wie einer auf Adam anlegte, riss ihre Pistole hoch und drückte einen Hauch früher ab als der Türke. Dessen Kugel ging fehl, während die ihre traf. Um sich Gedanken darüber zu machen, hatte sie jedoch keine Zeit, denn vor ihr tauchten mehrere Janitscharen auf und versuchten, ihr die Fahne zu entreißen. Johanna wehrte einen mit dem Säbel ab und sah, dass Wojsław einen anderen verletzte. Ein weiterer wurde von Leszeks Pferd zur Seite gestoßen. Bevor er sich wieder aufraffen konnte, zuckte die Klinge des alten Veteranen durch die Luft und traf ihn entscheidend. Der Ansturm der Husaren war jedoch fürs Erste gebrochen.

In sicherer Entfernung verfolgte Kara Mustapha die Schlacht und lächelte zufrieden, als er sah, dass die Janitscharenregimenter, die sich auf seinen Befehl gegen die Polen gewendet hatten, diesen offensichtlich standhielten.

»Schickt die Walachen und Moldauer los, um diesen Hunden den Garaus zu machen!«, befahl er und sandte anschließend einen Boten an Murat Giray, damit dieser die Feinde umgehen und ihnen in den Rücken fallen solle.

Ismail Bei zweifelte allmählich am Verstand des Großwesirs. Um in den Rücken der christlichen Heere zu gelangen, hätten die Tataren sich ebenso wie diese durch das Gestrüpp des Wienerwalds quälen müssen. Ein Eingreifen noch an diesem Tag wäre damit unmöglich.

»Schickt die Tataren los, damit sie in die offene Flanke der Polen stoßen«, forderte er Kara Mustapha auf. Bevor dieser etwas sagen konnte, ertönte ein enttäuschter Ausruf.

Ismail Bei blickte nach vorne und sah, dass hinter den Polen Fußvolk den Hang herabstieg. Jetzt schwenkten diese nach Süden ab und stießen bald auf den äußersten Flügel der Janitscharen. Laute Befehle und Hornstöße gellten über das Schlachtfeld. Die vordersten Glieder der feindlichen Infanterie blieben stehen. Während die Pikeniere ihre Piken nach vorne streckten, legten die Musketiere an und feuerten eine Salve ab.

Ihre Kugeln schlugen wie eine riesige Sense in die Türken ein. Die ersten Janitscharen wichen zurück und behinderten ihre eigenen Kameraden. Die polnischen Reiter, die eben noch von der Masse der Türken eingekeilt waren, hatten auf einmal

Raum, um erneut angreifen zu können. Etliche Janitscharen wurden einfach niedergeritten, andere fielen den Säbeln der Hussaria zum Opfer.

Auch die Franken stürmten gegen die Türken an, an der Spitze Matthias von Allersheim. Dieser schuf sich mit Degen und Pistole Platz und focht wie im Rausch. Firmin folgte ihm mit der Fahne und musste zunächst noch einzelne Türken abwehren. Diese wichen jedoch immer weiter zurück und behinderten einander dabei gegenseitig. Gleichzeitig gewannen Karl von Lothringens Kaiserliche, die Sachsen und auch die Baiern an den Plätzen, an denen sie angegriffen hatten, die Oberhand und trieben die Türken vor sich her.

Voller Entsetzen sah Ismail Bei, wie sich die Ordnung im eigenen Heer auflöste. Die Hilfstruppen aus der Walachei und die Moldawier, denen befohlen worden war, den Janitscharen zu Hilfe zu kommen, strebten auf einmal in die Gegenrichtung und rissen wie ein gewaltiger Sog einige türkische Regimenter mit sich.

Innerhalb weniger Minuten hatte sich die Schlacht gedreht. Als Ismail Bei den Großwesir ansah, war von dessen überheblicher Zuversicht nichts mehr geblieben. Kara Mustapha starrte fassungslos auf seine Truppen, die sich unter dem energischen Vorstoß der christlichen Heere immer mehr auflösten. Selbst die Janitscharen, die sonst zu den Tapfersten der Tapferen zählten, wandten sich zur Flucht.

Kara Mustapha brüllte Befehle, die jedoch keiner mehr befolgte. Als die polnische Hussaria schließlich die Linien der Verteidiger durchstieß und schnurstracks auf seinen Lagerteil zuhielt, packte den Großwesir die Angst.

»Wir müssen fliehen!«, rief er und steigerte damit die Verwirrung.

Männer, die in einem Dutzend Schlachten, ohne mit der

Wimper zu zucken, dem Tod ins Auge geblickt hatten, rissen ihre Pferde herum und gaben ihnen die Sporen. Auch der Großwesir ritt los, an seiner Seite der Krieger, dem die Ehre zuteilgeworden war, die Fahne des Propheten zu tragen. Sie im Stich zu lassen, hätte das gesamte Heer entehrt und den Padischah den Titel des Beherrschers aller Gläubigen gekostet.

Innerhalb kürzester Zeit war Ismail Bei allein und konnte nicht glauben, dass ein Heer des Sultans ein so jämmerliches Bild abgab.

»Der Scheitan soll Kara Mustapha holen!«, stieß er voller Wut aus, begriff aber selbst, dass es für ihn Wichtigeres gab, als den Großwesir zu verfluchen. Er trieb sein Pferd an, um zu seinem Zelt zu gelangen, wurde aber immer wieder von fliehenden Kriegern aufgehalten. Zweimal versuchten Männer sogar, ihn aus dem Sattel zu ziehen, um an sein Pferd zu kommen, doch die wehrte er mit heftigen Säbelhieben ab.

Endlich erreichte er sein Zelt und sah dort das Pferd angepflockt, das er für seine Tochter hatte bereitstellen lassen. Als er aus dem Sattel sprang, kam ihm sein Diener entgegen.

»Was ist geschehen, Herr? Die Krieger des großen Sultans fliehen!«

»Halte mein Pferd!«, befahl ihm Ismail Bei und eilte ins Zelt.

Spyros blickte ihm nach und musterte dann nachdenklich das Pferd. Den Hengst würde Ismail Bei selbst reiten, und die kräftige Stute war für dessen Tochter bestimmt. Für ihn selbst würde kein Pferd bleiben. Mit der Überlegung schwang der Mann sich auf den Gaul, löste die Zügel der Stute vom Pflock und ritt mit beiden Pferden davon.

»Jetzt kannst du zusehen, wie du den Feinden zu Fuß entkommen kannst, Ismail Bei, so wie ich es deiner Ansicht nach tun sollte!«, rief er höhnisch, während er das Reittier mit Schlägen antrieb.

Ismail Bei sah seine Tochter und Bilge im hinteren Teil des Zeltes aneinandergeklammert sitzen.

»Rasch, wir müssen fort!«, rief er und fasste nach dem Packen, den Bilge auf seinen Befehl am Morgen zusammengestellt hatte. Dann erst vernahm er die Hufschläge, eilte zum Zelteingang und sah seinen Diener mit beiden Pferden davonreiten.

»Halt!«, schrie er ihm nach und begriff im gleichen Augenblick, dass er ein noch größerer Narr gewesen war als Kara Mustapha. Er hatte gewusst, dass er dem Griechen nicht trauen durfte, und diesem trotzdem das Pferd überlassen. Nun blieb ihm nichts anderes übrig, als ein anderes Pferd zu suchen, und das in einem Feldlager, das sich in Auflösung befand.

»Kommt!«, befahl er seiner Tochter und deren Sklavin und nahm beide Pistolen zur Hand.

»Wo sind die Pferde?«, fragte Munjah, als sie vor das Zelt trat.

»Spyros hat sie gestohlen«, gab ihr Vater mit grimmiger Stimme zu. »Allah muss meine Sinne verblendet haben, weil ich diesem Schurken die Zügel überließ. Verzeih mir, meine Tochter!«

»Ist die Schlacht wirklich verloren?«, fragte Munjah, ohne auf diese Bemerkung einzugehen.

»Wir hätten sie heute dreimal gewinnen können, doch Kara Mustapha hat jedes Mal falsch entschieden. Jetzt ist er auf der Flucht und wird wohl vor Belgrad nicht anhalten!«

Während des kurzen Gesprächs eilten die drei durch das Lager. Um sie herum irrten vor Verzweiflung schreiende Frauen und Kinder, deren Männer und Väter längst die Flucht ergriffen hatten, zwischen Soldaten umher, die ihre Flinten, Speere und Säbel weggeworfen hatten, um schneller laufen zu können.

Ismail Bei prallte gegen einen baumlangen Janitscharen und wurde von diesem beiseitegestoßen. Zwar raffte er sich sofort wieder auf, doch als er weiterwollte, hörte er Munjah keuchen. Das Gold in ihrem Mantel wog schwer, und sie war nicht gewohnt, weit zu laufen. Aus Angst, von ihrem Vater getrennt zu werden, krallte sie ihre Finger in seinen Mantel und stolperte hinter ihm her.

Auf einmal sahen sie keine Türken mehr vor sich, sondern kaiserliche Soldaten. Diese hatten die fliehenden Feinde quer durchs Lager verfolgt und etliche niedergemacht. Jetzt zeigte einer von ihnen auf Ismail Bei.

»Da ist noch so ein verdammter Heide! Dem legen wir ebenfalls den Kopf vor die Füße!«

Ismail Bei war klar, dass er ihnen nicht mehr entkommen konnte. »Bleibt hinter mir und flieht, sobald ihr die Gelegenheit dazu habt. Wirf den Mantel weg, Tochter. Er ist zu schwer und würde dich nur behindern«, wies er Munjah und Bilge an. Dann zog er seine beiden Pistolen und schritt auf die Österreicher zu.

»Auf was wartet's, Kameraden? Das ist bloß einer und ein alter Mann dazu«, rief der Schreier von eben und wollte auf Ismail Bei los. Er bezahlte es mit einer Kugel in der Stirn.

Für die anderen gab es daraufhin kein Halten mehr. Einen konnte Ismail Bei noch erschießen, warf dem Nächsten die beiden jetzt nutzlosen Pistolen ins Gesicht und zog den Säbel. Er mochte älter sein als seine Gegner, doch seine Klinge war in Damaskus geschmiedet worden und so ausgewogen, dass seine Fechtkunst beinahe einem Tanz glich.

Bevor die verbliebenen sechs Österreicher sich versahen, waren zwei weitere von ihnen tot und zwei verwundet. Für Augenblicke schien es, als könnte Ismail Bei diesen Kampf zu seinen Gunsten entscheiden. Da trafen weitere Österreicher ein, und von der anderen Seite sprengte eine Schar polnischer Husaren unter der Fahne mit der Heiligen Jungfrau heran.

16.

Johanna konnte kaum glauben, was um sie herum geschah. Eben hatte sie die Feinde noch mit dem Säbel von sich und ihrer Fahne abhalten müssen. Nun trabte ihr Fähnlein zwischen den Zelten des türkischen Lagers dahin, und sie sahen ihre Feinde nur noch von hinten. Bei einem besonders prachtvollen Zelt hielt Ignacy grinsend sein Pferd an.

»Die Janitscharen laufen davon, bis ihnen die Sohlen qualmen. Wir sollten die Gelegenheit nutzen, uns hier ein bisschen umzusehen. Vielleicht ist das eine oder andere Goldstück zu finden!«

»Wir sollten den Türken weiter nachsetzen«, rief Adam.

Die ersten Österreicher drangen bereits beutegierig in die türkischen Zelte, und so wollten seine Husaren nicht zurückstehen. Daher stiegen gegen Adams Willen immer mehr Männer aus den Sätteln und machten sich ans Plündern. Schließlich gab er auf und drang selbst in eines der Zelte ein. Johanna, Karl, Wojsław und Leszek blieben hingegen auf ihren Pferden.

Nicht weit von sich sahen sie, wie ein Türke sich verzweifelt gegen eine Schar Kaiserlicher zur Wehr setzte, um eine junge Frau und deren dunkelhäutige Dienerin zu schützen.

Während Johanna ungerührt dem Treiben zusah, klang Leszeks Stimme auf. »Wir sollten auch zusehen, ob wir was finden. Sonst holen es sich nur die anderen!«

Angesichts der Tatsache, dass Johanna und er mittellos waren und dringend Geld brauchten, wenn sie eine ihrem Rang gemäße Rolle in Polen einnehmen wollten, überlegte Karl, abzusteigen und die Zelte nach wertvollen Dingen zu durchsuchen. Da fiel sein Blick auf Munjah.

Diese sah entsetzensstarr zu, wie ihr Vater von den gegnerischen Soldaten umzingelt und niedergemacht wurde. Mit zitternden Händen zog sie ihren Dolch und setzte ihn sich an die Kehle, um nicht die Beute der Feinde zu werden.

Obwohl etliche Zeit vergangen war, erkannte Karl das Mädchen sofort. Als einer der Österreicher auf sie zutrat und sie packen wollte, gab er seinem Pferd die Sporen und ritt den Kerl nieder.

»Verfluchte Hunde, lasst sie in Ruhe!«, schrie er sie zunächst auf Polnisch an und wiederholte es dann in dem Deutsch seiner alten Heimat.

»Von dir Scheißpolacken lassen wir uns gar nichts sagen!«, brüllte einer der Österreicher und ging auf ihn los.

Karl fegte ihn mit einem wuchtigen Fußtritt beiseite und hob den Säbel, um den nächsten Angreifer abzuwehren. Als Johanna sah, dass ihr Bruder auf die Kaiserlichen losging, trieb sie ihr Pferd an und stieß mehrere Männer zu Boden. Einen weiteren ritt Wojsław nieder. Leszek griff nun ebenfalls ein und versetzte einem Österreicher einen harten Hieb mit dem Säbel. Ein anderer schlug nach seinem rechten Bein und wich erschrocken zurück, als dieses durch die Luft flog. Leszek hielt sich mit Mühe auf seinem Gaul und richtete seine Klinge auf den Kerl.

»Jetzt seid brav, ihr Burschen. Immerhin sind wir Verbündete«, sagte er auf Polnisch.

Johanna übersetzte es ins Deutsche. Zunächst waren die Kaiserlichen noch auf Kampf aus, doch als weitere Husaren hinzukamen, hielten sie es für besser, den Rückzug anzutreten.

»Kommt! Sonst verlieren wir nur Zeit fürs Plündern«, meinte einer und drang in ein leerstehendes Zelt ein. Seine Kameraden folgten ihm auf dem Fuß.

»Feiglinge!«, kommentierte Leszek und bat Wojsław, ihm das Holzbein zu holen.

Unterdessen starrte Munjah die Reiter an. Zwar wunderte sie sich, dass die Feinde gegeneinander gekämpft hatten, glaubte aber ihre Lage um keinen Deut besser als vorher. Entschlossen wollte sie ihre Kehle mit dem Dolch durchtrennen, da klang Karls Ruf auf.

»Tu es nicht!«

Seine Stimme stieß etwas in Munjah an und ließ sie zögern. Trotzdem war sie eher bereit zu sterben, als sich gefangen nehmen zu lassen.

Karl wurde klar, dass er nur einen winzigen Aufschub erreicht hatte. Mit einer Handbewegung bedeutete er den anderen, zurückzubleiben, löste seinen Helm und nahm ihn langsam ab.

Die Augen Munjahs wurden groß, als sie den jungen Polen erkannte, dem sie vor vielen Monaten in Azad Jimal Khans Lager in der Nacht heimlich Wasser und Nahrung gegeben hatte.

Er hob jetzt die Hände und lächelte. »Du hast von mir nichts zu befürchten, Mädchen!«

Der Dolch an Munjahs Kehle sank um einen Zoll. »Du bist ein Feind, und ich wäre nur deine Beute! Das will ich nicht.«

Erneut setzte sie den Dolch an, brachte es aber nicht fertig, sich selbst zu entleiben.

»Ich werde dich beschützen, bis du wieder in deine Heimat zurückkehren kannst«, versprach Karl.

Munjahs Blick wanderte zu dem Leichnam ihres Vaters, der so heldenhaft gekämpft hatte, und sie brach in Tränen aus. Nach seinem Tod hatte sie keine Heimat mehr. Mit müden Schritten ging sie zu ihm hin, kniete nieder und umklammerte mit klagenden Lauten seinen Leib.

»Er war ein tapferer Mann«, befand Leszek. »Ich habe ihn kämpfen sehen. Wären alle Türken heute so gewesen, hätten wir die Schlacht verloren.«

»So aber haben wir sie gewonnen«, rief Johanna laut und schwenkte die Fahne.

»Damit haben wir eigentlich ein bisschen Beute verdient!« Leszek rutschte grinsend vom Pferd, befestigte sein Holzbein, das Wojsław ihm reichte, und humpelte in das nächstgelegene Zelt.

»Wir sollten ebenfalls zusehen, dass wir an Beute gelangen«, forderte Johanna ihren Bruder auf. Dieser stieg zwar vom Pferd, trat aber neben Munjah und fasste sie bei den Schultern.

»Du brauchst keine Angst mehr zu haben. Alles wird gut.«

Mit einer schroffen Bewegung streifte Munjah seine Hände ab. »Nichts ist gut! Mein Vater ist tot, das Heer des Padischahs geschlagen, und ich bin eine Gefangene der Feinde!«

»Ist das hier dein Vater? Ich habe noch nie einen Mann so kühn fechten sehen wie ihn!«

»Werft ihn nicht in irgendein Loch zu den anderen, sondern begrabt ihn so, wie es ihm zukommt, mit dem Gesicht nach Mekka«, bat Munjah.

»Das werden wir«, versprach Karl, begriff aber gleichzeitig, dass er an diesem Abend niemanden mehr dazu bringen würde, ein Grab zu schaufeln. Jeder Soldat und jeder Trossknecht des Entsatzheers eilte nun ins türkische Lager und raffte an sich, was er nur finden konnte. Dazu kamen scheinbar sämtliche Wiener, die nun, da der Belagerungsring gesprengt und der Feind vertrieben war, aus ihrer Stadt strömten und ebenfalls zu plündern begannen.

Johanna begriff, dass ihr Bruder die junge Türkin nicht allein lassen wollte, und sah sich mit einem raschen Blick um. In der Nähe stand ein Zelt, in das noch niemand eingedrungen war. Sie ging hin und stieß Osmańskis Fahne vor dem Eingang in die Erde.

»Jeder von uns, der Beute macht, soll sie hierherbringen. Ich habe dieses Zelt eben für uns requiriert«, rief sie Karl und den anderen zu und trat mit vorgehaltenem Säbel hinein. Das Zelt war leer. Einige Kleidungsstücke, ein am Boden liegender Säbel und ein kleines Säckchen auf einem zierlichen Tisch bewiesen, dass jemand sehr rasch aufgebrochen war und dabei vieles zurückgelassen hatte.

Die Scheide des Säbels und sein Griff waren mit Edelsteinen besetzt und verrieten den hohen Rang des Mannes, der hier gewohnt hatte. Als Johanna den kleinen Sack öffnete, keuchte sie überrascht auf. Rubine, Diamanten und andere Edelsteine leuchteten ihr entgegen. Obwohl sie den Wert nicht einschätzen konnte, musste es ein gewaltiger Reichtum sein. Damit, so sagte sie sich, war es gleichgültig, ob ihr Bruder jetzt noch weitere Schätze erwarb oder nur dieses Türkenmädchen mit nach Hause brachte.

17.

Jan III. fühlte sich trotz des gewaltigen Sieges so müde wie selten zuvor in seinem Leben. Vor einigen Monaten war er noch krank gewesen, zudem spürte er sein Alter immer stärker. An diesem Tag hatte die Heilige Jungfrau ihm jedoch die Kraft verliehen, das Abendland zu retten. Seine Husaren hatten die Türken besiegt und in die Flucht geschlagen. Nun ritt er auf das riesige Zelt des Großwesirs zu. Es war ein Palast aus edelstem Tuch, den Kara Mustapha sich hier hatte errichten lassen.

Als er eintrat, sah alles so aus, als würde der Großwesir jeden Augenblick zurückkehren. In silbernen Krügen standen frisches Wasser und Fruchtsaft bereit, in einer Schüssel wurde Scherbet gekühlt, und in einer großen Schale lag frisches Obst. Jan III. nahm eine Weintraube und steckte sie sich nachdenklich in den Mund. Der süße Geschmack passt zum heutigen Sieg, dachte er, als er sich auf dem thronähnlichen Diwan niederließ, auf dem Kara Mustapha seine Untergebenen empfangen hatte.

Nach ihm kam Rafał Daniłowicz herein. Auch er trug die Rüstung eines der hohen Herren im polnischen Heer, obwohl er nur die Reserve kommandiert hatte.

»Euer Majestät, unser Sieg ist vollkommen! Der Feind flieht auf breiter Front!«, meldete er mit einem Lächeln, das seine Erleichterung zum Ausdruck brachte.

»Der Heiligen Jungfrau sei Dank!« Jan III. bekreuzigte sich und fragte nach seinem Sohn.

»Prinz Jakub ist heil und gesund«, beruhigte ihn Daniłowicz. »Er überwacht die Knechte, die den Beuteanteil Eurer Majestät zusammenstellen.«

»Wurde viel Beute gemacht?«, fragte der König mit wachsendem Interesse.

»So mancher Husar kam mit krumm gelaufenen Stiefeln und durchgewetzter Hose hier an und wird als reicher Mann in die Heimat zurückkehren. Die Beute Eurer Majestät ist jedoch gewaltig. Ich frage mich, wie ein Mann mit gesunden Sinnen so viel Gold, Silber und Edelsteine mit sich schleppen konnte wie Kara Mustapha Pascha. Wir werden viele Karren brauchen, um all die Schätze wegzubringen.«

Daniłowicz klang zufrieden. Die reichen Schätze, die hier im Zeltpalast des Großwesirs und der anderen Großen des Osmanischen Reiches lagen, würden dem König helfen, seine Stellung in Polen auszubauen. Vielleicht gelang es ihm sogar, seinen Sohn Jakub noch zu seinen Lebzeiten zu seinem Nachfolger wählen zu lassen. Doch nun galt es erst einmal, den Sieg zu sichern.

»Seine Exzellenz, Karl von Lothringen, hat einen Kurier geschickt und drängt darauf, umgehend die Verfolgung der Türken aufzunehmen.«

»Es wäre richtig.« Trotz dieser Worte blieb Jan III. sitzen. Der anstrengende Anmarsch und die Schlacht hatten seine Kräfte aufgezehrt. Zugeben aber wollte er dies nicht. Daher sah er seinen Ratgeber mit verkniffener Miene an.

»Sendet an Karl von Lothringen folgende Botschaft: Mein Pferd und auch die Pferde meiner Reiter sind erschöpft und hungrig. Sie müssen Hafer und Wasser erhalten und sich ausruhen. Sobald dies geschehen ist, werden wir den Türken nachsetzen und sie endgültig vertreiben. Wir werden dabei viel Land erobern, Freund Daniłowicz. An Euch ist es, mit den kaiserlichen Räten zu verhandeln und zu klären, was von den Eroberungen an Polen fällt. Kaiser Leopold ist uns einiges schuldig, weil wir ihm seine Hauptstadt, sein Reich und seine Krone gerettet haben.«

»Ich werde mit den Herren sprechen«, antwortete Daniłowicz. »Es wäre derzeit unmöglich, den Türken zu folgen. Das gesamte Heer ist wie ein Schwarm Heuschrecken über das türkische Feldlager hergefallen und plündert. Wir werden daher auch morgen noch nicht in der Lage sein, die Verfolgung aufzunehmen.«

Jan III. überlegte kurz und nickte. »Morgen werde ich in Wien einreiten und im Stephansdom das Tedeum feiern lassen.«

Daniłowicz machte eine abwehrende Geste. »Euer Majestät, mir wurde zugetragen, dass Kaiser Leopold wünscht, als Erster in die befreite Stadt einzuziehen, um als deren Retter gefeiert zu werden.«

»Wer hat die Truppen in die Schlacht geführt? Ich oder der Kaiser?«, fragte der König erbost. »Ich war es, der seine Hauptstadt gerettet hat! Wären wir Polen zu Hause geblieben, würde in wenigen Tagen der Halbmond auf der Spitze des Stephansdoms sitzen und der Muezzin zum Gebet rufen. Deshalb ist es mein Recht, sowohl als Erster in die Stadt einzuziehen wie auch den größten Anteil an der Beute für mich zu fordern. Sucht ein paar schöne Stücke für den Kaiser, den Herrn von Lothringen und die beiden Kurfürsten aus, damit auch sie bedacht werden. Ich werde jetzt einen Brief an meine Gemahlin schreiben und einen an Seine Heiligkeit, den Papst, um beiden von unserem glorreichen Sieg zu berichten.«

»Eure Majestät können wahrlich einen gewaltigen Sieg verkünden«, antwortete Daniłowicz und bat, sich zurückziehen zu dürfen.

»Halt!«, rief der König. »Was hört man von den Tataren?«

»Murat Giray Khan ist mit seinen Kriegern abgezogen, ohne in die Kämpfe eingegriffen zu haben«, berichtete Daniłowicz.

»Das ist nicht gut«, stieß Jan III. hervor. »Damit werden sie uns in der nächsten Schlacht ungeschwächt gegenüberstehen. Umso stärker müssen wir die Türken bluten lassen.«

»Dann dürfen wir nicht lange in Wien verharren, Euer Majestät!«

In den Gedanken des Königs kämpfte der Wunsch nach einem feierlichen Einzug in die befreite Stadt samt einem großen Dankgottesdienst mit der Notwendigkeit, den Feinden nachzusetzen.

»Unsere Männer haben einen Ruhetag verdient, Freund Daniłowicz. Danach werden sie umso rascher gegen die Türken reiten«, sagte er schließlich.

»Es ist, wie Euer Majestät befehlen«, antwortete Daniłowicz und verließ nach einer Verbeugung das Zelt.

18.

Adams Beute fiel zunächst gering aus. In dem einen Zelt fand er nur ein paar Goldstücke, im anderen einen hübschen Dolch, doch es fielen ihm keine Schätze in die Hand, die ihn von einem nachrangigen Schlachtschitzen zu einem Herrn von Rang machen konnten. Andere aus seinem Fähnlein hatten mehr Glück. Dobromir Kapusta lief mit einer langen Perlenkette herum, die er sich mehrfach um den Hals geschlungen hatte, und Bartosz Smułkowski prunkte mit einem wertvollen Collier.

Zuletzt drang Adam in ein größeres Zelt ein, sah aber zunächst nur Frauenkleidung am Boden verstreut. Er fegte sie mit der Säbelspitze beiseite, um nachzusehen, ob darunter Gold oder gar Juwelen lagen. Da hörte er in einem abgetrennten Teil des Zeltes ein Geräusch und schnellte herum.

Der Vorhang, der das Zelt teilte, zitterte leicht, so als hätte ihn jemand kurz angehoben und sofort wieder fallen gelassen. Mit vorgestrecktem Säbel trat Adam darauf zu, riss den Vorhang beiseite und sah eine alte Frau vor sich, die einen etwa dreijährigen Jungen an sich presste. In ihren Augen stand Angst, und sie wimmerte, während sie ein Halsband von nicht unbeträchtlichem Wert abnahm und es Adam mit zitternder Hand entgegenhielt.

»Gnade! Tut uns nichts!«, flehte sie auf Türkisch.

Adam schnaubte kurz, zog dann aber seinen Säbel zurück. »Ich ermorde keine alten Frauen und kleine Kinder.«

Die Angst wich etwas aus dem Gesicht der Alten, und sie wies auf den Knaben. »Dies ist der Sohn von Selim Pascha. Er wird gewiss bald einen Boten schicken und Lösegeld für ihn bieten!«

»Komm mit!«, wies Adam die Frau an und nahm ihr das Halsband ab.

Besser als nichts, sagte er sich und überlegte bereits, welches Lösegeld er für den Sohn eines Paschas fordern konnte.

Draußen kam ihm Wojsław entgegen. Der junge Bursche hatte ebenfalls nach Beute gesucht und war mit den Goldstücken, die er lose auf dem Boden eines Zeltes gefunden hatte, hochzufrieden. Als er Adam und dessen Gefangene sah, grinste er.

»Pan Jan hat ein Zelt für uns beschlagnahmt. Dort können wir unsere Beute ablegen. Ach ja, Pan Karol hat ebenfalls zwei Frauen gefangen. Eine davon ist so dunkel, als hätte sie sich mit Walnussschalen eingerieben.«

»Wir sollten nicht zu viel Weiber und Kinder einfangen. Wenn wir die mitschleppen müssen, behindern sie uns nur.« Adam ärgerte sich, weil er statt eines hübschen Beutels voller Gold die alte Frau und den Knaben gefunden hatte, und trieb sie mit harschen Worten zu dem Zelt, vor dem seine Fahne steckte. Am Eingang stand Johanna mit vor der Brust verschränkten Armen. Da alle anderen plünderten, wunderte Adam sich darüber.

»Was ist mit dir? Hast du den Schatz des Großwesirs gefunden, weil du so gemütlich herumstehst?«, fragte er bissig.

»Der Schatz des Großwesirs wäre wohl etwas zu groß, um ihn in meine Tasche stecken zu können«, erwiderte sie. »Aber ich sehe, Ihr habt Gefangene gemacht. Die meines Bruders sind allerdings jünger und hübscher als diese Vettel!«

Adam verzog kurz das Gesicht, grinste dann aber. »Ich will die beiden ins Zelt bringen. Gibst du auf sie acht?«

»Sollten sie versuchen zu entkommen, wird das sie daran hindern!« Johanna hielt so schnell den Säbel in der Hand, dass Adam mit dem Schauen nicht mitkam.

»Ich glaube kaum, dass sie fliehen wollen. Sie würden dabei anderen Plünderern begegnen, und das könnte sie das Leben kosten«, erklärte Adam und wiederholte es auf Türkisch, damit die Alte es verstehen konnte. Diese zog den Knaben womöglich noch enger an sich.

»Wir werden gewiss nicht fliehen, Efendi. Ihr seid ein edler Mann!«

»Hast du das verstanden?«, fragte Adam Johanna mit einem Augenzwinkern.

»Nein!«

»Die Frau sagt, ich sei ein edler Mann.«

»So? Sagte sie das? Ich glaube, sie wollte Euch nur schmeicheln.« Johanna lachte und lenkte damit das Interesse der Türkin auf sich. Diese musterte sie, kniff die Augen zusammen und trat dann näher.

»Du kleidest dich wie ein Mann, doch in deinem Gewand steckt eine Frau!«, rief sie und griff mit der rechten Hand nach Johannas Brust.

Johanna schob sie ärgerlich zurück, sah dann aber Ignacy und Tobiasz Smułkowski vor sich. Im Gegensatz zu ihr verstand Ersterer die türkische Sprache und lachte zunächst.

»Die Alte ist verrückt!«, rief er, sah dann Johanna genauer an und verstummte jäh. Ihr Gesicht war zu ebenmäßig für einen jungen Mann, dazu fehlte ihr jeder Ansatz von Bartwuchs. Auch war ihr Haar wieder länger und verlieh ihr zusammen mit den großen Augen und den sanft geschwungenen Augenbrauen ein weibliches Aussehen.

»Das kann doch nicht sein«, brachte er mühsam heraus.

»Was kann nicht sein?«, fragte Tobiasz Smułkowski.

»Die alte Türkin nennt Jan eine Frau, und bei der Heiligen Jungfrau, er sieht auch aus wie eine!«

Tobiasz lachte zunächst, sah dann aber Adam grinsen und Johannas Augen wütend aufflammen. Gerade im Zorn wirkte ihr Gesicht weiblicher als sonst.

»Aber ich habe Jan erlebt, wie er einen Räuber niedergeschossen hat«, rief er verständnislos.

»Es gibt Frauen, die haben nicht weniger Mut als Männer«, sagte Adam lächelnd. »Joanna Wyborska oder, besser gesagt, Johanna von Allersheim zählt dazu.«

Johanna begriff, dass ihr Täuschungsspiel durch das Eingreifen der alten Türkin beendet war, und wusste nicht so recht, wie sie sich dazu stellen sollte. Ärgerlich trat sie beiseite und winkte Adams Gefangene, einzutreten.

»Reize mich nicht!«, warnte sie die Alte. »Ich schneide dir mit Vergnügen die Kehle durch, wenn es sein muss.«

Die Frau schlüpfte an ihr vorbei und setzte sich mit dem Knaben in die dunkelste Ecke des Zeltes. Nicht weit von ihr hockte Munjah auf einem Teppich und weinte. Ihr Vater war tot, sie von Feinden gefangen, und sie besaß keine Heimat mehr. Bilge schmiegte sich an sie und wagte nicht, die Polen anzuschauen.

Während sich draußen ein hitziges Gespräch zwischen Ignacy und Tobiasz entspann, ob Johanna wirklich eine junge Frau war oder doch ein nur ein mädchenhaft aussehender Jan, musterte Johanna die Gefangenen. Sie spürte ihre Angst, und sie taten ihr leid.

»Wie heißt du?«, fragte sie Munjah.

Diese hob den Kopf und nannte ihren Namen.

»Gut, dann sag deiner Magd, dass keiner von uns sie fressen will!«, befahl sie und wunderte sich, als diese nickte. Wie es aussah, verstand sie die polnische Sprache. Das war auch gut so, denn sie selbst kannte nur ein paar türkische und tatarische Brocken.

Unterdessen sprach Munjah leise auf Bilge ein. »Du brauchst keine Angst zu haben. Sie werden uns nichts tun!«

Hoffentlich, dachte sie. Andererseits hatte sie dem jungen

Polen in Azad Jimals Lager geholfen, und es sah nicht so aus, als hätte er dies vergessen.

Während Bilge sich langsam beruhigte, erklang von draußen ein grässlicher Schrei. Johanna stürmte mit dem Säbel in der Hand aus dem Zelt, sah, wie Adam, Tobiasz und Ignacy mehrere kaiserliche Soldaten verfolgten. Nicht weit von ihm entfernt lag Bartosz Smułkowski am Boden. Jemand hatte ihm die Kehle durchgeschnitten.

Im ersten Impuls wollte Johanna den anderen nach, sagte sich dann aber, dass dann das Zelt unbewacht blieb, und nahm mit gezücktem Säbel davor Aufstellung. Wenig später kehrten Adam, Ignacy und Tobiasz mit steinernen Mienen zurück.

»Die Schweinehunde sind uns im Gewirr der Lagergassen entkommen«, berichtete Adam düster.

Tobiasz kniete weinend neben seinem Bruder nieder. »Warum haben sie das nur getan? Wir sind doch Verbündete!«

»Was ist geschehen?«, fragte Johanna Adam.

»Bartosz ging auf unser Zelt zu. Da kamen ihm vier Kaiserliche entgegen und sahen das Collier auf seiner Brust. Bevor wir eingreifen konnten, stach ihn einer der Kerle nieder und riss ihm das Schmuckstück vom Hals!«

»Die Pest soll die Kerle holen!«, fauchte Johanna. Durch den Mord an Bartosz dachte zwar keiner mehr daran, dass die alte Türkin sie als Frau erkannt hatte. Freuen darüber konnte sie sich aber nicht.

Siebter Teil

Der Wille des Schicksals

I.

Als Johanna am nächsten Morgen erwachte und den Zelteingang öffnete, sah es draußen aus, als wäre eine Rotte riesiger Wildschweine über das türkische Lager hergefallen. Zelte waren niedergerissen worden, und man hatte überall Löcher in die Erde gegraben, um auch dort noch Schätze zu finden. Vor dem Zeltpalast des Großwesirs war König Jans Leibwache aufgezogen, um ihn für ihren Herrn zu verteidigen.

»Werdet Ihr heute meinen Vater begraben?«, fragte Munjah, die ebenfalls wach geworden und Johanna gefolgt war.

Diese drehte sich mit abweisender Miene zu der jungen Türkin um, bemerkte dann die Trauer in deren Augen und senkte den Kopf. »Mein Bruder und unsere Freunde werden es tun.«

»Darf ich ihn für das Grab vorbereiten?«, fragte Munjah.

»Sie soll dir helfen!« Johanna zeigte auf die alte Frau, die Adam gefangen hatte.

»Ich danke Euch.«

Munjah rief die Alte zu sich und schaffte mit ihr zusammen den Leichnam ihres Vaters, den Karl und Wojsław neben das Zelt gelegt hatten, hinein. Da auch Bilge mithalf, lag Ismail Bei schon bald in ein schlichtes Leintuch gehüllt neben dem Ausgang.

»Wir sind fertig«, verkündete Munjah und war froh, dass die Mutter sie die polnische Sprache gelehrt hatte. So konnte sie sich wenigstens verständigen.

Sie stellte Johanna vor ein Problem. Von den anderen war noch keiner erwacht, und sie wollte auch niemanden wecken. Nach einer Weile hob Karl den Kopf, sah den eingewickelten Leichnam und den bittenden Blick der jungen Türkin und stieß Wojsław mit dem Fuß an.

»Los, aufstehen! Wir wollen einen tapferen Mann begraben.«

Wojsław rappelte sich brummend auf und schüttelte den

Kopf. »Ich habe geträumt, wir hätten die Türken bereits besiegt und viel Beute gemacht!«

»Dann sieh dir diesen Beutel an, den du selbst im Schlaf noch umklammert hast. Er zeigt dir, dass dein Traum Wahrheit geworden ist«, rief Johanna. »Ihr solltet aber nicht allein gehen. Der Mord an dem armen Bartosz zeigt, dass sich viel Gesindel hier herumtreibt.«

»Ich begleite sie.« Adam stand ebenfalls auf. »Du, Wojsław, Leszek und Dobromir bleibt beim Zelt. Sollte jemand eindringen wollen, so schieß ihn nieder«, befahl er Johanna.

Während des Gesprächs wurden weitere Männer wach, und so kam fast ein Dutzend zusammen, das Ismail Bei zu Grabe tragen sollte. Als sie aufbrachen, trat Ignacy an Adams Seite.

»Ist es wahr?«

»Was?«

»Nun, dass Jan eigentlich eine Joanna ist?«

Adam sagte sich, dass Lügen nichts mehr brachte, und nickte. »Sie ist Karols Zwillingsschwester.«

»Sehr ähnlich sehen sie einander ja nicht«, platzte Ignacy heraus. »Karol ist zugegebenermaßen ein schmucker Bursche, doch seine Schwester wäre in den richtigen Kleidern und mit langen Haaren eine wahre Schönheit, bei der ich nichts dagegen hätte, sie im Bett zu haben.«

Mit einem Mal fand Adam, dass Ignacy doch nicht der Freund war, für den er ihn gehalten hatte.

»Na ja, hübsch ist sie schon«, antwortete er. »Jetzt aber sollten wir an anderes denken. Immerhin beerdigen wir einen tapferen Mann!«

Auf einem christlichen Friedhof konnten sie Ismail Bei nicht begraben, und so suchten sie die Stelle auf, an der die Türken ihre Gefallenen bestattet hatten. Am Rand des Feldes gruben die Männer das Grab.

Munjah starrte auf das Loch in der Erde, das immer größer wurde, bis der Anführer der Polen Halt gebot. Zwei Männer hoben ihren Vater in die Grube und sahen dann ihren Hauptmann fragend an.

»Ich weiß nicht, wie die Anhänger Mohammeds ihre Toten begraben«, gab Adam zu. »Aber ich sage eines: Der Mann war mutig und hat seine Tochter mit seinem Leben beschützt. Gebe die Heilige Jungfrau, dass wir, sollten wir je in die gleiche Situation kommen, uns vor ihm nicht zu schämen brauchen. Möge er in das Paradies seines Glaubens kommen!«

»Amen!«, antworteten die anderen wie aus einem Mund. Zwei ergriffen die Schaufeln und füllten Erde in das Grab.

Munjah sah mit zuckenden Lippen zu, wie ihr Vater immer mehr bedeckt wurde, bis er schließlich ganz verschwand. Jetzt, dachte sie, bin ich ganz allein. Nicht ganz, schränkte sie ein. Bilge war noch bei ihr, und sie war für diese verantwortlich. Doch was konnte sie tun, wenn die Polen beschlossen, sie und ihre Sklavin zu trennen? Ängstlich fasste sie nach Karls Hand.

»Darf ich Euch um etwas bitten?«, fragte sie.

»Nur zu.«

»Nehmt mir Bilge nicht weg!«

Karl legte den Arm tröstend um Munjah und lächelte. »Hab keine Angst! Sie bleibt bei dir, und es wird weder dir noch ihr etwas geschehen.«

Während die letzten Schaufeln Erde auf das Grab fielen, bemerkten Adam, Karl und die anderen König Jan III., der, von seinem Ratgeber Daniłowicz und einem Dutzend Leibwachen begleitet, mehreren Männern entgegenging. Einen erkannten sie als Karl von Lothringen, der noch nachlässiger gekleidet war als sonst. Ein anderer trug einen Harnisch, hatte aber seinen Helm unter den Arm geklemmt und verbeugte sich vor Jan III.

Karl von Lothringen deutete auf ihn. »Darf ich Euer Majestät den wackeren Recken Ernst Rüdiger von Starhemberg vorstellen, der gemeinsam mit seinen Mannen dem Heer Kara Mustaphas heldenmütig standgehalten hat?«

Anstatt eine gedrechselte Begrüßung von sich zu geben, packte der König Starhemberg und drückte ihn an sich. »Ich habe jeden Tag zur Heiligen Jungfrau von Tschenstochau gebetet, damit sie Euch die Kraft verleiht, die Türken so lange hinzuhalten, bis wir hier erschienen sind. Und, bei Gott, sie erfüllte mir diesen Wunsch!«, rief er und sah dann Lothringen an.

»Ich werde gleich in die Stadt einziehen und Gott für unseren glorreichen Sieg danken! Euer Platz ist an meiner Seite!«

Hätte er Karl von Lothringen aufgefordert, sich auf der Stelle sämtliche Zähne ziehen zu lassen, hätte dessen Miene nicht gepeinigter sein können. Kaiser Leopolds Hofkammer hatte deutlich zu erkennen gegeben, dass keiner der Feldherren die Stadt betreten dürfe, bevor der Kaiser selbst seinen Fuß hineingesetzt habe. Dem Polenkönig aber zu verbieten, in die Stadt einzuziehen, wäre ein Fauxpas gewesen, der das Bündnis mit diesem von einem Augenblick zum anderen beendet hätte. Daher nickte er notgedrungen, entschuldigte sich aber, dass er nach seinen Verwundeten sehen müsse. Auf sein Handzeichen hin brachte ihm ein Dragoner sein Pferd, und er ritt nach einer Verbeugung los. Jan III. entdeckte nun Adam und dessen Begleiter und winkte sie zu sich her.

»Eure Männer sollen Harnisch und Helm polieren, Osmański. Ihr werdet mich in die Stadt begleiten!«

»Wie Eure Majestät befehlen!« Adam verbeugte sich und wandte sich den anderen zu. »Ihr habt es gehört. Wir reiten mit dem König!«

»Ein Hoch auf Jan III., ein Hoch auf Polen und eines auf unseren Osmański«, rief Ignacy munter und vergaß dabei fast, sich vor dem König zu verbeugen.

2.

Um nicht vollends gegen die Anweisungen der kaiserlichen Hofkammer zu verstoßen, öffnete man für den Einzug Jans III. keines der Tore, sondern räumte nur die Verhaue vor der letzten Bresche beiseite, die von einer türkischen Mine gerissen worden war. Den Krater ließ Starhemberg auffüllen, damit der hohe Gast zu Pferd in die Stadt einreiten konnte, und hoffte, dass Kaiser Leopold es ihm nicht nachtragen würde.

Jan III. war ganz von dem gewaltigen Sieg erfüllt, den sie über einen an Zahl weit überlegenen Feind errungen hatten, und wollte Gott dafür danken. Eine einfache Feldmesse vor den Toren der Stadt war ihm nicht feierlich genug. In prachtvoller Kleidung, an der Seite den Säbel, mit dem er sich den Weg nach Wien geöffnet hatte, ritt er auf die Stadt zu. Hunderte Krieger folgten ihm, darunter auch Adam mit seiner Schar, deren Fahne immer noch Johanna trug.

Leszek, Wojsław und andere Husaren waren jedoch zurückgeblieben und bewachten das Zelt, in das Adams Leute ihre Beute gebracht hatten. Noch immer war nicht das gesamte türkische Lager geplündert, und jene, die es jetzt noch durchsuchten, scherten sich nicht darum, ob schon andere die begehrte Beute für sich reklamiert hatten. Auch Tobiasz Smułkowski nahm nicht an der Siegesparade teil, denn die Trauer um seinen Bruder war zu tief. Zudem war Bartosz von einem Österreicher erschlagen worden, und er wollte sich nicht von dessen Landsleuten bejubeln lassen.

Die Vertreter des Magistrats empfingen Jan III. in der Bresche, der durch Girlanden und Fahnenschmuck das Aussehen eines Tores gegeben worden war. Ihre Begrüßungsansprache war zum Glück kurz, und so konnte der König mit seinem Gefolge schon bald in die Stadt einreiten.

Sie wurden von jubelnden Menschen empfangen. Männer und Frauen eilten auf Jan III. zu, um sein Pferd, seine Stiefel und seinen Rock zu berühren. Junge Mädchen streuten Blumen, alte Frauen knieten an seinem Weg nieder und dankten Gott dafür, dass er den Polenkönig noch zur rechten Zeit geschickt hatte.

Auch Adam und seine Reiter wurden bejubelt. Ein vorwitziges Mädchen eilte heran, zog sich an ihm hoch und küsste ihn. Als Johanna dies sah, bog sie verächtlich die Lippen. Diesen Mann zu küssen, wäre das Letzte, was ihr einfallen würde, sagte sie sich und sah das kecke Ding nun vor sich.

»Einen Kuss, Husar?«, fragte das Mädchen lachend.

Mit dem Gefühl, es den anderen zeigen zu wollen, beugte Johanna sich zu ihr nieder, zog sie mit dem rechten Arm ein Stück hoch und presste die Lippen auf ihren Mund. Genauso gut hätte sie ein Kissen oder eine Wurst küssen können, dachte sie, als sie das Mädchen wieder auf den Boden absetzte und weiterritt.

Dieses drängte sich zwischen Karl und Ignacy und wurde von Letzterem lachend hochgezogen und vor sich in den Sattel gesetzt. Das war nicht ganz im Sinn des kessen Dings. Sie küsste ihn kurz, schwang sich dann zu Karl hinüber und küsste auch diesen, bevor sie wieder auf den Boden glitt und lachend davoneilte.

Der Stephansdom kam in Sicht, und vor ihm hatte sich eine solche Menschenmasse versammelt, dass Johanna daran zweifelte, ob sie bis zum Eingang gelangen würden. Da teilte sich die Menge jedoch und gab dem König den Weg frei. Frauen und Männer knieten, den Rosenkranz in den Händen, am Boden und beteten für das Heil ihres Retters.

»So lasse ich es mir gefallen!«, rief Adam, als der König vom Pferd gestiegen war und den Dom betrat. Dutzende Offiziere und Würdenträger des Heeres folgten ihm, an ihrer Spitze die beiden Hetmane. Stanisław Sieniawski warf einen kurzen Blick auf Adam und dessen Reiter. Es passte ihm wenig, dass dieser sich von ihm nicht hatte kaufen lassen. Im Ringen um Macht und Einfluss in Polen hätte seiner Sippe ein Held von Adams Ruf gut zu Gesicht gestanden.

Anders als die hohen Offiziere und die anderen Gäste mussten Adam und seine Männer vor dem Stephansdom stehen bleiben und lauschten der Messe durch die offenen Türen. Kaum war diese zu Ende, brachten die Wiener Wein, Brot und Würste und gaben sie aus Dankbarkeit kostenlos an die Polen aus. Für alle war es wie ein Traum. Die Einwohner Wiens, die bis gestern noch hatten befürchten müssen, die Masse der Türken würde sie schier erdrücken, konnten kaum glauben, dass die Gefahr vorüber war. Für die Polen hingegen war dieser Tag der Lohn für ihren langen Marsch und den harten Kampf, den sie mit den Türken ausgefochten hatten.

Nach dem Tedeum schlenderten Johanna, Karl und Adam mit einigen Landsleuten durch die Stadt. Die ersten Läden hatten wieder geöffnet, und ihre Auslagen waren voll. Etliches stammte aus dem Türkenlager und war am vergangenen Abend oder in der Nacht rasch hergebracht worden.

Da sie genug erbeutet hatten, verzichteten sie darauf, etwas zu kaufen, und kehrten schließlich zu ihrem Zelt zurück. Zu ihrer Verwunderung standen Leszek, Tobiasz Smułkowski und Wojsław mit geladenen Pistolen vor dem Eingang.

»Was ist denn hier los?«, fragte Adam.

»Ein paar Kerle wollten nicht anerkennen, dass dieses Zelt uns gehört, Hauptmann«, antwortete Leszek grinsend. »Daher mussten wir sie mit ein paar Kugeln zum Teufel jagen. Waren übrigens wieder Kaiserliche. Kann sein, dass es einen oder zwei von ihnen erwischt hat. Dachte halt an den armen Bartosz und habe etwas genauer gezielt, und der gute Tobiasz auch!«

Es war ein solcher Gegensatz zu der Begeisterung und dem Jubel in der Stadt, dass Johanna es kaum fassen konnte. Aufgebracht fauchte sie: »Wer sind diese österreichischen Soldaten, die uns behandeln, als wären wir hier unerwünscht?«

»Es ist Gesindel!«, warf Tobiasz grimmig ein. »Wir sollten unsere Sachen packen und nach Hause reiten. Sollen sie doch selbst sehen, wie sie mit den Türken fertigwerden!«

»Dein Vorschlag ist gut, nur wird der König ihn kaum beherzigen«, erklärte Adam. »Eigentlich sollten wir morgen bereits weiterziehen und den fliehenden Türken folgen. Da aber der Kaiser erscheint, wird Jan III. wohl noch einen Tag bleiben, um Leopold zu begrüßen!«

»Genauso ist es«, mischte sich da ein Fremder ein, der eine Mischung aus einheimischer und türkischer Tracht trug. »Wenn ich mich vorstellen darf, Jerzy Frantiszeck Kulczycki, gebürtiger Pole, aber seit einigen Jahren hier in Wien als Händler ansässig.«

»Kulczycki ist ein Held!«, rief ein Mann, der gerade des Weges kam.

»Nun ja, Held ist vielleicht etwas übertrieben«, antwortete Kulczycki kokett. »Ich bin halt einmal mit einer Botschaft des Herrn von Starhemberg für Seine Exzellenz, Herrn Karl von Lothringen, durch das ganze Türkenlager und wieder zurückgeschlichen und konnte von Wien aus den Kontakt mit meinen Bekannten im feindlichen Heer halten. So habe ich immer erfahren, wie weit das Entsatzheer bereits marschiert ist, und vermochte dies Herrn von Starhemberg zu berichten!«

Der Mann wollte noch mehr erzählen, wurde aber von einem Herrn unterbrochen, der mit mehreren anderen zusammen aus einem Zelt herauskam. »Kolschitzki! Er ist doch Händler in Orientwaren. Vielleicht kann Er uns sagen, was das Geraffel wert ist!«

Seiner Kleidung nach gehörte der Mann zu den höheren Beamten am Kaiserhof. Auch seine Begleiter sahen nicht so aus, als handelte es sich um einfache Handwerker oder Bürger.

»Was wünschen die Herren zu wissen?«, fragte Kulczycki und wechselte vom Polnischen ins Deutsche über.

»Wir leiten die Kommission zur Sicherstellung der Türkenbeute und wollen verhindern, dass noch mehr gestohlen wird«, erklärte der Mann und bedachte Adam und die anderen Polen mit einem bitterbösen Blick.

»Nehmen wir jetzt das Zelt da?«, fragte einer seiner Begleiter und wollte in jenes, das Johanna für sich und ihre Freunde in Beschlag genommen hatte. Bevor er jedoch die Hand nach dem Zelteingang ausstrecken konnte, trat ihm Adam in den Weg.

»In dieses Zelt würde ich an deiner Stelle nicht gehen«, warnte ihn Adam.

»Und warum nicht?«, fragte der andere bissig, nachdem Kulczycki es ihm übersetzt hatte.

In dem Augenblick zog Johanna ihre Pistole und spannte den Hahn. »Ganz einfach, weil wir jeden, der es versucht, erschießen!«, sagte sie auf Deutsch und wiederholte es für die anderen auf Polnisch.

»Ich hätte es vielleicht etwas höflicher ausgedrückt, aber im Grunde kommt es auf dasselbe heraus!« Adam war über die dreiste Art des Beamten empört und griff ebenfalls zur Pistole.

»Polackengesindel!«, schimpfte der, trat aber, als Adam die Pistole hob, den Rückzug an.

Dann hielt er auf ein größeres Zelt zu. An diesem fehlten bereits einige Leinwandbahnen, so dass eine Reihe aufgestapelter Säcke zu sehen waren. Ein paar von ihnen waren von Plünderern aufgeschnitten worden, doch hatten diese mit dem Inhalt anscheinend nichts anzufangen gewusst. Der Beamte hob eines der kleinen, dunkelbraunen Dinger auf, das einer getrockneten Bohne glich, und biss hinein. Mit einem Laut des Abscheus spuckte er sofort wieder aus.

»Kolschitzki! Was ist das für ein elendes Zeug?«, fragte er.

Kulczycki trat auf ihn zu, den Fes, den er anstelle eines Hutes gewählt hatte, in der Hand. »Es handelt sich um Kamelfutter. Das Zeug geben die Türken ihren Wüstenschiffen, so wie man es hier bei den Pferden mit Hafer macht.«

»Was sollen wir mit dem Gelump? Man sollte es verbrennen«, erklärte der Beamte mit verzogener Miene.

Kulczycki überlegte kurz und hob dann die Hand. »Euer Exzellenz müssen verzeihen, aber Seine Exzellenz, der Herr von Starhemberg, hat mir für die Dienste, die ich ihm geleistet habe, eine Belohnung versprochen. Wenn es Euch nichts ausmacht, würde ich gerne das Kamelfutter haben. Ich finde schon jemanden, dem ich es verkaufen kann! Ich lasse die Säcke auch auf eigene Kosten wegbringen!«

Die Hofbeamten sahen einander kurz an. Die Beute, die noch immer im Lager zu finden war, war enorm, und es würde Tage dauern, bis sie alles gesichtet und in ihre Listen eingetragen hatten. Trotzdem waren sie nicht sogleich bereit, einem einfachen Händler wie Kulczycki, der zudem noch Ausländer war, etwas von Wert zu überlassen. Schließlich nickte der höhergestellte Beamte gnädig.

»Du kannst das Kamelfutter haben, Kolschitzki. Das Zelt bleibt aber hier und kommt in das Arsenal Seiner Majestät.«

»Ein kleines Zelt hätte ich schon gerne, das ich bei gutem Wetter aufschlagen und in dem ich meine Waren verkaufen kann«, bat der Händler.

»Nimm das dahinten«, beschied ihm der Beamte und wies auf ein Zelt, dessen Leinwand bereits teilweise zerrissen war.

»Euer Exzellenz sind ja so großzügig«, antwortete Kulczycki und verbeugte sich so tief, als hätte er den Kaiser vor sich. Als er sich jedoch umwandte, sah Johanna, dass er sich das Lachen verbeißen musste. Mit einem vielsagenden Blick auf die österreichischen Beamten gesellte er sich wieder zu Johanna und Adam.

»Auf die Beamten Seiner Majestät, des Kaisers, ist immer Verlass«, spottete er. »Sie wollen so viel wie möglich für den Kaiser beschlagnahmen, damit sie genügend in ihre eigenen Taschen stecken können. Aber mit einem Polen können sie sich trotzdem nicht messen!«

»Was ist das für Zeug?«, fragte Johanna.

»Man nennt es Kaffee«, erklärte Adam. »Die Türken trinken es anstelle von Wein, den ihnen ihr Prophet verboten hat. Wir haben ihnen einmal einen Sack davon abgenommen und ihn probiert. Er war mir zu bitter.«

»Man muss ihn mit Honig oder Zucker süßen«, riet ihm Kulczycki. »Wenn die Herrschaften vielleicht auf die Säcke und das mir geschenkte Zelt aufpassen könnten, während ich ein Fuhrwerk hole, würde ich Euch zeigen, wie man Kaffee richtig zubereitet!«

»Dann tu das!«, erklärte Adam und beauftragte vier Mann, das Zelt mit den Kaffeesäcken zu bewachen. Andere schlugen das Zelt ab, das die Herren der Kommission Kulczycki überlassen hatten, und tauschten die zerrissenen Zeltbahnen gegen unversehrte aus.

»Wir tun es, weil Kulczycki ein Pole und zudem ein fröhlicher Mensch ist«, erklärte Leszek Johanna feixend. Diese nickte und fragte sich, was für ein Getränk dieser Kaffee wohl sein mochte.

3.

Einige Meilen donauaufwärts empfing um diese Zeit Kaiser Leopold einen seiner Berater in der prunkvollen Kabine seines Schiffes. Bis eben noch hatte er mit seinem Beichtvater gebetet, doch nun wollte er erfahren, welche Neuigkeiten es gab.

»Was melden die Kuriere, Hauenstein?«, fragte er mit matter Stimme. Die Angst, seine Hauptstadt und vielleicht sein ganzes Reich zu verlieren, hatte ihre Spuren bei ihm hinterlassen.

Herr von Hauenstein, der in den letzten Wochen nicht weniger verängstigt gewesen war, wirkte hingegen wie belebt. »Euer Majestät, Seine Hoheit Karl von Lothringen beklagt sich bitterlich über den Polenkönig.«

»Beklagen?«, fragte Leopold verwundert. »Herr Jan hat Uns Wien gerettet!«

»Der Polenkönig hat es abgelehnt, wie von Herrn von Lothringen gefordert, die fliehenden Türken umgehend zu verfolgen, sondern hat erst einmal das Lager des Großwesirs plündern lassen und dabei die wertvollsten Stücke für sich selbst genommen. Laut den Berichten der Kommission zur Sicherstellung der Polenbeute ist für Euer Majestät nur ein Bettel geblieben.«

»Das ist …«

»… ein ungeheuerlicher Eklat!«, fiel Hauenstein dem Kaiser allen höfischen Regeln zum Trotz ins Wort. »Dies ist allerdings noch nicht alles. Der Pole hat es gewagt, entgegen dem geäußerten Willen Eurer Majestät in die Stadt Wien einzuziehen und das Tedeum anstimmen zu lassen!«

Leopold hob den Kopf und sah Hauenstein missmutig an. »Jan Sobieski war in Wien? Warum haben Lothringen und Starhemberg das nicht verhindert? Es war ausgemacht, dass ich als Erster in Wien einziehe. Immerhin bin ich der Kaiser – oder etwa nicht?«

»Es war ein Fauxpas, wie er schlimmer nicht sein kann. Der polnische Barbar benimmt sich in Eurem Reich, Euer Majestät, so als wenn es das seine wäre.«

»Man muss ihm das eine oder andere nachsehen«, erwiderte Leopold nachdenklich. »Immerhin hat er ein Bündnis mit Uns geschlossen und ist Uns in höchster Not zu Hilfe geeilt.«

»Er hat es nicht aus lauteren Motiven getan, Euer Majestät, sondern um sich zu erhöhen und Euer Majestät zu erniedrigen. Ich weiß aus sicherer Quelle, dass er noch immer mit dem ungarischen Rebellen Thököly korrespondiert und darauf aus ist, die ungarische Krone zu erlangen.«

»Wie kann er König von Ungarn werden wollen, wo mir die Krone dieses Landes als Erbe meiner Väter zugekommen ist?«, fragte Leopold erbost.

»Euer Majestät Truppen unter Herrn Karl von Lothringen werden in Kürze ganz Ungarn von den Türken befreit haben«, versicherte Hauenstein. »Dafür brauchen sie jedoch die Polen nicht. Diese werden sonst zu einer Gefahr, weil Jan Sobieski einige Gebiete besetzen und für sich fordern könnte. Wie Ihr wisst, will er hoch hinaus. Eine seiner Forderungen für das Bündnis war schließlich eine Heirat seines Sohnes Jakub mit einer Erzherzogin.«

»Ja, ich weiß, aber er hat nicht darauf bestanden«, wandte Leopold ein.

Hauenstein hob den rechten Zeigefinger, als sei er der Lehrer und der Kaiser ein Schüler, dem er etwas erklären wollte. »Eine solche Heirat wäre eine Schmach für das Haus Österreich. Eine Kaisertochter und der Sohn einer Frau aus französischem Landadel! Wer ist dieser Jan Sobieski schon? Ein polnischer Landadeliger, der von anderen polnischen Landadeligen zu ihrem Anführer gewählt worden ist. Ob sein Sohn ihm nachfolgen kann, ist höchst ungewiss. Euer Majestät sollten daher zusehen, dass wir die Polen loswerden, bevor sie maßlos werden.«

»Es wäre eines Kaisers unwürdig, denjenigen den Dank zu verweigern, die ihm in höchster Not beigestanden haben!«

»Der Dank, wenn Euer Majestät es so nennen will, wird derzeit auf viele Karren geladen und nach Krakau und Warschau geschafft. Jan Sobieski hat sich der Schätze Kara Mustaphas bemächtigt, und vieles andere wurde von seinen Polen gestohlen. Man sollte es ihnen wieder abnehmen!«

Hauenstein klang drängend, denn nach der langen Belagerung und dem dadurch bedingten Steuerausfall in großen Teilen Österreichs brauchten er und seine Standesgenossen dringend Geld, um ihren gewohnten Lebensstil aufrechterhalten zu können.

Unterdessen wurde Leopold von widerstrebenden Gefühlen gepeinigt. Die Dankbarkeit befahl, Jan III. zu ehren und ihm die Beute wie auch einen Teil des Gebiets, das sie von den Türken wiederzugewinnen hofften, zu überlassen. Er war jedoch auch der Kaiser und damit der rangmäßig höchste Monarch der Christenheit, während Jan Sobieski nur der gewählte König von Polen war und damit hinter allen anderen Königen und nur knapp über den Kurfürsten des Heiligen Römischen Reiches stand. Dieser Unterschied, sagte er sich, musste gewahrt bleiben. Zudem mischten sich Habgier und Geiz in seine Gedanken. Der Angriff der Türken hatte seine Schatztruhen geleert, und er benötigte die Türkenbeute dringend selbst, um den Krieg weiterführen zu können.

»Man hätte das Feldlager der Türken bewachen und die Schätze anschließend gerecht verteilen müssen«, sagte er und dachte, dass ihm der Löwenanteil zugestanden hätte.

»Seine Exzellenz, der Herr von Lothringen, hätte schon auf die Polen schießen lassen müssen, um sie am Plündern zu hindern«, erklärte Hauenstein und vergaß ganz zu erwähnen, dass die kaiserlichen Soldaten im Wettstreit mit den Polen alles Erreichbare an sich gerafft hatten.

»Seht zu, dass die Polen so behandelt werden, wie sie es als Verbündete verdienen!«, antwortete der Kaiser.

Hauenstein nickte lächelnd, denn diese Aussage ließ eine weit gespannte Interpretation zu. Allerdings war er noch nicht am Ende. »Euer Majestät sollten auch die Sachsen nicht außer Acht lassen. Das sind Erzketzer! Auch wenn sie sich am Entsatz Wiens beteiligt haben, so müssten sie, wenn sie weiterhin in den Landen Eurer Majestät bleiben, verköstigt werden, und ihr Kurfürst würde gewiss Forderungen stellen, die sein Land und den Protestantismus stärken und Euer Majestät Reich und den geheiligten katholischen Glauben schwächen würden.«

»Die Polen und die Sachsen! Wollt Ihr auch noch den Kurfürsten von Baiern aus dem Land schaffen?«, fragte Leopold müde.

»Kurfürst Max Emanuel ist ein wahrhaft katholischer Regent und kann an Euer Majestät keine Forderungen stellen. Seine Truppen werden wir brauchen, um die Türken aus Ungarn und anderen Gebieten zu vertreiben. Der Pole wäre ein Konkurrent, und der Sachse würde Kompensation fordern. Auf beides sollten Eure Majestät nicht eingehen.«

Ganz konnte Leopold sich Hauensteins Gift nicht entziehen. Als dieser ihn schließlich verließ, tat er es mit dem Wissen, dass die Rücksicht, die die kaiserlichen Behörden bislang auf Polen und Sachsen genommen hatten, von nun an nicht mehr nötig war.

4.

Kulczycki kam am nächsten Morgen zu Johannas Zelt und brachte fein zerstoßenes Kaffeepulver mit. Als er es kochte, erwies sich Bilge als gute Helferin. Die alte Frau kam ebenfalls herbei und bat, etwas von dem fast schwarzen Getränk zu bekommen. Sogar Munjah hob den Kopf, als kurz darauf der Duft nach Kaffee durch das Zelt zog.

Wojsław hatte in einem der in der Nähe stehenden Zelte eine Reihe kleiner Tassen gefunden und half Kulczycki, sie zu füllen. Der Händler hatte auch Zucker mitgebracht und verteilte diesen. Dabei berichtete er zufrieden, dass in dem einen Zelt nicht nur Kaffeebohnen, sondern auch mehrere Säcke mit Zucker gewesen waren.

»Der Herr Großwesir hat nicht nur nobel gewohnt, sondern auch nobel gespeist und getrunken. Die Herren Beamten schauen nur auf Gold, Silber, Edelsteine, Seide und vielleicht noch schöne Teppiche. Dabei hätte mir der Herr von Starhemberg mit einer Handvoll Gulden keine größere Freude machen können als die Herren der Kommission mit dem Kaffee und dem Zucker!« Kulczycki war anzusehen, wie sehr es ihn freute, den Beamten einen Streich gespielt zu haben. Da sich Adam und die anderen über die arroganten Kerle geärgert hatten, lobten sie ihn und schlürften die süße, schwarze Brühe.

Leszek stellte seine Tasse mit angeekelter Miene zurück. »Ich glaube nicht, dass ich mich an dieses Zeug gewöhnen könnte. Ein guter Wodka ist mir tausendmal lieber.«

»Ich könnte ihn Euch billig besorgen«, bot Kulczycki an.

»Das wirst du bleibenlassen! Ich will nicht, dass die Männer besoffen herumliegen, wenn der Kaiser hier erscheint«, erklärte Adam scharf.

»Es hätte ja sein können!«

Johanna empfand den Händler als arg schlitzohrig, und ihr schmeckte sein Getränk auch nicht so recht. Zudem bekam sie, als sie die Tasse leer trank, das zerstoßene Kaffeepulver zwischen die Zähne.

»Ich bleibe bei Wasser«, erklärte sie.

Munjah trank eine Tasse mit sichtlichem Genuss, während Tränen über ihre Wangen perlten. Die alte Türkin ließ sich die ihre sogar zwei Mal füllen und kehrte dann zufrieden zu dem kleinen Jungen zurück, der hinten im Zelt auf einem Kissen schlief.

Fanfarenstöße beendeten das friedliche Beisammensein. Adam schüttete den Rest seines Kaffees weg und griff zu seinem Brustpanzer.

»Macht rasch!«, fuhr er seine Leute an. »Wegen dieses Gesöffs haben wir ganz vergessen, dass heute der Kaiser kommt. Es wäre unehrerbietig, hier sitzen zu bleiben, wenn König Jan, Prinz Jakub und die Hetmane ihn begrüßen.«

»Das wird ein Schauspiel«, rief Kulczycki und sammelte seine Kaffeeutensilien ein. Unbeobachtet packte er auch Wojsławs hübsche Tassen mit ein.

Adam und seine Truppe rüsteten sich zum Empfang des Kaisers. Auch Johanna tat es und erwiderte Karls mahnenden Blick mit einer trotzigen Miene. Sie war als junger Mann hierhergeritten, hatte mitgekämpft und wollte mit dabei sein, wenn die gekrönten Häupter zusammentrafen.

Da sie an diesem Tag nicht zum Geleit oder als Ehrenwache eingeteilt worden waren, mussten sie sich beeilen, um einen guten Platz zu ergattern. Johanna, Karl und Ignacy eilten daher bereits voraus, während Adam den Händler zu sich rief.

»Kulczycki, du kannst mir dafür, dass wir deinen Kaffee und deinen Zucker bewacht haben, einen Gefallen erweisen«, sagte er.

»Und welchen?«, fragte der Händler und befürchtete, mit einer teuren Forderung bedacht zu werden.

»Besorge mir ein paar Frauenkleider!«

»Können es auch türkische sein?«, wollte Kulczycki wissen.

»Es sollten Kleider für eine Dame von Stand sein«, erklärte Adam.

»Das wird nicht billig.« Kulczycki überlegte, wie viel er von Adam verlangen konnte. Doch da reichte dieser ihm bereits ein paar Goldmünzen.

»Reicht das?«

»Nun, es wird gehen müssen.« Der Händler sagte sich, dass er einen Landsmann vor sich sah und keine kaiserlichen Beamten, die zu betrügen ihm ein Vergnügen gewesen war, und nickte. »Ich gehe jetzt und schicke die Sachen hierher!«

»Gut.« Adam gürtete seinen Säbel und folgte seinen Freunden, während Kulczycki langsam hinter ihm herkam, denn auch er wollte sehen, wie der römisch-deutsche Kaiser und der polnische König einander begrüßten.

5.

Das Zusammentreffen der beiden hohen Herren sollte vor den Mauern Wiens stattfinden. Anschließend würden sie gemeinsam in die Stadt einziehen. Für Johanna und ihre Mistreiter war es von Vorteil, dass die Stelle unweit ihres Zeltes lag und sie zu den Ersten gehörten, die sich dort einfanden. Adam hingegen erschien so spät, dass er sich durch die Menge hindurchkämpfen musste, um zu ihnen zu gelangen.

»So ein Rüpel!«, schimpfte ein kaiserlicher Hauptmann, den er beiseitegeschoben hatte.

»Ein Pole eben, beim Plündern die Ersten, beim Kampf die

Letzten«, knurrte ein anderer, der es den Husaren Jans III. übelnahm, dass diese erst mühsam ihre Ausgangsstellung hatten einnehmen müssen, während Karl von Lothringens Regimenter bereits im Kampfe lagen.

Adam kümmerte sich nicht weiter um die Männer, sondern arbeitete sich bis zu seinen Freunden vor und blieb hinter Johanna stehen. »Sind die Herrschaften schon eingetroffen?«, fragte er.

»Nein, aber die Kaiserlichen marschieren bereits heran.« Johanna wies auf eine endlose Reihe von Reitern, die von der Donau heraufkamen.

»Der König kommt auch schon«, rief Karl und lenkte die Aufmerksamkeit auf Jan III., der auf einem kräftigen Schimmel ritt. Sein ältester Sohn und sein engstes Gefolge begleiteten ihn.

Im Gefolge des Kaisers entdeckte Johanna Karl von Lothringen, die beiden Kurfürsten Max Emanuel und Johann Georg sowie Ernst Rüdiger von Starhemberg. Zu seinen Begleitern gehörte ein Mann, der ihr bekannt vorkam, ohne dass sie ihn einordnen konnte. Er sah mit verächtlicher Miene zu ihnen her.

»Diesen Kerl habe ich schon irgendwo gesehen und habe ihn nicht gerade in freundlicher Erinnerung«, hörte sie Karl sagen.

»Ich glaube, es war auf unserer Reise nach Polen. Dieser Herr ist damals sehr unverschämt aufgetreten«, antwortete Johanna und sah zu, wie beide Monarchen ihre Pferde voreinander anhielten.

»Wir heißen Euch willkommen, Herr Bruder!« Kaiser Leopold rang sich diese für sein Gefühl nach zu freundliche Begrüßung mühevoll ab, um den Polenkönig nicht zu kränken. Gleichzeitig griff er zu seinem überreich mit Federn geschmückten Hut.

Jan III. glaubte, der Kaiser wolle diesen abnehmen, und lüpfte seine Mütze. Doch Leopold berührte nur die Krempe mit zwei Fingern und ließ die Hand dann wieder sinken. Jan Sobieski nahm es hin, ohne sich darüber zu ärgern. Immerhin hatte er von Leopold gehört, wie stark dieser auf das Zeremoniell achten würde. Für ihn war es nur ein Korsett, das auch ein König gelegentlich sprengen musste. Er wies auf Jakub, der sofort seine Mütze abnahm.

»Mein Sohn Jakub und, wie ich hoffe, auch mein Nachfolger als König von Polen.«

In dem Augenblick scheute das Pferd des Kaisers. Als er es wieder in seiner Gewalt hatte, blickte er an Jakub vorbei und deutete dann Jabłonowski gegenüber einen Gruß an, während der Prinz seinen Hut verdattert wieder aufsetzte.

Diesmal ärgerte Jan sich doch, sagte sich aber, dass es gewiss andere Gelegenheiten gab, dem Kaiser seinen Sohn vorzustellen und auch über die gewünschte Heirat mit einer Erzherzogin zu sprechen. Sein Ehrgeiz richtete sich dabei nicht auf eine Kaisertochter, denn er wäre für seinen Sohn auch mit einer Braut aus einer der Habsburger Nebenlinien zufrieden gewesen.

Die polnischen Zuschauer hingegen kommentierten das Verhalten des Kaisers mit drastischen Worten. Johanna war so aufgebracht, dass sie Adam vorschlug, sie sollten Wien umgehend verlassen und nach Polen zurückkehren.

»Warum sollen wir für einen so undankbaren Menschen kämpfen? Meinetwegen hätten die Türken Wien einnehmen und den Kopf des Kaisers auf die Spitze des Stephansdoms stecken können.«

»Jetzt übertreibst du aber!«, sagte Karl, um seine Schwester zu bremsen.

»Wir können nicht nach Polen zurückkehren, bevor der König es anordnet«, erklärte Adam. »Soviel ich gehört habe, will er den Türken nachsetzen, um ihr Heer so stark wie möglich zu schwächen. Wenn wir dann nächstes Jahr nach Podolien reiten, werden wir es leichter zurückgewinnen.«

»Gebe die Heilige Jungfrau, dass Ihr recht habt«, antwortete Johanna grimmig.

»Lasst uns zum Lager zurückkehren! Die hohen Herren reiten in die Stadt, und die dürfen wir heute nicht betreten«, schlug Karl vor.

Während Johanna den beiden Herrschern nachblickte, nickte Adam. »Das sollten wir tun, denn es kann schon morgen weitergehen.«

»Was machen wir mit unserer Beute?«, fragte Dobromir, der einige Gegenstände gesammelt hatte, die er nicht einfach auf sein Pferd binden konnte.

»Du wirst das Zeug verkaufen müssen. Ich glaube aber nicht, dass du viel dafür bekommst. Am besten wendest du dich an Kulczycki. Der ist zwar auch ein Gauner, aber er wird einen Polen weniger übers Ohr hauen, als es irgendein Wiener tun würde!«, erklärte Adam mit einem gewissen Spott.

In ihrer Gier hatten viele Männer Waren an sich gerafft, die sie unmöglich mitnehmen konnten, und sie würden für das meiste nur einen Bettel erhalten. Dabei dachte er, dass auch er mit der alten Türkin und dem kleinen Jungen eine Beute gemacht hatte, deren Transport nicht einfach sein würde.

»Wir hätten eher nach Pferden anstatt nach Gold Ausschau halten sollen«, entfuhr es ihm.

Karl grinste. »Am Abend der Plünderung bin ich in ein Zelt geraten, in dem mehr als ein Dutzend edler Renner standen. Alle anderen waren so auf Gold und Schätze aus, dass ich die Gäule ohne Schwierigkeiten zu unserem Lager habe bringen und dort anbinden können. Ein paar Pferde würde ich gerne selbst behalten, aber den Rest könnt Ihr haben.«

»Leih sie uns erst einmal. Immerhin haben dich die Pferde

die Zeit gekostet, Gold zu finden«, antwortete Adam erleichtert.

»Vierzehn Stück sind für mich zu viel«, wehrte Karl ab.

»Dann behalte sechs, zwei kannst du Joanna geben, eines mir, und den Rest sollen Ignacy, Smułkowski, Dobromir und Leszek unter sich aufteilen!«

»Das sind nur dreizehn. Was ist mit dem vierzehnten?«, fragte Karl.

Adam überlegte kurz und lachte. »Das verlosen wir unter unseren Leuten. Bei der Heiligen Jungfrau von Zamość, ich musste eben an Fadey denken. Hätte dieser Narr keinen Verrat begangen, hätte er hier so viel Beute gemacht, dass er sein eigenes Heimatdorf samt allem umgebenden Land hätte kaufen können.«

6.

Wenig später erreichten sie Johannas Zelt und stellten fest, dass der Rest des Fähnleins sein Lager mittlerweile hierher verlegt hatte. Jetzt sah Adam auch die Pferde, die Karl erbeutet hatte, und schnalzte mit der Zunge.

»Selbst der König würde sich nicht schämen, das schlechteste dieser Rosse zu reiten, und die besten wären Juwelen in seinem Marstall«, sagte er und klopfte Karl auf die Schulter. »Ich dachte mir schon, dass sie gut sind, aber so gut – das hätte ich nicht erwartet.«

Karl betrachtete die Pferde jetzt selbst und wählte in Gedanken zwei Hengste und vier Stuten aus, die er für sich behalten wollte. Eine weitere Stute wollte er Munjah überlassen, damit sie in ihre Heimat reiten konnte. Bei dem Gedanken verspürte er auf einmal Trauer und das Gefühl nahenden Verlusts. Er schüttelte es mit Mühe ab und folgte Johanna und Adam ins Zelt.

Das Erste, was ihnen auffiel, war ein Haufen Frauenkleider. Johanna wollte daran vorbeigehen, ohne ihnen einen Blick zu schenken. In dem Moment hielt Adam sie fest.

»Deine Maskerade ist vorbei! Du wirst dich ab jetzt so kleiden, wie es deinem Geschlecht zukommt«, erklärte er grob.

Johanna riss sich mit einer heftigen Bewegung los. »Ich kleide mich so, wie ich will!«

»Du vergisst, meine Liebe, dass ich dein Vormund bin! Und wenn ich sage, dass du Frauenkleider tragen sollst, wirst du das auch tun.«

Adam ärgerte sich selbst über den schroffen Ton, den er anschlug, zumal dieser Johanna nur dazu brachte, ihre Stacheln noch stärker aufzustellen.

Nun sah sie Karl hilfesuchend an, aber dieser hob grinsend die Hände. »Der König hat Osmański zu unserem Vormund bestimmt, und nur er kann ihn wieder absetzen.«

Für einen Augenblick sah es so aus, als wollte Johanna aus dem Zelt stürmen und den König aufsuchen. Sie begriff aber selbst, wie sinnlos es wäre, und funkelte Adam erbost an.

»Und warum, Vormund Osmański, fällt es Euch gerade heute ein, mir Weiberkleider vorzuschreiben?«

»Weil uns weitere Kämpfe bevorstehen und ich nicht will, dass du verletzt oder gar getötet wirst.«

»Dies ist auch meine Meinung«, stimmte ihm Karl zu. »Bislang habe ich mich deinen Launen gebeugt, Schwester, doch nun ist Schluss. Die Schlacht, in die du reiten wolltest, ist gewonnen, und wir haben sehr viel Beute gemacht. Sollte ich fallen, will ich, dass du sie bekommst und sie nicht unter Fremden verteilt werden muss.«

»Da hörst du es!«, sagte Adam grinsend und reichte ihr ein

Bündel Kleider. »Du kannst dich hinter dem Vorhang bei den gefangenen Frauen umziehen.«

Schnaubend und ohne ihn eines weiteren Blickes zu würdigen, nahm Johanna die Kleider und verschwand in dem Teil des Zeltes, in dem sich die alte Türkin mit dem Knaben sowie Munjah und Bilge aufhielten. Ein paarmal klang ihre Stimme scharf auf, doch wussten Karl und Adam nicht, ob sie mit einer der Gefangenen oder mit sich selbst haderte.

Es dauerte einige Zeit, bis Johanna wieder zum Vorschein kam. Sie trug ein türkisches Leibchen aus Samt und einen weiten Satinrock mit bunten Stickereien. Nur die Stiefel waren noch die ihren, da Adam Kulczycki nicht damit beauftragt hatte, auch Schuhe zu bringen. Der Wirkung, die sie auf Adam, Ignacy, Tobiasz und die anderen ausübte, tat dies jedoch keinen Abbruch.

Die jungen Männer konnten kaum glauben, dass diese Schönheit, die ihre zu kurzen Haare unter einem Tuch verbarg, der lümmelhaft auftretende Jan Wyborski gewesen sein sollte.

»Kann mich einer wecken?«, rief Ignacy und zuckte wenige Sekunden später unter der Ohrfeige zusammen, die Adam ihm gab.

»He, was soll das?«, fragte er aufgebracht.

»Ich dachte, ich soll dich wecken«, antwortete Adam mit verkniffener Miene. Ihm passte die Begeisterung, die seine Männer Johannas wegen zeigten, ganz und gar nicht.

Der Einzige, der ihren Anblick ebenfalls genoss, dabei aber gelassen blieb, war Leszek. Er hatte Johannas wahres Geschlecht schon vor vielen Monaten erraten und amüsierte sich über seine jungen Kameraden. Es war aber auch kaum zu glauben, welcher Anblick sich ihnen bot. Als Jan hatte Johanna ihren Busen stets flach gebunden, nun aber wurde er durch das türkische Mieder betont. Dazu kam ein liebliches Gesicht mit blitzenden Augen, herrlich geschwungenen Augenbrauenbögen, einem geraden Näschen und einem wie gemalten Mund mit weichen Lippen.

Tobiasz Smułkowski drehte sich kopfschüttelnd zu Ignacy um. »Waren wir denn alle blind, weil wir das übersehen haben?«

»Wie es den Anschein hat: Ja! Aber wenigstens haben wir den Trost, dass auch Freund Osmański von der jungen Dame hinters Licht geführt worden ist.«

»Ich wusste es von Anfang an«, erwiderte Adam lachend und sah sich einen Augenblick später Johanna gegenüber.

»Ihr habt es gewusst? Schurke!«, schrie sie ihn zornerfüllt an.

»Das ist noch der Jan, den ihr kennt«, kommentierte Leszek grinsend.

»Ihr habt es gewusst und mich all die Monate zur Närrin gemacht?« Johanna ballte beide Fäuste und war kurz davor, auf Adam loszugehen, als Ignacy sich vor ihr verbeugte.

»Wenn es Euch genehm ist, werde ich diesen Schurken vor meine Klinge fordern und zur Ader lassen!«

Sowohl Johanna wie auch Adam begriffen, dass es dem jungen Mann vollkommen ernst damit war. Im ersten Moment war Adam schockiert. Ignacy war so lange Monate unter seinem Kommando geritten, und sie waren dabei gut miteinander ausgekommen. Sollte wirklich eine einzige Frau genügen, um diese Kameradschaft zu zerstören? Da erinnerte er sich daran, dass er Ignacy in Verdacht gehabt hatte, für Rafał Daniłowicz zu spionieren, und fand ihn auf einmal viel zu aufgeblasen. Ein Zweikampf aber war das Letzte, was sie sich angesichts der Feinde leisten konnten.

»Spar dir deine Fechtkunst für die Türken auf«, fuhr er Ignacy an.

»Habt Ihr etwa Angst vor mir?«, fragte dieser spöttisch.

»Ich glaube, du kennst mich gut genug, um zu sagen, dass ich ein Bürschchen wie dich nicht fürchte. Du vergisst aber, dass du unter meinem Kommando stehst und Johanna von Allersheim mein Mündel ist!«

Adams Stimme klang hart, und er war eher bereit, Ignacy aus seinem Fähnlein zu verstoßen, als zu dulden, dass dieser sich Johanna weiter näherte.

Ignacy überlegte ein paar Sekunden und nickte dann grollend. »Dieser Kriegszug wird irgendwann einmal enden. Dann werdet Ihr mir Rechenschaft ablegen müssen!«

»Mit dem größten Vergnügen!« Adam klopfte kurz gegen seinen Säbel, um seine Bereitschaft für einen späteren Zweikampf zu bekunden. Da trat Johanna auf ihn zu, holte aus und versetzte ihm eine Ohrfeige, die der seiner Mutter in nichts nachstand.

»Das ist dafür, dass Ihr mich gezwungen habt, mich all die Monate als Mann zu verkleiden!«

»War es nicht eher dein Wille, dich als solcher auszugeben?«, fragte Karl und entging einer Ohrfeige durch seine Schwester nur dadurch, dass er rasch zwei Schritte zurücktrat.

7.

Bis zum Aufbruch lief Adam mit grimmiger Miene herum und schnauzte jeden an, der ihm nicht passte, während er Johanna vollkommen ignorierte. Daher waren alle im Fähnlein froh, als es weiterging. Andere Männer hatten ebenfalls Pferde erbeutet, und so konnten sie einen großen Teil ihrer Errungenschaften mitnehmen. Darunter befand sich auch Johannas Zelt, das nicht nur größer war als die eigenen Zelte, sondern auch von besserer Qualität.

Ein Problem tat sich jedoch auf, denn die alte Türkin weigerte sich, auf ein Pferd zu steigen. Sie schüttelte den Kopf, stieß einige Sätze hervor, von denen Adam nur die Hälfte verstand, und warf sich zuletzt kreischend zu Boden.

Einige Reiter grinsten, und Ignacy vermochte seine Spottlust nicht zu bezähmen. »Hebt die Alte doch auf Euer eigenes Pferd, Hauptmann, und haltet sie unterwegs fest! Dann habt Ihr wenigstens etwas im Arm!«

Adam wartete einen Augenblick, zog dann seine Pistole, spannte sie und setzte sie der alten Frau an den Kopf. »Wenn ich dich nicht mitnehmen kann, muss ich dich eben erschießen!«, sagte er auf Türkisch.

Plötzlich wurde es um ihn herum still. Selbst Johanna warf ihm einen erschrockenen Blick zu, während Munjah auf die Alte zustürzte und sie hochzerrte.

»Steig auf!«, flehte sie. »Es geht um dein Leben.«

Die Türkin starrte auf die Waffe in Adams Hand und kam so flink wie ein junges Mädchen auf die Beine. Munjah half ihr in den Sattel, was leichter ging als gedacht, weil sie unter ihrem Kleid lange Pluderhosen trug. Danach ging Munjah zu der Stute, die zu reiten ihr Karl befohlen hatte, und wollte aufsteigen.

Da fasste Karl sie um die Taille und hob sie hoch. Sie sah ihn erschrocken an, doch sein Lächeln beruhigte sie. Er ist ein guter Herr, dachte sie, jedenfalls ein besserer, als sie in ihrer Heimat finden würde. Auch sie lächelte und bemerkte, dass er sich darüber freute.

»Hilfst du meiner Sklavin auch aufs Pferd, Efendi?«, bat sie und fand es seltsam, Bilge so zu bezeichnen, da sie doch selbst eine Sklavin war.

Nachdem das dunkelhäutige Mädchen im Sattel eines ruhigen Beutepferds saß, hob Adam den kleinen Jungen auf und reichte ihn nach kurzem Überlegen zu Leszek hoch. Der hatte zwar ein Holzbein, war aber am besten geeignet, mit einem verängstigten Kind umzugehen. Anschließend schwang er sich auf sein Pferd und winkte den anderen, ihm zu folgen.

Das Fähnlein reihte sich in den langen Zug der polnischen Reiter ein, und für etliche Stunden sahen sie nur das flache Land im Osten Wiens und die Reiter, die vor ihnen zogen. Adam ritt an der Spitze, und ihm folgte Karl, der Bilges Zügel an seinen Sattel gehängt hatte, da die junge Sklavin beide Hände brauchte, um sich an der Mähne ihres Pferdes festzuhalten. Munjah ritt an Karls Seite und musterte ihn immer wieder. Seinem Mienenspiel nach schien er schwere Gedanken zu wälzen.

Schließlich wandte er sich ihr zu. »Hast du Verwandte, die dich aufnehmen können, nachdem dein Vater tot ist?«

»Nein«, antwortete Munjah und unterschlug dabei die älteren Schwestern ihres Vaters. Sie hatte die Frauen nur ein paarmal gesehen und war überzeugt, dass die beiden sie so rasch wie möglich an den nächsten Würdenträger verkaufen würden, um einen Vorteil für ihre jetzigen Familien zu erlangen.

»Du kannst also nicht in deine Heimat zurückkehren?«, fragte Karl weiter. Es klang fast erleichtert.

Munjah schüttelte den Kopf. »Nein, Efendi! Mein Vater ist in Ungnade gefallen, und daher wäre ich dort nur eine Sklavin!«

Dummes Stück!, schalt sie sich nach ihrem Ausspruch, denn eine Sklavin war sie auch hier.

Nun ärgerte Karl sich doch, nach der Schlacht nicht im gleichen Maße wie Ignacy oder Tobiasz Smułkowski Beute gemacht zu haben. Das bisschen Gold, das er gefunden hatte, reichte höchstens für ein kleines Gut. Allerdings besaß er sechs gute Pferde und konnte mit diesen eine Zucht anfangen. Damit würde er zwar kein reicher Mann werden, aber zumindest einen gewissen Wohlstand erlangen. Da der Vater der jungen

Türkin in Ungnade gefallen war, würde ihr dies wohl reichen. Allerdings musste er auch für seine Schwester sorgen. Johanna hatte ihm zwar zugeraunt, ein paar Edelsteine gefunden zu haben, doch er maß diesen keinen besonderen Wert zu. Nun richtete er seine Aufmerksamkeit wieder auf Munjah.

»Wenn es niemanden gibt, der dich aufnehmen und beschützen kann, muss ich dich eben behalten«, erklärte er und wunderte sich, wie sehr er sich darüber freute.

Trotz ihrer Trauer um den Vater machte Munjahs Herz einen Sprung. »Das könnte mir gefallen«, flüsterte sie.

»Du wirst allerdings Christin werden müssen«, fuhr Karl fort.

Als Antwort sprach Munjah das Vaterunser auf Polnisch und das Ave-Maria auf Latein. Als sie Karls Verblüffung sah, huschte ein Lächeln über ihr Gesicht.

»Meine Mutter war Polin, und sie hat mich heimlich in ihrem Glauben unterrichtet. Ich glaube an Gottvater, den Sohn und den Heiligen Geist sowie an die Jungfrau Maria!«

Das, sagte Karl sich, war eine gute Nachricht, und er freute sich mit einem Mal auf die Zeit, in der dieser Feldzug zu Ende sein und er als Pferdezüchter auf eigenem Land würde leben können.

Johanna hatte es nicht gewagt, gegen Adams Befehl zu verstoßen, und trug Frauenkleider. Um dies aber nicht allen zu zeigen, hatte sie ihren Mantel umgelegt und dessen Kapuze über den Kopf gestülpt.

Während Karl mit der neben ihm reitenden Munjah sehr zufrieden war, ärgerte Johanna sich über Ignacy, der sein Pferd neben das ihre gelenkt hatte und keine Gelegenheit versäumte, über Adam herzuziehen.

»Der Mann hat die Manieren eines Bauern«, erklärte er eben. »Er ist ja auch nur der Sohn einer Sklavin, mit der sein Vater sich ein paar vergnügliche Stunden gegönnt hat. Wäre Andrzej Sieniawski am Leben geblieben, hätte er seine Kebse und deren Balg auf einen Bauernhof abgeschoben und eine ehrbare Ehe geschlossen. Es war ein Fehler Eures Großvaters, sich für dieses Weib und ihren Sohn zu verwenden. Ziemowit Wyborski hätte es niemals getan, wenn er gewusst hätte, dass Osmański einmal ein so übles Spiel mit Euch treiben würde.«

Johanna ärgerte sich zwar fürchterlich über Adam, wusste aber selbst, dass ein einziges Wort von ihr bei ihrer ersten Begegnung genügt hätte, um ihre Maskerade zu beenden. Stattdessen hatte sie auf ihrer Rolle als junger Mann bestanden und sich damit vor ihm lächerlich gemacht.

Sie ärgerte sich allerdings auch über Ignacy. Bis jetzt hatte sie ihn für einen fröhlichen Burschen gehalten, der treu zu seinem Anführer stand. Jetzt zeigte er jedoch ebenso wie Fadey einen Mangel an Loyalität. Auch wenn sie Adam am liebsten morgens, mittags und abends geohrfeigt hätte, so konnte sie ihm nicht absprechen, ein guter Anführer zu sein.

»Ihr seid eine schöne Frau«, fuhr Ignacy eben fort. »Es wäre mir eine Ehre, Euch dienen zu können.«

Der Blick, mit dem er sie förmlich verschlang, deutete jedoch auf andere Absichten hin. Als er weitersprach, begriff Johanna, dass er weniger an eine ehrbare Verbindung dachte als an ein Verhältnis außerhalb einer Ehe. Dazu aber war sie nicht bereit. Als er zu deutlich wurde, holte sie ihre Pistole hervor, die sie unter ihrem Rock verborgen hatte, und sah ihn lächelnd an.

»Mein Bruder hat mich gelehrt, meine Ehre zu verteidigen, und bei der Heiligen Jungfrau, ich werde es bis zu dem Tag tun, an dem Karol mich dem Bräutigam zuführen wird, den er für mich erwählt hat!«

Mit einem Schlag veränderte sich Ignacys Tonfall und wurde beleidigend. »Ihr wollt doch nicht etwa sagen, dass Ihr noch unberührt seid, nachdem Ihr so viele Monate unter Männern gelebt habt!«

Mit kühler Miene spannte Johanna ihre Pistole. »Ich habe Männer schon für weniger erschossen«, sagte sie und legte auf Ignacy an.

Mit einem Fluch zerrte dieser am Zügel, so dass sein Pferd hinter dem Johannas zurückblieb, und sah auf einmal Wojsław neben sich, der ihm fröhlich ins Gesicht lachte.

»An Eurer Stelle würde ich die Warnung meiner Herrin ernst nehmen. Sie verfehlt nur selten ihr Ziel.«

»Verfluchter Knecht!«, rief Ignacy und holte mit der Faust aus. Mit einem leichten Schenkeldruck lenkte Wojsław sein Pferd aus seiner Reichweite und schloss zu Johanna auf.

»Es ist seltsam, wie Menschen sich verändern können«, meinte er mit ernster Miene.

»Du meinst Ignacy Myszkowski?«

Wojsław nickte. »Ich hielt ihn für einen guten Kameraden, doch er ist hoffärtig und beleidigend geworden.«

»Ihn kränkt, dass ich so viele Monate in seiner Nähe gelebt habe, ohne dass er erkannt hat, dass ich ein Mädchen bin«, antwortete Johanna, wohl wissend, dass er ihr in dem Fall bereits viel früher nachgestellt hätte.

Adam waren Ignacys Bemühungen um Johanna nicht entgangen, und er wäre am liebsten umgedreht, um den Burschen mit ein paar kräftigen Hieben daran zu erinnern, wer hier im Fähnlein das Sagen hatte. Als Ignacy bei Johanna abblitzte, besserte sich seine Laune, und nach einer Weile ertappte er sich dabei, wie er ein munteres Lied vor sich hin pfiff.

8.

Es war Herbst, das Wetter wurde schlechter, und die Ersten im Heer sprachen davon, dass es besser wäre, in die Heimat aufzubrechen und den Krieg gegen die Türken im nächsten Jahr und an einer Stelle weiterzuführen, die für Polen mehr Gewinn bringen würde als in dieser Gegend. Die Verhandlungen mit den Räten des Kaisers, um Landgewinn für Polen zu erlangen, waren zwar geheim. Dennoch wusste jeder der Reiter, dass sich die Österreicher strikt weigerten, die Ansprüche von Jan III. anzuerkennen.

Wie stark sich das Verhältnis zu ihren Verbündeten verschlechterte, begriffen Adam und seine Reiter, als Leszek die Vorräte brachte, die er von den Kaiserlichen erhalten hatte. Adam öffnete einen Sack, sah mehr Spelzen als Hafer und stieß einen Laut des Abscheus aus, als er Rattenkötel entdeckte, die fast ein Drittel des Inhalts ausmachten.

»Den Hafer können wir unseren Pferden nicht geben«, sagte er erbost.

Leszek sah ihn mit schiefer Miene an. »Was heißt hier Pferde? Dieser Dreck soll für uns sein. Unsere Pferde sollen Gras fressen, wenn sie Hunger haben, hat der kaiserliche Wicht gesagt, der mir dieses Zeug gegeben hat.«

»Sind Kaiser Leopolds Beamte verrückt geworden?«, fuhr Adam auf. »Uns wurde vertraglich zugesichert, dass uns die Österreicher mit Proviant versorgen. Das hier aber ist eine Beleidigung!«

Voller Wut stürmte er in Richtung des Zeltes des Königs davon. Dort hatten sich bereits etliche erboste Hauptleute und Quartiermeister eingefunden und schimpften lauthals über die Unverschämtheit der Österreicher, ihnen verdorbene Lebensmittel anzudrehen.

Der Lärm wurde zuletzt so laut, dass der König aus seinem Zelt herauskam. »Was gibt es?«, fragte er verwundert.

Einer der Männer hielt ihm eine Handvoll des verdorbenen Getreides hin. »Das hier haben uns Kaiser Leopolds Leute als Proviant geliefert! Wir können es nicht einmal den Pferden geben, sonst krepieren sie uns. Dabei ist es laut den Kaiserlichen für unsere Soldaten bestimmt.«

Jan III. starrte auf die paar Getreidekörner zwischen den Rattenköteln und ballte die Faust. »Das lassen wir uns nicht bieten! Daniłowicz!«

Sein Berater trat vor und verbeugte sich. »Eure Majestät befehlen?«

»Kümmert Euch darum! Ich will denjenigen, der dafür verantwortlich ist, bestraft sehen. Geschieht dies nicht, suchen wir ihn uns und hängen ihn an den Füßen auf. Richtet den Herren Österreichern genau das aus!«

»Ich werde tun, was ich kann«, antwortete Rafał Daniłowicz und befahl, sein Pferd zu satteln.

Nachdem Daniłowicz losgeritten war, verließen die aufgebrachten Männer den Platz vor dem Königszelt. Auch Adam kehrte zu seinen Leuten zurück. Es musste dort etwas geschehen sein, denn etliche Reiter hatten sich um Ignacy versammelt, während sich der Rest um Karl, Tobiasz Smułkowski, Dobromir und Leszek scharte. Fast sah es so aus, als wollten die zwei Gruppen sich prügeln.

»Was soll das?«, fragte Adam scharf und sah, wie einige der Männer bei Ignacy zusammenzuckten.

»Er«, Karls rechter Zeigefinger wies auf Ignacy, »behauptet, unser Fähnlein hätte nur deswegen keinen guten Proviant erhalten, weil Ihr kein Edelmann seid, sondern nur der Sohn einer türkischen Sklavin, der von der Familie Eures Vaters nicht anerkannt worden ist.«

»So ist es doch!« Ignacy hatte den Kampf um die Vorherrschaft im Fähnlein begonnen und war nicht bereit, nachzugeben. Doch statt sich wie erhofft mit ihm zu streiten, verschränkte Adam die Arme vor der Brust und sah die Reiter streng an.

»Ihr könnt zu den Fähnlein gehen, die von einem Czartoryski, einem Kamiński, einem Ostrogotski oder einem Zołkiewski angeführt werden, und dort fragen, welchen Proviant ihnen die Österreicher gebracht haben. Haben sie Besseres erhalten als wir, werde ich als Hauptmann des Fähnleins zurücktreten und in die Heimat zurückkehren.«

Diese Ankündigung erschreckte einige, und die Gruppe um Ignacy wurde kleiner. Ein paar liefen sogar los, um bei anderen Fähnlein nachzufragen.

Als sie zurückkehrten, waren ihre Gesichter zornrot. »Diese verfluchten Österreicher haben allen Fähnlein nur Mist geliefert!«, rief einer von ihnen.

»Pan Rafał Daniłowicz ist losgeritten, um sich zu beschweren. Ich hoffe, wir erhalten bald bessere Lebensmittel«, erklärte Adam und wandte sich Johannas Zelt zu.

Karl folgte ihm. »Wolltet Ihr das Fähnlein wirklich aufgeben?«, fragte er.

Mit einem Achselzucken wandte Adam sich ihm zu. »Wir alle sollten diesen Feldzug aufgeben. Wien ist gerettet! Warum sollen wir jetzt hier, wo es nur Österreich nützt, weiter gegen die Türken kämpfen, anstatt an unseren Grenzen Land zu gewinnen?«

»Sagt das dem König!«, antwortete Karl mit einem gepressten Lachen.

»Jan III. Sobieski ist ein guter Feldherr und ein guter König, doch er greift zu sehr nach der Taube auf dem Dach. Er will Leopold von Österreich gefallen, damit dieser seinem Sohn eine Habsburgerin zur Ehefrau gibt und diesen unterstützt, sein Nachfolger als König von Polen zu werden. Es ist jedoch nie gut, sich von Fremden abhängig zu machen. Jan müsste zu Hause durchgreifen und die Magnaten zwingen, seine Macht anzuerkennen. Ich denke hier nicht zuletzt an diese verfluchten Litauer. Der König hat sie genauso wie uns Polen aufgerufen, gegen die Türken zu ziehen! Doch siehst du hier in diesem Heer einen Ogiński, einen Sapieha, einen Pac oder einen Radziwiłł? Diese Herren haben ihre Scharen nur sehr verhalten gesammelt und werden frühestens zu einer Zeit zu uns stoßen, in der die Kämpfe vorbei sind und wir das Winterlager beziehen.«

Karl hatte Adam selten so zornig erlebt. Jetzt fragte aber auch er sich, welchen Sinn ein Feldzug hatte, der nur dem Verbündeten Vorteile brachte. »Wenn sie uns wenigstens gut versorgen würden, würde ich nichts sagen«, meinte er schließlich.

»Es zeigt, dass sie uns loswerden wollen!«, erklärte Adam.

»Genauso, wie sie die Sachsen losgeworden sind!«

Adam sah Karl erstaunt an. »Was sagst du?«

»Es ist bisher nur ein Gerücht, aber es heißt, Kurfürst Johann Georg von Sachsen wolle mit seinem Heer in die Heimat zurückkehren, weil seine Soldaten von den Österreichern als Ketzer geschmäht und schlecht behandelt worden sein sollen.«

»Das ist der Dank des Hauses Österreich! Freund Karl, auch wenn ich den König liebe und verehre, so sollten wir dennoch das Heer verlassen und in die Heimat zurückkehren. Ich könnte Johanna zu meiner Mutter bringen!«

»Der Sklavin, wie Ignacy sie nennt.«

»Sie war die Tochter eines tscherkessischen Stammesfürsten und hätte einen türkischen Würdenträger heiraten sollen. Mein Vater überfiel mit seinen Männern den Brautzug, und sie geriet dabei in Gefangenschaft.« Adam klang scharf, da er glaubte, Karl würde seine Mutter deswegen ablehnen.

Der junge Deutsche dachte jedoch an Munjah, die seine Gefangene geworden war, so wie Adams Mutter die von Andrzej Sieniawski, und lächelte. »Ich würde mich freuen, wenn Johanna bei Eurer Mutter in Sicherheit leben könnte. Solange sie bei uns ist, habe ich zu sehr Angst, sie könnte während einer Schlacht den Säbel packen und sich auf die Feinde stürzen.«

Adam lachte. »Zuzutrauen wäre es ihr! Bei der Heiligen Jungfrau, ich sah selten ein so störrisches Weib – und trotzdem mag ich sie!«

Es klang so seltsam, dass Karl ihn mit einem warnenden Blick ansah. »Wenn Ihr ebenso wie Ignacy glaubt, meine Schwester zu Eurer Geliebten machen zu können, wird mein Säbel Euch eines Besseren belehren!«

»Ich liebe sie und will sie heiraten«, entfuhr es Adam. Er ballte die Rechte zur Faust und schlug damit in seine Linke. »Bei der Heiligen Jungfrau, ich weiß nicht, was in mich gefahren ist. Sie ist unverschämt, verspottet mich und würde mich am liebsten über den Haufen schießen. Aber ich liebe sie trotzdem!«

Karl reichte Adam die Hand, schüttelte dabei aber den Kopf. »Dann seid Ihr zu bedauern! Johanna kann verdammt stur sein, und im Gegensatz zu mir ist sie nachtragend.«

»Vor allem verteilt sie kräftige Ohrfeigen!« Adam grinste schief und zeigte nach draußen. »Ich hoffe, dass Daniłowicz mit besseren Vorräten zurückkehrt. Sonst laufen unsere Männer davon und suchen nach etwas Essbarem. Hier ist jedoch auf Meilen kein einziges Getreidekorn zu finden.«

9.

Adams Stoßseufzer wurde erhört, denn Rafał Daniłowicz kam an der Spitze einer langen Reihe von Proviantwagen zurück. Karl von Lothringen begleitete ihn und entschuldigte sich bei Jan III. für diesen Eklat.

»Ich habe befohlen, Euren Männern die Hälfte des Proviants zu überbringen, der uns zugeteilt worden ist«, fuhr er fort. »Auch habe ich sofort schärfsten Protest bei Herrn von Hauenstein eingelegt, der für unsere Versorgung verantwortlich ist. Diese Beamtenseele wollte gewiss einen Teil der Verpflegungsgelder unterschlagen. Man sollte solche Leute in einen Sack stecken und jeden hungrigen Soldaten einmal mit einem Stock darauf schlagen lassen!«

»Ihr seid ein wahrer Freund!« Jan III. umarmte den Lothringer und befahl anschließend, die Vorräte an die Truppe zu verteilen.

Während dies geschah, führte der König Karl von Lothringen in sein Zelt und legte ihm seine nächsten Pläne dar.

»Unser Vortrab meldet ein kleineres Türkenheer einen halben Tagesmarsch voraus. Ich werde morgen früh mit der Vorhut zusammen aufbrechen und die Kerle angreifen.«

»Ihr solltet Euer gesamtes Heer gegen die Türken führen. Noch besser wäre es, wenn wir sie gemeinsam attackierten. Meine Truppen brauchen nur einen Tag, um hier zu sein!«

Dies war nicht im Sinne von Jan III. Von Daniłowicz wusste er, dass die Herren um den Kaiser seinen Anteil an dem Sieg über Kara Mustaphas Heer kleinredeten, und wollte diesen beweisen, dass sie auf seine Polen angewiesen waren. Er ließ sich jedoch nichts anmerken, sondern speiste mit Lothringen zu Abend und ging, als dieser zu seinem Heer zurücktritt, mit dem Entschluss zu Bett, dieses türkische Heer ohne die Hilfe der kaiserlichen Truppen zu besiegen.

Als Jan Sobieski am Morgen erwachte, fühlte er sich so gut wie schon seit langem nicht mehr. Noch vor dem Frühstück bestimmte er mehrere Fähnlein, darunter auch das von Adam, die mit ihm zusammen zur Vorhut aufschließen sollten.

In Adams Fähnlein herrschte ein mühsam aufrechterhaltener Friede. Zu seinem Ärger stellte Adam fest, dass es Ignacy gelungen war, sich unter den Reitern Freunde zu machen. Vor allem die in Tarnowitz neu hinzugestoßenen Husaren sahen in Ignacy ihresgleichen, während Adam für sie ein Bastard war, dem sie nur gezwungenermaßen folgten.

Die Neuen wahrten auch Johanna gegenüber nicht die nötige Höflichkeit. Als einer von Ignacys Freunden ihr auf den Hintern schlug, als sie auf die hübsche Stute steigen wollte, schnellte sie herum und reckte ihm die Pistole entgegen.

»Knie nieder und bitte um Verzeihung, sonst schieße ich dich nieder wie einen tollen Hund!«

»Das würdest du nicht wagen!«, rief der andere und wandte sich zum Gehen.

In dem Augenblick war Karl heran, packte ihn mit beiden Händen und riss ihn hoch. Bevor auch nur einer der Umstehenden begriff, was geschah, trug er den Mann die gut zehn Schritt bis zu Ignacy und warf ihn diesem vor die Füße.

»Da siehst du, was deine Hetzereien uns gebracht haben! Sie zerreißen noch das ganze Fähnlein. Lass dir noch eines gesagt sein: Beim nächsten Mal greife ich nicht mehr ein, wenn meine Schwester einen deiner Lümmel mit ein paar Unzen Blei beschwert zur Hölle schicken will.«

Der Wutausbruch des sonst so besonnenen jungen Mannes erschreckte die Männer mehr, als wenn Johanna Ignacys Freund tatsächlich erschossen hätte. Um sein eigenes Ansehen bemüht, wollte Ignacy sich nichts gefallen lassen und baute sich vor Karl auf.

»Als Osmańskis Stellvertreter bin ich dein Vorgesetzter, und ich befehle dir, dich bei Mariusz zu entschuldigen!«

»Ich gebe ihm höchstens noch einen Fußtritt dazu«, antwortete Karl kampfbereit.

»Außerdem bist du nicht mehr Wyborskis Vorgesetzter, Myszkowski«, mischte sich Adam ein. »Ich habe ihn eben zu meinem Stellvertreter ernannt. Und was diesen Kerl dort betrifft, so will ich ihn in meinem Fähnlein nicht mehr sehen. Ihr anderen macht, dass ihr in die Sättel kommt! Der König will aufbrechen und würde es übel vermerken, wenn er euretwegen warten müsste!«

Ignacy lag bereits eine höhnische Antwort auf der Zunge. Im letzten Augenblick erinnerte er sich jedoch daran, dass Adam beim König gut angesehen war, und hielt den Mund. Sein Blick verriet jedoch, dass er diese Sache noch nicht als abgeschlossen ansah.

Inzwischen brach der König auf. Die anderen Fähnlein reihten sich sofort hinter ihm ein. Durch den kurzen Streit musste Adam sich mit seinen Männern als Letzte anschließen und ärgerte sich darüber. Während des Ritts gingen ihm Ignacy und sein Verhalten nicht aus dem Kopf, und er begriff, dass diesem der Sieg über Kara Mustapha und die Beute, die er gemacht hatte, nicht gutgetan hatten. Außerdem hatte er sich eingebildet, Johanna würde sich ihm als Geliebte hingeben, und war gekränkt, weil sie ihn abgewiesen hatte.

Er wird das Fähnlein verlassen müssen, und seine engsten Freunde mit ihm, sagte Adam sich. Nur so würde sich der Frieden unter seinen Reitern erhalten lassen. Gleichzeitig war er enttäuscht, weil er Ignacy für einen Freund gehalten hatte. Dasselbe hatte er allerdings auch bei Fadey getan und es beinahe mit dem Leben bezahlt.

Während Adam mit der jetzigen Situation haderte, sahen Johanna und Karl sich mit ihrer Vergangenheit konfrontiert. Jans Schar holte die Vorhut der Franken ein, und an deren Spitze wehte die Allersheimer Fahne mit dem Reichsadler und den gekreuzten Schwertern.

Während Karl rasch den Helm aufsetzte, damit sein Halbbruder ihn nicht erkannte, zog Johanna sich ein Tuch vors Gesicht. Als sie jedoch an den Franken vorbeiritten, musterten beide heimlich die Schar. Einige Männer, die aus Allersheim und den umliegenden Herrschaften stammten, kannten sie, und bei einer anderen Gelegenheit hätten sie ein paar Worte mit ihnen gewechselt. Bei Firmin, dem einstigen Vertrauten ihres Vaters, bedauerten sie sogar, sich ihm nicht zu erkennen geben zu können. Doch der marschierte mit der Fahne in der Hand direkt hinter Matthias. Ihr Halbbruder saß auf einem wuchtigen Braunen, hatte den Harnisch des Vaters am Leib und starrte so düster vor sich hin, als würde dieser Marsch direkt in die Hölle führen.

So sieht kein glücklicher Mensch aus, dachten die Zwillinge. Doch während Johanna sich darüber freute, tat Karl der Bruder leid. Ohne Genoveva und das Gift, das diese Matthias ins Ohr geträufelt hatte, wären sie gut miteinander ausgekommen.

Aus und vorbei, dachte er und war froh, als sie die Franken hinter sich gelassen hatten. Ein wenig wunderte er sich, weil Matthias so weit vor Waldecks Heer marschierte. Er hatte jedoch keine Zeit, darüber nachzudenken, weil ihr Trupp gerade die eigene Vorhut einholte und Jan III. sich von deren Kommandanten Bericht erstatten ließ.

Ohne den Ärger mit den Kaiserlichen hätte Jan III. sich den Angriff auf die Türken vielleicht noch einmal überlegt. Er wollte jedoch einen Sieg erringen, der allen Hofschranzen Kaiser Leopolds bewies, aus welchem Holz seine Polen geschnitzt waren. Obwohl seine Späher die feindliche Schar als mehrfach überlegen meldeten, befahl er seiner Vorhut, sich zum Kampf bereitzustellen.

Für Adam und Karl hieß dies, ihre Gefangenen, aber auch Johanna und ein paar Männer, die diese beschützen sollten, zurückzuschicken. Während Munjah zwar erschrocken zu Karl hinschaute, aber gehorchte, begehrte Johanna auf.

»Ich habe bis jetzt immer mitgekämpft!«

»Damals habt Ihr auch Männerkleidung getragen. Als Frau aber wärt Ihr eine willkommene Beute für die Türken«, erklärte Adam.

»Ich weiß mich zu wehren!«, sagte Johanna empört.

Adam wandte sich zu Karl um und hob in einer scheinbar resignierenden Geste die Hände. »Ich habe deiner Schwester zu früh befohlen, Frauenkleider anzuziehen. Als Jan Wyborski hätte sie mir gehorchen müssen!«

Während Johanna glaubte, er würde nachgeben, und triumphierend die Nase gen Himmel streckte, fasste Karl nach ihrer Hand. »Tu es für mich, Schwester! Ich will Munjah und ihre Dienerin nicht ohne Schutz lassen.«

»Osmański hat doch ein paar Männer bestimmt, die zurückbleiben sollen«, antwortete Johanna, bemerkte aber in seinen Augen einen so weichen Ausdruck, dass sie auf die junge Türkin eifersüchtig wurde.

Dann lachte sie über sich selbst. Karl war ein junger Mann, und da war es natürlich, dass er sich in ein hübsches Mädchen verliebte – und Munjah war sehr hübsch.

»Also gut, ich passe auf dein Beuteweib auf und auch auf Osmańskis Gefangene, denn diese könnten ihm einige blanke Taler einbringen.«

»Ihr erhaltet einen Anteil davon!«, bot Adam ihr grinsend an und boxte dann Karl gegen den Arm.

»Gut gemacht!« Die beiden Worte sagte er so leise, damit

Johanna sie nicht hören konnte. Anschließend schwang er sich in den Sattel und ließ sich seine Lanze reichen.

»Vorwärts, Husaren! Wenn wir jetzt reiten, werden wir es als gute Kameraden tun!«

Die meisten Reiter nickten. Angesichts der bevorstehenden Schlacht waren persönliche Streitigkeiten vergessen. Daher nahmen sie ihren Platz in der Schlachtreihe ein und trabten gegen den Feind an.

Nach den Angaben ihrer Späher sollte es sich um einen versprengten Teil von Kara Mustaphas geschlagenen Truppen handeln. Daher hatte Adam erwartet, die Türken würden sich entsetzt zur Flucht wenden. Zu seiner Überraschung aber stellten sie sich innerhalb kürzester Zeit zur Schlacht. Die vorderen Reihen nahmen Schützen mit langen Flinten ein, während sich die Reiterei an den Flanken positionierte, um das kleine polnische Heer umschließen und mit ihrer zahlenmäßigen Stärke erdrücken zu können.

»Wir sollten abbrechen und uns zu unserem Hauptheer zurückziehen«, hörte er Karl neben sich sagen.

Er hat recht, durchfuhr es Adam. Doch sie ritten weiter, die langen Lanzen mit ihren rot-weißen Wimpeln auf den Feind gerichtet, und fielen auf ein Signal des Königs in den Galopp. Die Flügel auf ihren Rücken rauschten wie Sturmgebraus. Adam hoffte, sie würden damit die Pferde der Türken erschrecken und den Kriegern Angst machen. Da feuerten deren Schützen die erste Salve ab, und es gab kein Zurück mehr.

Der Zusammenprall der beiden Heere war heftig. Anders als bei Wien wichen die Türken jedoch nicht, sondern hielten stand, während ihre Reiterei begann, die Polen zu umschließen. Adam erkannte zu seinem Entsetzen, dass ihnen keine durch Niederlage und Flucht demoralisierte Truppe gegenüberstand, sondern Männer, die nach Vergeltung dürsteten.

Auch der König begriff, dass er einen Fehler begangen hatte, doch es gab keine Möglichkeit, diesen ungeschehen zu machen. Der Ring der Türken schloss sich um sein kleines Heer, und ihr Schicksal schien besiegelt. So wie ich muss sich Leonidas auf den Thermophylen gefühlt haben, als ihn die Perser von allen Seiten bedrängten, schoss es dem König durch den Kopf, während er verzweifelt mit seinem Säbel um sich schlug.

10.

Die fränkische Vorhut unter Matthias von Allersheim war ein Stück hinter der Schar Jans III. zurückgeblieben. Doch als Matthias die Schüsse hörte, befahl er seinen Männern, rascher vorzurücken.

»Macht euch kampfbereit!«, rief er Firmin und den anderen zu.

»Die Musketiere müssen stehen bleiben, wenn sie laden sollen«, wandte sein Vertrauter ein.

Notgedrungen befahl Matthias zu halten. »Beeilt euch!«, schrie er und hätte denen, die seiner Meinung nach zu langsam waren, am liebsten die flache Klinge übergezogen.

Nach einer Weile meldete Firmin die Musketen schussfertig, und sie konnten weitermarschieren. Um zu erfahren, was vor ihnen geschah, ritt Matthias voraus. Beim Anblick des türkischen Heeres, das die polnische Schar fast ganz umzingelt hatte, packte ihn die Wut. Er galoppierte zu seinen Franken zurück und trieb sie im Laufschritt voran.

Auf seinen Befehl hin formierten sie sich zu zwei Schlachtreihen und rückten auf die linke Flanke der Türken zu.

Da die Polen in höchster Not schwebten, befahl Matthias, aus größtmöglicher Entfernung auf den Feind zu schießen. Ihr

Feuer verwundete und tötete einige Türken. Anders als am Kahlenberg ließen diese sich dadurch jedoch nicht beeindrucken.

»Vorwärts, marsch!«, befahl Matthias seinen Soldaten und vergaß dabei ganz, dass ihm nur ein paar hundert Männer zur Verfügung standen. Etwa achtzig Schritt vor den Türken ließ er anhalten. Seine Musketiere luden in fliegender Eile und feuerten. Ihre Salve klang schwächer als zuvor, riss nun aber erste Lücken in die türkische Schlachtreihe.

Als Adam begriff, dass der Ring der Türken nahe der Stelle, an der er kämpfte, durch das Musketenfeuer der Franken ausgedünnt wurde, drängte er mit wuchtigen Säbelhieben in diese Richtung. »Folgt mir! Vielleicht können wir ausbrechen«, rief er und rammte mit seinem Hengst zwei Türken so, dass sie rücklings zu Boden stürzten.

Der türkische Feldherr bemerkte den Anmarsch der Franken zwar, traute ihnen aber nicht zu, seinem Heer mehr als ein paar Mückenstiche zu versetzen. Daher verzichtete er darauf, sie von seiner Reiterei angreifen zu lassen, sondern befahl dieser, sich unter allen Umständen des polnischen Königs zu bemächtigen.

Jeder andere Offizier hätte die Sinnlosigkeit des Angriffs eingesehen und wäre mit seinen Männern abgerückt, solange es noch möglich war. Matthias von Allersheim aber suchte immer noch in wilder Verzweiflung den Kampf, um sich vor Gott von seinen Sünden reinzuwaschen. Daher befahl er seinen Männern nach einer weiteren Salve, mit gefällten Piken vorzugehen, während die Musketiere so schnell feuern sollten, wie es ihnen möglich war.

Jetzt tat der Stich der Mücke den Türken weh. Gleichzeitig erkannten Adam und andere Husaren die Chance, den Ring der Feinde zu sprengen, und setzten den Türken mit frischem Mut zu. An dieser einen Stelle begannen die Türken zu weichen, und der größte Teil der Husaren konnte ausbrechen. Den König aber wollte der türkische Feldherr nicht entkommen lassen. Selbst wenn dessen Soldaten flohen, waren sie ohne Jan III. in seinen Augen nur zahnlose Hunde. Er befahl daher seinen Reitern, gegen die kleine Truppe vorzugehen, die sich noch um den König scharte.

Adam atmete zunächst auf, als die Türken hinter ihm zurückblieben. Als er jedoch über die Schulter blickte, sah er, dass der König von den Feinden umzingelt wurde.

»Wir müssen zurück!«, rief er. »Es gilt, den König zu retten!«

Doch als er sein Pferd wendete, folgten ihm außer Karl und Dobromir nur gut zwanzig Mann. Die überwiegende Zahl preschte mit Ignacy an der Spitze in heilloser Flucht davon.

»Dann machen wir es eben allein!« Mit einem giftigen Fluch ritt Adam auf die Türken zu und sah gleichzeitig, dass die kleine Schar der Franken nicht, wie es sinnvoll gewesen wäre, die Beine in die Hand nahm, sondern weiterhin auf die Türken, die den König fangen wollten, schossen und einstachen. Ihr Anführer trieb sogar sein Ross zwischen die Türken und schaffte sich mit wuchtigen Hieben seines Degens Bahn. Obwohl sichtlich verletzt, gab er nicht auf, bis er Jan III. erreicht hatte.

»Euer Majestät, rettet Euch!«, rief er, während er seinen Hengst quer stellte, um den Feind aufzuhalten. Jan III. hatte wacker gekämpft, doch jetzt wurde ihm der Arm lahm, und er begriff, dass er nicht mehr lange durchhalten würde.

»Nur noch ein paar Minuten!«, beschwor er sich selbst und lenkte seinen Hengst in die Gasse, die ihm Matthias von Allersheim geschaffen hatte.

Bevor die Türken den Ring um den König erneut schließen konnten, waren Adam, Karl und ihre Verbündeten da und kämpften ihn frei. Die Türken setzten ihnen sofort nach. Wenige Augenblicke später aber erklangen in der Ferne die Signalhörner der polnischen Hauptstreitmacht, die von ihren Vorreitern informiert worden war, dass der König sich in Gefahr befand. Außerdem waren die Marschtrommeln der Regimenter Karls von Lothringen zu hören, der sich in einem Gewaltmarsch näherte, um den Polen beizustehen.

Die Türken hielten verwirrt inne und gaben so Jan III. die Gelegenheit zu entkommen. Für Matthias von Allersheim Franken wurde es jedoch kritisch. Ein Opfer wollten die Türken haben und griffen sie an. Matthias von Allersheim blutete mittlerweile aus einem Dutzend Wunden, schwang aber immer noch seinen Degen.

»Marschiert rückwärts, Männer, damit sie euch nicht von hinten niedermachen können! Jeder Musketier soll schießen, wenn er dazu in der Lage ist«, befahl er und drängte die vordersten Türken zurück. Diese hielten ihn allmählich für einen Geist. Ein lebender Mensch konnte nicht so oft von Speeren und Yatagans getroffen werden, ohne tot vom Pferd zu fallen.

Matthias spürte, dass es mit ihm zu Ende ging, doch er empfand kein Bedauern. Er hatte in seinem Leben zu viel gesündigt, um länger auf dieser Welt bleiben zu dürfen. Wenn es ihm gelang, seine Männer von den Türken zu lösen, konnte er beruhigt sterben. Die Hölle würde Jesus Christus ihm jetzt, nachdem er den Polenkönig gerettet hatte, wohl doch ersparen.

Karl war bei Jan III. geblieben und bemerkte daher sofort, dass sich die fränkische Schar langsam zurückzog. Ein einzelner Reiter hinderte die Türken jedoch daran, gegen sie vorzugehen, indem er jeden, der sich nach vorne wagte, angriff und niederschlug.

Mit einem Blick stellte Karl fest, dass Matthias' Soldaten vielleicht entkommen konnten, sein Bruder jedoch mit Sicherheit nicht. Einer der Türken stach jetzt nach dessen Pferd. Der Hengst brach in die Knie, doch Matthias gelang es, aus dem

Sattel zu gleiten und auf den Beinen zu bleiben. Er griff sofort den Mann an, der sein Pferd getötet hatte, und rammte ihm den Degen in die Brust.

»Bei allem, was zwischen uns geschehen ist … Er ist mein Bruder!«, stieß Karl hervor und gab seinem Pferd die Sporen.

Adam sah ihn zurückreiten und schüttelte wild den Kopf. »Lass das, du Narr!«

Dann zog er selbst seinen Hengst herum und galoppierte hinter Karl her. Diesmal folgte ihm weniger als ein Dutzend Männer.

Der verrückte Angriff dieser Handvoll Husaren verwirrte die Türken. Ihr Feldherr glaubte, das gesamte Polenheer würde ihnen folgen, und ließ zum Rückzug trommeln. Einer seiner Krieger ritt auf Matthias zu, um ihm den Todesstoß zu versetzen. Da tauchte Karl neben ihm auf und hieb ihn mit dem Säbel aus dem Sattel. Als er sich nach weiteren Feinden umsah, liefen diese davon.

»Fürchten die uns so sehr?«, fragte Adam verwundert.

Karl achtete jedoch nicht auf ihn, sondern sprang aus dem Sattel und eilte zu seinem Bruder. »Matthias, was ist mit dir? Bist du schwer verwundet?«, fragte er besorgt in seinem heimischen Dialekt.

Matthias riss die Augen auf und streckte zitternd die Hand nach Karls Helmriemen aus, um diesen zu lösen. Da er die Kraft dazu nicht mehr aufbrachte, legte Karl selbst den Helm ab und stützte seinen Bruder.

»Karl? Du bist es wirklich!«, flüsterte Matthias erleichtert. »Damit hat mir der Himmel ein Zeichen gesandt. Kannst du mir sagen, ob Johanna noch lebt?«

»Ihr geht es gut«, antwortete Karl. »Ich bringe dich zu ihr. Vorher aber wollen wir deine Wunden verbinden.«

Sein Bruder wollte schon sagen, dass dies keinen Sinn mehr

habe, fand dann aber, dass es für ihn sehr wohl einen Grund gab, noch ein paar Stunden am Leben zu bleiben, und nickte. »Tu das! Vorher aber rufe Firmin zu mir!«

»Das ist nicht nötig, Herr. Ich bin schon da.« Firmin griff Matthias unter der Achsel durch und ließ ihn dann langsam zu Boden sinken. Genauso wie Karl begriff er, dass die Wunden, die sein Herr sich zugezogen hatte, zu schwer waren. Daran ist nur diese Hexe Genoveva schuld, dachte er. Ohne sie hätte Graf Matthias niemals den Tod auf eine solche Weise gesucht.

Trotz seiner Verzweiflung löste Firmin Matthias' Harnisch und zog ihm vorsichtig den Rock und das Hemd aus. Da Matthias auch aus etlichen Verletzungen an den Beinen blutete, mussten sie die Hosen ebenfalls ausziehen.

Unterdessen waren die eigenen Truppen herangekommen. Schließlich erschien auch Jan III. Ihm war klar, dass er es nur dem selbstmörderischen Angriff der Franken zu verdanken hatte, den Türken entkommen zu sein, und hatte seinen Leibarzt mitgebracht. Dieser verband Matthias nach allen Regeln der Kunst, schüttelte dabei aber betrübt den Kopf.

»Dieser Herr«, sagte er leise zum König, »wird den morgigen Sonnenaufgang nicht mehr erleben.«

»Möge die Heilige Jungfrau diesen Helden an der Hand nehmen und zur Rechten unseres Herrn Jesus Christus führen. Er hat es verdient«, antwortete Jan III. erschüttert.

»Euer Majestät, darf ich Euch um eine Gunst bitten?«, fragte Matthias mit matter Stimme.

Jan III. ergriff seine Hand. »Bittet, um was Ihr wollt. Ihr werdet es bekommen!«

Um die Lippen des Schwerverletzten spielte ein Lächeln. »Ihr seid ein wahrer König, Euer Majestät. Zum einen würde ich gerne meine Schwester wiedersehen und sie für alles, was ich ihr angetan habe, um Verzeihung bitten, damit ich nicht mit dieser

Last bedrückt vor meinen himmlischen Richter treten muss. Zum anderen wünsche ich mein Testament zu machen und wäre stolz, wenn Ihr als Zeuge unterzeichnen könntet!«

»Das werde ich tun!«, versprach Jan Sobieski und befahl, Matthias so rasch wie möglich ins Lager zu bringen, das eben ein Stück entfernt aufgebaut wurde.

11.

Johanna starrte auf ihren schwerverletzten Halbbruder und fühlte, wie der Groll, den sie so lange gegen ihn gehegt hatte, wie vom Wind verweht wurde. Mit Tränen in den Augen kniete sie neben seinem Lager nieder und berührte mit den Fingerspitzen sein Gesicht.

»Matthias, es tut mir so leid!«

»Ich bin in den Kampf gezogen, um Gott zu versöhnen, und er hat mich gesegnet, indem er mich euch finden ließ«, antwortete Matthias lächelnd.

»Warum musste es nur so enden?«

»Es war Gottes Wille!« Matthias atmete schwer, streckte dann aber fordernd die Hand nach Karl aus. »Ich bitte dich und Johanna, mir zu verzeihen, was ich euch angetan habe.«

»Ich verzeihe dir, Bruder«, sagte Karl.

Johanna schloss kurz die Augen und sah vor ihrem inneren Auge den Knaben, der sie einst aus dem Teich gerettet hatte, in dem sie beinahe ertrunken wäre, und nickte mit einem traurigen Lächeln.

»Ich verzeihe dir ebenfalls, Matthias. Möge Gott dir gnädig sein!«

»Ich danke euch! Doch lasst mich nun mein Testament machen.«

»Der König kommt gleich«, beruhigte Karl ihn.

Leszek humpelte zu Johanna hin. »Wenn der gute Jan kommt, sollte er dich besser nicht sehen! Er würde sich nämlich sehr wundern, Jan Wyborski plötzlich in Frauenkleidern zu sehen.«

Da Johanna sah, wie Jan III. eben auf das Zelt zukam, wollte sie rasch hinausschlüpfen, hatte dann aber Angst, vom König gesehen zu werden. Daher zog sie sich hinter Leszek, Dobromir und die anderen zurück.

Jan III. betrat das Zelt, ohne sie zu beachten. Dafür aber streifte sie Rafał Daniłowicz' Blick. Der Berater des Königs zog kurz die Augenbrauen hoch, wandte sich dann aber Matthias zu.

»Ich danke Euer Majestät für die Ehre, die Ihr mir zuteilwerden lasst«, sagte dieser mit matter Stimme. »Lasst uns nun beginnen, denn ich fühle, dass mir nicht mehr viel Zeit bleibt! Ich habe schwere Schuld auf mich geladen und will nicht von ihr belastet in die Ewigkeit eingehen. Pater Amandus, ein Vetter unserer Stiefmutter, hat heimlich das in seinem Kloster aufbewahrte Testament meines Vaters an sich gebracht und es nach dem Willen seiner Base gefälscht. Ich war damals zu schwach, um die beiden daran zu hindern. Jetzt will ich, dass der Letzte Wille meines Vaters so befolgt wird, wie er es bestimmt hat. Seine Worte haben sich in mein Gedächtnis gebrannt, und ich will sie einem Schreiber diktieren!«

»Tut das und spart Euren Atem«, erklärte Jan III. und gab Rafał Daniłowicz den Befehl, Papier und Schreibzeug bringen zu lassen. Als dies geschehen war, schrieb Daniłowicz jene Bestimmungen auf, die Pater Amandus auf Geheiß seiner Verwandten beseitigt hatte.

Als Matthias damit zu Ende war, hob er mit einer matten Geste die Rechte. »Mein Vater hatte bereits Zweifel an der Treue unserer Stiefmutter und war sicher, dass das Kind, mit dem sie schwanger ging, nicht sein eigenes sein könnte. Mittlerweile hat sich erwiesen, dass Genoveva ein unziemliches Verhältnis mit ihrem Vetter Amandus eingegangen ist und nur dieser der Vater ihres Sohnes sein kann. Ich spreche diesem Kind daher das Recht ab, ein Allersheim zu sein. Der Knabe soll in ein Kloster gegeben und dort zum Mönch erzogen werden, um für die Sünden seiner Mutter zu beten.«

Matthias legte eine Pause ein und bat um einen Schluck Wein. Nachdem er diesen erhalten hatte, sprach er weiter: »Genoveva soll in ein strenges Kloster gebracht und dort für immer in eine Zelle eingesperrt werden. Ihr Buhle Amandus soll der Gerichtsbarkeit seines Abtes Severinus übergeben und von diesem bestraft werden. Was meine Herrschaften Allersheim und Eringshausen betrifft, so lege ich diese zur Gänze in die Hand meines Bruders Karl und bitte ihn, seine Schwester mit einer guten Mitgift zu versehen. Es würde mich freuen, wenn er bereit wäre, Kunigunde, die Tochter unseres Nachbarn Kunz von Gunzberg, zu ehelichen. Will er das nicht, so soll er das Mädchen mit einer Mitgift ausstatten und eine ehrenhafte Heirat für sie stiften.«

Karl schüttelte bei diesen Worten unbewusst den Kopf, denn er wollte nicht heiraten, zumindest nicht dieses Mädchen. Munjahs liebliches Gesicht schob sich in seine Gedanken, und ihm wurde klar, dass er nicht zögern würde, sie zum Weib zu nehmen.

»Und was ist mit Eurem Bruder Jan?«, fragte der König verwundert, da Matthias diesen nicht in seinem Testament bedachte.

»Jan ist in der Schlacht gefallen!« Eine andere Ausrede fiel Karl auf die Schnelle nicht ein.

Der König schlug das Kreuz. »Möge die Heilige Jungfrau von Tschenstochau ihn zur Rechten unseres Herrn Jesus Christus geleiten. Er war ein Held, wie es leider zu wenige gibt!«

Währenddessen sah Rafał Daniłowicz erneut zu Johanna hin, sagte aber nichts, sondern schrieb Matthias' Worte auf. Dieser sprach nur noch wenige Sätze und sank dann erschöpft zurück.

»Haltet noch ein wenig aus, mein Herr! Ihr müsst Euer Testament unterzeichnen«, sagte Jan III. und schob Karl beiseite, damit Daniłowicz zu dem Schwerverletzten treten konnte.

Unter Aufbietung seiner letzten Kraft setzte Matthias von Allersheim seinen Namen unter das Testament. Daniłowicz half ihm, es auch noch zu siegeln, und reichte es dem König, damit dieser es als Zeuge unterschreiben konnte.

Jan III. tat es und gab das Testament an Daniłowicz zurück. »Reitet zu Herrn Karl von Lothringen und bittet ihn, den Letzten Willen dieses wackeren Mannes ebenfalls zu bezeugen.«

»Wie Euer Majestät es wünscht!« Daniłowicz verließ das Zelt, kehrte aber schon nach wenigen Minuten mit Karl von Lothringen zurück. Dieser war gekommen, um sich mit Jan III. zu beraten. Jetzt sprach er kurz mit Matthias und unterschrieb anschließend dessen Testament.

»Allersheim und seine Franken haben heute verwegen gekämpft, daher sei seinem Regiment morgen eine Rast vergönnt. Da der Herbst sich neigt, sollten sie nach Hause entlassen werden. Als Erbe Eures Bruders und neuer Herr auf Allersheim wäre es Eure Aufgabe, sie in die Heimat zu bringen«, sagte Lothringen zu Karl.

Dieser wusste nicht so recht, was er darauf antworten sollte. Da trat ein junger, nicht gerade hochgewachsener Offizier vor, der Karl von Lothringen begleitet hatte. »Verzeiht, Euer Exzellenz, vielleicht könnten Seine Majestät, der König von Polen, morgen einen Trupp Husaren aussenden. Unsere Vorreiter haben eine Tatarenschar ausgemacht, die mit vielen Gefangenen nach Osten strebt.«

»Gut, dass Ihr mich daran erinnert, Prince Eugene. Eigentlich wollte ich diesen Tataren morgen eine Schwadron meiner Reiterei nachsenden, doch brauche ich die für die Schlacht. Seiner Majestät fällt es gewiss leichter, Reiter abzustellen.«

»Osmański, das übernehmt Ihr!«, befahl Jan III. Adam und bat dann Karl von Lothringen, mit ihm zu kommen, um den Schlachtplan für den nächsten Tag zu beraten.

»Ist es gestattet, meinen Begleiter mitzunehmen? Es ist Prince Eugene de Savoie, ein vielversprechender junger Herr!«

»Und nicht gerade ein Riese«, raunte Leszek Johanna, Karl und Adam zu. »Ich glaube, der ist noch kleiner, als es unser Jan Wyborski war!«

Der König dachte unterdessen an die Niederlage, die er an diesem Tag gegen die Türken erlitten hatte, und überlegte bereits, wie er es ihnen heimzahlen konnte. Daher verließ er das Zelt und bat Karl von Lothringen und Prince Eugene, ihm zu folgen.

Johanna und Karl blieben an Matthias' Lager, bis dieser mit einem friedlichen Ausdruck auf dem Gesicht verschied. Hinter ihnen stand Firmin, der von Herzen um seinen Herrn trauerte, aber auch erleichtert war, dass sich das Schicksal der Zwillinge zum Guten gewandt hatte.

»Ich muss sagen, dass ich sehr froh bin, Herr Karl, dass Ihr jetzt der neue Reichsgraf sein werdet«, sagte er. »Sonst würde der Kuckucksbalg der Gräfin Genoveva Eurem Bruder auf Allersheim nachfolgen.«

»Ich finde es schrecklich, dass ein Kind, das nichts für die Sünden seiner Eltern kann, einfach ins Kloster gesteckt werden soll«, antwortete Karl.

»Das geschieht der Hexe recht!«, rief Firmin voller Zorn. »Immerhin hatte sie Euch das gleiche Schicksal zugedacht. Genovevas Sohn wird es da besser haben als Ihr. Er kann in der

Hierarchie seines Klosters aufsteigen, Euch aber wäre dies verwehrt geblieben.«

»Wir sollten Matthias morgen begraben und danach überlegen, was wir tun«, schlug Johanna vor. Da sie nun ihre Stiefmutter in ihre Schranken weisen konnten, stand ihr und Karl der Weg nach Allersheim offen. Irgendetwas in ihr sträubte sich jedoch dagegen, Adam und die anderen zu verlassen.

»Ich werde zu gegebener Zeit dafür sorgen, dass Matthias' Grab einen Stein erhält, der seiner würdig ist!« Im Gegensatz zu seiner Schwester freute Karl sich, nach Allersheim zurückkehren zu können. Trotzdem wäre er in Polen geblieben, wenn er damit seinem Bruder das Leben hätte erhalten können.

»Was wirst du tun?«, fragte Johanna. »Herr von Lothringen hat dich zu Matthias' Nachfolger als Offizier des fränkischen Aufgebots ernannt. Du kannst daher morgen im Lager bleiben!«

Der Gedanke, dass der Rest des Heeres mit den Türken kämpfen und Adam sich mit seinen Leuten auf die Jagd nach einer Tatarenhorde machen würde, ließ Karl den Kopf schütteln. »Ich reite mit unseren Husaren!«

»Nicht, dass dir etwas zustößt!«, wandte Johanna besorgt ein.

»Gut, dass du mich daran erinnerst. Ich werde mein eigenes Testament machen und dich mit allen Rechten und Pflichten als meine Nachfolgerin auf Allersheim und Eringshausen einsetzen«, erklärte Karl.

Das war die Lösung, welche Johanna am wenigsten von allen gefiel.

12.

Karl war schon oft mit Adam und seinen Männern aufgebrochen, aber diesmal war es anders als sonst. Kameraden, die ihn sonst fröhlich begrüßt hatten, blickten unsicher zu Boden, und Ignacys Freunde bedachten ihn mit scheelen Blicken. Zuerst begriff er nicht, woran dies lag. Doch als Adam ihn aufforderte, neben ihm zu reiten statt hinter ihm, wurde ihm klar, dass auch sein Freund sich irgendwie anders benahm.

»Was habt Ihr eigentlich?«, fragte er, als das Feldlager hinter ihnen zurückblieb.

»Ihr seid ein hoher Herr geworden, ein Reichsgraf mit dem Recht, an der Tafel von König und Kaiser zu speisen, und Eure Schwester ist eine feine Dame, die ...«

»Euch für solche Worte eine hübsche Ohrfeige geben würde«, fiel Karl Adam kopfschüttelnd ins Wort. »Bei Gott, wir sind immer noch dieselben wie vorher.«

»Bei Euch mag das stimmen, aber Komtesse Johanna ...«

»Nächste Ohrfeige!«, unterbrach Karl Adam erneut.

»Nun, es ist so, ich ...«, begann Adam und verstummte sofort wieder.

»Was ist denn mit Euch los, mein Freund? Hauptmann Osmański, den die Tataren wie den Gottseibeiuns fürchten, bringt kein gerades Wort mehr heraus?«

Adam sammelte allen Mut, den er besaß. »Ich liebe Eure Schwester und hätte Euch vor dem, was gestern geschehen ist, schon bald gefragt, ob ich um sie werben darf. Doch nun ist sie die Schwester eines Reichsgrafen im Heiligen Römischen Reich ...«

»Was sie übrigens auch vorher war«, antwortete Karl, um ihn daran zu erinnern, dass Matthias auch Johannas Bruder gewesen war.

»Nun steht sie hoch über mir, denn schließlich bin ich nur ein kleiner Schlachtschitz! Ich hätte wohl doch Stanisław Sieniawskis Angebot annehmen sollen.«

»Und wärt nicht der Mann, den ich achte und Freund nenne!« Karl streckte Adam lachend die Hand hin. »Werbt ruhig um Johanna! Ihr werdet allerdings ganz schön Mühe haben, denn bis jetzt steht Ihr nicht gerade hoch in ihrer Achtung.«

»Ich hoffe, sie kann mir irgendwann verzeihen«, kam es kleinlaut zurück.

»Zu meinem Leidwesen muss ich sagen, dass sie nachtragend ist. Doch bei Matthias konnte man sehen, dass sie auch zu verzeihen vermag.«

»Ich hoffe nur, dass es bei mir nicht auch so lange dauert, bis ich auf dem Totenbett liege«, rief Adam theatralisch aus.

Dann erstarb das Gespräch, denn sie ritten schneller, um die Tataren einzuholen, die von Lothringens Spähern gemeldet worden waren.

Um nicht in die Irre zu reiten, schickte Adam Späher aus. Schon bald kam der Erste zurück und wies aufgeregt schräg nach vorne.

»Wir haben sie entdeckt! Es sind etwa viermal so viele wie wir, schleppen aber mehr als dreihundert Gefangene mit sich und werden zudem durch Lasttiere und Karren behindert.«

»Was machen wir? Holen wir Verstärkung, oder greifen wir an?«, fragte Karl.

»König Jan wird jeden Husaren brauchen, wenn es gegen die Türken geht. Also erledigen wir diese Sache allein!« Adam gab Befehl, schneller zu reiten, und bog in die Richtung ab, die ihm der Späher genannt hatte.

Schon kurz darauf sahen sie die Tataren wie Scherenschnitte gegen den Horizont. Adam konnte kaum glauben, dass diese so nahe an den polnischen und kaiserlichen Heeren vorbeizogen.

An ihrer Stelle hätte er die hinderliche Beute zurückgelassen und den Pferden die Sporen gegeben, um so rasch wie möglich von hier fortzukommen.

Sie holten bald auf und nahmen wahr, dass immer mehr Tataren in ihre Richtung schauten. Bald machten die Tataren ihre Bögen schussfertig. Adam tat ihnen jedoch nicht den Gefallen, zu nahe an sie heranzureiten, sondern zügelte seinen Hengst und ritt zuletzt in etwa dreifacher Bogenschussweite parallel zu den Tataren.

»Ich will sehen, ob sie es wagen, uns anzugreifen«, meinte er zu Karl und wartete gespannt auf eine Reaktion der Tataren.

13.

Azad Jimal Khan hatte im Rücken der kämpfenden Armeen reichlich Beute gemacht, sah sich jetzt aber dem Problem gegenüber, an den kaiserlichen und polnischen Heeren vorbeizukommen. Zunächst hatte er noch gehofft, bei Gran auf türkische Truppen zu stoßen, dort aber zu seinem Entsetzen feststellen müssen, dass der Feind mit starken Truppen in der Nähe war. Eine Weile nahm er an, seine Leute könnten sich ungesehen an diesen vorbeischleichen, doch gerade, als er aufatmen wollte, saßen ihnen die polnischen Husaren im Nacken.

»Was machen wir jetzt?«, fragte sein Unteranführer.

Azad Jimal warf einen Blick zu den Polen hinüber. Er konnte sie zwar angreifen, doch die Lanzen und Säbel der Verfolger würden viele seiner Männer töten. Etwas anderes wäre es, wenn sie die Feinde mit Pfeilen beschießen und sich dann rasch absetzen könnten. Dafür aber hätten sie ihre Beute und die Gefangenen zurücklassen müssen, und das wollte er auf keinen Fall.

»Wir reiten weiter! Sobald diese Hunde näher kommen, werden unsere Pfeile ihr Blut trinken«, erklärte er.

Die Zeit verging, und seine Männer wurden unruhig. »Vielleicht sollten wir sie mit Pfeilen beschießen und dann verschwinden«, schlug sein Stellvertreter vor.

»Und unsere Beute?«, fuhr Azad Jimal auf.

»Wir könnten sie zunächst den Polen überlassen. Die würden von den Gefangenen genauso behindert wie wir jetzt, und so könnten wir sie angreifen und uns die Beute wiederholen!«

Der Plan war nicht schlecht. Azad Jimal hatte ihn selbst bereits erwogen. Es gab allerdings einen Haken. Wenn sie die Polen attackierten, gaben sie diesen die Gelegenheit zu einem Gegenangriff, und der würde ihn zu viele Krieger kosten. Daher beschloss der Khan, erst einmal abzuwarten. Wenn das türkische Heer hinter ihnen über die Ungläubigen siegte, würden sich die Polen rasch zurückziehen müssen, um nicht von den Kriegern des Padischahs abgefangen und niedergemacht zu werden.

Eine Stunde verging, dann eine zweite. Weit hinter sich hörten sie Schüsse. Die Schlacht war also in vollem Gang. Azad Jimal Khan betete, dass das türkische Heer sich als überlegen erweisen würde. Am liebsten hätte er einen Späher ausgeschickt, aber den würden die Polen mit Gewissheit abfangen. Daher war es am besten, weiterzureiten und darauf zu vertrauen, dass die Türken siegten.

Ein kurzer Ausruf seines Stellvertreters riss Azad Jimal aus seinen Gedanken, und er sah die Husaren näher kommen.

»Spannt die Bögen!«, rief er.

Doch kurz bevor sie in die Reichweite der Pfeile kamen, zogen sich die Polen wieder zurück.

»Sie wollen uns nur ärgern«, meinte Azad Jimal zu seinem Stellvertreter.

»Es ist Osmański!«, rief dieser mit zitternder Stimme. »Ich habe ihn erkannt!«

Azad Jimal Khan wollte ihn schon fragen, wie er einen gepanzerten Husaren von dem anderen unterscheiden konnte, da fiel sein Blick auf das Pferd, das den Anführer der Polen trug. Es musste Osmański sein! Nun erschrak auch der Khan. Einen beliebigen polnischen Schlachtschitzen hätte er überlisten können. Doch ihm stand ein Mann gegenüber, der sich seit Jahren in den wilden Feldern bewährt hatte und die Kriegskunst der Tataren ebenso beherrschte wie diese selbst.

»Wir müssen die Polen angreifen und Osmański töten«, erklärte er seinem Stellvertreter. »Nimm dir die Hälfte der Krieger und erledige das!«

Der Mann starrte ihn erschrocken an. »Aber das ist Osmański!«

»Der ist auch nur ein Mensch und kein Dämon. Also sammle die Männer und greif an!«

Azad Jimal Khan versuchte, zuversichtlich zu klingen, doch sein Unteranführer nahm die Angst in seiner Stimme wahr. Mit einem bedauernden Blick auf die Beute sagte er sich, dass sie mit dieser Last niemals die Heimat erreichen würden. Er winkte daher die Männer zu sich, denen er am meisten vertraute, und blieb mit ihnen ein wenig hinter dem Khan zurück.

»Azad Jimal verlangt, dass wir Osmański angreifen und töten«, erklärte er seinen Freunden.

»Azad Jimal ist ein Narr! Er sollte die Beute zurücklassen und fliehen. Sonst schlagen uns die Polen zusammen«, rief einer der Männer entsetzt.

»Das, was ich an Beute habe, ist in diesem Beutel«, meinte ein anderer und klopfte gegen ein kleines Säckchen, das er an den Sattel gehängt hatte.

»Mit den Gefangenen und den schwerfälligen Ochsenkarren

entkommen wir den Polen niemals!«, wandte ein Dritter voller Panik ein.

Ihr Anführer begriff, dass die Stimmung der Männer in die Richtung kippte, in der er sie haben wollte, und wies nach Osten. »Dort liegt unsere Heimat! Wenn wir weiterhin Azad Jimal folgen, wird keiner von uns sie wiedersehen.«

Das war offene Rebellion, doch seiner Meinung nach die einzige Möglichkeit, so viele Krieger wie möglich zu retten. Sollte Azad Jimal bei seiner Beute bleiben, so war dies für ihn doppelt erfreulich. Dessen einziger Sohn war noch ein Knabe und würde vom Stamm niemals als Anführer anerkannt werden. Wenn er selbst eine von Azad Jimals Töchtern in sein Zelt nahm, konnte er nach der Führung des Stammes greifen.

»Hört mir gut zu!«, erklärte er seinen Gefolgsleuten. »Wir reiten jetzt auf die Polen zu, bleiben aber außerhalb der Bogenreichweite, überholen sie und schwenken dann nach Osten.«

»Und unsere Brüder?«, fragte einer, der die übrigen Reiter nicht einfach ihrem Schicksal überlassen wollte.

»Darum setzen wir uns nicht einfach ab, sondern reiten im Bogen um unsere Leute herum. Wer sich uns anschließen will, kann mitkommen. Falls jedoch einer lieber mit Azad Jimal sterben will, so kann ich ihn nicht daran hindern.«

14.

»Bei den Tataren tut sich etwas!«, rief Adam. »Macht euch kampfbereit und schwenkt aus!«

Innerhalb weniger Augenblicke senkten die Husaren ihre Lanzen und wandten ihre Pferde den Tataren zu. Diese hatten sich in zwei Teile gespalten. Vorne peitschten Azad Jimals Männer die Gefangenen voran, während sich dahinter die meisten Krieger sammelten. Auf einmal ritten diese schreiend los. Einige Pfeile zuckten den Polen entgegen, wurden jedoch aus zu großer Entfernung abgeschossen, um eine Gefahr zu bilden.

Adam wollte gerade den Befehl zum Angriff geben, da preschte der Tatarentrupp in vollem Galopp davon. Als einige Husaren ihnen folgen wollten, rief Adam »Halt!« und ließ Azad Jimal Khan nicht aus den Augen. Noch während dieser angesichts der Flucht seiner Männer ungläubig den Kopf schüttelte, verließen weitere Reiter seinen Trupp. Es war wie ein Sog. Immer mehr Männer folgten ihnen, und zuletzt ließen selbst Azad Jimals engste Vertraute ihren Anführer im Stich.

»Was soll das?«, rief Karl überrascht.

»Die Krieger haben keine Lust, für die Beute ihres Khans zu sterben«, antwortete Adam und trabte auf Azad Jimal zu.

»Ergib dich!«, rief er dem Tataren zu.

»Niemals!« Der Khan riss seine Pistole heraus und feuerte. Als Adam im Sattel wankte, jubelte Azad Jimal. Augenblicke später knallten mehr als ein Dutzend Pistolen. Da er noch immer im Sattel blieb, stieß Tobiasz Smułkowski ihm die Lanze in den Leib.

Während Azad Jimal Khan langsam aus dem Sattel rutschte und steif auf dem Boden liegen blieb, eilte Karl zu Adam. »Seid Ihr schwer verletzt?«

Adam zog seinen rechten Handschuh aus und griff sich an den Hals. Dort war alles in Ordnung. Schließlich ertastete er die Wunde unter dem Rand des Panzers. Sie konnte nicht tief sein, denn er spürte das Blei unter den Fingern.

»Auf alle Fälle lebe ich noch. Der gute Azad Jimal hat aus zu großer Entfernung geschossen, um mich tödlich treffen zu können. Es ist allerdings eine seltsame Wunde, denn die Kugel muss am Halsausschnitt des Brustpanzers abgeprallt sein und ist genau hier eingedrungen!« Er zeigte auf die von außen nicht sichtbare Stelle unter dem Metall.

»Redet nicht so viel, sondern lasst Euch helfen!« Karl zerrte Adam vom Pferd und löste ihm den Brustpanzer. Doch als er die Verletzung untersuchte, entpuppte sie sich als harmlose Fleischwunde.

»Reiche mir den Wodka, Leszek«, bat Karl und goss, als der Alte ihm die Flasche mit trauriger Miene reichte, eine gewisse Menge über die Wunde.

»Ich glaube, jetzt können wir Euch verbinden«, meinte er, schlug sich dann mit der flachen Hand gegen die Stirn und begann zu lachen.

»Was ist denn jetzt los?«, fragte Adam, der sich ärgerte, weil er einen Augenblick lang unachtsam gewesen war und dadurch dem Khan die Chance geboten hatte, ihn zu verletzen.

Karl beruhigte sich wieder und wies auf die Gefangenen der Tataren, die stehen geblieben waren und nicht so recht wussten, ob sie jetzt gerettet waren oder erneut Opfer werden sollten.

»Myszkowski, nimm dir den größten Teil der Männer und kümmere dich um die Gefangenen und die Beute der Tataren. Ich bringe Osmański unterdessen mit dem Rest ins Lager und sehe gleichzeitig zu, wie die Schlacht steht. Wenn es gefährlich für euch werden sollte, schicke ich euch einen Boten!«

»Ist der Hauptmann schwer verwundet?«, fragte Ignacy.

Da Karl mittlerweile ein deutscher Reichsgraf war und in seine Heimat zurückkehren würde, sah er sich bereits als Adams Nachfolger als Hauptmann des Fähnleins.

»Noch lebt Osmański, und ich hoffe, ihn lebend ins Lager bringen zu können«, antwortete Karl.

Ignacy glaubte zu verstehen, dass Adam wohl nicht überleben würde, und ritt auf die Gefangenen zu. Diese konnten zunächst gar nicht glauben, dass sie frei waren, küssten ihm aber dann die Hände. Seine Freunde durchsuchten unterdessen die Wagen mit der Tatarenbeute, und dabei wanderte so manches wertvolle Stück in ihre Taschen.

Unterdessen winkte Karl Leszek und Wojsław zu sich. »Macht aus einer Decke und zwei Lanzen eine Trage für unseren Hauptmann und befestigt sie sicher zwischen zwei Pferden, so dass er ins Lager gebracht werden kann.«

»He, was soll das?«, rief Adam empört. »So gut getroffen, dass ich wie ein Schwerverletzter mitgeschleppt werden muss, hat dieser Tatar mich wirklich nicht! Ich kann auch das Fähnlein weiter anführen.«

»Ich dachte, Ihr hättet einen Kopf zum Denken auf den Schultern! Doch wie es aussieht, ist er nur da, damit Euch kein Regenwasser in den Hals rinnt«, spottete Karl.

»Das lasse ich nicht auf mir sitzen!«, brüllte Adam ihn zornerfüllt an.

»Unser Karol hat recht!«, mischte sich Leszek grinsend ein. »Ihr seid heute nicht besonders rasch beim Denken. Ich kann mir vorstellen, was er plant. Wenn Komtesse Joanna glaubt, Ihr wäret schwer verwundet, zeigt sie vielleicht, was sie von Euch hält. Ihr könnt natürlich auch vor ihrem Zelt die Laute schlagen und dazu jaulen wie ein verliebter Kater. Doch so, wie ich sie kenne, werdet Ihr eher einen Guss kalten Wassers abbekommen als einen Kuss!«

»Einen Guss statt einen Kuss«, spottete Wojsław und löste seine Decke. »Wollt Ihr Graf Karls Vorschlag annehmen oder nicht?«

Adam rieb sich über die Stirn und stöhnte. »Ich bin heute nicht gerade schnell im Kopf. Verzeiht mir, dass ich Euch angeschrien habe, Herr Reichsgraf, und seht zu, dass diese Maskerade rasch beendet wird.«

»Eine Maskerade? Genau das ist es!«, erklärte Karl feixend. »Wir fangen meine Schwester auf ihre ganz eigene Weise.«

»Ich hoffe, ich muss Euch nicht beide hinterher begraben«, spottete Leszek. »Komtesse Joanna hat ein höllisches Temperament, und ich halte sie für fähig, Euch auf der Stelle niederzuschießen, wenn sie die Täuschung bemerkt. Sie wird es zwar hinterher bedauern, aber …«

»Rede nicht, sondern hilf uns!«, wies Karl ihn zurecht.

Doch auch er begriff, dass sie keine Pistole in Johannas Reichweite lassen durften, wenn diese die Wahrheit erkannte.

15.

Als sie aufbrachen, waren keine Schüsse mehr zu vernehmen. Doch bald schon entdeckten sie kleine Gruppen türkischer Soldaten, die in heller Panik flohen. Diese hielten jedoch mehr auf den Süden als auf sie zu und bildeten keine Gefahr. Trotzdem war Karl erleichtert, als sie das Lager erreichten. Adam gefiel es gar nicht, auf der Decke liegend transportiert zu werden, und fluchte entsprechend. Aber als die ersten Zelte vor ihnen auftauchten, lag er wie ein sterbender Schwan auf seiner Trage, während Karl den Ersten, der ihm über den Weg lief, fragte, wie die Schlacht ausgegangen wäre.

»Es war ein gewaltiger Sieg!«, erklärte der Mann. »Wir haben die Türken zu Paaren getrieben. Dabei waren es keine Soldaten, die wir schon bei Wien zum Laufen gebracht haben, sondern frische Verstärkungstruppen aus Konstantinopel. Gestern Abend haben diese Kerle noch gejubelt, doch heute herrscht bei ihnen Heulen und Zähneklappern!«

»Hab Dank!«, rief Karl dem Mann zu und ritt weiter, bis er Johannas Zelt erreichte.

Diese stürzte heraus und starrte auf die Trage zwischen den beiden Pferden. Auch Munjah verließ das Zelt, atmete aber sichtlich auf, als sie Karl erkannte. Johanna eilte hingegen zu Adam, hörte diesen stöhnen und blickte zu Karl auf.

»Ist er schlimm verwundet?«

Als ihr Bruder mit verkniffener Miene nickte, erschrak Johanna. In all den Monaten hatte sie sich immer wieder mit Adam gestritten und ihm Dinge unterstellt, die sich hinterher als unwahr herausgestellt hatten. Selbst die Tatsache, dass sie sich so lange als junger Mann verkleidet hatte, konnte sie ihm nicht vorwerfen. Schließlich hatte sie ihn belogen und ihm damit keinen Grund gegeben, sie zu schonen.

»Ihr dürft nicht sterben, Osmański!«, flüsterte sie. »Es gibt noch so viel, über das wir reden müssen. Ihr ...«

Adam öffnete scheinbar mühsam die Augen und sah sie an. »Joanna, Ihr? Wie schön!« Seine Stimme klang wie ein verwehender Hauch.

»Ihr dürft nicht sterben«, wiederholte Johanna unter Tränen.

»Es ist Gottes Wille. Ich liebe Euch, Joanna. Bitte, küsst mich wenigstens einmal!«

Karl zollte Adam in Gedanken Beifall für seine schauspielerische Leistung. Unterdessen beugte Johanna sich nieder und berührte Adams Lippen mit den ihren. Es wurde ein sehr inniger Kuss. Als Johanna sich wieder erhob, leuchteten Adams Augen wie zwei helle Sterne.

»Ihr seid wunderbar!«

»Ihr dürft nicht sterben«, flüsterte Johanna noch einmal, begriff dann aber, dass seine Stimme eben völlig normal geklungen hatte. Misstrauisch geworden, deutete sie auf den blutigen Verband, den Karl Adam angelegt hatte.

»Wo seid Ihr verwundet?«, fragte sie.

Adam zeigte auf die Halsbeuge neben dem Schlüsselbein und auf sein Herz. »Hier und hier!«

»Und hier!«, rief Johanna und zeigte auf seinen Kopf. »Ihr solltet Euch schämen, Adam Osmański, ein so übles Spiel mit mir zu spielen! Gebt zu, Ihr seid gar nicht so schwer verwundet.«

»Ihn hat eine Kugel getroffen«, wandte Karl ein.

»Aber gewiss nicht auf den Tod!« Johanna funkelte ihren Bruder zornig an. »Und du hast bei Osmańskis Possenspiel mitgemacht!«

»Genauso wie bei deinem«, antwortete Karl lächelnd.

»Verzeiht, aber ich wollte wissen, wie Ihr wirklich zu mir steht. Ich hätte nie zu hoffen gewagt, dass Ihr mich einmal küssen würdet.« Adam erhob sich und wollte Johanna umarmen.

Diese entwand sich seinem Griff und holte mit der Rechten aus.

»Schlagt mich«, rief Adam und stellte sich so, dass sie ihn am besten treffen konnte. Die Ohrfeige jedoch unterblieb. Stattdessen stemmte Johanna ihre Hände in die Seiten und funkelte ihn mit einer Mischung aus verrauchender Wut und aufkommender Heiterkeit an.

»Mein Herr, was denkt Ihr? Ich werde meine zarte Hand doch nicht an Eurem Holzkopf zerschlagen!«

»Zarte Hand ist gut«, keuchte Karl, während Adam Johanna jetzt doch zu fassen bekam und in die Arme schloss.

»Ihr seid ein widerborstiges, starrsinniges Biest, und ich werde mich über Euch zu Tode ärgern. Trotzdem liebe ich Euch und werde Euch heiraten!«

»So?«, antwortete Johanna schnippisch, ließ es dann aber zu, dass er sie küsste.

16.

Jan III. hatte den ersten Tag der Schlacht bei Parkany nur knapp überstanden, doch am Tag darauf feierte er gemeinsam mit Karl von Lothringen einen glorreichen Sieg. Während die beiden Feldherren zusammensaßen und darüber berieten, ob sie den Feldzug trotz der fortgeschrittenen Jahreszeit weiterführen sollten, ließ Rafał Daniłowicz Adam, Karl und Johanna zu sich rufen.

Daniłowicz' Zelt stammte wie so viele aus der Beute vor Wien. Daher saß er auf einem türkischen Kissen, hielt ein Glas Wodka in der Hand und blickte die drei neugierig an.

»Ihr habt gestern Azad Jimal Khan zur Strecke gebracht und ihm eine Beute von mehreren zehntausend Złoty und mehr als dreihundert Gefangene abgenommen!«, sagte er anstelle eines Grußes.

»Wie groß die Beute ist, weiß ich nicht, und ich habe auch die befreiten Gefangenen nicht gezählt«, antwortete Adam.

»Es war keine geringe Tat, zumal Euch die Tataren um ein Mehrfaches überlegen waren. Sie wagten es jedoch nicht, sich mit Euch und Euren Männern zu messen, sondern haben die Flucht ergriffen. Ihr habt Euch einen guten Ruf geschaffen, Osmański. Daher solltet Ihr diesen Namen beibehalten.«

Adam sah es als Warnung an, nicht doch noch auf Stanisław Sieniawskis Angebot einzugehen. Doch seit er sich Johannas Einverständnisses sicher war, reizte ihn das ohnehin nicht mehr.

»Der König überlegt, Euch zum Starosten einer Stadt an der Grenze zu den Tataren zu ernennen«, fuhr Daniłowicz fort. »Vorher aber solltet Ihr Eure Verletzung ausheilen lassen. Auch gibt es noch eine andere Sache zu bereinigen!«

Sein Blick traf Johanna, und er fragte sich, wie er so blind hatte sein können, sie nicht von Anfang an als junge Frau zu erkennen.

Johanna, Adam und Karl schwiegen, warteten aber angespannt darauf, dass Daniłowicz weitersprechen würde. Dieser ließ sich jedoch Zeit. Nach einer Weile nickte er, als müsse er eine Überlegung bestätigen.

»So muss es gehen. Ihr, Allersheim, seid mit Eurem jüngeren Bruder Jan nach Polen gekommen und habt Euch beide einen guten Namen gemacht. Zu Eurer großen Betrübnis ist Jan vorgestern in der Schlacht gefallen und wurde an der Seite Eures älteren Bruders Matthias begraben. Ihr, Komtesse«, Daniłowicz' Blick traf erneut Johanna, »seid in der Begleitung Eures Bruders Matthias hierhergekommen und werdet nun mit Karl in Eure Heimat reisen.«

Johanna kniff die Lippen zusammen, um nichts Falsches zu sagen. Doch wie es aussah, bogen sich die hohen Herren die Wahrheit so zurecht, wie es ihnen passte. Da sie jedoch kein Aufsehen wollte, knickste sie mit gesenktem Kopf.

»Es sei, wie Eure Exzellenz es wünschen!«

»Es wäre unsinnig, Seiner Majestät die Wahrheit zu berichten«, erklärte Daniłowicz. »Der König hat genug andere Sorgen. Es gilt, den Türken den entscheidenden Schlag zu versetzen. Ich bedaure, dass Ihr nicht mehr dabei sein könnt, denn sowohl Ihr, Allersheim, wie auch Ihr, Osmański, habt Euch in den bisherigen Schlachten ausgezeichnet. Herr von Waldeck ist jedoch der Meinung, dass Matthias von Allersheim sein Aufgebot über Gebühr in die Schlacht geführt hat, und hat daher beschlossen, die Männer zu entlassen. Ihr werdet sie als Nachfolger Eures Bruders nach Hause führen, Allersheim!«

Karl nickte. »Das werde ich tun, Euer Exzellenz!«

»Eure Schwester wird Euch begleiten.«

Johanna wollte schon widersprechen, doch da legte Adam ihr den Zeigefinger auf den Mund.

»Lasst mich reden«, flüsterte er ihr zu und wandte sich dann an Daniłowicz. »Ich gedenke, mich mit Komtesse Joanna zu vermählen, und will meinen zukünftigen Schwager in seine Heimat begleiten und vielleicht sogar den Winter dort verbringen.«

»Tut dies! Euer Fähnlein werdet Ihr an Ignacy Myszkowski übergeben. Möge er es mit dem gleichen Erfolg führen wie Ihr.«

»Erlaubt Ihr mir eine Frage?«, sagte Adam. »Ihr habt immer so gut über mich Bescheid gewusst, dass es jemanden geben muss, der es Euch mitgeteilt hat. War dies Ignacy?«

»Selbst wenn er es wäre, würde ich nein sagen, mein Freund. In meiner Position ist es wichtig, viel zu wissen. Nehmt mir also den Zuträger nicht übel, zumal die Grenze, die Ihr für den König bewacht habt, sehr unsicher ist und ich Seiner Majestät jederzeit raten können muss!«

Adam begriff, dass er nicht mehr erfahren würde, und trat einen Schritt zurück.

Da hob Daniłowicz die Hand. »Eines hätte ich beinahe vergessen. Den Beamten Seiner Majestät, des Kaisers, hat es beliebt, Nachschub zu senden. Die Schiffe, mit denen dieser gebracht wurde, werden die Donau wieder hochgetreidelt, um in Wien und anderen Städten erneut beladen zu werden. Ihr könnt mit diesen Schiffen so weit stromauf fahren, wie es möglich ist.«

»Ich danke Eurer Exzellenz und bitte, uns verabschieden zu dürfen!« Karl verneigte sich vor Daniłowicz und dachte, dass er sich daran gewöhnen musste, als Allersheim angesprochen zu werden.

Auch Adam verbeugte sich, keuchte aber ein wenig, weil seine Wunde schmerzte. Johanna entging das nicht, und sie war froh, dass Daniłowicz sie entließ. Vor dessen Zelt blieb sie aber stehen und fasste Adam bei der Hand.

»Ihr kommt jetzt mit mir, damit ich nach Eurer Wunde sehen kann. Karl, wärst du so lieb, eine Flasche Wodka zu besorgen? Ich werde sie brauchen, um die Wunde auszuwaschen.«

»Da müssen wir Leszek fragen«, antwortete Karl fröhlich.

»Wodka ist doch auch eine Medizin«, sagte Adam mit scheinbar matter Stimme. »Ich glaube, ich könnte ein Glas oder zwei davon brauchen.«

Johanna sah ihn streng an. »Ihr bekommt ein Glas Wodka, aber nur, wenn Ihr meinen Anweisungen gehorcht!«

»Da sind wir noch nicht einmal verheiratet, und Ihr kommandiert mich herum wie eine Matrone nach zwanzig Jahren Ehe«, rief Adam stöhnend aus, sah dann aber Johanna lächelnd an.

Diese lächelte nun auch. »Es war Eure Wahl, mich um meine Hand zu bitten. Jetzt müsst Ihr damit leben!«

17.

Der Abschied war kurz. Einige Männer, die mit Adam zusammen an der Tatarengrenze Wache gehalten hatten, weinten. Doch sie waren Soldaten und akzeptierten Ignacy als ihren neuen Anführer. Dieser hatte sein Ziel, Rittmeister eines Fähnleins zu werden, erreicht, war aber trotzdem unzufrieden. Sein Blick streifte immer wieder Johanna, die auf einer rassigen Stute saß und das Bild einer entzückenden Amazone bot. Als Schwester eines mittellosen Edelmanns hätte sie ihn höchstens als Geliebte gereizt. Die Schwester eines freien Reichsgrafen im Heiligen Römischen Reich wäre jedoch selbst einem im Rang über ihm stehenden Herrn als Ehefrau willkommen gewesen. Nun erleben zu müssen, dass Adam sie gewonnen hatte, ärgerte ihn.

Es kränkte Ignacy zudem, dass ein Dutzend der erfahrensten

Reiter ihm den Dienst aufsagten, um mit Adam zu ziehen. Auch wenn Leszek Ślimak nur noch ein Bein hatte, so war er als Proviantbeschaffer und Quartiermeister unersetzlich. Dobromir Kapusta hätte er ebenfalls gerne behalten, und sogar Wojsław war ein Verlust, weil keiner seiner verbleibenden Männer besser mit Pferden umgehen und ihre Krankheiten heilen konnte als der junge Knecht.

Nachdem Adam sich von seinen Reitern verabschiedet hatte, gesellte er sich als Letztes kurz zu Ignacy. »Führt die Männer zum Sieg!«, sagte er, hob grüßend die Hand, ließ seinen Hengst sich einmal um die eigene Achse drehen und ritt los.

Johanna lenkte die hübsche Stute an seine Seite und sah ihn besorgt an. »Es strengt Euch hoffentlich nicht zu sehr an, mein Herr. Immerhin seid Ihr verwundet!«

»Die paar Meilen zur Donau werde ich wohl noch durchstehen, und dort kann ich mich auf einem Schiff ausruhen«, antwortete Adam und fasste nach ihrer Hand. »Ihr würdet mir eine Freude machen, meine Dame, wenn Ihr mich wie einen Verwandten ansprechen könntet, und nicht wie einen fremden Menschen.«

»Ich soll also du zu Euch, Verzeihung, dir sagen. Nun, dann soll es sein.« Johanna lachte und blickte sich um.

Ihr Bruder ritt neben Munjah, die noch immer dasselbe Kleid und den gleichen Mantel trug wie vor Wien. Dahinter trabten Leszek und Wojsław und anschließend Dobromir und die restlichen Männer, die bei Adam bleiben wollten. Es war eine Schar, die ausreichte, ihre Stiefmutter auf Allersheim in die Schranken zu weisen.

Jetzt aber galt es erst einmal, zu den Schiffen zu gelangen. Als sie diese erreichten, waren die fränkischen Soldaten bereits an Bord. Nur Firmin stand noch am Ufer und wartete, bis Karl abgestiegen war.

»Freut Ihr Euch auch, Herr Graf, weil es wieder nach Hause geht?«, fragte er treuherzig.

Karl nickte und sagte sich, dass es für ihn wirklich nach Hause ging. Seine Schwester würde jedoch nicht auf Allersheim bleiben, sondern nach Polen ziehen. Der Gedanke tat weh, und er blickte sich unwillkürlich nach Munjah um. Nun bemerkte er, wie schmutzig ihr Kleid und ihr Mantel bereits waren, und er beschloss, ihr, sobald sie Wien erreicht hatten, neue Kleider machen zu lassen.

Die alte Türkin und der Knabe kamen ebenfalls mit. Seit der letzten Niederlage ihrer Landsleute war die Frau kaum mehr ansprechbar, sondern jammerte nur noch vor sich hin. Adam hatte deswegen schon überlegt, sie einfach zurückzulassen. Da er sie jedoch erbeutet hatte, fühlte er sich für sie und den Knaben verantwortlich, auch wenn dies hieß, beide notfalls für immer zu behalten. Zu seinem Bedauern konnte er Selim Pascha keinen Boten schicken, um ihm mitzuteilen, dass dessen Sohn wohlauf war und darauf wartete, ausgelöst zu werden. Das würde erst wieder möglich sein, wenn der Kaiser und der Sultan wieder Gesandte austauschten. Zudem hatte er Zweifel, ob diese einen kleinen Jungen als wichtig genug erachteten, um über dessen Freilassung zu verhandeln. Wahrscheinlich würde er sich noch jahrelang mit der Alten und dem Kind herumschlagen müssen.

Als sie auf das Schiff stiegen und es in Richtung Wien getreidelt wurde, begann die Frau erneut zu klagen. Genervt wandte Adam sich zu ihr um. »Jetzt halte endlich den Mund, sonst werfe ich dich ins Wasser!«

Die Drohung brachte die Frau dazu, den Jungen an sich zu ziehen und sich möglichst weit von Adam entfernt niederzulassen. Dort zog sie ihren Schleier vor das Gesicht und blieb stumm.

Da die Verletzung Adam zu schaffen machte, war Johanna froh, als er schließlich einschlief und neue Kräfte sammeln konnte.

Niemand außer den Schiffsknechten, die den Prahm stromauf treidelten, musste arbeiten, und so konnten die Reisenden ihren Gedanken nachhängen. Johanna prüfte unterwegs, ob das Säckchen mit den Edelsteinen, die sie bei Wien erbeutet hatte, noch vorhanden war. In letzter Zeit war es vermehrt zu Diebstählen gekommen, denn Männer, die glaubten, beim Plündern zu kurz gekommen zu sein, versuchten, sich auf Kosten ihrer erfolgreicheren Kameraden schadlos zu halten. Ihre Edelsteine waren jedoch noch da. Damit, so sagte Johanna sich, würden sie Adams Besitz vergrößern und vielleicht auch ein neues Wohnhaus bauen können. Eines aus Holz, wie er es jetzt besaß, war ihr wegen der Brandgefahr nicht geheuer.

Bei allen Gedanken an ihre Zukunft kam ihr immer wieder Karl in den Sinn. Seit sie denken konnte, hatte sie ihr Leben mit ihm geteilt, und sie hatten einander immer geholfen. Nun aber würde er in Allersheim bleiben, während sie eine neue Heimat in Polen finden würde. Es tat weh, sich dies vorzustellen, und manchmal zweifelte sie sogar, ob es ihr gelingen würde, sich von ihrem Bruder zu trennen. Ein Blick auf Adam half ihr jedoch, diese Vorstellung zu vertreiben. Sie liebte ihn und würde ihr weiteres Leben mit ihm teilen. Doch was würde Karl tun?, fragte sie sich. Würde er, wie von Matthias erhofft, Gunzbergs Tochter heiraten? Sie hoffte es nicht, denn in einer nur aus Pflicht geschlossenen Ehe würde er niemals glücklich werden.

18.

Die Ruhe während der Reise auf der Donau tat allen gut. Adam genoss es, von Johanna umsorgt zu werden. Seine Wunde schloss sich schon bald, und er würde nicht mehr als eine kleine Narbe zurückbehalten. Mittlerweile ging er daran, mit Johanna zusammen Pläne für ihre Zukunft zu schmieden. Auch Karl musste sich mit seiner Zukunft auseinandersetzen, denn Firmin berichtete ihm, wie es auf Allersheim stand.

»Es ist gut, dass Ihr mit ein paar Soldaten kommt, Herr«, sagte er, als sie Wien erreicht und für ein paar Tage Quartier genommen hatten. »Die Hexe Genoveva hat einige Speichellecker im Schloss, und denen traue ich zu, sich auch an Euch zu vergreifen, falls Ihr allein kommen würdet.«

»Das sollen Genoveva und ihre Knechte nur wagen«, sagte Karl mit entschlossener Miene.

»Ich bin jedenfalls froh, dass Ihr Graf Matthias nachfolgen werdet, und nicht der Kuckuck, den die Hexe Genoveva ins gräflich-allersheimsche Nest setzen wollte«, erklärte Firmin nicht zum ersten Mal und musterte den neuen Herrn von Allersheim. Er war kein Knabe mehr, sondern in Polen erwachsen geworden. Auch stand er nicht mehr so stark unter der Fuchtel seiner Zwillingsschwester wie früher.

Firmins Blick suchte Johanna, die eben eifrig auf Adam einsprach. Auch sie hatte sich verändert. Sie war gelassener geworden und brauste nicht mehr so schnell auf. Auch Wojsław hatte sich gemacht, und so, wie er nun auftrat, würde er sich nicht mehr von den anderen Knechten schikanieren lassen. Firmin mochte den Jungen und redete immer wieder mit ihm, um mehr über das zu erfahren, was sein jetziger Herr und dessen Schwester in Polen erlebt hatten. Es musste aufregend und sogar gefährlich gewesen sein.

Um die alte Türkin und den kleinen Jungen kümmerte Firmin sich wenig. Er hatte erfahren, dass Adam diese gegen Lösegeld freigeben wollte, und das reichte ihm. Anders sah es bei Munjah und deren Dienerin aus. Karls Blick wurde weich, wenn er das Mädchen ansah, und auf seinen Lippen erschien ein seltsames Lächeln. Zwar hoffte Firmin noch immer, sein Herr würde Kunigunde von Gunzberg freien. Als Angehöriger des hohen Adels konnte dieser es sich ohne weiteres leisten, die junge Türkin als Geliebte zu behalten.

»So in Gedanken?«, fragte Karl, da Firmin auf zweimaliges Ansprechen nicht reagiert hatte.

Der Vertraute seines Bruders schoss hoch. »Verzeiht mir, Herr Graf!«

»An diese Anrede werde ich mich noch gewöhnen müssen«, meinte Karl belustigt. »Doch nun zu etwas anderem! Uns wurde angeboten, dass wir mit den Schiffen bis nach Regensburg mitfahren können. Dort sollen sie mit neuem Proviant beladen und wieder bis nach Ungarn gebracht werden. Sorge dafür, dass die Männer morgen alle vollzählig antreten. Wer es nicht tut, muss zu Fuß und auf eigene Kosten in die Heimat reisen.«

Firmin sah Karl mit leuchtenden Augen an. »Wisst Ihr, Herr Graf, von denen bleibt keiner hier. In unserem Franken ist es doch schöner als in Wien.«

»Es gibt auch hier schöne Stellen«, sagte Karl und stellte im selben Moment erstaunt fest, wie stark er sich nach Allersheim sehnte.

Während Firmin den Soldaten mitteilte, dass es am nächsten Morgen weiterging, winkte Karl einen Weinverkäufer zu sich und ließ sich seinen Becher füllen. Seltsam, dachte er dabei. Vor kurzem hatte Wien im Würgegriff der Osmanen gelegen, und vor den Toren waren die Spuren der Belagerung noch deutlich zu sehen. Dennoch lebten die Menschen schon wieder so, wie sie es von früher her gewohnt waren. Diesmal war er in Gedanken versunken, denn er schreckte erst hoch, als ihn jemand am Arm berührte.

Als er aufblickte, sah er Kulczycki vor sich. Dieser grinste breit und deutete eine Verbeugung an.

»Ich sehe, die Herren sind gesund von der Verfolgung der Türken zurückgekommen. Das trifft sich gut, denn ich habe dem Herrn Rittmeister Adamski eine Nachricht zu überbringen.«

»Ihr meint gewiss Adam Osmański?«, fragte Karl.

»Verzeiht, ein kleiner Irrtum!« Kulczyckis Grinsen wurde womöglich noch breiter.

»Es ist wichtig«, setzte er hinzu, als Karl nicht gleich Anstalten machte, ihn zu Adam zu führen.

Karl trank rasch einen Schluck Wein und ging dann, den halbvollen Becher in der Hand, zu den Zelten hinüber, in denen sie untergebracht worden waren. Er fand Adam auf einem Feldbett liegend, während Johanna bei Munjah war und diese wegen ihres schmutzigen Kleides schalt. Als Karl jedoch mit Kulczycki eintrat, wandten sich beide ihm zu.

»Einen wunderschönen Tag wünsche ich«, grüßte Kulczycki mit einer übertriebenen Verbeugung. »Ich bin glücklich, erfahren zu haben, dass der Herr Rittmeister sich hier aufhält. Es hätte mir sonst sehr viel Plagen und Mühen bereitet, ihn zu finden.«

»Was willst du?«, fragte Adam, der wenig Lust hatte, sich ausschweifendes Geschwafel anzuhören.

Kulczycki hob mit einer bedeutsamen Geste den Zeigefinger. »Ich erscheine hier als Mittelsmann, der Euch eine Botschaft von Selim Pascha zu überbringen hat.«

Bei der Nennung des Namens hob die alte Türkin, die sich in den dunkelsten Winkel des Zeltes verkrochen hatte, den Kopf, während Adam verwundert die Augen zusammenkniff.

»Was will Selim Pascha?«

»Ihr habt etwas in Eurem Besitz, was er gerne wiederhaben würde«, antwortete Kulczycki und wies auf die Alte und den Knaben. »Ein Handelspartner brachte mir folgende Nachricht: Da Selim Pascha einen großen Teil seiner Schätze hier vor Wien verloren hat, bedauert er, Euch nur den Gegenwert von zehntausend Gulden als Lösegeld für seine Mutter und seinen Sohn anbieten zu können!«

»Zehntausend Gulden!« Adam schluckte. Er hatte mit fünfhundert gerechnet, im höchsten Fall mit tausend. Doch dieses Angebot übertraf alles.

»Ja, nur zehntausend. Mehr vermag er derzeit nicht zu bezahlen«, erklärte Kulczycki.

Adam setzte sich jetzt auf und sah den Händler fragend an. »Und wie soll das Ganze vonstattengehen?«

»Ihr übergebt mir die Frau und den Knaben, und ich sorge dafür, dass beide unversehrt in ihre Heimat gelangen. Im Gegenzug erhaltet Ihr eine Anweisung auf eine Bank in Krakau, die Euch die zehntausend Gulden auszahlen wird.«

»Und ich kann mich darauf verlassen?« In Adams Stimme schwang Spott mit.

Kulczycki nickte eifrig. »Selim Pascha ist ein Ehrenmann, und wir beide sind Landsleute. Würde ich einen anderen Polen betrügen?«

»Wenn es dir Gewinn bringt, wirst du jeden betrügen«, antwortete Adam schonungslos.

»Herr, ich schwöre Euch bei meiner unsterblichen Seele, dass Ihr das Geld erhalten werdet!« Kulczycki klang beleidigt.

Adam hingegen war froh um diese Möglichkeit, denn er sah die alte Frau und den Knaben immer mehr als Last an, die er loswerden wollte.

»Schwörst du mir bei deiner unsterblichen Seele, dass du die beiden zu Selim Pascha zurückbringst?«, fragte er streng.

»Herr, würde ich das nicht tun, würde Selim Pascha dafür sorgen, dass mein gesamter Handel mit Waren aus dem Reich der Türken zusammenbricht. Glaubt Ihr, das würde ich riskieren?«

»Ich glaube an Gottvater, den Sohn und den Heiligen Geist – und daran, dass du ein Schlitzohr bist. Aber ich werde dir vertrauen und dir die beiden überlassen.«

»Ich wusste von Anfang an, dass der Herr Rittmeister ein kluger Mann ist«, rief Kulczycki und sagte dann ein paar Worte zu der Alten.

Diese lauschte ihm aufmerksam und nickte dann. Ihr war es lieber, dem Händler übergeben und bald ausgetauscht zu werden, als von Adam noch weiter in die Fremde verschleppt zu werden.

»Ihr seht, Herr, die Alte ist einverstanden«, sagte Kulczycki lächelnd. »Ich werde Euch daher die Anweisung für die Krakauer Bank geben.« Er wandte sich an Karl. »Was Euch hingegen betrifft, Herr, so muss ich Euch mitteilen, dass es im Osmanischen Reich niemanden gibt, der Euch ein Lösegeld für Ismail Beis Tochter zahlen würde. Es bleibt daher Eurer Entscheidung überlassen, ob ich versuchen soll, sie für Euch als Sklavin an einen wohlhabenden Türken zu verkaufen, oder ob Ihr selbst über sie verfügen wollt.«

Da das Gespräch in polnischer Sprache geführt wurde, hatte Munjah verstanden, was der Händler gesagt hatte, und wartete ängstlich auf Karls Antwort. Dieser war zunächst erleichtert, sagte sich dann aber, dass er dem Mädchen, dem er sein Leben verdankte, die Freiheit nicht nehmen durfte, und sah sie mit trauriger Miene an.

»Wenn es Verwandte gibt, die dich aufnehmen werden, so werde ich Kulczycki bitten, dafür zu sorgen, dass du zu ihnen gebracht wirst!«

»Ich sagte schon einmal, dass es niemanden gibt, dem ich willkommen wäre. Selbst bei Verwandten würde ich nur eine Sklavin sein, die nach Belieben verkauft oder verheiratet werden kann«, antwortete Munjah und setzte in Gedanken »am liebsten würde ich bei dir bleiben« hinzu.

Karl betrachtete sie und fand sie wunderschön. Dabei schlich sich der Gedanke an Kunz von Gunzbergs jüngste Tochter in seinen Kopf. Laut Firmin sollte es sich um ein mageres Mädchen von vierzehn Jahren handeln, das immer noch mehr wie ein Kind als wie eine erwachsene Frau aussah. Und doch würde er sie wahrscheinlich heiraten müssen, wenn nicht ... Er brach seinen Gedankengang ab und trat auf Munjah zu.

»Ich würde gerne mit dir reden!«

Munjah deutete einen Knicks an. »Ihr seid mein Herr und befehlt. Wenn Ihr mit mir sprechen wollt, so geschieht es!«

»Ich möchte, dass du mir aus freien Stücken antwortest und nicht, weil ich es dir befehle.« Karl nahm sie bei der Hand und führte sie ein Stück von den anderen weg. Unter einer Pappel, die die meisten ihrer zittrigen Blätter dem Herbst geschuldet verloren hatte, hielt er an und drehte sie so, dass sie ihm in die Augen sehen musste.

»Da es niemanden gibt, dem ich dich guten Glaubens überlassen kann, habe ich beschlossen, dass du bei mir bleibst.«

»Nur deshalb?«, fragte Munjah traurig.

Karl schüttelte den Kopf. »Nein, ich bin darüber sehr glücklich. Doch ich wollte, dass du, wenn du zu jemand anderem willst, dies auch tun kannst.«

»Ich will zu niemand anderem als zu dir«, flüsterte sie verlegen und senkte den Kopf.

Mit einem Lächeln fasste Karl nach ihrem Kinn und hob es wieder. »Du hast mich schon einmal gerettet. Jetzt bitte ich dich, mich ein weiteres Mal zu retten!«

Munjah kniff verwirrt die Augen zusammen. »Aber Herr, wo wärt Ihr in Gefahr?«

»In meiner Heimat! Ich soll dort dem Letzten Willen meines Bruders zufolge seine ihm versprochene Braut heiraten, da er es nicht mehr kann.«

Als Munjah das hörte, zog sich ihr Herz zusammen, und sie überhörte beinahe Karls nächste Worte.

»Ich kann dieser Ehe nur entgehen, wenn ich bei meiner Rückkehr bereits eine andere Gemahlin mitbringe. Du bist schön und hast ein gutes Herz. Und ich glaube, ich gelte dir auch etwas. Würde dies für dich reichen, mein Weib zu werden?«

»Ihr wollt mich heiraten, mich, die heimatlose Waise?« Munjah konnte es kaum glauben. Anders als den Muslimen in ihrer Heimat war christlichen Männern nur eine Ehefrau erlaubt, und Karl wollte, dass sie die Seine wurde.

»Ich könnte mir keine bessere Braut wünschen«, sagte Karl lächelnd. »Zwar werde ich den Gunzberger wegen der nicht zustande gekommenen Heirat entschädigen müssen, doch so viel Gold, glaube ich, habe ich erbeutet. Darüber hinaus bringe ich herrliche Pferde mit nach Haus und kann mit ihnen eine Zucht beginnen. Allersheim und Eringshausen sind zudem ertragreich genug, so dass wir ein angenehmes Leben führen können.«

»Ihr wollt mich wirklich heiraten, obwohl mir nicht mehr gehört als die Kleider, die ich am Leib trage?«, fragte Munjah mit einem seltsamen Unterton, den Karl jedoch nicht bemerkte.

»Wegen deiner Kleider muss ich mit dir sprechen. Du hast, seit ich dich wiedergefunden habe, immer dasselbe Kleid an und trägst diesen abgeschabten Mantel. Die solltest du wegwerfen. Ich werde dafür sorgen, dass du noch hier in Wien neue Kleider bekommst!«

Munjah sah Karl in die Augen und begriff, dass er von den

Goldstücken und den Edelsteinen, die sie in Kleid und Mantel eingenäht hatte, nichts wusste. Er wollte sie wirklich so zum Weibe nehmen, wie sie vor ihm stand. Sie brach in Tränen aus.

»Was ist mit dir?«, rief Karl erschrocken.

»Es sind Freudentränen!«, antwortete sie und wischte sich die Augen mit ihrem nicht mehr ganz sauberen Ärmel ab. »Du bist wunderbar! Du bist der Fürst aller Fürsten! Ich sollte dir die Füße dafür küssen.«

»Wenn du meinen Mund küsst, würde es mir reichen«, antwortete Karl und wollte sie an sich ziehen. Zu seiner Überraschung entwand sich Munjah seinem Griff und zog ihren Mantel aus.

»Hier, halte ihn«, forderte sie ihn auf.

Er griff zu und schnaufte, als er das Gewicht des Mantels spürte. »Was ist damit?«, fragte er verwundert.

»Als letztes Zeichen seiner Gnade sandte der Padischah meinem Vater einen Beutel voll Gold und einige Edelsteine. Aus Sorge wegen der Befehle Kara Mustaphas wies mein Vater mich an, beides in die Säume meines Kleides und meines Mantels einzunähen, um unseren kleinen Schatz bei einer möglichen Flucht nicht zu verlieren. Es ist gewiss genug Gold, um die Braut deines Bruders zu entschädigen, und es bleibt noch einiges für uns beide übrig, um, wie du sagst, ein angenehmes Leben führen zu können.«

Einen Augenblick lang verspürte Munjah Angst. Was war, wenn Karl beschloss, ihr ihren Schatz wegzunehmen und dann doch dieses andere Mädchen zu heiraten?

Da schloss er sie in die Arme, zog sie an sich und küsste sie. Als er sie nach einer Weile wieder losließ, lächelte er sie fröhlich an. »Komm, wir wollen einen Priester suchen, der uns noch heute traut, und einen Kleidermacher, damit du so, wie es sich gehört, auf Allersheim Einzug halten kannst!«

»Du bist wirklich der Fürst aller Fürsten«, flüsterte Munjah und wollte vor ihm niederknien.

Karl hielt sie jedoch auf, fasste sie um die Hüften und schwang sie im Kreis. »Ich bin glücklich, dich gefunden zu haben, Munjah! Johanna wird mit Adam Osmański ziehen, und auch deswegen wäre mein Herz traurig ohne dich.«

»Ich will nicht, dass dein Herz traurig ist«, antwortete Munjah und ließ es zu, dass er sie noch einmal küsste. Anschließend kehrten sie Hand in Hand zu den anderen zurück.

Dort sprach Kulczycki gerade mit der alten Türkin. Was er von sich gab, schien ihr zu gefallen, denn sie nickte eifrig.

»Endlich sind wir sie und den Jungen los«, sagte Adam erleichtert.

»Ich hätte sie ungern bis nach Allersheim mitgenommen«, gab Karl zu. »Die Alte hätte sich dort nicht eingefügt, und dem Vater den Sohn wegzunehmen, erschien mir grausam.«

»Du wirst grausam sein und Genoveva den Sohn wegnehmen müssen. Sie würde ihm sonst den Hass auf uns mit der Muttermilch einflößen«, wandte Johanna ein.

»Mit der Muttermilch wohl kaum, denn der Junge hat, wie es sich für einen Adelsspross geziemt, eine Amme«, antwortete Karl mit einer gewissen Anspannung, denn in dem Fall würde er hart bleiben müssen. Genoveva durfte das Kind nicht behalten. Es musste von Menschen erzogen werden, die es nicht zum Werkzeug der Rache machen würden.

»Ich werde dafür sorgen, dass es so kommt«, sagte er, um seine Schwester zu beruhigen, und winkte Kulczycki zu sich. »Ich brauche einen Priester, der mich und Ismail Beis Tochter traut!«

Der Händler sah ihn mit schräg gelegtem Kopf an. »Sie ist eine Muslimin. Daher wird jeder Priester sich weigern, euch zu verheiraten!«

»Ich bin von meiner Mutter christlich erzogen worden. Da

mein Vater sie liebte, hat er es ihr erlaubt«, erklärte Munjah. »Auch solltest du nicht von Ismail Bei sprechen, sondern von Ismail Pascha. Dies war mein Vater, bevor Kara Mustapha ihn in die Verbannung schickte!«

»Christlich erzogen? Das könnte gehen. Der Priester wird jedoch eine Spende erwarten«, sagte Kulczycki nachdenklich.

»Ihr wollt heiraten? Eigentlich war das abzusehen!« Adam umarmte Karl und Munjah.

Danach sah er Johanna an. »Wollen wir uns den beiden nicht anschließen? Immerhin sind Karl und du Zwillinge, und die machen doch alles gemeinsam!«

Adams Bemerkung riss Johanna herum. Einen Augenblick lang hatte sie starke Eifersucht auf Munjah verspürt, die ihrem Bruder bald näherstehen würde als sie. Doch nun begriff sie, dass sie sich nicht ewig an Karl klammern durfte. Sie beide hatten das Recht auf ein eigenes Leben.

»Also gut, Herr Osmański! Ich gönne meinem Bruder sein Glück, und da ist es wohl besser, wenn ich mich ebenfalls vermähle.«

Adam trat auf sie zu und schloss sie in die Arme. »Ich werde alles tun, um dir den Bruder zu ersetzen«, sagte er leise.

»Ich hoffe, doch wohl ein wenig mehr. Schließlich ist er nur mein Bruder, du aber wirst mein Ehemann sein!«, antwortete Johanna ein wenig von oben herab.

»So soll es sein! Darum sollten wir so rasch wie möglich heiraten.« Adam zwinkerte Johanna zu, doch diese blieb ernst.

»Du wirst erst deine Verletzung ausheilen, danach können wir unser Brautlager halten. Nun aber soll Kulczycki den Priester holen!«

»Zu diesem werdet ihr euch selbst begeben müssen. Er wird den Trausegen nicht außerhalb seiner Kirche sprechen«, sagte der Händler und wies einladend nach draußen.

Nach kurzem Besinnen verließen alle das Zelt. Wojsław war Zeuge des Gesprächs geworden und informierte Firmin. Kurzentschlossen rief dieser ein Dutzend Pikeniere zu sich und eilte mit diesen hinter Johanna und den anderen her.

Als Karl dies bemerkte, blieb er stehen und wartete auf Firmin. »Glaubst du, wir sind hier in Gefahr, weil du uns mit Soldaten das Geleit gibst?«

Firmin sah ihn grinsend an. »Das nicht, Herr, aber wenn ein Graf Allersheim heiratet, sollte er eine Ehrenwache haben! Den einen Krug Wein für die Männer wird es Euch doch wert sein.«

»Meinetwegen auch zwei«, antwortete Karl und schloss wieder zu Munjah auf.

19.

Sie trafen den Priester in seinem Gemüsegarten an, als dieser gerade seine Beete für den Winter vorbereitete. Erst als Kulczycki ihn ansprach, blickte er auf. »Ach, du bist es, mein Sohn! Du sollst ja ein Held geworden sein.«

Kulczycki lächelte geschmeichelt. »Ich bin doch nur einmal durch die Linien der Türken bis zum Herzog von Lothringen und wieder zurück in die Stadt geschlichen und habe danach neue Meldungen von Gewährsleuten eingeholt. Es kann schon sein, dass das, was ich Seiner Exzellenz, dem Herrn von Starhemberg, zu berichten wusste, diesem geholfen hat, die Stadt zu halten, bis die Retter da waren. Diese beiden Herren hier gehören zur siegreichen Armee und wollen sich von Euch in den heiligen Stand der Ehe führen lassen. Es ist Geld zu verdienen, hochwürdiger Herr, denn es sind Edelleute, und die werden sich gewiss nicht lumpen lassen.«

»Als wenn Gottes Segen für Geld feil wäre«, brummte der Priester, verließ aber den Garten und musterte die beiden Paare, die vor ihn traten.

»Die eine ist doch eine Heidin«, rief er und zeigte auf Munjah.

»Ihre Mutter war Polin und hat sie im christlichen Glauben erzogen«, versicherte Kulczycki.

»Sie soll das Vaterunser aufsagen«, befahl der Priester.

Kulczycki hob protestierend die Hand. »Sie wird es auf Polnisch tun müssen, da sie die deutsche Sprache nicht versteht!«

»Ich kann das Paternoster auf Latein sprechen«, erklärte Munjah, der Karl das kurze Gespräch übersetzt hatte, und sprach das Gebet.

»Seid Ihr nun überzeugt, hochwürdiger Herr?«, fragte Kulczycki.

Der Priester überlegte kurz und nickte. »Sie sollen in die Kirche kommen! Ich wasche mir nur die Hände. Du wirst den Mesner ersetzen müssen. Der meine ist mir mit den Soldaten davongerannt, um Türken zu erschlagen. Ich bete zu Gott, dass diese nicht ihn erschlagen.«

Mit diesen Worten verschwand der Priester in seinem Pfarrhaus, und auf Kulczyckis Geste hin betraten die anderen die Kirche. Sie war während der türkischen Belagerung unversehrt geblieben und mit einer wunderschönen Marienstatue geschmückt.

Der Händler stellte sich lächelnd neben die Muttergottes. »Ich dachte mir, dass Ihr als meine Landsleute lieber unter einem Bildnis der Heiligen Jungfrau die Ehe eingehen wollt als in einer der anderen Kirchen Wiens, zumal einige von ihnen während der Belagerung als Magazine gedient haben.«

Das sahen die beiden Brautpaare als Hinweis an, auch ihm eine Belohnung zukommen zu lassen. Sie waren aber viel zu glücklich, um sich darüber zu ärgern, sondern nickten Kulczycki freundlich zu.

Wenig später kam der Priester und brachte zwei Knaben als Ministranten mit. Er hatte sich nicht nur die Hände gewaschen, sondern auch sein Messgewand übergezogen. Trotzdem musterte er die beiden Brautpaare streng.

»Eine Ehe ist ein heiliges Sakrament Gottes und nichts, was man aus einer Laune heraus schließt«, sagte er. »Auch ist es ungewöhnlich, ohne Verlobungszeit und Aufgebot zu heiraten!«

»Sollen wir ihm mehr Geld bieten?«, fragte Johanna leise.

Ihr Bruder schüttelte den Kopf. »Nein, der Mann meint das, was er sagt, ernst.«

Er trat auf den Priester zu und beugte das Knie. »Wir würden Euch nicht belästigen, hochwürdiger Herr, wenn wir nicht bereits morgen Wien verlassen müssten. Es sei Euch gesagt, dass jeder von uns frei in seinen Entscheidungen ist und niemand etwas gegen diese beiden Ehen einwenden kann!«

»Dann sag mir, wer du bist, mein Sohn!«

»Ich bin Karl Matthäus Johannes, Reichsgraf zu Allersheim und Herr auf Eringshausen, und dies ist meine Schwester Johanna von Allersheim. Meine Braut ist Munjah, Tochter Ismail Paschas von einer christlichen Sklavin, und mein zukünftiger Schwager nennt sich Adam Osmański und ist ein Edelmann aus Polen.«

»Könnt Ihr Eure Worte beweisen?«, fragte der Priester misstrauisch.

Karl zeigte ihm das von Jan III. und Karl von Lothringen unterschriebene Testament seines Bruders, während Adam das Schreiben hervorzog, mit dem Jan III. ihn zum Rittmeister seines Fähnleins berufen hatte. Der Priester schrumpfte ein wenig, als er die hochrangigen Unterschriften las, und befahl seinen Ministranten, die Kirche für die Doppelhochzeit vorzubereiten. Wie von ihm gefordert, übernahm Jerzy Kulczycki das Amt des Mesners.

Alles ging gut bis zu dem Augenblick, in dem der Priester die Brautpaare aufforderte, die Ringe zu tauschen. An Ringe hatten weder Karl noch Adam gedacht. Nach dem ersten Schrecken erlöste jedoch Johanna die beiden, denn sie hatte sich an der Türkenbeute bedient und brachte vier schwere Ringe mit herrlichen Edelsteinen zum Vorschein.

Erleichtert fuhr der Priester mit seiner Zeremonie fort und erklärte sie schließlich für Mann und Frau. Danach forderte er alle vier auf, mit ins Pfarrhaus zu kommen, damit er die Ehen ins Pfarrbuch eintragen könne.

»Das tun wir sehr gerne, hochwürdiger Herr. Doch erbitten wir auch Urkunden für uns, weil wir unsere Heirat auch in unserer Heimat beweisen müssen«, erwiderte Karl und verließ mit Munjah zusammen die Kirche.

Als er nach draußen trat, standen Firmin und die Pikeniere Spalier. Karl wartete, bis auch Johanna und Adam aus der Kirche kamen, dann schritten beide Paare unter den gekreuzten Piken hindurch.

Johanna lächelte versonnen. »Als Kind habe ich mir meine Hochzeit immer als großes Fest vorgestellt, zu dem selbst der Kaiser geladen wurde. Doch so ist es viel schöner!«

»Wenn du zum Kaiser willst: Ich könnte Kulczycki zur Hofburg schicken und um eine Einladung bitten. Als freier Graf des Heiligen Römischen Reiches hätte ich ein Anrecht darauf«, schlug Karl vor.

Sofort schüttelte Johanna den Kopf. »Wir sollten für uns feiern. Ein Kaiser, der vor den Türken davonläuft und in Passau um Aufnahme bitten muss, ist nicht gerade nach meinem Sinn.«

»Nach meinem auch nicht«, stimmte Adam ihr zu und folgte ihr zum Pfarrhaus.

Karl blieb noch einen Augenblick stehen und legte den Arm um Munjahs Schulter.

»Jetzt sind wir ein Ehepaar. Doch das, was dazugehört, muss warten, bis wir Allersheim erreicht haben.«

»Es soll so sein, wie du es bestimmst, mein Herr«, antwortete Munjah lächelnd und fand, dass es einen weiteren Grund gab, sich auf Karls Heimat zu freuen.

Achter Teil

Allersheim

I.

Johanna bemerkte trotz des dichter werdenden Schneetreibens, dass ihr Bruder an der Weggabelung nach links abbog, und trieb ihre Stute an, um an seine Seite zu gelangen. »Das ist die falsche Straße, Karl. Nach Allersheim geht es rechts!«

»Ich weiß«, antwortete Karl lächelnd. »Doch Allersheim ist heute nicht mein Ziel.«

»Willst du etwa nach Gunzberg?«, fragte Johanna verwirrt. »Herr Kunz wird sich wohl kaum auf unsere Seite stellen, nachdem du seine Tochter nicht mehr heiraten kannst.«

»Ich will auch nicht nach Gunzberg, sondern zur Abtei von Sankt Matthäus. Der ehrwürdige Abt Severinus war ein enger Freund unseres Vaters und einer der Zeugen, die dessen Testament unterschrieben haben. Auch ist er Frater Amandus übergeordnet und hat das Recht, diesen zu bestrafen. Täten wir dies selbst, würden wir es uns mit dem Kloster verderben, da Amandus als Mönch der kirchlichen Rechtsprechung untersteht.«

»Daran habe ich nicht gedacht«, gab Johanna zu. »Ich habe mir vorgestellt, wir reiten zum Schloss, besetzen es und schaffen die Hexe samt ihrem Buhlen fort.«

»Das soll auch so geschehen, aber mit dem Segen des Abtes!« Karl ritt weiter, blickte sich dabei allerdings immer wieder besorgt nach Munjah um. Da sie aus einer südlicheren Gegend stammte, mussten die Kälte und der Schnee in diesen Landen ihr fremd vorkommen.

Munjah und ihre Sklavin hatten jedoch zwei Jahre in der Tatarensteppe gelebt und die bitterkalten Winter dort überstanden. Zudem hatte Karl einen wärmenden Umhang aus Pelz für seine Frau und für Bilge einen aus Schaffell besorgt, damit sie nicht froren.

Beim nächsten Kreuzweg musste Karl überlegen, entschied

sich dann aber doch, nach rechts zu reiten, da ihm dieser Weg zum Kloster kürzer dünkte. Während er weiterritt, zogen die Bilder ihrer Reise noch einmal an seinem inneren Auge vorbei.

Sie waren von Wien aus mit den Schiffen bequem bis nach Regensburg gelangt. Von dort aus hatten seine Freunde und er die Beine ihrer Pferde in Anspruch nehmen müssen, während die Soldaten des Aufgebots Schusters Rappen gesattelt hatten. In Bamberg hatte er den meisten Männern ein paar Groschen als Zehrgeld in die Hand gedrückt und sie entlassen. Jetzt waren von dem Allersheimer Aufgebot nur noch Firmin und die acht Überlebenden jener Knechte bei ihm, die Matthias auf seinen Besitzungen rekrutiert hatte. Trotz des kalten Wetters waren die Männer froh, wieder in der Heimat zu sein. Karl freute sich nicht weniger als sie darauf, Allersheim wiederzusehen. Dies aber durfte ihn nicht dazu verleiten, voreilig zu handeln. Er war früher öfter zum Kloster geritten und kannte Abt Severinus als gerechten Mann. Damit war dieser genau der Verbündete, den er gegen Genoveva und Amandus ins Feld führen konnte. Eine gewisse Sorge, der Abt könne inzwischen verstorben sein und ein neuer ihnen die Hilfe verweigern, schob er schnell wieder beiseite. Severinus hatte, als er dem fränkischen Aufgebot Gottes Segen erteilte, den Erzählungen der Männer zufolge mit kräftiger Stimme gesprochen.

Eine Stunde später tauchte die Außenmauer des Klosters im Weiß der wirbelnden Flocken auf. Karl ritt zur Pforte und klopfte. Eine Klappe wurde geöffnet, und ein Mönch steckte den Kopf heraus. »Wer begehrt bei einem solchen Wetter Einlass in Sankt Matthäen?«

»Reisende, die ein Dach über dem Kopf, eine warme Stube und einen Napf Suppe wünschen, um die Kälte aus ihren Gliedern zu vertreiben«, antwortete Karl, da er nicht wollte, dass sein Name zu rasch bekannt war. Es konnte unter den Mönchen welche geben, die Amandus ihren Freund nannten und ihn warnen würden.

»Ihr habt Soldaten bei Euch!«, erklärte der Bruder Pförtner misstrauisch.

»Es ist der Rest des fränkischen Aufgebots, das mit mir gezogen ist, sowie einige polnische Reiter. Gemeinsam haben wir Wien, die Stadt des Kaisers, und damit das ganze Abendland gerettet! Gewiss haben Helden wie wir ein Obdach in Eurem Kloster verdient.«

»Ich muss hier den Bruder Prior fragen«, antwortete der Pförtner und schloss die Klappe.

»Du hättest ihm sagen sollen, wer wir sind«, tadelte ihn Johanna, die der Kälte entrinnen wollte.

»Ich hatte meine Gründe, es nicht zu tun«, antwortete Karl. Aber er ärgerte sich ebenfalls, weil man sie vor dem Tor warten ließ.

Es dauerte jedoch nicht lange, da kehrte der Mönch zurück und öffnete die Pforte. »Ich bitte die Herren, einzutreten. Die Soldaten und die Frauen sollen sich zum Wirtschaftshof des Klosters begeben, der zwei Steinwürfe hinter der Abtei liegt!«

»Habt Dank, ich weiß, wo das ist«, antwortete Johanna eingeschnappt und wollte weiterreiten.

Karl griff rasch nach ihrem Zügel und hielt sie auf. Danach wandte er sich wieder dem Mönch zu. »Dies ist meine Schwester, die Gemahlin des wackeren polnischen Edelmanns Adam Osmański, und dies meine Gemahlin. Wir wollen dem ehrwürdigen Herrn Abt unsere Aufwartung machen.«

»Dann tretet ein. Einer unserer Novizen wird sich Eurer Leute annehmen und sie zum Wirtschaftshof bringen!« Der Mönch hatte begriffen, dass ihm nicht irgendwelche niederrangigen Offiziere gegenüberstanden, sondern Herren von Stand.

Karl schwang sich vom Pferd und hob zuerst Johanna und

danach Munjah aus dem Sattel. »Keine Sorge, es wird alles gut«, raunte er ihnen zu, während Adam leise knurrte.

»Meine Wunde ist mittlerweile verheilt. Ich könnte mein Weib auch selbst aus dem Sattel heben!«

Lächelnd wandte Karl sich ihm zu. »Das wirst du auf eurer Reise nach Polen noch oft genug tun müssen! Johanna und ich hingegen haben nur noch den Weg nach Allersheim vor uns. Doch lasst uns jetzt gehen. Ich möchte mit dem Abt sprechen.«

2.

Abt Severinus empfing die unerwartet eingetroffenen Gäste in einer kleinen Kammer, die geheizt werden konnte, und gedachte zunächst, sie nach ein paar höflich gewechselten Worten wieder loszuwerden. Als er jedoch Karl ansah, traten einige scharfe Falten auf seine Stirn.

»Ich kenne Euch, mein Herr! Dessen bin ich mir ganz gewiss, nur kann ich mich nicht an Euren Namen erinnern.«

»Vielleicht hilft es Euch, wenn Ihr uns zusammen seht, ehrwürdiger Vater!« Johanna streifte die Kapuze ihres Pelzmantels ab und trat neben ihren Bruder.

Der Blick des Abtes wanderte mehrmals von Karl zu ihr und zurück. Schließlich griff er sich an den Kopf. »Kann es sein! Seid ihr wirklich Karl und Johanna?«

»Haben wir uns so sehr verändert?«, fragte Johanna verwundert.

Der Abt nickte. »Karl ist ein erwachsener Mann geworden und du, meine Tochter, eine Schönheit wie deine Mutter. Ich bin überglücklich, euch zu sehen. Es war ein großer Schrecken, als ihr damals spurlos verschwunden seid.«

»Wir hatten keine andere Wahl«, erklärte Karl mit gedämpfter Stimme. »Es gibt einiges zu besprechen, ehrwürdiger Vater, und es sollte niemand außer uns mithören.«

»Für Bruder Michael lege ich meine Hand ins Feuer«, sagte der Abt mit einem Blick auf den jungen Mönch, der die beiden Paare hierhergeführt hatte.

»Eurem Urteil beuge ich mich gerne«, antwortete Karl mit einer leichten Verbeugung. »Um nicht zu viele Worte zu machen: Johanna und ich mussten fliehen und sind nach Polen gegangen. Den Grund nenne ich Euch später. In diesem Herbst haben wir König Jan III. nach Wien begleitet, und ich kämpfte dort zusammen mit meinem Freund und jetzigem Schwager Osmański in dem Heer, das Kara Mustapha und seine Türken zum Teufel gejagt hat.«

»Nenne diesen Namen nicht an einem frommen Ort«, tadelte der Abt Karl.

»Verzeiht mir, ehrwürdiger Vater! Bei Wien sahen wir unseren Bruder, näherten uns ihm aber nicht. Kurz darauf wurde Matthias in der Schlacht bei Parkany schwer verwundet. Da er mich mittlerweile erkannt hatte, ließ er mich rufen und seinen Letzten Willen niederschreiben. König Jan von Polen und Herzog Karl von Lothringen haben diesen als Zeugen unterzeichnet!« Mit diesen Worten reichte Karl dem Abt das Testament seines Bruders.

Severinus öffnete es und las es mit wachsendem Entsetzen durch. Als er fertig war, schlug er das Kreuz. »Mögen unser Herrgott im Himmel, unser Herr Jesus Christus und die Heilige Jungfrau sich dieses armen Sünders erbarmen.«

»Matthias starb, weil er König Jan von Polen davor rettete, von den Türken übermannt zu werden«, erklärte Karl. »Auch vorher schon kämpfte er heldenhaft gegen den Feind. Er hat wahrlich für seine Sünden gebüßt!«

»Mir kam die Art, mit der euer Bruder das Vermächtnis eures Vaters verfolgte, zwar seltsam vor. Niemals jedoch hätte ich erwartet, dass es sich bei dem angeblichen Testament eures Vaters um eine Fälschung handelt. Ausgerechnet einer meiner Mönche hat sich dafür hergegeben!« Abt Severinus war sichtlich erschüttert.

Gleichzeitig betrachtete er Karl und Johanna mit einem mitleidigen Blick. »Es muss schwer für euch gewesen sein, die Heimat zu verlassen!«

»Es war die einzige Möglichkeit, Karl vor einem strengen Kloster und mich vor einer Ehe mit Kunz von Gunzberg zu bewahren«, warf Johanna ein.

»Ich hatte mich schon gewundert, weil es hieß, du sollst den Gunzberger heiraten, und war zornig auf Matthias, weil ich annahm, er würde gegen den Letzten Willen eures Vaters handeln. Hätte ich die Wahrheit geahnt, wäre ich trotz meiner Krankheit nach Allersheim gekommen, um diese Schändlichkeit zu verhindern!« Der Abt atmete tief durch und schüttelte den Kopf. »Wie kann man nur so verderbt sein?«

»Dies ist noch nicht alles«, sagte Karl. »Mein Vater hegte berechtigte Zweifel daran, dass das Kind, mit dem Genoveva schwanger ging, von ihm stammte.«

»Ich weiß es, denn er hatte bestimmt, dass Genoveva in ein strenges Frauenkloster eintreten müsse und ihr Kind in einem anderen Kloster erzogen werden sollte. Ich hielt deinen Bruder für zu gutherzig, weil er eure Stiefmutter und deren Sohn auf Allersheim behielt. Nun aber sehe ich, dass Genoveva ihr Kind wie einen Kuckuck in den Stammbaum eurer Familie gesetzt hat.«

»Aus dem es jetzt wieder entfernt wird!«

Der Abt blickte Karl traurig an. »Wärt ihr jetzt nicht zurückgekehrt, hätte eure Stiefmutter ihren Sohn als Matthias' Erben durchgesetzt und damit die vollkommene Herrschaft über Allersheim erlangt. Ich kann dich und deine Schwester nur um Verzeihung bitten, dass ein Mönch meines Klosters so verderbt war, sie bei all ihren Plänen zu unterstützen.«

»Einschließlich der Zeugung ihres Sohnes!«, sagte Karl. »Ihr kennt doch den braven Firmin. Er hat Genoveva damals nach Vierzehnheiligen begleitet, wo sie angeblich für die Genesung unseres Vaters beten wollte. Zum selben Zeitpunkt war auch Frater Amandus in Vierzehnheiligen, und er wird gewiss nicht des Nachts in ihre Kammer geschlichen sein, um mit ihr zu beten.«

»Dies betrübt mich am meisten«, erwiderte der Abt und senkte den Kopf. »Jetzt weiß ich auch, warum Matthias mich gebeten hat, Amandus zu gestatten, auf Allersheim zu leben. Dahinter hat dieses Weib gesteckt. Doch seid gewiss, ich werde alles tun, um euch zu eurem Recht zu verhelfen.«

»Deshalb sind wir zu Euch gekommen, ehrwürdiger Vater. Frater Amandus mag ein Schurke sein, aber er ist auch geistlichen Standes und kann daher nur von Euch verurteilt werden.«

Karl lächelte zufrieden, denn damit bekam er die Unterstützung, die er brauchte, um die Übernahme seiner Herrschaft auf Allersheim nicht als gewalttätigen Akt erscheinen zu lassen. Die Gedanken des Abtes gingen unterdessen ihrer eigenen Wege.

»Es kann sein, dass eure Stiefmutter sich nicht geschlagen geben will, sondern ihre Knechte auf euch hetzt!«

»Wer ihr gehorcht, wird es bedauern«, antwortete Karl mit fester Stimme.

»Es könnte zum Kampf kommen«, befürchtete Abt Severinus.

»Wir sind gerüstet, ehrwürdiger Vater. Mein Schwager wird von einem Dutzend seiner Husaren begleitet, und ich habe die acht Überlebenden des Allersheimer Aufgebots bei mir. Diese wissen, dass mein Bruder mich zu seinem Erben ernannt hat, und werden mir gehorchen und nicht meiner Stiefmutter.«

Johanna und Karl sahen den Abt aufatmen. »Dann ist es gut. Ihr werdet über Nacht hierbleiben. Morgen brechen wir gemeinsam gen Allersheim auf. Doch nun gilt es, noch ein paar Vorbereitungen zu treffen. Bruder Michael soll euch Kammern im Gästehaus zuweisen. Bringe danach den Bruder Prior zu mir, mein Sohn!«

Der junge Mönch nickte und bat Johanna und die anderen, ihm zu folgen.

3.

Am nächsten Morgen konnten sie nicht so schnell aufbrechen, wie Karl erhofft hatte. Zunächst erhielten sie ein reichhaltiges Frühstück. Dann bat Abt Severinus sie, die Messe in der Klosterkirche zu besuchen, und lud sie anschließend zu einem Glas Wein ein.

»Worauf wartet Ihr noch, ehrwürdiger Vater?«, fragte Karl, als die blasse Wintersonne ihren höchsten Stand erreicht hatte.

»Ihr seid so viele Meilen gereist, und nun kommt es euch auf eine Stunde an?«, fragte der Abt mit einem nachsichtigen Lächeln.

Bevor er noch mehr sagen konnte, erschien Bruder Michael und verbeugte sich. »Die frommen Damen sind eben eingetroffen.«

»Sie sollen sich stärken! Danach bringe ihre Mutter Oberin zu mir, damit ich mit ihr sprechen kann. Um die zweite Stunde nach Mittag brechen wir auf.«

»Damit erreichen wir Allersheim aber erst nach Einbruch der Nacht!«, wandte Karl ein.

»Wir werden Fackeln mitnehmen«, antwortete der Abt lächelnd.

Er verstand die Ungeduld des jungen Mannes, der nach so vielen Monaten in der Fremde seine Heimat wiedersehen wollte. »Speist nun zu Mittag! Es kann spät werden, bis ihr wieder etwas bekommt«, setzte er hinzu und klopfte Karl freundlich auf die Schulter.

Da Adam kein Deutsch verstand, war er auf das angewiesen, was Johanna ihm übersetzte, und schüttelte verärgert den Kopf.

»Was soll das Zaudern? Einer Schlange muss man rasch den Kopf zertreten, sonst beißt sie einen!«

»Was hat dein Freund gesagt?«, fragte Abt Severinus Karl.

Als dieser es übersetzte, hob der Abt mahnend die Hand. »Übe dich in Geduld, mein Sohn«, sagte er, an Adam gewandt, und verließ nach einem freundlichen Gruß den Raum.

»Was sollen wir jetzt tun?«, fragte Adam.

»Zu Mittag essen! Wie der ehrwürdige Abt sagte, kann es dauern, bis es wieder etwas gibt.« Karl hatte beschlossen, sich nicht mehr zu ärgern. Daher führte er Munjah, Johanna und Adam in den Raum, in dem aufgetischt wurde. Nicht weit von ihnen saßen vier kräftig gebaute Nonnen und aßen schweigend.

»Ist das nicht ein Mönchskloster?«, sagte Johanna. »Wo kommen da auf einmal die frommen Frauen her?«

»Da musst du schon den Abt fragen. Ich weiß es nicht«, antwortete Karl und nahm das Besteck zur Hand.

Im letzten Augenblick erinnerte er sich daran, dass sie sich in einem Kloster und nicht im Heerlager befanden, und sprach rasch das Tischgebet. Danach aßen auch sie und hofften dabei, dass sie nicht noch länger an diesem Ort bleiben mussten.

Ihre Geduld wurde nicht mehr lange auf die Probe gestellt, denn kaum hatten sie die Mahlzeit beendet, erschienen der Abt und eine hochrangige Nonne. Beide trugen warme Mäntel über

Kleid und Kutte und anstelle von Sandalen gepolsterte Stiefel. Während die Oberin sich zu den vier Nonnen gesellte, trat Abt Severinus auf Karl und seine Begleiter zu.

»Seid ihr bereit zum Aufbruch?«, fragte er mit sanfter Stimme.

»Wir sind es!«, antwortete Karl erleichtert und stand auf. »Schade, dass wir Wojsław nicht bei uns behalten haben. Er könnte jetzt unsere Leute aus dem Wirtschaftshof holen.«

»Dies wurde bereits veranlasst«, erklärte der Abt und schritt vor ihnen nach draußen voran.

Im Gegensatz zum Vortag schien die Sonne. Es war jedoch kalt, und Schnee bedeckte Äcker, Wiesen und Wald. Karl und seine Begleiter zogen ihre Reisemäntel an und sahen dann ihre Begleiter vor sich, die ihre gesattelten Pferde mitgebracht hatten. Mehrere Klosterknechte führten zwei Reisesänften heran, die jeweils von zwei Pferden getragen wurden. Einer der Knechte half Abt Severinus in die erste Sänfte, während die Oberin ohne Unterstützung in die andere stieg.

Als Karl losritt, kam noch eine dritte Pferdesänfte heran. Zwei Nonnen führten die Pferde, während die beiden anderen hinter ihnen gingen. Diese Sänfte wirkte robuster als die beiden anderen und wies Riegel und Schloss auf, so dass niemand ohne Hilfe aussteigen konnte. Ihr folgten vier großgewachsene Mönche. Obwohl auch sie Mäntel umgelegt hatten, bemerkte Karl, dass sie Stricke mit sich führten.

Allmählich begriff er, was der ehrwürdige Vater Severinus plante, und war froh, sich an ihn gewandt zu haben. Dabei hatte der Abt bereits ein ungewöhnlich hohes Alter erreicht und verließ sein Kloster nur noch selten. Kaum hatte er dies gedacht, bemerkte Karl, dass der Abt die Hand aus der Sänfte streckte und ihn zu sich winkte.

»Ihr wünscht, ehrwürdiger Vater?«, fragte er, nachdem er zu der Sänfte aufgeschlossen hatte.

»Ich habe mir sagen lassen, dass Polens Ritter mit Flügeln in die Schlacht reiten, so als wären sie Engel des Herrn. Haben deine Freunde auch solche Flügel, mein Sohn?«

Karl nickte. »Sehr wohl, ehrwürdiger Vater! Auch ich habe welche, denn ich bin in den Schlachten gegen die Türken im Fähnlein meines Schwagers geritten.«

»Ich würde das gerne einmal sehen«, bat der Abt.

Obwohl es eine neue Verzögerung darstellte, befahl Karl dem Reisezug anzuhalten.

»Was gibt es?«, fragte seine Schwester, die alles so rasch wie möglich hinter sich bringen wollte.

»Der ehrwürdige Vater wünscht Adam und dessen Männer als Flügelhusaren zu sehen.«

»Das ist ihm aber früh eingefallen. Im Kloster hätten wir die Flügel im Warmen anbringen können. Jetzt werden uns die Finger steif werden«, stöhnte Leszek und ließ sich von einem Kameraden vom Pferd helfen. Auch Adam schwang sich aus dem Sattel und suchte mit Dobromir die auf den Tragtieren verstauten Flügel heraus. Es war eine elende Arbeit, sie in dieser Kälte auf dem Rückenteil der Harnische zu befestigen. Doch als sie fertig waren, sahen Adam und seine Reiter wie Fabelwesen aus.

»Sehr schön«, lobte der Abt sie und befahl der Gruppe, weiterzuziehen.

4.

Bald senkte sich die Nacht hernieder, und sie mussten die Fackeln entzünden. Jeder Mönch und jede Nonne erhielt eine, ebenso Dobromir und Leszek. Kurz vor Schloss Allersheim stellte Abt Severinus die Gruppe so auf, dass Johanna, Karl und Munjah zunächst im Hintergrund blieben, während Adam mit seinen Husaren im leichten Galopp auf den Platz vor dem Schloss reiten und dort Aufstellung nehmen sollten.

»Weißt du, was der Abt vorhat?«, fragte Johanna, die mit Karl und Munjah am Ende des Zuges ritt.

»Ich ahne es! Er will die Bewohner von Allersheim überraschen, damit Genoveva und Amandus keine Zeit bleibt, etwas gegen uns zu unternehmen«, antwortete Karl.

»Aber was ist, wenn sie sich in die Büsche schlagen?«

»Bei diesem Schnee kann man eine Spur auch bei Fackelschein verfolgen, und Adam und seine Husaren sind auf jeden Fall schneller als die beiden zu Fuß!« Karl lächelte aufmunternd und sah kurz darauf den Lichtschein, der aus einigen Fenstern des Schlosses drang.

Der Abt ließ die Gruppe anhalten und winkte Adam zu. »Seht jetzt zu, dass Ihr das Schlossportal gewinnt!«

Johanna übersetzte es und warf ihrem Mann dabei einen Handkuss zu. Dieser zog lachend seinen Säbel und bedeutete seinen Männern, ihm zu folgen.

»Schade, dass wir keine Lanzen bei uns haben«, sagte er und ließ seinen Hengst antraben. Kurz darauf erreichten sie das Schloss. Auf Adams Befehl hin stiegen zwei Reiter ab und stürmten mit den Säbeln in der Hand die Freitreppe zum Schlossportal hinauf. Als Abt Severinus erschien und aus seiner Sänfte stieg, klopften die beiden Männer laut gegen die Tür.

»Was ist denn jetzt los?«, klang eine ärgerliche Stimme auf. Jemand öffnete die Tür und wollte sie angesichts der im Fackelschein wie Geisterwesen wirkenden Husaren wieder zuschlagen. Die beiden Reiter drängten ihn jedoch zurück und öffneten das Portal.

»Was soll denn das, Heiner?«, tadelte der Abt den Diener mit dünner Stimme. »Diese Herren sind aus Wien gekommen, wo sie einen glorreichen Sieg für die Christenheit errungen haben. Sie haben eine wichtige Botschaft mitgebracht, die ich umgehend Gräfin Genoveva mitteilen muss. Also führe uns ins Schloss!«

»Ihr seid es, Euer Gnaden? Verzeiht, ich sah nur diese Krieger und bekam es mit der Angst zu tun.« Heiner atmete erleichtert auf und gab das Portal frei, damit die so unerwartet erschienenen Gäste eintreten konnten.

Da sich der Abt schwertat, die Stufen der Freitreppe hochzusteigen, eilte Adam ihm zu Hilfe.

Karl wandte sich unterdessen an Firmin. »Du bewachst mit deinen Soldaten die Ausgänge des Schlosses. Lasst Genoveva und Amandus nicht entkommen!«

»Gewiss nicht, Herr Graf!«

Firmin grinste bei seinen Worten so breit, dass seine Zähne im Licht der Fackeln aufleuchteten. Während er mit den acht Allersheimer Soldaten Posten bezog, folgten Johanna, Munjah und Karl der übrigen Gruppe ins Schloss. Dort hielten sie sich im Hintergrund, während Abt Severinus sich am Kachelofen des kleinen Saales die Hände wärmte.

Genovevas Haushofmeister erschien und musterte die große Anzahl der Gäste mit einem abweisenden Blick. »Ihr hättet uns Bescheid geben sollen, dass Ihr kommt, ehrwürdiger Vater. So weiß ich nicht, ob wir all Eure Begleiter unterbringen können.«

»Ihr werdet es tun müssen, denn in der Nacht können sie nicht weiter«, antwortete Severinus lächelnd. »Doch nun lass Gräfin Genoveva rufen. Ich habe eine Nachricht aus Österreich erhalten, die für sie von höchster Wichtigkeit ist.«

Ein paar Bedienstete, die sich an der Tür versammelt hatten, um einen Blick auf die polnischen Husaren zu erhaschen, zuckten erschrocken zusammen. »Bei unserem Herrgott! Hoffentlich ist Graf Matthias nichts passiert«, rief Gretel besorgt.

Da traf sie der Blick des Haushofmeisters. »Gretel, eile zu

den Gemächern der gnädigen Frau Gräfin und bitte sie, zu erscheinen. Der hochehrwürdige Abt von Sankt Matthäen ist gekommen, um ihr eine wichtige Botschaft zu überbringen!«

Die Magd nickte mit verbissener Miene und lief zur Treppe.

»Soll nicht jemand auch Pater Amandus rufen?«, fragte ein Lakai.

Gretel hörte es gerade noch und machte eine angewiderte Geste.

»Ich glaube nicht, dass das nötig ist«, murmelte sie und stieg die Stufen hinauf, die ins obere Geschoss und damit auch zu Genovevas Gemächern führten.

Oben auf dem Treppenabsatz blieb sie stehen und blickte noch einmal nach unten. Dabei bemerkte sie die drei Personen, die hinter den Mönchen und Nonnen standen. Da Johanna gerade die Kapuze ihres Mantels zurückschlug, weil ihr zu warm wurde, glaubte Gretel an ein Spukbild und schlug das Kreuz.

»Gräfin Sonia!«, flüsterte sie und begriff erst dann, dass diese wohl kaum das Himmelreich verlassen würde, um sich zu den Lebenden zu gesellen. Kann es Komtesse Johanna sein?, fragte sie sich und sah sich den neben Johanna stehenden Mann genauer an.

»Oh Gott, es geschehen noch Zeichen und Wunder! Unser Herr Karl ist zurück. Jetzt wird die Hexe etwas erleben!«

Mit diesen Worten eilte sie weiter, blieb vor der Tür zu Genovevas Schlafgemach stehen und lauschte. Als sie erregtes Keuchen und Stöhnen vernahm, wurde ihre Miene zu einer Maske des Abscheus. Sie hob die Hand und pochte heftig gegen die Tür.

5.

Nachdem Matthias mit den Soldaten abgerückt war, um dem Kaiser gegen die Türken zu helfen, wahrten Genoveva und Amandus nur noch nach außen hin den nötigen Anstand. Im Vertrauen darauf, dass die Dienerschaft das Verbot, sich ungerufen den Gemächern der Herrin zu nähern, befolgen würde oder den Mund hielt, wenn sie etwas vermuteten, kam Amandus jeden Abend in Genovevas Schlafgemach und verließ es erst am Morgen wieder.

Auch an diesem Abend lag Genoveva nackt im Bett, die Hände in das Laken verkrallt, und stemmte sich Amandus entgegen. Er war ein guter und ausdauernder Liebhaber, doch gelegentlich sehnte sie sich nach Matthias und der rauhen Art, mit der dieser sie genommen hatte.

An diesem Abend aber trieb Amandus Genoveva zu höchster Lust und wurde durch ihr heftiges Stöhnen und ihre scheinbare Widerspenstigkeit im Bett zu immer neuer Leistung angefeuert. Gerade als er kurz davor war, den Gipfel der Lust zu erklimmen, schlug jemand gegen die Tür.

Amandus hielt inne und sah Genoveva fragend an. Diese war so erhitzt, dass sich in dem Grübchen über ihren Brüsten der Schweiß sammelte. Ihre Lust war noch nicht gestillt, und sie wollte ihren Vetter auffordern, nicht nachzulassen.

Da klopfte es erneut.

»Was ist los?«, rief sie empört über die Störung.

»Seine Gnaden, der ehrwürdige Vater Severinus, ist eingetroffen. Er hat eine wichtige Nachricht aus Wien erhalten, die er Eurer Erlaucht heute noch mitteilen muss.«

»Geh zurück und sage dem Abt, dass ich gleich kommen werde!« Genoveva schob Amandus von sich und griff nach ihrem Hemd.

»Wenn der alte Severinus, der sonst wie ein lahmer Hund hinter dem Ofen liegt, persönlich erscheint, muss die Nachricht tatsächlich wichtig sein. Vielleicht haben die Türken uns einen Gefallen getan und uns von Matthias befreit!«

Genoveva lachte leise, als sie sich ankleidete. Dabei vermisste sie eine Zofe, der sie voll und ganz vertrauen konnte. Solange Matthias im Schloss gewesen war, hatte sie es nicht gewagt, ihre alte Zofe zu entlassen und sich eine neue zu suchen. Nun aber würde sie es tun, dachte sie, während Amandus ihr die Knöpfe am Rücken schloss. Der Mönch tat sich beim Ankleiden leichter, denn er musste nur Hemd und Kutte überstreifen.

Als sie fertig waren, blieb er neben der Tür stehen. »Es ist besser, wenn wir nicht gemeinsam aus deinem Schlafgemach treten. Wäre es dein Salon, hätten wir noch sagen können, wir hätten zusammen gebetet.«

Genoveva hätte ihm etwas mehr Mut gewünscht. Immerhin war sie hier die Herrin, und niemand von dem Gesinde durfte es wagen, ihr Übles nachzusagen. Sie begriff aber, dass sie es nicht übertreiben durfte. Einen schlechten Ruf bei der Nachbarschaft konnte auch sie sich nicht leisten.

»Warte einen Augenblick, bis ich an der Treppe bin. Dann kannst du mir folgen«, sagte sie daher, drehte den Schlüssel um und verließ das Zimmer. Auf dem Flur überlegte sie, ob sie nicht ihren Sohn holen und mit diesem auf dem Arm den Abt empfangen sollte. Der Kleine war jedoch samt seiner Kinderfrau entfernt von ihren Gemächern untergebracht worden, so dass er sie durch sein Schreien nicht stören konnte. Ihn zu holen, hätte Zeit gekostet, und sie war neugierig, welche Nachricht Vater Severinus zu nachtschlafender Zeit überbringen mochte.

Als Genoveva die Treppe hinabstieg, wunderte sie sich zwar über die eigenartig gerüsteten Soldaten, achtete dann aber nur noch auf den Abt. Im Gegensatz zu Gretel entging ihr daher Johannas und Karls Anwesenheit.

Mit einem Lächeln trat die Gräfin auf Abt Severinus zu und deutete einen Knicks an. »Seid mir willkommen, ehrwürdiger Vater! Euer Erscheinen überrascht mich, noch dazu bei einem solchen Wetter! Man sagte mir, Ihr würdet nur sehr selten Euer Kloster verlassen.« Ihre Stimme klang einschmeichelnd, und nichts an ihr verriet, dass sie noch wenige Minuten zuvor unter ihrem Vetter vor Lust gestöhnt hatte.

Der Abt atmete tief durch und sah ihr dann ins Gesicht. »Ich habe eine traurige Nachricht zu überbringen. Graf Matthias, der Herr auf Allersheim und Eringshausen, ist im Kampf gegen die heidnischen Osmanen gefallen.«

Als Genoveva dies vernahm, musste sie an sich halten, um nicht laut aufzujubeln. Schnell zwang sie ihrem Gesicht eine betrübte Miene auf. »Gott sei seiner armen Seele gnädig! Aber da er nun tot ist, wird mein Sohn sein Erbe antreten.«

Und ich als dessen Mutter auf viele Jahre die Herrin auf Allersheim sein, setzte sie für sich hinzu, während das Gesinde fast ausnahmslos vor Trauer erstarrte. Auch wenn Matthias sich nach dem Tod seines Vaters von Genoveva hatte beherrschen lassen, so war er doch recht beliebt gewesen.

Unterdessen stieg Frater Amandus die Treppe herab und verbeugte sich tief vor seinem Abt. »Ehrwürdiger Vater!«, rief er. »Ihr hättet doch nicht selbst die Beschwerlichkeiten der Reise auf Euch nehmen müssen, sondern mich rufen lassen können!«

Severinus musterte den jungen Mönch mit einem eigenartigen Blick. »Bei der Nachricht, die ich erhielt, schien es mir geraten, selbst zu erscheinen. Graf Matthias hat ein Testament hinterlassen, welches König Johann von Polen und Herzog Karl von Lothringen als Zeugen unterzeichnet haben.«

»Ein Testament?« Einen Augenblick lang war Genoveva ratlos, sagte sich dann aber, dass es außer ihrem Sohn niemanden gab, der das Erbe von Allersheim einfordern konnte.

»Ja, ein Testament!« Jetzt war das Lächeln auf dem Gesicht des Abtes verschwunden, und seine Miene wurde ernst. »Da dieses Testament nur im Zusammenhang mit dem Testament des Vaters von Graf Matthias zu verstehen ist, fordere ich Euch auf, es mir zu bringen!«

Genoveva zögerte. Immerhin war der Abt einer der Zeugen des echten Testaments ihres Gemahls gewesen und würde merken, dass es verändert worden war.

»Verzeiht, ehrwürdiger Vater, doch ich weiß nicht, wo mein Stiefsohn seine Urkunden aufbewahrt hat«, sagte sie.

Der Abt war jedoch nicht bereit, sich von ihr an der Nase herumführen zu lassen. »Gewiss an dem gleichen Ort wie sein Vater. Ich weiß, wo das ist. Alles, was ich benötige, ist der Schlüssel.«

»Wo dieser ist, kann ich Euch beim besten Willen nicht sagen«, antwortete Genoveva und bedeckte rasch mit der Hand die Stelle ihres Dekolletés, an dem genau dieser Schlüssel an einem Goldkettchen hing.

»Dann werden wir die Truhe aufbrechen müssen«, erklärte der Abt.

»Das erlaube ich nicht!« Genoveva blickte sich um, doch niemand vom Gesinde mit Ausnahme des Haushofmeisters schien bereit, ihr zu helfen.

»Ich muss der gnädigen Frau Gräfin zustimmen. So eine wertvolle Truhe zerstört man nicht einfach«, rief dieser.

»Dann besorg den Schlüssel!«, gab Abt Severinus kalt zurück.

»Dort ist er doch!« Gretel zeigte auf Genovevas Ausschnitt, wo unter deren Fingern der Bart des Schlüssels zu sehen war.

Sofort streckte der Abt die Hand aus. »Gebt ihn mir!«

»Was erlaubt Ihr Euch!«, keifte Genoveva los. »Dies hier ist mein Heim, und mein Sohn ist der neue Graf. Nur ich bestimme hier! Seht zu, dass Ihr Allersheim umgehend verlasst!«

»Niemand nennt sich hier Graf, ehe beide Testamente vorliegen. Gebt mir jetzt den Schlüssel!«

Anstatt zu gehorchen, wich Genoveva vor dem Abt zurück. Da traten die vier Nonnen an ihre Seite. Während drei sie festhielten, nahm ihr die vierte das Kettchen mit dem Schlüssel ab.

»Zu Hilfe!«, schrie sie, doch statt ihr beizustehen, zogen die Lakaien und Knechte es vor, zu verschwinden. Nur ihr Haushofmeister blieb noch im Raum, wagte aber angesichts der gezogenen Säbel der Husaren nicht, zu protestieren.

Abt Severinus nahm den Schlüssel entgegen und führte, gestützt von Adam, die Gruppe nach oben in das Schlafgemach, das Johannes von Allersheim und nach ihm sein Sohn Matthias benutzt hatten. Ganz hinten stand ein unscheinbares Schränkchen, das sich leicht öffnen ließ. Der Abt nahm die einzelnen Schubfächer heraus und griff dann nach hinten. Ein Knacken ertönte, und er konnte den vorderen Teil des Schränkchens aufklappen. Dahinter kam eine Kassette aus Eisen zum Vorschein, in der die Grafen auf Allersheim ihre wertvollsten Urkunden und Papiere aufbewahrten.

Der von Genoveva erbeutete Schlüssel passte. Der Abt sah die einzelnen Blätter durch und brachte schließlich das von Amandus gefälschte Testament zum Vorschein.

Während Genoveva der Angstschweiß über die Stirn lief und Amandus sich langsam in Richtung Tür schob, um schnell verschwinden zu können, las der Abt den Text laut vor.

»Geschrieben im Jahre unseres Herrn Jesu Christi 1679 zu Allersheim von Johannes Matthäus Karl, Reichsgraf zu Allersheim und Herr auf Eringshausen. Gott ist mein Zeuge, dass ich nach meinem Heimgang zu unserem Herrn im Himmel meine irdischen Besitztümer wie folgt an meine Erben übergebe:

Mein ältester Sohn Matthias erhält die Reichsgrafschaft Allersheim sowie die Herrschaft Eringshausen mit allen dazugehörigen Liegenschaften. Er hat jedoch die Hälfte der Einnahmen der Herrschaft Eringshausen meiner dritten Gemahlin Genoveva als Unterhalt zu überlassen. Sollte mir von Genoveva noch ein Sohn geboren werden, erhält dieser die Hälfte der Herrschaft Eringshausen als Erbe. Gebiert meine Gemahlin stattdessen eine Tochter, hat mein Sohn Matthias diese mit einer Mitgift von zehntausend Gulden auszustatten.

Meiner Gemahlin Genoveva überlasse ich für ihre Lebzeiten den Schmuck meines Hauses. Nach ihrem Tod fällt dieser an meinen Sohn Matthias zurück, es sei denn, sie gebiert mir eine Tochter. Diese hat dann ein Drittel der Juwelen als Erbe zu erhalten.

Was die Zwillinge Karl und Johanna betrifft, so hege ich berechtigte Zweifel an deren ehelicher Geburt. Um jedoch die Ehre der Familie nicht zu beschmutzen, sollen sie trotzdem als meine Kinder gelten. Karl hat als Mönch in ein strenges Kloster einzutreten und dort für die Sünden seiner Mutter zu beten, Johanna soll mit einer Mitgift von dreitausend Gulden ausgestattet an einen Edelmann verheiratet werden, den mein Sohn und Erbe Matthias für sie bestimmt.

Gezeichnet, Johannes Matthäus Karl, Reichsgraf zu Allersheim und Herr auf Eringshausen.«

Nachdem Abt Severinus fertig war, herrschte für einige Augenblicke Schweigen. Johanna kämpfte gegen die Tränen an, die ihr wegen der Gemeinheit ihrer Stiefmutter in die Augen steigen wollten, und Karl hätte diese am liebsten geohrfeigt. Da sah er, wie Amandus aus dem Raum schleichen wollte, war mit drei Schritten bei ihm und packte ihn.

»Hiergeblieben! Dein böses Spiel ist aus!«

»Welches Spiel?«, fragte Amandus dreist.

»Das hier!«, erklärte der Abt und hielt ihm das falsche Testament entgegen. Dann wandte er sich an den Haushofmeister. »Du rufst das gesamte Gesinde zusammen, und auch die Gäste, falls ihr welche habt. Sie sollen sich im großen Saal versammeln.«

»Es sind keine Gäste anwesend«, antwortete der Mann.

»Dann werden sie bald kommen. Und Ihr tretet nun vor, Karl von Allersheim, und auch Ihr, Johanna Osmański, geborene von Allersheim!«

»Es heißt Osmańska«, belehrte Johanna den Abt.

Dieser achtete nicht darauf, sondern verließ das Schlafgemach, ging ein Stück den Flur entlang und stieg, wieder von Adam gestützt, die Treppe zum großen Saal hinab. Genoveva wurde von den vier Nonnen mitgeschleppt, während Amandus sich von den Mönchen eingekeilt sah und diese begleiten musste.

Im Saal befahl Severinus, mehr Kerzen anzuzünden und Wein aufzutragen. Er setzte sich an den Platz des Hausherrn und bat die anderen, zu warten.

»Ich sagte ja, es werden Gäste kommen!«

»Welche Gäste?«, fragte Karl.

»Wartet es ab«, beschied ihm der Abt lächelnd und faltete die Hände, um zu beten.

6.

Sie mussten nicht lange warten, da drangen die Geräusche von Pferdehufen und Kutschenrädern auf verharschtem Schnee herein. Weniger später traten die ersten Nachbarn von Allersheim im Schein von Fackeln ins Haus. Johanna und Karl erkannten unter ihnen Kunz von Gunzberg und zogen sich noch weiter zurück. Einer der Nachbarn stützte einen Greis und wirkte nicht gerade erfreut.

»Warum musste mein Vater bei dieser elenden Kälte unbedingt mitkommen?«, fragte er den Abt verärgert.

Kunz von Gunzberg ließ seinem Unmut ebenfalls freien Lauf. »Ich frage mich auch, weshalb wir um diese Zeit nach Allersheim gerufen worden sind. Da jagt man ja keinen Hund mehr hinter dem Ofen hervor!«

Johanna schüttelte es, als sie daran dachte, dass sie dem Willen ihrer Stiefmutter zufolge diesen Mann hätte heiraten sollen. Neben ihr war Karl froh, Munjah bereits in Wien geheiratet zu haben. Er traute es dem Gunzberger zu, ihm seine Tochter Kunigunde als Ehefrau aufzudrängen und ihm zu raten, Munjah als Mätresse zu behalten, wie es bei hohen Herren Mode war.

Als Abt Severinus um Ruhe bat, verstummten die anderen allmählich.

»Es gibt etwas zu verkünden!«, fuhr der Abt fort. »Matthias, Graf auf Allersheim, starb im Kampf gegen die Türken den Heldentod. Doch bevor er in die Ewigkeit einging, schrieb er sein Testament, das von dem polnischen König Johann und Herzog Karl von Lothringen unterzeichnet wurde.«

»Von so hohen Herren? Da muss er aber tapfer gekämpft haben!«, entfuhr es dem Gunzberger.

»Er hat dem König der Polen das Leben gerettet!«

Nach dieser Aussage des Abts war Matthias für alle im Saal ein Held. Der Abt nahm das falsche Testament und forderte die Anwesenden auf, zuzuhören. »Graf Matthias' Testament ist nur dann zu verstehen, wenn man das seines Vaters kennt«, sagte er und begann, es vorzulesen.

Der alte Herr, dessen Sohn sich beschwert hatte, weil er zu dieser späten Stunde hatte erscheinen müssen, rutschte nach den ersten Zeilen unruhig auf seinem Stuhl herum und schüttelte immer wieder den Kopf. Ein paarmal sah es sogar so aus, als wolle er dem Abt ins Wort fallen. Er schwieg jedoch, bis dieser zu Ende gelesen hatte, dann schlug er mit einer für sein hohes Alter erstaunlichen Kraft auf den Tisch.

»Dieses Testament ist erstunken und erlogen! Ich war Zeuge, als mein Freund Johannes von Allersheim seinen Letzten Willen bekunden ließ. Das dort hat mit dem wahren Willen des Verstorbenen gar nichts zu tun!«

»Vielleicht hat Graf Johannes ein neues Testament geschrieben«, rief Amandus, um den Vorwurf der Fälschung zu entkräften.

»Davon müssten Herr Günther und ich wissen, denn wir stehen als Zeugen vermerkt«, antwortete der Abt und zeigte auf ihre Unterschriften.

»Ein falsches Testament! Aber wie und was ...«, begann Kunz von Gunzberg, verstummte jedoch nach einem tadelnden Blick des Abtes.

»Nun lese ich euch Matthias von Allersheims Testament vor«, fuhr dieser fort und verkündete, dass Karl von seinem Bruder als einziger Erbe eingesetzt worden war.

»Das erkenne ich nicht an!«, kreischte Genoveva auf. »Mein Sohn ist der Erbe, nur er allein! Mein Gemahl hat diesen polnischen Bastard vom Erbe ausgeschlossen.«

»Laut einem Testament, bei dem sowohl Herr Günther wie auch ich bereit sind, einen heiligen Eid zu schwören, dass es nicht dem Letzten Willen unseres Freundes Johannes von Allersheim entspricht.«

Die Stimme des Abtes klang scharf, und er kam nun zu dem Absatz des Testaments, in dem Matthias seiner Stiefmutter Ehebruch vorwarf und auf das echte Testament seines Vaters verwies, der Genoveva ebenfalls der Unzucht bezichtigt und die eheliche Zeugung ihres damals noch nicht geborenen Kindes angezweifelt hatte.

»Das ist nicht wahr! Mein Ludwig ist von meinem Gemahl gezeugt worden!« Genoveva kreischte wie von Sinnen und versuchte, sich von den Nonnen loszureißen, so dass diese selbst zu viert Mühe hatten, sie zu bändigen.

»Rufe Firmin herbei, mein Sohn!«, forderte der Abt Karl auf. Dieser nickte und verließ den Saal. Verwunderte Blicke folgten dem jungen Edelmann, denn kaum einer brachte ihn mit dem Knaben in Verbindung, der vor knapp drei Jahren von hier geflohen war.

Firmin und seine Männer hatten wie befohlen die Ausgänge des Schlosses im Auge behalten. Da Genoveva und Amandus gefangen waren, forderte Karl sie auf, ins Warme zu kommen.

»Hier draußen friert ihr umsonst«, sagte er und wandte sich dann an Firmin. »Abt Severinus will dich sehen!«

Beklommen folgte Firmin ihm und stand kurz danach vor dem Abt. Dieser sah ihn mit ernster Miene an.

»Nun wiederhole, was du mir gestern über Gräfin Genovevas Reise nach Vierzehnheiligen berichtet hast!«

Firmin brauchte ein paar Augenblicke, bis er die ersten Worte herausbrachte. Dann aber berichtete er, wie er Genoveva damals begleitet hatte. »Graf Johann war schwer krank und misstraute ihr. Deshalb forderte er mich auf, sie im Auge zu behalten. Die Gräfin bat um ein abgelegenes Quartier, da sie Kopfschmerzen habe und den Lärm anderer Menschen nicht ertragen könne. Es machte mich misstrauisch, und so wachte ich bis in die Nacht hinein. Da sah ich ihn zu ihrer Tür schleichen und eintreten.«

»Wen?«, fragte der Gunzberger.

»Ihn! Den Mönch da!« Firmin deutete mit dem Zeigefinger auf Amandus.

Dieser schüttelte erregt den Kopf. »Das ist gelogen!«

»Ich bin bereit, es zu beschwören«, rief Firmin voller Verachtung. »Dies geschah genau neun Monate, bevor das Kind der Gräfin geboren wurde. Ich sah den Mönch an jedem der fünf Tage, die sie in Vierzehnheiligen weilte, des Nachts zu ihr kommen! Als ich meinem Herrn diese Nachricht überbrachte, ließ er ein neues Testament schreiben.«

»Das Testament, das Herr Günther und ich bezeugt haben. Leider ahnte ich das volle Ausmaß der Verworfenheit dieses Weibes und ihres Buhlen nicht, sonst hätte ich früher eingegriffen«, erklärte der Abt.

»Das ist alles eine Lüge!«, stöhnte Genoveva. »Ich habe niemals die Ehe gebrochen!«

In dem Augenblick trat Gretel vor. »Graf Johann hat Frater Amandus bereits kurz nach seiner Heirat mit Frau Genoveva aus dem Schloss gewiesen, weil er die beiden bei ihrem unziemlichen Tun überrascht hat. Jetzt, da er tot ist, treibt Ihr es Nacht für Nacht mit Eurem Vetter. Selbst heute Abend habe ich Euch beide im Schlafgemach keuchen und stöhnen gehört! Vor ein paar Wochen wollte ich Euch ein neues Laken bringen, und da hattet Ihr vergessen, Euer Schlafgemach abzuschließen. Als ich die Tür öffnete, sah ich Euch nackt mit Eurem Buhlen! Das bin ich bereit, bei meiner unsterblichen Seele zu beschwören.«

Die Dienerin klang so ernst, dass niemand an ihren Worten zweifelte. Trotzdem hob Abt Severinus die Hand. »Es geht hier nicht allein um Untreue und Unzucht, sondern vor allem um ein gefälschtes Testament. Diese Frau hat den Letzten Willen unseres Freundes Johannes von Allersheim missachtet und nach Graf Matthias' Tod versucht, für ihr von einem Buhlen gezeugten Kind das Erbe zu erschleichen.«

»Nein, ich …« Genoveva brach in Tränen aus und hoffte, damit Mitleid zu erregen. Unterdessen zeigte der Abt auf Amandus.

»Du hast ihr dabei geholfen!«

»Nein, ich …«, begann Amandus, wurde aber von seinem Abt unterbrochen.

»Schweig! Du hast mir damals den Vorschlag gemacht, das Testament nach Allersheim zu bringen. Hätte mein Freund Johannes nur ein Wort seines Verdachts mir gegenüber geäußert, so hätte ich es dir niemals ausgehändigt. Doch damals glaubte ich an deine Treue zu mir. Selten wurde ein Mensch mehr betrogen als ich.«

»Ich … ich … Sie hat mich dazu getrieben!«, rief Amandus und zeigte auf Genoveva.

»Das ist nicht wahr! Es ist alles seine Schuld! Er hat mich bereits als junges Mädchen verführt und seinem Willen unterworfen. Ich …«

Zu mehr kam Genoveva nicht. Amandus riss sich mit einem Wutschrei von den Mönchen los, die ihn hielten, stürmte auf sie zu und griff dabei nach Kunz von Gunzbergs Dolch. Als er zustechen wollte, stieß Adam ihn beiseite, und so verletzte er Genoveva nur am Arm. Danach hatten ihn die Husaren gepackt und schleiften ihn zu den Mönchen. Diese fesselten ihn mit schuldbewussten Mienen, während die Nonnen sich um Genovevas Verletzung kümmerten. Schließlich drehte die Oberin sich um.

»Die Wunde ist nicht tief und wird heilen. Doch wir sollten es nun zu Ende bringen.«

Abt Severinus nickte. »Als Oberhaupt des Klosters und dessen Gerichtsherr bestimme ich, dass Amandus in meinem Kloster in eine Zelle gesperrt und diese bis auf eine Öffnung, durch die er seine Mahlzeiten erhält, zugemauert wird. Dort wird er bis zum Ende seines Lebens verbleiben und soll Gott für seine Verbrechen um Verzeihung anflehen.«

»Das dürft Ihr nicht tun!«, kreischte Amandus auf, doch auf

ein Zeichen ihres Oberhaupts schleppten die Mönche ihn hinaus.

Als Johanna und Karl durch das Fenster ins Freie schauten, sahen sie im Schein der Fackeln, die zwei der Mönche entzündet hatten, dass Amandus trotz der Kälte barfuß und nur mit seiner Kutte bekleidet weggebracht wurde.

Der Abt war noch nicht zu Ende. »Gemäß Johann von Allersheims Testament wird seine dritte Gemahlin Genoveva wegen ihrer Verfehlungen einem strengen Kloster übergeben. Da sie nach dem Tod ihres Gemahls weitere Verbrechen begangen hat, soll auch sie in ihrer Zelle eingemauert werden und dort den Rest ihres Lebens verbringen.«

»Was ist mit meinem Sohn?«, rief Genoveva verzweifelt. »Ihr dürft ihn mir nicht nehmen!«

»Er kann nicht bei dir bleiben, sondern wird als Oblate in ein Kloster gegeben«, erklärte der Abt streng.

Munjah hatte unterwegs eifrig die deutsche Sprache gelernt und verstand daher, was gesagt wurde. Da ihr die unglückliche Frau leidtat, zupfte sie Karl am Ärmel. »Können wir das Kind nicht hierbehalten?«

»Graf Johann und sein Sohn Matthias haben es so bestimmt«, erklärte der Abt.

»Wir könnten das Kind doch mit nach Polen nehmen.« Johanna empfand zu ihrer Überraschung selbst Mitleid mit Genovevas Sohn, doch Severinus schüttelte erneut den Kopf.

»Der Knabe soll an einem Ort aufwachsen, an dem ihn nichts an die Vergangenheit erinnert. Dort mag er ein gottgefälliges Leben führen. Doch nun lasst uns den letzten Teil von Graf Matthias' Testament verkünden. Um allem Gerede ein Ende zu setzen, hat er die eheliche Abkunft seiner Geschwister Karl und Johanna bezeugt und seinen Bruder Karl als seinen Nachfolger mit allen Rechten eingesetzt! Nehmt nun den Platz ein, der

Euch gebührt, Graf Karl zu Allersheim und Herr von Eringshausen!«

Mit diesen Worten stand der Abt auf und überließ Karl den geschmückten Stuhl an der Stirnseite der Tafel. Während er sich selbst auf einen anderen Stuhl setzte, huschte ein listiges Lächeln über Kunz von Gunzbergs Gesicht.

»Wenn das so ist, kann Karl meine Kunigunde heiraten und damit die Verpflichtung seines Bruders erfüllen.«

»Herr Karl ist bereits vermählt«, erklärte der Abt mit einem feinen Lächeln.

»Ja, aber, wie …«, stotterte der Gunzberger.

»Herr von Gunzberg, mein Bruder berichtete mir vor seinem Tod von seinem Verlöbnis mit Eurer Tochter und bat mich, sie durch eine Mitgift von dreitausend Gulden zu entschädigen.«

Da er Munjahs Schatz besaß, hatte Karl genug Geld, um sich diese Summe leisten zu können. Mit einem feinen Lächeln beobachtete er, wie Kunz von Gunzberg sich beruhigte. So, wie er diesen Mann kannte, würde dieser dem Mädchen außer den dreitausend Gulden keinen eigenen Kreuzer mitgeben, sondern sich die Mitgift für seine anderen Töchter aufsparen. Doch dies war Gott sei Dank nicht sein Problem.

Mit einem Mal sah Abt Severinus Karl auffordernd an. »Waltet Eures Amtes, Herr Graf, und befehlt der Dienerschaft, das Mahl aufzutragen. Nach diesem aufregenden Abend haben wir alle Hunger!«

7.

An diesem Abend wurde es spät, denn jeder der Nachbarn wollte ein paar Worte mit Karl wechseln. Außerdem waren sie neugierig auf Berichte über jene Titanenschlacht, die bei Wien stattgefunden hatte. Die Nachricht über die gewaltige Beute, die man hatte machen können, war bis zu Kunz von Gunzberg gedrungen.

»Ihr seid doch gewiss mit vollen Taschen zurückgekehrt?«, fragte er Karl, da er sich nicht vorstellen konnte, wie dieser sonst die dreitausend Gulden für seine Tochter aufbringen würde.

»Es haben sehr viele Leute geplündert«, antwortete Karl lächelnd. »Aber die wertvollsten Stücke wurden für Seine Majestät, den König von Polen, für Kaiser Leopold und die anderen hohen Herren bestimmt. Meine Beute sind einige Pferde, die ich zur Zucht verwenden will, und zwei Geldbörsen, die unsere Feinde auf der Flucht verloren haben.«

Zusammen mit Munjah und in Absprache mit Johanna und Adam hatte er beschlossen, den wahren Wert ihrer Beute niemals preiszugeben, um nicht den Neid der Nachbarn zu erregen.

Zum Glück waren die Gäste mehr darauf aus, etwas über die Schlacht sowie die hohen Herren zu erfahren, die bei Wien gekämpft hatten. Auch wollten sie viel über die Türken hören, jenem Volk, das für sie seltsamen Sitten und Gebräuchen gehorchte.

»Wie ich gehört habe, darf jeder Türke vier Frauen gleichzeitig heiraten«, rief Kunz von Gunzberg mit unverhohlenem Neid.

»Das müssen ja breite Betten sein, wenn da ein Mann und vier Weiber darin liegen«, rief Graf Johannes' Freund Günther von Kamberg und fand, dass es sich trotz der Kälte gelohnt hatte, hierherzureiten.

»Habt Ihr eines dieser Betten gesehen?«, wollte ein anderer Nachbar von Karl wissen.

»Die gab es vielleicht in den Zelten des Großwesirs und seiner Vertrauten, doch in die hat die Kommission zur Sicherstellung der Türkenbeute einfache Offiziere wie mich nicht hineingelassen«, antwortete Karl.

Munjah, die genau wusste, wie die Türken lebten, schwieg, weil sie spürte, dass man ihr nicht glauben würde. Diese Menschen hier machten sich ein Bild von ihren Landsleuten, das mit der Wirklichkeit nichts zu tun hatte.

Dies sagte sie auch zu Karl, nachdem die Tafel weit nach Mitternacht endlich aufgehoben wurde und Gretel sie in die Schlafkammer des Schlossherrn führte, die nun für Karl bestimmt war.

»Woher sollten sie es wissen?«, fragte Karl. »Kaum einer von ihnen ist weiter als bis nach Bamberg oder Bayreuth gekommen und hat auch niemals einen Türken zu Gesicht bekommen.«

»Obwohl sie nichts wissen, spotten sie über andere und erheben sich über sie.«

»Ist das in deiner Heimat nicht ebenso?« Karl lächelte und zog sie an sich. »Es ist nur eines wichtig, nämlich, dass wir beide wissen, dass die Menschen in fremden Ländern andere Sitten haben, aber die Liebe alle Unterschiede beseitigt.«

»Das hast du schön gesagt«, antwortete Munjah und küsste ihn.

Gleichzeitig fühlte sie sich unsicher. Unterwegs hatte sie mit Johanna und Bilge in einem Raum geschlafen, nun aber war sie mit Karl allein. Er ist mein Ehemann und hat daher ein Recht auf mich, sagte sie sich und hoffte, ihn nicht zu enttäuschen.

Karls Nerven waren durch die aufregenden Ereignisse des

Abends angespannt, und er beruhigte sich nur langsam. Aber er freute sich, wieder in der Heimat zu sein. Da fiel ihm ein, dass er in Wien gesagt hatte, er wollte mit dem Vollzug der Ehe warten, bis sie in Allersheim waren. Zwar war es schon spät, aber der Wunsch, Munjah endlich so in den Armen zu halten, wie es zu einer guten Ehe gehörte, war stärker als alle Müdigkeit. Er zog seine Frau enger an sich und begann, mit beiden Händen ihren Rücken und ihre Kehrseite zu streicheln.

»Ist es so weit?«, fragte sie etwas ängstlich.

»Ich will dich nicht drängen, aber ...«

»Du bist mein Gemahl, und es ist meine Pflicht, dir Freude zu schenken.«

»Es sollte keine Pflicht sein«, sagte Karl.

Munjah horchte in sich hinein und spürte, dass auch ihr Leib sich nach seiner Nähe sehnte.

»Nein«, antwortete sie lächelnd, »es ist keine Pflicht, sondern ein Geschenk, das wir uns gegenseitig machen.«

Noch während sie es sagte, begann sie, sich auszuziehen.

Karl sah ihr zu, bis sie nackt vor ihm stand, und bewunderte den Schwung ihrer Hüften und ihre nicht übermäßig großen, aber festen Brüste.

»Du bist ein Geschenk!«, flüsterte er und beeilte sich, seine Kleidung ebenfalls loszuwerden.

Er stürzte sich jedoch nicht wie ein Wilder auf Munjah, sondern umarmte sie und genoss die Wärme ihres Körpers auf seiner Haut. Erst nach einer Weile gab er sie frei und wartete, bis sie sich auf das Bett gelegt hatte.

»Du bist wunderschön!«, flüsterte er mit vor Erregung heiserer Stimme und glitt vorsichtig auf sie.

8.

Ein paar Kammern weiter waren Johanna und Adam untergebracht worden. Da Adam in voller Rüstung ins Schloss gekommen war, atmete er auf, als Johanna ihm die Achselstücke, die Brustplatte und den Rückenpanzer abnahm und beiseitelegte.

»Dein Bruder hat ein schönes Schloss geerbt«, sagte er, als sie damit fertig war. »Ich kann dir leider nur ein Wohnhaus aus Holz bieten. Viel Beute habe ich nicht gemacht, und ob ich die zehntausend Gulden, die Kulczycki mir für die Freilassung der Alten und ihres Enkels versprochen hat, je erhalten werde, ist zweifelhaft.«

»Ist das alles, was dich bedrückt?«, fragte Johanna.

»Ich wünschte, ich könnte bei König Jans Heer sein«, gab Adam zurück.

»Es ist Winter, und in dieser Jahreszeit wird er kaum Schlachten schlagen. Außerdem bist du verwundet.«

»Die Schmarre ist längst verheilt«, tat Adam die Verletzung ab.

Trotzdem forderte Johanna ihn auf, sich hinzusetzen, damit sie sich die Wunde ansehen konnte. »Es sieht gut aus. Allerdings solltest du vorsichtig sein. Die Haut über der Narbe ist noch sehr dünn und empfindlich«, sagte sie, während sie mit den Fingerspitzen darüberstrich.

Die Stelle war tatsächlich empfindlich. Daher atmete Adam schneller und fasste nach ihren Händen.

»Habe ich dir weh getan?«, fragte Johanna besorgt.

»Nein! Ich habe nur daran gedacht, dass wir zwei verheiratet sind und ich etwas davon haben will.«

»Wir haben ein breites Bett und viel Zeit. Oder bist du zu müde dazu?«, stichelte Johanna.

»Ich werde dir beweisen, wie wenig müde ich bin«, antwortete Adam und wollte sie an sich ziehen.

Johanna entschlüpfte jedoch seinem Griff und sah ihn fröhlich an. »Bevor wir darangehen, wirklich Mann und Frau zu werden, will ich dir etwas zeigen, was dein Herz erfreuen wird.«

Mit dieser Ankündigung holte sie den Beutel mit den Juwelen hervor und schüttete den Inhalt auf das Bett.

»Reicht das für ein Schloss wie dieses?«, fragte sie lächelnd.

Adam starrte auf die Edelsteine und wusste nicht, ob er wach war oder träumte. »Bei der Heiligen Jungfrau, welch ein Schatz!«

»Du kannst zu Hause sagen, es wäre meine Mitgift«, schlug Johanna vor und sammelte die Juwelen wieder ein.

»Ich glaube nicht, dass es bequem wäre, wenn ich auf einem dieser Steine zu liegen käme«, setzte sie anzüglich hinzu.

Adam half ihr, die letzten Edelsteine aufzusammeln, und nahm sie dann in die Arme. »Du bist das unverschämteste Biest, das ich kenne, aber gerade deshalb liebe ich dich so!«

Das, fand Johanna, war ein schönes Kompliment, und sie dankte Adam mit einem Kuss.

Er musterte mit einer gewissen Hoffnung das Bett. »Bist du auch der Meinung, wir sollten heute noch unsere Brautnacht nachholen?«

»Ich würde mich freuen«, antwortete Johanna und forderte Adam auf, die Knöpfe ihres Kleides zu lösen. Als sie nackt vor ihm stand, wirkte sie so weiblich, dass er zu lachen begann.

»Was ist mit dir?«, fragte Johanna verwundert.

»Ich dachte gerade an Ignacy Myszkowski, Fadey und all die anderen, die dich so viele Monate für einen jungen Mann gehalten haben. Dabei ist an dir alles dran, was zu einer Frau gehört«, erklärte Adam und tippte spielerisch auf ihre Brustwarzen.

Johanna sog bei dieser Berührung die Luft ein, lachte aber ebenfalls. »Sie haben mich nie so gesehen wie du jetzt. Sei aber vorsichtig! Auch wenn ich so lange unter Männern gelebt habe, bin ich immer noch Jungfrau. Es heißt, beim ersten Mal soll es weh tun.«

»Aber nur, wenn der Mann zu rauh eindringt. Doch das werde ich gewiss nicht tun«, sagte Adam und gab ihr je einen spielerischen Klaps auf ihre Pobacken.

Johanna legte sich nun hin und blickte zu ihm auf. »Du weißt, dass ich meinen Bruder über alles liebe!«

Adam nickte. »Ja, das weiß ich!«

»Dich liebe ich aber noch ein Stückchen mehr«, fuhr Johanna fort und Adam beschloss, alles zu tun, damit es auch dabei blieb.

Ausklang

$\mathcal{K}$arl hielt sein Pferd an und blickte zum Schloss seines Schwagers hinüber.

»Es sieht so aus, als sei es fertig«, sagte er zu Munjah, die in einer Kutsche mit offenem Verdeck fuhr. Neben ihr saß ihre und Karls älteste Tochter Elisabeth, die sich mit ihren zwölf Jahren schon ganz als junge Dame sah. Der vierzehnjährige Johannes hingegen saß wie sein Vater auf einem prachtvollen Hengst der eigenen Zucht.

»Ich glaube, man hat uns gesehen, denn da kommt jemand!«, rief er mit seiner hellen Knabenstimme.

Mehrere Reiter verließen das Schloss und jagten im gestreckten Galopp auf die Gruppe zu. Schon bald gewann ein Falbe einen Vorsprung gegenüber den anderen. Sein Reiter war jung, doch trug er einen Harnisch wie ein Husar mit einem einzelnen Flügel auf dem Rücken. Er winkte und hielt lachend sein Pferd an.

»Onkel Karl! Tante Munjah! Willkommen!«

»Sind wir nicht willkommen?«, fragte Elisabeth beleidigt.

Ziemowit Osmański machte eine Verbeugung im Sattel, aber so knapp vor der Kutsche, dass die Adlerfedern seines Flügels die Nase seiner Cousine kitzelten.

»He, lass das!«, schimpfte das Mädchen, während Johannes seinen Hengst neben den des Vetters lenkte und diesem fröhlich gegen die Brustplatte seines Harnisches schlug.

»Eine herrliche Rüstung! So eine würde ich auch gerne haben.«

»Wenn du mich das nächste halbe Jahr nicht ärgerst, mein Sohn, lasse ich dir einen Kürass anfertigen«, bot Karl lächelnd an.

»Ich verspreche, dass Ihr Euch ein ganzes Jahr nicht über mich ärgern müsst, Herr Vater«, versprach der Junge und ritt dann seiner Tante und deren Ehemann entgegen. Die neunjährige Sonia, die der Mutter gleich auf einer schmucken Stute ritt, ignorierte er mit dem Hochmut eines Knaben, der sich über kleine Mädchen erhaben fühlte.

»Hier sind wir«, rief er und verbeugte sich vor Johanna und Adam.

»Willkommen!«, sagte seine Tante und umarmte ihn vom Pferd aus. Dies tat sie auch bei ihrem Bruder, lenkte dann ihre Stute neben den Wagen und stieg vom Sattel aus hinein.

»Es ist so wundervoll, dass ihr kommen konntet«, sagte sie, während sie die Schwägerin und ihre Nichte umarmte.

»Wie schön, dass euer Schloss fertig ist! Als wir das letzte Mal da waren, waren gerade mal die Grundmauern ausgehoben«, antwortete Munjah mit einem anerkennenden Blick auf das zweiflügelige Gebäude.

»Es ist im letzten Herbst fertig geworden. Lasst euch Dank sagen für den italienischen Maler, den ihr uns empfohlen habt. Er hat Porträts von uns allen angefertigt und arbeitet jetzt an einem Gemälde über die Schlacht am Kahlenberg. Adam, Karl und Jan werden darauf im Mittelpunkt stehen! Ich werde für meinen Bruder Modell stehen, da Jan und ich uns sehr ähnlich sahen.«

Johanna klang ein wenig stolz, denn auch wenn sie hier in Polen als Schwester von Karol und Jan Wyborski galt, so war es ihr Ziel, auf diesem Bild sich selbst zu gleichen.

Unterdessen war auch Adam herangekommen. Er war mit den Jahren etwas breiter geworden und hatte sich in die traditionelle Tracht der Schlachtschitzen gekleidet, mit dem langen, kaftanähnlichen Żupan, einem pelzbesetzten Komtusz und dem breiten Seidengürtel, dessen Enden auf der linken Seite beinahe bis zu den Füßen hinabreichten. Auf dem Kopf trug er einen Kołpak mit einem Rand aus Zobelfell und einer goldenen Agraffe, die von drei Adlerfedern gekrönt wurden. Auch Johanna hatte einen Komtusz angelegt, der mit einer pelzgesäumten Kapuze versehen war, welche sie schräg über den Kopf gezogen hatte.

»Sag nicht, dass wir verbauern!«, rief Johanna lachend, als sie den kritischen Blick ihres Bruders bemerkte. »Wir Polen sind stolz auf unsere Traditionen. Umso mehr, da man uns einen König aufgenötigt hat, den die wenigsten Polen wirklich haben wollen.«

»Aber ihr habt Friedrich August von Sachsen im letzten Herbst selbst gewählt«, wandte Karl ein.

Adam winkte verächtlich ab. »Er hatte weniger Stimmen auf sich vereint als Prinz Conti, doch der Franzose ließ sich von den Anhängern des Sachsen einschüchtern und ist in seine Heimat zurückgekehrt. Wäre er geblieben, hätten wir für ihn gekämpft, doch für einen Feigling ziehe ich nicht den Säbel!«

»Jetzt ist der Sachse König, und wir werden uns mit ihm abfinden müssen«, setzte Johanna hinzu und wies auf das Schloss. »Kommt jetzt! Ihr habt nach der langen Reise gewiss Hunger und Durst.«

»Und nicht zu knapp!«, antwortete Karl lachend. »Vielleicht wärt ihr so gut, einen Reiter loszuschicken, um nachzusehen, wo unser Gepäckwagen und der Wagen mit Bilge, Wojsław und den Kleinen bleiben.«

Johanna klatschte vor Begeisterung in die Hände. »Ihr habt Anna und Matthias mitgebracht? Oh wie schön! Dann lerne ich sie endlich kennen!«

»Wir sind ihnen vorausgeeilt«, erklärte Karl. »Aber sie müssten bald kommen.«

»Da sind sie schon«, rief seine Schwester und zeigte nach

hinten. Eine leichte Kutsche mit ebenfalls offenem Verdeck und ein großer Wagen, der von sechs kräftigen Pferden gezogen wurde, kamen in Sicht. Schon bald war zu erkennen, dass in dem Wagen eine Frau mit dunkler Hautfarbe saß. Bei ihr befanden sich Munjahs und Karls jüngere Kinder sowie ein Knabe und ein Mädchen mit etwas hellerer Haut als die Frau.

»Das ist Bilge, und das dort sind Ludwig und Ursula«, sagte Johannes, da Johannas und Adams Kinder die einstige Sklavin noch nicht kannten. Bilge war Munjahs rechte Hand auf Allersheim und die Frau von Wojsław, der bei Karl geblieben war und sich in die einstige Sklavin verliebt hatte.

Johanna umarmte auch ihre jüngste Nichte und ihren Neffen und lächelte Bilge zu. »Es ist schön, dich wiederzusehen!«

»Ich bin dem Herrn und meiner Herrin dankbar, dass sie mich auf diese Reise mitgenommen haben«, antwortete Bilge.

Karl lachte. »Ich gebe zu, wir haben dich deshalb mitgenommen, weil du am besten mit den Kleinen zurechtkommst. Ich habe nicht die Geduld dafür, und Munjah hat genug zu tun, Johannes und Elisabeth im Zaum zu halten!«

Seine älteste Tochter warf ihm einen beleidigten Blick zu, wagte aber nicht, etwas zu sagen. Unter vielen Scherzworten und Lachen näherte sich die Kavalkade nun dem Schloss. Es war etwas größer als Allersheim und aufwendiger geschmückt. Trotzdem betrachtete Karl das Gebäude ohne Neid. Er gönnte seiner Schwester und seinem Schwager deren Reichtum, zumal er selbst nicht zu den Ärmsten in Franken zählte. Sowohl der Architekt wie auch der von Johanna hochgelobte Maler hatten zuvor in Allersheim gearbeitet und dem Schloss einen neuen Flügel angefügt. Nun war Karl froh, dass er den beiden Künstlern eine weitere Beschäftigung hatte vermitteln können.

»Ihr habt wirklich ein schönes Schloss«, sagte er, als er vor der Freitreppe vom Pferd stieg und drei hübsche Landmädchen ihn mit Wodka, Salz und Brot empfingen.

»Ich gebe zu, die beiden Flügelbauten sind etwas groß geraten«, erklärte Adam. »Aber zum einen hat Selim Pascha tatsächlich die zehntausend Gulden Lösegeld für seinen Sohn bezahlt, und zum anderen hat August der Sachse tief in seine Truhen gegriffen, um uns Polen für sich zu gewinnen. Nachdem der Franzose das Hasenpanier ergriffen hatte, dachte ich mir, weshalb soll ich das Gold des Sachsen ablehnen, wenn alle anderen es nehmen? Es kam mir bei der Fertigstellung des Schlosses zugute.«

Ein guter Freund des neuen Polenkönigs war Adam nicht gerade, das hatte Karl inzwischen begriffen. Doch auch er fragte sich, weshalb Kurfürst Friedrich August von Sachsen unbedingt König von Polen hatte werden wollen. Es hieß, er habe große Teile seines Staatsschatzes diesem Ziel geopfert und darüber hinaus Land und Anrechte an seine Nachbarn in Brandenburg und Hannover verkauft.

Karl hatte jedoch keine Lust, über die Beweggründe eines Mannes nachzudenken, den er bislang noch nie gesehen hatte, sondern ließ sich von Adam durch das Schloss führen. Noch war nicht alles fertig, denn in einigen Räumen fehlten noch Tapisserien, Wandgemälde und Möbel. Im Großen und Ganzen aber war das Gebäude ebenso imposant wie geschmackvoll eingerichtet. Adam war der Stolz auf sein Heim anzumerken, und auch Johanna schien sich hier wohl zu fühlen.

Nicht zuletzt ihretwegen freute Karl sich, dass seine Schwester und sein Schwager ein angenehmes Leben führen konnten. Sie waren zwar nicht so reich wie die großen Magnaten Polens, besaßen aber genug, um sich ihre Wünsche erfüllen zu können.

»Euer Schloss ist wunderschön geworden«, lobte er das Gebäude und wurde dann in den kleinen Speisesaal geführt, der für die Familie und enge Freunde benutzt wurde. Dort wartete Adams Mutter bereits auf ihre Gäste, begrüßte sie überschwenglich und stellte ihnen den jüngsten Spross ihres Sohnes vor. Dann aber ließ sie ihnen Zeit, sich umzuschauen.

An der Stirnwand war Adams frühere Husarenrüstung aufgestellt, in die er bereits seit einigen Jahren nicht mehr hineinpasste. Daneben hingen mehrere erbeutete Türkensäbel und Jatagane, silberbeschlagene Pistolen, ein tatarischer Schild und das Wappen, das Adam führen durfte. Der Tisch selbst war aus massivem Eichenholz und ebenso wie die prachtvoll geschnitzten Stühle dunkel gebeizt.

»Nehmt Platz!«, forderte Adam seine Gäste auf. »Ihr habt gewiss Hunger und Durst. Verzeiht, dass ich euch erst im Schloss herumgeführt habe, anstatt euch gleich etwas auftischen zu lassen.«

»So haben wir mehr Zeit zum Reden«, antwortete Karl lachend.

»Da hast du auch wieder recht!« Adam fiel in das Lachen ein und reichte Karl ein bis zum Rand gefülltes Glas Wodka. »Auf eure Ankunft und darauf, dass wir nächstes Jahr endlich euren Besuch erwidern können!«

»Darauf trinke ich gerne.« Karl stürzte das scharfe Getränk in einem Zug hinunter, spießte eine mit Schweinefleisch gefüllte Pirogge auf und fragte zwischen zwei Bissen nach alten Freunden.

»Im letzten Winter ist der alte Leszek gestorben«, berichtete Adam. »Er hat sein Leben als wohlbestallter Starost seines Heimatorts beschlossen. Dobromir Kapusta lebt mit seiner Frau und sieben Kindern auf seinem ererbten Gut bei Lublin, und Tobiasz Smułkowski ist zum Kommandanten einer Grenzfestung in den wilden Feldern ernannt worden.«

»Zu so einem wie du damals, als wir euch kennenlernten?«, fragte Karl.

Adam schüttelte lachend den Kopf. »Ich habe damals einen Haufen rauher Gesellen angeführt, und der Wildeste unter ihnen war ein gewisser Jan Wyborski.« Er zwinkerte kurz Johanna zu und sprach dann weiter. »Smułkowski kommandiert richtige Soldaten mit glänzenden Uniformen und Waffen. Anscheinend glaubt unser neuer König, er könnte die Kosaken und Tataren damit mehr beeindrucken als mit so zerlumpten Kerlen, wie wir es damals waren. Er wird noch lernen, dass Azad Jimal Khans Nachfolger einen Arm, der einen Säbel zu führen weiß, mehr fürchtet als einen, der den Säbel nur zur Parade zieht.«

Es war offensichtlich, dass Adam weder viel von dem neuen König noch von dessen Soldaten hielt.

»Schließt du dich noch einmal dem Heer an, wenn es zusammengerufen wird?«, fragte Karl.

»Das ist die Krux von uns Polen. Wir haben zwar einen König, doch nicht er hat das Recht, einen Heerführer zu bestimmen, sondern dieser wird vom Sejm gewählt. Damit der König nicht zu viel Macht gewinnt, setzt man als Großhetman und Feldhetman Männer ein, die in Opposition zum König stehen. Jan III., Gott hab ihn selig, ist daran gescheitert. Als er zu krank und alt geworden war, um selbst in den Krieg ziehen zu können, hat dieser verfluchte Jabłonowski das Heer zweimal aufgelöst und die Soldaten nach Hause geschickt, bevor der geplante Feldzug gegen die Türken begonnen werden konnte. Ihm und all den anderen hohen Herren ging es darum, zu verhindern, dass Jakub Sobieski von seinem Vater als Herzog der Moldau oder der Walachei eingesetzt wurde. Deshalb haben sie dafür gesorgt, dass wir diese Länder nicht aus der Hand der Türken befreien konnten.«

»Bei uns heißt es, Jakub Sobieski sei wegen seines heftigen

Streites mit seiner Mutter nicht zum König gewählt worden«, wandte Karl ein.

Adam machte eine wegwerfende Handbewegung. »Wir hätten ihn trotzdem gewählt, wenn er sich als Feldherr bewährt hätte. Doch er ist zu sehr der Sohn seiner Mutter und zu wenig der seines Vaters. Jan hätte sich die Fürstentümer geholt und beim Sejm den Beschluss durchgesetzt, dass auf die Piasten, die Jagiellonen und Vazy die Dynastie der Sobieski folgen solle. Aus und vorbei! Er ist tot, und der neue König heißt August II. Gebe die Heilige Jungfrau, dass er zum Polen wird und sein Sachsen einmal einem nachgeborenen Sohn hinterlässt.« Er schwieg einen Augenblick und sah Karl mit einem Hauch von Bitternis an.

»Wir Polen haben einen Fehler gemacht: Wir hätten Wien den Türken überlassen und uns Podolien zurückholen sollen. So aber hat uns unser Einsatz bei Wien und in Ungarn nicht das Geringste gebracht. Das Land, das wir gemeinsam mit den Kaiserlichen erobert haben, hat der Kaiser eingesackt, ohne uns auch nur eine einzige Ackerfurche zu überlassen. Die Kaiserlichen hatten versprochen, König Jans Heer ein Winterquartier an der Türkengrenze einzurichten. Die Soldaten bekamen jedoch weder ein Dach über dem Kopf noch etwas zu essen. Sie konnten nicht einmal selbst fouragieren, da das ganze Land bis auf das letzte Korn ausgeplündert war. Wundert es dich daher, wenn die ausgehungerten Soldaten davongelaufen und in die Heimat zurückgekehrt sind?«

»Wenn man euch so zuhört, hat man das Gefühl, zwei alte Männer vor sich zu sehen, die von den Taten ihrer Jugend sprechen«, spottete Johanna, der zu viel über Politik und Krieg geredet wurde.

»Wir und alte Männer? Das ist eine Beleidigung, nicht wahr, Schwager?«, rief Adam aus.

»Ich würde sagen, wir sind im besten Alter, vielleicht nicht mehr ganz so gelenkig wie früher, aber weitaus erfahrener und weiser«, stimmte Karl ihm zu.

»Weiser?« Johanna sah Munjah spitzbübisch an. »Hast du mitbekommen, dass Karl mit der Zeit weiser geworden ist? Bei Adam habe ich es nicht bemerkt!«

»Weib, bedenke, was du sagst!« Adam griff sich einen der Fasanenflügel, die eben aufgetischt wurden, und richtete diesen auf Karl. »Freund, Schwager, solltest du je in Verlegenheit kommen, dir ein neues Weib suchen zu müssen, so wähle eines, das nicht zurückschlägt, wenn du es züchtigen willst.«

Dieser Ausspruch reizte alle zum Lachen, und der leichte Schatten, den Adams düsterer Bericht über die Anwesenden geworfen hatte, schwand. Johanna wollte nun Nachrichten aus ihrer alten Heimat hören, und als der Abend herniedersank, waren alle in fröhlicher Stimmung.

Adam und Karl traten ans Fenster und öffneten es. Während sie zu den Sternen aufschauten, die wie weit entfernte Laternen aufflammten, seufzte Adam ein wenig. »Erinnerst du dich noch an unsere Abende in der Steppe, Schwager?«, fragte er. »Wir saßen am Lagerfeuer, tranken unseren Wodka und sangen Lieder. Manchmal sehne ich mich direkt in diese Zeit zurück.«

»Ich nicht«, erklärte Johanna, die hinter ihn getreten war. »Zu den Abenden in der Steppe gehörte der beißende Rauch des Lagerfeuers, der einem ins Gesicht schlug, Fleisch, das zur Hälfte verbrannt und zur anderen noch roh war, sowie eine Unmenge Mücken an den Wasserlöchern und Bächen. Da gefällt es mir hier weitaus besser!«

»Mir auch!«, entfuhr es Adam. Dann lachte er. »Ein Mann sollte nie ein Weib nehmen, das stets das letzte Wort hat, es sei denn«, setzte er augenzwinkernd hinzu, »sie ist wie deine Schwester.«

»Das rettet dich gerade noch«, warf Johanna lachend ein und hob ihr Gläschen mit Haselnusslikör.

»Auf uns! Und darauf, dass uns die Heilige Jungfrau immer beistehen wird, wenn wir ihren Schutz und ihre Hilfe brauchen!«

»Auf uns und auf die Heilige Jungfrau!«, antworteten Karl und Adam wie aus einem Mund und tranken ihre Gläser in einem Zug leer.

ENDE

Historischer Überblick

Anfang des siebzehnten Jahrhunderts zählte Polen zu den europäischen Großmächten. Es umfasste neben dem eigentlichen Polen den größten Teil der heutigen Baltischen Staaten und reichte von der Ostsee bis weit ins heutige Russland und die Ukraine hinein. Neben Städten wie Warschau, Krakau und Lublin zählten auch Riga, Wilna, Lemberg, Smolensk und Kiew zur Adelsrepublik Polen. Die Macht des Königs war jedoch durch Verträge eingeschränkt, die die großen polnischen und litauischen Familien bevorzugten. Der numerisch große Kleinadel besaß zwar ebenfalls geschriebene Rechte, war jedoch zumeist arm und entweder von der Krone oder von den mächtigen Magnaten abhängig.

Über ein Recht aber verfügte jeder Schlachtschitz: Er konnte durch seine Stimme jeden Beschluss des Sejms zerreißen. Dieses Liberum Veto, wie es genannt wurde, war eine der mächtigsten Waffen im Kampf um die Macht in Polen. Für den kleinen Adeligen war es im Grunde sinnlos, dies zu tun, denn es brachte ihm nur die Feindschaft der Gegenpartei. Nicht nur ein Mal überlebte der Mann, der das Liberum Veto aussprach, dies nicht lange. Nur wenn jemand hinter ihm stand, der ihn schützen konnte, war die Gefahr, verjagt oder gar getötet zu werden, geringer.

Sowohl die Magnaten wie auch der König bedienten sich solcher Männer, um Beschlüsse zu verhindern, die gegen ihre Interessen waren. Die Folge dieser Politik war, dass nur wenige wichtige Entscheidungen getroffen werden konnten, da es immer einen gab, der dagegen war, und sei es nur, weil er mit russischen Rubeln, kaiserlich-österreichischen Gulden, französischen Louisdors, Brandenburger Talern oder türkischen Paras dazu überredet worden war. Dieses System machte es Polens Nachbarn leicht, in die politischen Entscheidungen dieses Landes einzugreifen und sie zu ihren Gunsten zu manipulieren. Während die polnischen Magnaten ihre Vorrechte verteidigen und ausbauen wollten, strebte der König eine Festigung seiner Macht an. Die Folge war ein fortwährender Kampf des Königs mit einem Teil des Hochadels.

Besonders verhängnisvoll für Polen erwies sich der Anspruch König Władisławs IV. auf den Thron von Schweden, den er als Nachkomme in der männlichen Linie von Johann III. Wasa gegen Karl X. aus dem Hause Wittelsbach erhob, da dieser nur von einer Tochter Karls IX. Wasa abstammte. Die Folge war ein grauenhafter Krieg, der ganz Polen verheerte und etliche Nachbarn dazu trieb, sich polnisches Land einzuverleiben. Große Teile des Baltikums gingen an Schweden verloren, das Gebiet um Smolensk sowie Teile der Ukraine an Russland und weitere Gebiete an das Osmanische Reich. Jan II. Kazimierz, der Bruder und Nachfolger von Władisław IV., wurde schließlich abgesetzt und mit Michał Wiśniowiecki einer der polnischen Magnaten zum neuen König gewählt. Dieser starb nach wenigen Jahren, und so wurde der polnische Großhetman Jan Sobieski, der sich in etlichen Schlachten gegen die Türken bewährt hatte, zu dessen Nachfolger bestimmt.

In den nächsten Jahren versuchte Jan, seine Macht auszubauen, um eine erbliche Dynastie gründen zu können. Der Widerstand der Magnaten war jedoch groß. Sie herrschten über ihren Besitz wie kleine Könige und stemmten sich gegen jeden Versuch, ihre Rechte einzuschränken. Ohne ausländische Hilfe war es dem König unmöglich, seine Stellung auszubauen. Jan Sobieski hoffte auf die Hilfe Frankreichs, versuchte dann, für seinen Sohn Jakub eine Habsburgerin als Ehefrau zu gewinnen, und wollte zudem Land erobern, das er als Hausmacht an Jakub vererben konnte. Eine Überlegung war, Ostpreußen, das noch wenige Jahrzehnte zuvor polnisches Lehen gewesen war, den Hohenzollern wieder abzunehmen. Zur Auswahl stand auch, das von den Osmanen eroberte Podolien zurückzuerobern oder die christlichen Donaufürstentümer Walachei und Moldau von den Türken zu befreien.

Während Jan III. Sobieski seine Pläne schmiedete, führte Kara Mustapha Pascha ein gewaltiges Heer nach Europa. Papst Innozenz XI. tat alles, um eine Allianz gegen die Türken zu schmieden, und konnte auch Jan Sobieski dafür gewinnen. Dieser stellte ein Heer auf, führte es nach Wien und besiegte zusammen mit der Reichsarmee unter Karl von Lothringen und den Aufgeboten Baierns, Sachsens und Frankens Kara Mustaphas Heer.

Der Ertrag, den Jan III. sich davon erhofft hatte, blieb jedoch aus. Weder erhielt sein Sohn eine Habsburgerin zur Frau noch er einen Anteil an dem gewaltigen Landgewinn, den das Haus Habsburg in Folge dieses Sieges errang. Als sich mangels eines brauchbaren Winterquartiers und fehlenden Nachschubs sein Heer auflöste, war er in Polen schwächer als zuvor.

Mehrere Versuche, im Sog der österreichischen Siege selbst Land von den Osmanen zu erobern, misslangen durch die mangelnde Unterstützung der Magnaten sowie aufgrund der Tatsache, dass Jan III. alt und krank geworden war. Der Großhetman Stanisław Jabłonowski, den Jan Sobieski trotz gelegentlicher Differenzen als Freund angesehen hatte, entwickelte den Ehrgeiz, Jans Beispiel zu folgen und wie dieser vom Großhetman zum König aufzusteigen. Ein militärischer Sieg hätte die Schlachtschitzen jedoch dazu bewegen können, Jans Sohn Jakub zum König zu wählen. Daher führte Jabłonowski die Feldzüge gegen die Osmanen so, dass sie nicht gelingen konnten.

Zweimal löste er sogar eigenmächtig das Heer auf, um einen Sieg Sobieskis zu verhindern. Der König war bereits zu krank und schwach, um hier noch eingreifen zu können.

Jan Sobieskis Feldzug nach Wien und der Sieg gegen Kara Mustapha hatten Polen nichts gebracht, sondern es nur geschwächt und den Aufstieg Österreichs begründet.

Als Jan III. starb, gab es einen erbitterten Streit um sein Erbe zwischen seiner Witwe Marie Kazimiera und dem ältesten Sohn Jakub. Dessen Versuch, die Nachfolge seines Vaters anzutreten, scheiterte auf dem Wahlfeld bei Warschau. Doch auch Jabłonowskis Plan ging nicht auf, denn auf Drängen Österreichs und Russlands hin wählten die polnischen Adeligen den Kurfürsten Friedrich August von Sachsen, genannt August der Starke, zu ihrem neuen König. Als Landfremder war seine Stellung im Land noch schlechter als die von Jan III. Als er sich im Großen Nordischen Krieg nur durch die Unterstützung Zar Peters des Großen auf dem polnischen Thron halten konnte, war die aktive Rolle Polens in Europa zu Ende, und es wurde immer mehr zum Spielball seiner Nachbarn Russland, Österreich und Preußen, die es knapp einhundert Jahre nach Jan Sobieskis Tod zerstückelten und unter sich aufteilten.

Quellen

Norman Davies
Im Herzen Europas – Geschichte Polens
München 2006

Hans-Jürgen Bömelburg, Edmund Kizik
Deutsch-polnische Geschichte – Frühe Neuzeit
Band 2, Altes Reich und alte Republik
Darmstadt 2014

Matthias Kneip, Manfred Mack
Polnische Geschichte und deutsch-polnische Beziehungen
Berlin 2007

Polnisch-österreichische Kontakte
sowie Militärbündnisse 1618–1918
Wien 2008

John Stoye
Die Türken vor Wien
Schicksalsjahr 1683
Graz 2012

Hg. Joachim Zeller
Jan Sobieski
Briefe an die Königin
Frankfurt 1983

Otto Forst de Battaglia
Jan Sobieski
Mit Habsburg gegen die Türken
Graz 1982

Gerda Hagenau
Jan Sobieski
Der Retter Wiens
Berlin 1997

und andere

Iny und Elmar Lorentz

Personen

von Allersheim, Johannes – Vater von Matthias, Johanna und Karl

von Allersheim, Matthias – Stiefbruder von Johanna und Karl

von Allersheim, Genoveva – Stiefmutter von Johanna und Karl

Azad Jimal Khan – Tatarenanführer

Bilge – Munjahs Sklavin

Bocian, Kamil – Gefolgsmann Stanisław Sieniawskis

Daniłowicz, Rafał – Berater Jan Sobieskis

Fadey – Kosak, Offizier in Osmańskis Fähnlein

Frater Amandus – Genovevas Vetter

Firmin – Vertrauter von Johannas und Karls Vater

Garegin – armenischer Kaufmann

Gretel – Magd auf Allersheim

von Gunzberg, Kunigunde – Kunz von Gunzbergs Tochter

von Gunzberg, Kunz – Nachbar Allersheim

von Hauenstein – österreichischer Edelmann

Ildar – Azad Jimal Khans ältester Sohn

Ismail Bei – Osmanischer Würdenträger

Kapusta, Dobromir – Soldat in Osmańskis Fähnlein

Kamberg, Günther – Nachbar von Allersheim

Kołpacki, Kazimierz – polnischer Student

Lubecki, Bogusław – Offizier bei Jan Sobieskis Leibwache

Meister Piotr – Verwalter der Rüstkammer

Munjah – Ismail Beis Tochter

Myszkowski, Ignacy – Offizier bei Osmańskis Fähnlein

Nazim – Ismail Beis Sklave

Osmański, Adam – Johannas und Karls Vetter dritten Grades

Rinat – Azad Jimal Khans jüngerer Sohn

Severinus – Abt von Sankt Matthäus

Sieniawski, Andrzej – Adam Osmańskis Vater

Ślimak, Leszek – einbeiniger Veteran bei Osmańskis Fähnlein

Smułkowski, Bartosz – polnischer Student

Smułkowski, Tobiasz – polnischer Student

Spyros, Ismail Beis Diener

Wojsław – Karls und Johannas Reitbursche

Wyborski, Karol (Karl von Allersheim)

Wyborski, Jan (Johanna von Allersheim)

Wyborski, Gregorz – Sonias Bruder

Wyborska, Sonia – Johannas und Karls Mutter

Wyborski, Ziemowit – Johannas und Karls Großvater

Heiner, Schorsch, Alban und Firmin – Allersheimer Knechte

Historische Personen

von Baden, Hermann – Präsident der Hofkriegskammer

Bohdan Chmelnyzkyj, Bogdan Chmielnicki – Kosaken-Ataman

Jabłonowski, Stanisław – Großhetman der Krone

Maria Kazimiera Sobieska – Ehefrau Jans III.

Sobieski, Jakub – Sohn Jan III.

Von Starhemberg, Ernst Rüdiger – Wiener Stadtkommandant

Jan III. Sobieski – König von Polen

Johann Georg III. – Kurfürst von Sachsen

Kara Mustapha Pascha – Großwesir des Osmanischen Reiches

Kulczycki, (eingedeutscht Kolschitzki) Jerzy – Händler aus Wien

Marco d'Aviano – Kapuzinermönch

Maximilian Emanuel – Kurfürst von Baiern

Mehmed IV. – Sultan des Osmanischen Reiches

Morsztyn, Andrzej – Großschatzmeister von Polen

Murat Giray – Khan der Krimtataren

Prince Eugene de Savoie

von Waldeck, Georg Friedrich – Kommandeur der Franken

Sieniawski, Stanisław – Feldhetman der polnischen Krone

Glossar

Ağa – höherer Offizier der Türken

Almanlar – die Deutschen

Almanya – türkisch: Deutschland

Ataman – Kosakenanführer

Bei – türkischer Titel mittleren Ranges

Częstochowa – Tschenstochau

Der goldene Apfel – türkischer Beiname Wiens

Donaufürstentümer – Moldau, Walachei, Siebenbürgen, damals unter osmanischer Oberherrschaft

Dragoman – Dolmetscher

Dschehenna – Hölle

Efendi – ehrerbietige türkische Anrede

Emir – türkisch und arabisch: Fürst

Fransa – türkisch: Frankreich

Giaur – Ungläubiger

Großhetman der Krone – oberster Feldherr Polens

Großwesir – erster Minister des Sultans

Guzla – orientalisches Musikinstrument

Hospodar – Titel der Fürsten der Walachei und der Moldau

Hussaria – das polnische Husarenheer

Feldhetman – Stellvertreter des Großhetmans

Kismet – türkisch: Schicksal

Kuruş – kleinste osmanische Münze

Ingiltere – türkisch: England

Janitscharen – türkische Elitetruppe

Kraków – Krakau

Kołpak – Mütze mit Pelzrand und federgeschmückter Agraffe

Kontusz – weiter Mantel aus edlen Stoffen mit einem Saum aus Pelz

Kostantiniyye – türkisch: Konstantinopel

Lechistan – türkisch: Polen

Louis Quatorze – Ludwig XIV.

Löwe von Lechistan – türkischer Beiname Jan Sobieskis

Marysieńka – Kosename für Königin Maria Kazimiera

Mehter – Musiker des türkischen Heeres

Mehmed II. Fatih – türkischer Sultan (1432–1481)

Meile – ca. 7,4 km

Padischah – einer der Titel des Sultans der Osmanen

Pallasch – Hiebwaffe mit gerader Klinge

Pan – polnisch: Herr

Pani – polnisch: Herrin

Pascha – hoher türkischer Rang

Oberungarn – in etwa die heutige Slowakei

Oblate – für ein Leben im Kloster bestimmtes Kind

Sarmaten – Reitervolk in der Steppe (Zu jener Zeit glaubten die Polen, Nachkommen dieses Volkes zu sein, und zeigten dies durch ihre den Steppenvölkern nachempfundene Tracht.)

Schlachta (Szlachta) – der polnische Adel

Schlachtschitz (Szlacic) – polnischer Edelmann

Scheitan – Teufel

Sejm – der polnische Reichstag (Versammlung des Adels)

Sipahi – schwerer türkischer Reiter

Starost – Oberhaupt einer polnischen Stadt und des dazugehörigen Umlands

Süleiman Kanuni – türkischer Sultan (1520–1566)

Warszawa – Warschau

Wisla – Weichsel

Woiwode – hoher polnischer Edelmann, meist Oberhaupt einer Wojwodschaft

Wojwodschaft – Provinz in Polen

Żupan – langer, kaftanartiger Rock der polnischen Edelleute

Eine Zeit des Aufbruchs, ein geheimer Schatz,
eine mutige Frau

INY LORENTZ

Die Wanderapothekerin

Roman

Als Klaras Vater, der Wanderapotheker Martin, und ein Jahr darauf auch ihr Bruder spurlos verschwinden, gerät die Familie in größte Not. Die junge Klara macht sich beherzt auf den Weg zum Fürsten, um ihn um Hilfe zu bitten. Wie ihr Vater will auch sie auf der Wanderschaft Heilmittel verkaufen, um die Familie zu ernähren. Dieser Weg ist jedoch hart und gefahrvoll …

Die Geschichte der Wanderapothekerin
Klara geht weiter!

INY LORENTZ

Die Liebe der Wanderapothekerin

Roman

Thüringen im 18. Jahrhundert: Die schwangere Klara führt mit ihrem Ehemann Tobias und dem gemeinsamen Sohn ein beschauliches Leben in Königsee. Wie aus heiterem Himmel wird ein Wanderapotheker ihres Schwiegervaters unter dem Verdacht verhaftet, den Rübenheimer Bürgermeister mit einer vergifteten Arznei ermordet zu haben. Als Tobias nach Rübenheim reist, um dem Beschuldigten beizustehen, wird er als vermeintlicher Erzeuger dieser Arznei ebenfalls verhaftet. Klara muss nun nicht nur das Geschäft am Laufen halten, sondern auch die Intrige um die Ermordung des Bürgermeisters aufdecken, wenn sie Tobias retten will. Denn es ist kein Zufall, dass der Verdacht auf den Ehemann der ehemaligen Wanderapothekerin gefallen ist. Die Familie hat, ohne es zu ahnen, Feinde, die nichts unversucht lassen, sie zu vernichten.

INY LORENTZ

Das Mädchen aus Apulien

Roman

Italien im 13. Jahrhundert: Die junge Pandolfina, Tochter einer Sarazenenprinzessin und eines apulischen Grafen, ist nach dem Tod ihres Vaters auf sich gestellt. Mit Mühe kann sie sich ihres Nachbarn erwehren, der die väterliche Burg gewaltsam in seinen Besitz gebracht hat und das Mädchen zur Heirat zwingen will.

Nur einer kann ihr helfen: Friedrich II., der mächtige Stauferkaiser. Ihr gelingt die Flucht an den Kaiserhof, aber auch dort muss sie sich ihren Platz erkämpfen.

Ein spannendes Abenteuer zwischen Deutschland und Italien, eine mutige Heldin und ein faszinierender Blick auf den Stauferkaiser Friedrich II.

Eine starke Frau und eine tödliche Feindschaft vor der großartigen Kulisse Irlands

INY LORENTZ

Feuertochter

Roman

Irland Ende des 16. Jahrhunderts: Ciara, die Schwester eines rebellischen Clanoberhaupts, kehrt nach Jahren der Verbannung mit ihrer Familie in ihre Heimat in Ulster zurück. Doch bedeutet dies beileibe nicht Ruhe und Frieden, denn ihr Bruder und seine Männer wollen erneut für die Freiheit Irlands in den Kampf ziehen. Ohne Unterstützung scheint dies ein aussichtsloses Unternehmen zu sein, und so rufen sie dafür den deutschen Söldnerführer Simon von Kirchberg zu Hilfe. Dieser war die erste große Liebe in Ciaras jungem Leben, aber ist er noch der Mann, dem sie einst ihr Herz geschenkt hat?